1984

दिल्ली में सिखों पर हुए हमलों की रियल स्टोरी

P M OPERATED
UPON CONDITION
VERY GRAVE

1984
दिल्ली में सिखों पर हुए हमलों की रियल स्टोरी

संजय सूरी

प्रकाशक

प्रभात प्रकाशन प्रा. लि.

4/19 आसफ अली रोड, नई दिल्ली–110002

फोन : 011–23289777 • हेल्पलाइन नं. : 7827007777

इ–मेल : prabhatbooks@gmail.com ❖ वेब ठिकाना : www.prabhatbooks.com

संस्करण

प्रथम, 2023

अनुवाद

नरेश कौशिक

पेपरबैक मूल्य

चार सौ पचास रुपए

मुद्रक

आर–टेक ऑफसेट प्रिंटर्स, दिल्ली

———————— ★ ————————

1984: DILLI MEIN SIKHON PAR HUYE HAMLON KI REAL STORY

by Shri Sanjay Suri

(Hindi translation of 1984: THE ANTI-SIKH RIOTS AND AFTER)

Published by **PRABHAT PRAKASHAN PVT. LTD.**

4/19 Asaf Ali Road, New Delhi-110002

by arrangement with HarperCollins Publishers India Private Limited

ISBN 978-93-5521-930-5

₹ 450.00 (PB)

हिंदी संस्करण के लिए विशेष लेखकीय

यों तो 1984 की घटनाओं की बात कोई करता ही नहीं, और जो करते हैं, उनकी सुनने वाला कोई है ही नहीं। जब यह बात उठाई जाती है तो कहीं-न-कहीं से झट से यह प्रश्न उठता है कि इन बातों को भूलते क्यों नहीं? ये लोग बातों को भूलते क्यों नहीं? भूलने-भुलाने में ही समझदारी है। बुनियादी दोष पीड़ितों को ही दिया जाता है। चलो, आपके घर वालों को मार दिया गया, अब छोड़ो। जैसे कि सैम पित्रोदा ने कहा, 'हुआ तो हुआ।' सैम पित्रोदा ने यह कहा अवश्य, लेकिन आखिर उतना ही कहा, जितना कि सभी लोग कहते हैं।

कुछ अपनी बात करें, जो कि इस प्रकार की समझदारी भरे आदेश देते हैं। मानिए, घर का बच्चा बाहर खेलने गया और खेल-खेल में किसी दूसरे बच्चे से भूल हुई। हमारे बच्चे को चोट लगी, खून बहने लगा। हम बच्चों का इलाज करते हैं, करवाते हैं; लेकिन जिस बच्चे ने चोट मारी, उसे हम इतनी जल्दी क्षमा नहीं करते, भूलते नहीं, क्योंकि उस बच्चे ने हमारे बच्चे को चोट मारी होती है, जबकि हम जानते हैं कि उसने यह नादानी में किया।

एक और दृश्य की कल्पना करें कि किसी और व्यक्ति ने हमारे भाई-बहन, माता-पिता पर जान-बूझकर पत्थर फेंका। सिर पर चोट लगी और खून बहने लगा। कितनी जल्दी हम उस व्यक्ति को भूलेंगे, क्षमा करेंगे? और फिर यह सबक सिखाया जाता है कि जिन लोगों के सामने उनके भाई-बहनों, माता-पिता को जिंदा जलाया गया, वे इस बात को भूल जाएँ, बल्कि उन्हें डाँटते नहीं तो समझाते तो हैं कि भूल जाओ।

भूल जाएँ कि हमारे सामने उनका खून हो गया और फिर यह विचार भी छोड़ दें कि कोई इनसाफ होना चाहिए; जिसने जिंदा जलाया, उसे कम-से-कम कोई सजा तो मिले। इस बात को भी भूल जाओ। कितना अंतर है इन बातों में, हम अपने लिए क्या चाहेंगे और हम औरों के लिए क्या चाहते हैं?

और ये तो फिर 'और' ही थे। कुछ हिंदुओं के लिए सिख, कुछ सिखों के लिए किसी और प्रकार के सिख। लेकिन सबके लिए गरीब, और गरीबों की गिनती तो फिर

आम हुआ करती है। सर्दियों में ठंड से मरे, गरमियों में गरमी से, बाढ़ आई तो बह गए, दंगे हुए तो मारे गए। कोविड आया तो निकाल दिए गए, कहीं दूर, कहीं-न-कहीं, किसी-न-किसी प्रकार जाने के लिए।

ये भूलने-भुलाने का प्रश्न उनसे नहीं, हमें अपने आप से करना चाहिए।

जो लोग उजड़ते हैं, उन्हें कहा जाता है कि अपना ही उजड़ना भुला दो। जबकि यह उजड़ना एक याददाश्त नहीं, बल्कि रोजमर्रा की एक हकीकत है। दस लोग जब तिलक नगर के एक कमरे में सोते हैं, तीन एक बिस्तर पर, बाकी फर्श और टूटी दीवार पर अपने परिवार के कत्ल किए गए सदस्यों की तसवीरें देखते हैं तो यह याददाश्त की बात नहीं है। जो बच गए, उनका जीवन नष्ट हो गया। और ये वे लोग हैं, जो भाग्यशाली हैं। इस तिलक नगर के कमरे में हम किस्मत वालों की बात कर रहे हैं।

सुल्तानपुरी में जो बच गए, जो उन्हीं गलियों में बचे रह गए, जहाँ उनके घर वालों को मार दिया गया। वे देखते रह गए, हफ्तों, महीनों, सालों, उन लोगों को, जिन्होंने उनका कत्ल किया। बड़े आराम से उन्होंने अपने बच्चों को पाला, घर में शादियाँ कीं, इच्छाएँ व्यक्त कीं कि शाम को क्या पकाना चाहिए। किसी की जान लेने के बाद इन बातों पर, इस रुटीन में कोई परिवर्तन नहीं आया। वे अपने उसी रास्ते चलते गए, और जो उनके हाथों बच गए, वे देखते रहे।

कितना कुछ हम भुलवाना चाहते हैं!

देखते-देखते 40 साल बीतने को आ गए हैं। कई लोग, जो कि इन हत्यारों से, पुलिस से बच गए थे, उनको समय ने खींच लिया। देखते-देखते एक नई पीढ़ी आई, और कहा जा सकता है कि उसके बाद लगभग एक और पीढ़ी जनमी तथा जवान हुई। तो उन्हें भूलना चाहिए या नहीं? अब कौन घर-घर में झाँककर देखे और सुने कि माँ-बाप घर में क्या बातें करते हैं? यह बात अवश्य है और हम सबका अनुभव है कि माँ-पापा, दादी-नानी अपने वक्त की खूब बातें सुनाते हैं। और जिन बातों का विशेष महत्त्व हो, जो कि एक सदमा बनकर रह गईं, उनका बयान करते थकते नहीं। तो बच्चे आए, और उनके आगे और बच्चे आए, समय बीता, पर ये कहानियाँ समाप्त नहीं हुईं। समय जीवन को नष्ट कर देता है, कहानियों को नहीं।

और इन कहानियों का क्या अर्थ निकलता है कि अपने ही लोगों ने उनके अपनों को जिंदा जला दिया और पुलिस देखती रही, या यों कहें कि उधर देखती रही, सिवाय एक-आधा अफसरों के किसी ने इन हत्यारों को रोका नहीं। और सिवाय एक-आध केस के इनसाफ के उदाहरण के किसी को दंड नहीं मिला। तीन हजार से अधिक लोगों की हत्या हुई, पर मौत की सजा किस-किस को मिली, कितनों को मिली? यह कोई विधवाओं के लिए प्रश्न नहीं है। यह कैसे हो सकता है कि तिलक नगर की नई पीढ़ियों

में ये प्रश्न न उठते हों ? माना रोज नहीं उठते हों, लेकिन उनका हमेशा दबे रहना अपने में एक गंभीर समस्या है, उन सबके लिए, हम सब के लिए और भारत के लिए भी।

अकसर सालगिरह आती है तो टी.वी. पर एक चर्चा हो जाती है। मुख्य कारण यह कि ऐसा नहीं हो कि कोई और चैनल कर दे और हम कहें कि तुमने नहीं किया। इस प्रकार की बहस में क्या होता है ? मैं स्वयं कुछ इस प्रकार के तमाशों में शामिल हुआ हूँ। जहाँ याददाश्त की बात चल रही थी, इसे भी याद करते हुए शर्म आती है।

एक समय था, जब मैं स्टूडियो की बहस में जुड़ा था। एंकर जनाब ने बहुत दम से अपना बयान सुनाया। आखिर सब उनके सामने की बात थी या नहीं ? उनके साथ कांग्रेस का एक सदस्य और एक बीजेपी का भी, फिर एक एंकर ने चिनगारी छोड़ी और बीजेपी–कांग्रेस की लड़ाई शुरू हुई। एंकर जनाब ने फट से माई–बाप का रूप धारण किया। बच्चो, मत झगड़ो, उसे भी कुछ कहने दो ! आखिर उन्होंने यह फरमाया कि 19 मिनट बीत चुके हैं, पर मुझसे कुछ नहीं पूछा। इनकी भी सुनो भाई, ये तो उन दिनों वहाँ सड़कों पर थे। इन्होंने बहुत कुछ देखा है। लेकिन कौन सुने। कहाँ कांग्रेस के जनाब को कुछ कहने देना था या फिर बीजेपी के साहेब को। उन्हें भी तो अपने ज्ञान का खुलासा करना था, उनके भी विचार बेताब थे जनता को पूछने के लिए।

कोई सच नहीं सुनना चाहता। वे यादें अब टी.वी. स्टूडियो में गाली–गलौच का एक और प्लेटफॉर्म बन गई हैं। इन बातों को देखते–देखते, कुछ कहने का प्रयत्न करते–करते, बैठे–बैठे मैं इन बातों में बीजेपी का समर्थक बन गया, क्योंकि मैं इकतरफा बात कर रहा था या नहीं। जहाँ तक बहसों का सवाल है तो मैंने यह कहा कि कांग्रेसियों ने ये कत्ल किए और करवाए। इसका मैंने सबूत आगे रखा, लेकिन कौन पूछता है। कोई सच जानना चाहे तो पूछे न ! तो हमेशा मुझे यह कहा गया कि तुमने बीजेपी और कांग्रेस की बराबरी से आलोचना नहीं की, तो मेरी पत्रकारिता में बैलेंस नहीं है।

कितना शरारती शब्द है यह—'बैलेंस'। सुनो तो कितना सही और सिद्धांतवादी लगता है कि भाई, बैलेंस होना चाहिए हर बात में, विशेष तौर पर पत्रकार की हर बात में, नहीं तो उसकी किसी बात का भरोसा नहीं। मैंने एक इस प्रकार की बहस में कहा कि जहाँ तक मुझे याद है, उन दिनों बीजेपी थी ही नहीं। तब कहा गया कि दो सांसद बन चुके थे, भाजपा बन चुकी थी। तो मैं जरूर उनके लिए काम कर रहा था। एक और ने कहा, बीजेपी नहीं तो जनसंघ तो था, आरएसएस था। मैं जरूर उनका समर्थक रहूँगा, यदि सदस्य नहीं तो।

न तो ये ज्ञान की बातें थीं, न ज्ञान पाने की। बस ज्ञान पर परदा फेंकने की थी और चालीस साल से बात–बात पर इन बातों का परदा फेंका जा रहा है।

इसी कारण मैं मानता हूँ कि इस पुस्तक का हिंदी में छपना अपने आप में विशेष

महत्त्व रखता है। कोई माने, न माने, कम-से-कम मैंने जो देखा, जो जाना, उसे किसी के आगे तो रखा। कोई पढ़े, न पढ़े, माने, न माने, यह उनकी मरजी। लेकिन इन सब शोरों में मेरा विश्वास अटल है। इसका मेरे पास कोई सबूत नहीं, न इस बात को मैं बहस के रूप में पेश करता हूँ। लेकिन मेरा विश्वास है तो है, कोई कुछ भी कहे, पर मन-ही-मन सच सब जानते हैं। शायद कुछ लोग बारीकी से इस सच को जानना चाहेंगे। यह किताब उनके लिए है।

लेखक की टिप्पणी

अब क्यों? 30 वर्ष बाद क्यों?

वर्ष 2014 की एक दोपहर थी, मैं अपनी दोस्त और सहकर्मी सागरिका घोष से बातें कर रहा था कि उसी दौरान अचानक इस पुस्तक का विचार मेरे जेहन में आया। "तुमने अभी तक सन् 1984 पर पुस्तक क्यों नहीं लिखी?" उसने सवाल किया। सवाल बहुत ही अच्छा किया गया था; लेकिन मेरे पास उतना अच्छा जवाब नहीं था।

जब हम बातें कर रहे थे तो उसकी पृष्ठभूमि में वर्ष 1984 ही था। राहुल गांधी ने हाल ही में एक इंटरव्यू दिया था, जिसमें उन्होंने विधिवत् रूप से इस बात से इनकार किया था कि वर्ष 1984 में उनकी दादी और पूर्व प्रधानमंत्री इंदिरा गांधी की हत्या के बाद, दिल्ली में सिखों की हत्याओं में, उनकी पार्टी या कांग्रेस (आई) का कोई हाथ था। एक जमाने में कांग्रेस पार्टी को कांग्रेस (आई) (उनकी दादी और पूर्व प्रधानमंत्री इंदिरा गांधी के नाम पर) ही कहा जाता था। राहुल ने इस बात पर भी पूरा जोर दिया था कि उनके पिता राजीव गांधी और उनकी नवगठित सरकार ने उस समय हिंसा को रोकने के लिए जो कुछ भी संभव था, वह किया था। उसके बाद सामान्य आरोप-प्रत्यारोपों का दौर चला। मैंने सोचा कि इस बहस में योगदान देने के लिए मेरे पास कुछ है, जो कि सामान्य आरोप-प्रत्यारोपों के खेल से काफी अलग था। मैंने सोचा था कि यह एक तरह से उन घटनाओं के रिकॉर्ड के रूप में होगा, जिनका मैं वर्ष 1984 के उस दौर में खुद गवाह रहा था और जिनकी मैंने रिपोर्टिंग की थी। यूँ समझिए कि एक तरह से डायरी के पन्नों को फिर से पलटना था।

'दि इंडियन एक्सप्रेस' समाचार-पत्र के साथ मैं एक क्राइम रिपोर्टर के रूप में जुड़ा हुआ था और उसी नाते मैंने हिंसा संबंधी खबरों की रिपोर्टिंग की थी। बाद में, मैंने दो जाँच आयोगों के समक्ष पेश होकर अपनी आँखों देखी घटनाओं के संबंध में हलफनामे भी दायर किए थे। वे जाँच आयोग न्यायमूर्ति रंगनाथ मिश्र और न्यायमूर्ति जी.टी. नानावती की अध्यक्षता में गठित किए गए थे।

इस पुस्तक में केवल पूर्व में दी गई गवाहियों को ही नत्थी नहीं किया गया है,

बल्कि यह उन घटनाओं से अधिक कहीं गहरा लेखा-जोखा है। इससे तीन फायदे हैं। पहला, मैंने यहाँ उन महत्त्वपूर्ण पुलिस अधिकारियों के विस्तृत साक्षात्कारों को शामिल किया है, जो वर्ष 1984 में हिंसा से निपटने में सबसे अग्रिम मोर्चे पर थे। इसके लिए 30 वर्ष की लंबी देरी उतनी खराब नहीं होगी। ये अधिकारी अब रिटायर हो चुके हैं और अब पहले के मुकाबले ये कहीं अधिक खुलकर बोल सकते हैं। अब उन्होंने जो कहा है, वह उन्होंने बताया है।

दूसरी बात, मैंने अपने अनुभवों एवं मुलाकातों को कानून के संदर्भ और जरूरी कानूनी काररवाई के दायरे के भीतर रखा है, जो कि उस समय भी थे और आज भी हैं। वर्ष 1984 पर बहस बहुत लंबे समय तक जारी रही है; लेकिन यह बहस कानून के संदर्भों के तहत नहीं रही। तीसरी बात, इस लेखे-जोखे में मैंने 1984 के अपने रिपोर्टिंग के अनुभवों और उन घटनाओं को रखा है, जिनका मैं पंजाब के साथ ही दिल्ली में गवाह रहा था। बतौर रिपोर्टर मैं केवल घटनाओं की खबर के रूप में रिपोर्ट कर सकता था और इसीलिए इससे पहले ऐसा कभी नहीं कर सका। अब यह एक व्यक्ति द्वारा पेश की जानेवाली रिपोर्ट है, जैसे कि मैं उन घटनाओं को उसी प्रकार देख रहा हूँ, जैसे वे घटी थीं। वे दृश्य आज भी मेरी आँखों के सामने ऐसे मौजूद हैं, जैसे वे कल ही घटित हुए हों। हालाँकि, मैं उन्हें कभी भी एक समय या एक तारीख के साथ जोड़कर नहीं देख पाया; मैंने केवल उन्हीं तारीखों का जिक्र किया है, जिन्हें मैं अपनी याददाश्त पर पूरा जोर डालकर याद रख पाया हूँ। मैं तारीखों की दोबारा पड़ताल नहीं कर सका, क्योंकि मैंने उन घटनाओं की कोई क्लिपिंग नहीं रखी थी। बेवकूफी की और 'दि इंडियन एक्सप्रेस' के पिछले अंक नहीं मिल सके। लाइब्रेरी के स्टाफ का कहना था कि वर्ष 1984 में उस समय की फाइल गुम हो चुकी है। मुझे दिल्ली में तीन मूर्ति भवन में सरकार की समाचार-पत्र लाइब्रेरी में भी वे अंक नहीं मिल सके। आगामी पन्नों में जो कुछ शामिल है, वह ऐतिहासिक है; लेकिन उसमें उन दिनों का इतिहास होने का दावा नहीं किया गया है। ये घटनाएँ मेरी आँखों देखी और निजी तौर पर मैंने जो समझा है, उसका नतीजा हैं। मेरा मानना है कि लेखा-जोखा ऐतिहासिक भी नहीं है, क्योंकि यह उस मामले में अभी उठाए जा सकनेवाले कदमों का ही हिस्सा भर है।

—संजय सूरी

अनुक्रम

हिंदी संस्करण के लिए विशेष लेखकीय *5*

लेखक की टिप्पणी *9*

राजनेता

1. करोल बाग में उथल-पुथल 15
2. लूटपाट और कानून 24
3. राजीव गांधी 34
4. राहुल गांधी 48
5. कमल नाथ 61
6. मुठभेड़ 70

पुलिस

7. विफलता 81
8. शीशगंज 111
9. केंद्र की काररवाई 134
10. पुलिस के पैरों में बेड़ियाँ 158

हत्याएँ

11. हत्या और उससे पहले 181
12. हत्या और उसके बाद 209
13. भूल-चूक 235
14. अब 270

I

राजनेता

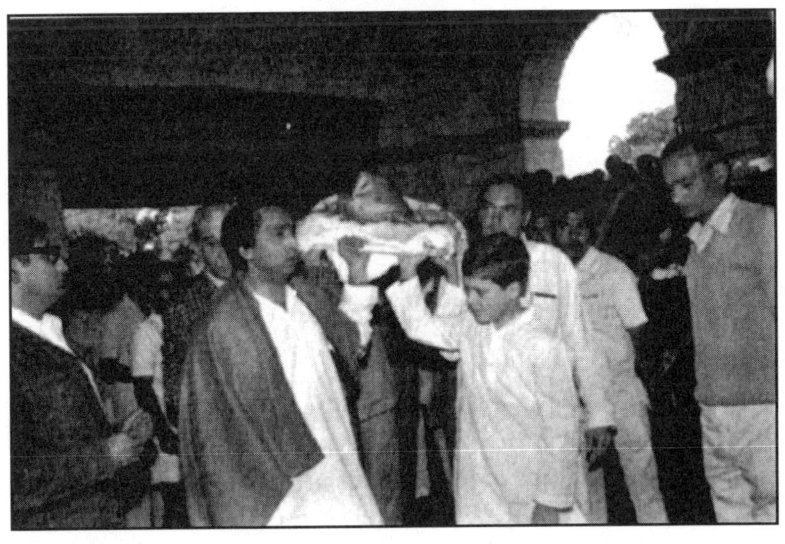

1

करोल बाग में उथल-पुथल

'दि इंडियन एक्सप्रेस' के नई दिल्ली ऑफिस में दोपहर के समय एक फोन आया। दूसरी ओर से आवाज आई, "पुलिस ने सिखों के साथ लूटपाट करने के कारण कई लोगों को गिरफ्तार किया है। एक कांग्रेस सांसद पुलिस स्टेशन पहुँच चुके हैं। वहाँ बड़ा हंगामा हो रहा है, क्योंकि सांसद चाहते हैं कि उनकी पार्टी के लोगों को रिहा कर दिया जाए।" वाक्य शब्दशः ये नहीं थे, लेकिन उस आदमी ने कुल मिलाकर यही बताने के लिए फोन किया था। क्या यह सच था? कांग्रेस (आई) का एक संसद् सदस्य (सांसद) क्या इस तरह खुल्लम-खुल्ला अपना हाथ होने, पार्टी का हाथ होने की बात कहेगा? क्या वह सांसद सच में यह दावा करने आया था कि प्रधानमंत्री इंदिरा गांधी की हत्या के बाद सिखों पर हमले करने और उन्हें लूटने के लिए गिरफ्तार किए गए लोग उसकी अपनी पार्टी के थे? और उसके बाद वह उन्हें रिहा करने के लिए भी कह रहा था? फोन करनेवाले ने अपना नाम नहीं बताया था। भरोसा करना मुश्किल था। राजनेता संकेत देते हैं। वे लोगों के जरिए कहलवाते हैं, वे जो कहना चाहते हैं, उसे सार्वजनिक करने के तरीके निकाल ही लेते हैं। अपने आप में यह कल्पना करना ही असंभव-सा था कि एक सांसद ऐसी माँग करने के लिए स्वयं पुलिस स्टेशन पहुँच जाएगा! लेकिन यकीन करना इतना भी मुश्किल नहीं था। क्या यह संभव था कि दिल्ली की सड़कों पर सिखों पर हमले हो रहे थे, उन्हें लूटा जा रहा था, मौत के घाट उतारा जा रहा था और पुलिस ने सच में ही ऐसी खून की प्यासी भीड़ के खिलाफ कोई काररवाई नहीं की थी? हम देख चुके थे। मैंने खुद अपनी आँखों से देखा था कि कैसे पुलिस ने श्रीमती गांधी की हत्या के बाद भड़की इस हिंसा के दौरान सिखों की जान बचाने के लिए जान-बूझकर कुछ नहीं किया था। उन दिनों ऐसे अपराधियों को पुलिस द्वारा गिरफ्तार किया जाना ही अपने आप में खबर थी।

उस व्यक्ति की आवाज से ही पता चल रहा था कि स्थिति बहुत नाजुक थी। उसकी

काँपती आवाज उसके सच होने की गवाही दे रही थी। मेरा मन कह रहा था कि मुझे इस सूचना की तहकीकात करनी चाहिए। रिपोर्टिंग में आप ऐसी संभावनाओं के लिए जगह बनाकर चलते हैं, जो न तो संभव जान पड़ती हैं और न ही जिनके पीछे कोई तर्क होता है।

इससे भी ज्यादा यह नामुमकिन नजर आ रहा था कि एक कांग्रेस नेता जनता के बीच खड़े होकर आपराधिक गतिविधियों में संलिप्तता को लेकर गिरफ्तार किए गए लोगों की पैरवी करने जैसी मूर्खता करेगा! हालाँकि, सच तो यह था कि सत्तारूढ़ पार्टी के लोग हिंसा में लिप्त थे। भले ही उन पर आलाकमान का हाथ नहीं था, लेकिन वरिष्ठों की सहमति जरूर थी।

पश्चिमी दिल्ली के सुल्तानपुरी इलाके की गलियों में, कुछ ही दिन पहले, हत्यारों से मेरा सामना हो चुका था। साफ जाहिर था कि कांग्रेस से उनके संबंध थे। कुछ ही दिन पहले जिस तरह से कत्लेआम हुआ था, हम सबने देखा था कि किस तरह सत्तारूढ़ कांग्रेस सरकार और उसके संबंधित संस्थान जमींदोज हो गए थे। सरकार राजनीतिक स्तर पर अपने फैसलों और अपनी अकर्मण्यता के माध्यम से सिखों की रक्षा करने में भयानक रूप से विफल रही थी और प्रशासनिक स्तर पर यह विफलता पुलिस के स्तर पर थी, जिसने कोई काररवाई नहीं की; लेकिन कोई भी कांग्रेस नेता खुलेआम इस स्तर तक नहीं गया था, जिसका टेलीफोन करनेवाला व्यक्ति दावा कर रहा था।

इस बात में कोई शक नहीं कि उस आदमी का अपना कोई हित था। यह असामान्य नहीं था। न्यूजरूम को केवल इस आधार पर ही सूचनाएँ मिलती रहती थीं कि किसी व्यक्ति को इस प्रकार सूचना पहुँचाने से कोई लाभ हो रहा होता था। एक क्राइम रिपोर्टर खुद ऐसी चीजों को प्रोत्साहित करता था कि इस प्रकार गुप्त रूप से उसे सूचनाएँ मिलती रहें। संभव था कि फोन करनेवाला विपक्षी पार्टी से हो, या वह कोई चिंतित नागरिक भी हो सकता था, कांग्रेस के भीतर से ही कोई भला आदमी हो सकता था अथवा कोई ऐसा व्यक्ति भी हो सकता था, जो सांसद से अपना पुराना हिसाब चुकाना चाहता हो, या हो सकता है कि कोई पुलिस विभाग से ही हो! मैं नहीं जानता था और इससे कोई फर्क नहीं पड़ता था। सवाल यह था कि क्या मामले की पड़ताल की जाए? न्यूजरूम में हम कुछ ही लोग थे और वहाँ उस समय आसपास चुनिंदा लोग थे, जो इस गोपनीय सूचना को खारिज कर रहे थे। हम में से कोई भी इस संभावना के बारे में नहीं सोच रहा था कि कांग्रेस का एक सांसद ऐसी माँग के साथ पुलिस स्टेशन गया होगा, भले ही उसके अपने आदमी क्यों न गिरफ्तार किए गए हों। लेकिन एक साथी रिपोर्टर, जिससे मैंने बात की थी, वह इस बात से सहमत था कि अगर कहीं यह बात सच है तो यह बहुत बड़ी बात होगी। हो सकता है कि यह कोई ऐसा सुराख हो, जिससे कांग्रेस नेतृत्व का हाथ होने का सुराग लग सके? उस समय शहर के किसी हिस्से से ताजा हिंसा की तत्काल कोई सूचना

मुझे नहीं मिली थी। यह 5 नवंबर की बात है। तब तक हत्याओं का सिलसिला थम चुका था। इसलिए मैंने अपने पुराने खटारा वेस्पा स्कूटर में किक मारी और करोल बाग पुलिस स्टेशन की ओर बढ़ गया।

मैंने सपने में भी नहीं सोचा था कि मंजिल पर पहुँचकर मुझे वह सब देखने को मिलेगा। वहाँ पहुँचकर मैंने पाया कि लूटपाट व हत्याओं में कांग्रेस (आई) के नेताओं और शीर्ष पुलिस अधिकारियों की साँठ-गाँठ के सबूत लगभग मेरी आँखों के सामने थे। सच कहूँ तो मैं एक ऐसे मोड़ पर पहुँच चुका था, जहाँ पार्टी की मिलीभगत—और वह भी इतने वरिष्ठ स्तर पर—इसका इतना बड़ा सबूत मुझे मिला था। मेरी जिंदगी का यह अपनी किस्म का पहला अनुभव था।

न ही मैं यह अंदाजा लगा सका था कि पुलिस स्टेशन जाने की इस घटना को लेकर बाद में प्रधानमंत्री राजीव गांधी से मेरा सामना होगा और सालों बाद यह घटना वर्ष 2014 के आम चुनाव में मुझे पूर्व प्रधानमंत्री राजीव गांधी के मुझे राहुल गांधी द्वारा किए जा रहे कांग्रेस के बचाव के खिलाफ ला खड़ा करेगी।

•

जब मैंने अपना स्कूटर खड़ा कर रहा था तो मुझे पुलिस स्टेशन के भीतर से चिल्लाने की आवाजें सुनाई पड़ीं। गेट के भीतर बरामदे में खड़े कुछ लोग पुलिस के खिलाफ नारेबाजी कर रहे थे। कुछ कांस्टेबल एक ओर खड़े उन्हें देख रहे थे। उनके पीछे स्टेशन हाउस ऑफिसर (एस.एच.ओ.) का दफ्तर था, जो कि पुलिस स्टेशन के प्रभारी इंस्पेक्टर थे। हल्ला-गुल्ला कर रहे उन लोगों के पास से गुजरते हुए मैं एस.एच.ओ. के दफ्तर की ओर जाने लगा। भीतर चल रही तेज बहस की कुछ आवाजें मेरे कानों तक पहुँच रही थीं। दरवाजे तक पहुँचा तो मैंने देखा कि हुकुम चंद जाटव, जो कि दिल्ली रेंज के अतिरिक्त पुलिस आयुक्त थे, वह एस.एच.ओ. की कुरसी पर बैठे हुए थे। उन्होंने मुझे दरवाजे पर देख लिया और अपने गुस्से पर काबू न रख सके। उन्होंने कमरे में मौजूद एक पुलिसवाले को आदेश दिया कि मुझे कमरे से बाहर किया जाए। मुझे वहाँ से निकलना पड़ा। दरवाजे पर उन कुछ क्षणों में ही मैंने सीन के भीतर एक और सीन देखा। मध्य जिला पुलिस की कमान सँभाल रहे अधिकारी, यानी कि पुलिस उपायुक्त (डी.सी.पी.) आमोद कंठ जाटव की बगल में बैठे हुए थे। पुलिस स्टेशन का एस.एच.ओ. रणबीर सिंह, जो कि सिख नहीं थे, वह कमरे में एक ओर खड़े थे। मुझे रणबीर सिंह एक ऐसे हरियाणवी के रूप में याद हैं, जिनकी पूरी शख्सियत में ही एक 'पुलिसवाले' का रोब झलकता था, भले ही इस समय वह एक कोने में खड़े थे। उनके पास ही उनसे एक रैंक ऊपर के अधिकारी, सहायक पुलिस आयुक्त (ए.सी.पी.) राममूर्ति शर्मा खड़े थे और जाटव की मेज के दूसरी ओर कांग्रेस सांसद धरम दास शास्त्री लोगों के एक समूह के

बीच में बैठे थे। वे सभी जोर-जोर से चिल्लाते हुए स्थानीय पुलिस के खिलाफ विरोध कर रहे थे। धरम दास शास्त्री करोल बाग लोकसभा क्षेत्र (करोल बाग पुलिस स्टेशन इलाके से कहीं बड़ा इलाका) से सांसद थे। मैंने सुना कि शास्त्री के बगल में खड़ा एक व्यक्ति खासतौर पर ऊँची आवाज में चिल्ला रहा था। वह मोतीलाल बकोलिया थे, एक वरिष्ठ कांग्रेसी नेता। पुलिस की ओर, एक तरह से सभी उच्च अधिकारियों से कमरा भरा हुआ था। उस समय दिल्ली दो भागों में बँटी हुई थी, जिसे 'रेंज' कहा जाता था—दिल्ली रेंज और नई दिल्ली रेंज।

एक रेंज का प्रभारी अधिकारी अतिरिक्त पुलिस आयुक्त था, जो कि शीर्ष अधिकारी, दिल्ली के पुलिस कमिश्नर (सी.पी.) से रैंक में एक ही नंबर नीचे होता था। हर रेंज में तीन पुलिस जिले आते थे। दिल्ली रेंज में मध्य, उत्तरी और पूर्वी पुलिस जिले थे; नई दिल्ली रेंज में नई दिल्ली जिला और पश्चिमी तथा दक्षिणी पुलिस जिले शामिल थे। जिला पुलिस बल की कमान डी.सी.पी. के हाथों में थी। एक जिले के भीतर दो या तीन पुलिस स्टेशन का नेतृत्व एक ए.सी.पी. सँभालता था। हर पुलिस स्टेशन का मुखिया एक इंस्पेक्टर, एस.एच.ओ. था। करोल बाग दिल्ली रेंज के मध्य जिले के भीतर पुलिस स्टेशनों में से एक पुलिस स्टेशन था। वरिष्ठता क्रम के हिसाब से कमरे में जाटव शीर्ष अधिकारी थे, जो दिल्ली रेंज के तीनों जिलों के प्रमुख थे। उनके बाद मध्य जिले के डी.सी.पी. आमोद कंठ थे। कंठ से एक रैंक नीचे ए.सी.पी. राममूर्ति शर्मा और उनसे एक रैंक नीचे एस.एच.ओ. रणबीर सिंह थे। वहाँ एकत्र सभी अधिकारियों में से एस.एच.ओ. सबसे जूनियर/कनिष्ठ थे, लेकिन सबसे महत्त्वपूर्ण; वह एस.एच.ओ. ही होता है, जो पुलिसिंग में सबसे आगे रहता है। मुझे एस.एच.ओ. के ऑफिस के दरवाजे से बाहर तो कर दिया गया, लेकिन मैं बहुत ज्यादा दूर नहीं गया था। आवाजें तेज हो रही थीं। बाहर से भी मैं सबकुछ सुन सकता था और बाहर कोई अधिकारी मौजूद नहीं था, जो मुझे एस.एच.ओ. के ऑफिस के परिसर से बाहर खदेड़ पाता। दरवाजे से मुझे ऑफिस के दूसरी ओर दूर एक खिड़की नजर आई, जो पीछे के आँगन में खुलती थी। मैं घूमकर पीछे गया और उस खिड़की से सटकर खड़ा हो गया। करोल बाग पुलिस ने कुछ लोगों को गिरफ्तार किया था और बकोलिया व शास्त्री हुकुमचंद जाटव के साथ इस बात को लेकर विरोध जता रहे थे। कुछ वाक्य बार-बार कानों में पड़ रहे थे—'मतलब क्या है…', 'बिना बात…'। एक शब्द बार-बार सुनाई दे रहा था कि पुलिस ने 'बदतमीजी' की। मैंने सुना कि आमोद कंठ अपने एस.एच.ओ. की काररवाई का बचाव कर रहे थे। एक बात पर आमोद कंठ कांग्रेस (आई) के नेताओं से बोले, "आप अपराधियों की पैरवी कर रहे हैं…।" कंठ ने कुछ इसी तरह की बात कही थी। उन्होंने यह बात सीधे और सपाट लहजे में कही थी।

उनके इतना कहते ही शोर–शराबा और हो–हल्ला अपने चरम पर पहुँच गया। चिल्ला रहे नेताओं के निशाने पर आमोद कंठ और एस.एच.ओ. थे। मैंने देखा कि बकोलिया अपनी कुरसी से उठे और एस.एच.ओ. की ओर इस तरह से लपके, जैसे कि उन पर पिल पड़ेंगे। उनके कुछ साथियों ने उन्हें पकड़ा और शांत कराया। धरम दास शास्त्री ने उन्हें रोकने के लिए कुछ नहीं किया। लगता था कि बकोलिया जो कुछ कह रहे थे, उसे उनका समर्थन हासिल था।

आमोद कंठ चिल्ला रहे कांग्रेस नेताओं से बार–बार बहस कर रहे थे। मैंने उन्हें कई बार यह कहते हुए सुना कि "जिन्होंने सामान की लूटपाट की थी, वे लोग इन लोगों के घरों में पाए गए थे।" बहस इसी बात को लेकर थी—स्थानीय पुलिस ने सिखों के घरों में लूटपाट करने के अपराध में लोगों को हिरासत में लिया था। कांग्रेस नेता अब दावा कर रहे थे कि ये उनके आदमी हैं और उनकी रिहाई की माँग पर अड़े थे।

फोन करनेवाले की बात सही थी। मैंने सुना कि जाटव ने कई बार अपने डी.सी.पी. की बात को बीच में काटा और वह कांग्रेस नेताओं की मौजूदगी में उनसे जवाब तलब कर रहे थे। मैंने इससे पहले ऐसा कभी नहीं देखा था। शीर्ष पुलिस अधिकारी वहाँ बैठा हुआ था और अपने एस.एच.ओ. एवं स्थानीय पुलिस के खिलाफ कांग्रेस नेताओं का समर्थन कर रहा था। उस कमरे में मौजूद दूसरा वरिष्ठ अधिकारी स्थानीय पुलिस टीम का बचाव कर रहा था और इसके लिए उसका अपना वरिष्ठ अधिकारी विरोध कर रहा था। टकराव और बहस कुछ क्षण के लिए ठंडी पड़ गई। ए.सी.पी. राममूर्ति शर्मा कमरे से बाहर निकले। मैं घूमकर उनसे बात करने के लिए पहुँचा। वह काफी परेशान नजर आ रहे थे। मुझे एकदम पक्का याद है कि उन्होंने क्या कहा था—"जब भी पुलिस कोई काम करने की कोशिश करती है, नेता लोग हमें रोक देते हैं।" उन्होंने एस.एच.ओ. ऑफिस की तरफ इशारा किया। वह गुस्से में और हताश दिख रहे थे। जल्द ही जाटव बाहर आए। मैंने उनसे सवाल किया कि उन्होंने अपने अधिकारियों का साथ क्यों नहीं दिया? उनका जवाब मैं कभी नहीं भूल सकता। "ऐसा कुछ नहीं हुआ।" उन्होंने कहा।

"लेकिन मैंने देखा है," मैंने कहा।

"नहीं, आपने वह नहीं देखा।"

मैंने उनसे पूछा, "तो फिर लोग इतना किस बारे में चिल्ला रहे थे?

"यह सब आमोद कंठ की गलती है।" जाटव ने कहा, "मिस्टर कंठ नहीं जानते कि नेताओं से किस तरह पेश आना चाहिए।" काम की बात छोड़कर उन्होंने मुझे केवल यही बताया। उनकी यह टिप्पणी इस बात का एक और संकेत थी कि इंदिरा गांधी की हत्या के बाद अगले तीन दिनों के दौरान पुलिस व्यवस्था कैसे ढह गई थी। मैं यह सोच

भी नहीं सकता कि सामान्य स्थितियों में एक अतिरिक्त पुलिस आयुक्त, एक रिपोर्टर को यह बताएगा कि पुलिस उपायुक्त को नेताओं से बरताव करना नहीं आता!

हुकुमचंद जाटव पुलिस की अपनी सफेद एंबेसडर कार में बैठकर वहाँ से रवाना हो गए। वे जा चुके थे। मैं धरम दास शास्त्री की ओर बढ़ा, जो अब एकदम ठीक पुलिस स्टेशन के गेट के बाहर खड़े थे। मैंने उनसे पूछा कि वह गिरफ्तारियों का विरोध क्यों कर रहे थे?

"पुलिस लूटा गया माल वापस ले सकती थी; लेकिन उसे लोगों को गिरफ्तार नहीं करना चाहिए था।" उन्होंने कहा, "सिर्फ इसलिए कि लूटा गया कुछ माल बरामद की गई है, इससे यह साबित नहीं हो जाता कि ये अपराधी हैं।"

मैंने उनसे कहा कि वह पुलिस से यह उम्मीद कैसे कर सकते हैं कि वह लूटा हुआ माल बरामद कर ले, लेकिन उन लोगों को गिरफ्तार न करे, जिनसे माल बरामद किया गया है? मेरा कहना था कि अपराध के दायरे में दोनों बातों को एक-दूसरे से जुदा नहीं किया जा सकता। पुलिस स्टेशन के बाहर तब तक कुछ और लोग हमारे आसपास आ जुटे। उनमें से एक आदमी ने मेरा सवाल सुन लिया और शास्त्री से इसका जवाब देने की माँग की। बताने की जरूरत नहीं कि वह आदमी सिख नहीं था—दिल्ली की सड़कों पर अभी भी कोई सिख नजर नहीं आ रहा था।

"ये सब लोग निर्दोष हैं।" शास्त्री ने जवाब दिया। उनका कहना था कि उन्हें गुस्सा इसलिए आया, क्योंकि पुलिस ने छापेमारी के दौरान इन लोगों के साथ गलत बरताव किया था। पुलिस ने 'गलत भाषा' का इस्तेमाल किया था और उनका गुस्सा इसी बात को लेकर था। वह नहीं चाहते थे कि बहस बढ़े और इसलिए वहाँ से निकल गए। अब मैं आमोद कंठ के पास जा पहुँचा, जो एस.एच.ओ. के ऑफिस के बाहर खड़े थे। वह इतने भावुक हो उठे थे कि काँप रहे थे। मैंने उनकी आँखों में आँसू देखे। मैं इस बात का गवाह था कि कैसे अपना काम करने और ड्यूटी करनेवाले अपने लोगों का बचाव करने के लिए उन्हें एक वरिष्ठ अधिकारी द्वारा अपमानित किया गया था। उन्हें भी पता था कि मुझे पता है। मैंने पूछा कि अब क्या करेंगे?

"बस, छुट्टी लो और चले जाओ।" उनका जवाब था। लग नहीं रहा था कि वह ज्यादा कुछ कहने के मूड में हैं और वह चले गए।

मैं भी अपने ऑफिस लौट आया। एस.एच.ओ. ऑफिस में अंतिम क्षणों में क्या हुआ, यह मैं नहीं देख पाया था। नहीं जानता था कि झगड़ा कैसे शांत हुआ था; लेकिन कांग्रेसी नेता बड़ी ठसक से वहाँ से निकले थे। जाटव बड़ी अकड़ के साथ निकले थे और कंठ एवं अन्य स्थानीय पुलिस अधिकारियों के गुस्से तथा मजबूरी की कोई सीमा न थी।

यहाँ संभावना इस बात की अधिक नजर आती है कि पुलिस ने 'हालात के तनाव को कम' कर दिया था। दिल्ली पुलिस का इस बात का बड़ा तगड़ा रिकॉर्ड रहा है कि वह हालात से निपटने के बजाय उन्हें शांत कराने/दबाने में ज्यादा माहिर रही है; हालाँकि, सच्चाई पर परदा डालना मुश्किल काम है। इसका मतलब यह है कि कानून के रखवाले ने कानून को ही किनारे करने का फैसला कर लिया था। उस घटना से मेरा मन बहुत खराब हो गया और जी मिचलाता-सा महसूस हुआ था।

धरम दास शास्त्री पुलिस पर उन लोगों को गिरफ्तार करने का आरोप लगा रहे थे, जिन्हें पुलिस ने कानून तोड़ते हुए पकड़ा था। बाद में, शाम को हुकुम चंद जाटव ने एक बयान जारी किया, जिसकी एक कॉपी मुझे 'दि इंडियन एक्सप्रेस' में मिली। बयान में घोषणा की गई थी कि पुलिस असामाजिक तत्त्वों के खिलाफ काररवाई जारी रखेगी। बयान में करोल बाग पुलिस स्टेशन वाली घटना का कोई जिक्र नहीं था। उन्होंने मुझे यह आधिकारिक बयान दिया था कि वहाँ कुछ भी नहीं हुआ था। मुझे जाटव के कहे शब्द याद थे—"मैंने कुछ भी न देखा था और न ही सुना था।" निश्चित ही, जाटव की बातों को मैंने कोई तवज्जो नहीं दी और मैंने 'दि इंडियन एक्सप्रेस' में करोल बाग वाली घटना की रिपोर्ट प्रकाशित की। अगली सुबह समाचार-पत्र के पहले पन्ने पर सबसे ऊपर मोटे-मोटे अक्षरों में यही खबर छपी हुई थी।

•

इसमें कोई शक नहीं कि जाटव का बयान यह दिखाने के लिए था कि इस पुलिस अधिकारी ने बहुत कड़े निर्देश जारी किए हैं कि असामाजिक तत्त्वों से सख्ती से निपटा जाएगा। एक अधिकारी के रिकॉर्ड के खिलाफ एक रिपोर्टर के शब्दों की क्या बिसात! जो कुछ घपलेबाजी हुई थी, मैं उसका गवाह था। लेकिन क्या मैं अपनी चश्मदीद गवाही को साबित करने के लिए कोई गवाह जुटा सकता था? जाटव ने बड़ी ही चतुराई से एक साधारण-सा प्रतिवाद किया था—कि नहीं, मैंने जो देखा था, वह मैंने देखा ही नहीं था। सुप्रीम कोर्ट के न्यायाधीश न्यायमूर्ति रंगनाथ मिश्र ने भी बाद में इसी प्रतिवाद का इस्तेमाल किया था, जिनकी अगुआई में इन हत्याओं की जाँच की गई थी। हद तो यह हो गई कि पुलिस, जिसका प्रतिनिधित्व जाटव कर रहे थे, वह कहानी से 'इनकार' कर रही थी और ऐसी आधिकारिक अस्वीकृति वाले मामलों में हम सब अथॉरिटी की ही बात को स्वीकार करते हैं। जैसा कि बाद में हुआ, उस पुलिस स्टेशन के भीतर घटी घटना को लेकर मैंने जो रिपोर्ट प्रकाशित की थी, उसके अनुरूप जाटव के जूनियर ऑफिसर ने रंगनाथ मिश्र आयोग के समक्ष हलफनामे दाखिल किए। उनकी बात या मेरी बात से जाटव को कोई फर्क नहीं पड़ा। जाँच आयोग को क्या सौंपा गया और उस पर उन्होंने क्या किया, यह एक अलग कहानी है, जो बाद में सामने आई। (अध्याय 13)

धरम दास शास्त्री उसके बाद मुझे नजर नहीं आए। हालाँकि, उन्होंने भी जाटव की तरह ही हर उस बात से इनकार किया था, जो मैंने अपनी रिपोर्ट में कही थी। उस इनकार पर अब एक सांसद की मुहर और लग गई थी, जैसा कि शास्त्री ने कहा था कि वह 'गलत भाषा' का इस्तेमाल किए जाने को लेकर परेशान थे। जब चारों ओर हत्याएँ हो रही थीं और अराजकता फैली हुई थी, तब एक सांसद अभद्र भाषा को लेकर आक्रोशित हो गया! दिल्ली पुलिस के शब्दकोश में ऐसे शब्द तो कभी भी नहीं रहे, जो के चाशनी में लिपटे हों, या ऐसा भी नहीं कह सकते कि पुलिस पहले बड़े ही लखनवी अंदाज में बात करती रही हो! गाली-गलौज की भाषा तो पुलिस की साँसों के साथ जुड़ी हुई है और यह उम्मीद स्वाभाविक है कि हर पुलिसवाला ऐसी ही भाषा बोलेगा। यहाँ मुद्दा अभिव्यक्ति की शालीनता भंग होने का तो था ही नहीं...सच्चाई यह थी कि यह बहाना शास्त्री का गढ़ा हुआ था, जो कि चीजों पर परदा डालने के लिए था और जिस पर कोई विश्वास नहीं करता या जिसकी उम्मीद नहीं की जाती। शास्त्री एक नेता थे और वह भी कोई बहुत अच्छे नेता नहीं थे। एक बार सांसद पुलिस द्वारा निर्दोष लोगों को गिरफ्तार करने के बारे में बात कर रहे थे तो दूसरी बार वह कह रहे थे कि उनके कब्जे से लूट का माल बरामद करना तो सही है, लेकिन उन्हें गिरफ्तार करना ठीक नहीं था और साथ ही, वह यह भी कह रहे थे कि पुलिस की भाषा सही नहीं थी। इस बात में कोई शक नहीं कि उन्होंने यह मान लिया था कि यह पूरा मामला उनके और पुलिस के बीच का था। उन्होंने उम्मीद नहीं की थी कि अगली सुबह यह 'दि इंडियन एक्सप्रेस' के पहले पन्ने पर छप जाएगा।

मामला उस बैठक में अनसुलझा रह गया। आज के दिन तक भी अनसुलझा है और यही कानून का सवाल है। बाद की पुलिस रिपोर्टों में मैंने देखा कि गिरफ्तारियों के बाद मुकदमा चलाने या किसी का दोष साबित होने के संबंध में ये रिपोर्टें खामोश हैं। संभवतः उस क्षण समझौता इस बात पर हुआ कि पुलिस ने लूटे गए माल को कब्जे में रखा, लेकिन पकड़े गए संदिग्धों को छोड़ दिया था। दोनों मामलों को अलग-अलग करके देखना असंभव था। इस सवाल पर सांसद का कोई जवाब नहीं आया। कानून के इस सामान्य से सवाल के साथ समस्या यह है कि जो लोग प्रभावी तरीके से यह सवाल पूछ सकते थे, उन्होंने यह सवाल कभी पूछा ही नहीं। दोनों मामले एक-दूसरे से अलग ही नहीं किए जा सकते, यह समझने के लिए आपको कानून की कोई परीक्षा पास करने की जरूरत नहीं है। लूटे गए माल-असबाब से इस तथ्य को अलग नहीं कर सकते कि वह माल उन लोगों से बरामद किया गया है, जिन्होंने उसे चुराया था।

धरम दास शास्त्री चाहते थे कि पुलिस एक लूटे गए टेलीविजन सेट को देखे और चाहे तो उसे उठाकर ले जाए; लेकिन उस व्यक्ति की ओर न देखे, जिसने उसे लूटा था और जिसके घर से वह बरामद किया गया था। और ऐसा करते हुए वह संयोगवश यह

घोषणा कर बैठे थे कि लूटपाट के लिए पुलिस ने जिन लोगों को पकड़ा था, वे सब कांग्रेस पार्टी के लोग थे।

करोल बाग थाने से आखिरकार यह सामने आया कि लूटपाट के लिए गिरफ्तार किए गए लोग कांग्रेस पार्टी के थे; और यह भी उभरकर सामने आया कि उस जमाने में विधि–सम्मत काररवाई करनेवाले विरले पुलिसकर्मी थे, जिन्होंने कानून के तहत जरूरी काररवाई की; लेकिन सरकार ने कानून लागू करने से इनकार कर दिया।

□

2

लूटपाट और कानून

भारतीय दंड संहिता (आई.पी.सी.) के प्रावधान अपने आप में इतने जटिल और गूढ़ हैं कि अच्छे-अच्छे विद्वान् चकरा जाएँ। इसे 'पढ़ने की सलाह' दी जा सकती है, न सिर्फ इसलिए कि हम सबको कानून की जानकारी होनी चाहिए, बल्कि इसलिए भी कि विक्टोरियाई काल में कानून के लिए एकदम सटीक रूप से किस भाषा का इस्तेमाल किया जाता था। यह पढ़ना अपने आप में काफी रोचक हो सकता है। ऐसा इसलिए, क्योंकि यह सन् 1860 में प्रभाव में आया था।

हम सभी आई.पी.सी. की धारा 420 के बारे में जानते हैं, जो कि चालबाजी से चोरी के दायरे में आनेवाले अपराधों को कवर करती है। इसी नाम से फिल्में भी बन चुकी हैं। भारतीयों की रोजमर्रा की जिंदगी में अकसर इसे एक रूपक के तौर पर इस्तेमाल किया जाता है; लेकिन इस धारा के तहत जो जेल की सजा होती है, वह रूपक जितनी हलकी नहीं होती—'जो कोई भी धोखा देता है और इस तरह बेईमानी से किसी व्यक्ति को, किसी दूसरे को धोखाधड़ी/ठगी से कोई संपत्ति देने के लिए राजी करता है, उसे 7 साल की जेल और जुरमाना हो सकता है। चोरी एक स्पष्ट अपराध है। आपको यह बताने के लिए कि चोरी हुई है, आई.पी.सी. की धाराएँ गिनाने की जरूरत नहीं है। लेकिन उस दोपहर करोल बाग पुलिस स्टेशन में चोरी अकेला मुद्दा नहीं था। गिरफ्तारियों के पीछे घोषित कारण यह नहीं था कि वे लोग चोरी करते हुए पकड़े गए थे। मामला यह था कि चोरी हुआ माल उनके कब्जे से बरामद किया गया था। यह मामला आई.पी.सी. की अन्य धाराओं से जुड़ता है, जैसे कि धारा 411 और 414, जो कि धारा 420 जितनी चर्चित नहीं हैं, लेकिन अतिरिक्त पुलिस आयुक्त जाटव को एक पुलिस अधिकारी के नाते इन सभी के बारे में अच्छी तरह पता रहा होगा। उन्हें यह बात मालूम होगी कि धारा 411 के तहत जो कोई भी बेईमानी से किसी चुराई गई संपत्ति को 'प्राप्त करता है या अपने पास रखता है' और उसे यह बात पता हो या 'उसके पास यह मानने का कारण हो कि वह संपत्ति

चोरी की है', तो उसे 3 साल की जेल की सजा हो सकती है। उन्हें यह भी पता होगा कि धारा 414 के तहत अगर किसी पर चोरी के सामान के लेन-देन में केवल मदद करने का संदेह है या ऐसे सामान के लेन-देन में मदद करने का संदेह है, जिसके बारे में मदद करनेवाले के पास यह मानने का कारण है कि यह सामान चोरी का है, तो उसे भी इतनी ही अवधि की सजा हो सकती है।

इन दोनों कानूनों पर विचार करने के साथ ही इस बात पर भी गौर करें कि जाटव उन लोगों का बचाव कर रहे थे, जिन्होंने सामान लूटा था और चोरी का यह सामान उनके ही कब्जे से बरामद किया गया था।

शुरुआत इस बात से करते हैं कि क्या उन्हें यह लगता था कि पुलिस ने पूरी कहानी केवल अपने मन से गढ़ी है? इसकी संभावना नहीं थी। इसलिए नहीं कि दिल्ली पुलिस सबूत गढ़ने के लिए जानी जाती है, बल्कि इसलिए कि उनके पास उस समय इस बात को मानने के लिए कोई सबूत जुटाने का समय नहीं था। निस्संदेह, पुलिस अधिकारी ऐसी संभावनाओं पर विचार करने के खिलाफ थे और सामान्यत: वे ऐसा करते भी नहीं हैं। उस ऑफिस के भीतर कांग्रेस सांसद और उनके पार्टी सहयोगियों ने जो बदसुलूकी की थी, वह भी अपने आप में इस बात का सबूत नहीं थी कि पुलिस ने सबूत गढ़े थे। अगर जाटव के पास किसी और जरिए से सबूत थे तो उन्होंने ऐसा नहीं कहा। पार्टी नेताओं के प्रति जिस प्रकार की जबरदस्त सहानुभूति उनके भीतर थी, ऐसे में वह शायद ही किसी ऐसे सबूत को लेकर शांत रहते। खैर, जो भी, किसी भी सूरत में, यदि उन्हें शक होता कि पुलिस ने झूठे सबूत पर कारवाई की थी तो कानून और पुलिस संहिता के तहत वह संबंधित पुलिस अधिकारियों पर अभियोजन चलाने का आदेश देने के लिए कानूनन बाध्य थे।

उन्होंने ऐसा नहीं किया। कानून के तहत हुकुम चंद जाटव के पास दो रास्ते थे—या तो वह झूठे सबूत जुटाने के लिए अपने कनिष्ठ अधिकारियों पर अभियोजन की कारवाई करते या गिरफ्तार लोगों पर मुकदमा चलाए जाने का समर्थन करते। यदि जाटव यह नहीं सोच रहे थे कि स्थानीय पुलिस स्वयं अपराधी है, तो उनके पास यह मानने का ठोस कारण था, प्रथम दृष्टया, जैसा कि पुलिस की शब्दावली में कहा जाता है कि स्थानीय पुलिस को वास्तव में चोरी हुआ सामान उन लोगों के कब्जे से बरामद हुआ था।

उन लोगों की रिहाई की कांग्रेस नेताओं की माँग का समर्थन कर क्या जाटव चोरी के सामान को छुपाने या उसे रफा-दफा करने में उनकी मदद कर रहे थे? एक बार छोड़ दिए जाने पर वे लोग निश्चित ही उस अपराध का हर सबूत मिटाने की कोशिश कर सकते थे, जिसे उन्होंने अंजाम दिया था। क्या जाटव कानून तोड़नेवाले लोगों का पुरजोर तरीके से समर्थन कर रहे थे? सोचने में यह बात बेतुकी लग सकती है, लेकिन कानून के

लिहाज से अतार्किक नहीं है। क्या पुलिस स्टेशन के भीतर ऐसा कोई केस बनता था कि जाटव के कनिष्ठ अधिकारी अपने बॉस को गिरफ्तार कर सकते थे? ऐसा संभव नहीं है कि आप मुड़कर वर्ष 1984 की ओर देखें और कानून को भूल जाएँ, जैसा कि उस समय पुलिस ने किया था। यह एक मानक था, जिसके खिलाफ पुलिस कारखाई को परखा जाता था। यही मानक था, जिसके लिए उन्हें प्रशिक्षित किया गया था।

आज कानून को याद करने से पता चलता है कि वर्ष 1984 में कितना कुछ गलत हुआ था। यह बताता है कि करोल बाग पुलिस स्टेशन में शीर्ष पुलिस अधिकारी कैसे कानून से न केवल भटक गए थे, बल्कि भटककर बहुत दूर चले गए थे। जाटव को यह बात पता रही होगी कि बेगुनाही के विरोध पर अदालत विचार करेगी और सही रास्ता तो यही होता कि वह कांग्रेस नेताओं को कह सकते थे कि वे मजिस्ट्रेट के सामने उन लोगों की बेगुनाही पर जिरह कर सकते हैं।

उस विशेष क्षण में पुलिस के लिए कानूनी तरीके से संदिग्धों को गिरफ्तार करना और माल जब्त करना यह मानने के लिए काफी था कि वह लूट का माल था। उस लूट के सामान की बात ही क्यों करनी थी? जब जिंदगियाँ खत्म हो रही थीं तो एक टेलीविजन सेट लूटे जाने की किसको परवाह थी! उन लोगों तक को इससे कोई फर्क नहीं पड़ता था, जिनसे वह लूटा गया था। पुलिस स्टेशन में विवाद सामान चोरी करने को लेकर लोगों को हिरासत में लेने पर था; लेकिन मुद्दा इससे कहीं अधिक बड़ा था और केवल इतना ही मामला नहीं था कि कांग्रेस ने खुद बता दिया था कि इसमें उसका हाथ था। हिरासत में लिये गए लोगों की पैरवी एक शीर्ष पुलिस अधिकारी कर रहा था और इससे टेलीविजन सेट से कहीं अधिक महत्त्वपूर्ण मामले पर से परदा हटाने की संभावनाएँ कमजोर पड़ गई थीं। कभी ऐसा नहीं हुआ था कि 'ए' गैंग हत्या करे और 'बी' गैंग लूटपाट करे। दोनों अपराधों में एक ही गैंग का हाथ था। अगर चोरी करनेवालों से पूछताछ की जाती तो क्या हत्या के मामले का खुलासा हो सकता था? कानून ऐसा रास्ता खुला रखता है। अगर किसी भीड़ में से एक व्यक्ति ने लूटपाट की और किसी दूसरे ने हत्या की तो वे एक ही सिक्के के दो पहलू होंगे। जरूरी है कि पुलिस दोनों अपराधों के लिए ऐसे समूह के सदस्यों से पूछताछ करे। करोल बाग पुलिस ने उन लोगों के कब्जे से लूट का सामान बरामद किया था और इसी बिनाह पर उन्हें गिरफ्तार किया था; लेकिन इस मामले में पुलिस किसी गंभीर अपराध का पता लगाने के मुहाने पर पहुँच चुकी थी। लुटेरों से पूछताछ करने से पुलिस ज्यादा गंभीर और इसी से जुड़े हत्या एवं घायल करने के मामले तक पहुँच सकती थी।

जाटव को आपराधिक प्रक्रिया संहिता (सी.आर.पी.सी.) की धारा 221 के बारे में जानकारी रही होगी—'यदि कोई एक कृत्य या एक के बाद एक किए गए कई कृत्य इस

प्रकृति के हैं, जिससे यह संदेह पैदा होता है कि कई अपराधों में से कौन से तथ्य स्थापित होंगे, जो साबित किए जा सकते हैं, तो आरोपियों पर ऐसे सभी अपराधों या उनमें से किसी एक अपराध को अंजाम देने का आरोपी ठहराया जा सकता है और ऐसे आरोपों पर एक साथ मुकदमा चल सकता है, चाहे उनकी संख्या कितनी ही हो।' कानून पुलिस को इतनी शक्ति प्रदान करता है कि वह किसी मामूली आरोप के संबंध में शुरुआती गिरफ्तारी के बाद और भी लोगों को गिरफ्तार कर सकता है।

'यदि अभियुक्त पर एक अपराध का आरोप लगाया गया है और साक्ष्य में यह प्रतीत होता है कि उसने एक अलग अपराध किया है, जिसके लिए उस पर आरोप लगाया जा सकता है...उसे उस अपराध के लिए दोषी ठहराया जा सकता है, जिसके लिए दिखाया गया है कि यह उसने किया है; हालाँकि, उस पर इसका आरोप नहीं लगाया गया था।' इसका मतलब था कि गिरफ्तार व्यक्तियों से पूछताछ की जा सकती थी और अगर जाँच इस तरह से आगे बढ़ती है, जिससे बाद में पता चलता है कि लूट की संपत्ति की वसूली से संबंधित आरोप साबित नहीं होंगे तो संभावित रूप से हत्या के लिए इसी मामले के माध्यम से मामला दर्ज किया जा सकता था।

सी.आर.पी.सी. की धारा 219 से 223 पुलिस को यह व्यापक अधिकार देती है कि वह एक आरोप पर गिरफ्तारी करे और जाँच के बाद अन्य आरोप में मामला दर्ज करे।

चोरी के सामान की बरामदगी ने एक दरवाजा खोल दिया था; इस रास्ते पर आगे बढ़ने के लिए अपनी पुलिस की अगुआई करने के बजाय पुलिस स्टेशन में शीर्ष अधिकारी ने वह दरवाजा भड़ाक से बंद कर दिया। जाटव कानून जानते थे, लेकिन वह इससे भी ज्यादा जानते थे। वह जानते थे कि कानून को ताक पर रखकर बरी हुआ जा सकता है। वह जानते थे, क्योंकि उन्होंने ऐसा किया था।

•

एक क्षण को यह सोचें कि अगर यह सब सच होता कि गिरफ्तार किए गए लोग निर्दोष थे, जैसा कि धरम दास शास्त्री कह रहे थे, अगर वे लोग निर्दोष थे, जैसा कि सांसद का दावा था तो इसका मतलब यह कि एस.एच.ओ. ने अपने पुलिसकर्मियों के साथ मिलकर सत्तारूढ़ पार्टी के सांसद के खासम-खास लोगों को गिरफ्तार करने के लिए झूठे सबूत गढ़े।

निश्चित रूप से, गिरफ्तारी के समय पुलिस जानती थी कि वे कांग्रेस पार्टी के कार्यकर्ता थे। ऐसा हो ही नहीं सकता कि उन लोगों ने बताया नहीं हो कि वे कौन हैं—गिरफ्तारी से बचने के लिए कांग्रेस की मुहर तो उनका सबसे मजबूत मोहरा थी। 'जानता नहीं तू, मैं कौन हूँ!'—यह संस्कृति तो दिल्ली में वैसे भी आम है और इसके साथ ही यह भी धौंस दी जाती है कि 'तुम्हें नहीं पता, मैं किस-किस को जानता हूँ!'

एस.एच.ओ. रणबीर सिंह और उनके आदमियों ने न केवल गिरफ्तारियाँ की थीं, लूटा गया माल भी काफी मात्रा में बरामद कर लिया था। शास्त्री की बात सही होने का मतलब था कि पुलिस को दूसरे लुटेरों से लूट का सामान बरामद हुआ और उसके बाद वह उस सामान को लेकर कांग्रेस कार्यकर्ताओं के घरों में गई, लूट के उस सामान को वहाँ रखा और वहाँ से 'बरामद' दिखाया तथा इसके बाद उन घरों में रह रहे कांग्रेस सदस्यों एवं नेताओं को गिरफ्तार कर लिया। फर्जी बरामदगी दिखाने के लिए झूठे आरोप लगाने होंगे। कोई भी इस बात को समझ सकता है कि ऐसे समय में, जब सत्तारूढ़ पार्टी की मुखिया की हत्या होने के बाद देश में सहानुभूति लहर उस पार्टी के पक्ष में थी तो स्थानीय पुलिस की सत्तारूढ़ पार्टी के नेताओं के खिलाफ ऐसा कदम उठाने की कितनी संभावना थी। स्थानीय पुलिसवालों के लिए यह बड़ी ही मेहनत और साजिश का काम होता, अगर वे पहले अपराधियों के घरों से चोरी का माल बरामद करते और फिर उसे कांग्रेस (आई) नेताओं के घरों में लेकर जाते। अगर एस.एच.ओ. का कांग्रेस के खिलाफ ऐसा कोई एजेंडा होता, चाहे इसके लिए ऐसा कोई कारण रहा हो, जो समझ से हो परे, तो भी इस काम में बड़ी संख्या में कनिष्ठ अधिकारियों और कांस्टेबल की जरूरत होती। कोई एस.एच.ओ. अपने सहयोगियों को ऐसी आपराधिक साजिश में शामिल होने का आदेश देने की हिम्मत नहीं करेगा और न ही इतनी बड़ी संख्या में पुलिसकर्मी ऐसे हुक्म की तामील करेंगे, बशर्ते कि उनसे कोई ऐसा वादा न किया जाए कि जिंदगी भर किसी को इसका पता नहीं चलेगा। वे ऐसा कोई खतरा क्यों मोल लेंगे, जिसमें गिरफ्तारी और कॅरियर खत्म होने का डर हो?

ऐसा खतरा सिर पर लेने के बदले में उन्हें क्या इनाम मिलता? जितनी अधिक गहराई में आप जाते जाएँगे, उतने ही ऐसे तथ्य सामने आते जाएँगे, जो कांग्रेस (आई) के इनकार को खारिज करते होंगे। चोरी का माल कहीं और से चुराया गया था; यह तो समय आने पर पीड़ितों या गवाहों के ब्योरे से ही पता चलेगा कि क्या चोरी हुआ और कहाँ से चोरी हुआ या क्या बरामद हुआ और कहाँ से बरामद हुआ? पुलिस ने विशिष्ट सूचना पर काररवाई करते हुए एक निश्चित जगह से कुछ सामान जब्त किया था। वह सामान शिनाख्ती लोगों से बरामद किया गया। वे शिनाख्ती लोग स्थानीय कांग्रेस नेता एवं सदस्य थे और इस बात में कोई संदेह नहीं था कि लूटपाट के लिए गिरफ्तार किए गए लोग कांग्रेस पार्टी के आदमी थे। शास्त्री ने खुद यह बात कही थी।

इस सामान की बरामदगी का किसी-न-किसी चरण में जाकर चोरी किए गए सामान संबंधी शिकायत से मिलान करना होगा।

शास्त्री की बात सही है तो इसका यह मतलब हुआ कि बहुत से सिख परिवारों ने अचानक एक साथ मिलकर कुछ निर्दोष कांग्रेस कार्यकर्ताओं को निशाना बनाने के लिए

पुलिस थाने जाने और यह झूठ बोलने का फैसला किया कि उनका सामान चोरी हो गया, उनसे लूटपाट की गई। कौन इस बात पर यकीन करेगा कि दूर-दूर तक भी ऐसी कोई संभावना हो सकती है? जिन सिखों से लूटपाट की गई, वे गरीब और बरबाद हो चुके लोग थे, जो हमलावरों एवं पुलिस दोनों से ही डर के मारे छुपे हुए थे। उन दिनों में दिल्ली में कौन सिख होगा, जो कांग्रेस और उसके नेताओं के खिलाफ झूठी शिकायत कराने के लिए लोगों को जुटाएगा?

मामले पर इस नजरिए से विचार किया जाए तो सबसे पहले इसके लिए कुछ सिखों को अपनी जिंदगी खतरे में डालकर अपने घरों से बाहर निकलना होगा। इस प्रकार की साजिश कैसे रची जा सकती थी? उस जमाने में आज की तरह मोबाइल फोन नहीं थे, न ही सोशल मीडिया था एक-दूसरे से संपर्क करने के लिए। लैंडलाइन फोन भी गिने-चुने होते थे और वह भी केवल कुछ खास धनी लोगों के ही घरों में। ऐसी परिस्थितियों में पुलिस इस मामले में कोई भी काल्पनिक कहानी गढ़े, वह अदालत में साबित नहीं हो सकेगी।

और क्या यह संभव था कि डी.सी.पी. कांग्रेस (आई) के खिलाफ स्थानीय पुलिसवालों की ऐसी किसी साजिश पर परदा डालते, या यूँ कहें कि कांग्रेस (आई) के निर्दोष लोगों को फँसाने के लिए ऐसे किसी षड्यंत्र में शामिल होते? धरम दास शास्त्री की यह बात कभी सही नहीं हो सकती थी कि वे निर्दोष लोग थे, जिन्हें पुलिस ने गलत तरीके से पकड़ लिया था।

धरम दास शास्त्री को दरअसल गुस्सा इस बात का था कि पुलिस ने अपना असली रूप दिखाने की हिम्मत की थी। लिखित कानून से अलिखित कानून वापस ले लिया गया था और उस समय अलिखित कानून यह था कि पुलिस कांग्रेस पार्टी के लोगों के खिलाफ कानून का इस्तेमाल नहीं करेगी, यानी कि पुलिस सिखों की रक्षा नहीं करेगी।

उचित तरीके से पुलिस व्यवस्था लागू करने के लिए करोल बाग पुलिस ने कानून के अनुसार काम किया था, लेकिन नियम की अनदेखी की थी। शास्त्री चाहते थे कि नियम लागू किए जाएँ, जिसका अर्थ था कि कानून को ताक पर रख दिया जाए।

•

पुलिस स्टेशन में घटी इस घटना का मैं गवाह था और अब इस घटना को लगभग 30 वर्ष बीत चुके थे। वर्ष 2014 की बात है, मैं फिर से करोल बाग गया। वहाँ जोहरा एंपोरियम के भीतर एक सिख युवक ने मुझे बताया, "हमें बताया गया था कि एक एस.एच.ओ. ने हमारी जान बचाई थी, जिनका नाम रणबीर सिंह था।" वह सिख युवक सन् 1984 में नन्हा बच्चा रहा होगा और हो सकता है कि वह उस समय तक पैदा भी न हुआ हो। इसके बावजूद उसे 'रणबीर सिंह' का नाम पता है। करोल बाग में बाकी सिखों

को भी यह नाम याद है। ऐसा अकसर नहीं होता कि एक एस.एच.ओ. महानायक बन जाता है! करोल बाग किसी जमाने में शादी-ब्याह की खरीदारी के लिए दिल्ली का सबसे बड़ा आकर्षण का केंद्र होता था। हालाँकि, अब यह बीते जमाने की बात हो चुकी है, लेकिन इसके बावजूद, आज भी शादी-ब्याह के मौसम में दिल्ली के खासम-खास लोग करोल बाग में ही शॉपिंग करना पसंद करते हैं। लेकिन वर्ष 1980 तक करोल बाग का ऐसा रुतबा था कि दिल्ली की मध्यम वर्गीय पीढ़ी करोल बाग से शादी की खरीदारी किए बिना शादी नहीं करती थी। भावी दूल्हे और भावी दुलहन के लिए करोल बाग बाजार में शॉपिंग करना शादी की सुनहरी यादों का एक खास हिस्सा होता था।

इस बाजार की आज भी ऐसी शानो-शौकत है कि जिधर निकल जाइए, इसकी रंगीनियाँ आप पर अजब-सा नशा कर देंगी—गफ्फार मार्केट में जोहरा एंपोरियम इस मामले में बेहद खास है। करोल बाग पुलिस स्टेशन से आगे बढ़ेंगे तो यह रास्ता वहीं जाता है। जोहरा एंपोरियम उस जमाने में भी खास लोकप्रिय नाम होता था; शोरूम के बड़े से बोर्ड पर गुरुमुखी में बड़ी शान से इसका नाम लिखा हुआ है, जो आज भी वैसा ही है। करोल बाग में सिखों की बहुत सी दुकानें हैं। यह शोरूम बड़ा किस्मत वाला था कि वर्ष 1984 के बाद भी यहाँ कारोबार पहले की तरह ही चलता रहा। हालात खराब होने के दौरान कुछ दिनों के लिए ही इसे बंद रखना पड़ा था।

नवंबर 1984 के उन पहले कुछ दिनों में दुकानें केवल दुकानें नहीं रह गई थीं, जहाँ आप पैसा देकर सामान खरीद सकते थे। वे दुकानें लुटेरों के भी निशाने पर रहती थीं, लेकिन खरीदारों की तरह नहीं। इन शोरूमों के भीतर रखे सोने के सेट लूटे जाने थे, महँगे कपड़े चोरी नहीं हुए तो उन्हें आग के हवाले कर दिया जाएगा।

लेकिन रणबीर सिंह और उनके कुछ मुट्ठी भर सिपाही रास्ते में दीवार बनकर खड़े थे। उन दिनों पुलिस की ड्यूटी आम दिनों की तरह सामान्य नहीं थी; बल्कि वे असल जिंदगी में एक नायक की भूमिका अदा कर रहे थे।

करोल बाग पुलिस स्टेशन के एक अधिकारी ने मुझे बताया कि रणबीर सिंह का कुछ साल पहले निधन हो गया था। पुलिस स्टेशन भी, जो पहले होता था, अब उससे काफी बड़ा बन गया है—एस.एच.ओ. का ऑफिस अब एक नए ब्लॉक में स्थित है, लेकिन पुरानी इमारत अब भी वैसी-की-वैसी ही खड़ी है। एक बोर्ड पर लिखा है कि 'एस.एच.ओ. का पुराना ऑफिस', जो अब जाँच मामलों के इंस्पेक्टर का ऑफिस है।

मैं 30 वर्ष पहले की घटना को फिर से जीने के लिए घूमते हुए उसी जगह पर जा पहुँचा—पुराने ऑफिस के बगल के अहाते में, जहाँ खड़े होकर मैं भीतर चल रहे उस तमाशे का गवाह बना था। नए एस.एच.ओ. ऑफिस की ओर जाते हुए मैं ड्यूटी ऑफिसर के कमरे के बगल से गुजरा। दो पुलिसवाले लोहे की अलमारी को उठाए

अहाते की ओर जा रहे थे, जो कि मालखाने की बगल में था, जहाँ पर चोरी का बरामद सामान रखा जाता है। शायद वह कोई चोरी की अलमारी होगी। दिखने में अच्छी थी। यह सोचकर राहत मिलती है कि चोरी का काम अब धर्मनिरपेक्ष है—चोरों और मालिकों के बीच का सामान्य कारोबार, जिसमें वे किसी सामान के मालिक से उसका सामान चुरा लेते हैं। एक 'अच्छा चोर' अपने काम को अंजाम देते हुए न तो धार्मिक होता है और न ही राजनीतिक। यह अलमारी किसी सिख से चुराई गई थी या नहीं, इससे कोई फर्क नहीं पड़ता—और मुझे यही बात पसंद है।

सन् 1984 में चोरी और उससे भी कहीं ज्यादा घटनाओं को सरकार द्वारा चुनिंदा तरीके से अनुमति दी गई थी—अगर तुमने सिखों का सामान चुराया है तो कोई बात नहीं। लेकिन करोल बाग एकमात्र ऐसी जगह थी, जहाँ ऐसी हरी झंडी ने काम नहीं किया। इसकी सराहना की जानी चाहिए। लेकिन यह सराहना किसी और के लिए थी। करोल बाग लूटपाट और आगजनी से इसलिए बचा रहा था, क्योंकि इस पुलिस स्टेशन ने कांग्रेस नेतृत्व की संलिप्तता के सबूत सामने खोलकर रख दिए थे। इन सबूतों को वे नकार नहीं सकते थे।

हम में से अधिकतर लोग जानते हैं कि अपराधों और हत्याओं के पीछे कांग्रेस पार्टी के लोगों का हाथ था, लेकिन इसके पीछे उनका हाथ होने के सबूत कौन दे सकता था? उन शुरुआती दिनों से ही कांग्रेस (आई) हम सभी लोगों से सबूत माँग रही थी, जो उसकी संलिप्तता के चश्मदीद गवाह थे। पूरे शहर की तरह, हमारे न्यूजरूम में, हम तुरंत ऐसे सबूत पेश नहीं कर सकते थे, जो अदालत में निर्विवाद रूप से टिक सकते, जो कांग्रेस पार्टी के एक शीर्ष नेता की सक्रिय भागीदारी को साबित करते। करोल बाग की उस घटना के बाद हम ऐसे सबूत दे सकते थे और हमने दिए।

•

मामूली चोरी-चकारी पर बहस ने एक झटके में ही दो आधार तैयार कर दिए—पुलिस की मिलीभगत और राजनीतिक संलिप्तता। मैंने वह हाथ देखा था, जो अपराधियों की सरपरस्ती कर रहा था। करोल बाग के बारे में बात करने का यही सबसे बड़ा कारण है। मुझे इस बात का खयाल है कि मैं करोल बाग की घटना के महत्त्व को केवल इसलिए विस्तार में न बताऊँ कि मैं उसका गवाह था। मुझे इस बात की भी आशंका है कि मैं अनजाने में ही किसी प्रकार की शेखी न बघारूँ।

पत्रकार एक ऐसी नस्ल है, जो अगर कुछ 'एक्सक्लूसिव' स्टोरी कर लेता है तो अपनी ही तड़ी में घूमता रहता है; और ऐसी एक्सक्लूसिव का कितना महत्त्व है, इसका सबूत एक्सक्लूसिव रूप से खुद उन्हें ही पता होता है। पत्रकारों की यह रोजमर्रा की जिंदगी का हिस्सा होता है कि वे अपनी न्यूज स्टोरी के बारे में बढ़ा-चढ़ाकर बात करते

हैं। वे अकसर इस बात का दम भरते रहते हैं कि उनकी स्टोरी इतनी ताकतवर है कि सरकार हिल उठी; लेकिन सरकार के हिलने का ऐसा कोई सबूत नजर नहीं आता।

मैं जो 'डींग' मार रहा हूँ, अगर इसमें डींग जैसी कोई बात है तो वह केवल इतनी है कि मैं उस दिन पुलिस स्टेशन में था। यह कोई ऐसी बड़ी उपलब्धि नहीं है। मैंने ऐसा कोई तीर नहीं मारा।

इस रिपोर्टिंग कारोबार का मूलमंत्र ही यही है कि किसी खास वक्त पर, एक खास जगह पर मौजूद होना। मैं उसी घटनाक्रम पर गौर करने की कोशिश कर रहा हूँ, जिसे मैंने अपनी आँखों से देखा था और इसमें यह कोई अपनी पीठ थपथपाने वाली बात नहीं है कि मैं उन क्षणों का गवाह बनने के लिए उस वक्त वहाँ मौजूद था। मैंने जो भी देखा था, उसके बारे में मेरा मानना है कि वह सिखों के खिलाफ हमलों में शीर्ष स्तर पर कांग्रेस नेताओं की संलिप्तता की ओर एक मजबूत इशारा था। निश्चित रूप से, इस बात की समीक्षा और इससे असहमत होने की पूरी गुंजाइश है। उन हत्याओं के पीछे जिम्मेदार लोगों के बारे में यदि और अधिक ठोस सबूत सामने आते हैं तो हम सभी को उसका इंतजार रहेगा। हम सभी जानना चाहेंगे कि यह हाथ कांग्रेस का था या किसी अन्य समूह या पार्टी का?

करोल बाग से मिले सबूत कांग्रेस को कठघरे में खड़ा करने के लिए कोई राजनीतिक हथियार नहीं थे, बल्कि वे एक इशारा थे—यह इशारा किसकी ओर था, यह एक अलग मामला था। करोल बाग पुलिस स्टेशन से सामने आए सबूत संयोगवश कांग्रेस की ओर इशारा थे।

यहाँ कांग्रेस पार्टी का जो हाथ नजर आ रहा था, वह सामने से देखने पर रक्तरंजित नहीं था, लेकिन पहचान में जरूर आ रहा था। अन्य कांग्रेसी नेताओं के खिलाफ कहीं अधिक गंभीर आरोप थे; लेकिन वे आरोप और इनकार के बीच की नाजुक जगह के बीच फँस गए थे। करोल बाग पुलिस स्टेशन की घटना ऐसी थी, जिसकी उम्मीद नहीं की जा सकती थी; लेकिन इससे हमलों के पीछे की राजनीति में झाँकने का मौका मिल गया था। राजनीतिक घालमेल के साथ करोल बाग मामले ने बताया था कि पुलिस नेतृत्व और कांग्रेस (आई) के बीच साँठ-गाँठ कितनी घातक थी!

बीते दिनों में मैंने बहुत से लोगों की मौतें देखी थीं, लेकिन करोल बाग में हुए उस झगड़े का अपना आघात पहुँचा था और आज भी वह रह-रहकर परेशान करता रहता है। यह इस बात का सदमा था कि मैं एक ऐसी घटना का गवाह बन गया था, जहाँ जान-बूझकर पुलिस व्यवस्था को हाशिए पर धकेलने के आदेश दिए गए। सड़कों पर अराजक हालात को देखना एक बात है, लेकिन जब पता हो कि एक शीर्ष पुलिस अधिकारी ने ही कानून की आँखों पर पट्टी बाँधने के आदेश दिए हैं और इसीलिए सड़कों पर खून

बह रहा है तो बेबसी के साथ दर्द और गहरा हो जाता है; और वे आदेश सड़क पर तनाव के चलते नहीं, बल्कि पुलिस स्टेशन के भीतर आधिकारिक निर्देश के रूप में दिए गए। दिल्ली पुलिस में ऊपर से दूसरे सर्वाधिक महत्त्वपूर्ण और वरिष्ठतम पद पर बैठा अधिकारी कानून के हाथ बाँधने का आदेश दे रहा था।

मेरी आँखों ने जो कुछ देखा था, वह अदालत में पेश करने के लिए ठोस सबूत था। इस बात का सबूत था कि उसके बाद जो कुछ हुआ, वह कानून का पालन नहीं करने का परिणाम नहीं था। कम-से-कम धरम दास शास्त्री को इसके बदले में कुछ राजनीतिक परिणाम जरूर भुगतना पड़ा। करोल बाग की कहानी प्रेस में छपने के बाद दिसंबर 1984 में शास्त्री को पार्टी ने टिकट देने से इनकार कर दिया।

□

3

राजीव गांधी

करोल बाग पुलिस स्टेशन में घटी घटना के परिणामस्वरूप वर्ष 1984 के संसदीय चुनावों में धरम दास शास्त्री को पार्टी ने टिकट देने से इनकार कर दिया और यह बात मुझे दिसंबर महीने में और किसी ने नहीं, बल्कि सीधे राजीव गांधी से पता चली। इसकी मुझे उम्मीद नहीं थी।

मीडिया का ध्यान राजीव गांधी पर टिक चुका था। दिल्ली के सिख, जो किसी तरह से हमलों में जिंदा बच गए थे, उनमें से लाखों सिखों को जहाँ भी शरण मिली, वे वहाँ इकट्ठा हो गए—आश्रय गृहों में, स्कूलों में, गुरुद्वारों में और यहाँ तक कि पुलिस स्टेशनों में। दंगों की विभीषिका और भीषण ठंड में उनके चेहरे जर्द पड़ चुके थे। मैं पूरे विस्तार के साथ इसकी रिपोर्टिंग करना चाहता था, लेकिन मेरे पास समय ही नहीं था। मुझे दिसंबर के अंत में होनेवाले चुनावों को कवर करने की जिम्मेदारी दी गई थी। इसके चलते मैं अमेठी में राजीव गांधी के दौरों में व्यस्त हो गया। अमेठी—लखनऊ के पूर्व में करीब 150 कि.मी. की दूरी पर गांधी परिवार का पसंदीदा निर्वाचन क्षेत्र है। मुझे अमेठी और पड़ोसी रायबरेली क्षेत्र को कवर करना था, जो कांग्रेस पार्टी में राजीव गांधी के बेहद प्रभावशाली रिश्तेदार अरुण नेहरू का निर्वाचन क्षेत्र था। रायबरेली इंदिरा गांधी का निर्वाचन क्षेत्र रहा था और वर्ष 1980 में उसे अरुण नेहरू को सौंप दिया गया था। निश्चित रूप से, वह वहाँ से विजयी रहे और उसके बाद वर्ष 1984 में भी उन्होंने यह सीट बरकरार रखी थी। राजीव गांधी को अपने भाई संजय गांधी की विरासत के तौर पर अमेठी सीट मिली थी। जून 1980 में एक विमान हादसे में संजय गांधी की मौत हो चुकी थी। इस विमान हादसे ने राजीव गांधी को राजनीति की दहलीज पर ला खड़ा किया था। अमेठी पर अथाह पैसा खर्च किया गया था, लेकिन उस खर्च पर संदेह होता था। जब मैं पहली बार उस निर्वाचन क्षेत्र में गया तो राजीव गांधी वहाँ से सांसद थे। लेकिन उस क्षेत्र के अवशेष, खँडहर कहें तो अधिक बेहतर होगा, जिन्हें संजय गांधी अपने पीछे छोड़ गए

थे—हर जगह अपनी बरबादी की कहानी कह रहे थे। जगह-जगह पनचक्कियाँ बेकार पड़ी थीं, जिन्हें ऊर्जा उत्पादन के लिए लगाया गया था। ऐसी परियोजनाओं पर कभी भी उचित तरीके से सोच-विचारकर काम नहीं किया गया और इनमें से अधिकांश उद्घाटन मात्र से आगे नहीं बढ़ पाईं। जल्द ही इन पनचक्कियों के टूटे पंखे सड़कों के किनारे पड़े विफल विकास की तसवीर पेश कर रहे थे।

किसी ने उनको वहाँ से हटाया भी नहीं था। किसकी हिम्मत थी कि वो पनचक्कियों को वहाँ से हटा दे, जिन्हें संजय गांधी के नाम से स्थापित किया गया था, फिर भले ही उन पंखों में जंग क्यों न लग जाए!

एक क्लब एयरक्राफ्ट हादसे में अपने भाई की मौत से पहले तक राजीव गांधी इंडियन एयरलाइंस में पायलट थे। राजीव गांधी ने राजनीति में कदम रखने के बाद अपने निर्वाचन क्षेत्र का अपने तरीके से विकास शुरू किया। उन्होंने अपने कुछ पायलट साथियों के साथ एक स्थानीय फ्लाइंग एकेडमी की शुरुआत की और उसे विकास के नाम पर मील का पत्थर घोषित कर दिया। अमेठी के लोगों को उस एकेडमी में बतौर खानसामा और सफाईकर्मी के रूप में नौकरी मिल गई, पायलट के तौर पर नहीं। बड़ी कंपनियों ने इस निर्वाचन क्षेत्र में फैक्टरियाँ लगाईं, जैसे कि विंडमिल्स आदि, लेकिन जल्द ही उनमें ठहराव आ गया।

सन् 1991 में राजीव गांधी की हत्या के बाद अमेठी ने राजीव गांधी के पायलट साथी कैप्टन सतीश शर्मा को चुना, जिनकी गांधी परिवार के भीतरी राजनीतिक दायरे तक पहुँच थी। भारतीय जनता पार्टी (भाजपा) भी इस बीच एक साल के लिए इस सीट को जीतने में कामयाब रही थी, लेकिन अमेठी कुल मिलाकर गांधी परिवार का ही चुनावी गढ़ रहा है; इसने सोनिया गांधी और उसके बाद राहुल गांधी को लोकसभा में पहुँचाया।

वर्ष 1984 में थोड़ी आशंका थी कि राजीव गांधी पुनः जीत पाएँगे। अमेठी में कोई मुकाबला नहीं था। उनका मुख्य मुकाबला अपने भाई संजय गांधी की विधवा मेनका गांधी के साथ था। मेनका को विपक्ष का समर्थन हासिल था। मेनका के जीतने की दूर-दूर तक कोई संभावना नहीं थी; लेकिन इसके बावजूद राजीव गांधी अमेठी में चुनाव-प्रचार कर रहे थे।

और इसी दौरान एक चुनावी रैली में मेरा उनसे आमना-सामना हुआ। उस समय वह अपनी माँ के बाद देश के प्रधानमंत्री पद की कमान सँभाल रहे थे और सुरक्षा के लिहाज से उनसे मुलाकात हो जाना आश्चर्यजनक तथा साथ ही हैरान करनेवाला था। अमेठी निर्वाचन क्षेत्र में अमेठी के निकट ही गौरीगंज में एक मैदान में चुनावी मंच बनाया गया था, जैसा सामान्य चुनाव रैलियों के लिए बनाया जाता है।

पार्टी के युवा नेता पूरी निष्ठा के साथ भाषण पर भाषण देने में लगे थे और उम्मीद

लगाए हुए थे कि उनका भाषण नेतृत्व की निगाह में आएगा। जैसी कि परंपरा है, वे रैली के लिए माहौल तैयार करने और साथ ही जनता को बाँधे रखने में लगे हुए थे।

मैं रैली मैदान में पहुँचा और उसके बाद मंच की ओर जा ही रहा था कि मंच के पीछे एक ओर राजीव गांधी को खड़े देखा। सफेद कुरते-पाजामे में उनका रंग बहुत ज्यादा गुलाबी नजर आ रहा था। ऐसा लग रहा था कि मंच पर चल रहे भाषणों पर उनका ध्यान नहीं था। इन भाषणों से बेचारे वक्ताओं का राजनीतिक कॅरियर उड़ान भरनेवाला नहीं था।

मुझे बड़ी हैरानी हुई कि राजीव गांधी वहाँ अकेले खड़े थे। कुछ लोग आसपास थे, लेकिन एक सम्मानजनक दूरी बनाते हुए वे कई गज दूर खड़े थे। यह देखकर ही मुझे धक्का-सा लगा—कोई भी शातिर स्नाइपर उन्हें बड़ी आसानी से निशाना बना सकता था। यह एक खुला मैदान था, जहाँ चारों ओर पेड़ और घर थे। आसपास की इमारतें ज्यादा ऊँची नहीं थीं। मैं टहलते हुए मंच से राजीव गांधी की ओर बढ़ा। मुझे न तो मेटल डिटेक्टर से गुजरना पड़ा, न किसी ने रोका और न ही कोई सवाल-जवाब किया। इंदिरा गांधी की हत्या की घटना सभी लोगों के मनों में ताजा थी सुरक्षा और सुरक्षा ढाँचे की विफलता पर हर समय बहस होती रहती थी और इसके बावजूद भारत के नए प्रधानमंत्री एक खुली जगह पर अकेले खड़े थे।

आप एक प्रधानमंत्री को खुली जगह पर इस तरह बिना सुरक्षा के विरले ही देखते हैं और भारत के प्रधानमंत्री को इस तरह से देखने की तो कोई उम्मीद ही नहीं कर सकता था, वह भी ऐसे समय में, जब ठीक एक महीने पहले ही पिछले प्रधानमंत्री की हत्या हो चुकी थी! आप तो यही सोच रहे होंगे कि ऐसी घटना के बाद तो उनके पुत्र की इस समय पूरी चाक-चौबंद सुरक्षा व्यवस्था होगी। अमेठी में सुरक्षा स्थिति को लेकर यह मुझे दूसरा झटका लगा था।

कुछ ही दिन पहले, मैं उत्तर प्रदेश में लोक निर्माण विभाग के एक रेस्ट हाउस पहुँचा। मुझे बताया गया कि राजीव गांधी एवं सोनिया गांधी वहाँ ठहरे हुए थे और मैं बिना किसी रोक-टोक के वहाँ सोनिया गांधी के पास पहुँच गया था। उन्होंने किसी सवाल पर कुछ नहीं कहा; लेकिन किसी ने मुझे उनके इतना करीब जाने से नहीं रोका कि मैं उनसे सवाल न कर सकूँ।

सुरक्षा के लिहाज से इस बार तो यह बहुत ही बुरा था; हालाँकि यह मेरे लिए, अच्छा ही रहा। यकीन नहीं हो रहा था—उस समय तो मुझे कतई यकीन नहीं हो रहा था—मैं बड़े आराम से चलते हुए राजीव गांधी के पास पहुँच गया। उम्मीद कर रहा था कि अभी तुरंत कोई आकर रोक देगा। कोई आवाज सुनाई देगी, जो रुकने के लिए कहेगी; लेकिन किसी ने ऐसा नहीं किया...हर कदम पर मुझे हैरानी हो रही थी। मैं राजीव गांधी

से हाथ मिलाने जितना करीब पहुँच गया था। मैंने अपना परिचय दिया कि मैं 'दि इंडियन एक्सप्रेस' का रिपोर्टर हूँ।

चुनाव तो एकदम साफ था, जिसमें कोई मुकाबला नहीं था। इसलिए मैंने उनसे दिल्ली दंगों में कांग्रेस नेताओं की संलिप्तता के बारे में सवाल किया। राजीव गांधी ने मुझे बताया, "एक मामले में सबूत था और हमने काररवाई की।" वह धरम दास शास्त्री होंगे। करोल बाग पुलिस स्टेशन की पहले पन्ने पर छपी रिपोर्ट ने तूफान पैदा नहीं किया था, लेकिन हलचल जरूर पैदा कर दी थी।

दिल्ली पुलिस के एक शीर्ष अधिकारी ने मुझे बाद में पक्की सूचना दी कि प्रधानमंत्री कार्यालय ने घटना पर रिपोर्ट माँगी थी और उसमें अतिरिक्त पुलिस आयुक्त हुकुम चंद जाटव के इनकार के बावजूद उसी बात का समर्थन किया गया था, जो मैंने अपनी रिपोर्ट में कही थी। 'दि इंडियन एक्सप्रेस' के रिपोर्टर से बात करते हुए राजीव गांधी जिसकी बात कर रहे थे, वह शास्त्री होंगे।

एक ही सवाल था और एक ही जवाब, लेकिन इससे बात आगे नहीं बढ़ी। अचानक कुछ सशस्त्र पुलिसवाले मेरी ओर लपके और काफी सख्ती के साथ मुझे भीड़ की ओर भेज दिया, जो कि मेरी सही जगह थी। लेकिन सुरक्षा में वो जो कुछ क्षण की ढील थी, उससे मुझे पता चला कि प्रधानमंत्री राजीव गांधी ने इस बात को स्वीकार किया था कि धरम दास शास्त्री ने लुटेरों को बचाने के लिए बीच में कूदकर गलती की थी और उन लोगों को 'अपने आदमी' बताना तो और भी बड़ी मूर्खता थी। अत: यहाँ स्वयं राजीव गांधी एक बार संलिप्तता का सबूत मिलने पर अपनी ही पार्टी के एक सांसद के खिलाफ काररवाई की बात करते नजर आ रहे थे। अगर ऊपर से देखा जाए तो यह राजीव गांधी को क्लीन चिट देने का मामला बनेगा, इससे लगेगा कि जब सही कारण नजर आया तो उन्होंने अपने ही लोगों के खिलाफ निष्पक्ष और न्यायोचित तरीके से काररवाई की थी। ऐसी साफ नीयत रखनेवाला कोई नेता क्या सिखों के खिलाफ किसी अभियान का आदेश दे सकता था ? ऐसा तो नहीं लगेगा; लेकिन जो जमीनी तथ्य थे, वे राजीव गांधी पर सवाल खड़े करते हैं। वे इस चिट के दूसरी ओर इशारा करते हैं, जो चिट के सामनेवाले हिस्से जितने साफ नहीं थे। राजीव गांधी जिसकी बात कर रहे थे, वह सिर्फ एक मामला था और उसमें भी केवल कुछ सीमा तक ही कदम उठाए गए।

•

शुरुआत करते हैं—शास्त्री को चुनावी टिकट देने से इनकार करना एक प्रकार की सजा थी, जो राजीव गांधी ने बतौर कांग्रेस अध्यक्ष सुनाई थी। राजीव गांधी और उनकी पार्टी के साथी नेताओं ने फैसला किया था कि वे एक ऐसा सांसद नहीं चाहते, जिसने सार्वजनिक रूप से अनुचित काम किया या अवैधता पर अविवेक से काम लिया।

लेकिन राजीव गांधी केवल एक पार्टी प्रमुख ही नहीं थे, वह प्रधानमंत्री भी थे। बतौर पार्टी प्रमुख उन्होंने शास्त्री को फटकार लगाई थी, लेकिन सरकार के मुखिया के नाते उन्होंने कानूनी काररवाई का आदेश नहीं दिया। उस पुलिस स्टेशन के भीतर जो हुआ था, वह राजनीतिक बाहुबल से प्रेरित, कानून का गर्भपात था। राजनीतिक कदाचार के लिए शास्त्री को सजा दी गई थी, लेकिन उन्हें कानून का उल्लंघन करने के लिए दंडित नहीं किया गया था; जबकि इसी कानून का उल्लंघन कर उन्होंने कदाचार किया था। न्याय के मार्ग में बाधा उत्पन्न करने का प्रयास स्पष्ट अपराध है। ठीक उसी प्रकार, जिस प्रकार किसी लोक सेवक को उसका कर्तव्य-पालन करने से रोकने का प्रयास अपराध की श्रेणी में आता है। हालाँकि, इस मामले में हुकुम चंद जाटव द्वारा अपने ही अधिकारी का विरोध करने से ऐसा आरोप पेचीदा हो जाएगा।

धरम दास शास्त्री ने अपनी करतूत को स्वीकार कर लिया था और जो उन्होंने स्वीकार किया था, वह अस्वीकार्य था। इसी से पुलिस जाँच का रास्ता साफ होना चाहिए था; लेकिन प्रधानमंत्री ने पुलिस जाँच के आदेश नहीं दिए।

प्रधानमंत्री ने शास्त्री के राजनीतिक भविष्य के पर कतर दिए थे और उन्होंने जो यह सजा दी थी, यह स्वघोषित रूप से कानून के दायरे से बाहर थी। प्रधानमंत्री ने ऐसी कोई काररवाई नहीं की, जिससे कानून की प्रक्रिया को अपना काम करने का अवसर मिलता।

प्रधानमंत्री पुलिस स्टेशनों से मामलों की जानकारी नहीं लेते हैं; लेकिन इस मामले की जानकारी राजीव गांधी को थी। उन्हें यह भी पता था कि उनके सांसद ने जो किया था, वह अनुचित था और इसीलिए उन्हें पार्टी के स्तर पर दंडित किया जा चुका था। राजीव गांधी ने सरकार के नियमों के ऊपर दरबारी तरीके को चुना। उन्होंने अगर शास्त्री को राजनीतिक रूप से हाशिए पर डालने के बजाय सही ढंग से कानूनी काररवाई करने के आदेश दिए होते तो वह राजनीतिक रूप से कहीं अधिक सही कदम होता।

अगर राजीव गांधी हिंसा में कांग्रेस नेताओं की भूमिका के बारे में विमर्श की दिशा बदलना चाहते थे तो उन्हें सार्वजनिक रूप से अपनी पार्टी के सांसद के खिलाफ जाँच का आदेश देना चाहिए था। इससे बहस का पूरा माहौल ही बदल जाता।

हत्याओं का सिलसिला थम चुका था; लेकिन इसके बाद अगर धरम दास शास्त्री और अपनी ही पार्टी के कार्यकर्ताओं के खिलाफ काररवाई करने के लिए स्थानीय पुलिस को आदेश दिया जाता तो इससे पुलिस को एक कड़ा संदेश जाता। पुलिस को यह संदेश मिलता कि उन्हें जहाँ भी किसी अपराध के सबूत मिलते हैं, वहाँ पुलिस काररवाई करे। यह एक ऐसा क्षण था, जब राजीव गांधी सैद्धांतिक और राजनीतिक—दोनों ही स्तरों पर कदम उठा सकते थे। उन्होंने यह मौका गँवा दिया था। ऐसा करने में वह सक्षम नहीं थे या इच्छा नहीं थी—हम शायद यह कभी नहीं जान पाएँगे।

शास्त्री को जिस प्रकार की 'सजा' दी गई या नहीं दी गई, उससे अपराधियों की पुलिस जाँच को लेकर पुलिस विभाग के हौसले ही पस्त हुए थे। इससे यही संदेश गया कि अगर कोई काररवाई करनी ही है तो यह पार्टी के स्तर पर होगी...यही कि अगर कांग्रेस आलाकमान कांग्रेस नेताओं को हाथ नहीं लगाता है तो पुलिस भी उन पर हाथ नहीं डालेगी। ऊपर से केवल यही दिखाया गया कि शास्त्री का मामला एक उदाहरण था, जहाँ राजीव गांधी ने दोषी के खिलाफ कुछ काररवाई की। सच्चाई तो यह थी कि यह मामला अपराध स्वीकार किए जाने के बावजूद कानूनी काररवाई से इनकार करने का केवल एक उदाहरण था।

●

"वर्ष 1984 के कत्लेआम को लेकर एक मुख्य प्रश्न सदा से खड़ा रहा है कि इन हत्याओं में राहुल गांधी का क्या रोल रहा?

और इस प्रश्न को लेकर एक विचार तब से चल रहा है—विचार क्या, कई लोगों के लिए विश्वास है कि यह कत्लेआम राजीव गांधी ने करवाया। किसी सिख से पूछिए, तो कहेगा कि राहुल गांधी ने 31 अक्तूबर की शाम दिल्ली पहुँचते ही कांग्रेस के नेताओं को एकजुट किया और कहा, "किस इंतजार में हो, सिखों का कत्ल करो! अभी तक शुरू क्यों नहीं हुआ?"

क्या ऐसा राजीव गांधी ने कहा, या किया? अब यह कोई कैसे जाने? एक रास्ता तो यह है कि यदि ऐसा हुआ, तो जिन लोगों को राजीव गांधी ने बुलाया और ऐसे आदेश दिए, उनमें से कोई सामने आकर कहे कि हाँ, राजीव गांधी ने हम लोगों को बुलाकर ऐसा कहा। लेकिन अभी तक उनमें से कोई ऐसी बात बताने के लिए सामने आया नहीं और अगर यह बात सच है, तो कोई आएगा भी क्यों, क्योंकि वह राजीव गांधी के साथ अपने को फँसाने का ही तो बयान देगा।

और ऐसा भी नहीं कि ऐसी कोई बाहरी औपचारिक मुलाकात हुई हो, जिसमें कोई मिनट लिख रहा हो और इस बात को रिकॉर्ड किया हो या फिर कोई चुपचाप से टेप रिकॉर्डिंग कर रहा हो और उसके पास राजीव के ऐसे आदेश की टेप रिकॉर्डिंग हो। ऐसी कोई टेप भी सामने नहीं आई। तो सबूत न तो गवाह के तौर पर हमारे पास है, न ही किसी डाक्यूमेंट्री या टेप रिकॉर्डिंग के रूप में।

और तब से आज तक कांग्रेस के नेताओं ने राजीव गांधी की रक्षा में यही सवाल उठाया है कि यदि आपके अनुसार ऐसा हुआ, तो सबूत हमारे आगे रखिए।

हम सब जानते हैं कि ऐसी परिस्थितियों में इस प्रकार का सबूत नहीं रखा जाता। ऐसी बातें चुपचाप की जाती हैं और बातें ही नहीं, एक संकेत, एक छोटा सा इशारा ही काफी होता है। लेकिन हम यह भी तो निश्चित तौर पर नहीं कह सकते कि इस कारण

ऐसा अवश्य हुआ होगा!

संभव है कि कांग्रेस के किसी नेता या किसी पुलिस की खुफिया एजेंसियों के पास अपने रिकॉर्ड में कोई गोपनीया रिकॉर्ड हो, जिससे इस प्रश्न पर कुछ नई रोशनी पड़े। लेकिन यदि कोई ऐसा रिकॉर्ड है तो आज तक गुप्त है।

राजीव गांधी के बचाव में यह भी कहा जाता है कि यदि उन्होंने ऐसा आदेश दिया होता, तो हत्याएँ कुछ ही स्थानों पर क्यों होतीं? आखिर उनकी आज्ञा मानने के लिए सभी जगह के कांग्रेस के नेता तैयार होते। खास तौर पर त्रिलोकपुरी ही क्यों? सुल्तानपुरी ही क्यों? पर दूसरी ओर यह भी कहा जा सकता है कि इस प्रकार के आदेश कुछ गिने-चुने लोगों को ही दिए जाते हैं, बिल्कुल खुलकर करेंगे तो खुलासा हो जाएगा।

कहीं यह खयाल, कहीं वो विचार, इसी में हम उलझकर रह गए। लेकिन इस दलदल में भी एक-आधी बातें पक्की बनकर सामने आती हैं और ये बातें काफी कुछ कह जाती हैं।

मैं मानता हूँ कि प्रधानमंत्री होने के नाते राजीव गांधी पर इनमें से अधिकतर हत्याओं की जिम्मेदारी बनती है। इन हत्याओं को रोकने के लिए उन्हें जो करना चाहिए था, वह नहीं किया गया। अंतर हत्याओं का आदेश देने और उन्हें रोकने में विफल रहने के बीच का है। पहले के मुकाबले दूसरा अपराध कितना कम है? कम है, निश्चित रूप से कम है; लेकिन कितना कम है? इस पर हम सभी के अपने विचार होंगे, लेकिन विचार उन तथ्यों की अवहेलना नहीं कर सकते, जिन पर वे टिके हुए हैं। ये तथ्य स्पष्ट रूप से इस जिम्मेदारी की ओर इशारा करते हैं कि सिखों की रक्षा करने में सरकार विफल रही, भले ही हत्याओं के लिए कोई सीधा आदेश नहीं दिया गया था।

राजीव गांधी ने ऐसा कुछ भी नहीं कहा या किया, जिसे हत्या के आदेश के रूप में समझा जा सके। लेकिन उन्होंने जितना भी कुछ कहा और किया, वह उनकी निष्क्रिय आक्रामकता थी, जिसने हत्याओं को प्रोत्साहित किया और इसके बाद उन्होंने जो फैसले किए, वे एक तरह से इस बात की गारंटी थे कि न्याय नहीं किया गया।

राजीव गांधी ने हत्याओं को लेकर जो रूपक पेश किया, उससे दिल्ली हिल गई! दिल्ली में सिख सदमे में आ गए। 'जब कोई बड़ा वृक्ष गिरता है तो धरती हिलती है।' यह रूपक दिल्ली की सड़कों और घरों में हत्याओं को इंदिरा गांधी की हत्या के परिणामस्वरूप स्वत: स्फूर्त प्रतिक्रिया या कहिए कि अपरिहार्य बताना था कि यह तो स्वाभाविक था और कि यह तो होना ही था।

इसमें कारण और परिणाम के बीच हस्तक्षेप की कोई संभावना नहीं थी।

पेड़ का रूपक यह प्रभाव पैदा करता है—दो हत्यारों ने इंदिरा गांधी की हत्या की थी और वे दोनों हत्यारे सिख थे; इसलिए कुछ हजार निर्दोष सिखों की हत्या उसका

तार्किक परिणाम थी। जब पेड़ गिर चुका था तो हत्याएँ उस पेड़ के गिरने से धरती के दहल उठने का रूपक थीं। पेड़ के गिरने की छवि पेश करते हुए अनिवार्य रूप से उन हत्याओं में कांग्रेस नेताओं का कोई हाथ होने से इनकार कर दिया गया, सिखों की रक्षा करने में विफल रहने की जिम्मेदारी से पुलिस को बरी कर दिया गया और अंततः राजीव गांधी ने स्वयं को उस विफलता की जिम्मेदारी लेने से मुक्त कर दिया, जो कि सरकार के मुखिया के तौर पर अपने लोगों की रक्षा करने में विफल रहने की थी।

यह रूपक अपने आप में एक विचार की घोषणा कर रहा था कि हत्याओं को रोकना संभव नहीं था और उन हत्याओं के लिए अभियोजन भी संभव नहीं होगा। बड़ी त्रासदी है कि यह रूपक केवल भाषा के चुनाव का मामला नहीं रहा। उस रूपक के अनुरूप ही सरकारी आचरण में घातक रूप से गिरावट आई थी।

अगर यह रूपक लगभग 3,000 हत्याओं पर परदा डालने के लिए नहीं इस्तेमाल किया गया होता तो इसका कोई अर्थ हो सकता था। निस्संदेह, इंदिरा गांधी एक महान् हस्ती थीं, जो अचानक गिर गई थीं। उससे जो कंपन पैदा हुआ था, उसने जमीन पर सभी को हिला दिया था। मैं जानता हूँ कि हर कोई दहल उठा था; लेकिन उनमें से कोई हत्यारा नहीं बन गया था।

राजीव गांधी ने उस रूपक का इस्तेमाल हत्या को लेकर उस सदमे की भावनात्मक व्याख्या करने के लिए नहीं किया था, जिससे हम लोग गुजर रहे थे; उन्होंने इसका इस्तेमाल दिल्ली के कुछ जिलों में हुए व्यापक संहार को खारिज करने के लिए किया था।

इंदिरा गांधी की हत्या के उन शुरुआती दिनों में भारत में एक ऐसा प्रधानमंत्री था, जिसने यह दिखाया था कि हिला हुआ महसूस करने और उठकर मारने के लिए चल देने के बीच क्या अंतर था! राजीव गांधी ने इंदिरा गांधी की हत्या के बाद 19 नवंबर को दिल्ली में बोट क्लब पर एक चुनावी रैली में यह बात कही थी। उन्होंने उस चुनावी रैली में कहा था, "इंदिराजी की हत्या के बाद देश में कुछ दंगे हुए। हम जानते हैं कि लोग बहुत गुस्से में थे और कुछ दिनों तक ऐसा लगा कि भारत हिल उठा था; लेकिन जब कोई विशाल वृक्ष गिरता है तो यह स्वाभाविक है कि उसके आसपास की धरती थोड़ी दहल जाती है।"

धरती इतनी सी हिली कि दिल्ली में तीन दिनों में लगभग 3,000 लोगों को मौत के घाट उतार दिया गया? चूँकि उस समय तक मृतकों की संख्या पता चल चुकी थी, अतः निश्चित रूप से उन्हें भी पता होगी। क्या वे केवल 'कुछ दंगे' थे? और इसीलिए सही थे, क्योंकि हम जानते हैं? क्या हम नहीं जानते थे कि लोग बहुत गुस्से में थे? बिल्कुल सही बात है कि लोग गुस्से में थे; लेकिन 'ये लोग' नहीं थे, जिन्होंने हत्याएँ कीं। 'लोग' हर जगह पर लोग ही होते हैं। इंदिरा गांधी देश की प्रधानमंत्री थीं और सिख भारत में हर

जगह रहते हैं। हर जगह 'लोग' 'सिखों' के पीछे नहीं गए, दिल्ली में भी नहीं।

वेद मारवाह, जो बाद में दिल्ली के पुलिस आयुक्त बने, उन्होंने अपनी जाँच में बाद में पाया था कि कुछ छोटे समूह थे, जिन्होंने लूटपाट व हत्याएँ कीं और कुछ इलाकों में इस प्रकार की घटनाएँ ज्यादा हुईं। वे कुछ लोग थे और वे कुछ लोग बहुत से लोग नहीं थे, जिन्हें रोका जाना था।

राजीव गांधी ने 31 अक्तूबर की शाम को प्रधानमंत्री पद की शपथ ली। जिस समय वह शपथ ग्रहण कर रहे थे, दिल्ली में नागरिक व्यवस्था बिखरनी शुरू हो गई थी। इस बात में कोई संदेह नहीं कि राजीव गांधी ने गहरी त्रासदीपूर्ण परिस्थितियों में कार्यभार सँभाला था और निजी रूप से यह पीड़ा और गहरी थी; लेकिन नेता अलग मानक तय करते हैं। नेतृत्व स्वीकार करते हुए वे यह भी स्वीकार करते हैं कि उन्हें उन उच्च मानकों पर तौला जाएगा, जिनमें वे असाधारण समय में असाधारण रूप से कार्य करने की अपनी क्षमता का प्रदर्शन करेंगे।

पुलिस की अपनी लिखित आचार-संहिता थी, लेकिन नेताओं की आचार संहिता अलिखित होने के बावजूद सर्वविदित होती है। कुछ साधारण गलतियाँ होती हैं, जिन्हें साधारण लोग करते हैं और उन्हें माफ भी कर दिया जाता है; लेकिन यही साधारण गलती करने की अनुमति एक नेता को नहीं दी जा सकती। राजीव गांधी को एक जिम्मेदार प्रधानमंत्री की तरह काररवाई करनी थी, न कि एक ऐसे पुत्र के रूप में, जिसने अभी-अभी अपनी माँ को खोया है। प्रधानमंत्री बनते ही उनकी परीक्षा ली गई और वह विफल हो गए। उसके बाद पेड़ के जिस रूपक का इस्तेमाल किया गया, उससे पता चलता है कि उन्होंने सोचा नहीं था। यह रूपक दरशाता है कि भारतीय प्रधानमंत्री ने सोचा था कि उनकी सरकार दिल्ली में लगभग 3,000 लोगों की हत्याओं को रोकने में विफल रही थी और इस विफलता से कोई फर्क नहीं पड़ता था। यह रूपक यह भी दरशाता है और हमने ऐसा देखा है कि उन्हें नहीं लगता था कि बाद में हत्याओं के दोषियों पर मुकदमा चलाने का कोई कारण था। इस रूपक पर यह भी लिखा था कि लगातार अन्याय हुआ। राजीव गांधी की सरकार उस रूपक से उत्पन्न हुए अन्याय के अनुसार शासन करती रही।

यह सच है कि पुलिस को कभी ऐसे आदेश नहीं दिए गए कि वह सिखों की रक्षा न करे। सही शब्दों में नियमित रूप से और विनम्रतापूर्वक आदेश भेजे गए। बाद में, जाँच रिपोर्टों में इनमें से कुछ आदेशों को खोजकर निकाला गया, यह मामला बनाने के लिए कि इस आधार पर राजीव गांधी पर हत्याओं की कोई जिम्मेदारी नहीं बनती और उन्होंने उचित काररवाई का समर्थन किया था।

इसमें कांग्रेस कार्यकर्ताओं और पुलिस को जिस बात का खतरनाक तरीके से

अभाव दिखता है, वह है—हिंसा भड़कने के खिलाफ एक नेतृत्व की ऊर्जा और दृढ़ इच्छा-शक्ति की कमी। इसमें एक कड़े संदेश का अभाव दिखता है, जो प्रधानमंत्री की ओर से शुरुआत में ही पुलिस को दिया जाना चाहिए था कि 'जाओ, और सिखों की रक्षा के लिए तथा दंगाइयों के खिलाफ हरसंभव कदम उठाओ।'

इस तरीके से कमान थामी जाती तो दिल्ली में जो कुछ जगहों पर घटनाएँ हुईं, वे न हुई होतीं, जहाँ कुछ गिने-चुने अधिकारी ही कानून लागू करने निकले, जबकि बाकियों ने उसके मार्ग में अवरोधक पैदा किए। दोनों में यह जो अंतर है, यही अपने आप में इस बात का सबूत है कि कानून-व्यवस्था बनाए रखने के लिए एक प्रभावी सरकारी कमान का अभाव था। इसका परिणाम यह हुआ कि सड़कों पर निकले गिरोहों और पुलिस ने सरकार की पंगुता को एक बिन कहा संदेश समझ लिया कि वे सिखों पर हमले करने के लिए स्वच्छंद हैं और पुलिस हमलों को मूकदर्शक बनकर देखती रहे।

सिखों को किसी सुदूरवर्ती हिस्से में सुरक्षा मुहैया नहीं करानी थी; ठीक राजीव गांधी के सामने सिख मदद की गुहार लगा रहे थे। प्रधानमंत्री आवास से कुछ कदम की ही दूरी पर सिखों के गले में जलते हुए टायर डाले गए। यह बात तो सीधे-सीधे समझ में आती है कि प्रधानमंत्री सड़कों पर नहीं टहल रहे थे, लेकिन उनके पास तमाम खुफिया और सरकारी रिपोर्टें थीं। उन रिपोर्टों के बिना भी पूरी दिल्ली और अपने आसपास आसमान तक उठते धुएँ के बादल उन्हें दिखाई दिए होंगे।

उन्होंने तीन मूर्ति भवन में इंदिरा गांधी के पार्थिव शरीर के अंतिम दर्शनों के लिए उमड़ रही भीड़ के नारे देखे और सुने होंगे, जो खून की प्यासी हो रही थी। यह बात गले से उतरनी मुश्किल है कि राजीव गांधी को इस बात की जानकारी नहीं थी कि उनके चारों ओर शहर धधक रहा था; और आखिर में, क्या राजीव गांधी ने हत्याओं का आदेश दिया या वह केवल उसे रोकने या कम करने के लिए कदम उठाने में विफल रहे! इससे मारे गए लोगों और उनके परिवारों को कोई फर्क नहीं पड़ता।

उन तीन दिनों में राजीव गांधी ने कमान नहीं सँभाली। यह अपराध है या नहीं, लेकिन इसका परिणाम दु:खद निकला। संभवत: उन्हें कमान अपने हाथों में लेने की कोई जरूरत ही नहीं लगी। मानो वह केवल उस धरती का कंपन देख रहे थे, जिस पर एक विशाल वृक्ष गिर गया था। वह शायद एक कारण और प्रभाव की घटना के गवाह बन रहे थे। नेतृत्व ने स्वयं को केवल एक पर्यवेक्षक या एक अधूरे अभिनेता के रूप में समेट लिया था। उन्होंने शांति बनाए रखने की अपीलें तो कीं, लेकिन उन अपीलों को अमली जामा पहनाने के लिए जरूरी काररवाई नहीं की।

दिल्ली के सिखों को इस विषय पर भाषण सुनने की जरूरत नहीं थी कि उन्हें क्या सही काम करना चाहिए? उन्हें जरूरत थी कि क्या सही काम किया गया? उन्हें

जरूरत थी सरकारी बलों की, जो कि नहीं आए; राजीव गांधी के प्रभावी आदेश की, जो कि जारी नहीं किया गया। कोई एक साधारण नागरिक अगर अनदेखा करके गुजर जाए तो उसकी निंदा की जाएगी; लेकिन फिर भी उसे क्षमा किया जा सकता है। लेकिन एक सरकार और उसकी पुलिस द्वारा आँखें मूँद लेना दंडनीय अपराध था और आज भी है तथा यह अभी भी दंडनीय है। कानून के कई मामलों में यह दंडनीय है, विशेष रूप से पुलिस के लिए। अपराध मौजूद है, इसके सबूत मौजूद हैं, कई दोषी अभी भी मौजूद हैं, तो फिर सरकार नाकाम रही और इसी प्रकार उसके बाद की सरकारें भी नाकाम रहीं। संयुक्त प्रगतिशील गठबंधन (संप्रग), राष्ट्रीय जनतांत्रिक गठबंधन (राजग)—सभी सरकारें उन अपराधों के लिए प्रभावी अभियोजन शुरू करने में विफल रहीं। इन हत्याओं को सरकार का अहम अंग, यानी कि पुलिस रोक सकती थी, लेकिन पुलिस ने दूसरी ओर मुँह फेर लिया। भले ही किसी और को नजर न आ रहा हो, लेकिन सरकार को दिखाई दे रहा था। पुलिस द्वारा जान-बूझकर आँखें बंद करने का फैसला इसे षड्यंत्र या कम-से-कम हत्या के लिए उकसाने का बहस योग्य मामला तो बनाता ही है। तथ्य की बात यह है कि दिल्ली पुलिस ने अपने जान-बूझकर लिये गए फैसले से हत्याओं को अंजाम दिया जाना संभव बनाया और यह एक ऐसा तथ्य है, जिससे बचा नहीं जा सकता। यह भयंकर और रोंगटे खड़े कर देनेवाला है और अगर पुलिस दोषी थी तो कांग्रेस सरकार भी दोषी थी, जिसके हाथों में पुलिस की कमान थी। इसमें पुलिस ने जो परदेदारी की, वह सभी ने देखी थी। कुछ शीर्ष पुलिस अधिकारी मौका-ए-वारदात पर हाजिरी लगाने के लिए गए जरूर थे, लेकिन वे उन जगहों पर जल्दी पहुँचे, जहाँ कुछ इधर-उधर जान बचाकर भागे सिखों ने अपनी आत्मरक्षा में पलटवार किया था।

वेद मारवाह की अगुआई में पुलिस जाँच की गई और इस जाँच के दौरान जो सबूत इकट्ठा किए गए, वे बिना किसी संदेह के यह स्थापित करते थे कि पुलिस ने हाथ खड़े कर दिए थे और ऐसा उसने जान-बूझकर किया था। मारवाह ने जो कुछ जाँच में पाया था, उसका विस्तार से वर्णन किया था (अध्याय 7 देखें)। स्थानीय स्तर पर भी पुलिस ने कुछ रिकॉर्ड्स तैयार किए थे, यह बताने के लिए कि सही कदम उठाए जा रहे थे। लेकिन इस आपसी संवाद का जो लहजा था, उसमें उस दृढ़ता का अभाव था, जो यह दिखा सके कि प्रभावी कदम उठाए गए। पुलिस ने यह रणनीति अपनाई थी कि वह कदम उठाती हुई प्रतीत हो और उसके बाद उसने यह भी सुनिश्चित किया कि ये उठाए गए कदम प्रभावी परिणाम पैदा न करें। 'लहजा' कोई ऐसी चीज नहीं है, जो स्पष्ट रूप से नजर आ सके; लेकिन हत्याएँ स्पष्ट नजर आती हैं।

यहाँ संवाद में सटीकता न्यूनतम थी और उसका सड़कों पर फैले रक्त एवं

आगजनी से कोई संबंध नहीं था तथा दोनों के बीच कोई संबंध नहीं था। मारवाह ने दोनों के अंतर को अपनी जाँच में पकड़ लिया था। साफ नजर आ रहा था कि पुलिस का सामना ऐसी भारी भीड़ से नहीं हुआ था, जिसे वह चाहती तो नियंत्रित नहीं कर सकती थी। मारवाह ने अपनी जाँच में यह भी पाया कि अराजकता पर उतारू ये कुछ सौ लोग थे। दिल्ली पुलिस तो अकसर दिल्ली में होनेवाली रैलियों में हजारों-लाखों लोगों की भीड़ को नियंत्रित करने की आदी रही है। इससे पहले भी दिल्ली पुलिस ने बहुत से दंगों पर नियंत्रण पाने में सफलता हासिल की थी।

पूर्व के अनुभवों के मुकाबले लोगों के इतने छोटे से समूह पर नकेल डालना उसके लिए कोई बहुत मुश्किल काम नहीं था; लेकिन उन्होंने ऐसा नहीं किया, क्योंकि वे ऐसा करना ही नहीं चाहते थे और इसलिए भी कि उन्हें इतनी दृढ़ता के साथ आदेश नहीं दिया गया था। यह हरी झंडी पुलिस के नेतृत्व और अंततः सरकार की ओर से दिखाई जानी चाहिए थी, जो कि नहीं दिखाई गई।

सरकार और यहाँ तक कि नेतृत्व की नैतिक विफलता से कहीं अधिक राजीव गांधी ने धोखा दिया। उनकी विफलता एक ऐसे समय में खतरनाक रूप से राजनीतिक मोड़ ले गई, जब भारत ढहने के कगार पर था, जो कि पहले कभी नहीं हुआ था।

वर्ष 1984 की तुलना बाद में मुंबई या गुजरात में हुए दंगों से करना जितना निरर्थक है, उतना ही भयानक है। लेकिन वर्ष 1984 में 'ऑपरेशन ब्लू स्टार' और उसके बाद दिल्ली में हुई हत्याओं से भारत खतरनाक रूप से ध्वस्त होने के कगार पर था। ऐसा इससे पहले मैंने कभी सोचा या महसूस नहीं किया था। भारत सिखों के साथ आंतरिक एकता को खोने के वास्तविक खतरे का सामना कर रहा था।

जून 1984 में 'ऑपरेशन ब्लू स्टार' में इंदिरा गांधी के नेतृत्व में कांग्रेस सरकार को सिखों ने कुछ इस तरह से देखा कि जैसे सरकार ने अकाल तख्त को बुरी तरह से अपमानित किया है, जो कि उनकी आस्था का शीर्ष केंद्र था। स्वर्ण मंदिर के भीतर ही सैकड़ों सिखों को मार डाला गया था। अब प्रधानमंत्री के रूप में इंदिरा गांधी के बेटे की निष्क्रियता को और अधिक संख्या में सिखों की हत्या के लिए जिम्मेदार के रूप में देखा गया।

उन दिनों भारत का अस्तित्व ही संकट में घिर गया था। पहले अमृतसर और अब दिल्ली में...सरकार उम्मीद लगाए बैठी थी कि वह बचकर निकल जाएगी। जिस समय देश को राजीव गांधी द्वारा शासन को सँभाले जाने की सर्वाधिक जरूरत थी, उसी समय में उन्होंने देश को निराश किया था। इंदिरा गांधी ने जून 1984 में सिख उग्रवादियों को निशाना बनाने के लिए 'ऑपरेशन ब्लू स्टार' शुरू किया था। सिख उग्रवादियों ने अमृतसर में जरनैल सिंह भिंडराँवाले की कमान में खुद को स्वर्ण मंदिर के भीतर बंद करके किलेबंदी कर ली

थी। 'ऑपरेशन ब्लू स्टार' की रणनीति किस प्रकार बनाई गई और उसे किस प्रकार अंजाम दिया गया, यह एक अलग विषय है; लेकिन इन सभी तर्कों के बाहर किसी-न-किसी तरह से 'ऑपरेशन ब्लू स्टार' ने सिखों को गहरे तक आघात पहुँचाया था।

'ऑपरेशन ब्लू स्टार' के कुछ ही महीनों बाद, सिखों और पूरे पंजाब पर ही एक मरहम लगाए जाने की जरूरत थी, न कि लगभग 3,000 और सिखों को केवल इसलिए मौत के घाट उतारे जाने की, कि दो सिख सुरक्षाकर्मियों ने प्रधानमंत्री इंदिरा गांधी की हत्या कर दी थी।

राजीव गांधी से शासन की माँग थी कि वह सिखों के एक और नर-संहार को रोकने के लिए हरसंभव कदम उठाते, क्योंकि दिल्ली में 'ब्लू स्टार' के मुकाबले कहीं अधिक सिख मारे गए थे। लेकिन जमीनी स्तर पर सरकार की नीति संरक्षात्मक के बजाय भड़कानेवाली प्रतीत हुई थी।

दिल्ली में हत्याओं के तुरंत बाद एक डर घर कर गया था कि पंजाब में सिख लोग हिंदुओं से बदला लेंगे, क्योंकि दिल्ली में हिंदुओं ने ही सिखों का संहार किया था। लेकिन इसे चमत्कार ही कहा जा सकता है कि दिल्ली में इतने बड़े पैमाने पर नर-संहार के बावजूद पंजाब में इक्का-दुक्का और छिटपुट घटनाओं को छोड़कर प्रतिक्रिया स्वरूप कोई घटना नहीं हुई। पंजाब में सिखों द्वारा लगभग किसी भी हिंदू को बदले की काररवाई के तहत किसी भी रूप में निशाना नहीं बनाया गया। क्या चीज थी, जिसने पंजाब में सिखों के गुस्से को काबू में किए रखा?

इसके लिए दो कारण नजर आए और इनमें से एक कारण तो ऐसा था कि स्वयं सिखों को शर्मिंदगी होगी। पंजाब में अपने कुछ मित्रों और परिचित परिवारों के माध्यम से मैंने जो कुछ भी जानकारी हासिल की···खुफिया रिपोर्टों तक पहुँच रखनेवाले पुलिस अधिकारियों से बातचीत के जरिए जो कुछ पता चला, उसके हिसाब से दिल्ली से बहुत जल्द यह खबर आग की तरह फैल गई कि 'कौन से' सिख मारे गए हैं। पंजाब में लोग कह रहे थे कि जो लोग मारे गए थे, वे सही मायने में सिख कतई नहीं थे। पश्चिमी दिल्ली में जो लोग मारे गए थे, उनमें बड़ी संख्या में वे सिख थे, जिन्हें केवल राजस्थान के पगड़ीधारी लोगों के रूप में देखा जाता था, जो पंजाबी भाषा नहीं बोलते थे और इसलिए 'असली' सिख नहीं थे। इससे भी दुःखद यह था कि अधिकतर पीड़ित निम्न जाति से थे और लगभग सभी बहुत ही गरीब थे। उन्हें गरीब और दूर के रिश्तेदार समझा जाता था। पंजाब के 'असली' जाट सिख उन लोगों को अपने सच्चे भाई-बंधु नहीं मानते थे।

जाति, संपत्ति और स्थान की इस दूरी ने पंजाब में सिखों के आक्रोश को कमजोर कर दिया। यदि दिल्ली में 3,000 जाट सिखों की हत्या हो जाती तो हमारे सामने कहानी कुछ और ही होती; संभवतः एक और भारत सामने होता। इन्हीं स्रोतों और जानकारों से

मुझे एक और कारण सुनने को मिला। पंजाब में तेजी से खबर फैल गई थी, और यह खबर सही-सही पहुँची थी, कि पंजाबियों ने कभी भी अपने सिख पड़ोसियों पर हमला नहीं किया था। इसके विपरीत, हजारों हिंदू पंजाबियों ने पूरी दिल्ली में सिखों की रक्षा के लिए अपनी जान की बाजी लगा दी थी। संभवत: यही सबसे बड़ा कारण था कि पंजाब में सिखों ने अपने हिंदू पड़ोसियों के खिलाफ उँगली तक नहीं उठाई।

वैसे भी, हिंदुओं और सिखों के बीच शादियाँ बहुत होती हैं; चाहे दिल्ली हो या पंजाब, ऐसा सिख परिवार कोई विरले ही मिलेगा, जिसमें कोई हिंदू सदस्य न हो और हिंदू परिवारों में भी यही मामला है। पंजाबी हिंदू और सिख एक-दूसरे के लिए अजनबी नहीं हैं। दरअसल, लोगों ने और केवल लोगों ने ही भारत को उसकी अपनी सरकार से बचाया था। तब यह असंभव लग रहा था कि वे ऐसा कर सकें और अब यह अविश्वसनीय प्रतीत होता है कि उन्होंने ऐसा किया।

राजीव गांधी किस्मत के धनी थे कि उनकी ओर से मदद का हाथ बढ़ाए बिना ही धरती पर आया भूचाल रुक गया था।

□

4

राहुल गांधी

"मुझे याद है, उस समय मैं बच्चा था। मुझे याद है कि सरकार दंगों को रोकने के लिए जी-जान से कोशिश कर रही थी।" राहुल गांधी ने जनवरी 2014 में 'टाइम्स नाउ' चैनल के अर्णव गोस्वामी को दिए एक इंटरव्यू में यह बात कही थी। प्रत्यारोपों के साथ राहुल गांधी के बयान को चुनौती दी गई। लेकिन राहुल गांधी अपनी ही बात को दोहराते हुए अपने बयान का बचाव करते रहे, "सरकार वर्ष 1984 में दंगों को रोकने का प्रयास कर रही थी, हत्याओं को रोकने की कोशिश कर रही थी…"

पार्टी की यही राय रही थी और इस बात में कोई शक नहीं कि राहुल गांधी ने अपने स्वर्गीय पिता के खिलाफ लगाए गए किसी भी आरोप का प्रतिवाद किया होगा। पार्टी का परिवार के साथ इतना लंबा संबंध रहा है कि अब पार्टी का बचाव करना और पिता के पक्ष में बोलना एक ही बात है और यह वही पार्टी है, भले ही इसने अपने 'कांग्रेस' नाम से 'आई' हटा दिया है—'आई' इंदिरा गांधी के लिए था, जो इंदिरा गांधी के लिए वफादार पार्टी के एक धड़े को दरशाता था। पार्टी का दूसरा धड़ा वक्त के साथ तेजी से खो गया और कांग्रेस (आई) ही उस समय कांग्रेस थी और यह इसी नाम से आगे बढ़ती रही।

सन् 1984 में राहुल गांधी 14 साल के थे। उनकी उम्र के किसी बच्चे को उस समय ठीक यह कैसे पता रहा होगा कि सरकार दंगों को रोकने के लिए क्या कर रही थी, जैसा कि वह मानते थे; लेकिन उन्होंने कोई जवाब नहीं दिया। उन हत्याओं में कांग्रेस का हाथ होने के संबंध में उनसे कई सवाल किए गए, लेकिन उनके पास कहने को कुछ बहुत ज्यादा नहीं था। उनका बार-बार एक ही जवाब था कि वह आरोपों से इनकार करते रहे। इस बात में शक नहीं कि उन्हें यह इंटरव्यू/साक्षात्कार देने का पछतावा हुआ—बार-बार पुरजोर शब्दों में यही दोहराना कि पार्टी ने हत्याओं को रोकने के लिए जो कुछ भी किया जा सकता था, वह किया था; लेकिन वह यह बताने में नाकाम रहे कि पार्टी ने किया क्या था और लगता है कि इस दोहराव से उन्हें कतई कोई लाभ नहीं हुआ।

राहुल गांधी ने इंटरव्यू में यह स्वीकार किया था कि "संभवत: कुछ कांग्रेसी लोग शामिल थे।" उन्होंने कहा, "एक कानूनी प्रक्रिया होती है, जिसका उन्होंने सामना किया। कुछ कांग्रेस नेताओं को इसके लिए दंडित भी किया जा चुका है।"

वह क्या या किसके बारे में बात कर रहे थे? उन्होंने उन कांग्रेस नेताओं के नाम नहीं लिये, जो कानूनी प्रक्रिया से गुजरे थे। उन्होंने यह नहीं कहा कि किन्हें सजा दी गई थी और कैसे? क्या कांग्रेसियों को 'कानूनी प्रक्रिया' से गुजरने के बाद सजा दी गई? लगता है कि जनता ने इस पर ध्यान नहीं दिया; लेकिन जनता ने जिस बात पर ध्यान दिया, वह इसके उलट थी—सच्चाई यह थी कि कांग्रेसी नेताओं, उनमें से कुछ का दंगों में उनकी भूमिका को लेकर बचाव किया गया।

जहाँ कहीं सजा दी भी गई तो यह कानूनी प्रक्रिया के दायरे से बाहर जाकर दी गई। हत्याओं के उस दौर के बारे में या उसके बाद के मामलों में कानूनी प्रक्रिया के तहत बहुत ज्यादा कुछ नहीं किया गया।

अगले वर्ष, 31 जुलाई को कांग्रेस के एक दिग्गज नेता और सांसद ललित माकन की पश्चिमी दिल्ली के कीर्ति नगर इलाके में उनके घर के बाहर गोली मारकर हत्या कर दी गई। उस हमले में उनकी पत्नी गीतांजलि भी मारी गईं। सिखों की हत्याओं में उनकी संलिप्तता के आरोप लगे थे और उनकी हत्या इन आरोपों के बाद ही हुई थी। माकन सन् 1984 में लोकसभा के लिए निर्वाचित हुए थे। लेकिन उससे पहले वह कोई साधारण कांग्रेसी नेता नहीं थे। वह भारत के पूर्व राष्ट्रपति शंकर दयाल शर्मा के दामाद थे और साथ ही गांधी परिवार, विशेष रूप से संजय गांधी के, काफी करीबी रह चुके थे। बाद में तीन सिख चरमपंथियों को उस हत्या के लिए गिरफ्तार किया गया।

5 सितंबर, 1985 को कांग्रेस पार्टी के पार्षद अर्जन दास को उनकी सुरक्षा में तैनात पुलिसकर्मी के साथ गोली मार दी गई। अर्जन दास—राजीव गांधी के घनिष्ठ मित्र थे। उनकी हत्या की कमान उसी हत्यारे हरजिंदर सिंह जिंदा ने सँभाली थी, जिसने ललित माकन की हत्या की थी और जिसने बाद में जनरल अरुण श्रीधर वैद्य की जान ली थी। जनरल वैद्य 'ऑपरेशन ब्लू स्टार' के दौरान सेना प्रमुख थे।

राजीव गांधी ने इन हत्याओं को लेकर सुरक्षा खामियों के लिए पुलिस को सार्वजनिक रूप से फटकार लगाई थी। निस्संदेह, ऐसी हत्याओं का सिलसिला जारी रहने को अनुमति नहीं दी जा सकती थी। दिल्ली में इन दो कांग्रेसी नेताओं की हत्याओं के बाद कांग्रेस नेताओं का सुरक्षा घेरा बहुत अधिक मजबूत कर दिया गया।

लेकिन हमें दिल्ली में उन तीन दिनों के दौरान सिखों की रक्षा के लिए राजीव गांधी की ओर से कड़े कदम उठाए जाने की काररवाई कहीं नजर नहीं आई थी। राहुल गांधी ने सही बात रखी थी कि केवल दो हत्यारों के कारण पूरा गुस्सा उस समुदाय पर निकालना

गलत था, जिस समुदाय से वे ताल्लुक रखते थे—"उन दो लोगों ने मेरी दादी के साथ जो किया, वह केवल दो लोगों ने किया था।" राहुल गांधी ने उसी इंटरव्यू में कहा था, "मैंने पीछे मुड़कर उस गुस्से को पूरे समुदाय पर नहीं निकाला, जो उस समय मेरे मन में था और साफ कहूँ तो अब मेरे भीतर नहीं है...मैंने दो लोगों के खिलाफ अपने गुस्से का शिकार लाखों लोगों को नहीं बनाया। मैं समझता हूँ कि यह अपराध है..."

एकदम सही बात। लेकिन राहुल गांधी ने जो बात नहीं कही, वह यह कि दिल्ली में जो कुछ हुआ, वह उसके एकदम विपरीत था, जो कि अब वह कह रहे हैं कि सही कदम क्या होना चाहिए था। अगर दिल्ली में हर कोई राहुल गांधी की तरह सोचता तो शहर में एक भी सिख पर हमला नहीं होता। तो इस सही सिद्धांत की रक्षा सुनिश्चित करने की जिम्मेदारी किसकी थी? यह कांग्रेस पार्टी और उसकी सरकार थी, जो विफल रही थी और दोनों की ही कमान उनके पिता के हाथों में थी।

उस समय दिल्ली ने यही देखा था कि एक पूरे समुदाय पर दो हत्यारों का गुस्सा निकालने में कई कांग्रेसी नेताओं ने सक्रिय रूप से भाग लिया था। राहुल गांधी ने यह नहीं देखा था। राहुल गांधी उस इंटरव्यू में बात कर रहे थे कि क्या किया गया होगा, क्या किया जाना चाहिए था; लेकिन यह स्पष्ट था कि ऐसा कुछ नहीं किया गया।

"वर्ष 1984 में निर्दोष लोग मारे गए थे और निर्दोष लोगों का मारा जाना बहुत ही बुरी बात है और यह नहीं होना चाहिए..." उन्होंने कहा था। निश्चित रूप से, ऐसी बात नहीं होनी चाहिए। राहुल गांधी आदर्श नैतिकता की घोषणाओं के रास्ते से उन हत्याओं से अपनी पार्टी की दूरी बना रहे थे; लेकिन जमीनी स्तर पर सच्चाई अलग थी। नवंबर 1984 की त्रासदी यह थी कि कांग्रेस पार्टी के नेता राहुल गांधी के उन मूल्यों पर खरा उतरने में विफल रहे थे, जिनकी बात उन्होंने उस इंटरव्यू में कही थी। वर्ष 2014 की वह त्रासदी उतनी बड़ी नहीं थी, जिसमें राहुल गांधी इस बात पर अड़े थे कि कांग्रेसी नेता आदर्श सिद्धांतों पर डटे रहे थे। वह अपने मौखिक शब्दों को तथ्यों के साथ मजबूती देने में विफल रहे थे और तथ्य संभवत: उनके पास थे ही नहीं।

•

राहुल गांधी के सलाहकारों ने इसके बाद से यह सुनिश्चित कर लिया कि वह इस तरह के और इंटरव्यू कतई न दें। उस एक इंटरव्यू ने भी उस समय उनका कोई भला नहीं किया और जब चुनाव परिणाम आए तो ऐसा लगा कि संभवत: उससे पार्टी को भी कोई लाभ नहीं हुआ। अक्तूबर 2013 में राजस्थान में उन्होंने जो भाषण दिए थे, उससे यह बात भी समझ में आई कि भाषणों के मामले में उन्हें बेहतर सलाह की जरूरत है—बाद में जिनका उनके प्रतिद्वंद्वी नरेंद्र मोदी ने भी इस्तेमाल किया।

राजस्थान के खेरली में उनका एक भाषण वर्ष 1984 के घटनाक्रम के बारे में राहुल

गांधी के हिसाब से एक अभूतपूर्व नजरिया पेश करता है और अब यह उनका उससे भी अभूतपूर्व दृष्टिकोण दिखाता है। आज हमारे पास उस भाषण का यू ट्यूब पर बहुत ही साधारण-सा विकल्प उपलब्ध है।

आज यह बहुत ही आम विकल्प है, लेकिन उन दिनों में हम रिपोर्टरों के लिए यह एक कल्पना से परे की संभावना थी। हम लोगों ने इंटरनेट से पहले के युग में रिपोर्टिंग की है, जब इंटरनेट जैसी किसी चीज के बारे में सोचना हॉलीवुड की किसी भविष्य के विज्ञान पर आधारित फिल्म के जैसा था। लेकिन आज हम लोग देख सकते हैं, सुन सकते हैं। यहाँ इस खेरली के चुनावी भाषण में अधेड़ उम्र के पड़ाव पर पहुँच रहा एक व्यक्ति (जिसे केवल भारतीय राजनेताओं के मानकों के हिसाब से ही 'युवा' कहा जा सकता है), वह याद करते हुए बताता है कि हत्या के समय 14 साल के एक बच्चे के रूप में उसने क्या अनुभव किया था!

उस भाषण में हत्या और उसके बाद के घटनाक्रम के बारे में राहुल गांधी ने अपना जो चश्मदीद बयान साझा किया था, वह बताता है कि 14 साल के एक बच्चे ने क्या देखा। लेकिन यह उस व्यक्ति के बारे में बहुत अधिक कुछ खुलासा कर रहा था, जो वहाँ चुनावी मंच पर खड़ा था और घटनाक्रम को याद कर रहा था। यह एक ऐसा भाषण है, जिसे दोबारा सुनना तो बनता है।

यहाँ वह बयान इस प्रकार है—

आतंकवाद का समय था, लड़ाई चल रही थी, पंजाब में गुस्सा था, बाकी जगह गुस्सा था और ये जो गुस्सा¨ लोगों के दिल में नहीं था, ये डाला गया था, लड़ाई करवाई गई थी¨ 1977 में हर किसी ने हमसे किनारा कर लिया था; लेकिन सिख, जिन्हें मैं देख सकता था, वे मेरी दादी माँ के सबसे मुश्किल समय में उनके आसपास रहे थे। वे उनके साथ खड़े रहे थे। पाँच-छह सालों में गुस्सा भर गया।

मैंने आपसे अपनी दादी माँ के बारे में बात की। मैं आपको सतवंत सिंह और बेअंत सिंह (दो पुलिसकर्मी, जिन्होंने इंदिरा गांधी की हत्या की थी) के बारे में बता सकता हूँ। मैं सतवंत सिंह और बेअंत सिंह को जानता था। एक तरह से वे मेरे दोस्त थे। इन बॉडीगार्ड्स की तरह (मंच पर पीछे सुरक्षाकर्मियों की ओर इशारा करते हुए) वे वहाँ थे। वे मेरे दोस्त थे, मुझे बैडमिंटन खेलना सिखाते थे, वर्जिश करना सिखाते थे।

एक दिन, गुस्से के कारण, मेरे दोस्तों ने मेरी दादी को मार दिया और मेरे अंदर, जैसे ये खड़े हैं, एकदम उनकी तरह (भीड़ में एक अकेले सिख की ओर इशारा करते हुए), मेरे भीतर भी गुस्सा था। गुस्सा था कि उन्होंने ऐसा क्यों किया? मेरे भीतर जो गुस्सा था। वो मेरे ऊपर एक बोझ बना था। उस गुस्से ने मुझे दबाकर रखा था और एक दिन मुझे यह बात समझ में आ गई कि जो वहाँ हुआ¨

मैं आपको विस्तार से बताता हूँ। मैं स्कूल में था, ज्योग्राफी की क्लास चल रही थी। मैं खिड़की से बाहर देख रहा था। वहाँ एक पेट्रोल पंप होता था। मैं खिड़की से बाहर देख रहा था और एक आदमी आया और उसने कहा कि मुझे प्रिंसिपल के ऑफिस में चलना होगा। मैं शरारती था। हर रोज मुझे वहाँ जाना पड़ता था, तो वे मुझे वहाँ ले गए। जब मैं वहाँ पहुँचा तो घर में काम करनेवाली एक महिला फोन पर थी। वह चिल्ला रही थी। मैंने उस तरह किसी को चीखते हुए पहले कभी नहीं सुना था।

मैंने पूछा, पापा कैसे हैं? क्योंकि मैं डरा हुआ था। उस समय ऐसा ही माहौल था। वह बंगाल में थे और महिला ने कहा कि पापा ठीक हैं। तब मैंने पूछा कि मम्मा कैसी हैं? और उसने बताया कि मम्मा ठीक हैं। मुझे थोड़ी घबराहट हुई और मैंने पूछा कि दादी कैसी हैं? उसने कहा कि तुम वापस आ जाओ। और फोन रख दिया।

दो या तीन सेकंड के लिए मेरे दिल की धड़कन रुक गई, जैसे कि किसी ने मेरे पेट में जोर से घूँसा मारा हो। मैं घर गया। एक ओर मेरी दादी की हत्या कर दी गई थी, दूसरी ओर जो मुझे बैडमिंटन खिलाते थे, जो मुझे वर्जिश करना सिखाते थे, मारे जा चुके थे (बेअंत सिंह)। सवाल यह है कि ऐसा क्यों हुआ? और मैं आपको इसका जवाब देना चाहता हूँ। जैसा कि मैंने पहले कहा, गुस्सा भरा जाता है। यह होता नहीं है, इसे भरा जाता है‥ मैं भी आतंकवाद का शिकार हूँ और यह केवल मेरी बात नहीं है। इस देश में लाखों लोग आतंकवाद से पीड़ित हैं। क्रोध भरा जाता है।

कल एक पुलिसवाला मेरे कमरे में आया। हम बात कर रहे थे। मैंने पूछा कि आप क्या कर रहे हो? वह खुफिया विभाग से था‥ उसने बताया कि वह पीड़ितों (2013 में मुजफ्फरनगर में हुए हिंदू-मुसलिम दंगों के पीड़ित) का पता लगा रहे हैं, जो गुस्से में हैं और पाकिस्तान जाना चाहते हैं। पहले आप गुस्सा भरते हैं, फिर आप पूछते हैं कि तुम आतंकवादी क्यों बन रहे हो? एक आतंकवादी पैदा होता है, क्योंकि उसके भीतर गुस्सा भरा गया है; और विपक्ष अगर कोई काम करता है तो वह है भारतीयों के दिलों में गुस्सा भरना। हिंदुओं को मुसलिमों से लड़वाना उनका मुख्य पेशा है और जब लोग मारे जाते हैं तो वे कहीं दिखाई नहीं देते।

मुझे दो बार यह सदमा झेलना पड़ा है। क्रोध इस देश को आगे नहीं ले जाएगा, प्रेम आगे ले जाएगा‥ हम एक होकर जिएँगे और एक होकर ही मरेंगे।

नरेंद्र मोदी उस समय केवल भाजपा के एक नेता थे। उन्होंने कुछ दिनों बाद उत्तर प्रदेश के झाँसी में एक चुनावी रैली में मुँहतोड़ जवाब दिया, "क्या यह सच है कि कांग्रेस के सारे लोग गुस्से में थे? क्या यह सच नहीं है कि उस गुस्से में आपकी पार्टी के लोगों ने हजारों सिखों को जिंदा जला दिया? और आज तक किसी एक को भी सजा नहीं

हुई? आप अपनी दादी की हत्या पर गुस्सा थे, मैं समझ सकता हूँ; लेकिन क्या कभी आपको हजारों सिखों की हत्या पर गुस्सा आया? क्या कभी आपको दर्द महसूस हुआ? और अब, जब दिल्ली में चुनाव हैं, आपने उन घावों पर नमक छिड़क दिया। वे परिवार, जिनके बच्चों को जिंदा जला दिया गया, जो हजारों सिख मारे गए और आज आप अपने गुस्से की बात करते हो! इनसानियत में विश्वास रखनेवाला कोई भी इनसान शहजादे (मोदी राहुल गांधी को इसी नाम से बुलाते हैं) को इस भाषा के लिए माफ नहीं करेगा।"

•

बस, यही कह रहे थे राहुल गांधी? यहाँ 'दो' राहुल गांधी हैं—उस समय का लड़का और अब एक व्यक्ति, जो उस लड़के के अनुभवों को याद कर रहा था और एक व्यक्ति के तौर पर राहुल गांधी अब क्या याद कर रहे हैं? उन्हें क्या याद था और अब उन्होंने इसे बताने का चुनाव किया। जिस तरीके से उन्होंने ये बातें कहीं, उससे गांधी परिवार के भीतर के उन दिनों के बारे में एक शानदार झलक मिली। हमें यह पता चला कि एक लड़के ने उस समय क्या पीड़ा सही!

इससे हमें संयोगवश यहाँ और अभी राहुल गांधी के मन के भीतर की दृष्टि का पता भी चला। ज्योग्राफी की उस क्लास के दौरान जो फोन कॉल आया और उसे सुनने के बाद उस बच्चे को कितनी पीड़ा सहनी पड़ी होगी, इस बात को लेकर कौन होगा, जो सहानुभूति नहीं रखेगा! लेकिन उन पलों को राहुल गांधी ने कुछ अजीब ही तरीके से याद किया—"एक ओर मेरी दादी की हत्या कर दी गई थी, दूसरी ओर जो मुझे बैडमिंटन खिलाते थे, जो मुझे वर्जिश करना सिखाते थे, मारे जा चुके थे।" उन्होंने इसे दोहरे सदमे की तरह याद किया था। उस समय एक लड़के के लिए संभवतः ऐसा रहा होगा; निश्चित रूप से उनके बेअंत सिंह के साथ बड़े मधुर संबंध रहे होंगे, जो उन्हें बैडमिंटन खेलना सिखाता था और उन्हें वर्जिश करना सिखाता था। दादी से भी उनका विशेष रिश्ता रहा होगा, जिनके पास अपने पोते के साथ समय बिताने के अतिरिक्त भी बहुत सी जिम्मेदारियाँ थीं। दादी के मुकाबले लड़कपन का दोस्त बहुत अजीज होता है। लेकिन अब ये बालिग राहुल गांधी हैं, जो उन दिनों को याद कर रहे हैं—एक सार्वजनिक मंच पर। एक बालिग को इस बात की जानकारी हो सकती है कि अपनी दादी के हत्यारे की मौत के बारे में बात करना सम्मानजनक तो नहीं ही कहा जा सकता है और वह भी उसकी दोहरे सदमे के तौर पर व्याख्या करते हुए! परिवार में उनकी स्थिति को देखते हुए भाषा और लहजे में घालमेल अजीबोगरीब था। मेरे लिए उनकी सादगी चिंताजनक थी—

"एक दिन, गुस्से में, मेरे दोस्तों ने मेरी दादी को मार डाला।" एक व्यक्ति, जो उस समय देश का नेतृत्व करने की आकांक्षा रखता था, उससे कोई भी यह उम्मीद तो लगा सकता है कि उसमें इतनी समझ होगी कि क्या कहना है, कब कहना है और कैसे कहना

है और कम-से-कम इतनी राजनीतिक समझदारी तो होनी चाहिए कि अपनी दादी और अपने 'दोस्त' बेअंत सिंह की दोहरी मौत पर अपनी भावनाओं को अभिव्यक्त करते हुए वह दिल्ली में हजारों लोगों के नर-संहार के बारे में भी एकाध शब्द कहते!

मोदी ने अपनी जवाबी चुनावी रैली में राहुल गांधी की इस नादानी पर पलटवार किया।

मोदी ने राहुल को आड़े हाथों लेते हुए कहा कि अपने गुस्से और दुःख के बारे में बात करते हुए कांग्रेस नेता ने दिल्ली में मारे गए हजारों लोगों के बारे में एक शब्द तक नहीं कहा, सिवाय इसके कि हत्या अपने आप में एक 'भयानक चीज' है। बस, इतना!

लेकिन साधन और जिम्मेदारी होने पर भी अगर कोई हत्याओं को रोकने में विफल रहता है तो यह भी अपने आप में एक भयानक बात है। वर्ष 1984 पर परदा डालने के प्रयास में राहुल गांधी ने स्वयं को उस मकड़जाल में फँसा लिया, जिसे कांग्रेस पिछले 30 वर्षों से बुनती आ रही थी। वह इससे बाहर निकल सकते थे; लेकिन उन्होंने ठीक इसके बीचोबीच घुसने का रास्ता चुना।

वर्ष 1984 की घटनाओं में राहुल गांधी की कोई भूमिका नहीं थी। लेकिन इस पर लीपा-पोती में अपनी ओर से सार्वजनिक रूप से पैबंद लगाकर उन्होंने उस काररवाई की जिम्मेदारी लेने की घोषणा कर दी, जिसका वह उस समय हिस्सा नहीं थे और उन्हें अब भी इसे अपने सिर पर लेने की जरूरत नहीं थी। 'टाइम्स नाउ' को दिए साक्षात्कार में राहुल गांधी कांग्रेस और कांग्रेस नेताओं के बीच एक भेद करते दिखे थे। राहुल गांधी ने यह स्वीकार किया था कि कांग्रेस (आई) के 'कुछ' नेता शामिल थे, लेकिन कांग्रेस नहीं। उनसे यह तर्क करने की जरूरत नहीं है कि एक पार्टी अपने सदस्यों और नेताओं से ही बनती है—पार्टी पोस्टरों से नहीं बनती, उसके ऑफिस से नहीं बनती और न ही पार्टी का मतलब उसका शीर्ष नेता होता है। पार्टी के शीर्ष नेताओं में से कुछ को मूल रूप से खारिज नहीं किया जा सकता। 'कुछ' वास्तव में बहुत कुछ है। पंजाब को दहला देनेवाले आतंकवादी भी केवल 'कुछ' ही थे। सुल्तानपुरी और त्रिलोकपुरी के हत्यारे भी केवल 'कुछ' ही थे। दिल्ली की सड़कों पर नर-संहार की अगुआई के आरोप भी केवल 'कुछ' ही कांग्रेस नेताओं के खिलाफ हैं।

राहुल गांधी द्वारा कांग्रेस का बचाव करना ठीक वैसा ही है, जैसे कोई यह कहे कि 26/11 हमलों के हत्यारों के सिर पर पाकिस्तानी एजेंसियों का हाथ नहीं था; क्योंकि 'कुछ' ही लोग मुंबई में हत्याएँ करने के लिए घुसे थे, पाकिस्तान खुद थोड़े आया था।

दिल्ली में सारा कत्लेआम 'कुछ' ही लोगों ने किया था। पुलिस ने रिकॉर्ड में यह बात दर्ज की है कि सड़कों पर भीड़ के रूप में निकले हत्यारे और लुटेरे कुछ सौ से ज्यादा नहीं थे। वे सड़कों पर भारी भीड़ के रूप में नहीं थे, बल्कि छोटे-छोटे समूहों में

थे। उस समय दिल्ली की आबादी, 1981 की जनगणना के अनुसार, लगभग 70 लाख थी। इसमें कुछ एक लाख और जोड़ लें, जिन्हें गिना नहीं गया होगा या जिसे घटती-बढ़ती आबादी कह सकते हैं। इस लाखों की आबादी में कुछ सौ लोगों का जमा होना, जिन्हें मान लीजिए कि वे सब मिलाकर कुछ एक हजार होंगे, इतनी आबादी के सामने वे केवल 'कुछ' ही थे और ऐसी भीड़ की अगुआई करने के लिए ज्यादा लोगों की जरूरत नहीं रही होगी। राहुल गांधी वर्ष 1984 के मामले में कांग्रेस का 'कुछ' बचाव कर रहे थे।

•

इतना ही नहीं, अपने चुनावी भाषण में वर्ष 1984 की तुरत-फुरत ऐसी समीक्षा करके राहुल गांधी ने अनायास ही कांग्रेस, और विशेष रूप से अपनी दादी, के शासन के उन वर्षों के बारे में गंभीर सवाल खड़े कर दिए, जिनकी परिणति 1984 के रूप में हुई। राहुल गांधी जो मुलम्मा चढ़ा रहे थे, उससे उन वर्षों में घटी दिल दहलाने वाली घटनाओं के पीछे की हकीकत छुपी नहीं रह सकती थी, जिनका रास्ता आगे चलकर सन् 1984 के मोड़ तक जाता था।

राहुल गांधी ने कहा कि सन् 1977 में सिख इंदिरा गांधी के साथ खड़े थे। कुछ ही वर्षों के भीतर उन्होंने उनके खिलाफ बंदूकें तान दीं, जैसा कि राहुल गांधी ने वर्णन किया है, उन 7 वर्षों में किसी भी पक्ष की बाहरी मौजूदगी कम या ज्यादा हो सकती है—

सन् 1977 में सार्वजनिक रूप से ऐसे संकेत बेहद मामूली थे, जिनसे इंदिरा गांधी के प्रति किसी प्रकार के आतंकी सिख-विरोध का पता चलता। हालाँकि, उस वक्त तक उभरकर सामने आए मुद्दों का लंबा इतिहास था; वर्ष 1984 वही लेकर आया, जो हुआ था। उन 7 वर्षों में क्या बदलाव आया था और क्यों? इस बदलाव का किसी भी प्रकार का गहन विश्लेषण इस डायरी के दायरे से बाहर की बात है; लेकिन उन 7 वर्षों के खतरनाक संकेत चिह्नों पर एक नजर डाले बिना 1984 का कोई अर्थ नहीं निकलता।

मेरे लिए उस बदलाव का एक चेहरा था। जनरल जगजीत सिंह अरोड़ा सन् 1971 के युद्ध के भारतीय नायक थे। उन्होंने भारत के उस अभियान में भारतीय सेना का नेतृत्व किया था, जिससे पाकिस्तान का विभाजन हुआ। पूर्वी पाकिस्तान बँगलादेश के रूप में एक स्वतंत्र राष्ट्र के रूप में सामने आया। इस प्रकार, भारतीय सेना ने पूर्व में पाकिस्तान के गढ़ को ध्वस्त कर दिया—शुरुआत में गोपनीय ढंग से एक ताकत को समर्थन देकर, जिसे 'मुक्ति वाहिनी' नाम दिया गया और बाद में सीधे सैन्य हमले के जरिए, जिसकी कमान जनरल अरोड़ा के हाथों में थी। उस हमले के माध्यम से करीब 90,000 पाकिस्तानी सैनिकों को बंदी बना लिया गया। वर्ष 1984 के बाद मुझे कई बार जनरल अरोड़ा से मिलने का अवसर मिला; अब उनके मन में कड़वाहट थी और वह सिखों के लिए न्याय तथा सम्मान की लड़ाई लड़ रहे थे।

"पाँच या छह साल तक गुस्सा था…" चुनावी भाषण में राहुल गांधी ने इसे इन शब्दों में आसानी से समेट दिया था।

ये पाँच या छह सालों की बात नहीं थी। असंतोष और अशांति के बीज बहुत पहले ही बोए जा चुके थे। एक नजर पीछे मुड़कर उन मील के पत्थरों को देखना होगा, जो इतिहास में रक्त-रंजित सलीब की तरह दर्ज हो चुके हैं। संघर्ष का पहला बीज पंजाबी सूबा आंदोलन था, जो पंजाबी-भाषी राज्य की माँग के साथ सन् 1950 में शुरू हुआ था। उस समय का पंजाब आज का पंजाब नहीं था। इसमें आज जिसे हम हरियाणा और हिमाचल प्रदेश कहते हैं, यह सब पंजाब का हिस्सा था। तत्कालीन पंजाब सूबे में कुछ लोगों ने, कुछ सिख नेताओं के हिसाब से बहुत से लोगों ने, हिंदी को अपनी प्राथमिक भाषा घोषित कर दिया था और गुरुमुखी लिपि में लिखी गई पंजाबी की अनदेखी की गई थी।

मैं खुद उस राजनीतिक विवाद के बीच पला-बढ़ा था। यह अलग बात है कि मैं उस समय इसे इस नजर से नहीं देखता था। मेरे माता-पिता पंजाबी थे, जो कि मौजूदा पाकिस्तान से विस्थापित होकर आए थे। घर में हम हिंदी और पंजाबी दोनों बोलते थे; लेकिन लिपि, जो मैंने सीखी, वह हिंदी थी, न कि गुरुमुखी। पंजाब से काफी पहले दिल्ली आ बसने के बाद मुझे इस विवाद का ओर-छोर समझ में आया। पंजाब के भीतर ही अधिकतर हिंदू पंजाबी भाषा बोलते थे; लेकिन लिखने के मामले में उन्होंने गुरुमुखी को नहीं चुना। राजनीतिक-धार्मिक अकाली दल पार्टी के नेता चाहते थे कि स्कूलों में प्रथम भाषा के रूप में पंजाबी को गुरुमुखी लिपि में पढ़ाया जाए। उन्होंने अपनी चलाई और उनकी बात मान ली गई और इसके लिए उन्होंने इंदिरा गांधी का धन्यवाद किया, जो पहली बार सन् 1966 में भारत की प्रधानमंत्री बनी थीं। उन्होंने उसी साल अकाली नेताओं की प्राथमिक माँगों को स्वीकार कर लिया। लेकिन क्षेत्रीय रूप में पंजाब का आकार घट गया। अकालियों का हाथ ऊपर रहा, लेकिन केवल एक छोटे से सिख बहुल पंजाब में।

इससे अकाली आंदोलन समाप्त नहीं हुआ। पार्टी नेता चाहते थे कि पंजाबी भाषी और इलाकों को नए, लेकिन आकार में छोटे पंजाब में शामिल किया जाए। साथ ही उनकी माँग थी कि केंद्र सरकार के नियंत्रणवाले चंडीगढ़ को पंजाब प्रांत की राजधानी बनाया जाए। चंडीगढ़ पंजाब एवं हरियाणा राज्य की संयुक्त राजधानी है और इसका प्रशासन केंद्र सरकार के हाथों में है।

इस माँग के समर्थन में अकाली नेता फतेह सिंह ने सन् 1966 में आमरण अनशन शुरू कर दिया। लेकिन इंदिरा गांधी ने उन्हें अनशन समाप्त करने के लिए राजी कर लिया। अगस्त 1969 में अकाली नेता और राज्यसभा सदस्य दर्शन सिंह फेरुमान ने वास्तव में पार्टी की माँगों को लेकर आमरण अनशन किया और अपनी जान दे दी।

अकाली आंदोलन के चलते सन् 1973 में पंजाब के रोपड़ जिले के रूपनगर में स्थित आनंदपुर साहिब गुरुद्वारे में एक प्रस्ताव पारित किया गया। यहाँ इस स्थान का काफी महत्त्व था। आनंदपुर साहिब एक ऐतिहासिक गुरुद्वारा है, जिसकी स्थापना नौवें गुरु श्री तेग बहादुरजी ने की थी और जहाँ दसवें एवं अंतिम गुरु गुरु गोबिंद सिंह ने सिखों की आस्था पर एक मुहर लगा दी थी। यही प्रस्ताव उग्रवादी आंदोलन का आधार बना और सन् 1984 में इसकी परिणति 'ऑपरेशन ब्लू स्टार' के रूप में हुई। 'आनंदपुर साहिब प्रस्ताव' में केंद्र सरकार के संबंध में राज्य सरकारों को अधिक शक्तियाँ देने की माँग की गई थी, ताकि 'देश की एकता और अखंडता के लिए किसी भी खतरे की संभावना से बचा' जा सके। इस भाषा को बहुत से लोगों द्वारा एक परोक्ष धमकी के रूप में देखा गया। प्रस्ताव में कुछ विशिष्ट माँगों को शामिल किया गया था, जैसे कि चंडीगढ़ को केवल पंजाब राज्य की राजधानी बनाया जाए। पंजाब से होकर बहनेवाली रावी और व्यास नदियों के पानी में अधिक हिस्सेदारी दी जाए, जिनसे निचले इलाकोंवाले राज्यों को भी पानी मिलता है और पंजाब के आसपास के राज्यों में पंजाबी को दूसरी भाषा का दर्जा दिया जाए।

अकाली नेता हरचरण सिंह लोंगोवाल ने इस बात को प्रमुखता से रखा कि 'सिखों की किसी भी रूप में भारत से अलग होने की कोई योजना नहीं है।' लेकिन इंदिरा गांधी ने इस प्रस्ताव को अलगाववाद के रूप में देखा। वर्ष 1970 की शुरुआत तक राजनीतिक रूप से अकाली बड़ी ताकत नहीं थे। केंद्र में कांग्रेस एक मजबूत पार्टी के रूप में उभरी थी और स्वयं पंजाब में कांग्रेस ठोस बहुमत के साथ शासन कर रही थी। बाद में, इंदिरा गांधी द्वारा वर्ष 1975 और 1977 के बीच आपातकाल लगाए जाने के बाद अकाली जनता पार्टी के साथ मिलकर सरकार बनाने में सफल रहे। लेकिन इन वर्षों में सत्ता में रहने के दौरान अकालियों ने खुद 'आनंदपुर साहिब प्रस्ताव' को लागू करने के लिए सरकार के भीतर रहते हुए कोई बड़ा प्रयास नहीं किया। सत्ता को आंदोलन कमजोर करने के तरीके आते हैं।

सन् 1980 के बाद इंदिरा गांधी जब फिर से सत्ता में वापस लौटीं तो अकाली 'आनंदपुर साहिब प्रस्ताव' के अनुसार संविधान में बदलावों की माँग करते हुए सड़कों पर उतर आए। वर्ष 1980 के शुरुआती दिनों में सरकार और सिख नेताओं के बीच संघर्ष बढ़ता चला गया। कांग्रेस सरकार ने कुछ ही समय बाद पाया कि अकाली दल के साथ उसक। टकराव शुरू हो चुका है और विशेष रूप से जरनैल सिंह भिंडराँवाले को लेकर यह टकराव घातक रूप ले चुका था, जिसका नाम आतंकी हमले में सामने आया था और जिसके आदमियों ने वास्तव में ऐसा किया भी था।

एक ओर भिंडराँवाले का आतंकी विरोध और दूसरी ओर अकालियों के साथ

राजनीतिक लड़ाई ने सरकार को हिला दिया। भिंडराँवाले के विरोधी और निर्दोष लोग—सिख एवं हिंदू दोनों—भिंडराँवाले के आदमियों के द्वारा किए गए आतंकी हमलों का शिकार हुए। 1977 में एक कार हादसे में दमदमी टकसाल का प्रमुख मारा गया। दमदमी टकसाल सिखों का एक प्रमुख शिक्षण संस्थान है, जो अमृतसर से करीब 40 किलोमीटर दूर चौक मेहता गाँव में स्थित है। उस नेता की कार हादसे में मौत के बाद संयोगवश दुबला-पतला, लेकिन सख्त जान भिंडराँवाले दमदमी टकसाल का प्रमुख बन गया। जरनैल सिंह भिंडराँवाले से पहले, और उसके बाद भी, दमदमी टकसाल के कई नेता अपने नाम के साथ 'भिंडराँवाले' उपनाम लगाते आए हैं।

कांग्रेस पार्टी ने अकाली दल के कद्दावर नेताओं के खिलाफ खड़ा करने के लिए जरनैल सिंह भिंडराँवाले को तैयार किया था। भिंडराँवाले शुरुआत में निरंकारियों का कड़ा विरोध करने के कारण जल्द ही एक लोकप्रिय धार्मिक नेता बन गया। पारंपरिक सिख निरंकारियों को विधर्मी मानते हैं।

उसके बाद वर्चस्व की लड़ाई शुरू हुई, जिसमें कुछ अकाली नेताओं ने भिंडराँवाले की लोकप्रियता की काट के तौर पर अपने खुद के बागी तेवरों को तेज करते हुए उससे मुकाबला शुरू कर दिया और इससे आतंकवाद अपने पैर पसारता चला गया।

इसी भिंडराँवाले ने एक समय में कांग्रेस पार्टी के लिए चुनाव-प्रचार किया था। चारों ओर लोगों का यही मानना था कि अकाली दल के पर कतरने के लिए इंदिरा गांधी ने भिंडराँवाले को पाला था। यह एक ऐसी नीति थी, जो पंजाब में इंदिरा गांधी की पार्टी और अंतत: खुद बुरी तरह उनके खिलाफ चली गई। भिंडराँवाले के बारे में व्यापक रूप से यह कहा जाता था कि वह इंदिरा गांधी की आस्तीन का साँप था।

वर्ष 1980 से हत्याओं का जो सिलसिला शुरू हुआ, उसने जल्द ही एक धधकते ज्वालामुखी का रूप ले लिया। प्रभावशाली 'हिंद समाचार' समूह के संपादक लाला जगत नारायण, जिन्होंने सिख आतंकवाद का विरोध किया था, की सितंबर 1981 में हत्या कर दी गई। भिंडराँवाले पर इस हत्या की साजिश रचने का संदेह था, लिहाजा उसे गिरफ्तार कर लिया गया और बाद में रिहा कर दिया गया।

उसी महीने में बाद में सिख अलगाववादी इंडियन एयरलाइंस के एक विमान का अपहरण कर उसे पाकिस्तान ले गए। भिंडराँवाले एवं अकालियों के बीच रिश्ते लगातार बदलते रहे हैं और मुझे संदेह है कि स्वयं नेताओं को कभी भी ये रिश्ते ठीक से समझ नहीं आए हैं। अकाली नेता भिंडराँवाले को एक ऐसे चचेरे भाई के रूप में देखते थे, जो उनका एक तरह से प्रतिद्वंद्वी था, जिससे उन्हें खतरा भी रहता था और उसके साथ उनकी होड़ भी लगी रहती थी, या फिर वे जरूरत पड़ने पर एक-दूसरे के साथ गलबहियाँ भी डाल लेते थे।

भिंडराँवाले की गिरफ्तारी के बाद अकालियों ने उसकी पैरवी करते हुए जेल से उसकी रिहाई के लिए आंदोलन छेड़ दिया। अकाली नेताओं ने साथ ही चंडीगढ़ और नदी जल को लेकर अपनी माँगों को भी नए सिरे से धार दे दी; लेकिन सरकार के साथ एक के बाद एक दौर की वार्त्ता बेनतीजा रही। इस बीच, हत्याओं का आँकड़ा बढ़ने लगा। अकालियों का आंदोलन जैसे-जैसे जोर पकड़ रहा था, उसी अनुपात में हत्याओं की संख्या भी रफ्तार पकड़ रही थी।

अप्रैल 1982 में भिंडराँवाले ने अकालियों से हाथ मिला लिया और 'धर्म युद्ध मोर्चा' गठित कर दिया। मोर्चे के प्रदर्शन को शांतिपूर्ण करार दिया गया, जिसने 'आनंदपुर साहिब प्रस्ताव' को लागू करने की माँग उठाई। इंदिरा गांधी की सरकार फैसला कर चुकी थी कि इस रैली को बलपूर्वक रोकना है और सरकार ने ऐसा किया भी, लेकिन बहुत ही विस्फोटक तरीके से। आंदोलनकारियों पर की गई गोलीबारी में 100 से अधिक लोग मारे गए और 30,000 से अधिक सिखों को गिरफ्तार कर लिया गया। इससे भिंडराँवाले भड़क गया और उसने केंद्र सरकार के खिलाफ खुल्लम-खुल्ला आतंकवाद का मोर्चा खोल दिया। एक समय उसे कांग्रेस पार्टी का पर्याय समझा जाता था।

अक्तूबर 1982 में अकाली नेता हरचरण सिंह लोंगोवाल ने 19 नवंबर से शुरू होने जा रहे एशियाई खेलों को बाधित करने की धमकी दे डाली। एशियाई खेलों की व्यूह-रचना बहुत ही सावधानीपूर्वक की गई थी, जिसका मकसद विश्व मंच पर कांग्रेस पार्टी के उत्तराधिकारी राजीव गांधी को पेश करना था।

सरकार ने इसी धमकी के मद्देनजर दिल्ली के चारों ओर कड़े सुरक्षा बंदोबस्त कर दिए। दिल्ली आनेवाले सिखों को रोक-रोककर उनकी जामा तलाशी ली जाने लगी और अकसर बड़े ही अपमानजनक तरीके से उसे अंजाम दिया जाता। इसका परिणाम यह हुआ कि लोगों के मन में यह बात घर करती चली गई और उनका अनुभव भी यही कहता था कि केंद्र सरकार सिखों को निशाना बना रही है।

वर्ष 1983 आते-आते पंजाब में हर दिन लोगों पर हमले और उनकी हत्याएँ होने लगीं। अक्तूबर 1983 में पंजाब में एक बस से 6 हिंदू यात्रियों को सिख यात्रियों से अलग करके उन्हें गोली मार दी गई। उसी दिन एक ट्रेन में दो सरकारी अधिकारियों की गोली मारकर हत्या कर दी गई। इन हमलों के बाद पंजाब और दिल्ली में साल भर इसी तरीके से लोगों को निशाना बनाया जाता रहा।

बस हमले के बाद इंदिरा गांधी ने पंजाब सरकार को बरखास्त कर वहाँ राष्ट्रपति शासन लगा दिया। इससे केवल हिंसा ही बढ़ती चली गई : पंजाब में हर दिन औसतन 5 या 6 लोग हमलों में मारे जाने लगे। यही समय था, जब इंदिरा गांधी ने 'ऑपरेशन ब्लू स्टार' का आदेश दिया, जिसे जून 1984 में अंजाम दिया गया। सेना स्वर्ण मंदिर में घुस

गई। उस हमले में भिंडराँवाले मारा गया। स्वर्ण मंदिर के भीतर मौजूद सैकड़ों और लोग मारे गए।···सेना के सैकड़ों जवान मारे गए।

•

'पाँच या छह साल तक गुस्सा बना रहा।···' क्या सच में पाँच या छह साल से ज्यादा···वहाँ गुस्से के अलावा भी कुछ था? निश्चित रूप से, राहुल गांधी से उम्मीद नहीं की जा सकती कि वह एक चुनावी रैली, चाहे वह कितनी ही छोटी क्यों न हो, में उसमें इतिहास के ऊपर भाषण देंगे। उनसे उम्मीद थी कि वह चुनावी सभा में कांग्रेस की बात रखेंगे, न कि बीते वर्षों में पार्टी के प्रदर्शन का विश्लेषण करेंगे। लेकिन क्या चुनावी रैली में दिया गया उनका भाषण एक प्रकार का धोखा था? क्योंकि उनसे उम्मीद की जाती थी कि एक परिपक्व नेता के रूप में राहुल गांधी ने वह जरूरी जानकारी हासिल नहीं की, जो उन्हें करनी चाहिए थी। राहुल गांधी ने मुजफ्फरनगर दंगा-पीड़ितों को लेकर एक बहुत ही समझदारीपूर्ण टिप्पणी की थी, जिसे पंजाब के मामले में अनदेखा करने की भूल मुश्किल ही हो सकती थी—"पहले आप गुस्सा पैदा करते हैं, फिर पूछते हैं, तुम आतंकवादी क्यों बन रहे हो?" ठीक यही सवाल 1980 के दशक में पंजाब में उठा था और इस सवाल का कांग्रेस को जवाब देना था।

अकालियों के खिलाफ भिंडराँवाले को खड़ा करना, वर्ष 1982 के एशियाई खेलों के दौरान सिखों का अपमान गुस्से को भड़का रहे थे और 'कुछ' लोगों में यह गुस्सा आतंकवाद (केवल कुछ के मामले में) में बदल गया।

राहुल गांधी ने जो सवाल मुजफ्फरनगर के दंगों को लेकर उठाया था, यही वह सवाल था, जो पंजाब में कांग्रेस सरकार की नीतियों पर खड़ा हुआ था और जिसकी परिणति वर्ष 1984 के रूप में हुई।

यही सवाल था, जो इंदिरा गांधी की हत्या और उसके बाद दिल्ली में सिखों की हत्याओं का कारण बना। दिल्ली ने इन हत्याओं में कांग्रेस का हाथ देखा था, लेकिन राहुल गांधी इसे नहीं देख पाए—यह समझ से बाहर है। इंदिरा गांधी की हत्या और दिल्ली में हुए नर-संहार के पीछे की कहानी कुछ और भी है—उससे कहीं ज्यादा बड़ी तसवीर, जो राहुल गांधी ने बनाई थी।

□

5

कमल नाथ

रकाबगंज साहिब गुरुद्वारे के बाहर भीड़ चिल्ला रही थी। वहाँ दो सिखों को बस, थोड़ी ही देर पहले जिंदा जला दिया गया था। मैंने जो देखा, उसकी मुझे उम्मीद नहीं थी। कमल नाथ चिल्लाती भीड़ के करीब खड़े थे—थोड़ा सा हट के—सफेद कुरते-पाजामे में। कुछ ही दूरी पर सफेद रंग की एंबेसडर कार खड़ी थी, जिस पर लाल बत्ती लगी थी और सामने के बंपर के पास एक छोटा सा ध्वज-स्तंभ। गाड़ी को देखकर ही पता चलता था कि यह किसी मंत्री या कम-से-कम आधिकारिक रूप से महत्त्वपूर्ण किसी खास आदमी की कार थी। कमल नाथ ने जो सफेद कुरता-पाजामा पहन रखा था, वह कांग्रेस (आई) नेताओं की एक खास पहचान थी। केवल कांग्रेस नेता ही ऐसे कपड़े नहीं पहनते थे, जाहिर-सी बात है कि बाकी नेता भी कुछ खास ऐसे मौकों पर सफेद कुरता-पाजामा पहनते थे, जहाँ उन्हें जनता के बीच नेता की तरह दिखना होता था।

उस दिन सफेद रंग का दोहरा महत्त्व था, क्योंकि वह शोक परिधान भी था। 1 नवंबर के दोपहर बाद की बात है, एक दिन पहले ही इंदिरा गांधी को गोली मारी गई थी। रकाबगंज गुरुद्वारे के समीप ही तीन मूर्ति भवन में उनका पार्थिव शरीर लोगों के दर्शनार्थ रखा हुआ था। शोक में डूबे लोग सुबह-सुबह 'खून का बदला खून' के नारे लगाते हुए मातम मना रहे थे। तीन मूर्ति भवन में ये नारे लग रहे थे और इन नारों को अमली जामा पहनाने के लिए रकाबगंज गुरुद्वारा सबसे करीबी निशाना था। यह निश्चित था कि वहाँ सिख होंगे और हमला करने के लिए गुरुद्वारा तो था ही। तीन मूर्ति भवन से निकल रहे खून के प्यासे झुंडों को वहाँ वह खून मिल गया, जिसकी उन्हें तलाश थी। पुलिस ने गुरुद्वारे पर हमले का संकेत दिया और भीतर से किसी ने हमलावरों को डराने के लिए गोलियाँ चलाईं। हवा में की गई गोलीबारी से किसी के घायल होने की कोई खबर नहीं मिली। यह मेरे पहुँचने से पहले की बात है। जब मैं अपने स्कूटर से वहाँ पहुँचा तो देखा कि क्रुद्ध भीड़ फिर से गुरुद्वारे की ओर बढ़ रही थी। सदमे में डालने के लिए केवल यही दृश्य काफी नहीं था।

यह देखकर मेरे हाथ-पैर ठंडे पड़ गए कि गुरुद्वारे की ओर पागलों की तरह चिल्लाते हुए बढ़ रही भीड़ को पुलिसवाले कतारबद्ध खड़े होकर खामोशी से देख रहे थे और वे इसी तरह बड़ी ही सफाई से कतारबद्ध खड़े रहे। चिल्लाती भीड़ लगातार गुरुद्वारे के करीब पहुँच रही थी और पुलिसवाले केवल वहाँ खड़े थे—बड़े ही अनुशासनबद्ध होकर, बुतों की तरह।

इन पुलिसकर्मियों में केंद्रीय रिजर्व पुलिस बल (सी.आर.पी.एफ.) के जवान भी थे। नई दिल्ली रेंज के अतिरिक्त पुलिस आयुक्त गौतम कौल पुलिसकर्मियों की बगल में खड़े थे। पुलिसकर्मी एक-दूसरे के पीछे दो या तीन पंक्तियाँ बनाए हुए थे। कौल भी पुलिसकर्मियों की तरह बुत बनकर खड़े थे अपने हाथ में सुरक्षा के लिए बाँस से निर्मित दंगा रोधी कवच लिये। पुलिस आयुक्त के बाद वह नई दिल्ली रेंज में दूसरे नंबर के शीर्ष अधिकारी थे और दिल्ली रेंज के हुकुम चंद जाटव के समकक्ष थे; इन दिल्ली 'रेंज' का प्रभार पुलिस आयुक्त द्वारा कौल और जाटव के बीच बाँट दिया गया था। बुतों की तरह पुलिसकर्मियों को खड़े देखकर, आगे के घटनाक्रम के बारे में सोचकर मेरा दिमाग भन्ना गया। गुरुद्वारे पर हमला हो रहा था, और वह भी इतनी बड़ी संख्या में पुलिस की मौजूदगी के बीच! जिम्मेदार प्लाटून ने गुरुद्वारे की ओर बढ़ती भीड़ को रोकने के लिए हाथ तक नहीं हिलाया; कौल ने उन्हें ऐसा करने के लिए कोई आदेश तक नहीं दिया।

मेरे पहुँचने के कुछ ही मिनट के भीतर भीड़ में से कुछ लोग निकलकर सड़क पार करते हुए गुरुद्वारे की ओर दौड़े। गौतम कौल उन्हें तेजी से आगे बढ़ता देख तेजी से एक ओर को दौड़ पड़े। यह पलायन कुछ ही कदम का था। एक वरिष्ठ व्यक्ति होने के बावजूद वे कुछ कदम उन्होंने जिस तेजी के साथ बढ़ाए थे, उस तरह से उन्हें दौड़ते हुए मैंने कभी नहीं देखा था। मुझे उन पर बड़ा तरस आया और तरस खाने या शर्मिंदगी जैसा वह अहसास मुझे आज भी अच्छी तरह से याद है तथा 1984 का यह अनुभव मेरे दिलोदिमाग पर चस्पाँ-सा हो चुका है। वहाँ एक पुलिस अधिकारी था, जिसकी कमान में वहाँ पुलिस बल मौजूद था।

खून की प्यासी एक हत्यारी भीड़ आगे बढ़ रही थी और कौल ने पुलिस को कोई आदेश नहीं दिया। वह दुम दबाकर भाग खड़े हुए। कौल ने बाद में इस बात से इनकार किया था। जाहिर-सी बात है कि उन्हें ऐसा तो करना ही था। इसमें भी कोई संदेह नहीं है कि अपने इस 'इनकार' की 'पुष्टि' के लिए वह सी.आर.पी.एफ. से गवाहों की लाइन लगा सकते थे और उस भीड़ में से कोई कभी भी यह कहने नहीं आएगा कि उन्होंने प्रभारी पुलिस अधिकारी को भाग खड़ा होते देखा था और वह भी तब, जब वे लोग आगे बढ़ रहे थे।

लेकिन इस सारी खामोशी और चुप्पी के बावजूद यह सच्चाई नहीं बदल सकती कि मैंने जो कुछ देखा था, वह मैंने देखा था और कमल नाथ?

रकाबगंज गुरुद्वारे से मेरी उस दिन की रिपोर्टिंग और वे हलफनामे, जो मैंने रंगनाथ मिश्र तथा बाद में नानावती जाँच आयोग के समक्ष दाखिल किए थे, उनसे लगता है कि किसी को कोई खुशी नहीं हुई थी। सिखों के लिए आवाज उठानेवाले वकीलों ने मुझसे कहा था कि मेरा हलफनामा 'बहुत मजबूत' या 'बहुत साफ' नहीं था, या कि कमल नाथ को 'घेरने' के लिए वह काफी नहीं था—और यही कि मैं कमजोर था।

कांग्रेस की तरफ से मुझे बताया गया कि मैंने कमल नाथ के खिलाफ ऐसे आरोप लगाए हैं, जिन्हें मैं साबित नहीं कर सकता। नानावती आयोग ने कहा था कि मेरा हलफनामा 'बहुत स्पष्ट' नहीं था। इन शिकायतों और जवाबी शिकायतों से मुझे निराशा हुई। यह निराशा इसलिए नहीं हुई थी कि उन लोगों ने मेरी गवाही के खिलाफ तर्क दिए थे।

मैं 'दि इंडियन एक्सप्रेस' के क्राइम बीट रिपोर्टर की हैसियत से रकाबगंज गया था। मैं शहर में घटनाओं को कवर कर रहा था और जहाँ भी सूचना मिलती तथा जब भी वक्त की मोहलत मिलती और जहाँ तक मेरा स्कूटर मुझे ले जा सकता था, मैं वहाँ पहुँच जाता था।

वहाँ पहुँचने से पहले मुझे यह विचार तक नहीं आया था कि वहाँ मेरा सामना कमल नाथ से या गौतम कौल या किसी और से होगा। कमल नाथ या गौतम कौल से न मेरी दोस्ती थी और न ही दुश्मनी। मेरी जिम्मेदारी अपनी आँखों देखी घटनाओं की निष्पक्षता के साथ रिपोर्टिंग करने की थी। मेरा काम किसी की पसंद-नापसंद के आधार पर अपनी आँखों देखी घटनाओं में काट-छाँट करना नहीं था।

मैं वहाँ कमल नाथ को 'घेरने' के लिए नहीं गया था। मैं वहाँ उनका बचाव करने नहीं गया था। क्या मैंने शारीरिक रूप से कमल नाथ को वहाँ देखा और क्या उन्हें उस भीड़ की अगुआई करते देखा? भीड़ को सिखों का कत्ल करने का आदेश देते हुए देखा? नहीं, मैंने नहीं देखा। अगर इस हद तक हलफनामा 'कमजोर' था तो यह कमजोर था और कमजोर रहे तो रहे।

लेकिन यह उतना ही सच है कि मैंने जो देखा था, उससे परेशान करनेवाले सवाल उठ रहे थे कि कमल नाथ वहाँ क्या कर रहे थे? ये वे सवाल थे, जिनकी जाँच आयोगों ने जाँच नहीं की। मैंने उस समय यह देखा था कि जब भीड़ आगे उमड़ी पड़ रही थी तो कमल नाथ के एक हलका-सा इशारा करने भर की जरूरत थी कि भीड़ वहीं पीछे हट जाती। लेकिन क्या यही बात कमल नाथ को बरी करती है? क्योंकि देखा जाए तो उन्होंने भीड़ को रोका था, रोका था या नहीं? उस समय उन्होंने कुछ दखल देकर भीड़

को गुरुद्वारे की ओर बढ़ने से रोका। भीड़ ने उनकी बात क्यों सुनी? ऐसे हालात में, जहाँ हत्यारी भीड़ फिर से आगे बढ़ रही थी, तो क्या पुलिस को मूकदर्शक बनकर एक ओर खड़े रहना चाहिए था (और उनकी कमान सँभाल रहे पुलिस अधिकारी को एक किनारे हट जाना चाहिए था) और एक सांसद को भीड़ को नियंत्रित करते हुए देखना चाहिए था? क्यों एक कांग्रेस सांसद की बात पुलिस की किसी भी काररवाई से अधिक असरदार हो गई थी? कमल नाथ और उस भीड़ के बीच क्या संबंध था कि उनके मात्र इशारा करने भर से वह पीछे हट गई? क्या वह कुछ उन लोगों की भीड़ थी, जिनका पार्टी से कोई संबंध नहीं था और जिन्हें सांसद के उकसाने पर आगे बढ़ते देखा गया और तुरंत ही भीड़ पीछे हट गई, क्योंकि वह सांसद का इतना गहरा सम्मान करती थी! क्या किसी भी सांसद का?

देखकर तो ऐसा नहीं लग रहा था कि भीड़ किसी का सम्मान करनेवाली थी। देखने से ऐसा भी नहीं लग रहा था कि उस भीड़ ने लोगों की हत्या की है और अब वह और लोगों की हत्या करने निकली थी। लेकिन उस भीड़ के कदम अचानक से ठहर गए, क्योंकि किसी सांसद ने उन्हें पीछे हटने को कहा था। यह एक ऐसा संकेत था, जिसका उन्हें हर हालत में सम्मान करना था; क्योंकि एक सांसद निश्चित ही एक नेता होता है, भले ही विशेष रूप से उनका नेता न हो।

यह साफ-साफ पता नहीं चला कि कमल नाथ असल में वहाँ कर क्या रहे थे और वह वहाँ काफी देर रुके थे। पूरे समय वह वहाँ पर थे और भीड़ भी वहाँ जमी रही—पूरे हिंसक और आक्रामक तेवरों के साथ। कमल नाथ और उस भीड़ के बीच रिश्ता था; उन्होंने इशारा किया और भीड़ ने उसे सुना और संभावना इस बात की थी कि उन्होंने तभी कमल नाथ की बात सुनी होगी, यदि वे कांग्रेस पार्टी से रहे होंगे और कमल नाथ को अपना नेता मानते होंगे। किसी भी और नेता के कहने से वे ऐसा करते, ऐसी संभावना नहीं थी। मुझे संदेह है कि अगर कोई और सांसद होता, मान लीजिए कि कोई कम्युनिस्ट पार्टी का सांसद होता, तो संभवत: वे उसके इशारे पर इतनी तत्परता से काररवाई नहीं करते। हालात को देखते हुए इसमें कोई हैरानी की बात नहीं थी। कमल नाथ तीन मूर्ति भवन से आए थे और भीड़ भी वहीं से आई थी, क्योंकि कुसुम लता मित्तल की पुलिस की नाकामी संबंधी रिपोर्ट इसकी स्पष्ट रूप से घोषणा करती है। इससे साजिश की बात अपने आप नहीं जुड़ती है, न ही यह अनुमान लगाया गया है कि कमल नाथ गुरुद्वारे पर हमला कराने के लिए भीड़ को तीन मूर्ति भवन से लेकर आए थे, बल्कि यह कहती है कि ये कांग्रेस पार्टी के लोग थे और कमल नाथ, जैसा कि उस समय मैंने अपने हलफनामे में कहा था, का उन पर नियंत्रण था। कमल नाथ ने बाद में कहा था कि वह किसी भी हमले के

लिए भीड़ का नेतृत्व नहीं कर रहे थे, बल्कि इसके उलट उन्होंने केवल हालात को सँभालने की कोशिश की थी।

अपने बचाव में यह बात करना कोई संबंध होने की बात को नकारता है। इसका अर्थ यह हुआ कि एक समय उन्होंने उस भीड़ को सफलतापूर्वक रोक दिया था और कुछ हद तक उन्होंने स्थिति को नियंत्रण में कर लिया था। कमल नाथ स्थिति को काबू कर सकते थे, क्योंकि वह उसे काबू करने की स्थिति में थे। भीड़ को कमल नाथ का एक इशारा और उस इशारे पर भीड़ का जवाब—यह बताता है कि एक व्यक्ति को निर्देश देने का अधिकार था और दूसरे पक्ष का उस पर जवाब देना उसका दायित्व था। इस तरह की समझ उस भीड़ के व्यवहार को देखकर पैदा होती है, जिसकी कमान एक नेता के हाथों में थी और एक नेता, जिसका भीड़ पर नियंत्रण था। हालात को नियंत्रित करने का काम कमल नाथ पर क्यों छोड़ दिया गया था? क्या यह काम पुलिस का नहीं था?

और अगर वह मौका-ए-वारदात पर केवल एक जिम्मेदार राजनेता के तौर पर मौजूद थे तो क्या यह उनके लिए उचित नहीं था कि वह यह सुनिश्चित करने का हरसंभव प्रयास करते कि पुलिस हालात से निपटती? निश्चित रूप से, उस स्थिति से निपटने का तात्पर्य यह होना चाहिए था कि भीड़ को तितर-बितर करने के लिए तुरंत और प्रभावी काररवाई की जाती। अगर पुलिस और कानून अपना काम कर रहे होते, जो कि उन्हें करना चाहिए था, तो ऐसे में कमल नाथ की जिम्मेदारी यह थी कि वह भीड़ को वहाँ से हटाने के लिए पुलिस पर थोड़ा दबाव बनाते। इसके विपरीत, वहाँ भीड़ के साथ उनका सीधा संवाद था; जबकि पुलिस एक किनारे खड़ी थी। यह किसी साधारण भीड़ को नियंत्रित करनेवाली स्थिति नहीं थी। वहाँ हत्याएँ हो चुकी थीं। इसी भीड़ के सदस्यों ने उन हत्याओं को अंजाम दिया था। यदि कमल नाथ एक जिम्मेदार नागरिक और नेता की भूमिका निभा रहे थे तो बाद में हत्याओं की जाँच और अभियोजन सुनिश्चित करने में स्थानीय पुलिस के साथ मामले को देखते। हमें ऐसा कोई सबूत देखने को नहीं मिला, जिससे पता चले कि उन्होंने इस दिशा में कदम उठाया था। उन हत्याओं के लिए कभी किसी को पकड़ा नहीं गया और न ही किसी को सजा हुई।

केवल दिखावे के लिए कमल नाथ अपने तरीके से स्थिति को नियंत्रित कर रहे थे। वह कानूनी तरीका नहीं था। उस भीड़ को भगाने और गिरफ्तारी की दिशा में पुलिस पर काररवाई करने का दबाव बनाने (अगर ऐसे मामले में दबाव की जरूरत थी, जहाँ हत्याएँ पुलिस की मौजूदगी में हुई थीं) में वह विफल रहे थे तो कमल नाथ ने जरूर ऐसा कुछ किया होगा, जिससे और हत्याएँ संभव हुईं; क्योंकि रकाबगंज से निकलने के बाद यही लोग थे, जिन्हें सिखों पर हमला करने और जहाँ भी वे मिलें, उन्हें मारने के लिए खुला छोड़ दिया गया था। उन्हें इस संदेश के साथ खुला छोड़ दिया गया कि

पुलिस उन्हें रोकेगी नहीं। भीड़ अंततः अपने रास्ते निकल पड़ी और कौन कह सकता है कि वह भीड़ कहाँ गई?

तारीख थी 1 नवंबर। दोपहर बीत चुकी थी। किसे पता था कि आनेवाली रात कैसा खौफनाक मंजर लेकर आने वाली थी…सड़कें मरघट में बदलने वाली थीं। अपने हलफनामे में मैं कमल नाथ के इशारों के आशय के बारे में ऐसे सवाल नहीं उठा सका था। हलफनामे की इबारत में आवश्यक रूप से केवल उन तथ्यों को शामिल करना पड़ा था, जिनका मैं गवाह था और मैंने खुद को इन हदों के भीतर ही रखा था। आयोग जानना चाहता था कि मैंने क्या देखा; यह नहीं कि जो मैंने देखा, उसके बारे में मेरी सोच क्या थी? बातों के क्या आशय निकलते हैं, यह बताने की हलफनामे में कोई गुंजाइश नहीं रही होगी; इन चीजों को जाँच अधिकारी या जज को देखना था। निखालिस हकीकतों की अपनी परछाइयाँ थीं और उन परछाइयों में बेचैन करनेवाले सवाल छुपे थे। वे ऐसे सवाल थे, जिनके जवाब नहीं थे।

भीड़ के बारे में पुलिस क्या जानती थी कि जो वह पीछे हट गई थी और उसने सबकुछ कमल नाथ के हाथों में छोड़ देने का फैसला कर लिया था? इस बात में कोई दो राय है ही नहीं कि उनकी आँखों के सामने वह कांग्रेस कार्यकर्ताओं की भीड़ थी। यह उतना ही सच था, जितनी यह बात सच थी कि इसी भीड़ में से निकलकर लोगों ने दो लोगों की हत्या कर दी थी और वे अब फिर से किसी की जान लेने के लिए तैयार थे। इस तरह के हालात में पुलिस बल हाथ-पर-हाथ धरे चुपचाप तमाशा देखता रहे, यह अपने आप में कानून के खिलाफ था। पुलिस की इस खामोशी पर काररवाई तो बनती ही थी। अपनी मौजूदगी में हुई हत्या की जिम्मेदारी पुलिस किसी और पर नहीं डाल सकती थी। यह कानून के दायरे से बाहर की बात थी कि पुलिस बल हाथ बाँधे खड़ा रहे और उसकी आँखों के सामने एक राजनेता स्थिति को नियंत्रित करने के लिए आगे बढ़े, जबकि कायदे से यह जिम्मेदारी पुलिस बल को निभानी थी।

एक वरिष्ठ पुलिस अधिकारी ने बाद में मेरे सामने इस स्थिति को लेकर सफाई दी थी। उनका कहना था कि पुलिस बल ने भीड़ को भगाने की जिम्मेदारी कमल नाथ पर डालकर बड़ी चतुराई से काम लिया था। उन्होंने हिंसक संघर्ष को टालने के लिए यह रास्ता अपनाया था। लेकिन हिंसक संघर्ष तो वहाँ पहले ही हो चुका था। इससे पहले का कोई ऐसा वाकया मुझे याद नहीं पड़ता कि पुलिस ने हत्याओं को केवल इसलिए अनदेखा कर दिया हो कि इसमें वह कोई चतुराई से काम ले रही थी। चतुराई की भी अपनी सीमा होती है—इसमें पुलिस की मौजूदगी में कानून को ताक पर रखने और हत्याओं को नजरअंदाज करने को शामिल नहीं किया जा सकता। कैसे और कब तक वे कमल नाथ पर भरोसा कर सकते थे?

भीड़ को पीछे हटने का इशारा करने के बाद कमल नाथ अपनी कार में बैठकर वहाँ से चले गए। उसके तुरंत बाद भीड़ ने भी वहाँ से छँटना शुरू कर दिया, इसलिए नहीं कि पुलिस ने उन्हें वहाँ से पीछे धकेला था। उस भीड़ ने उस दिन कोई और हत्या नहीं की—कम-से-कम रकाबगंज गुरुद्वारे में तो नहीं।

•

वे कौन लोग थे, जिन्हें देखकर पुलिस केवल खामोश खड़ी थी और कमल नाथ उन्हें हाँक रहे थे? शुरुआत यहाँ से करते हैं कि रकाबगंज में मौजूद उस भीड़ में हत्यारे भी शामिल थे और वह भीड़ तीन मूर्ति भवन से आई थी। कुसुम लता मित्तल ने पुलिस रिकॉर्ड के आधार पर यह बात कही थी। तीन मूर्ति भवन में श्रीमती इंदिरा गांधी का पार्थिव शरीर अंतिम दर्शनों के लिए रखा था। शहर में मौजूद कांग्रेस पार्टी का हर बड़ा नेता उस सुबह तीन मूर्ति भवन पहुँचा था। कमल नाथ भी वहाँ थे, जैसा कि उन्होंने बाद में उल्लेख किया था। पूरी सुबह तीन मूर्ति भवन शोकग्रस्त लोगों से भरी हुई थी। शोक से अधिक क्षोभ साफ नजर आ रहा था।

शोकग्रस्त लोगों की भीड़-की-भीड़ क्रुद्ध होकर चिल्ला रही थी, 'खून का बदला खून'। सरकारी स्वामित्ववाले दूरदर्शन चैनल पर सीधा प्रसारण चल रहा था और वह भीड़ नारे लगाती हुई दिख रही थी। उस समय दूरदर्शन केवल एकमात्र चैनल होता था। 'खून के बदले खून' माँग रही इस भीड़ ने अपने नारों को हकीकत में बदलने में बहुत देर नहीं लगाई। रकाबगंज गुरुद्वारा तीन मूर्ति भवन से लगभग 4 या 5 किलोमीटर की दूरी पर है, और यही भीड़ गुरुद्वारे जा पहुँची। रकाबगंज के आसपास ऐसा कोई इलाका नहीं था, जहाँ से व क्रुद्ध शोकग्रस्त लोगों की भीड़ आती। तीन मूर्ति भवन से लेकर रकाबगंज गुरुद्वारे के बीच में न तो किसी सिख की कोई दुकान थी और न ही किसी सिख का मकान था, जिससे कि उस मातम मनाती हत्यारी भीड़ का ध्यान उसके मिशन से भटकता। मैं रकाबगंज गुरुद्वारे के बाहरवाली सड़क से अच्छी तरह परिचित हूँ। गुरुद्वारा केंद्रीय सचिवालय के बाहर बने बस जंक्शन का ही हिस्सा है। केंद्रीय सचिवालय में महत्त्वपूर्ण सरकारी कार्यालय हैं। उसी सड़क पर दिल्ली यूनिवर्सिटी कैंपस को जानेवाली बसों का स्टॉप होता था और वर्षों मैंने वहाँ से बसें ली थीं। सड़क पर बस यात्रियों और गुरुद्वारे में आने-जानेवाले लोगों की चहल-पहल रहती थी।

सिख कैलेंडर के अनुसार, आनेवाले पर्वों के दौरान इसी सड़क पर खाने-पीने के स्टॉल्स लगते थे।

इस सड़क पर मैंने इससे पहले कभी इतनी भीड़ नहीं देखी थी, जितनी 1 नवंबर की उस दोपहर को देखी थी। यह उन लोगों की भीड़ थी, जिन्हें कहीं आना-जाना नहीं था; उस दिन दोपहर में वहाँ से कोई बस नहीं आ-जा रही थी। ये लोग तीन मूर्ति से आए

थे। लेकिन सबसे पहली बात तो यही कि ये लोग उस दिन तीन मूर्ति भवन पहुँचे कैसे? उस दिन दिल्ली को जैसे कोई गहरा सदमा लगा था और शहर जैसे थम-सा गया था। शहर के लोगों ने सुबह आँखें खोलीं तो समाचार-पत्रों में सिखों पर हमले की रिपोर्ट छपी देखी। बीती शाम अखिल भारतीय आयुर्विज्ञान संस्थान (AIIMS) के पास सिखों पर हमला हुआ था और उस सुबह सरकारी टेलीविजन पर 'खून के बदले खून' का आह्वान करते लोगों की तसवीरें दिखाई दे रही थीं। रात भर कुछ समूह लाउडस्पीकर पर चेतावनी देते घूमते रहे थे कि सिखों ने दिल्ली की जलापूर्ति में जहर मिला दिया है। यह झूठ था, लेकिन लोग कुछ देर के लिए डर गए थे। ऐसी अफवाहें भी उड़ रही थीं कि सिखों ने गुरुद्वारों की किलेबंदी कर ली है और वे वहाँ से जवाबी हमला करने की तैयारी में हैं। उस सुबह बहुत ही कम लोग अपने घरों से निकल रहे थे। कहीं जाते भी तो कैसे? शहर में चलनेवाली अधिकतर बसें प्राइवेट थीं और सड़कों पर कोई बस मुश्किल से ही नजर आ रही थी। आधिकारिक तौर पर डी.टी.सी. (दिल्ली परिवहन निगम) की सभी बसें अपने तय समय के अनुसार चलनी चाहिए थीं। सुबह के समय कुछ बसें निकलीं भी, लेकिन दोपहर तक वे भी गायब हो गईं। टैक्सियाँ भी सड़कों से नदारद थीं।

शोक मना रहे लोगों ने तीन मूर्ति भवन पहुँचने के लिए टैक्सियाँ भी भाड़े पर नहीं ली थीं। उस समय शहर में अधिकतर टैक्सी ड्राइवर सिख थे और किसी भी सिख ने उस रोज सुबह के समय अपनी टैक्सी नहीं निकाली थी। सिख टैक्सी ड्राइवर अपनी जान बचाकर भाग गए थे, जो बचा सकते थे।

रकाबगंज से कुछ ही मिनट की दूरी पर जनपथ है और पास ही में, कनॉट प्लेस के समीप, मोहन सिंह पैलेस है। जनपथ एवं मोहन सिंह पैलेस पर टैक्सी स्टैंड थे और बीती रात दोनों ही जगहों पर खड़ी टैक्सियों में आग लगा दी गई थी। किस्मत अच्छी थी कि वे ड्राइवर उस शाम टैक्सी स्टैंड से जल्दी निकल गए थे। शहर में कर्फ्यू जैसा सन्नाटा पसरा था, केवल सड़कों पर घूम रहे लुटेरों को छोड़कर।

वह सुबह ऐसी भी नहीं थी, जब कोई व्यक्ति सफेद कपड़े पहनकर सरकारी बस का इंतजार करता, जो कि नहीं मिलनी थी; या अपनी जान को खतरे में डालते हुए अपने निजी वाहन पर सवार होकर तीन मूर्ति भवन के लिए निकलता, जहाँ वह दु:ख में डूबा अपनी प्रिय नेता के अंतिम दर्शन करना चाहता था।

तीन मूर्ति भवन से लोगों के जो जत्थे-के-जत्थे निकले थे, जाहिर-सी बात है कि वे लोग अपने-अपने घरों से अकेले नहीं आए होंगे और वह भी ऐसे वक्त पर, जब शहर जल रहा था।

इस बात की दूर-दूर तक कोई संभावना नजर नहीं आ रही थी कि अचानक से किसी शोक में डूबे व्यक्ति ने तुरत-फुरत फैसला किया हो कि वह इतनी दूर तीन मूर्ति

भवन जाकर इंदिरा गांधी के पार्थिव शरीर के दर्शन करने जाएगा और फिर अकेले ही घर लौटेगा। वे जो लोग तीन मूर्ति भवन और उसके बाद रकाबगंज पर मौजूद थे, उन्हें वहाँ लाया गया था। इसके अलावा, उनके वहाँ उस समय और इस तरीके से मौजूद होने का और कोई कारण नजर नहीं आता। इतनी तेजी से और इतनी बड़ी संख्या में कौन उनका जमावड़ा खड़ा कर सकता था? उनका इकट्ठा होना और एक सुर में सुर मिलाना—इन सबके पीछे कोई संगठनात्मक शक्ति थी और यह संगठनात्मक शक्ति कोई और नहीं, बल्कि कांग्रेस ही थी। इस बात में कतई कोई आश्चर्य नहीं है कि जो सर्वाधिक उत्सुक व उपलब्ध लोग थे और जिन्हें वहाँ लाया गया था, वे उस पार्टी के कार्यकर्ता थे, जिसकी नेता की हत्या कर दी गई थी।

सामान्य नागरिक इतना बड़ा खतरा मोल नहीं लेगा कि वह कुछ देर शोक जताने के लिए तीन मूर्ति भवन तक जाएगा और उसके बाद वहाँ 'खून के बदले खून' का नारा लगाएगा; इतना ही नहीं, नारा लगाने के बाद उसे पूरा करने को भी दौड़ पड़ेगा। रकाबगंज में दिल्ली में सबसे पहली हत्याएँ हुई थीं। किसी ने इस बात का पता नहीं लगाया कि तीन मूर्ति भवन से निकलने के बाद वह भीड़ कहाँ गई? गुरुद्वारा रकाबगंज से निकलने के बाद वे लोग कहाँ गए? कमल नाथ के जाने के बाद मैं भी वहाँ ज्यादा देर नहीं रुका, या भीड़ के वहाँ से पूरी तरह छँट जाने तक नहीं रुका या गुरुद्वारे तक पहुँच सामान्य होने तक वहाँ नहीं ठहरा। डेडलाइन का भी मामला था। अपने दफ्तर पहुँचकर रिपोर्ट फाइल करनी थी।

□

6
मुठभेड़

हत्या को दो दिन बीत चुके थे। दिन था 2 नवंबर और हत्याओं का सिलसिला 31 अक्तूबर की रात से ही जारी था, जो कि 1 नवंबर को पूरे दिन चला, पूरी रात चला और फिर 2 नवंबर को भी। हमें यहाँ-वहाँ लोगों के मारे जाने की घटनाओं के बारे में लोगों से खबरें सुनने को मिल रही थीं; लेकिन अभी तक पुलिस की ओर से एक शब्द तक कुछ पता नहीं चला कि कहाँ और क्या हो रहा था ? जाहिर-सी बात है कि हमने इस बारे में पूछा था, क्योंकि वायरलेस के जरिए पुलिस को उन इलाकों की सबसे अधिक और सही जानकारी मालूम थी, जहाँ हिंसा हो रही थी; लेकिन पुलिस ने मीडिया के साथ संपर्क के अपने सभी साधन बंद कर दिए थे। उन्होंने तो पुलिस का कर्तव्य निभाने की अपनी जिम्मेदारी भी उठाकर ताक पर रख दी थी। पुलिस के पास पूरे शहर में वायरलेस का नेटवर्क था और उसे उसके जरिए सिखों पर हमलों की लगभग हर घटना पता थी; लेकिन उन्होंने एक तरह से कोई काररवाई नहीं की और खबर देने के मामले में तो कतई नहीं।

सबसे भीषण नर-संहार त्रिलोकपुरी में हुआ था और उसका पता भी इसलिए चला था, क्योंकि मोहन सिंह किसी तरह अपनी जान बचाकर यह खबर देने 'दि इंडियन एक्सप्रेस' के हमारे दफ्तर में पहुँचने में कामयाब हो गया था। अगले दिन हमें सुल्तानपुरी में लोगों के मारे जाने की खबरें मिलनी शुरू हो गईं। सुल्तानपुरी भी उन पुनर्वास कॉलोनियों में से एक है, जिन्हें इंदिरा गांधी के बेटे संजय गांधी ने आपातकाल (वर्ष 1975-77) के दौरान बसाया था। सुल्तानपुरी अपने साथ ले जाने के लिए मुझे कोई फोटोग्राफर नहीं मिला; लेकिन हमारे प्रधान संपादक (चीफ एडिटर) बी.जी. वर्गीज ने नियम से हटकर मुझे ऑफिस की कार मुहैया करा दी। उससे बड़ी राहत मिली। लेकिन उसमें भी समस्या पैदा हो गई—ऑफिस को कोई ऐसा ड्राइवर नहीं मिला, जो वहाँ जाने को तैयार होता। ऑफिस हमें कभी भी बिना ड्राइवर के कार नहीं देता, लेकिन उस दिन

ऐसा हुआ। मुझे एक पुरानी एंबेसडर कार दी गई, जिसे मुझे खुद ही चलाना था। पुरानी होने के कारण कार शोर भी बहुत करती थी।

हमारी एक पूरी टीम निकल पड़ी। मेरे साथ रिपोर्टर अश्विनी सरीन, एक्सप्रेस ग्रुप के हिंदी समाचार-पत्र 'जनसत्ता' के एक और रिपोर्टर, जिन्हें मैं 'जोशी' के नाम से जानता हूँ तथा सेवंती निनान, जो कि उस समय 'एक्सप्रेस' में विशेष लेखिका थीं—ये सब लोग थे। अश्विनी सरीन मेरे साथ आगे की बगलवाली सीट पर बैठे थे, सेवंती और जोशी पिछली सीट पर। बैठने की इस व्यवस्था का नतीजा अभी निकलना बाकी था। रिपोर्टरवाला लिखने का पैड व पेन मेरी कमीज की जेब में थे—दोनों चीजों का इस तरह साफ-साफ दिखना हमारे लिए मुसीबत बनने वाला था। हम बहुत जल्द सुल्तानपुरी पहुँच गए। रास्ते में हमने गौर किया कि अभी भी ट्रैफिक बहुत कम था। शहर को जिस डर ने जकड़ लिया था। वह इतनी जल्दी खत्म होनेवाला नहीं था; लगभग हर व्यक्ति अपने घर के भीतर था, लेकिन लुटेरों और दंगाइयों से दहली सड़कें सुनसान ज्यादा भली लग रही थीं। उस रूट पर लग रहा था कि लुटेरे पीछे हट चुके थे। सड़क पर इक्का-दुक्का लोग थे, लेकिन उनमें एक भी सिख दिखाई नहीं दिया।

सुल्तानपुरी पहुँचने के बाद हमें पता चला कि जहाँ हत्याएँ हुई थीं, उस जगह का पता लगाना कितना आसान था। सड़क किनारे कुछ लोगों ने हमें उन गलियों का पता बता दिया। कुछ और लोगों ने उस खास गली की ओर इशारा किया, जहाँ सबसे अधिक भयानक मंजर था। मैंने कार उस ओर बढ़ा दी। सड़क से उतारकर मैंने कार जैसे ही उस गली की ओर मोड़ी, मेरे बदन में सिहरन-सी दौड़ गई। जब मैं को मोड़ रहा था तो सड़क के किनारे मुझे एक छोटा सा पार्क नजर आया। पार्क कुछ ज्यादा ही साफ-सुथरा दिख रहा था, जैसा कि आमतौर पर होता नहीं है। देखकर ऐसा लगता था, मानो पार्क में अभी-अभी झाड़ू लगाई गई थी। मेरी आँखों ने जो देखा था, उससे मेरे दिल में कुछ खटका-सा हुआ। पार्क में घास नहीं थी। वह एक तरह से चारों ओर से बाड़ से घिरा था, जिसमें सीमेंट की एक-दो बेंच लगी हुई थीं। मिट्टी के ऊपर झाड़ू से बुहारे जाने की ताजा लकीरें थीं। देखकर ऐसा नहीं लग रहा था कि नगर पालिका के किसी उत्साही सफाई कर्मचारी ने इतना मन लगाकर अपना काम किया होगा।

पूरा शहर बंद पड़ा था, ऐसे में निगम का कौन ऐसा सफाई कर्मचारी होगा, जो अपने रोजमर्रा के काम को करने के लिए घर से बाहर निकलेगा और ऐसे हालात में भी इतनी तसल्ली से और ऐसी सफाई से अपना काम करके जाएगा? उस समय तो मुझे इसका कोई कारण समझ नहीं आया, लेकिन भीतर कुछ अच्छा महसूस नहीं हो रहा था। ताजा-ताजा बुहारे गए मैदान को देखकर डर लग रहा था। मिट्टी पर झाड़ू बुहारे जाने की लकीरें साफ नजर आ रही थीं। पार्क में कोई नहीं था।

जैसा कि सड़क पर खड़े लोगों ने बताया था, मैं एक सँकरी गली में मुड़ गया। देखा जाए तो सँकरी गली केवल एक तरफ से जाने के लिए थी। वह इतनी चौड़ी नहीं थी कि सामने से कोई दूसरा आ सके। देखकर ऐसा नहीं लगता था कि उस गली में कोई कार आती होगी। वैसे भी, उस गरीब व भीड़भाड़वाली बस्ती में, जहाँ लोग दो-दो कमरों के छोटे से घरों में रह रहे थे, वहाँ कोई कार रखने की सोच भी कहाँ सकता था!

सन्नाटे में डूबी गली भुतहा लग रही थी। लेकिन आगे चलकर देखा कि बीचोबीच कुछ लोग खड़े थे। उन सबने सफेद कुरते-पाजामे पहन रखे थे। उनमें से करीब दर्जन भर लोग या हो सकता है कि करीब 20 लोग वहाँ खड़े हमारी आगे बढ़ती कार को देख रहे थे। उनके करीब पहुँचने पर मुझे कार रोकनी पड़ी, क्योंकि वे बीच रास्ते में खड़े थे। उन्हें समझ आ गया था कि हम पत्रकार हैं। कार की विंडस्क्रीन पर लिखा था—'प्रेस'। मैंने खिड़की का शीशा नीचे किया और पूछा कि क्या वहाँ रहनेवाले सिख ठीक-ठाक हैं? उन्होंने कहा कि सबकुछ ठीक-ठाक है और सब तरफ एकदम शांति है। सबने एक स्वर में कहा था। कुछ ने तुरंत कहा कि वहाँ कतई कोई समस्या नहीं है। एक बार फिर से, सड़क के सामनेवाले पार्क की तरह, मुझे उन लोगों का इस तरह तसल्ली देना अखर गया। मैं एकदम नहीं बता सकता कि क्या था, लेकिन इतना जरूर महसूस हुआ कि उनका एक स्वर में 'सब ठीक-ठाक' कहना कुछ ठीक नहीं था। उनकी तसल्ली—तसल्ली नहीं, बल्कि बेचैनी को और बढ़ानेवाली थी।

ये लोग हमें उन लोगों से एकदम अलग लगे, जो आपको दिल्ली की सड़कों पर मिल जाते हैं। रास्ते में हमने जिन लोगों से बात की थी और जिन्होंने हमें उस गली का पता दिया था, जहाँ हत्याएँ हुई थीं—ये लोग उनसे निश्चित रूप से अलग किस्म के थे। यह लोगों का एक गुट था। वे एक स्वर में बोल रहे थे। वे हमारे चारों ओर पसरे सन्नाटे के बीच खड़े थे। उन्होंने कहा कि हमें चले जाना चाहिए। उनके लहजे में सख्ती थी। उसी एक क्षण में मुझे लगा कि मैंने कुछ देखा।

उन लोगों के पीछे, आगे गली में एक दरवाजे में कुछ दरार-सी थी, जिसमें से एक हाथ हमें बुला रहा था। मैंने सोचा कि यह कोई सिख व्यक्ति हो सकता है; हालाँकि, मैं तुरंत उसे देख नहीं पाया था। मैंने वहाँ खड़े लोगों से कहा कि हम वापस जा रहे हैं, लेकिन कार को मोड़ने की जगह ढूँढ़ने के लिए हमें थोड़ा आगे तक जाना होगा। वे लोग एक ओर को हट गए। मैं आगे उस गली के उस दरवाजे तक कार को ले गया, जहाँ से वह हाथ नजर आया था। मैं उस दरवाजे के बाहर रुक गया। उस दरवाजे के पीछे एक आदमी छुपा हुआ था—एक दुबला-पतला सिख। वह खड़ा हुआ काँप रहा था। उसने अपने बाल और दाढ़ी काट रखी थी। साफ नजर आ रहा था कि हाल-फिलहाल में ही उसने बाल और दाढ़ी काटी थी।

वह मदद की भीख माँग रहा था। उसने हमें बताया कि उस गली और आसपास के इलाके में बीती रात सैकड़ों सिखों को मौत के घाट उतार दिया गया था। अगर हम लोगों ने उन लोगों को बचाने के लिए कुछ नहीं किया तो आज की रात बाकी बचे लोगों को भी 'वे लोग' खत्म कर देंगे। 'वे लोग' से उसका मतलब गली में खड़े उन लोगों से था, जो हमें रास्ते में मिले थे। उसने उन लोगों की ओर इशारा किया। वह जानता था कि वे वहाँ खड़े हैं। वह जानता था कि वे लोग कौन हैं! बीते वर्षों ने हालात की बारीकियों को याददाश्त से मिटा दिया; लेकिन वक्त उस सिख की आँखों के उस खौफ को आज तक यादों से नहीं मिटा पाया था। उसकी आँखों में ठीक वैसी ही दहशत थी, जैसी मारे जाने से ठीक पहले हिरण की आँखों में होती होगी।

ये 'वे लोग' थे, जिन्होंने गली में हमसे कहा था कि 'सबकुछ ठीक-ठाक है', कि हमें अपनी कार मोड़कर वापस चले जाना चाहिए। उस दिन जो कुछ हुआ, उसका महत्त्व बाद में ही समझ में आया। यह साफ था कि दरवाजे के पीछे काँप रहा आदमी उन्हीं लोगों की बात कर रहा था, जिनसे हम मिल चुके थे। वह किसी आम गुस्साई भीड़ या पड़ोसियों की बात नहीं कर रहा था। वही लोग थे, जिनके बारे में उसका कहना था कि ये हत्यारे हैं। इस बात को समझने में कोई संदेह नहीं हो सकता था कि उस क्षण गली में खड़े लोग और उनके साथ शामिल उन जैसे बाकी लोगों की ही बात वह आदमी कर रहा था।

मैंने कहा कि "हम मदद का कोई रास्ता निकालेंगे।" और यह कहकर मैं कार में बैठ गया। अब भी लोगों का वह झुंड गली के बीच में खड़ा था। हम लोगों पर नजर रखने के लिए अब उन्होंने अपना मुँह हमारी तरफ घुमा लिया था। मैं कार को कुछ और आगे ले गया और वहाँ से उसे मोड़कर उसी रास्ते पर बढ़ने लगा, जहाँ से अभी हम आए थे। वे लोग हमारा इंतजार कर रहे थे। उन्हें देखकर ऐसा नहीं लगा कि वे वहाँ से हिलनेवाले थे। उन्होंने हमारा रास्ता रोका तो मुझे कार रोकनी पड़ी। जैसे ही मैंने कार रोकी, दोनों ओर से वे हमारी ओर झपटे। एक ने मेरी ओर का दरवाजा खोला और मुझे एक घूँसा मारा तथा मेरी कमीज की जेब को पकड़ लिया, जिसमें मेरा रिपोर्टर का नोट पैड रखा था। उसने मेरी कमीज को फाड़ते हुए पैड छीन लिया। उन लोगों की भीड़ ने कार को चारों ओर से घेर लिया था। वे चिल्ला रहे थे कि हम झूठ बोल रहे थे कि हम वहाँ समस्या पैदा कर रहे थे।

मेरी बगल में बैठे अश्विनी सरीन उन्हें शांत कराने की कोशिश कर रहे थे; लेकिन बात नहीं बनी। इस सारे हंगामे के बीच अचानक मैंने देखा कि पिछली सीट पर बैठे 'जनसत्ता' के रिपोर्टर पीछे से सीट को इस तरह धक्का लगा रहे थे, जैसे कि कार को उस जगह से आगे धकेलना चाहते हों। डर अजीबोगरीब हरकतें करवाता है। उस क्षण मैं

'जनसत्ता' के रिपोर्टर की कोशिश के पीछे की भावना को महसूस कर सकता था। यह सब कुछ एक क्षण में हुआ।

सेवंती निनान पिछली सीट पर बाईं ओर बैठी थीं। एक आदमी ने उनकी ओर का दरवाजा खोला और उन्हें इस तरह से पकड़ लिया, जैसे खींचकर कार से बाहर निकालेगा। उन्होंने उस आदमी की पकड़ से छूटकर दरवाजा बंद करने की भरपूर कोशिश की। उस आदमी ने सेवंती निनान का रिपोर्टर पैड छीन लिया। उसी समय मैंने एक फैसला किया। कार का इंजन चालू था। मैंने गियर का लीवर खींचा और एक्सीलेटर पर पैर रख दिया। सामने खड़े एक आदमी ने हमें रोकने की कोशिश की, पर मैं उसके लिए रुकनेवाला नहीं था। एक सेकंड में ही वह किनारे हो गया। मुझे लगा कि बाईं ओर का फेंडर उससे रगड़ मारता हुआ निकल गया। मुझे याद है, मैं सोच रहा था कि अगर उसे कुचलते हुए भी आगे जाना पड़े, तो भी मैं रुक नहीं सकता था। जैसे ही मैंने गाड़ी की रफ्तार बढ़ाई, उनमें से कुछ लोग हमारे पीछे दौड़े, बाकी लोग वहाँ गली के सन्नाटे में हमें गालियाँ देने लगे।

तुरंत ही हम उस सँकरी गली से निकलकर पार्क के साथवाली बड़ी सड़क पर आ गए, जहाँ हमें कुछ सुरक्षित महसूस हुआ। क्या इन लोगों ने बाद में उस आदमी पर हमला किया होगा, जिसने हमसे बात की थी ? बदकिस्मती से, मुझे किसी भी तरह से कभी इस बात का पता नहीं चल सका; लेकिन इतना जानता हूँ कि अगर उन्होंने हमला किया भी होगा तो वहाँ आसपास कोई उन्हें रोकनेवाला नहीं था। उस घर में उस सिख व्यक्ति ने हमें बताया था कि उन गलियों में दिन-रात लोगों को कत्ल किया जा रहा था, लेकिन वहाँ कोई पुलिसवाला नजर नहीं आया। हम दफ्तर लौटने के बाद ही इस मामले में सबसे पहला कदम उठा सके। वहाँ पहुँचकर मैं जितने भी वरिष्ठ पुलिस अधिकारियों को फोन कर सकता था, मैंने किया। मैंने बार-बार उनसे अपील की कि सुल्तानपुरी में तुरंत सेना तैनात की जाए और किसी भी सूरत में यह काररवाई रात होने से पहले हो। लेकिन यह सब करने के बाद भी मुझे तसल्ली नहीं थी। कैसे यकीन किया जा सकता था कि कोई सुनेगा ? लेकिन और कुछ किया भी नहीं जा सकता था। एक नर-संहार हो चुका था और एक अभी होने वाला था। ऐसे में हम कुछ और करने की सोच ही नहीं सकते थे।

मुझे एक पुलिस अधिकारी ने बताया कि उसी शाम को बाद में सुल्तानपुरी में सेना तैनात कर दी गई; हालाँकि, मुझे शक था कि मेरे फोन करने से ऐसा असर हुआ होगा। उस शाम कई अन्य इलाकों में भी सेना तैनात की जा रही थी और पुलिस को वायरलेस के जरिए उस इलाके में हत्याओं के बारे में एक जगह सारी सूचना मिल रही थी। उन गलियों में, जहाँ हम गए थे, वहाँ मारे गए लोगों की संख्या की पुष्टि बाद में हुई, यहाँ तक कि पुलिस रिपोर्ट में भी कहा गया कि वहाँ मारे जानेवालों की संख्या सैकड़ों में थी।

सुल्तानपुरी में सेना की तैनाती संबंधी जानकारी से मुझे नाउम्मीदी में भी एक उम्मीद नजर आई थी; लेकिन इससे मुझे पूरी तरह तसल्ली नहीं हुई।

अगले दिन पता चला कि सेना ने कर्फ्यू लगा दिया है और इलाके में गश्त शुरू कर दी है। एक अधिकारी ने मुझे बताया कि उस रात कोई और हत्या नहीं हुई। लेकिन मैं यकीन नहीं कर सकता था; मैं यह भी नहीं कह सकता कि उस अधिकारी को पक्की जानकारी थी या नहीं।

•

उस गली में सफेद कुरते-पाजामे में वे लोग कौन थे? उस समय जो नजर आया और जो बाद में सामने आया, उससे तीन बातें पता चलीं—पहली, वे हत्यारों में शामिल थे; दूसरी, वे हत्याओं को अंजाम देकर बच निकले और तीसरी, वे कांग्रेस पार्टी के लोग थे। किस सबूत के आधार पर मैं यह बात कहता हूँ? उस समय उन लोगों के पास पार्टी की सदस्यता के पहचान-पत्र तो थे नहीं। जाहिर-सी बात है कि उस समय वे पहचान-पत्र लेकर गए भी नहीं होंगे, अतः मैं कांग्रेस पार्टी की सदस्यता संबंधी पहचान-पत्रों की फोटोकॉपी पेश नहीं कर सकता।

कांग्रेस दफ्तर में रखे किसी रजिस्टर में दर्ज रिकॉर्ड से उनके फोटोग्राफ का मिलान नहीं कर सकता था; मैं किसी शिनाख्त परेड में उन्हें पहचान नहीं सका। मुझे कभी भी उनके नामों, उनके रिहाइशी अते-पते के बारे में कुछ मालूम नहीं पड़ा। बाद में, जब मैं वहाँ गया तो जिस भी आदमी से मेरी बात हुई, उससे मुझे यही पता चला कि उन गलियों में कांग्रेस पार्टी के लोगों ने मार-काट मचाई थी; कि वे कांग्रेस पार्टी के सदस्य थे, जिन्होंने हमारी कार पर हिंसक तरीके से हमला किया था। कार वाली वह घटना लगता है कि इलाके में फैल चुकी थी। पड़ोसी सामने नहीं आए, लेकिन ऐसा लगता है कि काफी कुछ नजर आ रहा था। जिससे भी मैंने बात की, उनमें से किसी को संदेह नहीं था कि वे लोग कौन थे। सुल्तानपुरी से भागकर शरणार्थी शिविरों में रह रहे सिखों ने मुझे यह बात बताई, ठीक वैसे ही, जैसा उस इलाके के हर गैर-सिख व्यक्ति ने मुझे बताया था, जो सबकुछ बताने को तैयार थे।

यह कांग्रेस नेता एवं लोकसभा सदस्य सज्जन कुमार का निर्वाचन क्षेत्र था। ऐसी खबरों का अंबार लगा था, जिसमें मैं पढ़ चुका था कि इन हत्याओं में सज्जन कुमार का हाथ था। स्थानीय हत्यारों ने उनकी अगुआई में उन्हें अंजाम दिया था। मैं ख़ुद को अपने अनुभव तक सीमित रखते हुए सज्जन कुमार के बारे में कुछ नहीं कहता हूँ; उस दिन गली में खड़े लोगों में वह शामिल नहीं थे। लेकिन जहाँ तक मैं जानता हूँ, मैं किसी भी तरीके से यह नहीं कह रहा हूँ कि सज्जन कुमार निर्दोष हैं। मेरा केवल इतना कहना है कि अपने खुद के अनुभवों को देखते हुए यहाँ इस बारे में कुछ कहने की गुंजाइश नहीं है।

एक अदालत में जिस सबूत को पेश किया जा सकता है, उसके हिसाब से मैं स्वीकार करता हूँ कि मेरा यह बयान कि वे कांग्रेस के लोग थे, इसे चुनौती दी जा सकती है। इसके समर्थन में मुझे उन स्थानीय गवाहों के पास लौटना होगा, जो उस समय भी केवल बहुत ही गोपनीय तरीके से ऐसी सूचना देने को तैयार थे। कइयों ने जाँच आयोग के समक्ष भी अपनी बात रखी थी। लेकिन मेरी बात से कहीं अधिक जाँचों के जरिए यह सामने आया कि वे कांग्रेस के लोग थे, जिन्होंने सुल्तानपुरी में लोगों को कत्ल किया था।

कुसुम लता मित्तल रिपोर्ट कहती है—'ऐसा लगता है कि जो तरीका अपनाया गया, वह कुछ इस तरह था कि सबसे पहले एस.एच.ओ. (सुल्तानपुरी पुलिस स्टेशन) श्री भाटी और हेड कांस्टेबल जयचंद ने सिखों को अपने घरों के भीतर जाने और ऐसा नहीं करने पर उन्हें गोली मारने की धमकी दी थी। सिखों के अपने घरों के भीतर जाने के बाद भीड़ ने उन पर हमला कर दिया और पुलिस की उन्हें पूरी शह थी।'

इसके साथ ही रिपोर्ट कहती है—'मिश्र आयोग ने जाँच एजेंसी के जरिए जिन हलफनामों की जाँच-पड़ताल की थी, उनसे भी संकेत मिलता है कि गवाहों द्वारा लगाए गए आरोप कुल मिलाकर सही थे।'

रिपोर्ट में यह पाया गया था कि हत्याएँ राजनीतिक रूप से भड़काई गई थीं।

यह बात गौर करने लायक थी कि 31 अक्तूबर को इलाके में कोई हिंसा नहीं हुई थी। 'लेकिन 1 नवंबर, 1984 की सुबह क्षेत्रीय सांसद ने एक सभा को संबोधित किया था, जिसमें एस.एच.ओ. इंस्पेक्टर भाटी तथा सुल्तानपुरी के अन्य पुलिस अधिकारी भी मौजूद थे। उस सभा में एकत्र हुए लोगों को सिखों से बदला लेने के लिए उकसाया गया। उसके तुरंत बाद भयानक रूप से हिंसा फैल गई।' वह क्षेत्रीय सांसद कांग्रेस के सज्जन कुमार थे।

मित्तल जाँच आयोग ने पाया कि हिंसा कांग्रेस की अगुआई में हुई थी। इलाके में हर कोई इस बात को जानता था और जिस क्षण मेरी उन लोगों से मुठभेड़ हुई थी, मेरे भीतर से यही आवाज आ रही थी कि ये कांग्रेस पार्टी के लोग थे। निश्चित रूप से, यह 'कहने' के लिए सबूत नहीं हैं कि मुझे 'पता' था। मैं यहाँ अदालत के समक्ष सबूत पेश नहीं कर रहा हूँ। मुझे यह भी पता है कि इसी कारण मुझे गैर-जिम्मेदाराना तरीके से बोलने का लाइसेंस नहीं मिला है, या मुझे निर्दोष लोगों के खिलाफ हवा में आरोप लगाने का कोई अधिकार नहीं है; लेकिन उस क्षण मेरे मन में जो विचार आए थे, उनकी स्थानीय गवाहों ने पुष्टि की थी और उन गवाहों में सिख तथा गैर-सिख दोनों शामिल थे। मित्तल रिपोर्ट तो काफी बाद में आई थी।

एक क्षण के लिए अपने भीतर से आती आवाज या जाँच रिपोर्ट को भूल जाते हैं; आइए, परिस्थितियों पर गौर करते हैं। सुल्तानपुरी की उस गली में जिस तरह से सब लोगों

ने एक स्वर में झूठ बोला था, वह देखने लायक था और कुछ मिनट के भीतर ही उस झूठ का पर्दाफाश हो गया था—जिस समय वे लोग पूरा जोर लगाकर यह बात कर रहे थे कि वहाँ कुछ नहीं हुआ था, उससे पहले ही उस गली में सैकड़ों लोग मारे जा चुके थे। क्या उन्हें यह बात पता नहीं थी? उन्होंने यह नहीं कहा कि उन्हें हत्याएँ होने के बारे में कोई जानकारी नहीं है। इसके उलट, वे तो पूरे आत्मविश्वास के साथ, एक स्वर में कह रहे थे कि यहाँ आसपास कोई नहीं मारा गया है। जिस जमीन पर वे लोग खड़े थे, वहाँ और उसके आसपास बीती रात ही लोगों को मौत के घाट उतारा गया था और वे कह रहे थे कि ऐसा कुछ नहीं हुआ! वे लोगों की भीड़ का हिस्सा नहीं थे। वे एक टीम थे। किस बात के लिए उन्होंने टीम बनाई थी? सीधे हमसे टकराने के लिए? हत्याओं पर झूठ बोलने के लिए? और हमारे नोट पैड छीनने के लिए? जिसमें संभवत: हमने कुछ तथ्य दर्ज कर लिये होंगे और उसके बाद हमें उस गली से बाहर निकलने से रोकने की हरसंभव कोशिश करने के लिए?

एक अकेली कांग्रेस पार्टी ही थी, जो यह कह रही थी कि सुल्तानपुरी में हत्याओं को अंजाम देनेवाले हत्यारे उसकी पार्टी के नहीं थे। हर कोई कह रहा था कि वे कांग्रेस पार्टी के ही लोग थे। अगर कांग्रेस पार्टी निर्दोष थी तो वह पुलिस के सामने अपने स्थानीय लोगों की सूची पेश कर सकती थी और उनके निर्दोष होने के सबूत दे सकती थी। यह स्वाभाविक-सी बात है कि निर्दोष कांग्रेस सदस्य अपने दामन को दागदार होने से बचाने के लिए ये सबूत देना चाहते कि वे घटना के समय कहीं और थे।

पार्टी में कभी भी किसी ने ऐसा कोई सबूत नहीं दिया। सड़कों पर हत्याएँ हो रही थीं और पुलिस नदारद थी तो पुलिस को उनके बारे में कुछ पता नहीं था? यह बात हजम होने लायक नहीं है कि स्थानीय पुलिस स्टेशन से कुछ मिनट की दूरी पर सैकड़ों लोगों का कत्लेआम हो रहा था और इलाके की पुलिस को इसकी भनक तक नहीं थी! खासतौर से मित्तल आयोग की रिपोर्ट के नतीजों को देखते हुए पुलिस को यह पक्का पता था कि हत्यारे कौन थे। लेकिन कम-से-कम उन्हें तो यह संदेह होता कि हत्यारे शायद कांग्रेस के हो सकते हैं! क्या यह 'शायद' ही वह कारण था कि पुलिस दूर बैठी तमाशा देखती रही? जो लोग जान लेने आए थे, वे यह जानते होंगे और उन्होंने यह देखा होगा कि पुलिस उनके रास्ते में कोई बाधा नहीं बनेगी। वे किस किस्म के लोग थे, जिन्हें पुलिस ने सैकड़ों लोगों की जान लेने के लिए छोड़ दिया था? राजनीति की बात छोड़ भी दें, तो क्या सुल्तानपुरी पुलिस ने ऐसा कोई फैसला किया था? क्या उसने अपने आसपास सैकड़ों लोगों के कत्लेआम से इसलिए आँखें मूँद ली थीं कि कोई उनसे इनके बारे में जवाब नहीं करेगा?

चाहे इसे तार्किक कहें या कल्पना, लेकिन—उस समय और बाद में भी—मेरे लिए

वे परिस्थितियाँ बहुत महत्त्वपूर्ण थीं और उन्हें समझने में मैंने कोई गलती नहीं की थी। वे लोग एक ही संगठन के थे और उनकी मंशा भी साझा थी; और केवल एक ही संगठन ऐसा था, जिसके साथ पुलिस हत्याओं को अंजाम देने में शामिल होती। ऐसा कैसे हुआ कि कुछ लोगों की भीड़ दिल्ली की एक गली में केवल इसलिए रास्ता रोककर खड़ी थी, ताकि मिलकर एक झूठ बोला जा सके? जो लोग अचानक किसी भीड़ में तब्दील हो जाते हैं, वे एक स्वर में नहीं बोलते। उनके विचार और विमर्श साझा नहीं हो सकते। ऐसा कैसे हो सकता है कि कुछ लोग, हम जैसे अजनबी लोगों को गुमराह करने के लिए, पहले ही एक झूठ को बोलने का अभ्यास कर चुके थे? किसी ठोस और साझा कारण के बिना ऐसा संभव नहीं है। वह साझा कारण क्या था, जो वे नहीं चाहते थे कि हमें पता चले? उन्हें ऐसा क्या डर रहा होगा कि वे हमें पता नहीं चलने देना चाहते थे?

हमारा उस गली में आगे बढ़ना उन लोगों के लिए एक खतरा था; क्योंकि बतौर पत्रकार हमारे पास उनके झूठ को बेनकाब करने का साधन था और उन्होंने यह देख लिया था कि हमने उनके झूठ पर गिरे परदे को खींचकर फेंक दिया था। इसीलिए उन लोगों ने हम पर हमला किया। पहली ही नजर में हमने जो कुछ किया था कि हम उन लोगों के सामने से होते हुए आगे निकल गए, एक आदमी से बात की और उसके बाद हम लौटे। क्यों इतनी-सी बात से वे इतना भड़क गए कि उन्होंने हम पर हमला बोल दिया? वे लोग निर्दोष नहीं थे, किसी भी तरह से नहीं। उन्होंने इस बात के लिए पूरी जान लगा दी थी कि उन गलियों की सच्चाई के बारे में दुनिया को बताने के लिए एक शब्द भी हमारे जरिए वहाँ से बाहर न जा सके। उन्हें पता चल गया था कि हमने एक ऐसे व्यक्ति से बात की थी, जिसे हत्याओं के बारे में पता था और जो खुद इस डर से काँप रहा था कि उसका भी गला रेता जाने वाला है।

मुझे इस बात में जरा भी संदेह नहीं है कि उस समय हमारी जान कितने जोखिम में थी! हमारे चारों ओर सैकड़ों लोगों को मार डाला जा चुका था। एक कार में चार और लोगों को जिंदा जलाना कोई मुश्किल काम नहीं था। यह तो और भी आसान था कि हमें मारकर उसका दोष सिखों के मत्थे मढ़ दिया जाता।

इन लोगों ने उन लोगों को मारा था, जिनसे इन्हें कोई खतरा नहीं था। लेकिन हम तो उनके लिए बहुत बड़ा खतरा बन गए थे, क्योंकि उन्हें समझ आ गया था कि हम सच से रू-बरू हो चुके थे। हमें रोकने का उनके पास उपयुक्त कारण था; हमारी किस्मत उस दिन अच्छी थी कि हम बच निकले।

□

II

पुलिस

7

विफलता

गाजे-बाजे के साथ इसका ऐलान नहीं किया गया था, लेकिन क्राइम रिपोर्टरों को पता चल गया था कि दिल्ली में वर्ष 1984 के दंगों में पुलिस की विफलता की पड़ताल करने के लिए वेद मारवाह ने जाँच शुरू कर दी है। हिंसा के बाद मारवाह को अतिरिक्त पुलिस आयुक्त के रूप में वापस बुला लिया गया था और उन्हें अपराध जाँच विभाग (सी.आई.डी.) की कमान सौंप दी गई थी। सुभाष टंडन की जगह पर आए नए पुलिस आयुक्त एस.एस. जोग ने वेद मारवाह को वर्ष 1985 की शुरुआत में जाँच करने को कहा था।

'दबी जबान में, लेकिन पूरे यकीन' के साथ कहा जा रहा था कि इस जाँच रिपोर्ट के आने के बाद वे पुलिसवाले नाप दिए जाएँगे, जो इंदिरा गांधी की हत्या के बाद उन तीन दिनों में हिंसा पर काबू पाने में विफल रहे थे। वर्ष 1985 में पूरे साल भर हम लोग सुनते रहे कि जाँच 'लगभग' पूरी हो गई है। साल-पर-साल बीतते गए और वह 'लगभग' 'कभी नहीं' में बदल गया। उस जाँच रिपोर्ट का क्या हुआ, इस बारे में कोई जवाब नहीं मिला—न वेद मारवाह की ओर से, न किसी और से।

यह दिल्ली की सबसे गोपनीय रिपोर्ट बन गई उस समय हम में से किसी को भी नहीं पता चला कि वेद मारवाह की जाँच को बीच में ही रोक दिया गया, यह भी कि इस जाँच को पूरा होने से पहले ही खत्म कर दिया गया। पद पर रहते हुए वेद मारवाह खुद भी तुरंत इस बारे में कुछ नहीं कह सके कि जाँच को क्यों बीच में रोका गया? काफी लंबे समय तक सेवा में रहने के बाद उन्होंने लिखा कि रिपोर्ट को सरकार ने खत्म कर दिया था। उन्हें सन् 1985 के बाद में जाकर दिल्ली का पुलिस आयुक्त नियुक्त किया गया था। पुलिस में अपने कॅरियर की समाप्ति के दौर में उन्हें जम्मू व कश्मीर के राज्यपाल का सलाहकार और उसके बाद बिहार के राज्यपाल का सलाहकार नियुक्त किया गया। बाद में वह स्वयं भी वर्ष 2004 तक मणिपुर, मिजोरम और उसके बाद झारखंड के

राज्यपाल रहे। वर्ष 1984 की उन घटनाओं की जाँच का जिम्मा सौंपे जाने के 20 साल बाद सरकार से उनके संबंध समाप्त हुए। सरकार से अलग हुए उन्हें 10 साल हो चुके थे और इस तरह से हत्याओं के तीस साल बाद मुझे उनसे उनकी जाँच के बारे में बात करने का अवसर मिला।

बातचीत के मेरे अनुरोध का अवसर था। हम दोनों सी.एन.एन.-आई.बी.एन. की एक परिचर्चा में शामिल हुए। इससे कुछ दिन पहले ही राहुल गांधी ने एक टेलीविजन साक्षात्कार में बार-बार कांग्रेस की यह घोषणा दोहराई थी कि कांग्रेस पार्टी ने हिंसा पर काबू पाने की हरसंभव कोशिश की थी।

वेद मारवाह को इस पर कुछ कहना था; हालाँकि, उन्होंने किसी पार्टी का नाम नहीं लिया। मैंने कहीं-कहीं दंगों में कांग्रेस का कुछ हाथ देखा था और उस आधार पर कुछ टिप्पणियाँ की थीं। टेलीविजन परिचर्चा के बाद मैंने मारवाह से थोड़ा बातचीत करने का अनुरोध किया और वह बहुत आराम से इसके लिए राजी हो गए।

दिल्ली में लोधी गार्डन के ठीक सामने अमृता शेरगिल मार्ग पर उनका घर था। हम वहाँ चाय पर मिले। बड़ी दिलचस्प बात है कि मारवाह पहले की तरह ही लंबे, दुबले-पतले और भद्र एवं प्रतिष्ठित सज्जन नजर आ रहे थे। बस, बाल में थोड़ी सफेदी झलक रही थी; पर उस पर तो किसी का वश नहीं है। अब वह 82 साल के हो चले थे। पहली बार मैं उनके घर पर गया था। पहली बार हम लोगों ने बैठकर बातचीत की थी। जब मैं जूनियर क्राइम रिपोर्टर होता था तो बतौर पुलिस आयुक्त इस प्रकार की बातचीत पर वह संभवत: कभी विचार नहीं करते। 30 साल बाद उनके सामने यह सवाल रखते हुए ऐसा नहीं था कि कोई उलझन नहीं हो रही थी—जाँच में उन्होंने क्या पाया था? उनकी रिपोर्ट कभी पूरी नहीं हुई; लेकिन वह जानते थे कि उन्हें क्या पता चला था! मुझे उनकी याददाश्त पर हैरानी नहीं हुई। उन्हें 1984 के मामले की जाँच इस तरह से याद थी, जैसे कि उन्होंने हाल ही में उसे पूरा किया था। हो सकता है कि सरकार में इतने लंबे अरसे तक सेवाएँ देने के दौरान हुए बाकी अनुभव के बारे में भी उनकी ऐसी ही पैनी याददाश्त हो, लेकिन उस मामले की जाँच की हर बारीकी उनके दिमाग में ऐसे दर्ज थी, जैसे कि एक सप्ताह पहले ही उन्होंने जाँच पूरी की हो।

वर्ष 1984 के मामले में ऐसा क्या था कि वे यादें कभी धुँधली नहीं पड़ी थीं? मेरे दिमाग से भी वे गई नहीं थीं—क्राइम रिपोर्टर के तौर पर वर्ष 1984 से पहले के 2 साल के अपने कॅरियर की ज्यादातर रिपोर्टें मुझे याद नहीं हैं और न ही 1984 के 4 साल बाद की। हालाँकि, तब भी मैं 'दि इंडियन एक्सप्रेस' के साथ ही काम कर रहा था। वर्ष 1984 की उस घटना के बाद 'दि इंडियन एक्सप्रेस' के साथ बतौर क्राइम रिपोर्टर मैंने 6 साल तक काम किया था। मैं पूरी सटीकता के साथ कह सकता हूँ कि उन 6 सालों में से हत्या

के दिन और उसके बाद के दिनों का पूरा घटनाक्रम मुझे बहुत अच्छे से आज भी याद है। वे खौफनाक यादें रह-रहकर लौटती रहती हैं और हर बार मुझे बेजान-सा कर जाती हैं। मुझे तो यकीन हो चुका है कि हम में से जो भी उन दिनों में घटी घटनाओं का गवाह रहा है, चाहे कुछ क्षण के लिए ही उनसे दो-चार हुआ है, वह फिर कभी पहले-सा नहीं रहा। शायद बँटवारे का दर्द भी भुक्तभोगियों के दिलों में ऐसे ही रिसता रहता होगा या 9/11 के हमलों में उन टावरों को जमींदोज होते जिन्होंने देखा, उनके जख्म भी रह-रहकर ऐसे ही हरे हो जाते होंगे।

उन कुछ दिनों में मैं शहर में जहाँ तक जा सकता था, वहाँ तक गया। वेद मारवाह की जाँच की कहानी दूसरी है। उन्होंने पुलिस रिकॉर्ड और उस दौरान हुए संवाद तथा संभवतः खुफिया रिपोर्टों के माध्यम से पूरी दिल्ली के हालात की जाँच की थी। स्वाभाविक भी है, क्योंकि अपनी जाँच के समय वह दिल्ली पुलिस की खुफिया शाखा की कमान सँभाल रहे थे।

मारवाह के साथ मैं करीब घंटा भर बैठा रहा। उस एक घंटे में उन्होंने काफी कुछ कहा। मैं नीचे उस बातचीत का पूरा ब्योरा उन्हीं के शब्दों में दे रहा हूँ; लेकिन बीच-बीच में, कुछ जगहों पर मैंने उनकी कही बातों के प्रभावों पर अपने विचार भी साझा किए हैं। इसका अर्थ यह नहीं है कि मैं उनकी कही बातों के अपने अर्थ निकालना चाहता था, बल्कि उनकी कही पंक्तियों का अर्थ समझने के लिए... कि उनका मेरे लिए क्या अर्थ था, जो कि उन दिनों में एक क्राइम रिपोर्टर का हुआ करता था।

लेकिन बीच-बीच में मेरे विचार रुकावट नहीं बनने चाहिए, इसलिए यही सही है कि हम सीधे उनके मुँह से सब बातें सुनें। इसलिए मैंने इस बातचीत से अपने विचारों को पूरी तरह अलग रखा है।

•

एस.एस. : तो, उस जाँच का क्या हुआ?

वी.एम. : मुझे जाँच के लिए तीन महीने का समय दिया गया था और उसमें केवल पुलिस की भूमिका की जाँच करनी थी। मैंने अपने काम को गंभीरता से लिया और चौबीसों घंटे उस पर काम किया। मैंने तय समय में अपनी जाँच पूरी कर ली। (हत्याओं के कुछ महीनों के भीतर, जो कि वर्ष 1985 के मध्य का समय रहा होगा।)

एस.एस. : जाँच में क्या-क्या चीजें शामिल थीं?

वी.एम. : मैंने पुलिस स्टेशनों, कंट्रोल रूम से सभी संबंधित दस्तावेज एकत्र किए और बड़ी संख्या में पुलिस अधिकारियों से बात की, बहुत से गवाहों से बात की, गैर-सरकारी संगठनों (एन.जी.ओ.) के लोगों से बात की; और भी वर्गों से बात की, लेकिन अभी भी कुछ वरिष्ठ पुलिस अधिकारी, पुलिस कमिश्नर (वर्ष 1984 के उन दिनों में

सुभाष टंडन थे) बचे थे (जिनसे बात करनी थी)। मैंने आखिर में उनसे पूछताछ करने का सोचा था, ताकि तब तक मुझे एक स्पष्ट तसवीर पता चल जाए।

एस.एस. : और फिर?

वी.एम. : तभी मुझे एक आदेश मिला। कमिश्नर (उस समय एस.एस. जोग थे) ने पहले मुझे अनौपचारिक रूप से और फिर लिखित में बताया कि जाँच रोक दो। इसलिए कोई रिपोर्ट नहीं बनी। सभी अधिकारियों से पूछताछ का मेरा काम खत्म नहीं हुआ था। जाँच पुलिस की भूमिका के बारे में थी और सबसे वरिष्ठतम पुलिस अधिकारियों से पूछताछ किए बिना जाँच कैसे पूरी हो सकती थी?

एस.एस. : और उन्हें (श्री जोग को) यह आदेश कहाँ से मिला था?

वी.एम. : मैंने उनसे पूछा नहीं। ये तो काफी साफ-सी बात थी। आप एक कमिश्नर को यह पूछकर शर्मिंदा नहीं करेंगे कि आप मेरी जाँच क्यों रोक रहे हैं? यह काफी स्पष्ट था कि इसमें किसकी रुचि थी!

एस.एस. : जब जाँच को रोकने का आदेश हुआ तो आप अपनी रिपोर्ट पर कितना काम पूरा कर चुके थे?

वी.एम. : बहुत सारा। मेरी रिपोर्ट पूरी होने को ही थी और कुछ ही दिन बचे थे; क्योंकि शीर्ष स्तर के लोग थे, जिनसे पूछताछ करनी बाकी थी—और वह भी औपचारिकता भर था, नहीं तो मैं कुछ ही सप्ताह के भीतर रिपोर्ट लिख चुका होता।

एस.एस. : उस समय तक कितनी रिपोर्ट लिखी जा चुकी थी?

वी.एम. : मैंने नोट्स बना लिये थे और दस्तावेजी सबूतों को लिख लिया था। जाँच में एस.बी. देओल मेरी मदद कर रहे थे। उन्हें विशेष तौर पर यह जिम्मेदारी दी गई थी। इसलिए सारे दस्तावेज और सबकुछ उनके पास था। सारे दस्तावेज पुलिस मुख्यालय में रखे हुए थे। उसके बाद वे सब रंगनाथ मिश्र आयोग को सौंप दिए गए। सारे रोजनामचे और बाकी सब सामान, सबकुछ उनके सुपुर्द कर दिया गया।

एस.एस. : और नोट्स?

वी.एम. : जो नोट्स मैंने बनाए थे, वे मेरी रिपोर्ट के लिए थे। आखिर में, वे किसी काम के नहीं रहे, क्योंकि मैंने कभी वह रिपोर्ट लिखी ही नहीं। मैंने अपने पास कुछ भी नहीं रखा था, और ऐसा करने के स्पष्ट कारण थे। हो सकता है कि मैंने कुछ इक्का-दुक्का पुरजे कहीं रखे हों, लेकिन मुझे याद नहीं।

एस.एस. : और आपने क्या नोट्स बनाए थे?

वी.एम. : यह तो बिल्कुल साफ था कि पुलिस अपनी जिम्मेदारी को निभाने के वक्त गायब थी। पुलिस कंट्रोल रूम रिकॉर्ड दिखाता है कि हर कुछ मिनट के बाद मदद के लिए कॉल्स आ रही थीं और यह सब सेंट्रल कंट्रोल रूम में रिकॉर्ड हो रहा था। लेकिन

जो पुलिस थाने सबसे अधिक प्रभावित थे, वहाँ पुलिस ने कोई हरकत नहीं दिखाई। उन थानों में पुलिसकर्मी केवल थानों में ही बैठे रहे; वे कहीं निकलकर नहीं गए। न ही वहाँ ऐसा कोई रिकॉर्ड मिला, जिससे पता चलता कि लोग (पुलिसकर्मी), जो पहले ही इलाके में मौजूद थे, उन्होंने लौटकर कुछ ऐसा बताया हो कि कहीं कुछ हुआ था। पुलिस फैसला कर चुकी थी कि उसे अपनी आँखें बंद करके बैठे रहना है।

इसका जवाब वरिष्ठ पुलिस अधिकारियों से तलब किया जाना था और मेरी जाँच ठीक वहाँ तक पहुँच चुकी थी और उन लोगों को पता था कि मेरी जाँच कहाँ तक जा चुकी है।

एस.एस. : संबंधित पुलिस अधिकारियों को?

वी.एम. : हाँ। सबसे पहले तो कुछ पुलिस अधिकारी मेरी जाँच रुकवाने के लिए हाई कोर्ट चले गए थे। उनमें से एक थे—चंद्र प्रकाश, जो दक्षिणी दिल्ली के डी.सी.पी. थे। एक और थे सेवा दास, पूर्वी दिल्ली के डी.सी.पी.। हाई कोर्ट ने मेरी जाँच नहीं रोकी। उसके बाद वे अपने लोगों के पास गए कि नहीं, मुझे नहीं पता और उसके बाद एग्जिक्यूटिव ऑर्डर द्वारा मेरी जाँच रोक दी गई। एस.एस. जोग (पुलिस आयुक्त) ने मुझे जाँच शुरू करने का आदेश दिया था और उन्होंने ही उसे खत्म कर दिया।

एस.एस. : जाँच रोके जाने के बाद आपने क्या किया? क्या उसे भूलकर आगे अपने काम पर लग गए?

वी.एम. : वह मुझे अतिरिक्त जिम्मेदारी दी गई थी। मैं सी.आई.डी., विशेष शाखा में अतिरिक्त आयुक्त के पद पर तैनात था। क्राइम ब्रांच एवं सी.आई.डी. मेरी कमान में थीं और यही मेरा काम था।

एस.एस. : बाद में आप पुलिस आयुक्त बने। क्या जाँच बंद करने का यह मुद्दा फिर कभी उठा?

वी.एम. : ये मुद्दा उठा, ऐसा कैसे हो सकता है कि ये मुद्दा न उठता! एक बात के लिए मैं तब से मामलों का सामना कर रहा था और लड़ रहा था। कई मामले थे। जाँच करनेवाले आयोगों और समितियों के अधिकार-क्षेत्र में दखल दिए बिना जो भी संभव था, वह कारखाई की जा रही थी; क्योंकि एक ही समय पर दो समानांतर सरकारी कारखाइयाँ नहीं चल सकतीं।

●

वेद मारवाह ने बहुत जल्दी दो चीजें स्पष्ट कर दी थीं। उन्होंने पाया था कि पुलिस नदारद थी और उनकी जाँच अंतिम समय में सरकार द्वारा रोक दी गई थी और यह सरकार केंद्र सरकार थी; तत्कालीन पुलिस आयुक्त जोग ने अपनी ओर से जाँच को रोकने का आदेश नहीं दिया था और मारवाह ने किसी सूरत में यह नहीं सोचा था कि

जोग ने अपने स्तर पर जाँच रोकने को कहा था। मारवाह ने पाया कि पुलिस ने आँखें बंद करने का फैसला कर लिया था और हम में से बहुत से लोगों ने यह देखा भी था—एक के बाद एक हम जहाँ भी गए थे, वहाँ यही हालात थे।

मैंने तो खुद अपनी आँखों से देखा था कि पुलिस किस तरह आँखें फेर रही थी। मारवाह की जाँच ने दर्ज किया था कि पूरे शहर में ही पुलिस का व्यवहार ऐसा रहा था। उन्होंने पाया था कि पुलिस पूरी दिल्ली में ही कामकाज छोड़कर बैठी थी। मैं खुद जिन घटनाओं का गवाह रहा था, बाकी उन जगहों पर भी ऐसे ही हालात थे, जहाँ मैं नहीं जा सका था। लेकिन इससे भी अधिक, मारवाह ने कहा कि, उनकी जाँच को शासकीय आदेश (एग्जिक्यूटिव ऑर्डर) के जरिए रोक दिया गया। हाई कोर्ट द्वारा जाँच रोके जाने संबंधी याचिका को खारिज किए जाने के बाद यह आदेश आया था।

दो बार उन्होंने कहा था कि यह 'एकदम स्पष्ट' है कि उनकी जाँच को कौन रुकवा सकता था, कि यह 'एकदम स्पष्ट' था कि जाँच को खत्म कराने में किसकी रुचि रही होगी! निश्चित रूप से, जिन पुलिस अधिकारियों ने हाई कोर्ट में याचिका का विफल प्रयास किया था, जाँच बंद करवाने में उनकी दिलचस्पी रही होगी। लेकिन उनके पास इसे रुकवाने के लिए कोई शासकीय साधन नहीं था। वे मारवाह से बहुत ज्यादा जूनियर थे। एक बार जब वे अदालत में कुछ नहीं कर सके तो ऐसा नहीं था कि ये जूनियर अधिकारी आदेश जारी कर सकते थे या जाँच रुकवाने के लिए पुलिस आयुक्त जोग को प्रभावित कर सकते थे।

फैसला तो तत्कालीन सरकार को लेना पड़ा होगा और सरकार ने इस तरह का फैसला राजनीतिक स्तर पर लिया होगा—बहुत उच्च राजनीतिक स्तर पर। ऐसा नहीं हो सकता कि गृह मंत्रालय के किसी अधिकारी ने इस प्रकार का महत्त्वपूर्ण आदेश अपने स्तर पर लिया होगा। वह ऐसा कर भी नहीं सकता। मारवाह ने कहा था कि यह स्पष्ट था कि कौन ये करवा सकता था! क्या स्पष्ट था? स्पष्ट की भी कई बार व्याख्या करने की जरूरत होती है—किसके पास जाँच को बंद करवाने का अधिकार था और ऐसा करने में किसे फायदा होना था? यह साफ है कि यह जाँच—यह सभी पूछताछ—प्रधानमंत्री राजीव गांधी की जानकारी और मंजूरी के बिना बंद नहीं हो सकती थी। यह बात गले से नीचे नहीं उतरती कि प्रधानमंत्री ने संभवत: एक सुबह समाचार-पत्र खोला होगा तो उन्हें पता चला कि किसी जूनियर अधिकारी ने उनकी जानकारी के बिना ऐसा कोई फैसला कर लिया था। आखिरकार, यह पूर्व प्रधानमंत्री, जो कि मौजूदा प्रधानमंत्री की माँ थीं, की हत्या के बाद शहर में हुई हजारों हत्याओं में पुलिस की विफलता की जाँच से जुड़ा मामला था। ऐसा नहीं हुआ होगा कि एक दिन संयोगवश राजीव गांधी को इस निर्णय के बारे में सूचित किया गया हो; उन्हें सलाह दी गई होगी और सलाह-मशविरा हुआ होगा

और भले ही उन्होंने इस फैसले को लेने की पहल नहीं की हो, लेकिन उन्हें इसे मंजूरी तो देनी ही पड़ी होगी।

यह तय है कि जाँच रुकवाने में राजीव गांधी का निजी हाथ था और अंततः सरकार का मुखिया होने के नाते वह इस फैसले के लिए जिम्मेदार थे। राजीव गांधी कांग्रेस पार्टी के नेता होने के साथ ही देश के प्रधानमंत्री भी थे।

जाँच का दायरा पुलिस की विफलता तक सीमित था, लेकिन हमेशा से ही इस बात की संभावना थी कि इसकी आँच राजनीतिक गलियारों तक जाएगी। इतना तो तय था कि यह पुलिस एवं राजनीतिक तथ्यों का घालमेल था और होना भी चाहिए।

ज्यादातर हत्याएँ दक्षिण, पूर्वी और पश्चिमी पुलिस जिलों में हुई थीं। इन्हीं जिलों में हजारों लोगों ने कहा था कि इन हत्याओं में क्षेत्र के कांग्रेस नेताओं का हाथ था। यह संकेत अपने आप में काफी खतरनाक था। इससे साफ था कि यदि इन इलाकों के पुलिस अधिकारियों के खिलाफ मुकदमे दर्ज किए जाते और अदालतों तक मामला पहुँचता तो कांग्रेस का हाथ खुलकर सामने आ जाता, जो कि अभी तक जनता की नजरों से फिर भी छुपा हुआ था; और फिर, कांग्रेस के लिए पीछे हटना मुश्किल हो जाता। राजनीति और सरकार उस समय एक ही थी, क्योंकि कांग्रेस पार्टी ही सत्ता के केंद्र पर आसीन थी।

साफ शब्दों में बात करें तो जाँच को अचानक बीच में बंद करने के कांग्रेस सरकार के फैसले से स्पष्ट होता है कि बात बहुत ही गंभीर थी, जिसका खुलासा कांग्रेस सरकार नहीं होने देना चाहती थी। क्या यह इक्का-दुक्का पुलिस अधिकारी की विफलता हो सकती थी? अब तक किसी सरकार ने किसी डी.सी.पी. के प्रति इतनी निष्ठा नहीं दिखाई थी, तो यह क्यों दिखाती? अगर यह किसी पुलिस अधिकारी की विफलता तक सीमित मामला होता तो सरकार के लिए काम बहुत आसान हो जाता। वह कुछ दोषी पुलिस अधिकारियों की जिम्मेदारी तय करती और उन्हें सजा देकर वाहवाही लूट सकती थी। इससे न केवल उन सवालिया निशानों की दिशा मुड़ जाती, जो कांग्रेस की ओर इशारा कर रहे थे, बल्कि निष्पक्ष और न्यायप्रिय शासक के रूप में राजीव गांधी की भी जय-जयकार होती।

वेद मारवाह की जाँच में सच को खोदकर निकाल लिया गया था और इसी सच पर परदा डालने के लिए अंतिम क्षणों में कांग्रेस ने जाँच बंद करवा दी। लेकिन तत्कालीन कांग्रेस सरकार ने कुछ पुलिस अधिकारियों को नहीं, बल्कि खुद को बचाने के लिए यह कदम उठाया था; लेकिन यहाँ पुलिस और राजनेताओं की मिलीभगत के बीच बहुत ही पतली-सी रेखा थी। सरकार को यह कदम केवल इसलिए उठाना पड़ा, क्योंकि उसे डर था कि पुलिस जाँच से भानुमती का पिटारा खुल जाएगा और कांग्रेस उस स्थिति का सामना करने के लिए तैयार नहीं थी।

सच कहूँ तो वेद मारवाह की जाँच केवल आधी-अधूरी जाँच ही हो सकती थी। इस जाँच के लिए विभागीय आदेश दिया गया था; लेकिन इसके नतीजों का असर केवल विभाग तक ही सीमित रहनेवाला नहीं था। पुलिस की विफलता और कांग्रेस सरकार की विफलता एक ही सिक्के के दो पहलू नहीं थे तो आपस में एक-दूसरे से जुड़े जरूर थे। इस जुड़ाव के ठोस सबूत उस समय हाथ में नहीं थे। ये हमारी कल्पना का हिस्सा थे और बहुत संभव था कि हमारी कल्पना के पीछे की सच्चाई जाँच में उभरकर सतह पर आ जाती। शक पूरा था, भले ही तुरंत इसके सबूत सामने नहीं थे।

सत्तारूढ़ पार्टी के साथ पुलिस की साँठ-गाँठ के सबूत, पुलिस द्वारा अपनी आँखों पर पट्टी बाँध लेने के अकाट्य सबूत, कांग्रेस नेताओं के अनुकूल पुलिस का यह रवैया···यह सब आपस में गड्ड-मड्ड था और केवल कांग्रेस सरकार ही पुलिस को इन सबसे बरी कर सकती थी।

एक वरिष्ठ सांसद की संलिप्तता समेत कांग्रेस का हाथ करोल बाग पुलिस थाने में साफ-साफ नजर आया था। राजीव गांधी ने खुद इस बात का संज्ञान लिया था और कुछ काररवाई भी की थी। लेकिन यह कहना मुश्किल है कि केवल करोल बाग ही एकमात्र ऐसी जगह थी। यह कहना अधिक सही होगा कि केवल करोल बाग में ही यह संलिप्तता खुलकर सामने आई थी। यह घटना इस बात का उदाहरण है कि जाँच के दायरे को कृत्रिम रूप से कितना संकीर्ण कर दिया गया था—

श्री वेद मारवाह को पुलिस की भूमिका और केवल पुलिस की भूमिका की जाँच करनी थी; लेकिन कांग्रेस नेता इसमें कहाँ शामिल थे, जबकि खुद उनका आचरण उनकी संलिप्तता का सबूत था। चूँकि पुलिस पर गैर-कानूनी दबाव बनाया गया था, अतः ऐसे में जाँच अपने चारों ओर खींची गई लक्ष्मण रेखा के भीतर कैसे सीमित रह सकती थी? इसलिए ऐसे में जाँच केवल पुलिस पर दबाव की होनी थी, लेकिन उसमें इस बात की मनाही थी कि पुलिस पर यह दबाव डाला किसने था? जाँच की जो शर्तें तय की गई थीं, वे ठीक वैसी ही थीं कि पुलिस एक ही घटना में एक-दूसरे का हाथ पकड़े दो संदिग्धों को मौका-ए-वारदात से पकड़े, लेकिन उसे कहा जाए कि वह केवल एक ही आरोपी पर नजर रखे!

श्री मारवाह स्वयं कांग्रेस पार्टी पर कोई टिप्पणी करने से लगातार इनकार करते आ रहे थे। अभी तक हमें सरकार के शीर्ष स्तर के लोगों की ओर से दिए गए किसी आदेश का कोई सबूत नहीं मिला है, जो हिंसा में उन्हें सीधे दोषी ठहरा सकता हो और इसलिए, हमें शीर्ष पर किसी प्रकार का अपराध नहीं दिखाई देता; लेकिन हमें अकर्मण्यता को अनदेखा करने का अपराध दिखाई देता है, जो सीधे तौर पर हत्याओं का कारण बना। मारवाह रिपोर्ट के साथ अकर्मण्यता का यह अपराध पुलिस के संबंध

में सतह पर आने का खतरा था और साथ ही इससे राजनीतिक संबंधों को भी घसीट लिये जाने की आशंका थी। जाँच में संभवतः ये मुद्दे अपने आप में शामिल नहीं होते; लेकिन इस जाँच के नतीजे उनके बारे में कुछ अवश्यंभावी सवाल खड़े कर सकते थे। यह बड़ी विडंबना है कि जाँच को कुचलने के इस फैसले में कांग्रेस ने अपना हाथ होने की बात जाहिर कर दी थी। मारवाह रिपोर्ट का गला घोंटने का कांग्रेस सरकार का आदेश इस अपराध का संकेत देने के लिए काफी था। यह एक घोषणा थी कि वह कुछ छुपा रही थी। गहराई तक जाकर जाँच शुरू करने की कवायद के लिए इतना ही काफी था।

संशय इतना घना है कि वह जाँच की माँग करता है—आज भी। ऐसा मालूम होता है कि जिन पुलिस अधिकारियों ने जाँच को रुकवाने के लिए अदालत का रुख किया था और संभवतः सरकार को भी कुछ ऐसी बातें पता थीं कि वरिष्ठ कांग्रेसी नेता मामले में फँस सकते हैं, उन्हें दोषी ठहराया जा सकता है और यही प्रमुख कारण नजर आता है कि कांग्रेस सरकार को फैसला लेना पड़ा और इस फैसले के तत्काल प्रभाव-स्वरूप पुलिस अधिकारियों को संरक्षण प्रदान करना था।

धरम दास शास्त्री इतने निर्लज्ज थे कि वह दिन-दहाड़े पकड़े गए या उनकी किस्मत खराब थी कि एक रिपोर्टर घूमते-घामते वहाँ आ पहुँचा। कांग्रेस के और शीर्ष नेताओं की संलिप्तता के सबूत पार्टी के लिए विनाशकारी होते।

काफी कुछ स्पष्ट है और ऐसा केवल अनुमानों के आधार पर नहीं है। ज्ञात घटनाओं और तत्कालीन परिस्थितियों को देखते हुए चार निर्विवाद तथ्य हैं—

(क) ज्यादातर हत्याएँ उन पुलिस अधिकारियों के इलाकों में हुई थीं, जिन्होंने जाँच को रुकवाने की कोशिश की।

(ख) उन सभी इलाकों के राजनेता कांग्रेस (आई) के सांसद थे।

(ग) पीड़ितों व गवाहों ने उन इलाकों के नेताओं और पुलिस अधिकारियों पर आरोप लगाए थे, और

(घ) कांग्रेस सरकार ने जाँच रुकवाने का राजनीतिक फैसला लिया था।

सरकार यह बात जानती थी कि जाँच के दौरान पुलिस रिकॉर्ड तलब किया गया और उस गंभीर विफलता का संज्ञान लेते हुए उसे दस्तावेजों में दर्ज किया गया। इन तथ्यों के आधार पर अब समय आ चुका था कि जिम्मेदार अधिकारियों के साथ मामले को निपटा लिया जाए; क्योंकि मारवाह जाँच पूरी होने को थी। ऐसी किसी जाँच में पुलिस की विफलता दर्ज होने से सामान्य अफसोस जताने से कहीं अधिक गंभीर परिणाम होने थे। अगर सरकार चाहती थी कि काररवाई नहीं करने, परदा डालने के और आरोप उस पर न लगें तो अधिकारियों को कुछ-न-कुछ काररवाई का सामना तो करना ही था।

आखिर में, सरकार ने जाँच को पूरा होने से ही रोक दिया और इस तथ्य पर ही परदा डाल दिया कि उसने ऐसा कुछ किया था। सरकार ने उस रिपोर्ट को रुकवाकर चीजों को खामोश करना चाहा, लेकिन असर कुछ और ही हुआ। यह बात सही है कि रिपोर्ट कभी भी अंतिम रूप से लिखी ही नहीं गई, लेकिन उस जाँच में जिन तथ्यों को खोदकर निकाल लिया गया था, उन्हें एकत्र कर रिकॉर्ड में दर्ज किया गया। वे किसी भी समय सरकार के पास उपलब्ध हो जाएँगे।

उस जाँच-प्रक्रिया में जो कारवाई शुरू हो चुकी थी, उसे बहाल करने के नजरिए से सरकार ने कभी भी, बाद में किसी चरण में, वह रिकॉर्ड तलब नहीं किया। सरकार उन तथ्यों को छुपा नहीं रही थी, बल्कि वह उन्हें खत्म कर दफना रही थी।

जब इन तथ्यों को न्यायमूर्ति रंगनाथ मिश्र जाँच आयोग के हवाले कर दिया गया तो एक तरह से यह उन तथ्यों की कब्र पर मिट्टी डालने जैसा था। न्यायमूर्ति मिश्र केवल सिफारिशें कर सकते थे और वह भी अंत में जाकर। मिश्र आयोग को जो भी इस जाँच में मिला, उन परिणामों के आधार पर उस पर कारवाई तो सरकार को ही करनी थी। मई 1985 से अगस्त 1986 तक, जाँच के लंबे दौर में, रिकॉर्ड मिश्र आयोग के हवाले करने का अर्थ यह था कि सरकार ने सारा रिकॉर्ड आयोग के हवाले कर दिया था। इससे कार्यकारी तंत्र को सक्रिय होने का मौका नहीं मिला। पुलिस जाँच बीच में ही रोक दी गई और रिकॉर्ड को पुलिस की पहुँच से बाहर कर दिया गया। ऐसे में, पुलिस तंत्र के भीतर किसी को भी कोई ऐसा सुराग हाथ नहीं लग सकता था, जिससे कोई कारवाई की जा सकती थी। वहाँ कुछ अधिकारी थे, उँगलियों पर गिने जा सकनेवाले, कुछ दबंग अधिकारी थे।

मिश्र आयोग ने अपनी रिपोर्ट में आखिर में जो भी लिखा, वह बहुत मामूली और प्रतीकात्मक था; किसी भी सूरत में ये कोई ऐसी टिप्पणियाँ नहीं थीं, जिससे पुलिस की विफलता को लेकर और दायित्व के निर्वहण में नाकाम रहे पुलिस अधिकारियों पर अभियोजन चलाया जा सकता। मिश्र आयोग ने कांग्रेस पार्टी में नेतृत्व के स्तर पर भी किसी के खिलाफ कोई आरोप नहीं लगाया। न्यायमूर्ति मिश्र को बाद में, बहुत बाद में नहीं, संसद् में राज्यसभा का सदस्य बना दिया गया—कांग्रेस सरकार द्वारा। आखिर में यही हुआ कि मिश्र आयोग ने दोषियों को दी गई अघोषित माफी पर वैधता की मुहर लगा दी।

वर्षों तक सरकार ने कानूनन कुछ नहीं किया, क्योंकि मिश्र आयोग ने विशेष रूप से कुछ करने के लिए कहा भी नहीं था। उस बिंदु से, जब वेद मारवाह की जाँच को बंद कर दिया गया, तो एक प्रक्रिया को पंगु कर उस पर परदा डालने के लिए दूसरी प्रक्रिया को लाया गया—कारवाई लायक ठोस रिकॉर्ड को मिश्र आयोग के हाथों में सौंप दिया

गया। इस आयोग के नतीजे, उन पर सरकार द्वारा कारवाई नहीं करना, मिश्र को अंततः पुरस्कृत करना···तथ्यों को दफन करने के लिए एक के बाद एक परदा डाला गया।

वर्ष 2000 में भाजपा सरकार ने न्यायमूर्ति जी.टी. नानावती की अगुआई में एक और आयोग गठित किया। इस आयोग ने अपनी रिपोर्ट वर्ष 2005 में जाकर दी और तब तक कांग्रेस पार्टी केंद्र की सत्ता में फिर से लौट चुकी थी। यह कोई हैरानी की बात नहीं कि इस रिपोर्ट के सौंपे जाने के बाद भी कोई कार्यकारी काररवाई नहीं की गई। पहला कदम, वेद मारवाह जाँच, पुलिस की विफलता पर अभियोजन के करीब पहुँच चुकी थी। सरकार ने उस जाँच का गला घोंट दिया, लेकिन रिकॉर्ड बचा रहा। रिकॉर्ड सरकारी फाइलों में बंद रहा और फाइलें सलामत रहीं। अगर सरकार इस मुद्दे को उठाना चाहती थी तो जाँच करनेवाले अधिकारी को बुला सकती थी, जो जाँच के जरिए पता चले तथ्यों को साझा कर सकते थे।

राहुल गांधी ने वर्ष 2014 के अपने एक इंटरव्यू में इस बात पर पूरा जोर दिया था कि 1984 में कांग्रेस निर्दोष थी। यह इस बात की याद दिलाता है कि रिकॉर्ड और दावों के बीच का संघर्ष आज भी बना हुआ है—उनका दावा रिकॉर्ड से मेल नहीं खाता। न्याय अधूरा रहा और इस बात को मीडिया एवं आम जनता भुला चुकी है; लेकिन रिकॉर्ड की याददाश्त पर समय की गर्द नहीं जमती, इसलिए रिकॉर्ड में अभी भी दर्ज है कि न्याय नहीं हुआ है और उन लोगों के दिलोदिमाग में भी सबकुछ दर्ज है, जिनके प्रियजन मारे गए थे या जो आज भी न्याय पाने के इंतजार में जिंदा हैं। सीधी-सादी कानूनी भाषा में कहा जाए तो अपराध पर परदा डालने में सक्रिय भूमिका निभानेवाला भी साजिशकर्ताओं में शुमार हो जाता है और एक साजिशकर्ता भी उतना ही अपराधी है, जितना अपराध को अंजाम देनेवाला।

तथ्यों को देखते हुए, कानून के अनुसार, दोषियों पर अभियोजन चलाना अभी भी संभव है; न्याय का तकाजा यही है कि इतनी देर न हो जाए कि लौटना ही संभव न हो। उससे पहले काररवाई की जानी जरूरी है।

●

श्री वेद मारवाह को पुलिस की लापरवाही पता चल गई थी। लेकिन सवाल यह है कि सही-सही उन्होंने क्या देखा था? उन्होंने कुछ असाधारण टिप्पणियाँ साझा की थीं। उनके बारे में सोचने से पहले चलिए, हम हमारी बातचीत का बाकी हिस्सा साझा करते हैं—

एस.एस. : क्या आपको हत्याओं में कोई पैटर्न देखने को मिला?

वी.एम. : मुझे मिला और पुलिस में तथा बाहर भी जितने लोगों से मैंने बात की, उन सभी ने इसकी पुष्टि की थी।···उनका यही कहना था कि लोगों का एक छोटा समूह था,

जिसने आतंक मचाया और किस तरह से बड़ी संख्या में सिख लोगों के गले में टायर डालकर उन्हें जिंदा जला दिया गया। मैं दंगों का शिकार हुए लोगों में से एक व्यक्ति की पत्नी से मिलने उसके घर गया था। मैंने उससे कहा कि मुझे वह भयानक दृश्य बताओ, जिसकी यातना आपने एक घंटे तक सही थी? उसने कहा कि उसने अपने पति को जिंदा जलते हुए देखा और कोई मदद नहीं करना चाहता था और वह रोती रही, रोती रही और बस, रोती रही, पर किसी ने उसकी मदद नहीं की। जाहिर-सी बात है कि यह एक उन्मादी भीड़ का काम नहीं था। मेरा अनुभव कहता है कि एक उन्मादी भीड़ इस प्रकार की नृशंस क्रूरता में शामिल नहीं होती। यह अपराधियों का काम था।

एस.एस. : उन अपराधियों को किसने इकट्ठा किया था?

वी.एम. : निश्चित रूप से, किसी ने तो उन अपराधियों को इकट्ठा किया होगा और दूसरी बात, उन अपराधियों को भीतर-ही-भीतर कहीं यह भी पक्का आश्वासन मिला होगा कि उन पर आँच भी नहीं आएगी। अन्यथा वे इस तरह खुल्लम-खुल्ला, बेधड़क और वह भी इतने लोगों के सामने दिन-दहाड़े, इस तरह के कांड नहीं करते। अपराधों को इस तरह से अंजाम नहीं दिया जाता है।

एस.एस. : और वे लोग 100 से ज्यादा के समूहों में नहीं थे?

वी.एम. : कुछ सौ भी नहीं थे। 100 की बात तो छोड़िए, कुछ इलाकों में तो 30 या 40 लोग थे, जैसे खान मार्केट में 30-40 लोग आए और उन्होंने सिखों की दुकानों में लूटपाट की। वहाँ कोई भीड़ नहीं थी—आप उन्हें गुंडे-बदमाशों का झुंड कह सकते हैं। वे गुंडे-बदमाशों के झुंड थे, जिन्हें लामबंद किया जा रहा था। हो सकता है कि कुछ स्थानीय लोग भी रहे हों। लूटपाट इलाके के कुछ असामाजिक तत्त्व कर सकते हैं, लेकिन लगभग 3,000 सिखों की हत्या अपराधियों द्वारा की गई···3,000 सिखों का मारा जाना कोई साधारण बात नहीं है।

एस.एस. : तो एक ओर किसी संगठन द्वारा टोलियों को लामबंद किया गया और दूसरी ओर पुलिस हाथ-पर-हाथ धरे बैठी रही?

वी.एम. : पुलिस की नाकामी थी और मुझे शक है कि इसके पीछे किसी संगठन का हाथ था, उन गुंडे-बदमाशों की टोलियों के पीछे और जिन्होंने वह सब रचा था।

एस.एस. : आपको सबसे नृशंस हत्याएँ कहाँ मिलीं?

वी.एम. : केवल तीन (पुलिस) जिले प्रभावित थे—पूर्वी, पश्चिमी और दक्षिणी। उत्तरी और मध्य जिलों में इसका असर न के बराबर था। नई दिल्ली (पुलिस जिले) में आगजनी की कुछ घटनाएँ हुई थीं, लेकिन वह भी कुछ बहुत ज्यादा नहीं।

एस.एस. : क्या आपने ऐसा कुछ पाया कि पुलिस ने किसी जगह पर कड़ी कारवाई की?

वी.एम. : मैक्सवेल परेरा (उत्तरी जिले के तत्कालीन अतिरिक्त पुलिस आयुक्त) ने सख्त काररवाई की थी। परेरा ने बहुत शानदार काम किया, क्योंकि उनका इलाका सबसे अधिक संवेदनशील था। वहाँ एक बड़ा गुरुद्वारा है (शीशगंज)। वहाँ बहुत बड़ी सिख आबादी थी। तो अगर ये केवल सिख-विरोधी दंगे थे तो उस इलाके में उन पर हमले होने चाहिए थे; लेकिन ऐसा कुछ नहीं हुआ और बाकी जगहों पर भी कोई बहुत बड़ी भीड़ नहीं थी; केवल छोटे-छोटे झुंडों में शामिल लोगों ने सारा नुकसान किया। वैसे लोग घरों से बाहर नहीं निकले थे, आपने यह देखा ही है। दिल्ली में हजारों लोग तुरंत जुट जाते हैं, लेकिन ऐसी कोई बात (बड़ी भीड़) नहीं थी।

एस.एस. : और इस तरह से, आपकी जाँच में दो चीजें उभरकर सामने आती हैं कि वे छोटे समूह थे और लामबंद किए हुए लोग थे और दूसरी बात, जब वे लोग लूटपाट तथा हत्याओं को अंजाम दे रहे थे तो पुलिस अपनी आँखें फेरकर बैठी रही।

वी.एम. : ये दो चीजें थीं।

एस.एस. : आपने पाया कि पुलिस आँखें बंद करके बैठी थी; लेकिन पुलिस ऐसा कैसे कर सकती है? चलिए, मैं एक नागरिक के तौर पर लापरवाह हो सकता हूँ, लेकिन पुलिस का इस तरह बेखबर रहना अपराध है।

वी.एम. : हाँ, आपराधिक तत्त्वों को कुछ आश्वासन था कि उनके खिलाफ कोई काररवाई नहीं की जाएगी, और यही अपराध है। यह बहुत गंभीर संदेह है।

एस.एस. : और कुछ पुलिस अधिकारी, जिनके खिलाफ आपने जाँच की थी, वे आपके खिलाफ हो गए।

वी.एम. : जब हाई कोर्ट ने इसे खारिज कर दिया (जाँच रोकने की याचिका) तो चंद्र प्रकाश (तत्कालीन पुलिस उपायुक्त, दक्षिणी जिला) ने मेरे खिलाफ मानहानि का मामला दायर कर दिया। वह एक के बाद एक याचिकाएँ दायर कर रहे थे। आज भी चंद्र प्रकाश का मानहानि का एक मामला मेरे खिलाफ लंबित है और आपको पता है कि उसका आधार क्या है? उसका आधार यह है कि सन् 1985 में 'सांध्य टाइम्स' नामक समाचार-पत्र में एक खबर प्रकाशित हुई थी, जिसमें कहा गया था कि मेरी जाँच में वे तीनों-चारों नप जाएँगे, जिसमें उनका नाम भी शामिल था।

एस.एस. : उनका मामला क्या था?

वी.एम. : जबकि वास्तव में कोई पूछताछ की ही नहीं गई थी। मैंने बताया न कि 'सांध्य टाइम्स' ने यह खबर छापी थी। मैंने वह रिपोर्ट (समाचार-पत्र) नहीं लिखी थी। मैंने नाम नहीं दिए थे। अगर 'सांध्य टाइम्स' ने कुछ छापा है तो उनसे पूछो, जिन्होंने ये नाम दिए और आप जानते हैं, उन्होंने पिछले 30 वर्षों से मेरा जीना हराम किया हुआ है।

एस.एस. : लेकिन समाचार-पत्र के खिलाफ मानहानि का मामला होना चाहिए। किस

आधार पर अदालत की काररवाई चल रही है?

वी.एम. : याचिका स्वीकार नहीं की गई है; लेकिन ये सब लगातार चल रहा है। आप यकीन करेंगे? 30 साल। पिछला समन मुझे सन् 2013 में मिला था। जो लोग समन लेकर आए थे, उन्होंने उसे मेरे दरवाजे पर चिपका दिया। आप इससे लड़ सकते हैं? एक पूर्व पुलिस कमिश्नर? और उसे इस तरह से समन किया जा रहा है? देख रहे हैं आप, वे कितनी बेशर्मी पर उतर आए हैं!

एस.एस. : आप इन मामलों से किस तरह से निपट रहे हैं?

वी.एम. : सरकार को चाहिए कि वह कानूनी रूप से इस मामले में मेरा बचाव करे।

एस.एस. : क्या वे नहीं कर रहे हैं?

वी.एम. : अगर वे मेरे साथ खड़े होते तो समन इस तरह से मेरे दरवाजे पर नहीं चिपकाए जाते। उन्होंने एक वकील किया है। पहले गृह मंत्रालय यह कर रहा था, उसके बाद गृह मंत्रालय ने कहा कि उनके पास कोई रिकॉर्ड नहीं है। इसे पुलिस को करने दें। अब दिल्ली पुलिस इसे देख रही है। इस पर यकीन करना मुश्किल है कि हमारी व्यवस्था में अपराधी बच निकलते हैं और जाँच अधिकारी को यह सब भुगतना पड़ता है। बाद के मामलों में से एक मामले में जाँच करनेवाली आई.ए.एस. अधिकारी कुसुम लता मित्तल के खिलाफ भी मामला चल रहा है।

एस.एस. : यह तो बहुत ही अजीब है।

वी.एम. : एक जाँच अधिकारी होने के नाते मुझे परेशान किया जा रहा है। लेकिन अदालत को किसी-न-किसी तरह से यह सब खत्म करना चाहिए और मानहानि के आरोप में कोई दम नहीं है। मैं रिपोर्टर नहीं हूँ कि मैं उन्हें जाकर खबर दूँ। इसका सवाल ही पैदा नहीं होता। समाचार-पत्र के संपादक से पूछा जाना चाहिए कि आपको ये कहाँ से मिले?

एस.एस. : कानूनन ऐसे मामले में सबसे पहले यही होना चाहिए।

वी.एम. : हाँ, लेकिन उन्होंने नहीं किया और अदालत सवाल नहीं कर रही है।

एस.एस. : बड़ी अजीब बात है, अदालत ऐसा कैसे कर सकती है!

वी.एम. : 30 साल। यह एक अदालत से दूसरी अदालत में घूमता रहा। पहले यह फास्ट ट्रैक में था, कौन जानता है, उन्होंने क्या किया!

एस.एस. : कुछ सबसे भयंकर हत्याएँ पूर्वी दिल्ली में हुई थीं। पूर्वी दिल्ली में आपने क्या पाया?

वी.एम. : पूर्वी दिल्ली में बहुत से गरीब लोगों को जिंदा जला दिया गया। वे लोग राजस्थान से थे। जिस तरह के सिख पंजाब में होते हैं, उस हिसाब से देखा जाए तो वे सिख नहीं थे। वे बढ़ई थे, लेकिन उन लोगों को जिंदा जला दिया गया। उनके पूरे इलाके

को आग लगा दी गई और वह जगह त्रिलोकपुरी पुलिस स्टेशन से कोई बहुत दूर नहीं थी। यह बहुत ही भयानक था।

एस.एस. : और पालम इलाके में? (जिसके पास इस समय इंदिरा गांधी अंतरराष्ट्रीय हवाई अड्डा है।)

वी.एम. : टायरों से जलाने के कई मामले दक्षिणी जिले के पालम इलाके में सामने आए थे। आमतौर पर देखा जाए तो पालम इलाके में कोई दंगा नहीं हुआ है, क्योंकि वहाँ आप भीड़ नहीं जुटा सकते; लेकिन वहाँ बहुत से मामले हुए। वहाँ सिखों की हत्या की कई घटनाएँ हुईं। उन्हें जिंदा जला दिया गया। यह दक्षिणी जिले में हुआ और सुल्तानपुरी (पश्चिमी जिले में) ये तीन इलाके सबसे ज्यादा प्रभावित थे—सुल्तानपुरी, त्रिलोकपुरी और पालम।

एस.एस. : इन सभी तीनों जिलों में पुलिस ने कोई काररवाई नहीं की?

वी.एम. : की भी तो नाम मात्र को।

एस.एस. : क्या आपको ऐसा कोई संकेत मिला कि कांग्रेस जिम्मेदार थी?

वी.एम. : मैं उस सब मामले में नहीं गया। मैं उस सब में नहीं पड़ूँगा।

एस.एस. : लेकिन कुछ ब्योरा···

वी.एम. : आज भी मैं कुछ नहीं कहूँगा, क्योंकि मैं जो कह रहा हूँ, उससे उसका पूरा आशय बदल जाएगा। मैं एक गैर-राजनीतिक व्यक्ति हूँ और मैं वही बने रहना चाहता हूँ।

●

एक पत्रकार के रूप में इस बातचीत का एक सारांश प्रस्तुत करने के लिए कहा गया तो मैं इस वार्त्ता को नीचे बिंदुवार पेश कर रहा हूँ—

- पहला, हकीकत यह थी कि केवल बहुत छोटे समूहों ने हत्याओं को अंजाम दिया और यह कि आम लोग सिखों के खिलाफ कभी निकलकर बाहर नहीं आए थे।
- दो, यह समूह लामबंद किए गए थे। यह कोई ऐसे हमले नहीं थे कि जिन्हें आवेश में आकर अंजाम दिया गया।
- तीन, उन समूहों को यह आश्वासन दिया गया था कि वे लोगों की जानें ले सकते हैं और उनका कुछ नहीं बिगड़ेगा।
- चार, श्री मारवाह ने जिन अधिकारियों को नदारद पाया था, उनके खिलाफ काररवाई करने के बजाय उलटा मारवाह को ही परेशान किया गया और यह सिलसिला उनके जाँच शुरू करने के साथ ही शुरू हो गया था।

कुल मिलाकर यही कि जैसा श्री मारवाह पहले कह चुके थे, पुलिस ने हिंसा की ओर से अपनी आँखें मूँद ली थीं और पुलिस विफलता के मामले की उनकी जाँच को सरकार के एक कार्यकारी आदेश के जरिए रोक दिया गया और वह भी तब, जब उनकी जाँच पूरी होने को थी।

श्री मारवाह अपने शब्दों को लेकर बहुत सावधान थे और कर्तव्य से बँधे होने के कारण वह राजनीतिक टिप्पणी करने से बचते रहे। लेकिन जिन बिंदुओं को उन्होंने सामने रखा है, उसके व्यापक प्रभाव हैं। वे राजीव गांधी के रूपक से परदा हटाते हैं। जाँच से ये दस्तावेजी तथ्य सामने आए कि धरती इसलिए नहीं काँप उठी थी कि कोई विशाल वृक्ष गिर गया था। अगर सरकार ने श्री मारवाह को अपनी जाँच पूरी करने और रिपोर्ट सौंपने की अनुमति दी होती तो ये तथ्य ठीक उसी समय सतह पर आ सकते थे।

यह बात आधिकारिक रूप ले चुकी थी कि 'गुंडों के बहुत छोटे समूहों' ने उन हत्याओं को अंजाम दिया था। कभी ऐसा नहीं हुआ था कि दिल्ली के गैर-सिख लोगों ने सिखों के खिलाफ हाथ उठाया हो। इस बात में कोई शक नहीं कि इंदिरा गांधी की हत्या से लोग दहल गए थे; लेकिन उनके दहलने से धरती इतनी बुरी तरह नहीं दहली थी, जितनी वह हत्याओं से दहली थी; और जहाँ तक यह हुआ, धरती वहाँ दहली नहीं थी। पूरे भारत में धरती नहीं दहली थी, यहाँ तक कि दिल्ली में भी सारी जमीन नहीं थर्रा रही थी—दिल्ली में छह पुलिस जिलों में से केवल तीन जिलों में ही हत्याएँ हुई थीं और उन तीन जिलों में भी हर जगह नर-संहार नहीं हुआ था। विशाल वृक्ष के गिरने से दिल्ली के तीन पुलिस जिलों के केवल कुछ इलाकों में ही धरती दहल उठी थी। यह वो रिपोर्ट नहीं थी, जो राजीव गांधी और उनकी सरकार सुनना चाहती थी, अगर यह रिपोर्ट सार्वजनिक होती तो तथ्यों पर आधारित इस सरकारी रिपोर्ट को वे कभी चुनौती नहीं दे सकते थे।

और क्या इन जिलों में हर कोई भीतर से इतना दहल गया था कि वे सब-के-सब हत्या करने के लिए निकल पड़े थे? धरती के इतनी बुरी तरह दहल उठने का भाव केवल इतने बड़े जन-संहार से ही पैदा होता है। श्री वेद मारवाह की जाँच में पाया गया था कि उन इलाकों में केवल कुछ ही लोग थे, जिन्होंने सभी हत्याएँ कीं। जब एक भीड़ की बात आती है तो दिमाग में यही तसवीर बनती है कि 30-40 लोग एक साथ आ जुटे, ज्यादा-से-ज्यादा 100 लोग। केवल आकार में विशालता के आधार पर ही नहीं, बल्कि भीड़ लोगों का वह समूह है, जो अचानक से एकत्र हो जाता है, जिसकी कारवाई नियंत्रण से बाहर होती है और उसकी हिंसा बहुत अधिक नियोजित नहीं होती। एक भीड़ को कोई साझा दुश्मन मिल सकता है; लेकिन भीड़ द्वारा किसी को पूर्व नियोजित तरीके से निशाना नहीं बनाया जाता और उसके क्षोभ की अभिव्यक्ति आमतौर पर सोची-समझी नहीं, बल्कि अधिक जंगली होती है। थोड़ी संख्या में कुछ लोगों का कुछ इलाकों में

हत्या करने के लिए निकलना, यह भीड़ का काम नहीं है। श्री मारवाह ने पाया था कि हत्याएँ संगठित समूहों का काम थीं। मारवाह की व्यापक जाँच से सामने आया यह सच सुर्खियों में आया सच नहीं है। यही माना जाता रहा है कि इंदिरा गांधी की हत्या से बड़ी संख्या में लोग गुस्से से उबलते हुए सिखों के खिलाफ हो गए थे। लेकिन हकीकत यही है और व्यापक जन-मानस में यही नजर आता है कि आम जनता ने बाहरी तौर पर कोई आक्रोश प्रदर्शित नहीं किया। उसमें आक्रोश या दर्द का कोई नजर आनेवाला संकेत लगभग नहीं था।

श्रीमती इंदिरा गांधी के अंतिम संस्कार में बहुत कम लोग शामिल हुए थे—उस तरह से नहीं, जैसे महात्मा गांधी या जवाहरलाल नेहरू के अंतिम संस्कार में भीड़ उमड़ी थी, जब जन-सैलाब अंतिम श्रद्धांजलि देने के लिए अपने आप उमड़ पड़ा था।

जिस विशाल पैमाने पर हिंसा ने नुकसान पहुँचाया था, उसकी तुलना डकैतों के गिरोह द्वारा की गई काररवाई से की जा सकती थी। यह भीड़ का काम नहीं था। यह भीड़ के अचानक गुस्से से भर उठने का मामला नहीं था। राजीव गांधी ने पेड़ की जो छवि पेश की थी, यह उसके विपरीत होने का संकेत था।

दिल्ली जैसे शहर में इस प्रकार का आक्रोश, क्रोध या दुःख लाखों लोगों के सड़कों पर उतरने का कारण बन सकता है। जैसा कि बाद में पता चला, किसी भी भीड़ में हजार के आसपास भी लोग नहीं थे। यह कहने की जरूरत नहीं है कि बाकी लोगों को गुस्सा नहीं आया था। गुस्सा होने के साथ ही सभ्य बने रहना संभव है, आगबबूला होने के बाद भी कानून की सीमाओं के भीतर बने रहना संभव है, यहाँ तक कि लोगों को आग के हवाले किए बिना भी उन पर आरोप लगाना संभव है।

दिल्ली में अपने घरों में बैठे लोगों को अचानक गुस्सा आया होगा; लेकिन वह गुस्सा घर तक ही सीमित रहा और कानून की सीमाओं के भीतर। जिन लोगों ने सुल्तानपुरी में हमारी कार पर हमला किया था, उनके चेहरे याद आते रहते हैं। वे लोग कितने थे? कुछ मुट्ठी भर और सुल्तानपुरी में उन मुट्ठी भर लोगों की ओर ही उस डरे-सहमे हुए आदमी ने इशारा किया था। उसने सुल्तानपुरी के 'लोगों' की ओर इशारा नहीं किया था, न ही किसी पड़ोसी पर उँगली उठाई थी।

सुल्तानपुरी का दृश्य मारवाह की रिपोर्ट से मेल खाता था—

कि हत्याएँ कुछ घातक तत्त्वों का काम थीं। जिस पैमाने पर हिंसा हुई थी, उसके हिसाब से लोगों ने अंदाजा लगा लिया था या उन्हें बताया गया था कि इनके पीछे बहुत बड़ी संख्या में लोग जिम्मेदार थे। सबसे जोरदार खुलासा और राजनीतिक खुलासा यह था, यह अलग बात है कि मारवाह ऐसा कह नहीं सके थे कि उन लोगों को किसी संगठन द्वारा लामबंद किया गया था। मारवाह को कुछ लोगों द्वारा संगठित हत्याओं का वह जो

स्वरूप मिला था, जिन्हें संगठन का समर्थन था, उसका इस तथ्य से अलग होना जरूरी नहीं है कि हत्यारे बच निकले थे और उन्होंने इस तरह से काम किया और हत्याएँ कीं, जैसे वे जानते थे कि उनका कुछ नहीं बिगड़ेगा। जहाँ जरूरत थी, उन्हें संगठित समर्थन हासिल था। कौन सा ऐसा संगठन हो सकता था, जो सिखों पर कहर बरपाना चाहता होगा? किस संगठन के पास उसे अंजाम देने के साधन थे? और किस संगठन को ऐसा भरोसा रहा होगा कि वे उसे अंजाम देकर बचकर निकल सकते थे और उसके बाद वे सरकार के साथ ही पुलिस को भी आँखें बंद करने का आदेश दे सकते थे?

निश्चित रूप से, एक और सवाल पूछे जाने की संभावना होनी चाहिए और कौन? मारवाह ने जो जवाब दिया था, वह स्पष्ट था। मारवाह ने पूरी दिल्ली में हत्याओं में समरूपता देखी थी—वे सोची-समझी थीं, किसी आक्रोशित भीड़ द्वारा की गई हत्याएँ नहीं थीं, जो अपने रास्ते में आनेवाले किसी भी जान-पहचानवाले निशाने पर टूट पड़ती है। उन्होंने पाया था कि बेकाबू गुस्से के बजाय ये हत्याएँ तैयारी के जरिए की गई थीं।

जिस महिला के पति को उसकी गरदन में टायर डालकर जला दिया गया था, वह जार-जार रो रही थी। वह किसी पगलाई भीड़ से रहम की भीख नहीं माँग रही थी। वे हत्यारे, उन दिनों के बाकी हत्यारों की तरह ही, बड़े ही व्यवस्थित तरीके से जान लेने के अपने काम को पूरा कर रहे थे।

और इसके लिए वे टायरों का इस्तेमाल कर रहे थे।

•

टायर? हत्या का हथियार? आइए, टायरों के बारे में बात करें। हत्या का यह तरीका बेहद असामान्य है और सोचकर ही आँतों को मुट्ठी में भींचने जैसा अहसास पैदा करता है। हर जगह, बड़ी संख्या में सिखों की गरदनों में जलते टायर डाले गए थे। इतने वर्षों से क्राइम रिपोर्टिंग करते हुए मैंने दिल्ली में हत्या का ऐसा तरीका कभी नहीं देखा था; कभी नहीं, न ही उसके बाद। उन तीन दिनों में पूरे शहर में इसी तरीके से लोगों को जिंदा ही आग के हवाले कर दिया गया।

अचानक यह कैसे हुआ? यह हत्या के 'लोकप्रिय' तरीकों से एकदम अलग था और इसी से इस पर सबसे अधिक ध्यान जाता है। इसे समझना जरूरी है, क्योंकि अगर आप वह संगठन होते, जो हत्याएँ करवाना चाहता था, तो टायर बहुत काम की चीज थी। टायर, वास्तव में, मारने का एकमात्र तरीका हो सकता है, जो तब दिल्ली में समझ में आता था। वे लोग जो काम करने के लिए निकले थे, उसमें हत्या के सामान्य तरीके उचित नहीं थे। एक हथियार, जो बहुत आसानी से उपलब्ध हो जाता है, वह एक प्रकार का चाकू होता है। सड़क पर झगड़े में चाकू उठाकर किसी को मार देना एक सामान्य बात है। किसी पर सोच-समझकर हमला करना हो तो भी यह पसंदीदा हथियार है,

क्योंकि चाकू बड़े आराम से मिल जाता है। चाकू से इस प्रकार हमला आमतौर पर उस व्यक्ति पर किया जाता है, जिस पर शक न हो। उन दिनों में चाकू चलाना मुश्किल काम हो सकता था। इसमें जिन्हें निशाना बनाया जाना था, वे कोई असंदिग्ध लोग नहीं थे, जो चौंक जाते। हमले का शिकार होनेवाला हमलावर के सामने रहा होगा और हमलावर को उसके बहुत करीब जाना पड़ा होगा। ऐसे में, दूसरा भी तैयार रहेगा और संघर्ष करेगा। आप अपने हाथों से लड़ सकते हैं, जिसमें काफी वक्त लगेगा और इसमें खुद को भी खतरा रहता है। इससे हाल बेहाल हो जाएगा और रक्तपात भी होगा। चाकूबाजी से और भी खतरे जुड़े हैं। इसमें यह आशंका रहती है कि हमलावर के कपड़ों पर भी खून लग जाए और किसी जाँच की स्थिति में ये घातक सबूत हो सकते हैं।

बड़ी संख्या में लोगों पर हमला करने के लिए चाकू का इस्तेमाल कभी भी लगभग नहीं किया गया। आपने कभी नहीं सुना होगा कि नर–संहार में चाकू का इस्तेमाल किया गया। यह ऐसा हथियार है, जो किसी एक व्यक्ति पर आजमाया जा सकता है। चाकू उठाने में भले ही आसान लगता हो, लेकिन जरूरी नहीं कि उसे इस्तेमाल करना भी उतना ही आसान हो।

लोगों की एक औसत भीड़ की बात हो तो उन सभी पर यह भरोसा नहीं किया जा सकता कि तुरंत किसी की जान लेने के लिए वे बड़ी कुशलता के साथ चाकू चला सकेंगे। वर्ष 1984 में जितनी बड़ी संख्या में लोगों को निशाना बनाया गया था, उसे देखते हुए यह मुश्किल होता कि इस काम के लिए घातक धारदार चाकुओं को उपलब्ध कराया जाता। रसोईघर में आमतौर पर इस्तेमाल होनेवाला चाकू इस काम के लिए सही नहीं होता और निश्चित रूप से, दिल्ली में कोई ऐसा संगठन नहीं था, जिसके पास लंबे चाकुओं का भंडार रहा हो, जो किसी को मारने के लिए चाहिए होते हैं या इतनी बंदूकों का भी जखीरा नहीं रहा होगा। हिंदुस्तान में कहीं भी एक बंदूक को लाना या ले जाना आसान नहीं होता; इसके बजाय देसी पिस्तौल आसानी से मिल जाती है, जिसे कि 'कट्टा' कहा जाता है। लेकिन फिर वही बात, कि किसी संगठन के पास इस प्रकार के हथियार मिलने की संभावना नहीं थी, या यह भी संभावना नहीं थी कि इन्हें रातोरात खरीदा जा सकता हो। किसी भी सूरत में कट्टा भरोसेमंद नहीं होता। यह बेकार भी निकल सकता है और कई बार निशाना चूक भी जाता है। अगर इतने सारे कट्टे बना भी लिये जाते तो ऐसे औसत दर्जे के लोगों को ढूँढ़ पाना, जो अच्छी तरह से उसे चला लेते, यह भी आसान काम नहीं होता। इस प्रकार के हथियार को इस्तेमाल करना सीखने में समय लगता है। एक सही रिवॉल्वर या पिस्तौल से तेजी से गोली चलाना ही अपने आप में काफी मुश्किल काम है, इसलिए ऐसे में कट्टों को लेकर कैसे किसी पर भरोसा किया जा सकता था और ऐसे भरोसेमंद लोग मिलते कहाँ? चाकूबाजी के मुकाबले यह विकल्प कहीं अधिक कठिन

था और इससे काम अपने आप होने की सहजता भी खत्म हो जाती। अगर चाकू और बंदूकें काम की नहीं थीं तो किसने टायरों के बारे में सोचा होगा? इसमें बहुत दिमाग लगाना पड़ा होगा। टायर आसानी से सड़कों पर और खुले में रखे ढेर के रूप में भी मिल सकते हैं, उन्हें बस, केरोसीन की जरूरत होती है; और केरोसीन खोजना तो और भी आसान होगा। जिन पुनर्वास कॉलोनियों में ये हत्याएँ हुई थीं, वहाँ गैस कनेक्शन नहीं थे। लगभग हर घर में एक केरोसीन स्टोव जरूर था और ऐसे इलाकों में जहाँ केरोसीन की खपत अधिक होती थी, वहाँ पड़ोस में एक केरोसीन तेल का डिपो जरूर होता था। केरोसीन एजेंसी हासिल करना कोई बच्चों का खेल नहीं था। इसका लाइसेंस आसानी से नहीं मिलता था। वे एजेंसियाँ आवंटित करने के लिए लोगों का बहुत ही सावधानी से चयन किया जाता था और वे लोग ऊँची पहुँच रखनेवाले होते थे। किसी भी सूरत में, हर कोई जानता था कि पड़ोस में केरोसीन तेल का डिपो कहाँ है। चाहे पहुँच रही हो या नहीं, अगर उन हालात में आक्रामक भीड़ उस समय केरोसीन माँगने पहुँची तो किसी डिपो मालिक की उसे इनकार करने की हिम्मत नहीं रही होगी। जाहिर-सी बात है कि केरोसीन एक आसान और जाना-माना हथियार था। उस समय तक दिल्ली में युवा पत्नियों को स्टोव के आसपास केरोसीन का तेल डालकर जलाकर मार डालने की एक परंपरा-सी बन चुकी थी।

क्राइम रिपोर्टर के नाते मैंने अच्छा-खासा समय ऐसे मामलों की रिपोर्टिंग में लगाया था, जिन्हें 'दहेज हत्या' या 'दुलहन को जलाने' के मामले कहा जाता था। इन मामलों में दहेज नहीं लाने पर ससुरालवालों द्वारा बहू को जला दिया जाता था। आमतौर पर पीड़िता नवविवाहिता युवती होती थी। ये हत्याएँ अधिकतर उन इलाकों में हुई थीं, जहाँ सिखों को मारा गया था। अपनी सहकर्मी सेवंती निनान के साथ मिलकर मैंने उन दहेज हत्याओं में से कई के हालात को लेकर जाँच की थी। हमने हाल ही में एक निश्चित समय-सीमा में सैकड़ों ऐसे मामलों की पड़ताल की थी, पुलिस रिकॉर्ड की मदद से हर मामले की छानबीन की, उनके घरों में गए और रिश्तेदारों के बयान लिये। महिलाओं को जिंदा जलाने के अधिकतर मामलों में हत्या रेसाईघर में की गई होती थी, अकसर एक स्टोव के आसपास। इसमें कोई शक नहीं कि उन्हें हादसा बताया जाता था। उन हत्याओं में इस्तेमाल होनेवाला हथियार, केरोसीन, 'स्वाभाविक' रूप से बहुत आसानी से उपलब्ध था। उन हत्याओं में से अधिकतर मामलों में ऐसा प्रतीत होता था कि एक ही तरीके की नकल की गई है।

वर्ष 1984 में किसी ने फैसला किया कि केरोसीन आसानी से उपलब्ध है और टायर भी, अत: दोनों को मिला दिया जाए। इस्तेमाल किए गए टायरों का एक बड़ा बाजार था, जहाँ उन्हें फिर से बेचा जाता था। ऐसे टायर खुले में ढेर-के-ढेर पड़े देखे जा सकते

हैं; विरले ही ऐसा होता होगा, जहाँ ऐसे टायरों को किसी गोदाम में ताला लगाकर रखा जाता हो। इन टायरों के ढेर में किसी को बड़ी ही घातक संभावना नजर आ गई थी। टायर को जलाने के बाद वह लंबे समय तक जलता रहता है। ऊपर से यदि उस पर केरोसीन डाल दिया जाए तो वह और तेजी से जलता है। एक जलता हुआ टायर, जिस जगह पर जलाया जाता है, वहाँ सिकुड़ना शुरू कर देता है और उसका घेरा कसता चला जाता है।

किसी पीड़ित की गरदन में टायर डाल दो, उस पर केरोसीन उड़ेलकर आग लगा दो तो टायर एक प्रकार से जलता हुआ गले का हार बन जाएगा। वह पीड़ित के चारों ओर एक घेरा बना देगा और कपड़ों पर केरोसीन डालकर लगाई गई आग से अधिक देर तक जलेगा। यह ऐसे शिकंजे का रूप ले लेगा कि पीड़ित बचकर भाग नहीं सकता। केवल इतना हो सकता है कि अपने गले में जलता हुआ टायर लेकर वह कुछ कदम ही इधर-उधर बढ़ सकता है। ये भी बहुत ज्यादा है; वह अपने हाथों से उस जलते हुए टायर को पकड़कर गरदन से नहीं निकाल सकता, न ही खुद को खींचकर उससे बाहर निकल सकता था। किसी ने बड़े ही शातिर दिमाग के साथ यह तरीका सोचा होगा।

मार-काट के माहौल में, जहाँ बहुत से लोग—मान लीजिए कि चार से दस लोग—एक व्यक्ति को पकड़ लें, एक टायर उसकी गरदन में जबरन डाल दें और उसमें आग लगाकर भाग जाएँ—टायर तो इसके लिए एकदम मुफीद होते, लेकिन जिसकी गरदन में जलता हुआ टायर दहक रहा होगा, वह भाग नहीं सकता था।

दुलहनों को जलाकर मार डालने के मामलों की अपनी रिपोर्टिंग के जरिए फोरेंसिक विशेषज्ञों ने हमें बताया था कि जलाने के अपने कुछ खास फायदे हैं— हत्या का यह तरीका अपने साथ सबूतों को भी नष्ट कर देता है।

जलाने से उँगलियों के निशान (फिंगर प्रिंट्स) खत्म हो जाते हैं। इसमें कोई गोली या उसका खोखा नहीं बचता, जिससे यह पता लगाया जा सके कि किस बंदूक से गोली चलाई गई थी या बंदूक कहाँ है और उसका मालिक कौन है? जलाने से कहीं कोई खून के निशान नहीं बचते। जलाने से फोरेंसिक टीम के पास मौका-ए-वारदात से सबूत जुटाने की संभावनाएँ सीमित हो जाएँगी। यह अलग बात है कि जाँच वहाँ तक पहुँचती है या नहीं; दहेज हत्याओं के उन मामलों में ऐसा विरले ही होता था। वर्ष 1984 में ऐसा कभी नहीं हुआ।

टायर क्यों? हम यह सवाल कर सकते हैं। क्या सच में, उन हालात में और उस तरह की हत्याओं में कोई और बेहतर साधन हो सकता था? एक नया हथियार ईजाद किया जा चुका था—केरोसीन-टायर। इस तरीके से किसी की हत्या करने के लिए जहाँ कुछ लोगों का समूह एक या दो लोगों को निशाना बनाएगा और उसके बाद अगले शिकार को पकड़ेगा। ऐसे में, यह एकदम सही तरीका था। इस अनुपात में किसी की जान

लेनी थी तो इससे पीड़ित को काबू कर उसकी गरदन में टायर डालना और उसमें आग लगाना बहुत आसान होगा। इसके बाद बाकी काम टायर करेगा। हत्या का बहुत आसान तरीका और सबूत भी न के बराबर बचेगा।

किसी अन्य, ज्यादा सामान्य स्थितियों में, केरोसीन-टायर कभी काम नहीं आते। अगर कोई निजी रंजिश हो और किसी एक आदमी की जान लेनी हो तो यह हथियार काम नहीं आ सकता। आप यह उम्मीद नहीं कर सकते कि केरोसीन-टायर से किसी शिकार को अचानक घेर लेंगे। इस तरीके से हत्या करने से तो और मुसीबत खड़ी हो जाएगी। इससे बहुत ज्यादा धुआँ निकलेगा, शिकार व्यक्ति बहुत जोर से चिल्लाएगा और यह तरीका सभी लोगों का ध्यान खींचेगा। कोई भी हत्यारा इस तरह से तो किसी की जान नहीं लेगा। शिकार तक जाना और उसके गले में टायर डालना—यह कुछ ऐसा काम है, जो गुपचुप तरीके से नहीं किया जा सकता। टायरों को कभी भी दुलहनों को जलाने के लिए इस्तेमाल नहीं किया जा सकता था। इस तरह से किसी को मार डालना स्पष्ट तौर पर हत्या होगी। लोग तर्क दे सकते हैं कि कोई नवविवाहिता पत्नी कैसे किसी जलते हुए टायर को अपनी गरदन में डाल सकती है? ऐसा तो दुर्घटनावश होना भी संभव नहीं है।

केरोसीन-टायर आत्महत्या का तरीका भी नहीं था। लेकिन वर्ष 1984 में हत्यारों को अपने कारनामों को कोई और रूप देकर छुपाने की जरूरत ही महसूस नहीं हुई थी। उन्हें यह दिखावा करने की जरूरत नहीं लगी थी कि ये घटनाएँ किसी हादसे का नतीजा हो सकती थीं। उन्हें पूरा विश्वास था कि उन्हें यह सब सोचने की जरूरत ही नहीं पड़ेगी। इस बात से कोई फर्क ही नहीं पड़ता था कि किसी ने हत्यारों को देखा और गले में जलता टायर लिये एक व्यक्ति कितनी देर तक चीखता रहा। इस बात की भी कोई परवाह नहीं की गई कि धुआँ कितनी ऊँचाई तक उठा होगा या कहाँ तक जलने की गंध गई होगी!

उस समय किसी असंदिग्ध पीड़ित पर चुपके से हमला करने की मंशा किसी की नहीं थी। साजिश यह थी कि शिकार को घेरो, उसे खींचकर बाहर निकालो और जलाकर मार डालो। साजिशकर्ताओं के हिसाब से यह एकदम सही व कारगर तरीका था। उन्होंने बड़ी तेजी के साथ सोचा और अपनी साजिश को उतनी ही तेजी के साथ अंजाम भी दिया। उस समय तक केवल यही समझा जाता था कि किसी गाड़ी के टायर के नीचे कुचले जाने से ही कोई मर सकता है। टायर इसके अलावा भी किसी की जान ले सकता है, यह उस समय तक किसी के दिमाग में आया ही नहीं था; लेकिन अब टायर ही हत्यारे में बदल गया था।

उस समय पुलिस ने केवल मध्य जिले में काररवाई की थी। जिला पुलिस को स्वामी श्रद्धानंद मार्ग, जो कि दिल्ली का पुराना रेड लाइट एरिया है, पर टायरों के थोक के बाजार को बंद करना पड़ा था। यह एक जानी-मानी सड़क है, लेकिन टायरों के लिए

नहीं। अकसर पुलिस इस इलाके में छापेमारी करती और यौनकर्मियों के साथ ही उनके ग्राहकों को भी गिरफ्तार करती रहती थी। लेकिन इस बार पुलिस इस इलाके में टायरों की सँभाल के लिए आई थी, ताकि उन टायरों का इस्तेमाल सिखों की हत्या में न किया जाए।

यह हालत हो गई थी दिल्ली की। ये टायर न केवल हत्या का साधन बन गए थे, बल्कि हत्या का लाइसेंस भी। इन टायरों को लेकर जानेवाले लोग एक समूह के रूप में पहचाने जा सकते थे, जिसका एक खास मिशन और स्पष्ट निशाना था। पुलिस उन्हें इसी तरह से देखेगी और सर्वाधिक प्रभावित इलाकों में कहीं भी पुलिस ने टायर उठाकर ले जा रहे समूहों को ढूँढ़कर उन्हें रोकने की कोशिश नहीं की। टायरों की खोज में वे समूह कहाँ गए थे? हाँ, टायरों का खुले में ढेर लगा रहता था; लेकिन हर सड़क पर उनके ढेर नहीं लगे थे। लोगों को सामान्य तौर पर इस बात का पता नहीं होता कि वे दुकानें कहाँ हैं, जहाँ ऐसे पुराने टायरों का रखा जाता है। वे टायर लोगों की रोजाना की खरीदारी के सामान में शामिल नहीं थे।

उन समूहों के लोगों को उनके स्थानीय नेताओं द्वारा बताया गया होगा कि उन टायरों को कहाँ इकट्ठा करके रखा गया है और इस तरह वे तेजी से उन दुकानों की ओर बढ़ गए होंगे तथा सभी समूहों ने शहर के विभिन्न हिस्सों में ऐसा ही किया होगा। ऐसा लगता था कि हत्यारों को भले ही किसी एक केंद्रीय जगह से आपूर्ति की गई होगी, लेकिन उन्हें आदेश किसी एक केंद्रीय कमान से ही मिल रहे थे। उन्हें तुरंत और बड़ी तेजी के साथ सही जगहों पर पहुँचने के निर्देश दिए गए थे। ऐसा नहीं लगता था कि उन समूहों के लोगों ने अपने खुद के वाहनों के टायर निकाले होंगे या कहीं खड़े किए गए वाहनों से निकालकर उन्हें ढोकर ले जाने जैसा मेहनतवाला काम किया होगा। उन समूहों को सटीक दिशा-निर्देशों की जरूरत थी कि कब व कहाँ पहुँचना है और उन्हें ये निर्देश दिए गए। टायरों का भी एक निश्चित आकारवाला होना जरूरी था। स्कूटर के टायर बहुत ज्यादा छोटे हो सकते थे; साइकिल के पहिए ज्यादा बड़े हो जाते। केरोसीन-टायर हथियार को बाकी चीजों की भी जरूरत थी, जो कि दी गईं। टायर व केरोसीन को उठाकर ज्यादा दूर तक ले जाना आसान काम नहीं है; किसी को भी अपने कंधों पर टायर उठाए और हाथों में केरोसीन की केन लेकर जाते नहीं देखा गया था। अगर वे दोनों चीजें उठाकर चलते तो अधिक दूर तक नहीं जा सकते थे। सिखों को निशाना बनाने के लिए टायर व केरोसीन ले जाने के लिए उन्हें वाहनों की जरूरत पड़ती और इसके लिए भी संगठन के प्रयासों की जरूरत होती।

कोई इतना चतुर और शातिर दिमाग रहा होगा कि उसने केरोसीन-टायर को हत्या के हथियार की तरह इस्तेमाल करने की सोची और उसके बाद इतने लोगों को जुटाया कि कुछ चुनिंदा लोगों तक यह संदेश पहुँच जाए। शहर में चारों ओर ये चुनिंदा लोग एक संगठन से जुड़े थे और जैसा बताया गया, वैसा करने के लिए बाध्य थे।

उस वक्त एक–दूसरे के पास संदेश पहुँचाने के साधन ढूँढ़ना भी आसान नहीं था, और अगर वह संदेश बहुत आगे तक नहीं गया तो संभवत: इसका कारण यह रहा होगा कि उस समय संचार व्यवस्था आज के जैसी नहीं थी। उन दिनों मोबाइल फोन नहीं होते थे, न इंटरनेट था, न इ–मेल और न ही सोशल मीडिया। एक–दूसरे से बातचीत केवल लैंडलाइन के जरिए ही हो सकती थी और वह भी केवल उन दो लोगों के बीच, जिनमें से दोनों के पास लैंडलाइन टेलीफोन हों। उस समय दिल्ली में इस प्रकार के लैंडलाइन फोन बहुत ही कम लोगों के पास थे। लैंडलाइन होने के बावजूद अगर टेलीफोन काम नहीं कर रहा है तो दो लोग आपस में एक–दूसरे से संपर्क नहीं कर पाते थे और यह कोई असामान्य बात नहीं थी। अगर एक व्यक्ति को संपर्क करने के लिए लैंडलाइन सुविधा मिल गई तो दूसरे तक संपर्क साधने के लिए उसके पास भी लैंडलाइन सुविधा होना जरूरी था। संपर्क सूत्र टूटने का खतरा बना रहता था।

ऐसी साजिश को आगे बढ़ाने के लिए फोन से अधिक लोगों का यात्रा कर, एक–दूसरे के पास भौतिक रूप से पहुँचकर बात करना जरूरी होता। इस योजना की अगली और अंतिम कड़ी में इस बात की जरूरत रही होगी कि उन समूहों को चुनिंदा पतों पर भेजा जाए। उन समूहों के लोगों को पते उपलब्ध कराए गए होंगे, अन्यथा बाहर से किसी का घर देखकर यह कहना संभव नहीं था कि यह किसी सिख का घर है।

हत्यारों को वे नाम और पते किसने दिए थे? किसके पास ऐसी सूची पहले से मौजूद थी और उस तक उसकी पहुँच थी, और वह भी इतने कम समय में?

पश्चिमी दिल्ली के लॉरेंस रोड, डी.डी.ए. फ्लैट्स में एक फ्लैट में रहनेवाले किराएदार ने मुझे बताया कि गुस्साए लोगों की एक भीड़ आई और बोली कि सिखों को उनके हवाले कर दिया जाए।

"उन्होंने हमें कागज और सूची दिखाई। वे जानते थे कि कौन से फ्लैटों के मालिक सिख थे। हम बाकी लोग तुरंत घरों से बाहर निकल आए और एक दीवार–सी बना ली। हमने उन्हें फ्लैटों में नहीं घुसने दिया। कुछ समय बाद वे लोग चले गए।"

यह भी तौर–तरीका देखा गया, जहाँ पड़ोसियों ने सिखों के आसपास सुरक्षा घेरा बना लिया था। मुझे हमेशा ऐसी घटनाएँ सुनने को मिलती रही थीं; लेकिन वे लोग कौन थे, जिनके पास अचानक से बाशिंदों के नामों की सूची थी? इस प्रकार की सूची बिजली विभाग, जल बोर्ड, नगर पालिका, हाउस टैक्स विभाग के पास होती है या राजनीतिक पार्टियाँ इस तरह से मतदाताओं की सूची तैयार रखती हैं।

इस बात का अंदाजा लगाया जा सकता है कि जल बोर्ड या नगर पालिका जैसे किसी अन्य विभाग के स्टाफ के लोगों ने तो अचानक ही यह फैसला नहीं किया होगा कि सिखों को घेरा जाए। ऐसे में, सबसे ज्यादा संभावना इसी बात की है कि इन नामों

का स्रोत मतदाता सूचियाँ रही होंगी, जिसकी एक कॉपी राजनीतिक दलों के पास होती है। हत्या का यह नया तरीका और संगठित तरीके से साजिश को अमली जामा पहनाने के लिए आगे बढ़ना, यह पक्का साजिश की अभिव्यक्ति थी। यह संयोग मात्र नहीं था।

वेद मारवाह ने किसी साजिशकर्ता या उस साजिश के पीछे किसी संगठन के होने की बात नहीं कही थी। उन्होंने केवल इतना कहा था कि यह स्पष्ट है और सवाल किया था, 'और कौन ?' यह सवाल परिचर्चा में राजनीतिक शुद्धता के दायित्व को सामने लाता है—कुछ लोगों के लिए किसी की जान लेना और साफ बच निकलना सही था; लेकिन कुछ और लोग, हत्यारों और उनके आकाओं तथा संरक्षकों के बारे में वह बात भी नहीं कह सकते, जो कि स्पष्ट तौर पर नजर आ रही है।

उस समय सड़कों पर बिखरे तथ्य स्पष्ट थे। मारवाह जाँच के जरिए इसकी पुष्टि अकाट्य है—शहर भर में छोटे-छोटे घातक समूहों का कई गुना फैल जाना एक संगठित प्रबंधन था—ऐसा होना ही था। जिनके खिलाफ हिंसा की गई, उनका चयन किया गया था, उनकी पहचान की गई थी और हत्यारों ने एक ही साझा किस्म के हथियार का इस्तेमाल किया था।

इस बात में कोई संदेह नहीं कि अगर पुलिस आँखें मूँदकर नहीं बैठती तो वह इन तौर-तरीकों को तुरंत पहचान सकती थी, या जैसा कि तथ्य बताते हैं, पुलिस को पता था कि क्या तरीका अपनाया जाएगा और उन्हें उसे नजरअंदाज करने के निर्देश दिए गए थे। वे निर्देश चाहे इशारों में समझाए गए या कानाफूसी के जरिए।

अब एक बार फिर से हत्या के इस विशेष हथियार पर सवाल पैदा होता है—कौन संगठन इस तरह से हत्याएँ करने की साजिश रच सकता है ? और साथ ही यह सवाल भी कि साजिश के साथ ही इस संगठन ने यह भी सुनिश्चित कर लिया था कि पुलिस खामोश रहेगी; क्योंकि केरोसीन व टायर ऐसी चीजें थीं, जिन्हें कहीं से उठाने और लाने तथा ले जाने की जरूरत पड़ती और यह काम कोई हवा में नहीं हो सकता था।

एक बार फिर सवाल यह है—और कौन? सच का निर्धारण जाँच करनेवाले न्यायमूर्ति द्वारा घोषित किए जानेवाले फैसले से ही नहीं होता है; सच वह भी हो सकता है, जो हम देखते हैं। कोई जज यह फैसला नहीं दे सकता कि हमें इस बात का संज्ञान नहीं लेना चाहिए कि हम क्या देखते हैं।

क्या यह केवल संयोग मात्र हो सकता है कि शहर के विभिन्न इलाकों में कुछ लोगों ने हत्या करने का एकदम समरूप तरीका चुना, जबकि वे लोग एक-दूसरे के संपर्क में नहीं थे ? क्या यह भी संयोग था कि पूर्वी दिल्ली और दक्षिण-पश्चिमी दिल्ली के दिल्ली कैंट में सिखों को जलते टायरों से जलाया जा रहा था, जबकि कुछ पुलिसकर्मी मध्य दिल्ली में टायरों के थोक बाजार को सील करने का प्रयास कर रहे थे? और यह भी कि

बिना किसी फोन कॉल्स के, बिना बैठकों के, बिना संदेशवाहकों के, शहर भर में बहुत से लोगों ने एक ही समय पर, एक ही तरीके से सोचा?

इसमें संदेह नहीं है कि अगर कुछ लोग ऐसा कहना चाहें तो वे कह सकते हैं कि यह वास्तव में संयोग हो सकता है।

•

और आखिर में, उन बिंदुवार तथ्यों में से अंतिम पर बात करते हैं। मुझे यह देखकर दुःख हो रहा है कि पुलिस की विफलता की सच्चाई का पता लगाने के करीब पहुँच चुके एक पुलिस अधिकारी को इसका क्या नतीजा भुगतना पड़ रहा है। वह सच के इतने करीब जा चुके थे कि वे औपचारिक रूप से और पूरी तरह दोषी अधिकारियों को बेनकाब करने वाले थे। क्या सच्चाई की तह में जाने के लिए उनके दरवाजे पर नोटिस और समन चिपकाए जाने चाहिए थे? उन्हें एक विभाग से दूसरे विभाग में दौड़ाया जाना चाहिए था? जाहिर तौर पर, आरोपों के खिलाफ अपने मामले को प्रभावी ढंग से उठाने के लिए, कानूनी कारवाइयों के जरिए उनके उत्पीड़न में इजाफा किया जा रहा था। कोई सरकार कैसे ऐसे हालात पैदा करने की अनुमति दे सकती है? कोई भी किसी मामले को दर्ज करा सकता है; लेकिन क्या सरकार अपनी तरफ से हरसंभव बेहतर तरीके से उसका जवाब दे रही थी?

अदालतों ने इस मामले को क्यों नहीं देखा? इसे इतना बढ़ने क्यों दिया? एक ऐसे अधिकारी को यह कहने की जरूरत क्यों पड़ी, "इस पर यकीन करना मुश्किल है कि हमारी व्यवस्था में अपराधी बच निकलते हैं और उलटे जाँच अधिकारी को यह सब झेलना पड़ता है!"

अप्रैल 1985 में, जिस दिन वेद मारवाह ने दिल्ली के पुलिस आयुक्त का जिम्मा सँभाला था, उसी दिन से हमने पाया था कि वह एक बहुत ही प्रतिभाशाली अधिकारी थे। उन्हें ही इस मामले की जाँच सौंपी गई थी। उनके साथ मेरी पहली मुलाकात एक यादगार बन गई थी। नए पुलिस प्रमुख से मुलाकात कराने के लिए पुलिस मुख्यालय में एक प्रेस कॉन्फ्रेंस आयोजित की गई थी। सत्ता के इस नए पद पर नियुक्ति के लिए एक रिपोर्टर ने पुलिस आयुक्त को बधाई दी। इस पर श्री मारवाह ने जवाब दिया था, "इसमें पावर जैसी कोई बात नहीं है। यह एक जिम्मेदारी है। जब आप जिम्मेदारी का दुरुपयोग करते हैं तो यह पावर बन जाती है।" यह क्या था? दिल्ली पुलिस का एक शीर्ष अधिकारी पावर से अधिक जिम्मेदारी के बारे में सोच रहा था? मुझे याद है, एक पत्रकार ने प्रेस कॉन्फ्रेंस खत्म होने पर बाहर गलियारे में क्या कहा था, "इन्हें क्या हुआ है?" उस पत्रकार ने कई रंगीन फिकरे कसते हुए जो कुछ कहा था, उस भाषा में विनम्रता तो नहीं थी। उसने कहा था कि मारवाह अभी नौसिखिए हैं, इसलिए इस तरह की बातें कर रहे हैं। और यह कि वे जल्दी ही सीख जाएँगे।

खैर, इस तरह की टिप्पणी कोई भी कर सकता है, लेकिन बाकी पूरी प्रेस कॉन्फ्रेंस एक याद बनकर रह गई। वह प्रेस कॉन्फ्रेंस योजना के अनुसार नहीं चली थी। हम सभी क्राइम रिपोर्टर मारवाह और उनकी टीम के वरिष्ठ अधिकारियों से मुलाकात के लिए अपनी सीटों पर बैठे ही थे कि एक कनिष्ठ अधिकारी जे.पी. सिंह ने कमरे में सब लोगों के बीच एक कागज बाँटना शुरू कर दिया, जिसमें बीते वर्षों के अपराधों के तुलनात्मक आँकड़े दिए गए थे। आँकड़े इस तरह से पेश किए गए थे कि वे पढ़ने में प्रभावी दिख रहे थे। देखने में वे आँकड़े बता रहे थे कि बीते वर्षों से अपराध में कमी आ रही थी और पूर्व के कई वर्षों के मुकाबले, 1985 में ये आँकड़े काफी कम रहे थे। इससे पता चलता था कि वर्ष 1984 को एक भुलाने योग्य चूक मान लिया जाना चाहिए और हमें इसे इस तरह से देखना चाहिए कि अपराधों को कम करने में दिल्ली पुलिस ने कितने प्रभावी तरीके से काम किया था।

मैं उस शीट को देखकर हक्का-बक्का रह गया, जिसमें दिखाया गया था कि अपराधों की संख्या लगातार घट रही थी। वे आँकड़े मेरे लिए केवल इस बात की आधिकारिक पुष्टि भर थे कि पुलिस कागजों और रिकॉर्ड में मामलों की संख्या को कम दिखाने के लिए बड़ी संख्या में मामलों को दर्ज करने से इनकार कर रही थी। सच तो यह था कि पुलिस यह ऐलान कर रही थी कि वे लगातार और बड़े पैमाने पर अपराधों के पीड़ित लोगों को धोखा दे रहे थे। उन पीड़ितों को न्याय की पहली ही सीढ़ी पर खाली हाथ लौटा दिया गया था; पुलिस ने उनकी एफ.आई.आर. ही दर्ज करने से इनकार कर दिया था, ताकि वह यह दिखा सके कि उनके जिलों में अपराध नियंत्रण में हैं और अपराधों के आँकड़े घट रहे हैं।

क्या नए पुलिस आयुक्त इतने बड़े झूठ से शुरुआत करने जा रहे थे? तो क्या ऐसे इनसान पर भरोसा किया जा सकता था कि वर्ष 1984 की हत्याओं के मामलों में पुलिस की विफलता की वह ईमानदारी से जाँच करेंगे? मैंने उस शीट पर तेजी से नजर डालने के बाद बोलना शुरू किया। मैंने कहा कि पुलिस जो दावे कर रही है और जो तसवीर दिखा रही है, वह झूठ व गलत है और अपराध के जिन मौजूदा आँकड़ों की तुलना पुराने आँकड़ों से की गई है, वे उस समय के हैं, जब दिल्ली पुलिस स्वतंत्र थी या थोड़ा-बहुत स्वतंत्र थी और मामलों व शिकायतों को दर्ज कर रही थी। मैंने कहा, "आपने पुराने आँकड़े लिये हैं, जब मामले आसानी से दर्ज किए जाते थे और आप उनकी तुलना नए आँकड़ों से करके बता रहे हैं कि अपराध कम हो रहे हैं!" यह सही नहीं हो सकता। मैं उनसे बहस करने के लिए खुद को तैयार कर रहा था।

लेकिन मुझे यह देखकर हैरानी हुई कि श्री मारवाह ने मेरी बात का प्रतिवाद नहीं किया। "आपने जो कहा है, उसमें कुछ दम है।" उन्होंने जवाब दिया था। मारवाह ने

मेरी बात से सहज भाव से सहमति जताई थी। उन्होंने इस बात को स्वीकार करने में कोई हिचक नहीं दिखाई कि उनकी मौजूदगी में पुलिस ने वहाँ झूठी तसवीर पेश की थी। कमरे में और भी कई शीर्ष पुलिस अधिकारी बैठे हुए थे। इस चर्चा के दौरान वे ऐसे खामोश बैठे रहे, जैसे उन्हें साँप सूँघ गया हो।

पुलिस आयुक्त के अधिकारी ने उनकी ओर से एक शीट बाँटी थी, जिसमें कुछ दावे किए गए थे और यहाँ स्वयं पुलिस आयुक्त स्वीकार कर रहे थे कि उनके अधिकारी ने उनकी मौजूदगी में और उनकी ओर से जो परचा बाँटा है, वह सही नहीं था। तुलनात्मक आँकड़े दिखा रहे थे कि हालिया कुछ वर्षों में अपराधों में एक-तिहाई की कमी आई थी। मैंने सवाल किया, "क्या आप सच में यकीन करते हैं कि शहर में अपराधों में एक-तिहाई की कमी आई है?" श्री मारवाह ने बड़े ही साधारण तरीके से जवाब दिया, "नहीं।" मेरे साथी रिपोर्टरों ने मेरी बात के समर्थन में कुछ नहीं कहा; उन्हें कुछ कहने की जरूरत भी नहीं थी। पुलिस के उन दावों की जो मैं आलोचना कर रहा था, उसका और कोई नहीं, बल्कि खुद पुलिस प्रमुख समर्थन कर रहे थे।

वेद मारवाह ने एक ही झटके में, पूरी स्पष्टवादिता के साथ, सार्वजनिक रूप से यह स्वीकार कर लिया था कि पुलिस एक झूठ परोस रही थी और शहर में रोजाना बड़े पैमाने पर पुलिस विफल हो रही थी और इस विफलता को ढँकने के लिए झूठ का सहारा ले रही थी। उनके सामने एक ओर सच था और दूसरी ओर उनके अपने अधिकारी बैठे थे, जिन्होंने झूठ का मुलम्मा चढ़ाकर एक रिपोर्ट तैयार की थी और मारवाह ने उन दोनों में से सच को चुना।

बाद में, मुझे वरिष्ठ पुलिस अधिकारियों से पता चला कि झूठी रिपोर्ट पेश करने के लिए मारवाह अपने जूनियर अधिकारियों पर बहुत गुस्सा हुए थे। यह एक ऐसे अधिकारी के लिए बड़ी नाटकीय शुरुआत थी, जो पहली बार पुलिस आयुक्त के रूप में सार्वजनिक रूप से अपनी बात रखने जा रहे थे।

आनेवाले महीनों के दौरान वर्ष 1984 की अपनी जाँच को लेकर मारवाह ने खामोशी अख्तियार किए रखी थी। उन्होंने अपना काम कर दिया था। एक मौके पर मेरे पूछने पर उन्होंने मुझे बताया था। उन्होंने कहा था कि बाकी काम अब सरकार को करना है। उनके नपे-तुले शब्दों का अर्थ मैं उस समय पकड़ नहीं पाया था। उनके अन्य कनिष्ठ अधिकारी भी इस जाँच के बारे में कुछ नहीं बता सके थे; बहुत संभावना इस बात की थी कि उन्हें खुद इस बारे में नहीं पता था।

उस पहली ही प्रेस कॉन्फ्रेंस में मारवाह ने उम्मीद से अलग हटकर नहीं, तो कम-से-कम बड़ी ही साहसिक शुरुआत की थी। हम रिपोर्टरों को जल्द ही यह देखना था कि वह जमीनी हकीकतों में किस तरह से आगे बढ़ते हैं? मई 1985 में दिल्ली में विभिन्न

इलाकों में ट्रांजिस्टर बम विस्फोट हुए। मारवाह ने कुछ ही समय पहले पुलिस प्रमुख का पद सँभाला था। दिल्ली और उसके आसपास के इलाकों में 30 बम विस्फोट हुए और लगभग 70 लोग मारे गए। पहले यह शक था, जो बाद में सच साबित हुआ कि ये ट्रांजिस्टर बम विस्फोट एक चरमपंथी सिख संगठन ने नवंबर 1984 में हुई सिखों की हत्याओं का बदला लेने के लिए किए थे। ट्रांजिस्टर बम विस्फोटों के पीछे जिन लोगों का हाथ था, उन्हें बाद में गिरफ्तार कर लिया गया। लेकिन 1985 का साल लगातार 1984 की घटनाओं के परिणामों को लेकर दहलता रहा। इन बम विस्फोटों के तुरंत बाद ही नई दिल्ली के बीचोबीच बँगला साहिब गुरुद्वारे के बाहर सिखों और पुलिस के बीच टकराव की घटना हो गई। यह बात फैल गई थी कि गुरुद्वारे के समीप ड्यूटी पर बड़ी संख्या में तैनात अर्धसैनिक बलों के कुछ पुलिसकर्मियों को एक वाहन ने कुचल दिया। उन्हें गुरुद्वारे के भीतर सिखों के एक समूह के होने का संदेह था। बँगला साहिब सिखों के राजनीतिक प्रदर्शन का मुख्य मंच बन गया था। यहीं पर अकाली दल नेता प्रकाश सिंह बादल ने वर्षों पहले पुलिस और आमंत्रित मीडिया के सामने भारतीय संविधान की एक प्रति का एक पन्ना जलाया था।

वर्ष 1985 की हवा एक के बाद एक 1984 की हिंसा का परिणाम रही घटनाओं को लेकर भारी होती रही।

ट्रांजिस्टर बमों में विस्फोट हुए, कांग्रेस नेताओं ललित माकन एवं अर्जन दास की हत्या कर दी गई और अब अर्धसैनिक बलों के कर्मियों के साथ यह टकराव हुआ। जब मैं गुरुद्वारे पहुँचा तो अर्धसैनिक बलों के पुलिसकर्मी बेकाबू नजर आ रहे थे। वे सड़क के बीचोबीच आकर यातायात को रोकने की कोशिश कर रहे थे। शायद वे वाहनों में सिखों को ढूँढ़ रहे थे। उनका गुस्सा शांत होता नजर नहीं आ रहा था और वे हथियारबंद थे। गुरुद्वारे के भीतर बड़ी संख्या में सिख समूह बाहर आया और उसने एक रक्षा-पंक्ति बना ली। उन दिनों में सिख हमेशा अपने गुरुद्वारों की रक्षा के लिए तैयार रहते थे—1984 में कई गुरुद्वारों पर हमले किए गए थे। उस दिन वे सशस्त्र पुलिस बलों की ओर से संभावित हमले का मुकाबला करने के लिए तैयार हो रहे थे। पुलिसकर्मियों ने सारा अनुशासन भंग कर दिया था। मैं बता नहीं सकता कि हालात कितने तनावपूर्ण हो गए थे। हम एक नई लड़ाई के मुहाने पर खड़े थे। सड़क और गुरुद्वारे के बीच पार्किंग की जगह पूरी तरह से 'नो मेंस लैंड' बन चुकी थी। दोनों ओर के लोग एक-दूसरे से भिड़ने की तैयारी कर रहे थे।

अब वहाँ कोई गाड़ी नहीं लगा रहा था और जो लोग गाड़ी लगाने के लिए वहाँ गए थे, वे अब पार्किंग एरिया से बाहर नहीं आ रहे थे। इस 'नो मेंस लैंड' में तभी एक सफेद रंग की सरकारी एंबेसडर कार आकर रुकी। कार में से वेद मारवाह बाहर निकले और

उनके साथ थे मैक्सवेल परेरा, जो 1984 के दंगों के दौरान नायक के रूप में लोकप्रिय हो चुके थे। मैंने देखा कि मारवाह ने अर्धसैनिक बलों के कुछ अधिकारियों से बात की। वे अभी भी प्रभावी तरीके से अपने पुलिसकर्मियों को नहीं सँभाल पा रहे थे और उन्हें देखकर लग भी नहीं रहा था कि इसके लिए वे बहुत अधिक कोशिश कर रहे हैं।

हर किसी की निगाहें वहाँ दोनों पक्षों के बीच खड़े मारवाह पर थीं। हर कोई यह देखकर हैरान रह गया कि वह अर्धसैनिक बलों के अधिकारियों को पीछे छोड़कर अकेले ही गुरुद्वारे की ओर बढ़ गए। उन्हें जाता देखकर परेरा भी तुरंत उनके साथ-साथ आगे बढ़ गए। सड़क पर खड़े पुलिसकर्मी और गुरुद्वारे के भीतर मौजूद सिख—सब देखते रह गए। हर किसी की नजरों में हैरानी थी और वे नजरें उस लंबे, दुबले-पतले और निहत्थे पुलिस आयुक्त पर थीं, जो सीधे आगे बढ़ते हुए गुरुद्वारे की भीड़ में पहुँच गए थे, वह भी ऐसे समय पर, जब वहाँ से किसी ने पुलिसकर्मियों की हत्या करने की सोची थी और उस समय जब गुरुद्वारे के भीतर मौजूद भीड़ खुद को पुलिस हमले के लिए तैयार कर रही थी।

श्री मारवाह गुरुद्वारे के भीतर जा पहुँचे और जल्द ही हम लोगों को वह वहाँ सिखों के एक समूह से बात करते नजर आए। कुछ बाकी लोग भी वहाँ आ जुटे; संभवतः वे गुरुद्वारे के कुछ पदाधिकारी रहे होंगे। मुझे कुछ पता नहीं कि वहाँ क्या बातचीत हुई ? कुछ ही देर में श्री मारवाह लौटे और कुछ देर वहाँ खड़े होकर इंतजार करते रहे।

सिख गुरुद्वारे के भीतर चले गए और अर्धसैनिक बल के पुलिसकर्मी अपने-अपने ट्रकों में लौट गए। जिस टकराव की आशंका थी, वह अचानक ठंडा हो गया। वो प्रेस कॉन्फ्रेंस और ये घटना तथा यहाँ एक वह पुलिस अधिकारी खड़ा था, जो वर्ष 1984 के दंगों की जाँच का जिम्मा सँभाल रहा था—उन सबको देखकर मुझे यह यकीन हो चला था कि रिपोर्ट आएगी। शायद मेरा यह यकीन सही था; लेकिन मेरी कल्पना गलत थी कि उनकी तरफ से वह रिपोर्ट आएगी, जिस पर मैं अपनी खबर की रिपोर्ट तैयार करूँगा कि वहाँ सच बोलनेवाला कोई नहीं था। लेकिन यह सच भी देर से, बहुत देर से सामने आया।

□

8

शीशगंज

अगर नवंबर 1984 के उन खौफनाक दिनों में भी कोई उम्मीद की किरण बनकर उभरा था, दानवों के बीच में कोई नायक था तो वह मैक्सवेल परेरा थे। उन्होंने यह सम्मान हासिल किया था। यह ऐसा सम्मान था, जो उनके बहुत से सहकर्मियों को आसानी से नहीं मिलता। अपनी पेशेवर जिम्मेदारियों को जिस लगन से उन्होंने पूरा किया था, उसी के अनुपात में वह लोकप्रिय भी हुए थे। हम सभी क्राइम रिपोर्टर मैक्सवेल परेरा को जानते थे और हम में से कुछ तो उन्हें 'मैक्सी' कहकर बुलाते थे। हम सभी को यह पता था कि आप उनसे सीधे जाकर बात कर सकते हैं और आपको सीधा जवाब मिलेगा। वह देखने में ही किसी स्कूली छात्र जैसे लगते थे, जैसे कि अभी-अभी ट्रेनिंग पूरी करके निकले हों। उस जमाने में मैक्सवेल परेरा ऐसे ही थे। उन्हें देखते ही बॉलीवुड फिल्म के किसी युवा पुलिस अधिकारी की याद ताजा हो आती थी। उन्हें देखकर महसूस होता था कि वह किसी बॉलीवुड फिल्म के हीरो पुलिस ऑफिसर हैं। इतना ही नहीं, वह बोलते भी वैसे ही थे। वह अपने कांस्टेबलों को 'दि बॉयज' कहकर बुलाते थे और हमें बड़ी हँसी आती थी। यह कल्पना करना ही मुश्किल था कि हरियाणा से ताल्लुक रखनेवाले दिल्ली पुलिस के कांस्टेबल उनकी इस 'दि बॉयज' वाली परिभाषा में फिट बैठ सकते हैं।

मैक्सवेल परेरा के जूनियर, कांस्टेबल—'बॉयज' भी उनका पूजने की हद तक सम्मान करते थे। वह एक ऐसे पुलिस अधिकारी थे और उनके जैसे बहुत ज्यादा नहीं थे, जो अपनी ड्यूटी को पूरे पेशेवर और ईमानदारीपूर्ण तरीके से अंजाम देते थे। जब पुलिस ड्यूटी की बात आती थी तो वह सीधे और स्मार्ट तरीके से काम करते थे। ठीक इसी तरह से उन्होंने सन् 1984 तक बड़े ही प्रभावी तरीके से अपनी टीम का नेतृत्व किया था। उस समय वह दिल्ली पुलिस के उत्तरी जिले के अतिरिक्त डी.सी.पी. थे। उनका उस समय मात्र 'अतिरिक्त' डी.सी.पी. होना बहुत निराश करनेवाला, लेकिन महत्त्वपूर्ण था। उत्तरी

जिले के डी.सी.पी. एस.के. सिंह थे। एस.के. सिंह से ऊपर अतिरिक्त पुलिस आयुक्त हुकुम चंद जाटव थे, जो कि मध्य व पूर्वी जिले की कमान सँभाल रहे थे।

1 नवंबर को हमें परेरा की बहादुरी के बारे में कुछ पता नहीं चला। उसी दिन उन्होंने उत्तरी जिले के चाँदनी चौक इलाके में शीशगंज गुरुद्वारे को बचाया था। समाचार की दुनिया में सामान्य रूप से जो विरोधाभास होता है, हम उसका हिस्सा नहीं थे; जब कुछ सही होता है तो हमें उसके बारे में ज्यादा पता नहीं चलता। उस दिन अगर शीशगंज में कुछ गलत हो जाता—सही मायनों में इसका तो यही मतलब है कि अगर उस दिन वहाँ मैक्सवेल परेरा नहीं होते तो हो सकता है कि हमें शीशगंज गुरुद्वारे पर हमले के नतीजों को लेकर कुछ सुनने को मिलता। परेरा ने यह हादसा टाल दिया था। अगर शीशगंज को अपवित्र किया जाता और सिखों को जिंदा जला दिया जाता, जैसा कि उनके साथ शहर के बाकी हिस्सों में हो रहा था, तो पंजाब और शेष भारत लंबे समय तक सुलगता रहता।

समाचार कारोबार की जन्मजात विकृति को देखते हुए केवल इतनी-सी बात कि पुलिस ने अगर कोई भी कारवाई की थी तो वह खबर होनी चाहिए थी। यह विचार काफी बाद में दिमाग में आया था। उस समय पूरी दिल्ली में हम में से कुछ ही रिपोर्टर थे, शायद तीन या चार, जो ऐसी जगहों पर जाने की कोशिश कर रहे थे, जहाँ हत्याएँ हो रही थीं। ऐसी जगह जाने की कौन सोच सकता था, जहाँ हत्याओं को होने से रोक दिया गया था ? इसलिए, इस घटना की जानकारी हमें मैक्सवेल परेरा से ही मिली और वह भी बाद में। जिस दिन शीशगंज गुरुद्वारे के बाहर यह सब तमाशा हुआ था, उसके बाद परेरा से हुई मुलाकात में इस बारे में पता चला।

इंदिरा गांधी की हत्या के बाद के घटनाक्रम और हत्याओं संबंधी मामलों की रिपोर्टिंग तथा उसके बाद चुनाव को कवर करने के बीच, वह कहानी, खबरों की दुनिया में खो गई थी। चलिए, अब परेरा के शब्दों में उसे फिर से सुनते हैं।

वर्ष 2014 की शुरुआत में हम दोनों एक साथ दिल्ली में नहीं थे, इसलिए इस मौके पर मैंने उनसे फोन पर लंबी बातचीत की। उसी बातचीत में वे सब बातें फिर से मेरे स्मृति-पटल पर तरोताजा हो गईं, जिन्हें मैं भूल गया था। लेकिन उन्हें अब भी ज्यों-की-त्यों याद थीं। उस समय मैं खामोशी को बेहतर तरीके से सुन सकता था। वेद मारवाह की तरह ही कुछ बातें ऐसी थीं, जिनके बारे में सवाल करने पर उन्होंने कुछ नहीं कहा। वे चुप्पियाँ बहुत शोर कर रही थीं और मेरा यह मानना है कि बतौर एक क्राइम रिपोर्टर, जो वे मेरे सबसे व्यस्त साल रहे थे, मुझे उनसे जुड़ी उन खामोशियों के संभावित अर्थों को लेकर अपनी समझ को साझा करना चाहिए। पुलिस के कामकाज के तौर-तरीकों से मैं वाकिफ रहा हूँ और उसी के आधार पर मुझे समझ आ रहा था कि वह क्या कह रहे

थे, भले ही उन्होंने ज्यादा शब्दों का प्रयोग नहीं किया था। उनकी खामोशी के नीचे कई अनकही सच्चाइयाँ दबी थीं, जो उन दिनों के दौरान पुलिस की विफलता को लेकर थीं।

व्याख्या के भीतर बहुत संभावनाएँ होती हैं और यह बड़ा ही पेचीदा मामला होता है और इसलिए, आगे जो मैं कहने जा रहा हूँ, उसमें से मैंने अपनी समझ के आधार पर टिकी अभिव्यक्ति को पूरी तरह अलग कर दिया है और उसमें केवल श्री परेरा की बातों को प्रस्तुत किया गया है।

मैक्सवेल परेरा स्वयं शीशगंज घटनाक्रम के गवाह रहे हैं और उन्होंने मुझे जो बताया, वह शुद्ध ब्योरा है, अद्‌भुत है! उसे यहाँ फिर से पेश करना काफी रोमांचक है; लेकिन उनकी कहानी में बहुत गहरे अंतराल हैं और जाहिर तौर पर धुँधले तथ्य हैं, जो अनकहे हैं। लेकिन उनके भीतर छुपे हुए अर्थ बहुत खौफनाक हैं। मैंने इन्हीं छुपे हुए अर्थों की गहराई में घुसपैठ की है। ये जो अनकहे परिणाम निकले, उन्होंने विफलता की तसवीर को हिलाकर रख दिया, जिसके लिए पुलिस से अभी भी जवाब तलब किया जा सकता है।

मेरा पूरी गंभीरता के साथ यह मानना रहा है कि शीशगंज में अगर यह 'बॉयज' का बॉस दखल नहीं देता तो पंजाब एवं भारत में हालात और भी रोंगटे खड़े करनेवाले हो सकते थे। दिल्ली की सड़कों पर इतना रक्तपात पंजाब को सदमे में डालने के लिए काफी था। शीशगंज पर हमला और गुरुद्वारे के भीतर सिखों की हत्याओं का विनाशकारी प्रभाव होता। कुछ ही महीने पहले, पंजाब, अमृतसर के स्वर्ण मंदिर पर हमले का गवाह रह चुका था। पंजाब सब सह गया था; लेकिन अगर शीशगंज पर हमला होता और उसके भीतर सिखों का खून बहता तो संभव है कि वह पहले की तरह शांत नहीं रहता।

सदियों से गुलजार रहे बाजार चाँदनी चौक के बीचोबीच स्थित है शीशगंज गुरुद्वारा, जो अपनी विशालता और अद्‌भुत स्थापत्य कला का अनूठा नमूना है। इसी जगह पर मुगल बादशाह औरंगजेब के फरमान पर नवंबर 1675 में सिखों के नौवें गुरु श्री गुरु तेग बहादुर का सिर कलम करवा दिया गया था। अपने जीवन में हर सिख कभी-न-कभी इस गुरुद्वारे में आकर मत्था जरूर टेकता है। हर सिख के दिल में इस गुरुद्वारे का एक पवित्र और उच्च स्थान है।

●

उस दिन मैक्सवेल परेरा शीशगंज गुरुद्वारे के आसपास नहीं थे। नीचे उन्हीं के शब्दों में बताया गया है कि उस दिन सुबह की शुरुआत कैसे हुई थी—

"वे चाहते थे कि मैं प्रधानमंत्री की सुरक्षा का जिम्मा सँभाल लूँ। उस जमाने में एस.पी.जी. (शीर्ष नेताओं की सुरक्षा के लिए विशेष सुरक्षा समूह) नहीं होता था। मौजूदा सुरक्षा व्यवस्था को भंग कर दिया गया था और सुरक्षाकर्मी पूरी तरह अपनी बैरकों में जा

चुके थे। उस समय पुलिस आयुक्त ने मुझसे कहा कि मैं तीन मूर्ति भवन में उन्हें रिपोर्ट करूँ (जहाँ इंदिरा गांधी का पार्थिव शरीर रखा था)।

"यह 1 तारीख (नवंबर) के तड़के की बात है। 31 तारीख की पिछली पूरी रात मैंने अपने इलाके की सुरक्षा व्यवस्था सँभाली थी। सिखों पर हमले हो रहे थे और हम घर पहुँचने में उनकी मदद करने में लगे थे तथा लोगों को उनके घरों के भीतर रहने को कह रहे थे। लगभग पूरी रात यही सब चलता रहा।

"तड़के-तड़के की बात है और मुझे नहाने के लिए घर जाना था। मैंने काम खत्म ही किया था और इलाके में एक बार फिर से जायजा लेने के लिए जा रहा था कि उसी समय मुझे कमिश्नर से संदेश मिला कि तीन मूर्ति भवन में उन्हें रिपोर्ट करूँ। जब मैं वहाँ (तीन मूर्ति भवन) पहुँचा तो यह सब जारी था। रिपोर्टें लगातार आ रही थीं (सिखों और सिख संस्थानों पर हमले की)। मैंने कमिश्नर से पूछा, 'सर, मैं यहाँ क्या कर रहा हूँ?' उन्होंने मुझसे इंतजार करने को कहा। वहाँ लोग आ रहे थे (पार्थिव शरीर के पास पंक्ति में आगे बढ़ रहे थे)। लेकिन इसी बीच मेरे वायरलेस ऑपरेटर ने मुझे कुछ गड़बड़ी की सूचना दी—उत्तरी जिले में कुछ घटनाएँ होने की और तब उसने मुझे भगीरथ पैलेस (भगीरथ पैलेस लाल किले के सामने और शीशगंज गुरुद्वारे के पूर्वी हिस्से से कुछ ही मिनट की दूरी पर, चाँदनी चौक के एक किनारे पर स्थित इलेक्ट्रॉनिक्स सामान का थोक का बाजार) में आग के बारे में बताया।

"उसी वक्त मैंने कमिश्नर से कहा कि 'मैं ये सब नहीं सुन सकता। वहाँ हालात को सँभालने के लिए कोई नहीं है। मुझे जाना होगा।' तब उन्होंने मुझसे कहा, 'हाँ, तुम जाओ; लेकिन मुझे रिपोर्ट करने के लिए हर समय तैयार रहना।' उसके बाद मैं भगीरथ पैलेस के लिए निकल पड़ा। मैं वहाँ से 9 और 9.30 बजे के बीच चला था। मैं अपनी जीप में लाल किले पहुँचा। जीप में हम कुल मिलाकर 6 या 7 लोग थे। उनके हाथों में केवल मामूली हथियार थे—छोटे डंडे।

"मैं लाल किले पहुँचा तो मुझे वहाँ लाल किला पुलिस चौकी के प्रभारी मिले। उनके साथ करीब 2 या 3 लोग थे। मुझे भगीरथ पैलेस जलता हुआ नजर आ रहा था। मैंने चौकी प्रभारी से अपने लोगों को लेकर अपने साथ चलने को कहा और हमने भगीरथ पैलेस की ओर बढ़ना शुरू कर दिया—हम लोग 10-12 लोग होंगे। हम लोग सड़क पर अपनी लाठियों से आवाज करते हुए आगे बढ़ने लगे। हमारी कोशिश वहाँ इकट्ठा हो रही लोगों की भीड़ को हटाने की थी। उनमें से बहुत से केवल उत्सुकता वहाँ जमा हो रहे थे। हम आगे बढ़ते रहे और इसी बीच हालात के बारे में संदेश भेजे गए। मुझे नहीं लगता कि वहाँ आग बुझाने के लिए कोई था। जिन लोगों की दुकानें आदि जल रही थीं, वे ही आग बुझाने की कोशिश कर रहे थे।"

•

श्री परेरा बात करते-करते यहाँ एक क्षण के लिए रुक गए। उसका एक कारण है। पुलिस आयुक्त और निश्चित रूप से उत्तरी जिले के डी.सी.पी. श्री एस.के. सिंह को यह बात पता रही होगी कि परेरा दिल्ली में उन मुट्ठी भर अधिकारियों में से थे, जो 31 अक्तूबर की शाम से शुरू हुई अशांति को नियंत्रित करने में पूरी सक्रियता के साथ जुटे थे।

वायरलेस ट्रांसमिशन के माध्यम से यह अच्छे से पता होगा कि 31 अक्तूबर की शाम और रात को परेरा ने क्या काररवाई की थी। यह समझ आना लाजिमी रहा होगा कि अगली सुबह समस्या और बढ़ेगी, और निश्चित रूप से उत्तरी जिले में भी।

उत्तरी जिला प्रमुख एस.के. सिंह ने सभी संदेशों को सीधे सुना या दिया होगा और जो हालात पैदा हो रहे थे, उसकी जानकारी आगे एस.के. सिंह के वरिष्ठ अधिकारी अतिरिक्त पुलिस आयुक्त हुकुम चंद जाटव और उससे भी आगे पुलिस आयुक्त तक भेजी गई होगी। यह सोचा ही नहीं जा सकता कि पुलिस आयुक्त को शहर के विभिन्न इलाकों में खराब होते हालात और परेरा समेत अपने अधिकारियों द्वारा की जा रही काररवाई के बारे में पता नहीं होगा।

यह भी सच है कि पुलिस आयुक्त के पास उस समय ऐसे कई अधिकारी होंगे, जो उस सुबह जिलों में सक्रिय पुलिस ड्यूटी में नहीं रहे होंगे और जिनमें से किसी को तीन मूर्ति भवन में तैनात किया जा सकता था, जहाँ केवल निगरानी करने का काम था; और वैसे भी, परेरा को प्रधानमंत्री की सुरक्षा में नहीं लगाया गया था, जैसा कि बताया गया था। उन्हें राजीव गांधी के चारों ओर की सुरक्षा का जिम्मा सँभालने का आदेश नहीं दिया गया, बल्कि उन्हें केवल तीन मूर्ति भवन में तैनात रहने को कहा गया था, जो कि नए प्रधानमंत्री की सुरक्षा का कोई बेहतर तरीका नहीं था। श्रीमती इंदिरा गांधी के पार्थिव शरीर के अंतिम दर्शन करने के लिए आ रहे लोगों और अति विशिष्ट जनों की व्यवस्था सँभालने के मकसद से तीन मूर्ति भवन में पहले से ही काफी संख्या में पुलिस बल तैनात था।

एक ऐसा अधिकारी, जिसने अपने जिले में सिखों की सुरक्षा करने में स्वयं को तेजी से अभूतपूर्व रूप से शक्तिशाली अधिकारी के रूप में स्थापित किया था, उसे उस इलाके से हटा दिया गया। उसे ड्यूटी से इसलिए वापस ले लिया गया कि वह तीन मूर्ति भवन में अपनी हाजिरी दे सके, जहाँ केवल रस्मी तौर पर खड़े रहना था। ऐसा लगता है कि उन्होंने गलत जगह पर अपनी उपस्थिति की हताशा को गहराई से महसूस किया था।

मेरा यह कहने का अर्थ कतई नहीं है कि श्री परेरा को उनके जिले से वापस बुलाने की काररवाई, आवश्यक एवं निर्णायक रूप से उन्हें अपने इलाके में ड्यूटी करने से रोकने की कोई सोच-समझी साजिश थी। लेकिन तथ्य यहाँ मौजूद है कि एक अधिकारी, जिसने माहौल में अशांति फैलाए जाने को रोकने में सक्रिय भूमिका अदा की थी, उसे उस जगह से बुला लिया जाए, जहाँ वह लगातार अपनी भूमिका निभा सकते थे।

वह अकेले नहीं थे। उत्तरी जिले में उनके जूनियर ए.सी.पी. केवल सिंह को ड्यूटी से बुला लिया गया तथा उनके अपने जूनियर अधिकारी, जिन्होंने हमलावरों से मुकाबला करना शुरू ही किया था, उन्हें भी बुला लिया गया। पुलिस आयुक्त ने मैक्सवेल परेरा को अपने जिले में लौटने की अनुमति दी, लेकिन परेरा के जोर देने पर।

ऐसा लगता है कि परेरा ने स्थिति की गंभीरता को देखते हुए खुद एक तरह से जिद की थी। वहाँ वह पुलिस आयुक्त से एक तरीके से टकराव मोल लेते नजर आए, जब उन्होंने कहा, 'मैं यहाँ क्या कर रहा हूँ?' ऐसी स्थिति में अगर पुलिस आयुक्त लगातार इसी बात पर जोर देते रहते कि परेरा को अपने जिले में जाकर दंगों को रोकने के बजाय वहीं तीन मूर्ति भवन में खड़े रहकर शोकग्रस्त लोगों और वी.आई.पी. को सँभालने में मदद करनी चाहिए, तो वह अपने लिए एक ऐसी मुश्किल खड़ी कर लेते, जिसका जवाब उनसे नहीं दिया जाता।

यह बात भी गौर करने लायक है कि पुलिस आयुक्त स्वयं तीन मूर्ति भवन में खड़े थे, जबकि उनका शहर जल रहा था—हत्याएँ हो रही थीं। पुलिस आयुक्त ने खुद अपने अधिकारी को यह आदेश नहीं दिया कि वह हिंसा को काबू करें और हिंसा का मुकाबला करने के लिए जिस तरीके से वह काम कर रहे हैं, उसे करते रहें। अंततः श्री परेरा ने पुलिस आयुक्त से कहा कि उन्हें जाना होगा। वह एक तरह से उनसे पूछने की बजाय उन्हें सूचित कर रहे थे। पुलिस आयुक्त को भीतरी संदेशों के जरिए यह पता लग रहा होगा और इसके अलावा, परेरा ने भी उन्हें शीशगंज के चारों ओर बन रहे चिंताजनक हालात के बारे में सूचित कर दिया था। उन्हें यह पता लग रहा होगा कि उनके डी.सी.पी., उत्तरी जिला, एस.के. सिंह हालात को सँभालने के लिए मौके पर नहीं थे, जैसा कि परेरा ने पुलिस आयुक्त को बताया था, "वहाँ हालात को सँभालने के लिए कोई नहीं है।"

यह तथ्य पुलिस आयुक्त की जानकारी में भी रहा होगा, जिनके जवाब से ऐसा नहीं लगता कि उन्होंने परेरा की बात काटी हो। इस बीच उन्होंने डी.सी.पी., उत्तरी जिला को शीशगंज जाने के लिए कोई आदेश नहीं दिया। क्या एस.के. सिंह किसी और ज्यादा गंभीर मामले से निपटने में लगे थे? ऐसी कोई रिपोर्ट नहीं है कि उस समय कोई ऐसी परिस्थिति पैदा हो गई थी, जो डी.सी.पी., उत्तरी जिला को सँभालनी थी और न ही पुलिस रिकॉर्ड में ऐसा कुछ दर्ज किया गया है कि उस समय शीशगंज गुरुद्वारे को बचाने के बजाय एस.के. सिंह किसी बड़े संकट से निपटने में लगे थे।

यह बात भी गौर करने लायक है कि पुलिस आयुक्त इस बात की भी परवाह करते नहीं दिखे कि बिगड़ते हालात पर काबू पाने के लिए परेरा के पास जरूरी पुलिस बल है भी या नहीं! उन्होंने खुद कोई आदेश जारी नहीं किया और न ही कोई दिशा-निर्देश दिया। परेरा के पास रिपोर्ट थी कि भीड़ शीशगंज के आसपास इकट्ठा हो रही थी और लोग

सिखों की दुकानों को जला रहे थे। गुरुद्वारे से दिल्ली के सबसे बड़े बाजारों में से एक भगीरथ पैलेस धधकता नजर आ रहा था। ऐसे हालात को सँभालने के लिए परेरा कुछ लोगों को अपनी जीप में लेकर रवाना हुए और बाद में लाल किला पुलिस चौकी से भी उनके साथ 3 या 4 से ज्यादा पुलिसकर्मी नहीं गए थे और वे भी निहत्थे कांस्टेबल थे।

ऐसा लगता है कि वे मुट्ठी भर कांस्टेबल उत्तरी जिले के भीतर वायरलेस संदेश भेजने से ज्यादा क्या कर सकते थे? उन्होंने जो वायरलेस संदेश भेजे, वे एक ही समय पर परेरा के साथ ही उत्तरी जिले के डी.सी.पी. एस.के. सिंह के पास भी पहुँचे होंगे। एस.के. सिंह शीशगंज को बचाने के लिए गुरुद्वारे की ओर नहीं दौड़े। उन्होंने अपने दो नंबर के अधिकारी परेरा को वहाँ पहुँचने को नहीं कहा और इसलिए, उस ऐतिहासिक गुरुद्वारे पर हमला करने के लिए इकट्ठा हो रहे लोगों का मुकाबला करने के लिए परेरा की कमान में बहादुर कांस्टेबलों की वह छोटी सी टोली थी। कांस्टेबल जमीन पर अपने डंडों को मारते हुए एक तरह से संदेश दे रहे थे कि सुरक्षा के लिए पुलिस आ पहुँची है।

फायर ब्रिगेड को सूचित किया गया, लेकिन वह नहीं पहुँची। उस बढ़ते खतरे से निपटने के लिए जो टीम आगे बढ़ रही थी, वह असरदार थी या नहीं, लेकिन वह बहादुर जरूर थी; और न तो डी.सी.पी., उत्तरी जिला और न ही पुलिस आयुक्त कोई आदेश या पुलिस बल भेजते नजर आए। अगर ऐसा होता तो बहादुर टीम और अधिक प्रभावी तरीके से काम कर पाती।

•

भगीरथ पैलेस की ओर उस छोटी सी टीम के बढ़ने के बाद क्या हुआ, यह जानने के लिए फिर से मैक्सवेल परेरा के साथ हुई बातचीत पर लौटते हैं—

एस.एस. : भगीरथ पैलेस में आगजनी और भीड़ से निपटने के लिए क्या इतना पुलिस बल काफी था?

एम.पी. : भगीरथ पैलेस के लिए हमारे पास और समय नहीं था, क्योंकि वहाँ चाँदनी चौक की ओर से शीशगंज गुरुद्वारे की ओर भारी भीड़ इकट्ठा हो रही थी।

एस.एस. : कितनी भारी भीड़ थी? सैकड़ों? हजारों?

एम.पी. : सैकड़ों लोग थे, हजारों नहीं और उसमें खतरनाक प्रकृति के लोग इतने ज्यादा नहीं थे, जितने कि उत्सुक किस्म के लोग थे। लेकिन एक और समस्या थी। गुरुद्वारे पर हमले की आशंका स्पष्ट नजर आ रही थी और गुरुद्वारे के भीतर के लोग उसे हलके में नहीं ले रहे थे। वे तलवारें लहराते हुए गुरुद्वारे के गेट से बाहर आ रहे थे। वे टकराव के लिए तैयार थे। यह मेरी पहली समस्या थी। गुरुद्वारे पर पहुँचते ही मैंने सबसे पहले उनसे बात की। मैंने उनसे कहा कि उनकी सुरक्षा मेरी जिम्मेदारी है और उन्हें गुरुद्वारे

से बाहर नहीं निकलना चाहिए। इस बीच छोटी-छोटी गलियों में लोग छुपे हुए थे। यह उन सिखों के लिए छुपने की सुरक्षित जगह थी, जो सड़क पर थे। वे सीधे गुरुद्वारे की ओर चले आ रहे थे।

हमने उन लोगों को देख लिया और उन्हें गुरुद्वारे में लिवा लाए तथा उनसे कहा कि वे गुरुद्वारे के सुरक्षित दायरे के भीतर रहें। वे स्थानीय सिख लोग थे। वहाँ सिख तीर्थयात्री थे, वहाँ बहुत से लोग थे। मुझे याद है कि वहाँ एक सिख सज्जन थे, एक बहुत ही खास सज्जन, जिनकी पत्नी विदेशी थीं। वह कह रही थीं कि उनके पति चाँदनी चौक इलाके में गए थे। मुझे याद है कि मैंने उन्हें ढूँढ़ा, और वह बुरी तरह डरे हुए थे। मैं खुद उन्हें गुरुद्वारे में भीतर छोड़ने गया। मैंने उन्हें उनकी पत्नी से मिला दिया था—तीन-चार दिन बाद। अगर आपको याद हो तो गुरुद्वारे के सामने एक पुलिस चौकी है, जिसे फव्वारा चौक पुलिस चौकी कहा जाता है। हमने फव्वारा चौक को अपने कब्जे में ले लिया था, क्योंकि हमने कोतवाली पुलिस स्टेशन को गुरुद्वारे को दे दिया था। ('कोतवाली' का शब्दश: अर्थ पुलिस स्टेशन होता है; लेकिन वह पुलिस स्टेशन, जिसे आम भाषा में 'कोतवाली' कहा जाता था, वह पहले गुरुद्वारा परिसर के भीतर ही था।) चूँकि सिखों के गुरु वहाँ कोतवाली में शहीद हुए थे, इसलिए शिरोमणि अकाली दल और सरकार के बीच हुए समझौते के अनुसार कोतवाली को गुरुद्वारे को दिया गया था। हमें वहाँ पुलिस तैनात करने की जरूरत थी और इस तरह हमने फव्वारा चौक पर पुलिस चौकी खोल दी थी।

वहाँ पुलिस चौकी पर एस.एच.ओ. कोतवाली (पुलिस स्टेशन के प्रमुख) और ए.सी. पी. कोतवाली (जो उस चौकी के साथ ही पूर्व में लाल किले की ओर लाहौरी गेट पुलिस स्टेशन के प्रमुख) थे और उनके पास बहुत सीमित संख्या में पुलिस बल था। इससे हमारा हौसला बढ़ा और हम वहाँ मजबूती के साथ खड़े हो सके। हमने दोनों पक्षों को टकराव से दूर रखा। हमने सिखों को गुरुद्वारे के भीतर और भीड़ को अलग रखा। लोगों का एक झुंड टाउन हॉल की ओर से आ रहा था और दूसरा रेलवे स्टेशन (गुरुद्वारे के उत्तरी दिशा में) की ओर से।

एस.एस. : उस समय आपकी कमान में कितने पुलिसकर्मी थे?

एम.पी. : होंगे 20-25, जिसे हम प्लाटून कहेंगे। एक प्लाटून में 30 पुलिसकर्मी होते हैं और वह एक छोटी प्लाटून थी।

एस.एस. : क्या आपके पुलिसकर्मियों के पास हथियार थे?

एम.पी. : हमारे पास हथियारबंद टीम नहीं थी। हथियारबंद टीम जिले के लिए थी और वह तत्कालीन डी.सी.पी. श्री एस.के. सिंह के साथ थी।

एस.एस. : वह हथियारबंद टीम कहाँ जा रही थी?

एम.पी. : जाहिर तौर पर पुलिसकर्मी श्री एस.के. सिंह के साथ थे और जब मैं वहाँ पहुँचा तो वह जिला पुलिस प्रमुख होने के नाते जरूर कहीं आसपास गए होंगे।

एस.एस. : आप विनम्र हो रहे हैं। हम जानते हैं कि सशस्त्र बल कहीं नहीं गया था।

एम.पी. : जहाँ तक मेरा संबंध है, जो मैंने किया, वह आपको बता सकता हूँ। मैं दूसरों के बारे में नहीं कह सकता। वे ज्यादा बेहतर बता सकेंगे कि उन्होंने क्या किया और क्या नहीं किया।

एस.एस. : तो उसके बाद शीशगंज में क्या हुआ ?

एम.पी. : हमने सोचा था कि हालात काबू में आ गए हैं; लेकिन अचानक हमें सूचना मिली कि चाँदनी चौक (गुरुद्वारे की पश्चिमी दिशा में, टाउन हॉल की ओर तथा भगीरथ पैलेस एवं लाल किला उनके पूर्व में) में सिखों की दुकानों को आग लगा दी गई है। हम तुरंत उधर भागे और सबसे पहले भीड़ को हटाया। लेकिन भीड़ अपने घरों को नहीं गई, और टाउन हॉल या उसके आगे पुलिस की मौजूदगी तय करने के लिए हमारे पास पुलिस नहीं थी। हमने अपनी छोटी सी टीम को एकजुट किया, ताकि हम गुरुद्वारा इलाके और उसके आसपास की स्थिति को नियंत्रित कर सकें।

लेकिन तब तक एक खतरनाक भीड़ आ पहुँची। एक–दो बार हमने उन लोगों को काररवाई की चेतावनी दी, हमने भीड़ को नियंत्रित करने के लिए तैयारी की और बाकी जरूरी काररवाई की। हमारे पास ढाल और लाठियाँ थीं। तब तक जिला यूनिट से आँसू गैस दस्ते की आधी टुकड़ी हमारे पास आ पहुँची, जो कि डी.सी.पी. की कमान में मौजूद बाकी बलों के साथ नहीं थी। मैंने उन्हें किसी तरह से जिला लाइंस से चाँदनी चौक इलाके में बुला लिया था। वहाँ आरक्षित आँसू गैस दस्ते की आधी टुकड़ी थी, अतः हमने आँसू गैस छोड़ी।

हमने कम–से–कम दो बार भीड़ को भगाया, लेकिन आखिर में उनकी भीड़ बढ़ती चली गई और वे ज्यादा–से–ज्यादा मजबूत होते जा रहे थे। वे नारे लगा रहे थे। वे चाँदनी चौक से आ रहे थे (पश्चिम से गुरुद्वारे की ओर)। उस समय हम उन्हें सिखों की दुकानों में आग लगाने से नहीं रोक सकते थे। मुझे बहुत कड़ी चेतावनी देनी पड़ी और वह समय था, जब मैंने कहा कि मैं गोली चला रहा हूँ। इसके बाद भी वे नहीं रुके।

तब मैंने अपने निजी रिवॉल्वर से गोली चलाने का आदेश दिया। रिवॉल्वर मेरे पास नहीं था, मेरे गनमैन के पास था। मेरे मन में अभी भी उसका नाम ताजा है—हेड कांस्टेबल सतीश चंद्र।

वह पूरा समय मेरे निजी स्टाफ में रहा था। उसने गोली चलाई और एक आदमी मारा गया। इसका बिजली की तरह असर हुआ। मैं अपने आप को रोक नहीं सका। उसी वक्त माइक्रोफोन पर मैंने गोली चलाने के लिए 200 रुपए, मामूली से 200 रुपए, का

इनाम घोषित कर दिया। मैंने भीड़ को कह दिया कि अगर कोई भी आगे बढ़ा तो यही नतीजा होगा। जो कुछ हुआ, उसका सार और उसमें तत्त्व की बात यही है।

•

एक बार फिर से टिप्पणी। श्री परेरा ने जो ब्योरा दिया है, उस दृश्य का सर्वे करते हैं। शीशगंज के पूर्व की ओर सिखों की दुकानों को आग लगा दी गई थी। दिल्ली का इलेक्ट्रॉनिक्स के सामान का सबसे बड़ा बाजार लपटों में घिरा हुआ था। पश्चिम की ओर से हमला करने के लिए भीड़ गुरुद्वारे की ओर बढ़ रही थी। एक निहत्थी, छोटी सी पुलिस प्लाटून उन्हें आगे बढ़ने से रोकने में सक्षम नहीं थी। गुरुद्वारे के भीतर से सिख तलवारें लेकर बाहर निकल आए थे, जो अपने गुरुद्वारे की रक्षा के लिए जान देने को तैयार थे। उन्हें भीतर जाने को मना लिया गया था; लेकिन कहा नहीं जा सकता था कि वे कब तक भीतर रहेंगे! अगर पुलिस के इतिहास में एक सशस्त्र बल की जरूरत थी तो यही वह क्षण था। वह सशस्त्र बल कहाँ था? वह वहीं था, जिले में। संभावना इस बात की थी कि वह बल उपलब्ध भी था। उस पुलिस बल को डी.सी.पी. एस.के. सिंह की सेवा में लगाकर एक तरह से उस पर ताला लगा दिया गया था। उनके कहने भर की देर थी कि पुलिस बल को पलक झपकते ही शीशगंज भेजा जा सकता था। उस बल को कभी भी परेरा की छोटी सी प्लाटून को उपलब्ध नहीं कराया गया। तथ्यों को देखते हुए और यह तथ्य कि ये तथ्य अन्य वरिष्ठ अधिकारियों के साथ ही एस.के. सिंह तक भी भेजे गए थे, यह काफी स्पष्ट हो जाता है कि सशस्त्र पुलिस यूनिट को ऐसे कारणों के चलते शीशगंज जाने से रोका गया, जो पुलिस व्यवस्था की दृष्टि से देखा जाए तो किसी भी रूप में माफी योग्य नहीं है।

परेरा, दो नंबर पर होने के कारण उस सशस्त्र पुलिस यूनिट की पुन: तैनाती का खुद से आदेश नहीं दे सकते थे, जो उस समय उनके बॉस की कमान में थी और यह फैसला बॉस को करना था। बॉस को पता था कि क्या जरूरत थी और उन्होंने फैसला नहीं लिया।

एस.के. सिंह को जो भी जानकारी थी, उनके अपने बॉस हुकुम चंद जाटव को भी उसका पता था और चिंताजनक घटनाक्रम को देखते हुए संभावना यह बनती है कि पुलिस आयुक्त को भी उसका पता था। जिनके हाथ में भी कमान थी, उन सभी वरिष्ठ अधिकारियों को यह बात पता थी—

(क) वे जानते थे कि शीशगंज में क्या हालात बन रहे थे,

(ख) वे जानते थे कि सशस्त्र पुलिस बल की तुरंत जरूरत थी, और

(ग) वे यह सुनिश्चित करने में लगे थे कि सशस्त्र पुलिस बल न भेजा जाए।

पुलिस बल को यह बात पता थी कि शीशगंज पर भीड़ केवल हमला करने के लिए

नहीं आएगी, बल्कि वह आसपास के इलाकों में आक्रामक भीड़ से बचने के लिए सिखों की एकमात्र शरण–स्थली थी। सिखों को शरण लेने के लिए गुरुद्वारे में जाने की जरूरत पड़ेगी। वहाँ पहुँच पाना या नहीं पहुँच पाना उनके लिए जिंदगी और मौत का सवाल हो सकता था। यह बात भी सबको पता थी कि गुरुद्वारे के बाहर मौजूद पुलिस बल की संख्या इतनी ज्यादा नहीं थी कि वे गुरुद्वारे के आसपास की गलियों और अन्य जगहों पर जाकर सिखों को वहाँ से सुरक्षित निकाल पाते। इसके लिए वास्तव में कोई आदेश जारी नहीं किया गया था; लेकिन यह जान–बूझकर लिया गया फैसला था। वरिष्ठ अधिकारियों ने सिखों को खतरे में डाल दिया था। जरूरी नहीं कि वे वरिष्ठ अधिकारी यह चाहते थे कि सिखों को मारा जाए; लेकिन उन्होंने आसन्न और जानलेवा खतरे से उनकी सुरक्षा सुनिश्चित करने के लिए कुछ नहीं किया।

फव्वारा चौक पर तैनात पुलिस बल बहुत कम था और मैक्सवेल परेरा की अगुआई में टीम के पहुँचने से पहले वह केवल अपने भरोसे पर ही काम कर रहा था। परेरा भी वहाँ अपने विवेक से पहुँचे थे। उन्हें भी किसी वरिष्ठ अधिकारी ने कोई निर्देश नहीं दिया था।

अत: इस प्रकार यह एक खस्ताहाल टीम थी—एक जीप में सवार कुछ पुलिसकर्मी, एक पुलिस चौकी से लिये गए कुछ पुलिसकर्मी और उसके बाद चाँदनी चौक में पुलिस चौकी से लिये गए पुलिसकर्मी शामिल थे—दिल्ली में सिखों के सर्वाधिक ऐतिहासिक गुरुद्वारे की रक्षा के लिए दिल्ली पुलिस की केवल इतनी छोटी सी टीम थी। जब गुरुद्वारे के पास टाउन हॉल में भीड़ ने सिखों की दुकानों को जलाना शुरू कर दिया था तो उसी समय शीर्ष अधिकारियों को समझ में आ गया था कि हालात बेकाबू हो रहे थे।

छोटा सा पुलिस बल गुरुद्वारे के सामने खड़ा था। वह टीम भीड़ को एकत्र होने, दुकानों को जलाने या गुरुद्वारे के चारों ओर सिखों पर हमलों को रोकने में सक्षम नहीं थी। यह संकट अचानक पैदा नहीं हुआ था, यह सब सुबह से शुरू हो गया था—कई घंटे पहले। शीर्ष नेतृत्व के पास काफी समय था। वे नई और मजबूत पुलिस टीम भेजने के लिए कह सकते थे। एक जिले में हमेशा एक रिजर्व फोर्स रहती है; जिले के तुलनात्मक रूप से शांत या कम जरूरतवाले इलाकों से पुलिस बल को शीशगंज भेजा जा सकता था; पुलिस महकमे के भीतर ही एक प्रशासनिक स्टाफ होता है और ऐसी स्थिति में उसे बुलाया जा सकता है। यह स्टाफ अनौपचारिक रूप से रिजर्व बल होता है, जिसे जमीन पर कार्यरत पुलिस यूनिट संकट के समय बुला सकती है।

पुलिस के पास जवाबी काररवाई करने के लिए काफी समय था। तैनाती के लिए पर्याप्त संख्या में रिजर्व फोर्स थी। उनके पास जिले के शीर्ष अधिकारी की कमान में सशस्त्र यूनिट थी। पुलिस के पास अगर कुछ नहीं था तो वह थी शीर्ष स्तर पर हिंसा को

रोकने की इच्छा-शक्ति की कमी, गुरुद्वारे पर हमले को रोकने के लिए कारवाई की कमी।

एक मजबूत और दृढ़ निश्चयी अधिकारी की बात छोड़ दें तो कुछ भी स्पष्ट तरीके से नहीं हो रहा था। बाद में, सभी शीर्ष अधिकारी कोई कारवाई नहीं करने के अपराध से मुक्त हो गए थे। केवल एकमात्र ऐसी जाँच थी, जो इस विफलता पर शीर्ष अधिकारियों से जवाब-तलब कर सकती थी और लगभग करने के करीब थी; लेकिन उसे नेस्तनाबूद कर दिया गया। यह पूरी तरह से सुनिश्चित किया गया था कि एस.के. सिंह जैसे दिल्ली के बाकी अफसरों को अपने निकम्मेपन के लिए कोई जवाब न देना पड़े।

सशस्त्र बल या हथियारों की बात तो छोड़ ही दें, परेरा की छोटी सी टीम को आँसू गैस जैसी चीज तक उपलब्ध नहीं कराई गई, जो कि भीड़ को नियंत्रित करने के लिए सबसे छोटी चीज है; जबकि जिला पुलिस वायरलेस पर हर ताजा संदेश भेजा जा रहा था कि भीड़ खतरनाक और बेकाबू हो रही है। परेरा को जिला लाइंस में रिजर्व के तौर पर रखी गई आधी यूनिट को बुलाना पड़ा। उनके अख्तियार में केवल इतना ही था। उस आधी यूनिट द्वारा कुछ आँसू गैस छोड़ी गई; लेकिन आगे बढ़ती भीड़ को काबू करने के लिए वह पर्याप्त नहीं थी। ऐसे हालात में पुलिस के पास आखिरी उपाय गोलीबारी करने का था। लेकिन गोलीबारी किससे करें? उस समय पुलिस के पास पुरानी पड़ चुकी, लेकिन भरोसेमंद .303 राइफल थी। .303 एक गोली दाग सकती है और एक निश्चित दूरी से लक्ष्य करके ही गोली चलाई जा सकती है। ऐसी स्थिति के लिए यही हथियार उपयुक्त रहेगा, बजाय ऐसे हथियार के, जो भीड़ पर केवल गोलियों की बौछार कर सके। यह तो तय था कि केवल एक पिस्तौल या रिवॉल्वर के मुकाबले यह ज्यादा सही काम करेगी। .303 राइफल को निशाना लगाकर इस्तेमाल किया जा सकता है और जरूरी नहीं कि यह घातक हो। इससे भीड़ में, जैसे कि पैर पर निशाना लगाकर, गोली दागी जा सकती है। गोली चलने की आवाज और भीड़ पर निशाना लगाते पुलिसकर्मियों को देखने भर से ही निश्चित ही भीड़ भाग सकती है।

दिल्ली पुलिस के पास उस समय .303 राइफल्स का मजबूत शस्त्रागार था। चाहे रिजर्व यूनिट .303 या ज्यादा ऑटोमैटिक हथियारों से लैस थी, लेकिन परेरा की छोटी प्लाटून को कुछ नहीं मिला। प्लाटून परेरा के निजी रिवॉल्वर पर निर्भर थी, जो कि एक हेड कांस्टेबल के पास था। इससे गोली चलाई गई और एक व्यक्ति मारा गया। वह एक गोली काफी थी—आगे बढ़ती भीड़ रुक गई। भीड़ तितर-बितर हुई और लोग गायब हो गए। उन हालात में यह एक खतरनाक कदम था। इस कदम को गलत होते देर नहीं लगनी थी। एक रिवॉल्वर बहुत सटीक हथियार नहीं होता है। उसकी एक सीमित रेंज होती है और उसे बहुत करीब से चलाना पड़ता है। अगर रिवॉल्वर से दागी गई गोली से

कोई मारा गया था तो इसका अर्थ था कि आगे बढ़ती भीड़ पुलिस बल के बहुत ज्यादा करीब आ चुकी होगी। लोग इतने करीब रहे होंगे कि वे भीड़ में से देख सकते थे कि पुलिस के पास ज्यादा घातक हथियार नहीं थे। एक इशारा काफी था और भीड़ पुलिस बल पर हमला कर देती और उस पर काबू पा लेती। भारत में दंगों के हालात में ऐसा होना संभव था।

आगे बढ़ती भीड़ में से एक व्यक्ति को मार गिरानेवाले पुलिसकर्मी के लिए परेरा ने जो लाउडस्पीकर पर इनाम की घोषणा की थी, उसे लेकर हमारे अपने विचार हो सकते हैं। ऐसा लगता है कि इस तरह का कदम आधुनिक पुलिस और मानवाधिकारों के सभी नए एवं सही मानकों से पहले का है। लेकिन राजनीतिक रूप से सही दृष्टि की अपनी सीमाएँ होनी चाहिए। इसके पीछे भीड़ को यह संकेत देने की स्पष्ट मंशा थी कि पुलिस अपने कर्तव्य को लेकर पूरी तरह प्रतिबद्ध है और अगर जरूरत हुई तो वे और भी लोगों को गोली मार देंगे।

आखिर में, काम की बात यही रही कि यह तरीका काम कर गया। भीड़ रफा-दफा हो गई और गुरुद्वारे को बचा लिया गया। उस एक गोली और इनाम देने की घोषणा ने बहुत सी जिंदगियाँ बचा लीं और जिंदगियों से भी अधिक कीमती चीज को बचा लिया।

●

एस.एस. : *क्या गोली चलाए जाने के बाद शीशगंज का संकट वहीं-के-वहीं खत्म हो गया था?*

एम.पी. : *उसके बाद और भी बहुत कुछ हुआ। उस समय तक मैंने जो कुछ भी पुलिस बल के नाम पर बचा था, उसे जुटा लिया था।*

एस.एस. : *तो क्या आप बाद में बड़ा पुलिस बल जुटा पाए थे?*

एम.पी. : *मुख्य रूप से मैंने सूचना प्राप्त करने के लिए सादे कपड़ों में लोगों को सक्रिय कर दिया था, जो भीड़ के बीच घुस गए, गलियों में भीतर चले गए।*

एस.एस. : *शीशगंज के आसपास टकराव कितनी देर तक चला?*

एम.पी. : *सच में, मैं याद करके नहीं बता सकता कि ये सब करने में मुझे कितना समय लगा... सब धक्का-मुक्की में, जहाँ हर एक पक्ष दूसरे की ताकत को तौल रहा था, वे कितना आगे बढ़ सकते हैं, कितना फायदा उठा सकते हैं... यह सब चल रहा था। हम कई बार ऐसी स्थितियों में पड़ चुके हैं, जहाँ आप ठीक नहीं बता सकते कि अंत कब हुआ। घटना के तुरंत बाद मैंने कंट्रोल रूम को सूचित किया कि मैंने गोली चलाई है और मैंने एक आदमी को मार दिया है। ये रिकॉर्ड के मामले हैं, ये महत्त्वपूर्ण बातें हैं, जो अवश्य पता होनी चाहिए। विशेष रूप से अगर आपने गोली चलाई है तो आपको कंट्रोल रूम को बताना जरूरी होता है और यह अपने वरिष्ठ अधिकारियों, मेरे अतिरिक्त*

पुलिस आयुक्त (हुकुम चंद जाटव) और मेरे पुलिस आयुक्त (सुभाष टंडन) के संज्ञान में भी लाना था। मुझे खराब यह लगा कि वहाँ एकदम खामोशी थी। कंट्रोल रूम से कोई जवाब नहीं मिल रहा था। मैं लगातार उनसे यह पूछता रहा कि क्या आपने यह सूचना वरिष्ठ अधिकारियों को दे दी है? मुझे इसका कोई जवाब नहीं मिला।

वहाँ वायरलेस पर एकदम सन्नाटा था और इसी बात से मुझे हैरानी हुई। यह बात मुझे हमेशा परेशान करती रही, हमेशा मेरे दिलो-दिमाग में घूमती रही। बाद में, मुझे याद है, मुझे बताया गया कि मेरे अपने अतिरिक्त पुलिस आयुक्त हुकुम चंद जाटव लाल किले आकर चले गए थे। वह हम लोगों से मिलने नहीं आए। हमारी पुलिस टीम इस सबसे निपट रही थी और उन्होंने मुझसे भी मुलाकात नहीं की। जब तक हम लोगों ने खुद वहाँ जाकर उनसे मिलने का मन बनाया, हमें बताया गया कि वह जा चुके हैं।

एस.एस. : *कंट्रोल रूम क्या कर रहा था?*

एम.पी. : *इन सब चीजों को किसी ने रिकॉर्ड में दर्ज नहीं किया। कंट्रोल रूम ने गोली चलाए जाने की बात रिकॉर्ड में दर्ज ही नहीं की।*

एस.एस. : *कंट्रोल रूम की व्यवस्था जूनियर लोग सँभालते हैं; लेकिन इस विभाग की कमान सँभालनेवाले अधिकारियों ने क्या किया? आपको कोई फीडबैक क्यों नहीं दी गई? और किसने यह फैसला किया कि आपको फीडबैक नहीं देनी है और आपके बताने के बाद भी गोली चलाने की बात को रिकॉर्ड में दर्ज नहीं किया?*

एम.पी. : *मैं इसका जवाब देने में सक्षम नहीं हूँ। मैं बस, इतना बता सकता हूँ कि जो भी मैंने किया, उस हर बात की तुरंत और तथ्यपरक रिपोर्ट दी और उसके बाद जाँच आयोग को बताया।*

•

मैक्सवेल परेरा जो बता रहे थे, उस बातचीत के चारों ओर बनी दीवार पर गौर करें। दिल्ली पुलिस ने गोली चलाई, जिसमें एक आदमी मारा गया। संभवत: वह आदमी इंदिरा गांधी से सहानुभूति रखनेवाला रहा होगा, जो उनकी हत्या के बाद अगली सुबह सिखों और उनसे जुड़े स्थलों को निशाना बनाने के लिए निकला था। अतिरिक्त डी.सी.पी. रैंक के एक अधिकारी ने कंट्रोल रूम को इसकी जानकारी दी, लेकिन उन्हें कोई जवाब नहीं मिला। उन्होंने कहा था कि यह सूचना उनके वरिष्ठ अधिकारियों तक पहुँचा दी जाए, लेकिन उन्हें वरिष्ठ अधिकारियों की ओर से कोई जवाब नहीं मिला।

यह बात भी समझ से परे है कि कंट्रोल रूम ने पुलिस गोलीबारी में एक व्यक्ति के मारे जाने की जानकारी परेरा के वरिष्ठ अधिकारियों को नहीं दी होगी।

हत्या के बाद कंट्रोल रूम में जो सामान्य वरिष्ठता क्रम रहता है, उसे अचानक से बदल दिया गया था। निखिल कुमार नाम के एक वरिष्ठ पुलिस अधिकारी को कंट्रोल

रूम की कमान सौंपी गई थी; हालाँकि, उस समय वह सक्रिय रूप से दिल्ली पुलिस तंत्र का हिस्सा नहीं थे। वह वहाँ 'गेस्ट आर्टिस्ट' की तरह थे। बाद में उन्होंने एक दिन मजाक में यह बात कही थी। यह इस तरह की बात थी, जो इस शहर में कोई आसानी से साझा नहीं करता है।

क्या कंट्रोल रूम में कॉल्स और कम्युनिकेशन की जिम्मेदारी सँभालनेवाले जूनियर स्टाफ ने खुद यह फैसला कर लिया था कि उत्तरी जिला पुलिस के दूसरे नंबर के अधिकारी से मिले संदेश को बीच में ही रोक दे? उन्हें वह संदेश आगे भेजना ही था, वे उस संदेश को रोक नहीं सकते थे। पुलिस द्वारा गोलीबारी में किसी को मार देना बहुत गंभीर बात है। गोलीबारी का आदेश देने में अधिकारी बहुत झिझकते हैं। इससे जनता के बीच बहुत कड़ी प्रतिक्रिया होती है। बाद में जाँच बैठती है और अकसर ऐसे मामलों में भीड़ के लीडरों और उनके राजनीतिक आकाओं को शांत कराना हो तो अधिकारियों के खिलाफ किसी-न-किसी प्रकार की अनुशासनात्मक काररवाई की जाती है।

1 नवंबर—दिल्ली पुलिस के दो लोगों द्वारा इंदिरा गांधी की हत्या किए जाने के एक दिन बाद पुलिस को इंदिरा गांधी के एक समर्थक को मार देना पड़ा और यह अपने आप में बहुत गंभीर घटना थी। वरिष्ठ अधिकारी किस तरह इस पर प्रतिक्रिया दे सकते थे? क्या वे गोली चलाने के लिए परेरा को दंडित कर सकते थे? लेकिन जिस स्थिति में उन्होंने यह प्रभावी कदम उठाया था, उसे देखते हुए ऐसा करना आसान नहीं होता। परेरा को गोली चलाने के लिए किसी अनुशासनात्मक काररवाई या यहाँ तक कि जाँच का भी सामना नहीं करना पड़ा। क्या वरिष्ठ अधिकारियों ने इससे यह संदेश दिया कि हिंसा को काबू करने और उसे खत्म करने के लिए यह एक अनुकरणीय काररवाई थी और बाकी अधिकारियों को भी जरूरत पड़ने पर ऐसे हालात में गोली चलानी चाहिए? लेकिन उन्होंने ऐसा भी नहीं किया। यह विकल्प समझदार पुलिसिंग हो सकता है, लेकिन राजनीतिक रूप से यह अविवेकी होता।

लेकिन एक बार जब पुलिस ने गोली चला दी और उससे कोई मारा गया तो सामान्य प्रक्रिया यही रहती है कि वरिष्ठ पुलिस अधिकारी इसकी या तो सराहना करते हैं या इसकी निंदा करते हैं। किसी-न-किसी तरह से उन्हें इसका संज्ञान लेना पड़ता है। वे ऐसा दिखावा नहीं कर सकते कि बताए जाने के बाद भी उन्होंने कुछ सुना नहीं।

श्री परेरा ने जिस खामोशी की बात की, वह सिहरन पैदा करनेवाली थी। कोई संदेह नहीं कि जैसा परेरा को लगा था, वह बेहद अजीब था। निर्णायक आदेश दिया गया था और इससे नाटकीय रूप से भीड़ के कदम ठहर गए थे, जो हत्या की मंशा से आगे बढ़ रही थी। लेकिन परेरा के वरिष्ठतम अधिकारियों की ओर से एक शब्द तक नहीं कहा गया कि उन्होंने सही काम किया, असरदार काररवाई की। इसके बजाय वायरलेस पर

जो कुछ सुनाई दिया, वह खामोशी की सरसराहट थी—नामंजूरी का खामोशी भरा संकेत। वह अघोषित नामंजूरी इन घटनाक्रमों के बीच जाटव के उस इलाके के औचक दौरे से जाहिर होती है। वे ठीक वहाँ थे, लेकिन वे केवल आए और चले गए और पुलिस बल भेजने का कोई आश्वासन दिए बिना या संघर्ष कर रही उस छोटी प्लाटून को कोई तसल्ली दिए बिना।

हालाँकि, डी.सी.पी. एस.के. सिंह के अख्तियार में था कि वह अपनी सशस्त्र यूनिट को परेरा की मदद के लिए भेजने का आदेश दे सकते थे। पर उन्होंने ऐसा नहीं करने का निर्णय किया।

जाटव वहाँ या उसके आसपास के इलाके में आए थे; लेकिन वे कुछ सौ एक कदम चलकर वहाँ तक नहीं आए, जहाँ गुरुद्वारे के बाहर टकराव के हालात बने हुए थे। वे वहाँ किसलिए आए थे? अगर सीधे-सीधे पुलिस की शब्दावली में कहा जाए तो उन्हें उसी समय मौका-ए-वारदात पर पहुँचकर हिंसा को काबू करने के लिए कमान अपने हाथ में ले लेनी चाहिए थी। वह घटनास्थल के इतना करीब तक आए थे कि कुछ दूरी से वह सब देख सकते थे। उनसे इस बात को लेकर कभी कोई गंभीर सवाल-जवाब नहीं किया गया कि शीशगंज में उन्होंने क्या किया और क्या नहीं किया, या कहीं किसी और जगह पर उन्होंने कुछ किया या नहीं?

उत्तरी जिले में शीशगंज में जो टकराव की स्थिति थी, वह सबसे खतरनाक थी। किसी भी और जगह के मुकाबले वहाँ बहुत कुछ दाँव पर लगा था। शीशगंज पर हमले को अंतिम क्षणों में किसी तरह रोक दिया गया था। बहुत सी अन्य जगहों पर ऐसा नहीं हो सका। अन्य सैकड़ों गुरुद्वारों पर हमला किया गया और भीतर मौजूद सैकड़ों लोग मारे गए।

•

एस.एस. : शीशगंज के अलावा क्या चल रहा था?

एम.पी. : मैं जिले में बहुत व्यस्त था, क्योंकि आजादपुर में भी घटनाएँ हो रही थीं, गुलाबी बाग और जहाँगीरपुरी में घटनाएँ हो रही थीं। वहाँ अधिकारी तैनात थे और मैं वायरलेस पर उन्हें निर्देश दे रहा था। रिपोर्टें आ रही थीं कि लोगों और जगहों को आग लगाई जा रही है, कई जगहों पर केरोसीन छिड़का जा रहा है। और मैं हर समय वायरलेस पर एक तरह से चिल्ला रहा था कि तुम लोग क्या कर रहे हो? तुम लोग काररवाई क्यों नहीं कर रहे? मैं कह रहा था कि मैं कमेंट्री नहीं सुनना चाहता। मैं कह रहा था कि गोली चलाओ, बस गोली चलाओ और आगजनी को रोको। हम हालात को नियंत्रण में रखने के लिए जी-तोड़ कोशिश करने में जुटे थे।

एस.एस. : और ये सब पूरी दिल्ली में हो रहा था?

एम.पी. : मेरा ध्यान उस ओर गया ही नहीं कि बाकी जगह क्या हो रहा था! मुझे कोई जानकारी नहीं थी। मुझे अपने जिले की चिंता थी। जो भी साधन उपलब्ध थे, उनकी मदद से स्थिति नियंत्रित करने और अपने संसाधनों की सीमा के भीतर स्थिति को शांत बनाने में जुटे थे और मैं इसके लिए भरसक कोशिश कर रहा था।

एस.एस. : शीशगंज के अलावा और क्या चुनौतीपूर्ण स्थितियाँ थीं?

एम.पी. : अशोक विहार में मेरे ए.सी.पी. (महाबीर सिंह) का मामला था। वह मुझे बता रहे थे कि उन्हें नजर आ रहा था कि दो सिखों को पकड़ लिया गया था। फिर उन्होंने मुझे बताया कि लोग उन दोनों पर केरोसीन डाल रहे हैं और अब उन्होंने उन दोनों को आग लगा दी···वह वायरलेस पर मुझे आँखों देखी सीधी कमेंट्री सुना रहे थे। मुझे याद है कि मैं उनके ऊपर चिल्ला रहा था और उनसे कह रहा था कि 'तुम क्या कर रहे हो? मुझे कमेंट्री सुना रहे हो! तुरंत गोली चलाओ!'

एस.एस. : हमें पता है कि उत्तरी जिले में शीशगंज में क्या हुआ था या आपके नेतृत्व में जो काररवाई की गई, उसका परिणाम क्या रहा था। लेकिन उत्तरी जिले में बाकी जगहों पर क्या मारे गए लोगों की संख्या तुलनात्मक रूप से कम थी? क्या हालात काफी हद तक काबू में थे?

एम.पी. : मैं यह दावा नहीं कर सकता; क्योंकि मेरे लिए सदमा उस काररवाई से नहीं था, जो हमने की थी, सदमा इस बात से था कि सब्जी मंडी मुर्दाघर मेरे इलाके में था। मुझे सब्जी मंडी मुर्दाघर जाना और लाशों के ढेर को देखना याद है। इसके बारे में कोई कुछ नहीं कर सकता था। अधजली एवं पूरी जली लाशों का एक के ऊपर एक ढेर लगा हुआ था। हर ओर से लाशों के आने का सिलसिला जारी था। पंजाब से गाड़ियाँ आ रही थीं, जिनमें भरकर लाशों को जी.टी. करनाल रोड के आसपास फेंक दिया गया था। ऐसी लाशें थीं, जो हम बरामद कर रहे थे, बाहर से आनेवाली ट्रेनों से लाशों को फेंका जा रहा था, लोगों को मारकर हिमाचल प्रदेश से आनेवाले सेब के ट्रकों के ऊपर फेंक दिया गया था।

एस.एस. : क्या आपके कुछ बाकी अधिकारियों ने काररवाई की?

एम.पी. : हाँ, एक दर्शन लाल कश्यप थे, जहाँगीरपुरी के किंग्सवे कैंप में मेरे ए.सी. पी. थे। वह प्रभावित इलाका था और गुलाबी बाग में उस समय तैनात मेरे ए.सी.पी. रघुबीर सिंह—उन्होंने गोली चलाई थी, कश्यप ने गोली चलाई थी। ये सब लोग थे, जिन्होंने सही मायने में काम किया था। इस बात से फर्क नहीं पड़ता कि किसने काम किया था, फर्क इस बात से बहुत ज्यादा पड़ता है कि कहाँ लोगों ने काम नहीं किया। मुझे पता है कि जिले में बाकी जगहों पर भी घटनाएँ हो रही थीं और आप यह उम्मीद करने के लिए मुझ पर आरोप नहीं लगा सकते कि जिला प्रमुख, डी.सी.पी. हालात

की निगरानी करते``और भी ऐसी ही बाकी चीजें और मुझे पक्का विश्वास है कि वह आपको इस बारे में ज्यादा बता पाएँगे और मुझे यह भी पक्का भरोसा है कि उन्होंने अपने तरीके से अपना काम किया था।

एस.एस. : क्या गुलाबी बाग और किंग्सवे कैंप में गोलियाँ चलाने से लोग मारे गए थे?

एम.पी. : मुझे ऐसी उम्मीद है। जब इतना कुछ हो रहा हो और इतने सारे अधिकारी काम में लगे हों तो हर घटना पर नजर रखना मुश्किल होता है। पुलिस बल के साथ पत्रकार नहीं थे, जैसा कि मुगलों के जमाने में होता था, जब वे ऐसे हालात से निपटने जा रही फौज के साथ जाते थे और जो कुछ होता था, उसका रिकॉर्ड रखते थे। हमारे पास इस तरह की व्यवस्था नहीं है।

सबकुछ घटना के बाद होता है और अगर रिकॉर्ड होगा तो वह कई घंटों बाद पता चलेगा और कई बार तो काफी दिनों बाद। यह बस, बहुत बड़े पैमाने पर था। पुलिस पर आरोप लगाना आसान है, लेकिन कुछ जगहों पर जब चीजें बेकाबू हो चुकी थीं तो पुलिस क्या कर सकती थी?

एस.एस. : क्या बाद में कोई काररवाई हुई?

एम.पी. : वहाँ यह रिकॉर्ड करने के लिए कौन बैठा था कि क्या हो रहा था? मामले दर्ज करने को लेकर पूरी अराजकता की स्थिति थी। बाद में मैंने पाया था कि 90 फीसदी मामलों में सभी तरह की चीजों को एक साथ मिला दिया गया था। जैसा कि रिकॉर्ड बताता है, उदाहरण के लिए, त्रिलोकपुरी में कोई घटना हुई। इस घटना को एक एफ.आई.आर. में दर्ज किया गया और वहाँ मिली सारी लाशों को उसी एक एफ.आई. आर. में जोड़ दिया गया।

एस.एस. : तो ऐसे कोई रिकॉर्ड ही नहीं थे, जिनसे जाँच की जा सके?

एम.पी. : आप इन घटनाओं का कितना ही पोस्टमार्टम करते रहें और न्याय चाहते रहें, लेकिन कोई रिकॉर्ड नहीं है, कोई सबूत नहीं है; केवल सुनी-सुनाई बातें हैं। आपके पास सामने आनेवाले गवाह हैं, लेकिन इस बात के कोई सबूत नहीं हैं कि उन्हें रिकॉर्ड में लिया गया। रियल टाइम जाँच में यही समस्या है। मेरा तो यही मानना रहेगा कि बहुत से अधिकारी थे, जिन्होंने अपनी ड्यूटी निभाने की कोशिश की थी और उत्तरी जिले में मेरे अधीन कार्यरत कई ने अपनी ड्यूटी निभाई। मुझे यह भी मालूम है कि कुछ लोग थे, जो अपनी ड्यूटी निभाने में सक्षम नहीं थे और भौचक रह गए थे। जो कुछ भी हो सकता था, वह किया गया। मुझे अपने साथ काम करनेवाले स्टाफ पर गर्व है और इस तरह से हम जो कर सकते थे, वह हमने किया।

एस.एस. : क्या अभी भी काफी कुछ रिकॉर्ड नहीं किया गया है? अभी तक ज्ञात नहीं है?

एम.पी. : मेरी उम्मीद होगी कि चीजें पता चलें; क्योंकि इतने जाँच आयोग गठित हो चुके हैं, बारीकियों की तह में जाने और घटनाओं को दर्ज करने के लिए इतनी जाँच हो चुकी हैं। दिल्ली पुलिस का एक दंगा सेल है, जिसे दंगों के बाद गठित किया गया था; कुछ प्रमुख अधिकारी हैं, जो इस सेल की कमान सँभाल चुके हैं और उन्हें जो कुछ हुआ था, उसका रिकॉर्ड एक साथ रखने, घटनाओं को परिप्रेक्ष्य में रखने, उन्हें अलग तरह से वर्गीकृत करने में काफी संघर्ष करना पड़ा है।

एस.एस. : लेकिन जब डेटा खराब था और उन्होंने पूरी प्रक्रिया में वे अंतराल पाए होंगे तो उन्हें अपना काम ईमानदारी से करने में मदद नहीं मिली होगी?

एम.पी. : निश्चित रूप से। यही कारण है कि आप सामान्य रूप से घटनाओं को रिकॉर्ड करते हुए कभी भी बीच में कुछ खाली छोड़ने की अनुमति नहीं देते हैं। जब भी रिपोर्टिंग में किसी तरह की देरी होती है तो उससे समस्या हो जाती है। ऐसे सवाल, जैसे कि कोई घटना कब हुई, उसे कब दर्ज किया गया? सभी जाँचों में ये बहुत अहम मसले हैं।

एस.एस. : क्या हम यह कह रहे हैं कि पुलिस रिकॉर्ड में सभी मौतों को दर्ज नहीं किया गया?

एम.पी. : मेरे पास यह जानने का कोई जरिया नहीं है। सच में, मैं इस बारे में बात नहीं कर सकता। आपदा की विभीषिका को देखते हुए मुझे ऐसी संभावना लगती है कि बहुत से ऐसे लोग रहे होंगे, जिनकी शिनाख्त नहीं हुई होगी। कौन लाशों की शिनाख्त कर सकता था, जो पूरे बुराड़ी बेल्ट के साथ-साथ पड़ी हुई थीं? कोई उनकी खोज में आता, तभी यह संभव था। व्यावहारिक तौर पर कहा जाए तो जब तक इन लाशों को विभिन्न जगहों से बरामद किया गया, तब तक वे सड़ चुकी थीं। मौत की गंध सबसे खराब है और यह उससे भी बदतर थी।

एस.एस. : हो सकता है कि बरामद किए जाने से पहले लाशें कई दिनों तक पड़ी रही हों?

एम.पी. : हो सकता था और निश्चित रूप से कुछ तो कई दिनों तक पड़ी रही थीं। हमने उत्तरी जिले में लाशों का नतीजा भुगता था। हो सकता है कि उन्हें रेल या सड़क मार्ग के जरिए कहीं से लाया गया हो, जी.टी. करनाल रोड पर कहीं से लाकर दिल्ली में डाल दिया गया हो। हरियाणा और पंजाब से कारों में लाशों को लाकर उन्हें दिल्ली में फेंक दिया गया था। उस जमाने में बुराड़ी जैसे इलाकों में बहुत कम आबादी रहती थी। अकसर बाहर के इलाकों में, यहाँ तक कि पंजाब में, मारे गए लोगों की लाशें अकसर वहाँ पाई जाती थीं। इस इलाके को लाशों को ठिकाने लगाने के लिए जाना जाता था।

एस.एस. : क्या पोस्टमार्टम वगैरह हुए थे?

एम.पी. : हुए थे। आमतौर पर पुलिस का मुर्दाघर जिस अस्पताल से जुड़ा होता है, वहाँ

दो या तीन टीमें होती हैं। मुझे जानकारी नहीं है कि उन्होंने क्या किया और क्या नहीं किया तथा लाशों की क्या व्यवस्था की?

एस.एस. : क्या जाँच की गई? या शवों का निपटारा किए जाने के बाद जाँच भी बंद कर दी गई?

एम.पी. : मैं केवल इतना कह सकता हूँ—जो भी हम रिकॉर्ड कर सकते थे, हमने किया। अगर हम कोई लाश उठाते थे तो हमने यह रिकॉर्ड किया कि हमने लाश उठाई है और क्या इसकी शिनाख्त हुई और बाद में उसका निपटारा कैसे किया गया? अगर आपको याद हो, दंगों के तुरंत बाद मुझे दक्षिणी जिले के डी.सी.पी. के तौर पर भेज दिया गया था। मुझे विश्वास है कि उत्तरी जिले के लोगों ने यह जिम्मेदारी सँभाली और उन्होंने यह सब किया होगा। बाद में हुई काररवाई के बारे में मुझे पूरी जानकारी नहीं है, क्योंकि उसके बाद मैं दक्षिणी जिले में चला गया था।

एस.एस. : चाहे उत्तरी जिला हो या दक्षिणी, क्या बरामद शवों के आधार पर बाद में कोई काररवाई नहीं की गई? जैसे कि पीड़ित कैसे मारा गया, यह आदमी कौन था, क्या गवाह थे और बाकी सब ऐसी बातें? क्या इस तरह की कोई जाँच हुई?

एम.पी. : मुझे यकीन है कि इसकी जरूरत थी, क्योंकि बहुत से लोगों की शिनाख्त नहीं हुई थी। तब तक दंगा सेल गठित कर दिया गया था। वह एक विशेष जाँच एजेंसी थी, जिसे केवल दंगा मामलों की जाँच के लिए बनाया गया था। रिकॉर्ड में दर्ज एक-एक बात दंगा सेल को बताई गई थी और उसमें काफी लोगों को नियुक्त किया गया था। वे लोग दस्तावेजीकरण, वर्गीकरण, विभिन्न सूचनाओं को सूचीबद्ध करने और जाँच के लिए जरूरी सभी जानकारी जुटाने की कोशिश कर रहे थे। जाँच यूनिट खोली गई थी और मुझे यकीन है कि वहाँ कोई इसका जवाब देने की बेहतर स्थिति में होगा; क्योंकि मैं उन चीजों के बारे में अनुमान नहीं लगा सकता और जवाब नहीं दे सकता, जिनके बारे में मुझे वास्तव में कुछ पता नहीं है।

•

आखिरी टिप्पणी। यहाँ इस बात के और सबूत मिलते हैं कि पुलिस रोकथाम से लेकर जाँच करने तक कोई काररवाई नहीं कर रही थी और यह जानकारी हमें उस समय दिल्ली के सर्वाधिक प्रभावी पुलिस अधिकारी के सीधे अनुभव से प्राप्त होती है। इस अधिकारी द्वारा किए जा रहे सही कार्य का अपने आप में एक दूसरा पक्ष यह बताता है कि बाकी अधिकारी क्या नहीं कर रहे थे।

मैक्सवेल परेरा वायरलेस पर पुलिस काररवाई का निर्देश दे रहे थे। वे जहाँ जरूरत हो, वहाँ गोली चलाने का आदेश दे रहे थे और उन हालात में निश्चित रूप से यह जरूरी हो गया था। परेरा अभूतपूर्व कार्य कर रहे थे; यह कभी असाधारण नहीं

होना चाहिए था। यह ऐसा काम है, जिसे अन्य अधिकारियों को भी करना चाहिए था और उन्होंने खुल्लम-खुल्ला अपनी ड्यूटी में लापरवाही बरती। पुलिस हर जगह कारखाई नहीं कर रही थी; लेकिन वायरलेस नेटवर्क पर जो सूचना और अद्यतन जानकारी मिल रही थी, उसके आधार पर वह कर सकती थी और उसे करनी चाहिए थी। इस कम्युनिकेशन से ऐसा लगता है कि कई पुलिस अधिकारी निर्देशों का इंतजार कर रहे थे, जो कि उन्हें नहीं मिले। परेरा ने जिस तरह से काम किया। उस तरीके से, बिना ऊपर से निर्देश मिले, बहुत कम अधिकारियों ने काम किया, लेकिन बहुत से अधिकारी अनिश्चय की स्थिति में थे कि बिना आदेश के कारखाई करना स्वीकार्य होगा या नहीं और कहाँ तक इसके लिए माफी मिल सकती थी! कानून और जरूरत के अनुसार किसी भी पुलिसकर्मी को अपनी आँखों के सामने भीड़ को किसी आदमी को जिंदा जलाने से रोकने के लिए 'ऊपर से' किसी आदेश की जरूरत नहीं होती। लेकिन ऐसा लगता है कि शहर में अधिकतर जगहों पर पुलिस बल अनिश्चय की स्थिति में झूल रहा था और हिंसा को रोकने के लिए ठोस आदेशों का इंतजार करता रहा और ऐसे आदेश नहीं मिले। बहुत से अधिकारी थे, जिन्होंने बिना आदेशों के खुद से कारखाई नहीं की।

दक्षिणी, पूर्वी और पश्चिमी जिलों में ऐसा कोई रिकॉर्ड नहीं मिलता कि जिला पुलिस प्रमुखों ने हालात की गंभीरता और मिल रही रिपोर्टों के अनुसार प्रभावी कारखाई करने के निर्देश दिए थे। दिल्ली पुलिस के कई अधिकारी, बहुत से अधिकारी आपराधिक कर्तव्यहीनता पर परदा डालने के लिए, अपनी आपराधिक खामोशी के बावजूद साफ बच निकले। पुलिस रिकॉर्ड अपने आप में बहुत सीमित था—सीमित होगा भी, क्योंकि जिन लोगों पर कारखाई करने की जिम्मेदारी थी, जो उन्होंने नहीं निभाई, वही लोग उन रिकॉर्ड्स को रखने के लिए भी जिम्मेदार थे। एक सिरा दूसरे से जाकर जुड़ता था। इस बात की बमुश्किल ही संभावना थी कि पुलिस अपनी जिम्मेदारी न निभाने का फैसला करे और उसके बाद एकदम सटीक रिकॉर्ड तैयार करे, जिसमें वे अपनी विफलता के कारणों को स्पष्टता से दर्ज करें।

पुलिस रिकॉर्ड टूटे सूत्रों का रिकॉर्ड है, जिससे एक शून्य पैदा हुआ और उनकी विफलता मुख्य रूप से इस शून्य में है। जब पुलिस ने कोई कारखाई नहीं की तो उसके साथ ही उन्होंने यह भी इंतजाम कर लिया कि बाद में उनके खिलाफ इसके लिए कोई कारखाई न हो; बल्कि परेरा वर्ष 1984 में पुलिस रिकॉर्ड की इस विफलता की तुलना सदियों पहले के मुगलकाल से करते हैं, जब रिकॉर्ड दर्ज करने की कारखाई इस समय से कहीं बेहतर थी।

क्या बीसवीं सदी के उत्तरार्ध में दिल्ली में, जहाँ उसके पास वायरलेस नेटवर्क और

बाकी चीजें थीं, वह रिकॉर्ड दर्ज करने की अपनी परंपराओं में मुगलों से भी पिछड़ी हुई थी? मुगलिया पुलिस व्यवस्था की परंपरा हमारी मौजूदा व्यवस्था से बहुत अलग नहीं थी, जो कि हम सोचने को बाध्य हैं। पुलिस द्वारा रिकॉर्ड रखने की कुछ मौजूदा परंपराओं की जड़ें मुगलकाल तक जाती हैं और ये परंपराएँ आज भी बेहतर काम कर सकती हैं।

रिकॉर्ड दर्ज करने की सबसे खास बात 'रोजनामचा' है, जिसे दैनिक डायरी कहा जाता है। इसमें एक पुलिस स्टेशन उसके संज्ञान में आनेवाली सारी घटनाओं को दर्ज करता है। ऐसा लगता है कि रोजनामचा व्यवस्था ने मुगल समय से लेकर ब्रिटिश प्रशासन तक प्रभावी रूप से काम किया और यह आज भी बरकरार है। रोजनामचे में दर्ज रिकॉर्ड का अध्ययन यह निर्धारित करने के लिए किया जाता है कि क्या घटना दर्ज की गई और दर्ज घटना कानून की किस धारा के तहत तथा कौन से अपराध की श्रेणी में आती है? इसके बाद मामले दर्ज किए जाते हैं, जाँच होती है और मुकदमा चलाया जाता है।

पहले कदम की मंशा जानकारी को रिकॉर्ड में बदलना है; दूसरा कदम उस रिकॉर्ड को जाँच और अभियोजन का आधार बनाता है। यही रिकॉर्ड प्राथमिक सूचना रिपोर्ट दर्ज करने में काम आता है। व्यवहार में, निश्चित रूप से सभी कदम भ्रष्ट हो जाते हैं—हो सकता है कि जो जानकारी है, उसे रिकॉर्ड न किया गया हो; और उसके बाद जो रिकॉर्ड किया गया हो, संभव है कि वह मामले के रूप में दर्ज न हुआ हो। जो रजिस्टर किया गया हो, उसकी संभव है कि अकसर जाँच न होती हो और जहाँ जाँच होती है, वे अकसर सफल अभियोजन के लिए पर्याप्त सबूत जुटाने में विफल रहते हैं।

शुरुआत के लिए एक पुलिस रिकॉर्ड ठीक वैसा ही बनेगा, जैसा पुलिस बनाना चाहेगी। तथ्य और दर्ज तथ्य—ये दिल्ली में पुलिस व्यवस्था के मानक थे, जो उन तीन दिनों में एकदम रसातल में चले गए थे, जो कि सामान्य भ्रष्टाचार और मध्य युगीन मानकों से भी नीचे थे।

सक्रिय पुलिस बलों के साथ लेखकों को भेजने की परंपरा रही थी, जो लौटकर रोजनामचे में सब लेखा-जोखा दर्ज करते थे। उन तीन दिनों में दिल्ली में सारे वायरलेस सूचना तंत्र के बावजूद संभवतः उस तरह से तथ्य दर्ज नहीं किए गए, जैसे मुगलकाल में किए जाते थे। यह तो और भी तेजी से किया जा सकता था—पुलिस का एक लेखक दिन खत्म होने पर उसी दिन लौटकर वह सब दर्ज कर सकता था, जो उसने देखा था। दिल्ली में वर्ष 1984 में कई दिन ऐसे बीते थे, जिनके दौरान नर-संहार की सीमा से मेल खाता कोई रिकॉर्ड नहीं है।

एक बार दिन बीत जाने पर रिकॉर्डिंग अपने आप ही बंद हो गई। अगर आप केवल दिल्ली पुलिस द्वारा दर्ज किए गए इक्का-दुक्का मामलों पर गौर करें तो बाद में जो कुछ हमने पाया था, उसके मुकाबले तो दिल्ली में बहुत ज्यादा कुछ हुआ ही नहीं था। पुलिस

के भीतर सूचनाओं का जो आपसी लेन-देन हुआ था और रोजनामचों में दर्ज प्रविष्टियों के संबंध में देखा जाए तो बहुत कम मामले दर्ज किए गए। लेकिन वायरलेस पर जिस तरह से सूचना का अंबार लगा हुआ था और पुलिस को जनता से जो रिपोर्टें मिल रही थीं, उनके मुकाबले तो ये दर्ज मामले अंश मात्र थे।

जो सूचनाएँ मिलीं और उन सूचनाओं के परिणामस्वरूप जो मामले दर्ज होने चाहिए थे, उनमें भारी अंतर था, जिसका वेद मारवाह ने अपनी जाँच में जिक्र किया है। यह अंतर उतना ही बड़ा था, जितना बड़ा अन्याय उसके बाद हुआ। उल्लेखनीय यह है कि यह विफलता उसी प्रक्रिया के तहत पकड़ी गई, जिस प्रक्रिया के तहत विफलता को अंजाम दिया गया था।

पुलिस रिकॉर्डिंग और पुलिस की जानकारी के बीच के शून्य को देखते हुए अभियोजन के मकसद से रिकॉर्ड दर्ज करने में विफल रहना अपने आप में दर्ज करने लायक मामला है; क्योंकि एक रिकॉर्ड वह है, जो पुलिस जानती थी और एक अलग रिकॉर्ड इस बात का है कि उन्होंने क्या किया या वे क्या करने में विफल रहे। यह बेमेल अपने आप में अभियोजन के साथ जाँच के लिए एक आधार तैयार करता है। इसकी सही-सही जाँच करने के लिए पुलिस सेल का गठन किया गया; लेकिन एक बार जब उन्होंने रिकॉर्ड जुटा लिया तो उसे जाँच आयोगों के हवाले कर दिया गया। वे रिकॉर्ड एक जज के लिए सामग्री बन गए, जिन्हें उस पर गौर करना था। अब वे ऐसे तथ्य नहीं रह गए थे, जिन पर पुलिस को काररवाई करनी थी।

आखिर में, हत्या के मामलों की जाँच नहीं की गई, क्योंकि वे केवल हत्या के मामले थे, हत्या के दर्ज मामले नहीं।

जाँच आयोगों के अंत में की गई टिप्पणियों का कोई महत्त्व नहीं था। उन आयोगों ने अंततः जो भी कहा, वह लापरवाही कानून की नजर में अपराध था; लेकिन उस अपराध के लिए न तो जाँच आयोगों ने और न ही पुलिस ने कोई मुकदमा चलाया।

□

9

केंद्र की काररवाई

एक सामान्य आँकड़ा एक कहानी बताता है और साथ ही सवाल पूछता है। दिल्ली पुलिस के मध्य जिले में सिखों, उनके घरों और उनके कारोबारी प्रतिष्ठानों पर हमलों की सैकड़ों घटनाएँ हुई थीं; लेकिन इनमें केवल 20 सिख ही मारे गए थे। ये केवल 20 का आँकड़ा नहीं हो सकता—एक-एक करके बहुत से लोग मारे गए थे। दिल्ली छह जिलों में बँटी हुई थी, लेकिन इन छह जिलों में से एक जिले में यह संख्या बहुत कम मालूम पड़ती है; जबकि पूरे शहर भर में करीब 3,000 लोग मारे गए थे। इस जिले में हमले हुए थे, लेकिन बड़े पैमाने पर लोगों की जानें जाने से बच गई थीं। यहाँ कुछ ऐसा किया गया था, जो सही था या कम-से-कम काफी हद तक ठीक था।

उस समय मध्य जिले की कमान डी.सी.पी. आमोद कंठ के हाथों में थी। यह वही अधिकारी थे, जिन्हें मैंने करोल बाग पुलिस स्टेशन में देखा था, जो एक कांग्रेस सांसद के खिलाफ और अपने कनिष्ठ साथियों के पक्ष में खड़े थे। जब स्थानीय पुलिस ने लुटेरों को गिरफ्तार किया था, उन्होंने अपने ही बॉस के खिलाफ बोलने की हिम्मत दिखाई थी। बाद में पता चला था कि लुटेरे कांग्रेस पार्टी के सदस्य थे, जिन्हें छुड़ाने के लिए कांग्रेस के सांसद धरम दास शास्त्री अन्य स्थानीय कांग्रेस नेताओं को लेकर पुलिस स्टेशन जा पहुँचे थे।

यह घटना हत्याओं का सिलसिला बंद होने के कुछ दिनों बाद हुई थी। लेकिन आमोठ कंठ ने अपने 'प्रयास' कार्यालय में बातचीत के दौरान मुझे बताया था कि काफी पहले ही उन्हें इसमें कांग्रेस का हाथ नजर आ गया था। 'प्रयास' बच्चों के लिए आमोद कंठ द्वारा दक्षिणी दिल्ली के तुगलकाबाद में स्थापित किया गया एक चैरिटी संगठन है। उनका कहना था कि हिंसा 31 अक्तूबर की देर रात कांग्रेस के स्थानीय नेताओं के एकत्र होने के बाद ही शुरू हुई थी।

कंठ ने इस चैरिटी संगठन की स्थापना सन् 1988 में की थी, जब एक पुलिस

अधिकारी के रूप में उनका कॅरियर अपने विराम की ओर अग्रसर था, और अब वह इसका पूर्णकालिक प्रबंधन देखते हैं। हिंसा के बाद हमने कई दिनों और कई हफ्तों तक इन हत्याओं के बारे में बात की थी; लेकिन जनवरी 2017 में जब हमने इस पर बात की तो मुझे पहले से कहीं अधिक बातें सुनने को मिलीं। कंठ ने बताया कि हत्या के बाद के नर-संहार से निपटने के लिए पुलिस ने किस प्रकार तैयारी की और स्थानीय कांग्रेस नेताओं की क्या तैयारी थी। हालाँकि, मुझे पता चला कि पुलिस सेवा को अलविदा कहने के बाद आमोद कंठ ने वर्ष 2008 में कांग्रेस पार्टी के टिकट पर दिल्ली का चुनाव लड़ा था। मेरी उनसे बातचीत राजनीति में उनकी स्थिति या एक सामाजिक कार्यकर्ता के रूप में उनके कामकाज को लेकर नहीं हुई थी, क्योंकि ये दोनों बहुत बाद की घटनाएँ हैं या यहाँ तक कि दिल्ली पुलिस में बिताए गए उनके वर्षों पर भी बात नहीं हुई; जबकि मैं क्राइम बीट सँभाल रहा था।

हमारी बातचीत केवल उन कुछ दिनों तक ही सीमित रही थी, जब इंदिरा गांधी की हत्या के तुरंत बाद सिखों पर हमले हुए थे। उन कुछ दिनों में कंठ ने उल्लेखनीय रूप से प्रभावी काम किया था। रिकॉर्ड स्वयं इसकी गवाही देता है और कंठ ने मुझे पुलिस द्वारा उठाए गए कदमों के बारे में बताया था, जिनसे इस प्रकार का रिकॉर्ड संभव हो सका।

उन्होंने बताया, “31 अक्तूबर की सुबह ऑफिस पहुँचते ही मैंने सबसे पहला काम यह किया था, कि सभी अधिकारियों की एक बैठक बुलाई। मैंने अपने मन में, अपनी कल्पना में यही सोचा, मुझे यही डर था···मैंने सोचा कि हम देश के समक्ष मौजूद सबसे भयानक वक्त में से एक का सामना करने जा रहे हैं। मेरे मन में विचार आया कि हमें संभवत: गृह-युद्ध का सामना करना पड़ सकता है। मैंने तुरंत पुलिस अधिकारियों को बुलाया, अपने साथ जुड़े होमगार्ड्स को बुलाया, सिविल डिफेंस अधिकारियों को बुलाया।

“जब तक बहादुरशाह जफर मार्ग के प्रेस इलाके में हत्या की खबरों का डिस्प्ले होने लगा, मैं उससे पहले बैठक बुला चुका था।”

जिस प्रेस इलाके की वह बात कर रहे थे, वह बहादुर शाह जफर मार्ग था, जहाँ ‘दि इंडियन एक्सप्रेस’, ‘द टाइम्स ऑफ इंडिया’ और अन्य समाचार-पत्रों के ऑफिस हैं। इसके पास ही दरियागंज में मध्य जिले के डी.सी.पी. का ऑफिस है। समाचार-पत्रों के ऑफिसों के बाहर एक ‘स्पॉट न्यूज’ बोर्ड होता था, जहाँ उस समय की प्रमुख खबरों की हेडलाइंस डिस्प्ले की जाती थीं।

एक चपरासी एक उप-संपादक के साथ जाता था और लकड़ी के बोर्ड पर चढ़ता था। उसके पास एक थैला होता था, जिसमें बहुत से अक्षर भरे रहते थे। इसके बाद

चपरासी उन अक्षरों को जरूरी खबर के शीर्षक के तौर पर उस बोर्ड पर एक-एक करके लगाता जाता था। वे शीर्षक राहगीरों के लिए लगाए जाते थे, ताकि उन्हें देश-दुनिया की महत्त्वपूर्ण खबरों के बारे में पता चल सके।

खबरों को सबसे तेजी से जानने का सर्वाधिक तीव्र माध्यम ऑल इंडिया रेडियो, यानी कि आकाशवाणी था; लेकिन वह सरकारी मुखपत्र था और उसकी रफ्तार काफी सुस्त थी (31 अक्तूबर की शाम तक जाकर ही इंदिरा गांधी की हत्या होने की खबर प्रसारित की गई थी)। समाचार-पत्र की कॉपी केवल सुबह के समय ही लोगों के घरों में पहुँचती थी। ऐसे में, वे स्पॉट न्यूज बोर्ड खबरों को तेजी से प्रसारित करते थे; लेकिन केवल सड़क से गुजरते लोगों के लिए ही।

दिल्ली में ऐसे दो और बोर्ड कनॉट प्लेस में 'द स्टेट्समैन' और 'हिंदुस्तान टाइम्स' समाचार-पत्रों के दफ्तरों के बाहर लगाए गए थे। दिल्ली में बहादुरशाह जफर मार्ग या कनॉट प्लेस से गुजरनेवाले लोग खबरों के मामले में सबसे खास होते थे। उन्हें सबसे ताजा खबर सबसे पहले पता चलती थी। बस में दूसरी तरफ बैठे यात्री बाकी यात्रियों के बगल से सिर आगे बढ़ाकर उन बोर्डों पर लिखी खबरों को पढ़ने की कोशिश करते और ऐसा करते हुए वे भारत में खबरों की सबसे पहले जानकारी प्राप्त करनेवाले कुछ लोगों में खुद को शामिल करने का गर्व महसूस करते।

वही कुछ चुनिंदा लोग थे, जिन्हें उस सुबह श्रीमती गांधी की मौत की खबर सबसे पहले पता चली थी। उन बोर्डों पर सुबह, काफी पहले ही घोषणा कर दी गई थी कि उन्हें गोली मार दी गई है और इसके बाद दोपहर होने से कुछ ही समय पहले उन्हें पता चल गया था कि उनकी मौत हो चुकी है।

मैं खुद 'दि इंडियन एक्सप्रेस' ऑफिस को लगातार सूचनाएँ दे रहा था; ऑफिस को यूनाइटेड न्यूज ऑफ इंडिया (यू.एन.आई.) और प्रेस ट्रस्ट ऑफ इंडिया (पी. टी.आई.) समाचार एजेंसियों से ताजा स्थिति के संबंध में जानकारी मिल रही थी। 'दि इंडियन एक्सप्रेस' ने भी जल्दबाजी में खबरों का एक पन्ना तैयार किया, जिसे सप्लीमेंट कहा जाता था। इस सप्लीमेंट को केवल उस भीड़ के लिए निकाला गया था, जो बोर्डों के सामने ताजा खबर जानने के लिए जुटी हुई थी।

यह उसी दिन सुबह की बात है, जिसके बारे में आमोद कंठ ने बताया था कि दरियागंज में डी.सी.पी. के ऑफिस में बैठक बुलाई गई थी। उसी समय स्पॉट न्यूज बोर्ड पर लगाई गई थी। उसमें खबर थी कि श्रीमती इंदिरा गांधी को गोली मार दी गई। "बैठक में सौ से ज्यादा लोग थे।" कंठ ने बताया था, "उनमें जनता के बीच के भी कुछ सदस्य थे, क्योंकि सिविल डिफेंस में आम जन के बीच से महत्त्वपूर्ण हस्तियों को शामिल किया जाता है। मैंने उन सबसे बात की और कहा कि हम लोग दिल्ली शहर के सबसे मुश्किल

वक्त का सामना करने वाले हैं। मैंने कहा कि दंगे होंगे और भीषण दंगे होंगे। मुझे पूरा यकीन था कि यह होगा।

"लंच तक खबर फैलने लगी थी। हमें पता चला कि अखिल भारतीय आयुर्विज्ञान संस्थान (AIIMS) पर लोगों की भीड़ जुटना शुरू हो गई थी।

"उससे काफी पहले मेरे इलाके में बहादुरशाह जफर मार्ग (स्पॉट न्यूज बोर्ड) पर भीड़ इकट्ठा हो चुकी थी और लोग बेचैन हो रहे थे।

"मैंने अधिकारियों से कहा कि किसी भी स्थिति के लिए तैयार रहें। शाम होते-होते स्थिति विकट होने लगी। दंगे नहीं हुए थे, लेकिन दक्षिणी दिल्ली में कुछ जगहों पर छोटी-मोटी झड़पें होनी शुरू हो गई थीं और मेरे इलाके में भी कुछ जगह से खबरें मिली थीं; लेकिन वे बहुत छोटी घटनाएँ थीं।

"उस समय तक यही सब चल रहा था और मैंने सोचा कि हम इन्हें काबू कर सकते हैं। कोई बड़ा दंगा शुरू नहीं हुआ था। रात 11 बजे तक या उसके कुछ देर बाद तक ऐसा कुछ नहीं हुआ। दंगे उसके बाद शुरू हुए। मुझे अपने जिले पर ध्यान देना था, क्योंकि पुलिस मुख्यालय में कोई बैठक नहीं हुई थी, वहाँ से कोई निर्देश नहीं मिला था। यही वह जगह होनी चाहिए थी, जहाँ सभी डी.सी.पी. को बुलाया जाता, चर्चा होती और कोई कार्य-योजना तैयार की जाती। इस तरह का विचार, जो मेरे मन में आ रहा था, शायद दूसरे लोगों के मन में नहीं आ रहा था। वे इस तरह से नहीं सोच रहे थे।"

•

एक क्षण रुककर इस कटु तथ्य पर चिंतन करते हैं। एक जिला पुलिस टीम यह भाँप सकती थी कि समस्या आने वाली है और उसने सीधे उससे निपटने की तैयारी शुरू कर दी। लेकिन पुलिस मुख्यालय ने ऐसा कोई कदम नहीं उठाया। वे 'इस तरह से नहीं सोच रहे थे।'

आँकड़े इस प्रकार के नहीं थे कि उनसे केवल मध्य जिले में ही आशंका पैदा हुई; उस जिले का हत्या से कोई खास संबंध नहीं था। दिल्ली पुलिस के शीर्ष अधिकारी वे लोग थे, जिनकी कारवाई मायने रखती थी, जो अशांति का अंदाजा लगाकर उस पर काबू कर सकते थे और यह करना उनकी जिम्मेदारी थी। मध्य जिले को संकट का कोई पूर्वाभास नहीं हुआ था—किसी को भी उस समय यह समझ में आ सकता था कि कितने बड़े पैमाने पर हिंसा होने की आशंका थी, भले ही कोई यह नहीं सोच सकता था कि इतनी संख्या में लोगों की हत्याएँ कर दी जाएँगी।

कुछ भी हो सकता था और इस 'कुछ भी होने' के डर को हवा में भी आप महसूस कर सकते थे; और अगर हर किसी को यह खतरा नजर आ रहा था तो निश्चित रूप से शहर में कानून व व्यवस्था सँभालनेवाले पुलिस अधिकारियों को भी इसका अहसास

जरूर होगा। वर्ष 1984 में उन दिनों में हत्याओं का जो सिलसिला चला था, वह बेहद घातक था। उसी से पता चलता था कि क्या नहीं किया गया और क्या नहीं हुआ! एक अधिकारी को अपने जिले के भीतर यह बात समझ आ गई थी; लेकिन शीर्ष पुलिस अधिकारियों ने कोई काररवाई नहीं की।

जैसा कि आमोद कंठ ने कहा, यह काफी सामान्य बात होती, अगर शीर्ष पुलिस अधिकारियों ने यह चाहा होता कि सामान्य तरीके से पुलिस व्यवस्था बनाए रखनी है—समय रहते संकट को टालने के लिए, घटनाओं को रोकने और उनसे निपटने के लिए—एक कार्य-योजना तैयार करने के मकसद से—पुलिस मुख्यालय में पहले ही बैठक बुलाई जाती और इससे भी ज्यादा, यह योजना पुलिस बल को स्पष्ट रूप से पहले ही सूचित कर दी जाती और इसके पीछे की मंशा साफ होती तो स्थिति अलग होती। आधे घंटे की बैठक, वायरलेस पर संदेश और इतने का ही दूरगामी प्रभाव हो सकता था। यह स्पष्ट संदेश दिया जाता कि कुछ लोग उद्वेलित हो सकते हैं, लेकिन अराजकता बरदाश्त नहीं की जाएगी।

इसके विपरीत, पुलिस मुख्यालय इस प्रकार सुनसान पड़ा हुआ था, जैसे वहाँ तालाबंदी हो गई हो। मुख्यालय पुलिस के लिए बंद था तो जनता के लिए भी बंद था। बहुत से लोग मुख्यालय से नियंत्रित इमरजेंसी नंबर पर संपर्क नहीं कर सके। कॉल्स न तो आ सकती थीं और न ही कोई दिशा-निर्देश दिए जा रहे थे; जैसे कि उत्तरी जिले में मैक्सवेल परेरा की तरह आमोद कंठ को भी पुलिस मुख्यालय से कोई निर्देश प्राप्त नहीं हुए और निर्देशों का इंतजार कर रहे वे अधिकारी हमलों को रोकने के लिए जो कुछ कर सकते थे, वह करने में जुटे थे। उच्च स्तर पर इस प्रकार की बैठक बुलाने में विफल रहना अपने आप में एक संदेश बन जाता है। अभूतपूर्व स्तर पर एहतियाती कदम उठाने से इनकार और ऐसा करते हुए दिखाई तक नहीं देना, यह अपने आप में पुलिस बल को संदेश था, जिसका अर्थ था कि पुलिस बल का नेतृत्व उस हिंसा को काबू करने में कोई दिलचस्पी नहीं ले रहा था, जो स्वाभाविक रूप से सिखों को निशाने पर लेकर हो रही थी।

इस बात में संदेह नहीं कि हर अधिकारी किसी-न-किसी प्रकार की बैठक होने के संबंध में कुछ-न-कुछ रिकॉर्ड पेश कर सकता है। लेकिन केवल बैठक करने का महत्त्व नहीं है, बल्कि बैठक करने से एक संदेश जाता और उससे जमीनी स्तर पर ठोस कदम उठाने की योजना बनाई जाती। आमोद कंठ मध्य जिले के शीर्ष अधिकारी थे और उनके आदेश पूरे जिले में प्रभावी हो सकते थे। यह उससे ज्यादा था, जो उत्तरी जिले में मैक्सवेल परेरा कर सकते थे। उस जिले के पुलिस बल में वह नंबर दो के अधिकारी थे। वह अपनी निजी क्षमता से आगे बढ़कर बहुत ज्यादा कुछ नहीं कर सकते थे, या यह कि उनकी हस्तक्षेप करने की हैसियत एक सीमा तक थी, क्योंकि वे नंबर दो के अधिकारी

थे और शीर्ष अधिकारी हिंसा से निपटने के लिए जिले में उस तरीके से नेतृत्व-क्षमता का प्रदर्शन नहीं कर रहे थे, जो कि उस वक्त जरूरी था।

हम सबको किसी बड़े खतरे की आशंका ने जकड़ लिया था। अब अगर पीछे मुड़कर देखें तो लगेगा कि गृह-युद्ध की आमोद कंठ की आशंका अतिशयोक्ति प्रतीत हो सकती है। लेकिन ऐसा नहीं था। अगर देश में नहीं तो शहर में जरूर हर कोई इस डर के साए में था। मैंने जरूर यह सोचा था और पहली बार मेरे मन में यह विचार आया था कि देश ढहने के कगार पर पहुँच गया है और संभवतः टुकड़े-टुकड़े बिखर भी सकता है।

माहौल विस्फोटक था। हर किसी के लिए सामान्य तरीके से जीवन जीना असंभव हो गया था। मैं किसी ऐसे व्यक्ति को नहीं जानता था, जो सामान्य जीवन जी रहा था, जैसे कि पार्टी में जाना या सिनेमा जाना; और तो और, लोग एक साथ खड़े होकर गप्पें तक नहीं लगा रहे थे। एक राजनीतिक कुहासा-सा हम सभी लोगों पर छा गया था और हर किसी के कंधे उसके बोझ से दबे जा रहे थे। मैं जिससे भी बात करता था, लगता था कि सभी मेरी तरह ही डरे हुए थे। कोई ऐसे भारत की कल्पना ही कैसे कर सकता है, जिसके भीतर सिख न हों और जिसके साथ सिख न खड़े हों?

क्या सिख ऐसे ही रहेंगे या नहीं—लोगों के मनों में यही सबसे पहला राजनीतिक विचार था और चर्चाओं में यही सबसे पहला और आमतौर पर एकमात्र मुद्दा होता।

पूरे देश को यह डर सता रहा था कि सिखों और सरकार के बीच अंदरूनी टकराव हो सकता है और न जाने उसके क्या परिणाम होंगे? पुलिस में आमोद कंठ संभवतः एकमात्र ऐसे अधिकारी थे, जो गृह-युद्ध के बारे में सोच सकते थे। किसी के मन में चाहे जो भी विचार रहा हो, किसी आपदा का सामना करने की तैयारी करने में कुछ गलत नहीं था।

31 अक्तूबर की सुबह मध्य जिला पुलिस में उस बैठक को करने का कारण यही था। अधिकारियों को यही आशंका सता रही थी कि कुछ ऐसा भयानक होने वाला है, जो केवल जिला स्तर तक सीमित नहीं रहेगा। लेकिन उन दिनों में दिल्ली की सड़कों पर हालात को काबू करने का मतलब पूरे भारत पर पकड़ कायम करने के समान होता। सभी की निगाहें दिल्ली पर लगी नजर आ रही थीं। पंजाब की नजरों में तो निश्चित रूप से दिल्ली था। यह सामान्य दिनों में कानून व व्यवस्था बनाए रखने की जिम्मेदारी से अलग परिदृश्य था। उन दिनों में पुलिस को शांति बनाए रखने की जरूरत थी और उसके राजनीतिक निहितार्थ थे। उस दिन विरोधाभास यह था कि दूरगामी राजनीतिक फलितार्थ को साधने के लिए सड़क के स्तर पर पुलिस की करीबी निगरानी की जरूरत थी। सड़कों पर जो व्यवस्था थी या अगर मजबूत तरीके से सुस्पष्ट पुलिस व्यवस्था की जाती तो अव्यवस्था कम होती और ऐसे में अराजकता होती भी तो उसमें भी एक तरह की सभ्यता

होती और राजनीतिक रूप से उससे निपटने में आसानी होती। ऐसे में जन-संहार तो नहीं ही होता। उन दिनों में पुलिस को चाहिए था कि वह अपनी जागरूकता के स्तर पर नहीं तो कम-से-कम काररवाई के स्तर पर आसपास को लेकर चौकन्ना रहती, अपने अधिकार-क्षेत्र के इलाकों को लेकर सतर्क रहती।

जो अधिकारी इस दायित्व को निभाने में विफल रहे और जो कि अधिकतर विफल ही रहे थे और जिन्होंने कोशिश ही नहीं की, उन्होंने निश्चित रूप से मासूम नागरिकों के साथ विश्वासघात किया, जिनकी रक्षा करना उनकी जिम्मेदारी थी। उन्होंने भारत को भी निराश किया और हर किसी को एकजुट रखने के भारत के इस विचार को ही ध्वस्त कर दिया। वे एक कमजोर इमारत को हिलाने में भिंडराँवाले से मुकाबला करने के काम को बहुत अच्छे तरीके से अंजाम दे रहे थे।

•

31 अक्तूबर को पूरे दिन पुलिस के लिए कोई गंभीर समस्या पैदा नहीं हुई। हाथापाई और छोटी-मोटी, इक्का-दुक्का घटनाएँ सुनने में आईं। वे गुस्से की आक्रामक अभिव्यक्ति थीं। लेकिन अभी तक किसी को सोची-समझी हत्याओं की कोई आहट महसूस नहीं हो रही थी।

श्री आमोद कंठ ने बताया, “तभी कुछ ऐसा हुआ, जो वास्तव में परेशान करनेवाला था। कुछ छोटे नेता—हाँ, उनमें से कुछ कांग्रेस से थे—उन्होंने आसपास घूमना शुरू कर दिया। उसके बाद समूहों में छोटी-छोटी बैठकें होने लगीं।” उन्होंने मुझे बताया कि वे बैठकें आधी रात के आसपास होनी शुरू हुई थीं। यह वो समय था, जब कोई भी यह सोच सकता था कि लोग अब अपने घरों में होंगे और खा-पीकर सो चुके होंगे; क्योंकि वह पूरा दिन सभी के लिए बड़ा बेचैन करनेवाला रहा था।

लेकिन यही वह वक्त था, जब पुलिस को रिपोर्टें मिलने लगी थीं कि उन छोटी-छोटी टोलियों ने इकट्ठा होना शुरू कर दिया और स्थानीय नेता उन्हें जुटा रहे हैं। कांग्रेस पार्टी अपना चेहरा दिखा रही थी—स्थानीय पुलिस को अपने इलाके में सत्तारूढ़ पार्टी के नेताओं को पहचानने में देर नहीं लगी।

उस रात, उसी समय के आसपास एक और घटना हुई। मैंने दक्षिणी जिले के मालवीय नगर इलाके में अपने घर के आसपास भी उसे देखा। हम लोगों को चेतावनी दी जा रही थी कि सिखों ने दिल्ली के पानी में जहर मिला दिया है। इस मोड़ पर हमारी संक्षिप्त बातचीत—

ए.के. : खबर फैलनी शुरू हो गई, नापाक खबरें। रात करीब 11.30 बजे से 12 बजे के बीच यह खबर फैलाई जाती रही कि सिखों ने पानी के टैंकों में जहर घोल दिया है। मैंने म्यूनिसिपल कमिश्नर से बात की, वरिष्ठ अधिकारियों से बात की, मैं बता रहा था कि

ये सब गलत है। वास्तव में, जब मैं उस रात पुरानी दिल्ली के करोल बाग और अन्य इलाकों में रात में गश्त कर रहा था तो पाया कि जान-बूझकर यह अफवाह फैलाई जा रही थी। इस अफवाह को फैलाने के पीछे का मकसद यह संदेश देना था कि सिख आक्रामक हो रहे थे। एक ओर सिखों के खिलाफ आक्रोश की भावना जोर पकड़ रही थी और उसके बाद अब पानी के टैंकों में जहर मिलाए जाने की अफवाह फैलाई जा रही थी। दूसरी ओर, ऐसी खबरें भी फैलाई जा रही थीं कि सिख कुछ गुरुद्वारों में जमा हो रहे हैं और उनके पास हथियार हैं।

एस.एस. : इस तरह की खबरें कौन फैला रहा था?

ए.के. : वे इलाके के कुछ छुटभैये नेता थे, जो इधर-उधर घूम रहे थे। इधर-उधर घूमने में कुछ गलत नहीं है; लेकिन वह सब शांतिपूर्ण हालात बनाने के लिए नहीं था...समझे आप! इस तरह की स्थिति निर्मित हो रही थी। यही समय था, जब छिटपुट लड़ाइयाँ शुरू हो गईं। उसके बाद बड़ी लड़ाइयाँ छिड़ गईं। मुझे अपने इलाके में, खासतौर से पुरानी दिल्ली में, विभिन्न स्थानों से एक साथ गड़बड़ी की खबरें मिलने लगी थीं।

एस.एस. : वे क्या गड़बड़ियाँ थीं?

ए.के. : यही कि सिखों पर हमले हो रहे थे। लोग सैकड़ों की संख्या में इकट्ठा होना शुरू हो गए थे। कुछ जगहों पर कांग्रेस के नेता उन भीड़ों को संबोधित कर रहे थे और इस प्रकार की भीड़ आगे बढ़ रही थी। हम सिखों की रक्षा करने की कोशिश कर रहे थे।

एस.एस. : क्या पार्टी के शीर्ष नेता अपने स्थानीय नेताओं को रोक सकते थे?

ए.के. : कानून-व्यवस्था के हित में नेताओं को उन पर लगाम लगानी चाहिए थी। पर उन्होंने ऐसा नहीं किया। नेता उन्हें रोकने के लिए बाहर नहीं निकले।

एस.एस. : आपने कम्युनिटी नेताओं की बात की। क्या उनमें से कई सारे कांग्रेस नेता थे?

ए.के. : जाहिर-सी बात है। बहुत सामान्य-सा कारण है। उनमें से कई कांग्रेस नेता रहे होंगे, क्योंकि मामला उनकी नेता का था। आज आपको इनमें से कुछ कांग्रेस में भी नहीं मिलेंगे। मैं शहर को जाननेवाले एक व्यक्ति की हैसियत से यह कह रहा हूँ।

एस.एस. : कई पुनर्वास कॉलोनियाँ, जहाँ से हमलावर आए थे, परंपरागत रूप से कांग्रेस का वोट बैंक रही हैं।

ए.के. : यह सच है और वे उन दिनों में सक्रिय हो गए थे।

●

इतने वर्षों के बाद, हमारे सामने एक पुलिस जिले के डी.सी.पी. ने स्पष्ट शब्दों में यह बात कही कि वे स्थानीय कांग्रेस नेता थे, जिन्होंने अग्रिम मोर्चे पर रहकर भीड़ को लामबंद किया और इसी भीड़ ने हिंसा को अंजाम दिया। तथ्य एक साफ तसवीर

की तरह उभरकर सामने आते हैं कि सिखों पर हमले स्थानीय कांग्रेस नेताओं की कमान में किए गए और उन नेताओं को उनके वरिष्ठों ने खुला छोड़ दिया था। यहाँ एक बात सामने आती है और यह बहुत जल्दी सामने आती है, जिससे शीर्ष नेतृत्व उनसे खुद को अलग नहीं कर सकते और न ही खुद पार्टी अपने सदस्यों व कार्यकर्ताओं से पल्ला झाड़ सकती है।

शीर्ष पार्टी नेताओं ने पार्टी के उन स्थानीय नेताओं को रोकने के लिए कुछ नहीं किया, भले ही आप इस बात को स्वीकार कर लें कि उन्होंने उनका नेतृत्व नहीं किया। पार्टी के लोगों का अपराध यह था कि उन्होंने लोगों की जानें लीं। शीर्ष नेतृत्व का अपराध यह था कि उन्होंने पार्टी के उन लोगों को हत्याएँ करने से नहीं रोका। इसी के साथ, कांग्रेस पार्टी की ओर से कोई ऐसा नेतृत्व नहीं था, जो इस रक्तपात को रोकने के लिए पुलिस को निर्णायक कदम उठाने को कहता।

आमोद कंठ के ब्योरे से कुछ विशेष तथ्य उभरते हैं—

पहला कि 31 अक्तूबर को पूरे दिन, देर रात तक—रात 11 बजे तक या उसके आसपास तक—इधर-उधर केवल लोगों का गुस्सा नजर आ रहा था; कहा-सुनी और छोटे-मोटे झगड़े हो रहे थे। बस, इतना ही। उत्तेजना के शुरुआती दौर में, हत्या की घोषणा किए जाने के बाद पूरे दिन और खबर फैलने के बाद पूरी शाम, हिंसा की इक्का-दुक्का घटनाएँ एकाध जगहों पर हुईं और वे भी बहुत मामूली थीं। केवल मध्य दिल्ली में ही नहीं, पूरी दिल्ली में इसी तरह का माहौल था।

31 अक्तूबर को घटी घटनाओं में सबसे भयानक घटनाएँ अखिल भारतीय आयुर्विज्ञान संस्थान (AIIMS) के बाहर घटी थीं, जहाँ इंदिरा गांधी को भरती कराया गया था और जहाँ उन्हें मृत घोषित किया गया था।

वे घटनाएँ पूरी तरह हत्याएँ नहीं कही जा सकतीं। हर किसी के लिए पूरा दिन बहुत ही भयानक बीता था। लोगों को इस सबसे बचते-बचाते हुए अपने घरों तक पहुँचने में काफी संघर्ष करना पड़ा। दिल्ली की सड़कें रात करीब 11 बजे के आसपास सन्नाटे में लिपट चुकी थीं। उस समय शहर में बहुत ही कम जगहें थीं, जो देर रात तक खुली रहती थीं। दिल्ली की लाखों की आबादी अपने घरों के भीतर थी। अभी तक स्थिति सामान्य थी। परेशान करनेवाली घटनाएँ, जिनके बारे में श्री कंठ ने बात की थी, वे तब शुरू हुईं, जब स्थानीय नेताओं—जिनके बारे में कंठ ने कहा कि वे कांग्रेस के थे—ने लोगों को जुटाना शुरू कर दिया। कांग्रेस कार्यकर्ताओं को, जाहिर-सी बात है कि, उनके नेताओं ने इकट्ठा किया। यह संभव नहीं हो सकता था कि इतने लंबे व डरावने दिन के बाद लोग आधी रात को एक-एक कर अपने घरों से निकलकर सड़कों पर आ गए और वे सब एक ही मंशा को लेकर निकले थे। हमले वास्तव में

तभी शुरू हुए, जब समन्वित एवं संगठित समूहों ने एकत्र होना शुरू किया और जैसा कि श्री कंठ ने बताया था कि वे सब एक साथ शुरू हो गए थे और ऐसा लगता नहीं था कि वे उन स्थानों के अलावा अन्य स्थानों पर शुरू हुए, जहाँ वे समूह एकत्र हुए थे। उस समय या उसके बाद कहीं से ऐसी कोई खबरें नहीं मिलीं कि महज लोग अपने घरों से आधी रात को निकले, बैठकें कीं और उसके बाद हमले शुरू कर दिए। न ही कांग्रेस की भूमिका छुपी हुई थी; पार्टी नेता सड़कों पर निकल आए थे और वे अपने लोगों को खुल्लम-खुल्ला इकट्ठा कर रहे थे।

यह रिकॉर्ड में लाने का मामला है कि यही भीड़ हिंसक हुई थी। उन्हें जहाँ भी मौका मिला, उन्होंने हमला कर दिया। जहाँ मौका नहीं मिला, वहाँ उन्होंने केवल लूटपाट की। एक ही समय पर भीड़ का जुटना और उसके बाद एक साथ हमले होना, यह संगठित काररवाई के अलावा और कुछ हो ही नहीं सकता था। इसी प्रकार, पानी में जहर मिलाए जाने की अफवाह भी इन्हीं लोगों के द्वारा उसी समय फैलाई गई। यह संयोग नहीं था कि आमोद कंठ ने अपने जिले में यह अफवाह सुनी और वहाँ से कई किलोमीटर दूर दक्षिणी जिले में मैंने मालवीय नगर के अपने इलाके में यह अफवाह सुनी। उसी समय शहर के अन्य सैकड़ों इलाकों में भी यही अफवाह सुनी गई।

रात के करीब 2 बजे का समय था, मैं अभी-अभी घर पहुँचा था। तभी मैंने अपने घर के बाहर लाउडस्पीकर पर कोई आवाज सुनी। मालवीय नगर को पंचशील पार्क से अलग करनेवाली सड़क के साथ-साथ एक वैन चली जा रही थी, जिसमें बैठा एक आदमी लाउडस्पीकर पर हम लोगों को पानी में जहर मिले होने को लेकर चेतावनी दे रहा था। लाउडस्पीकर वैन के ऊपर लगा हुआ था। लाउडस्पीकर पर जोर-जोर से चिल्लाकर बताया जा रहा था कि सिखों ने पानी में जहर मिला दिया है।

मेरे बहुत से पड़ोसी घरों से बाहर निकल आए। हर कोई इसी बारे में बात कर रहा था।

किसी के दिमाग में तुरंत यह बात नहीं आई कि यह झूठ है, जो कि बाद में झूठ निकला भी। हर कोई डर गया था कि सरदार बाकी लोगों को मारने के लिए घूम रहे हैं। पानी में सरदारों ने कभी जहर नहीं मिलाया था, लेकिन इस अफवाह को फैलाकर लोगों ने हवा में जरूर जहर मिला दिया था। उन दिनों के उत्तेजित माहौल में किसी ने यह बात नहीं सोची कि इस तरह की अफवाह असंभव बात है।

लाउडस्पीकर पर ये घोषणाएँ कौन कर रहा था? कुछ भले लोग ये सब कर रहे थे? उन सभी लोगों को तुरंत कैसे इस तरह के खतरे का पता चल गया, जो था ही नहीं? उन सभी को कैसे आधी रात में एक काल्पनिक खतरे का पता चला और वे शहर भर में लोगों को चेतावनी देने के लिए निकल पड़े? यह घोषणा बहुत सावधानी से, बड़े ही

तालमेल के साथ की गई थी, अन्यथा उस रात शहर भर में एक साथ मिलकर जो झूठ बोला गया, वह बोलना संभव नहीं था।

आमोद कंठ ने बताया था कि नगरपालिका ऐसा कुछ होने से इनकार कर रही थी। लेकिन आधी रात के समय पालिका के कर्मचारी कैसे इस संदेश को प्रसारित करते? केवल अगली सुबह जाकर ही इस झूठ को गलत ठहराते हुए स्पष्टीकरण जारी किया गया। इस बीच, उस सोचे-समझे झूठ ने लोगों की रात की नींद हराम किए रखी और सिखों के बारे में एक नए तरह का डर पैदा कर दिया, या उनके खिलाफ आक्रोश को भड़का दिया।

इस झूठ के पीछे जो संगठन था, उसने यह भी अच्छी तरह से योजना बनाई थी कि इसी झूठ को शहर में हर जगह बोला जाए। संगठन को शहर भर में कुछ ही देर में ऐसे वाहन भी उपलब्ध हो गए थे, जिन पर लाउडस्पीकर लगे थे। इस प्रकार के लाउडस्पीकर चुनावी रैलियों में इस्तेमाल किए जाते हैं। सामान्य लोगों के पास ऐसे लाउडस्पीकर नहीं होते। वे राजनीतिक दल के कार्यकर्ता थे, जिनके पास ऐसे लाउडस्पीकर थे या जो जानते थे कि उन्हें कहाँ से लेना है—जान-पहचानवालों से, जान-पहचानवाले स्टोर से या पार्टी कार्यालयों से। कुछ समय के लिए जहर वाली बात ने अपना काम कर दिया था। उस रात और अगली सुबह मैं जिस भी पड़ोसी से मिला, हर कोई यही कह रहा था कि 'बस, सरदार हमला करने ही वाले हैं।'

मैंने अपने इलाके में एक और अफवाह सुनी, जो आमोद कंठ ने भी अपने इलाके में सुनी थी कि हथियारबंद सिख गुरुद्वारों के भीतर लामबंद हो चुके हैं और वे हमलों की तैयारी कर रहे हैं। यह एक ऐसा झूठ था, जिस पर आसानी से विश्वास किया जा सकता था। उस समय तक लोग एक के बाद एक कई आतंकवादी हमलों को देख चुके थे। वे हमले पिछले तीन वर्षों से भी ज्यादा समय से हो रहे थे और उनके मूल में पंजाब था। लोगों के स्मृति में आज भी वे तसवीरें जिंदा थीं, जिनमें 'ऑपरेशन ब्लू स्टार' से पहले स्वर्ण मंदिर के चारों ओर हथियार लिये सिख समूह खड़े थे; और अब इंदिरा गांधी की हत्या हो चुकी थी, ऐसे में बहुत से लोग यह मानने को तैयार दिख रहे थे कि ये चेतावनियाँ ऐसे ही हवा में नहीं हैं।

डर बढ़ने के साथ ही शक भी बढ़ रहा था; लेकिन इससे ज्यादा कुछ नहीं। वे अफवाहें दिल्ली के लोगों को अपने सिख पड़ोसियों के खिलाफ खड़ा करने में विफल रहीं।

कुछ स्थानों पर बड़ी संख्या में लोगों की हत्याएँ की गईं। लेकिन उनमें से जिन लोगों को निशाना बनाया गया था और जो हमलों का शिकार होने से बच गए थे, उनमें से किसी ने भी अपने किसी पड़ोसी पर उँगली नहीं उठाई थी। किसी ने यह नहीं कहा कि

उस पर हमला करनेवाला उसका पड़ोसी था। जो लोग सड़कों पर सिखों को पीट रहे थे, वे उनके पड़ोसियों से एकदम अलग थे। उस रात जो कुछ भी हुआ, उसमें एक विशेष प्रवृत्ति स्पष्ट थी—संगठित तरीके से लोगों को भड़काया गया और उसके बाद रणनीति के तहत हत्याएँ की गईं। वे संगठित हमले किए जाने से पहले 31 अक्तूबर की आधी रात के आसपास लगभग एक साथ तीन घटनाएँ हुई थीं— जब कांग्रेस (आई) के समूहों ने एकजुट होना शुरू किया, जब सिखों के खिलाफ अफवाहें फैलनी शुरू हुईं और जब पुलिस सड़कों से गायब हो गई।

मध्य जिले में पुलिस सड़कों से नदारद नहीं हुई थी। उस पूरे जिले में सामान्य पुलिस व्यवस्था की तसवीर, केवल उसके शीर्ष अधिकारियों द्वारा ही नहीं, वह रिकॉर्ड में दर्ज सर्वाधिक पुख्ता सबूत थी कि अगर पुलिस को सही संकेत दिए गए होते तो वह हिंसा का मुकाबला करने के लिए क्या कुछ कर सकती थी।

•

और 1 नवंबर की सुबह को क्या संकेत मिले? आखिर में, पुलिस मुख्यालय से संदेश प्राप्त हुआ और यह आदेश क्या था? कि सिख पुलिस अधिकारियों से उनके हथियार लेकर उन्हें ड्यूटी से हटा दिया जाना चाहिए और उसी के अनुसार, अधिकांश दिल्ली में उन्हें ड्यूटी से हटा दिया गया।

उत्तरी जिले में, शाम के समय दंगे पर उतारू भीड़ को शानदार एवं प्रभावी ढंग से नियंत्रित किए जाने के बाद ए.सी.पी. केवल सिंह और सब्जी मंडी के सिख एस.एच.ओ. उन सिख पुलिस अधिकारियों में शामिल थे, जिन्हें ड्यूटी से हटा दिया गया। ये आदेश पूरे पुलिस बल को भेज दिए गए थे। यह ऐसा आदेश था, जिसे लागू करना खतरनाक और अनदेखा करना खतरे से भरा था।

किंतु मध्य जिले ने इस आदेश को लागू नहीं किया।

ए.के. : हमें एक आदेश मिला, जो तत्काल चिंता का विषय बन गया। 1 नवंबर की सुबह हमें पुलिस मुख्यालय से एक तरह का निर्देश मिला था कि सिख पुलिस अधिकारियों से उनके हथियार ले लिये जाएँ।

एस.एस. : एक तरह के निर्देश से आपका क्या तात्पर्य है? क्या यह एक संकेत था या आदेश?

ए.के. : यह लगभग एक स्पष्ट निर्देश था और यह पुलिस मुख्यालय से वायरलेस पर प्राप्त हुआ था कि सिख अधिकारियों को सड़कों पर नहीं आना चाहिए। बात यह थी कि उन्हें ड्यूटी पर नहीं होना चाहिए। मैंने इसका विरोध किया।

एस.एस. : इस तरह का आदेश केवल पुलिस आयुक्त की ओर से ही आ सकता है?

ए.के. : हाँ! सही बात है। यह पुलिस मुख्यालय से आया। लेकिन वहाँ अधिकारियों का

एक समूह था। श्री निखिल कुमार वहाँ थे। वह बहुत महत्त्वपूर्ण व्यक्ति थे। श्री निखिल कुमार का तबादला किया जा चुका था; लेकिन वह पुलिस नियंत्रण कक्ष की कमान सँभाल रहे थे और उस समय वहाँ वरिष्ठ लोगों में श्री हुकुम चंद जाटव थे; उनके बाद श्री गौतम कौल थे, जो आमतौर पर अपने क्षेत्र में व्यस्त रहते थे (वह नई दिल्ली रेंज के अतिरिक्त पुलिस आयुक्त थे, जिसमें तीन पुलिस जिले आते थे—नई दिल्ली, दक्षिणी और पश्चिमी)। इस प्रकार के बेतरतीब निर्देश आ रहे थे, जिनका मैंने विरोध किया। मेरे कुछ बेहतरीन अधिकारियों में से कुछ सिख थे और हमारे पास कई सिख अधिकारी थे। पटेल नगर के एस.एच.ओ., राजेंद्र नगर के एस.एच.ओ. तथा ए.सी.पी., दरियागंज—ये सभी सिख थे। मैंने अपने सिख अधिकारियों से कहा, 'मैं आपकी रक्षा करूँगा और आप लोग मेरे साथ रहेंगे। आप जाएँगे नहीं, क्योंकि अगर आप लोग आज चले गए तो कल आप खड़े नहीं हो सकते। यह आपकी परीक्षा है।' और वे गए नहीं। मेरे सामने कुछ गंभीर समस्याएँ थीं, लेकिन मैं उन्हें सँभाल सकता था।

एस.एस. : वे गंभीर समस्याएँ क्या थीं?

ए.के. : हमले! जब भी वे मेरे साथ बाहर निकल रहे थे, उन पर हमले हो रहे थे। मुझे अजमेर सिंह चौहान का चेहरा याद आता है। वह 6 फीट 2 इंच का लंबा-चौड़ा इनसान, आपको याद है (मैं चौहान को जानता था), वह श्मशान घाट पर अंतिम संस्कार (इंदिरा गांधी) की जिम्मेदारी सँभाल रहे थे। वह दरियागंज के ए.सी.पी. थे। कुछ निषेध आदेश जारी किए गए थे, लेकिन किसी ने उन पर ध्यान नहीं दिया। मैं उनके साथ था और लोगों ने उन पर पथराव शुरू कर दिया; लेकिन अजमेर वहाँ से गए नहीं।

•

इस प्रकार के आदेशों को जारी करके क्या आला पुलिस अधिकारी सिख अधिकारियों को गुस्साई भीड़ से बचाने का प्रयास कर रहे थे? निश्चित रूप से, उन्होंने बाद में यही तर्क दिया था। लेकिन उस समय उन सिख अधिकारियों को भीड़ से बचाने के लिए कोई आदेश जारी नहीं किए गए थे। पुलिस मुख्यालय से जो आदेश जारी हुआ था, वह सिख अधिकारियों से उनके हथियार वापस ले लेने का था। यदि पुलिस के आला अधिकारियों की मुख्य चिंता उन सिख अधिकारियों की सुरक्षा करना थी तो उनसे हथियार वापस लेने का आदेश तो सबसे अंत में दिया जाना चाहिए था।

इस आदेश ने सिख अधिकारियों को हमलों की स्थिति में निहत्था छोड़ दिया था। आप इसे उनकी रक्षा के लिए दिया गया आदेश नहीं कहेंगे। पुलिस मुख्यालय से मिला संदेश यह नहीं था कि सिख अधिकारियों को खतरा था और बाकी पुलिस बल को हर हाल में उनकी रक्षा करनी है। इस आदेश से यह अर्थ निकलता है कि सिख अधिकारी खतरा थे—न कि सिख अधिकारियों को खतरा था और ये आदेश दिल्ली में शीर्ष पुलिस

अधिकारियों का जो वरिष्ठता क्रम था, उनमें सबसे शीर्ष स्तर से आया था। निस्संदेह, कुछ सिख पुलिसकर्मियों पर सड़कों पर हो रही हाथापाई के दौरान हमला किया गया था; लेकिन वे अकेले सिख लोगों की तरह नहीं थे, जिन्हें हिंसक भीड़ के रहमो-करम पर छोड़ दिया गया था। वे लोग पुलिस अधिकारी थे और उनके साथ पुलिस बल भी था। उनके खिलाफ जो गुस्सा उबाल मार रहा था, उससे निपटने के लिए उनके पास साधन थे और उन्होंने ऐसा किया भी। उन दिनों के दौरान कुछ सिख इंस्पेक्टरों की गतिविधियों को एक नजर देख लेना जरूरी है, जिन्हें मध्य जिला पुलिस में दर्ज किया गया था।

31 अक्तूबर को जब इंदिरा गांधी की हत्या की खबर फैल गई तो इंस्पेक्टर हरदीप सिंह, जो उस समय राजेंद्र नगर के एस.एच.ओ. थे, ने अपने इलाके की सघन गश्त की थी और वहाँ शांति बनाए रखी थी। सबसे बड़ी चुनौती अगले दिन सामने आई। ऐसी खबरें आने लगी थीं कि एक भीड़ इंद्रपुरी में गुरुद्वारे पर हमला करने के लिए बढ़ रही है। यह राजेंद्र नगर के समीप एक झुग्गी बस्ती पुनर्वास कॉलोनी जैसा इलाका है।

हरदीप सिंह पुलिस बल को लेकर निकले और भीड़ का मुकाबला किया तथा लाठी-चार्ज कर भीड़ को वहाँ से भगा दिया।

इसके तुरंत बाद ही खबर मिली कि समीप के एक गुरुद्वारे को भीड़ ने घेर लिया है, जहाँ सैकड़ों सिख गुरुद्वारे के अंदर फँसे हुए हैं। हरदीप सिंह तुरंत वहाँ भागे और वहाँ तैनात एक सिख सब-इंस्पेक्टर बाबू सिंह की मदद से भीड़ को तितर-बितर कर दिया। गुरुद्वारे के भीतर मौजूद सिखों को सुरक्षित निकाल लिया गया; लेकिन इस दौरान हुई झड़प में हरदीप सिंह को सिर और एक हाथ में चोट आई थी। उन्हें उनके ड्राइवर वेद प्रकाश के साथ कनॉट प्लेस के समीप डॉ. राम मनोहर लोहिया अस्पताल ले जाया गया। वेद प्रकाश को भी चोटें आई थीं। चोटें ज्यादा गंभीर नहीं थीं और उन्हें अस्पताल से छुट्टी दे दी गई। वह सीधे अपने इलाके में लौटे और वहाँ सिखों पर हमला करने के लिए इकट्ठा हो रही भीड़ को भगाया।

या फिर इसी तरह पटेल नगर के सिख एस.एच.ओ. इंस्पेक्टर अमरीक सिंह का रिकॉर्ड देखें। पुलिस रिकॉर्ड के अनुसार, वह अपनी टीम को लेकर पटेल नगर के समीप आनंद पर्वत औद्योगिक क्षेत्र में गए और सिखों की फैक्टरियों को आग लगाने की कोशिश कर रही भीड़ को भगाने के लिए हवा में गोलियाँ चलाईं। बाद में, उसी भीड़ में से कुछ लोगों की इतनी हिम्मत हो गई कि उन्होंने पुलिस स्टेशन को ही घेर लिया। अमरीक सिंह ने लौटकर उस भीड़ को भी वहाँ से भागने को मजबूर कर दिया।

1 नवंबर को दिन भर इसी प्रकार की घटनाएँ होती रहीं और रिकॉर्ड यह बताता है कि अमरीक सिंह ने भीड़ को भगाने के लिए एक नहीं, कई बार हवा में गोलियाँ चलाई थीं।

टकराव की ऐसी ही एक घटना में उन पर हमला किया गया। उसके बाद डी.सी. पी. आमोद कंठ ने उन्हें भीतर ही रहने का विकल्प दिया था; लेकिन अमरीक सिंह इस हमले के एक घंटे के भीतर फिर से ड्यूटी पर लौट आए और शाम के 5 बजे तक, उसी दिन वह अपने इलाके में मिलिट्री रोड पर लामबंद हो रही भीड़ को भगाने के लिए निकल पड़े थे। वह भीड़ मकानों व दुकानों को आग लगा रही थी।

बताया जाता है कि अमरीक सिंह ने 600 से अधिक सिख पुरुषों, महिलाओं और बच्चों की जानें बचाई थीं। हालाँकि, उसी दिन सुबह आदेश आ चुके थे कि सिख अधिकारियों से उनके हथियार वापस लेकर उन्हें ड्यूटी से हटा दिया जाए, लेकिन ठीक उसी दिन उन सिख अधिकारियों को तैनात किया गया था और उनकी तैनाती काफी प्रभावी रही थी।

मध्य जिले में सिखों द्वारा आत्मरक्षा, हताशा या आक्रोश में गोलियाँ चलाने की कुछ घटनाएँ हुई थीं। आमतौर पर ये वे सिख अधिकारी थे, जो सशस्त्र सैन्य बलों से थे और उनके पास उनके सर्विस रिवॉल्वर थे। ऐसी ही एक घटना पटेल नगर इलाके में हुई थी। ग्रुप कैप्टन मनमोहन सिंह ने अपने घर से भीड़ पर गोली चलाई थी। उस घटना में भीड़ में शामिल तीन लोग मारे गए। इससे भीड़ और भड़क गई तथा टकराव बढ़ गया।

इंस्पेक्टर अमरीक सिंह अपनी टीम को लेकर वहाँ दौड़े और भीड़ को भगाने के लिए डी.सी.पी. के साथ मिलकर काम किया। ग्रुप कैप्टन मनमोहन सिंह को हिरासत में ले लिया गया।

उसी दिन शाम के समय अमरीक सिंह अपनी एक छोटी सी टीम को लेकर गुरु अर्जुन नगर इलाके में पहुँचे, जहाँ बस स्टॉप पर इकट्ठा हो रही भीड़ को उन्होंने ललकारा।

राजेंद्र नगर के इंस्पेक्टर हरदीप सिंह को भी सिखों द्वारा गोलीबारी किए जाने की घटनाओं से निपटना पड़ा था। इंद्रपुरी इलाके में भीड़ ने किरपाल सिंह के घर को घेर लिया था। जगजीत सिंह चावला के पास लाइसेंसी बंदूक थी और उन्होंने भीतर से भीड़ पर गोलियाँ चला दीं। भीड़ में 5 लोग मारे गए और करीब 10 लोग घायल हो गए।

इंस्पेक्टर हरदीप सिंह को वहाँ भेजा गया। उन्होंने भीड़ को भगाने के साथ ही जगजीत सिंह चावला को हिरासत में लेने की कारवाई में डी.सी.पी. की मदद की।

घायल होने के बावजूद सिख पुलिस अधिकारी खतरनाक रूप ले रही भीड़ को काबू करने के लिए सड़कों पर निकले हुए थे और स्थानीय लोगों तथा पुलिस के रिकॉर्ड को देखा जाए तो उन अधिकारियों ने सैकड़ों लोगों की जिंदगियाँ बचाई थीं। ये वे पुलिस अधिकारी थे, जो अपने इलाके को जानते थे और इस हिसाब से उस समय वे उस इलाके में हालात को नियंत्रित करने के लिए सबसे बेहतर थे। ऐसा नहीं है कि गैर-सिख

पुलिसकर्मी निष्ठावान् नहीं थे; आखिर में तो इस बात से कोई फर्क ही नहीं पड़ता कि वे सिख थे या नहीं।

मध्य जिले में उस दिन सिख पुलिस अधिकारियों ने जिस निष्ठा व समर्पण के साथ अपनी ड्यूटी निभाई थी और वह भी ऐसे संकट के समय में, वह अपने आप में एक मिसाल है। जिले के पुलिस बल ने दिखा दिया था कि यदि पुलिस को दृढ़ता के साथ निर्देश दिए गए होते तो बेहद कनिष्ठ और मुट्ठी भर पुलिसकर्मी भी हत्या एवं लूटपाट पर उतारू उन गिरोहों को भगा सकते थे। हत्यारों और लुटेरों के उन गिरोहों ने उन जगहों पर अपराधों को अंजाम दिया, जहाँ पुलिस उनके पक्ष में थी; जहाँ पुलिस ने वास्तव में अपना पुलिस का कर्तव्य निभाया, वहाँ वे गिरोह गायब हो गए थे।

इंस्पेक्टर रणबीर सिंह करोल बाग पुलिस स्टेशन के एस.एच.ओ. थे। वे सिख नहीं थे, लेकिन इलाके के सिखों के बीच एक महानायक के रूप में आज भी जिंदा हैं, जिन्होंने न केवल लुटरों को इलाके से दूर रखा, बल्कि अपने इलाके के सिखों के लिए ढाल बनकर खड़े रहे। ये वही इंस्पेक्टर थे, जिन्होंने बाद में लुटेरों को सलाखों के पीछे डाल दिया था। बाद में पता चला कि वे लुटेरे कांग्रेस पार्टी के लोग थे, जिनकी रिहाई के लिए पार्टी के तत्कालीन सांसद धरम दास शास्त्री करोल बाग पुलिस स्टेशन में आए थे।

दिल्ली का करोल बाग इलाका सबसे धनी बाजारों में से एक है, जहाँ बड़ी संख्या में आलीशान दुकानें व शोरूम आदि हैं और उन सबके मालिक अधिकतर सिख हैं। उस इलाके को लुटेरों से बचाने में रणबीर सिंह ने बहुत महत्त्वपूर्ण भूमिका निभाई थी।

इंदिरा गांधी की हत्या होने के कुछ ही घंटों के भीतर रणबीर सिंह ने अपने पुलिस स्टेशन के तहत ज्यादा-से-ज्यादा पुलिसकर्मियों को इकट्ठा किया, शॉपिंग इलाके में चौकियाँ बनाकर उनकी तैनाती की और एक स्थानीय गुरुद्वारे पर भी पहरा बैठा दिया। 31 अक्तूबर का दिन खामोशी से बीत गया; लेकिन अगले दिन हर जगह सिखों पर हमले की घटनाएँ सामने आने लगीं। एक भीड़ अजमल खाँ रोड इलाके में हमला करने के लिए इकट्ठा हो गई। इसे दिल्ली की 'वेडिंग स्ट्रीट' कहा जाता है, जहाँ धनी-मानी लोग शादी-ब्याह की खरीदारी करते हैं।

रणबीर सिंह ने उस भीड़ को किसी तरह वहाँ से भगाया; उन्हें मौके पर पैदल ही दौड़ते हुए पहुँचना पड़ा था, क्योंकि उनकी पुलिस की जीप के इंजन में कोई खराबी आ गई थी। उस समय की अपनी पुलिस रिपोर्ट में आमोद कंठ ने लिखा था कि करोल बाग में किसी भी सिख दुकान पर हमला नहीं हुआ था और 'पूरा श्रेय रणबीर सिंह को जाता है।'

इन कनिष्ठ अधिकारियों ने दिखा दिया था कि क्या कुछ किया जा सकता है और वह भी ऐसी असंभव व कठिन परिस्थितियों में! ललकारे जाने पर वे छुटभैए लुटेरों के गिरोह बहुत ही कायर साबित हुए थे। पुलिस बल दिखने भर से ही और पुलिस की

मजबूत इच्छा–शक्ति का जरा सा अहसास हुआ नहीं कि वे गधे के सिर से सींग की तरह गायब हो गए थे।

कुछ पुलिसकर्मियों द्वारा गुंडों के इन गिरोहों का मुकाबला करना बाकी पुलिस बल की पंगुता को भी दरशाता है। ऐसे हालात में गोली चलाने या किसी को मार देने से भी दरअसल जिंदगियाँ बचाई जा सकती हैं। हमने उस मामले में यह देखा था, जब मैक्सवेल परेरा ने शीशगंज गुरुद्वारे के बाहर गोली चलाई थी। इंस्पेक्टर रणबीर सिंह ने करोल बाग इलाके में यही किया था। दंगाइयों ने अब्दुल रहमान रोड पर एक सिख की बैटरियों की दुकान को आग लगा दी थी। गोलीबारी का आदेश दिया गया और दंगाइयों में से एक हुकुम चंद नाम का आदमी मारा गया।

लेकिन उस फायरिंग से दंगे खत्म हो गए थे और सैकड़ों सिखों का कत्लेआम होने से बच गया था। एक और गिरोह बैंक स्ट्रीट पर आभूषणों की दुकानों को लूटने ही वाला था कि वहाँ रणबीर सिंह ने फायरिंग कर दी। उस समय उनके साथ केवल उनका एक सहायक सब–इंस्पेक्टर ही था। लुटेरों को भगाने के लिए इतना ही काफी था। इंस्पेक्टर ने अपने इलाके के पूरे बाजार को लुटने से बचा लिया था। कंठ ने अपनी रिपोर्ट में कहा था कि रणबीर सिंह ने यह काररवाई की 'और वह भी, व्यावहारिक रूप से कहें तो, बिना किसी पुलिस टीम के।'

उस इलाके की सभी 24 मार्केट एसोसिएशन ने स्थानीय पुलिस स्टेशन को बाद में एक 'धन्यवाद' पत्र लिखा था, जो अपने आप में काफी असामान्य था। यह एक सामान्य, लेकिन स्पष्ट संदेश था कि पुलिस को कानून व व्यवस्था हर हाल में बनाकर रखनी चाहिए और पुलिसकर्मी प्रभावी काररवाई करने के लिए नाटकीय रूप से सामान्य सीमाओं से परे चले गए।

मध्य जिले में रिजर्व पुलिस बल से एक इंस्पेक्टर जगप्रवेश चंद्र थे। वह आदेशों का इंतजार किए बिना अपने साथ कुछ लोगों को लेकर भीड़ को नियंत्रित करने के लिए निकल पड़े थे। अपने मिशन पर निकले जगप्रवेश चंद्र लूटपाट को रोकने के लिए एक स्थानीय टायर मार्केट में जा पहुँचे। उन दिनों एक टायर को सुरक्षित बचाना, मतलब एक जिंदगी को बचाना था। उन्होंने पहाड़गंज में लूटपाट होने से रोकी। एक इमारत में घेर लिये गए सिखों के समूह को बचाने के लिए उन्होंने हवा में चार राउंड गोलियाँ चलाईं। इंस्पेक्टरों से बहुत कनिष्ठ अधिकारी, उनमें से भी केवल एक या दो, उस भीड़ को रोकने के लिए इतने ही काफी थे।

इसी प्रकार, मध्य दिल्ली के पटेल नगर इलाके के समीप ही एक इलाका है प्रसाद नगर। वहाँ अपनी पुलिस चौकी पर तैनात सब–इंस्पेक्टर राम सिंह ने इलाके में जाकर एक सिख परिवार को बचाया था। उन्होंने घेरा डालती भीड़ को डराने के लिए हवा में गोली

चलाई—उन्होंने इसके लिए ऊपर से आदेश मिलने का इंतजार नहीं किया। कानून के तहत उन्हें ऐसे किसी आदेश की जरूरत नहीं थी। कुछ पुलिस अधिकारियों का इस बहाने की आड़ लेना कि उन्हें कोई आदेश नहीं मिला था, यह कानून में बेबुनियाद बहाना है; हालाँकि, अगर ऊपर से दृढ़ संदेश मिलते तो निश्चित रूप से इससे काफी मदद मिलती।

भीड़ आनंद पर्वत औद्योगिक क्षेत्र को निशाना बनाने के लिए आगे बढ़ रही थी। सब-इंस्पेक्टर धरम पाल ने लगभग अकेले ही उस भीड़ को ललकारा। एक अकेले सब-इंस्पेक्टर ने सैकड़ों लुटेरों की भीड़ को पीछे हटने पर मजबूर कर दिया और दूसरी तरफ, लगभग बाकी सभी जिलों में पुलिसकर्मी एवं पुलिस अधिकारी अपने-अपने पुलिस स्टेशनों में बैठे रहे। वे लगातार जानकारी ले रहे थे कि उनके आसपास क्या हो रहा है, लेकिन उन्होंने कुछ किया नहीं और कुछ न करके उन्होंने लुटेरों व हत्यारों को लूटपाट व हत्याएँ करने की छूट दे दी। इन गुमनाम पुलिसवालों ने, अपने तरीके से, संभवतः पुलिस और उस समय की कांग्रेस सरकार का सर्वाधिक मुखर रिकॉर्ड दर्ज कराया। उनकी कारवाइयाँ इस बात का सबूत थीं कि पुलिस को भारी भीड़ के आगे भी डरने की जरूरत नहीं थी, फिर भले कुछ मुट्ठी भर पुलिसवालों का मुकाबला सैकड़ों लोगों की भीड़ से ही क्यों न हो जाए!

जन-संहार उन इलाकों में हुआ था, जहाँ पुलिस ने इन हत्याओं को रोकने के लिए कोई हरकत नहीं दिखाई या उन्हें हवा दी।

●

एस.एस. : तो क्या उन भीड़ों को रोकना संभव था?

ए.के. : मैं यही बात बताने की कोशिश कर रहा हूँ। सिखों पर हमले हो रहे थे, लेकिन उसके बावजूद स्थिति नियंत्रण में थी।

एस.एस. : आपके जिले में इस प्रकार की कितनी स्थितियाँ पैदा हुईं, जहाँ उन्हें नियंत्रित कर लिया गया?

ए.के. : मेरे हिसाब से, दो दिनों में सौ से कम तो नहीं रही होंगी। पूर्वी दिल्ली और पश्चिमी दिल्ली जैसे कुछ इलाकों में जो हुआ, जो आपने देखा और आपके सहकर्मी ने देखा, वैसा किसी अन्य जिले में नहीं होने दिया गया। जैसे ही हमें खबर मिलती कि कुछ गड़बड़ है, हम तुरंत दौड़ पड़ते। भीड़ ऐसी नहीं थी कि आप उन्हें खदेड़ न सकें।

एस.एस. : कितनी सिखों की दुकानों पर हमला हुआ, कितने सिखों के घरों पर हमला हुआ?

ए.के. : हजारों।

एस.एस. : तो क्या जितने बड़े पैमाने पर हमले हुए, उतने बड़े पैमाने पर हत्याएँ नहीं हुईं?

ए.के. : कुल हत्याओं की संख्या (मध्य जिले में) बहुत ज्यादा नहीं थी। कई हिंदू भी मारे गए थे।

एस.एस. : आपके जिले में कुल कितने लोग मारे गए?

ए.के. : 30 से ज्यादा नहीं। इनमें फायरिंग में मारे गए लोग भी शामिल हैं। मेरे जिले में फायरिंग और पुलिस काररवाई में भी लोग मारे गए थे।

एस.एस. : तो यह मौतों का कुल आँकड़ा है, जिसमें हमलों का शिकार हुए सिख, सिखों द्वारा फायरिंग किए जाने के कुछ मामलों में मारे गए लोग और कुछ पुलिस फायरिंग में मारे गए लोग शामिल हैं?

ए.के. : जी।

एस.एस. : ये सब मिलाकर करीब 30?

ए.के. : जी हाँ।

एस.एस. : पुलिस फायरिंग में कितने लोग मारे गए?

ए.के. : 3 या 4।

एस.एस. : कहाँ?

ए.के. : पहाड़गंज, पटेल नगर।

एस.एस. : क्या पुलिस फायरिंग में सिख भी मारे गए? या हिंदू?

ए.के. : दोनों। संघर्ष भी छिड़ गया था, जिसमें सिखों ने गोलियाँ चलाईं और हिंदू मारे गए।

एस.एस. : ऐसी फायरिंग में कितने हिंदू मारे गए?

ए.के. : 8 या 10।

एस.एस. : तो, कुछ लोग पुलिस द्वारा भीड़ पर की गई फायरिंग में मारे गए, 8 या 10 लोग उन सिखों द्वारा की गई फायरिंग का शिकार हुए, जिन्हें घेर लिया गया था और ये सब मिलाकर करीब 30 लोग मारे गए?

ए.के. : हाँ। इतना कुछ होने के बावजूद मध्य दिल्ली में मौतों की संख्या काफी कम थी।

एस.एस. : आपने किसी भी स्थिति को बिगड़ने से रोकने के लिए क्या किया?

ए.के. : आपको फिल्मिस्तान सिनेमा के पास टायर मार्केट के बारे में पता है? उस टायर मार्केट में मेरा बहुत-सा समय लगा। वे सब टायर, आपने उन दुकानों की छतों पर वे टायर देखे ही होंगे।···

एस.एस. : हाँ, बहुत ही ज्यादा हैं वहाँ पर।

ए.के. : सिखों को जलाने के लिए वे टायर ले जाए गए थे; लेकिन मेरे इलाके में, हमने उन्हें वे टायर लूटने नहीं दिए। वे कोशिश कर रहे थे; लेकिन हम वहाँ गए और उनके

पीछे दौड़कर उन्हें वहाँ से खदेड़ा। जैसा कि आपको पता ही है, इन लोगों को घेरने और उन्हें एक-एक कर जलाने के लिए टायरों का भारी संख्या में इस्तेमाल किया गया था। हमने उन्हें भगाया, हमने लोगों को टायरों को हथियारों की तरह इस्तेमाल करने से रोका।

एस.एस. : क्या बाद में सेना के आने से इसमें कुछ मदद मिली?

ए.के. : सेना की तैनाती हुई, लेकिन भीड़ को काबू करने में सेना का व्यवहार और आचरण पुलिस से कोई ज्यादा बेहतर नहीं था। सेना की तैनाती भी काफी देर से हुई थी। मुझे इसकी बहुत गंभीर शिकायत है।

एस.एस. : कितनी देरी हुई?

ए.के. : 1 नवंबर को कोई तैनाती नहीं हुई थी। उन्हें 2 नवंबर की शाम और अगले दिन तैनात किया गया। जब सेना आ गई और उसे भीड़ का सामना करना पड़ा तो उन्होंने गोली नहीं चलाई। इस बारे में मेरी राय एकदम स्पष्ट है और मैं रिकॉर्ड में यह बात कहता हूँ।

एस.एस. : क्या हत्याओं के पीछे कोई खास प्रवृत्ति थी? खुशवंत सिंह ने लिखा था कि एक खास वर्ग और खास इलाकों के लोग, विशेषकर पुनर्वास कॉलोनियों के लोगों, ने धनी-मानी सिखों पर हमला किया था। क्या आपने ऐसी प्रवृत्ति देखी थी?

ए.के. : ये सच है। ये बहुत चुभनेवाला सच है। वे गरीब-गुरबा वर्ग के लोग यह मुझे उन समुदायों के नाम पता हैं, लेकिन मैं उनके नाम नहीं लेना चाहता, जो साधन-संपन्न समुदायों के पड़ोस में रहते थे, निर्विवाद रूप से हमला करने आए थे।

एस.एस. : क्या सभी मामलों में यही प्रवृत्ति थी?

ए.के. : सब जगह यही देखा गया। यह एकदम स्पष्ट प्रवृत्ति थी, पूरी तरह एकदम स्पष्ट। पूरे करोल बाग इलाके पर पड़ोस के उन समुदायों द्वारा हमला किया गया, जो साधन-संपन्न नहीं थे। हर जगह उन्हीं समुदायों से हमलावर आए थे। आप पहाड़गंज चले जाएँ, वहाँ एक समुदाय है; आप पटेल नगर चले जाएँ, वहाँ एक समुदाय है। दिल्ली में जो अब साधन-संपन्न कॉलोनियाँ हैं, वे विभाजन के समय की शरणार्थी कॉलोनियाँ थीं, वर्ष 1984 तक वे काफी धनी-मानी लोगों की कॉलोनियाँ बन चुकी थीं। ये कॉलोनियाँ बाहर से आए शरणार्थियों ने बसाई थीं, जिनमें सिखों की संख्या काफी ज्यादा थी। समय बीतने के साथ ये लोग पैसेवाले हो गए थे। इन कॉलोनियों के बगल में छोटे-मोटे काम करनेवाले लोगों की कॉलोनियाँ थीं। उन्होंने अपने लिए कॉलोनियाँ बसा रखी थीं, जो अनधिकृत कॉलोनियाँ थीं और एक खास वर्ग एवं खास समुदाय के लोग यहाँ रहते हैं। ये पटेल नगर के पास हैं, ये पहाड़गंज के पास हैं, दरियागंज में हैं। उदाहरण के लिए, पटेल नगर के समीप इंद्रपुरी एक बहुत बड़ा इलाका है। वहाँ झुग्गी-झोंपड़ी कॉलोनियाँ थीं, वहाँ पुनर्वास कॉलोनियाँ थीं, गंदी बस्ती, झुग्गी-झोंपड़ी

में बदलते गाँव थे, घनी आबादी और भीड़भाड़ वाला इलाका। वे सभी कॉलोनियाँ और वहाँ रहनेवाले लोग ऐसे हैं कि वे गरीब और वंचित हैं।

उन्हें हमला करने का मौका मिल गया था, क्योंकि सिख वहाँ थे। उन कॉलोनियों के भीतर ही उन्होंने सिखों पर हमले किए। इंद्रपुरी के भीतर बहुत बड़ा संघर्ष चल रहा था। कुछ लोग हताहत हुए। हमें इस प्रवृत्ति से निपटना पड़ा।

एस.एस. : करोल बाग पुलिस को बाद में उन लोगों को क्यों गिरफ्तार करना पड़ा?

ए.के. : 2 नवंबर की शाम को हालात हमारे काबू में थे और हमने सामान बरामद करने की सोची। 3 नवंबर को हमने सामान बरामद करना शुरू किया। हम जानते थे कि वे कौन लोग थे, जो अच्छे पैसेवाले परिवारों व दुकानों से ट्रकों में लूट का सामान भरकर ले गए थे।

एस.एस. : आपको इलाके में तैनात पुलिस से···अपने पुलिस बल से पता चला?

ए.के. : हाँ! हम इस पर नजर रखने की कोशिश कर रहे थे। हमें पता था कि लूट का सामान कहाँ ले जाया गया था। हमने वह सामान बरामद करना शुरू कर दिया। 3 नवंबर की सुबह हमने लगभग 65 लाख रुपए की कीमत का सामान बरामद किया। यह सामान करोल बाग के आसपास की कॉलोनियों से लूटा गया था। हमारे भीतर उन घरों में घुसने और सामान को वापस लाने की हिम्मत थी। हमने केवल उनसे इतना कहा कि सामान बताओ कहाँ है? और उन्होंने कुछ-कुछ सामान लौटाना शुरू कर दिया। जब वह सामान पुलिस स्टेशन लाया गया तो यही समय था, जब धरम दास शास्त्री वहाँ पहुँचे और न केवल शास्त्री, बल्कि इलाके के सारे कांग्रेसी नेता आ पहुँचे। उन सभी ने हम लोगों से कहना शुरू कर दिया कि हमने उन लोगों से सामान क्यों बरामद किया? वे चाहते थे कि सामान वापस कर दिया जाए। हमने उन लोगों को गिरफ्तार भी किया था। मैं यहाँ यह स्पष्ट कर देता हूँ कि उन लोगों को गिरफ्तार करना मुश्किल था। वैसे उत्तेजित माहौल में उन लोगों को गिरफ्तार करना एक तरह से असंभव ही मालूम हो रहा था; लेकिन इसके बावजूद हमने बहुत से लोगों को गिरफ्तार किया। हमने उन्हें गिरफ्तार किया और उनके खिलाफ मामला दर्ज किया। कुछ घरों में हत्याएँ भी हुई थीं। तो जब सामान की लूटपाट हुई है और वहाँ हत्या भी हुई है तो आप हत्या का मामला दर्ज कर सकते हैं। बाद में, पुलिस मुख्यालय में अतिरिक्त पुलिस हुकुम चंद जाटव से इस बारे में हमारी चर्चा भी हुई थी।

एस.एस. : वह क्या चर्चा थी?

ए.के. : चर्चा एकदम साफ थी। मुझे बताया गया कि यह जल्दबाजी थी।

एस.एस. : आपको यह बताया गया कि यह जल्दबाजी में की गई काररवाई थी?

ए.के. : पुलिस मुख्यालय में यह लगभग सभी की भावना थी।

एस.एस. : क्या वहाँ पुलिस आयुक्त मौजूद थे?

ए.के. : नहीं, पुलिस आयुक्त वहाँ कतई नहीं थे। सामान्य तौर पर वह गतिविधियों में शामिल नहीं थे। लेकिन उस समय जो महत्त्वपूर्ण लोग थे, वे वहाँ मौजूद थे। सामान्य तौर पर, उन लोगों का सोचना था कि मैंने जो काररवाई की थी, हो सकता है कि उससे ज्यादा समस्याएँ पैदा हो जाएँ। मामला यह था कि पुलिस को काररवाई न करने दी जाए।

इसके पीछे विचार यह था कि ऐसी स्थिति में, जो पूरी तरह नियंत्रण से बाहर हो, ऐसे में आप इस तरह का कोई कदम उठाते हैं तो आप और ज्यादा समस्याएँ पैदा कर रहे हैं। इसके पीछे यही समझ काम कर रही थी कि सामान बरामद करके, लोगों को गिरफ्तार करके आप ऐसी स्थिति पैदा कर रहे हैं, जो उस वक्त के हिसाब से सही नहीं थी। लेकिन मैंने वह काम किया और हम अपनी बात पर कायम रहे।

मेरे हिसाब से वह सही था; क्योंकि जब कोई अपराध होता है और हमने उसे (चोरी के बाद बरामदगी) एक अपराध की तरह से देखा तो हमने सोचा कि हर घटना एक अपराध था और वह अपराध नियमित एफ.आई.आर. में दर्ज किया जाना चाहिए।

एस.एस. : क्या आपकी सुभाष टंडन (पुलिस आयुक्त) से कोई मुलाकात हुई थी?

ए.के. : हमारी कई बार बातचीत हुई थी।

एस.एस. : आमने-सामने या बाकी अधिकारियों के साथ समूह में?

ए.के. : आमने-सामने भी हुई थी। श्री टंडन इंटेलिजेंस ऑपरेशंस पृष्ठभूमि से आते थे। वह पूरे समय इंटेलिजेंस ब्यूरो (आई.बी.) में रहे थे। वह आम पुलिस व्यवस्था से जुड़े आदमी नहीं थे। वह कानून व व्यवस्था बनाए रखनेवाली पुलिस की पृष्ठभूमि से भी नहीं थे। उनकी सोच अलग है और यह सोच सीधे मुकाबला करनेवाली नहीं है। उनकी सोच किसी स्थिति से निपटने की नहीं होती है, (बल्कि) जाँच करने और योजना बनाने की होती है। उनका प्रोफाइल यही था और वह एक सज्जन व्यक्ति थे। जब भी मैंने कोई समस्या रखी और जहाँ भी मैंने कहा कि मैं कुछ करने जा रहा हूँ तो वह कहते कि ठीक है, करो। जबकि दूसरे लोगों ने मेरा विरोध किया था। वह औरों के जैसे नहीं थे। सामान्य राय यह थी कि मैं कुछ ज्यादा ही सक्रिय हो रहा था। मैंने जो कुछ भी किया, श्री टंडन ने कभी मुझे कुछ करने से रोका नहीं।

एस.एस. : लेकिन खामोशी के साथ संकेत देने की संस्कृति नहीं होती है? वास्तव में, कोई कुछ कहता नहीं है कि ये मत करो; लेकिन लोग बिना बोले संकेत देते हैं, बिना बोले संकेतों से वे बातें कह देते हैं, जो वे नहीं कहना चाहते। और अगर आप इसका उलटा देखें तो क्या श्री टंडन की ओर से किसी प्रकार के निर्देश मिले थे कि आपको यह करना चाहिए? या आप अपनी तरफ से काम कर रहे थे?

ए.के. : कानून व व्यवस्था संबंधी किसी भी स्थिति में जब पुलिस यह देखती है कि वह किसी स्थिति को नियंत्रित करने में सक्षम नहीं है और भीड़ भारी पड़ती नजर आती है, तो ऐसे में बहुत कम पुलिस अधिकारियों में बहुमत के विचारों को काटने की हिम्मत होगी। आप जमीनी स्तर पर इसका विरोध नहीं कर सकते तो आपका फेल होना तय है। दिल्ली पुलिस के लिए यही हालात पैदा हो गए थे। दिल्ली पुलिस हालात का मुकाबला करने के लिए साहस या संसाधन नहीं जुटा पाई। पुलिस के अनुसार, वे हालात बहुमत द्वारा पैदा किए गए थे; और चूँकि वे बहुमत से थे, अतः आप कुछ नहीं कर सकते। लेकिन मैं इस थ्योरी से सहमत नहीं हूँ कि दिल्ली पुलिस ने जान-बूझकर और साजिश या साँठ-गाँठ के तहत ऐसा किया या उसने हमलों की अगुआई की।

एस.एस. : सक्रिय रूप से अगुआई नहीं की, लेकिन इस बात का अहसास होने पर कि इस तरह की हरकतों को बहुमत का समर्थन था और एक खास तरह का माहौल पैदा हो गया था, तो वे पीछे खड़े रहे? या बैठे रहे?

ए.के. : हाँ, कुछ मामलों में।

एस.एस. : क्या यह कर्तव्य से भागना नहीं है?

ए.के. : कुछ मामलों में, और संभवतः बाहरी इलाकों में, यह ज्यादा हुआ। जहाँ पुलिस संख्या में कम थी और भीड़ को सँभाल नहीं सकती थी, वहाँ संभवतः उसने बाहर नहीं निकलने और टकराव मोल नहीं लेने का फैसला किया; क्योंकि एक हिंसक भीड़ के सामने उनके पास टकराव के अलावा कोई विकल्प नहीं था। जब भीड़ आक्रामक होती है, तब या तो आप भीड़ के साथ सुलह-समझौते की कोशिश करते हैं और अगर इससे काम नहीं बनता है तो आप उसे रोकते हैं—शारीरिक रूप से, लाठियों से, फायरिंग से। अगर आप भीड़ को नियंत्रित नहीं कर पाते तो आप घायल होते हैं; मैं कई बार घायल हुआ था। कम-से-कम 30-40 बार मैं भीड़ के बीच था। मुझे गोली लग सकती थी; फायरिंग में मुझसे छह इंच दूर खड़ा एक आदमी मारा गया था।

•

इस आखिरी घटना का जिक्र पहाड़गंज की घटना का है, जो कि हत्याएँ बंद होने के कुछ दिनों बाद घटी थी। एक इमारत के भीतर मौजूद सिखों के एक समूह और पुलिस के बीच गोलीबारी हुई थी। सेना भी साथ थी। उस गोलीबारी में इमारत के भीतर मौजूद कुछ सिख मारे गए थे। उनकी गोलीबारी में भी कुछ लोग मारे गए थे। सेना का एक गोरखा सैनिक पुलिस के साथ था और उस समय आमोद कंठ के करीब खड़ा था। गोली लगने से उसकी मौत हो गई थी। श्री कंठ ने सैनिक को बचाने के लिए जो भी संभव हो सकता था, किया। बाद में सेना ने इसके लिए उन्हें 'शौर्य पुरस्कार' प्रदान किया। इस घटना से आमोद कंठ एक विवाद में फँस गए थे। कुछ लोगों ने उन पर आरोप लगाया कि वह

इमारत के भीतर मौजूद सिखों पर हमला करने में शामिल थे और उसके बाद इसके लिए उन्होंने पुरस्कार ले लिया।

मैं ऐसा आरोप नहीं लगाऊँगा कि कंठ ने सिखों के खिलाफ कारवाई की; मैंने इसके खिलाफ देखा था। मेरे पास क्या था, क्या नहीं था, रिकॉर्ड साफ है। इसके विपरीत, उस समय के दो सर्वाधिक प्रभावशाली पुलिस अधिकारियों—मैक्सवेल परेरा और आमोद कंठ, दोनों ने मुझे बताया था कि उन्होंने यह सोचा कि वे हालात का मुकाबला करने में सफल नहीं हो रहे थे। मैक्सवेल परेरा ने शीशगंज को बचाया था; लेकिन वह यह महसूस कर रहे थे कि अपने जिले में बाकी घटनाओं में वह विफल रहे थे।

और यही आमोद कंठ का भी सोचना था। लेकिन बाद में उन्हें पता चला कि विफल होने का अर्थ अन्य जिलों में क्या था! श्री कंठ ने बताया था, "कानून-व्यवस्था की स्थितियों को सँभालने के अपने खुद के रिकॉर्ड को देखकर मैंने महसूस किया था कि मैं विफल रहा था; लेकिन जब मुझे अन्य जिलों के बारे में पता चला तो मुझे सदमा लगा। मेरा एक जिला ऐसा था, जहाँ हम चीजों पर काबू पाने में कामयाब रहे थे। निश्चित रूप से, यह दंगे की स्थिति थी, लेकिन यह बेकाबू नहीं हुई थी। उस समय मुझे लगा था कि हालात काबू से बाहर हो चुके थे। मैं एकदम साफ कह रहा हूँ, आपके सामने पूरी सच्चाई से कह रहा हूँ। मैंने सोचा था कि मैं हालात को सँभाल नहीं पाया, मुझे हालात को सँभालना चाहिए था; लेकिन तब शहर के बारे में जानकारी एकदम अलग थी।"

"क्या इसने निजी तौर पर आपको प्रभावित किया?"

"इससे मुझे बहुत सदमा लगा। मेरी पूरी सोचने की प्रक्रिया बदल गई। इन पूरी घटनाओं से मैं गहरे तक परेशान था। मैंने ऐसा पहले कभी नहीं देखा था। मैं हमेशा जिलों में रहा और वह बुरा वक्त था। मुझे लगता है कि 1980 का दशक सबसे मुश्किल समय था। दिल्ली में इतनी हिंसा मैंने पहले कभी नहीं देखी थी। 1980 के दशक में जो कुछ हुआ, वैसा दिल्ली ने उसके बाद भी कभी नहीं देखा।

"मैं हमेशा महत्त्वपूर्ण पदों पर रहा; पश्चिम, दक्षिण और उसके बाद मध्य जिले की कमान सँभाली और उसके बाद अपराध शाखा की। उन वर्षों के दौरान मैंने दिल्ली पुलिस के कुछ सबसे बड़े मामलों को देखा; लेकिन वे कुछ दिन (वर्ष 1984 में) मेरी स्मृति में, मेरी मनोदशा में कहीं गहरे तक उतर गए। जो कुछ हुआ, मैं उसे कभी नहीं भूल सकता। मुझे हर घटना याद है। यह एक तसवीर है, एक छवि है, जो मेरी स्मृति में पैबस्त हो गई है। उन कुछ दिनों से पहले मैं जो कुछ था और उन कुछ दिनों के बाद मैं जो कुछ हो गया था—दो एकदम भिन्न इनसान!"

□

10

पुलिस के पैरों में बेड़ियाँ

1 नवंबर की जिस सुबह मैक्सवेल परेरा ने शीशगंज गुरुद्वारे में घुसने के लिए जुटी भीड़ पर गोली चलाने का आदेश दिया था, उसी सुबह पूर्वी दिल्ली की एक गली में भी हवा में कुछ गोलियाँ चलाई गई थीं। पूर्वी दिल्ली में हवा में गोलियाँ चलाने का परिणाम कुछ और ही हुआ। उन्होंने किसी को मारा नहीं था; लेकिन उन्होंने हिंसा को काबू करने की एक पुलिस अधिकारी की इच्छा-शक्ति का कत्ल कर दिया था। इसका भारी नुकसान हुआ। बाकी पुलिसकर्मियों को यह संदेश गया कि हिंसक भीड़ को रोकना तो दूर, उसे किसी भी स्थिति में ललकारना भी नहीं है।

शीशगंज को बचाने के लिए अंत में रिवॉल्वर से एक गोली चलाई गई थी। परेरा की रिवॉल्वर से चली उस गोली से एक आदमी मारा गया था। लेकिन इससे अधिक उस गोली ने यह संदेश दाग दिया था कि मामूली कड़ी काररवाई से दिल्ली की सड़कों पर शांति हो जाएगी। उस एक गोली का मतलब क्या था, यह भीड़ समझ गई थी और यह संदेश पुलिस के पास भी जाना चाहिए था। यह संदेश इतना सीधा था कि अब गोली चलाने का समय आ गया था और हो सकता है कि शुरुआत में केवल हवा में ही गोली चलाने से काम बन जाए।

बाकी पुलिस बल ने परेरा के रिवॉल्वर से चली उस गोली के बारे में नहीं सुना। पुलिस कंट्रोल रूम और पुलिस व्यवस्था ने यह संदेश प्राप्त ही नहीं किया। पुलिस के आला अधिकारियों ने फैसला कर लिया था कि जहाँ तक बाकी बल की बात है, ऐसी कोई फायरिंग नहीं हुई थी। शीशगंज में चली वह एक गोली काररवाई के लिए एक उदाहरण बन सकती थी और बाकी बल को संकेत दे सकती थी कि उन्हें क्या करना चाहिए—बशर्ते पुलिस नेतृत्व ऐसी काररवाई चाहता।

पूर्वी दिल्ली में हुई फायरिंग से पता चलता था कि वरिष्ठ पुलिस प्रशासन वास्तव में क्या चाहता था! दिल्ली आर्म्ड पुलिस—दिल्ली पुलिस की एक विशाल और अलग

यूनिट है। इस यूनिट के काफी पुलिसकर्मियों को किंग्सवे कैंप में यूनिट के मुख्यालय से ट्रक से पूर्वी दिल्ली भेजा गया था।

इस यूनिट को भेजने का मकसद सशस्त्र बल के साथ स्थानीय पुलिस की मदद करना था। उस समय आर्म्ड पुलिस से जुड़े तत्कालीन डी.सी.पी. शमशेर देओल ने जनवरी 2014 में चाणक्यपुरी में अपने सरकारी आवास पर बातचीत के दौरान मुझे यह बात बताई थी। देओल अभी हाल ही में अंडमान द्वीप समूह में पुलिस प्रमुख की अपनी अंतिम पारी पूरी करने के बाद सेवानिवृत्त हुए थे।

देओल को वह मिशन अच्छी तरह याद था—

वहाँ एक इंस्पेक्टर था, जिसे 1 नवंबर की सुबह 20–30 पुलिस कर्मियों की टीम के साथ सशस्त्र पुलिस से पूर्वी जिले में भेजा गया था। रास्ते में उन्होंने सड़क पर भीड़ देखी, जो कुछ स्थलों पर हमला कर रही थी। इसलिए उन्होंने हवा में दो या तीन गोलियाँ दाग दीं।

वह किंग्सवे कैंप सेंटर से वजीराबाद और नंद नगरी तथा उन इलाकों से होते हुए पूर्व की ओर जा रहे थे और उनका हवा में गोली चलाना काम कर गया। भीड़ ने पुलिस देखी और फायरिंग की आवाज सुनी तो वह गायब हो गई।

तभी वहाँ एस.एच.ओ. (स्थानीय पुलिस के) आ पहुँचे। उन्होंने सशस्त्र पुलिस के इंस्पेक्टर से कहा, "तू मरेगा! तू अपने आप को समझता क्या है? मेरे इलाके में आ रहा है और मेरे लिए समस्या खड़ी कर रहा है!"

जब इंस्पेक्टर लाइंस में वापस लौटा तो वह परेशान था। उसने तुरंत रिपोर्ट दी कि वह बीमार है और अगले तीन दिन उसने दिल्ली कैंट के आसपास टहलते हुए बिता दिए। उसने .303 राइफल से दागी गई तीन गोलियाँ किसी तरह वापस लाकर रख दीं। वह दिखाना चाहता था कि उसने दरअसल कभी भी गोली नहीं चलाई थी। वह वो सबूत जुटाना चाहता था कि उसकी सारी गोलियाँ सही-सलामत हैं। कुछ समय बाद उसने मुझे वह सब बताया था। मैंने कहा, "तुम्हें कहना चाहिए था कि तुमने गोली चलाई, तुमने किसी को मारा नहीं था।" लेकिन उसकी हालत तो पागलों जैसी हो गई थी। उसने कहा कि उसे डर इस बात का है कि उससे यह काम हो गया। वह कहे जा रहा था कि उसने राष्ट्र के खिलाफ काम किया था। वह यही सोचकर घबराया हुआ था कि उसे इसकी कड़ी सजा दी जाएगी, उसे निलंबित कर दिया जाएगा।

उस इंस्पेक्टर ने जो किया था, वह सही मालूम हो रहा था या सही मालूम होना चाहिए था; लुटेरे केवल हवा में गोली चलाने से भाग गए थे। किसी की मौत तो दूर की बात है, कोई घायल तक नहीं हुआ था। लेकिन यह केवल उसकी समस्याओं की

शुरुआत थी। इसलिए उसने अपनी समस्या के समाधान के लिए दिल्ली कैंट इलाके में जाने की सोची। दिल्ली कैंट में सेना की बड़ी-बड़ी यूनिटें रहती हैं और जाहिर-सी बात है कि वह वहाँ से तीन गोलियाँ खरीदने में कामयाब हो गया और वहीं से किसी ने उसको बता दिया कि इससे उस पर कोई आँच नहीं आएगी।

इस काम के लिए उसने बीमारी की छुट्टी ली थी और वह अपना रिकॉर्ड साफ-सुथरा बनाने में कामयाब हो गया—उसने वे तीनों गोलियाँ सबूत के तौर पर रख दीं कि उसने गोली नहीं चलाई थी और यह भी कि उसने फायरिंग करके किसी भीड़ को नहीं भगाया था। हत्यारों के खिलाफ काररवाई करने को लेकर पुलिस के बीच इतना डर था।

कनिष्ठ पुलिस अधिकारियों को डर था कि सिखों को निशाना बनाने के लिए बढ़ रही भीड़ को अगर रोका गया तो उन्हें अपने वरिष्ठ अधिकारियों की ओर से अनुशासनात्मक काररवाई का सामना करना पड़ सकता है। यह एक ऐसा डर था, जिसे दूर करने के लिए वरिष्ठ अधिकारियों की ओर से कुछ नहीं किया गया। मैक्सवेल परेरा काफी वरिष्ठ थे और साहसी भी। उनमें इतनी हिम्मत थी कि इस तरह का डर उन्हें छू तक नहीं गया था। लेकिन शहर में सभी कनिष्ठ अधिकारियों में इतना दम नहीं था।

दिल्ली सशस्त्र पुलिस की ओर से जो ट्रक भेजा गया था, वह केवल एक ही ट्रक नहीं था। ऐसा भी नहीं था कि वे जो 20-30 सशस्त्र पुलिस कर्मी भेजे गए थे, केवल वही सशस्त्र कर्मी उस समय तैनाती के लिए उपलब्ध था। किंग्सवे कैंप लाइंस में सैकड़ों ऐसे सशस्त्र पुलिस बल उपलब्ध थे, जो किसी भी समय तैनाती के लिए तैयार थे। उन्हें कभी भी श्री परेरा की मदद के लिए उपलब्ध नहीं कराया गया, जिन्हें आर्म्ड पुलिस यूनिट की बहुत अधिक जरूरत थी। बाकी अधिकारियों की जहाँ तक बात है, तो ऐसा लगता है कि वे अपने आसपास आर्म्ड पुलिस यूनिट चाहते ही नहीं थे।

शमशेर देओल उस समय आर्म्ड यूनिट के साथ नहीं थे; वह उनकी पत्नी कँवलजीत देओल थीं, जो उस समय दिल्ली आर्म्ड पुलिस में तैनात थीं। वह भी पुलिस अधिकारी हैं। इसके अलावा, वह महिलाओं के खिलाफ अपराधों से निपटने के लिए हाल ही में गठित सेल की भी कमान सँभाल रही थीं।

शमशेर देओल दिल्ली के समीप पुलिस ट्रेनिंग स्कूल में पदस्थ थे और जिस दिन इंदिरा गांधी की हत्या हुई, उसी दिन उन्हें आर्म्ड पुलिस में भेजा गया था। जिस समय इंदिरा गांधी को गोली मारे जाने की खबर आई, वह दिल्ली पुलिस के शीर्ष अधिकारियों के साथ थे।

"वह सी.आर.पी.एफ. का स्थापना दिवस था। सभी शीर्ष पुलिस अधिकारी, वी.आई.पी., हर कोई सी.आर.पी.एफ. के ग्रुप सेंटर झड़ौदा कलाँ (मध्य दिल्ली से पश्चिमी दिल्ली की ओर करीब एक घंटे की ड्राइव पर) पर था...पुलिस आयुक्त,

इंटेलिजेंस ब्यूरो के चीफ, गृह मंत्री (बाद में प्रधानमंत्री बने) पी.वी. नरसिम्हा राव। पुलिस आयुक्त का वायरलेस ऑपरेटर मेरे पास आया। वह वहाँ उपस्थित इतनी बड़ी हस्तियों के सामने आते हुए थोड़ा झिझक रहा था। उसने मुझे बताया कि पी.एम. हाउस में गोलीबारी हुई है। उसने कहा कि पुलिस आयुक्त को बताना होगा। मैंने कहा कि मैं उन्हें बता दूँगा। तुरंत मुझे किसी गड़बड़ का अहसास नहीं हुआ। कई बार दुर्घटनावश गोली चलने की घटनाएँ होती हैं। लेकिन मैंने जाकर उन्हें (कमिश्नर) बताया। उन्हें किसी तरह यह अंदेशा हो गया कि यह कोई आकस्मिक गोलीबारी नहीं हो सकती।

"वह उठे और चुपचाप वहाँ से निकलने की कोशिश की।

"तब तक वायरलेस स्टाफ ने बाकी लोगों को भी सूचित कर दिया था और हर कोई एक के बाद एक वहाँ से जाने लगा। तभी मुझे अहसास हुआ कि वास्तव में कुछ गलत हो गया है। उसके तुरंत बाद एक वायरलेस संदेश आया कि सभी पुलिस अधिकारी, जो जिलों में नहीं हैं, उन्हें किंग्सवे कैंप आर्म्ड पुलिस लाइंस में पहुँच जाना चाहिए। अत: हम सभी वहाँ पहुँच गए।

"वहाँ हमने डी.ए.पी. (दिल्ली आर्म्ड पुलिस) के भीतर मौजूद सभी फोर्स को एकत्रित किया। हमारे पास छह बसें भरकर पुलिसकर्मी थे। वे उन बसों में बैठे हुए रवाना होने का इंतजार कर रहे थे। उस समय आर्म्ड पुलिस की कुल क्षमता करीब 4,500 थी; लेकिन ज्यादातर को नियमित ड्यूटी के तहत निजी सुरक्षा अधिकारियों और गार्ड तथा अन्य ड्यूटी के लिए विभिन्न चौकियों पर तैनात किया हुआ था। लेकिन हम जितने भी रिजर्व फोर्स को जुटा सकते थे, वह काफी था। हमारे पास सैकड़ों सशस्त्र पुलिस कर्मी थे और हम डी.सी.पी. रैंक के करीब सात या आठ पुलिस अधिकारी वहाँ बैठे हुए थे।

हमारे पास डी.ए.पी. के प्रभारी अतिरिक्त पुलिस आयुक्त श्री कुलबीर सिंह थे। "कुछ देर बाद, मेरे साथ बैठे अधिकारी कमर अहमद और मैं थोड़ा बेचैन हो उठे। हमें सुनाई पड़ रहा था कि भीड़ इकट्ठा हो रही थी। हमने कुलबीर सिंह से कहा कि हमें निकलना चाहिए। उन्होंने कहा, नहीं। उन्होंने हमें बताया कि वे बाद में हमसे फोर्स की माँग कर सकते हैं और अगर हम चले गए तो बल पहले ही अन्य ड्यूटी में लग जाएगा। बेवकूफी का तर्क। अत: हम बस वहीं बैठे रहे।" और जब हत्याएँ हो रही थीं तो पुलिस फोर्स ने केवल यही किया और जिन अधिकारियों को कमान सँभालने के लिए बुलाया गया था, वे इतना ही कर सकते थे।

●

शीर्ष पुलिस नेतृत्व ने एक प्रकार से काफी तेजी से काम किया था। प्रधानमंत्री इंदिरा गांधी को गोली मारे जाने की खबर मिलने के तुरंत बाद पुलिस को तैयार रहने के निर्देश दिए गए थे। जो पुलिस अधिकारी स्थानीय जिलों में तैनात नहीं थे, वे आर्म्ड पुलिस सेंटर

चले गए थे, जहाँ सशस्त्र पुलिस बल की यूनिटें उपलब्ध थीं और उन सशस्त्र यूनिटों की अगुआई वे नए स्थानांतरित अधिकारी कर सकते थे। किससे निपटने के लिए? उन्हें कभी भी उस स्थिति से निपटने के लिए तैनात नहीं किया गया, जो हिंसक रूप लेकर शहर को अपनी चपेट में ले रही थी। तो ऐसे कौन से खतरे की आहट महसूस की गई थी, जिसके लिए इतनी जल्दबाजी में उन्हें सक्रिय किया गया और इंदिरा गांधी की हत्या के कुछ ही घंटों के भीतर उन्हें तैनाती के लिए तैयार कर दिया गया? आर्म्ड पुलिस में डी.सी.पी. रैंक के अधिकारियों की तुरंत तैनाती का आदेश केवल पुलिस आयुक्त द्वारा दिया जा सकता है।

उन्हें पता था कि उनके चारों ओर शहर लपटों में घिरा हुआ था, कि लोग हत्याएँ कर रहे थे—यह उन्होंने 1 नवंबर की सुबह रकाबगंज गुरुद्वारे में स्वयं ही देखा था। तीन मूर्ति भवन से कुछ ही मिनट की ड्राइव पर स्थित गुरुद्वारे पर हमला हुआ था। पुलिस आयुक्त तीन मूर्ति भवन से कुछ देर के लिए रकाबगंज गए थे। तीन मूर्ति भवन में वह श्रीमती गांधी के पार्थिव शरीर के अंतिम दर्शनों के लिए आ रहे वी.आई.पी. लोगों की कतार के पास तैनात थे।

गुरुद्वारा इलाके से मिली शुरुआती खबरों में बताया गया था कि गुरुद्वारे के भीतर मौजूद सिख हमले के लिए बढ़ रही भीड़ पर जवाबी हमला करने वाले हैं। इसीलिए पुलिस आयुक्त वहाँ गए थे। उन्होंने उन जगहों पर जाने में देरी नहीं की, जहाँ से सिखों के पलटकर वार करने की खबरें आ रही थीं। तेजी के साथ आर्म्ड पुलिस रिजर्व को तैयार करने और उसकी कमान सँभालने के लिए वरिष्ठ अधिकारियों को बुलाने के बाद पुलिस आयुक्त ने शहर भर में उनकी तैनाती का आदेश नहीं दिया। क्या उन्हें सिखों के आक्रोश से निपटने के लिए तैयार रखा गया था? क्योंकि यह तो निश्चित था कि उन्हें सिखों के खिलाफ गुस्से को रोकने के लिए तो नहीं बुलाया गया था।

आर्म्ड पुलिस से जुड़े अधिकारियों को पता था कि उनकी जरूरत थी; उन्होंने जाने की अनुमति भी माँगी थी, लेकिन उससे इनकार कर दिया गया। जो यूनिट पूर्वी दिल्ली में गई भी थी, उसके इंस्पेक्टर को अपनी काररवाई के लिए इतनी मानसिक यंत्रणा झेलनी पड़ी कि उसने सैनिकों से गोलियाँ खरीदीं, ताकि वह यह दिखा सके कि उसने कुछ नहीं किया था, जबकि उसने काररवाई की थी। अन्य यूनिटें वहीं रुकी रहीं। शीर्ष पुलिस अधिकारियों को यह बात पता थी कि तैनाती का इंतजार करते उन सैकड़ों सशस्त्र पुलिसकर्मियों के अलावा, आपात स्थिति में तैनाती के लिए, उन हजारों सशस्त्र पुलिस कर्मियों में से भी कई को बुलाया जा सकता था, जो नियमित ड्यूटी पर तैनात थे।

उनमें से कुछ उन जिलों के पास तैनात थे, जहाँ हालात खराब थे। अतः बसों में सवार इन सशस्त्र बलों के अलावा भी सैकड़ों और सशस्त्र पुलिसकर्मी उपलब्ध थे।

इस विशाल दिल्ली आर्म्ड पुलिस में केंद्रीय रिजर्व पुलिस बल (सी.आर.पी.एफ.) की विशाल फोर्स को भी जोड़ लें, जिसके स्थापना दिवस समारोह में उस सुबह शीर्ष पुलिस अधिकारी शामिल हुए थे। उसी सुबह इंदिरा गांधी की हत्या हुई थी। यह एक ऐसा सशस्त्र बल था, जिसे किसी भी ऐसी जगह पर तैनात किया जा सकता था, जहाँ दिल्ली आर्म्ड पुलिस की तैनाती पर्याप्त नहीं होती। उसे बुलाया भी गया। सी.आर.पी.एफ. की एक पूरी प्लाटून रकाबगंज गुरुद्वारे के बाहर खड़ी थी, जहाँ आगे बढ़ती भीड़ को रोकने के लिए उसने कुछ नहीं किया। वे तमाशबीन बनकर खड़े रहे और इस तथ्य के मद्देनजर कि आर्म्ड फोर्स पुलिस को उपलब्ध थी। तो क्या पुलिस हत्यारों को रोकना चाहती थी? उन्हें रोकना चाहिए था?

•

उस समय डी.सी.पी. कँवलजीत देओल सशस्त्र पुलिस के साथ नियमित पोस्टिंग पर थीं। वह क्या कर सकती थीं? उनसे कहा गया कि वे घर चली जाएँ। उस समय वह नौ महीने की गर्भवती थीं और उनके बॉस ने निश्चित ही उनके स्वास्थ्य का खयाल रखते हुए यह सुझाव दिया होगा। लेकिन सशस्त्र बल के बाकी डी.सी.पी. और जो वहाँ मौजूद थे, उनमें से कोई और गर्भवती जैसी स्थिति में नहीं था। लेकिन बाद में पता चला कि कँवलजीत देओल किसी भी स्थिति में आराम करने के लिए वापस नहीं जा सकी थीं।

"कुलबीर सिंह ने कहा कि उन्हें जाकर आराम करना चाहिए और वह चली गईं।"

शमशेर देओल ने बताया, "हमारा घर अखिल भारतीय आयुर्विज्ञान संस्थान (AIIMS), जहाँ हत्या के दिन श्रीमती इंदिरा गांधी को ले जाया गया था, के सामने ईस्ट किदवई नगर में था। हमारे घर से आप मेन रोड देख सकते हैं। वह घर पहुँचीं और छत पर चली गईं। उन्होंने देखा कि एक बस को रोक लिया गया। उन्होंने देखा कि सिखों पर फब्तियाँ कसी जा रही थीं; जबकि उन्हें पता तक नहीं था कि क्या हुआ है?

"उसके बाद उन्होंने बसों को रोककर लोगों को बाहर निकालना शुरू कर दिया। उन्होंने एक सरदार को खींचकर बाहर निकाला, उसके साथ हाथापाई की, उसकी पगड़ी गिर गई। उसने अपनी पगड़ी उठाई और दौड़ना शुरू कर दिया। वह नाले के ऊपर से कूदा। कुछ देर बाद वह रुका और फिर अपनी पगड़ी बाँधनी शुरू कर दी; लेकिन तीन या चार लोगों ने उसकी ओर भागना शुरू कर दिया।

"श्रीमती देओल ने यह सब देखा। वह बाहर निकलीं और सरदार तथा उन लोगों के बीच जाकर खड़ी हो गईं। उन्होंने बहुत कड़ाई से उन लोगों से बात की और उनसे कहा, 'आप क्या कर रहे हो?' वे लोग रुक गए। लगा कि उन्हें समझ नहीं आ रहा था कि अब क्या करें। वे पीछे मुड़े और वापस चले गए। वह सिर्फ एक गर्भवती महिला थीं।

"तो यह बात थी। आपको एक खास समय पर लोगों को कुछ करने से रोकने की

जरूरत होती है। मैं समझता हूँ कि वे 200–300 सशस्त्र पुलिसकर्मी हमारे पास एम्स में होते तो उन लोगों पर उसका असर पड़ता। केवल थोड़ी सी कोशिश करने की जरूरत थी।"

सशस्त्र पुलिस की एक शीर्ष अधिकारी होने के नाते कँवलजीत देओल कुछ नहीं कर सकीं; लेकिन एक गर्भवती महिला के रूप में उन्होंने एक जिंदगी को खत्म होने से बचा लिया। जिन लोगों को उन्होंने ललकारा था, उन्हें किसी रिवॉल्वर से गोली चलने की आवाज सुनने की भी जरूरत नहीं थी। श्रीमती देओल ने केवल उन्हें डराकर भगा दिया और वे भाग गए।

31 अक्तूबर की उस शाम को ही कड़ी पुलिस काररवाई का संदेश समूचे पुलिस बल को जाना चाहिए था। उन्हें यह पता होना चाहिए था कि उन्हें उन हिंसक गिरोहों पर रोक लगानी है। उस शाम को उन हिंसक गुटों को एक जगह पर मनमानी करने की अनुमति दी गई; बाद में उन्होंने हर जगह अपनी मन–मरजी की। इससे बिना बताए ही पुलिस को यह संदेश चला गया कि अगर लोग सिखों के खिलाफ दंगे कर रहे हैं तो उन्हें रोकना नहीं है।

उसी दिन, देर रात शमशेर देओल को तैनाती के आदेश प्राप्त हुए। उन्हें आदेश मिला कि वह फोर्स के साथ निकलें। लेकिन वह आदेश उस रात हो रहे हमलों और हत्याओं से निपटने के लिए नहीं था। उन्हें आदेश मिला था कि वह दक्षिणी दिल्ली के चाणक्यपुरी में फाइव स्टार होटल अशोक पहुँचें। यही वह होटल था, जहाँ इंदिरा गांधी के अंतिम संस्कार में शामिल होने के लिए आनेवाले वी.आई.पी. मेहमानों को ठहरना था। उनकी फोर्स को उन वी.आई.पी. की सुरक्षा और उनकी आवा–जाही का प्रबंध करने के लिए तैनात किया जाना था। इसी जगह पर देओल अगले कुछ दिन तक ऐसे ही बेकार बैठे रहे।

●

एस.एस. : इस सबके दौरान आपको बाकी शहर के हालात के बारे में क्या पता चला?

एस.डी. : रात भर घटनाएँ होती रहीं। पुलिस को बहुत से फोन किए गए, लेकिन अधिकांश कॉल्स किसी ने रिसीव ही नहीं कीं।

एस.एस. : पुलिस उन इमरजेंसी कॉल्स का जवाब नहीं दे रही थी?

एस.डी. : बहुत से लोग पुलिस तक नहीं पहुँच पाए। बाद में एक सिख ने मुझे बताया कि उसे यह अहसास हो गया था कि अगर हम फोन करेंगे और कहेंगे कि हम सिख हैं और हम असुरक्षित महसूस कर रहे हैं तो हमें किसी तरह का कोई जवाब नहीं मिलने वाला था। उसने बताया कि इसीलिए उसने फोन करके कहा कि सिख यहाँ इकट्ठा हो रहे हैं, हमारे चारों ओर घेरा डाल रहे हैं। उसने बताया कि उसने बाकी लोगों को भी

कहा कि वे फोन करके यही कहें। उस सिख ने बताया कि एक बार लोगों ने यह बात कही तो उन्हें बहुत अच्छा जवाब मिला। जिन लोगों ने कॉल्स करके कहा कि सिख हमला कर रहे हैं, उन कॉल्स पर ज्यादा काररवाई हुई।

एस.एस. : इस तरह की कितनी कॉल्स की गई होंगी?

एस.डी. : वास्तव में, हमें नहीं पता कि कितनी ऐसी कॉल्स की गईं, क्योंकि हर किसी को नहीं पता था कि क्या हो रहा था? लोग (पुलिस में) दबा (सूचना) रहे थे। वे रिकॉर्ड नहीं कर रहे थे। उन्होंने केवल फोन को उठाकर रख दिया था, क्योंकि आप कल्पना कर सकते हैं कि कितने फोन आ रहे होंगे!

एस.एस. : और आपको अशोक होटल भेज दिया गया?

एस.डी. : हाँ, उस रात मुझे अशोक होटल जाने को कहा गया, जहाँ अंतिम संस्कार के लिए वी.आई.पी. आने वाले थे। वहाँ उन्होंने मुझे फोर्स दी।

एस.एस. : क्या फोर्स में सिख भी थे?

एस.डी. : दो अधिकारी सिख थे—इंस्पेक्टर शमशेर सिंह तथा एक और।

जब वे 1 नवंबर को ड्यूटी पर आ रहे थे तो बड़ी मुश्किल से पहुँचे। वे सिविल ड्रेस में थे।

एस.एस. : क्या सिख पुलिस अधिकारियों पर हमला किया गया?

एस.डी. : हाँ। हमें पुलिस ट्रेनिंग स्कूल से फोर्स बुलानी पड़ी। मेरी जान-पहचान के काफी लोग वहाँ थे, जो कोर्स कर रहे थे। उन ट्रकों को उत्तम नगर (पश्चिमी दिल्ली) में रोक दिया गया। हिम्मत देखिए—उन लोगों ने पुलिस के ट्रकों को रोक दिया, जिनमें पुलिसकर्मी हथियार लिये बैठे थे! उन्होंने ट्रक में बैठे तीन सिखों को देखा। उन्होंने कहा, 'हम चाहते हैं कि इन तीनों को ट्रक से उतार दिया जाए।' सिखों को उनके हवाले नहीं किया गया। लेकिन जुर्रत तो देखिए!

एस.एस. : अशोक होटल में क्या आपको कुछ आइडिया था कि शहर में क्या कुछ हो रहा है?

एस.डी. : हमें नहीं पता कि क्या चल रहा था, सिवाय इसके कि हमें इधर-उधर धुआँ उठता नजर आ जाता था। हमें पता नहीं था कि ऐसा क्यों था।

एस.एस. : क्या किसी भीड़ से आपका सीधा आमना-सामना हुआ था?

एस.डी. : अगली सुबह, मैं घर से अशोक होटल जा रहा था और मैंने देखा कि चार छोकरे लोहे के सरिए लेकर जा रहे थे। एक के पास तलवार थी। मैंने अपने ड्राइवर से गाड़ी रोकने को कहा। मैंने उन्हें ललकारा और वे वहाँ से भाग खड़े हुए। एक समय ऐसा था, जब थोड़ी सी भी हिम्मत दिखाने पर मन-माफिक परिणाम मिले होते। मैं सादे कपड़ों में था, लेकिन मेरे हाथ में पिस्तौल थी। मेरे अपने लिए 9एम.एम. की पिस्तौल

थी, जिसे मैं उस समय अपने पास रखता था।

एस.एस. : पुलिस फोर्स के भीतर क्या चल रहा था?

एस.डी. : मैं बाद में पुलिस मुख्यालय पहुँचा। देखिए, कई बार होता क्या है कि जब आप कुछ गलत कर देते हैं तो आप खुद को सही ठहराना शुरू कर देते हैं और उसके बाद आप उस खुद को सही ठहराने में यकीन करने लगते हैं और उसके बाद आप वे सारे कारण ढूँढ़ लेते हैं कि किस वजह से आप हालात को सँभाल नहीं सके। आप कहते हैं कि कोई स्पष्ट आदेश नहीं था; लेकिन आपको जरूरत नहीं होती, आपको आदेशों की जरूरत नहीं थी।

एस.एस. : क्या पुलिस आयुक्त से आपकी कोई सीधी बातचीत हुई थी?

एस.डी. : सुभाष टंडन पुलिस आयुक्त थे। पहले उनके नेहरू परिवार से बहुत अच्छे संबंध थे। वह राजस्थान कैडर के थे। यह उनके आयुक्त बनने से पहले की बात है।

एस.एस. : लेकिन क्या पुलिस आयुक्त की ओर से ऐसे कोई स्पष्ट आदेश थे कि पुलिस को बाहर निकलकर यह सब करवाना चाहिए?

एस.डी. : देखिए, वह एक अच्छे इनसान हैं और व्यक्तिगत रूप से कहूँ तो एक सज्जन व्यक्ति।

एस.एस. : हाँ, व्यक्तिगत रूप से एक सज्जन व्यक्ति हैं; लेकिन हम उसके बारे में बात नहीं कर रहे हैं।

एस.डी. : 1 नवंबर को वह यह देखने के लिए अशोक होटल आए कि सबकुछ ठीक-ठाक है। उनकी यूनिफॉर्म पर खून लगा हुआ था। उन्होंने मुझे बताया, 'शमशेर, लोग पागल हो गए हैं।'

•

यह देओल की किस्मत ही थी। वह हर जगह जा सकते थे और उनकी मौजूदगी बहुत मददगार हो सकती थी; लेकिन अब उन्हें केवल एक जगह बैठा दिया गया था, जहाँ करने को कुछ नहीं था। वह सशस्त्र पुलिस के साथ थे, जो हाथ बाँधे बसों में बैठी थी; जबकि उनकी शहर में उस समय सबसे अधिक जरूरत थी। ऐसी जरूरत थी, जो उससे पहले और उसके बाद कभी नहीं हुई थी। बाद में उन्हें वेद मारवाह की अगुआईवाली पुलिस जाँच में मदद के लिए नियुक्त किया गया; वह जाँच, जिसके तथ्यों को रिपोर्ट का रूप दिए जाने से पहले ही उसे बीच में बंद करवा दिया गया।

एस.एस. : मारवाह जाँच में जाँच का जिम्मा सँभालने के बाद क्या हुआ?

एस.डी. : वह जाँच नहीं थी। वह अधिकारियों से पूछताछ करके, वायरलेस डिस्पैच के आधार पर उनका रिकॉर्ड देखकर और बाकी रिकॉर्ड तथा उस दिन की उनकी रिपोर्ट

के आधार पर केवल रिकॉर्डिंग थी। चूँकि एक रोजनामचा जाता है, अतः हम यह देख रहे थे कि उन्होंने उसमें क्या लिखा था और क्या नहीं लिखा था। श्री मारवाह इस बात पर खास ध्यान दे रहे थे कि किस समय पर वे कहाँ थे और उन लोगों ने खुद अपने काम का लेखा-जोखा दिया था और खुद यह बताया था कि क्या हुआ। तो इस प्रकार यह एक रिकॉर्डिंग थी, जिससे ज्यादा-से-ज्यादा यह तय किया जाना था कि किसके खिलाफ विभागीय जाँच शुरू की जानी चाहिए, किस पर बड़ा जुरमाना लगाया जाना चाहिए? किसने क्या किया, किसने क्या नहीं किया?

एस.एस. : क्या इससे पुलिस के भीतर समस्याएँ पैदा हुईं?

एस.डी. : पुलिस में दो तरह के लोग हो गए थे—एक, जिनको लगता था कि वे मुसीबत में पड़ सकते हैं; और एक वे, जिनका इससे कोई लेना-देना नहीं था या मैक्सवेल परेरा जैसे लोग, जिन्होंने अच्छा काम किया था। उसके बाद सामान्य किस्म की राजनीति शुरू हो गई। कुछ ने कहा कि कुछ खास जाति के लोगों को निशाना बनाया जा रहा है या जिन्हें आप पसंद नहीं करते, उनके पीछे पड़ रहे हैं और यही कि आप लोगों को परेशान कर रहे हैं, और सब इसी तरह की बातें।

सच तो यह है कि यह सच नहीं था, क्योंकि इन लोगों (जिलों के अधिकारी) ने इन पदों (जिलों में मलाईदार पदों) को पाने के लिए पूरी जान लड़ा दी थी और अब यह उन्हें उलटा पड़ गया था, वरना एक रेंज या जिले का प्रभारी होना बहुत शानदार बात होती थी। अचानक उन्हें इसके नुकसान नजर आ गए थे।

एस.एस. : जाँच के अलावा खोजबीन का क्या हुआ?

एस.डी. : असल में, कोई खोजबीन जैसी जाँच तो कभी हुई ही नहीं।

एस.एस. : रिकॉर्ड के आधार पर नहीं तो क्या, बरामद किए गए शवों के आधार पर?

एस.डी. : बहुत से शव दूसरे जिलों में मिले थे। बहुत से शवों को यमुना में फेंक दिया गया, ताकि वे बहकर किसी दूसरे के क्षेत्राधिकार में चले जाएँ या कुछ लोग केवल गए और उन्हें रिज पर छोड़ गए। रिज इलाके के प्रभारी ने बाद में शिकायत की कि सभी जिलों की लाशों को लाकर रातोरात उसके जिले में फेंक दिया गया था, ताकि वे अधिकारी (जिन्होंने लाशें फिंकवाई थीं) कह सकें कि उनके इलाके में (जहाँ लोग मारे गए थे) कुछ नहीं हुआ। रिज पर फेंकी गई लाशों में से ज्यादातर पश्चिमी जिले की थीं।

एस.एस. : पुलिस रिकॉर्ट क्या दिखा रहा था?

एस.डी. : पुलिस रिकॉर्ड तो बहुत कम मौतें दिखा रहा था।

एस.एस. : करीब 3,000 लोग थे। पुलिस रिकॉर्ड में इसके अंश मात्र को ही दर्ज किया गया। क्या यह मामला कभी सुलझ पाया?

एस.डी. : इन विसंगतियों का कभी निपटारा नहीं किया जा सका। पुलिस ने केवल

संक्षेप में सब दर्ज किया था कि भीड़ ने विभिन्न इलाकों में हमले किए। उन्होंने विशेष रूप से शिकायतें दर्ज नहीं कीं। उन्होंने केवल सामान्य एफ.आई.आर. दर्ज कीं। सारे पुलिस रिकॉर्ड की कई बार जाँच हुई। वेद मारवाह का काम खत्म नहीं हुआ था। सारा रिकॉर्ड न्यायमूर्ति रंगनाथ मिश्र को भेज दिया गया। उसके बाद न्यायमूर्ति (जी.टी.) नानावती जाँच शुरू हुई। रिकॉर्ड एक जगह से दूसरी जगह जा रहा था। आखिरकार, उस रिकॉर्ड का क्या हुआ, कोई नहीं जानता।

एस.एस. : रिकॉर्ड सौंप दिया गया और इसी कारण से काररवाई के लिए वह पुलिस को उपलब्ध नहीं था?

एस.डी. : पहली बात, हम उनकी जाँच कर रहे थे तो जब हमारी जाँच रोक दी गई तो रिकॉर्ड हमारे पास पड़ा रहा—ताले में बंद और उसके बाद उसे अगली जाँच इकाई को सौंप दिया गया। सब एफ.आई.आर., लॉगबुक, कंट्रोल रूम में आनेवाली सूचना, रोजनामचे, ड्यूटी रोस्टर्स, किस जगह कौन ड्यूटी पर था, आवा-जाही, बातचीत··· ये सभी चीजें।

एस.एस. : तो पुलिस बाद में जाँच नहीं कर सकी, क्योंकि उनके पास आगे बढ़ने के लिए रिकॉर्ड ही नहीं था। ऐसा?

एस.डी. : पहली बात, कौन सा पुलिस अधिकारी यह कहना चाहेगा कि उसके इलाके में 300 लोग मारे गए?

एस.एस. : लेकिन जाँच के लिए एक दंगा सेल गठित किया गया था?

एस.डी. : दंगा सेल था (लेकिन), उन्हें रिकॉर्ड नहीं मिला। वैसे भी, रिकॉर्डिंग के चरण में ही मौतों की संख्या या नामों का कोई जिक्र नहीं किया गया था। बाद में आप इसे सही नहीं कर सकते। इसके चलते बहुत से मामले अदालत में टिक नहीं पाए।

एस.एस. : तो, सबसे पहली बात, रिकॉर्ड नहीं बनाया गया। दूसरी बात, इसे पुलिस की पहुँच से दूर भेज दिया गया और बात वहीं खत्म हो गई और उसके बाद लाशों को छुटकारा पाने के लिए फेंक दिया।

एस.डी. : हाँ।

एस.एस. : तो, हम एक ऐसी स्थिति में रह रहे हैं, जहाँ पुलिस रिकॉर्ड कुछ दिखाता है और मौत के निर्णायक आँकड़े के मामले में कुछ और दिखाना पड़ता है, जो कि काफी कम है।

एस.डी. : कभी इनकी प्रामाणिकता की जाँच नहीं हुई। बहुत से लोगों को मुआवजा नहीं मिला, क्योंकि एफ.आई.आर. में मारे गए व्यक्ति का नाम नहीं था। मुआवजे के लिए ठोस एफ.आई.आर. चाहिए। सामान्य एफ.आई.आर. में वह चारों ओर घूमता रहेगा और कुछ नहीं मिलेगा। एफ.आई.आर. में कोई नाम नहीं था। इस गलती को कभी ठीक

नहीं किया गया और इसे किया भी नहीं जा सकता।

एस.एस. : क्यों नहीं किया जा सकता?

एस.डी. : पहला रिकॉर्ड इस बात का होना चाहिए कि फलाँ-फलाँ व्यक्ति फलाँ-फलाँ के संबंध में शिकायत कर रहा है या पुलिस पता लगाए। ताकि वे एक शिकायत दर्ज करें और उसके आधार पर अगली शिकायत दर्ज करें, उसके बाद अगली दर्ज करें। उन शिकायतों में यह दर्ज होना चाहिए कि कौन सा इलाका है, कौन गवाह हैं और बाकी सब बातें। यह एक सामान्य शिकायत नहीं हो सकती। एफ.आई.आर. एक इतना महत्त्वपूर्ण दस्तावेज है कि न्याय की प्रक्रिया उसी से आगे बढ़ना शुरू होती है। आपराधिक न्याय-व्यवस्था के पहिए इसी पर टिके हैं। बिना एफ.आई.आर. के यह मुश्किल है। यहाँ तक कि अगर एफ.आई.आर. में देरी भी होती है तो यह एक बहुत बड़ी खामी है।

एस.एस. : दिल्ली में तीन दिन में लगभग 3,000 लोग मारे गए और उनकी कोई खोजबीन, खोज-खबर, जाँच-पड़ताल तक नहीं हुई?

एस.डी. : कभी कोई जाँच-पड़ताल नहीं हुई। कभी नहीं। जिन भी मामलों में जाँच की गई, वे ऐसे मामले थे, जहाँ अदालत ने पुलिस को कुछ मामलों की जाँच-पड़ताल करने का आदेश दिया था। स्वतंत्र रूप से पुलिस के स्तर पर दोषियों की शिनाख्त करने या उन्हें गिरफ्तार करने के कोई प्रयास नहीं किए गए और अंततः मुश्किल ही कोई दोष-सिद्धि हुई और वे कुछ लोग भी पुलिस की जाँच के आधार पर दोषी करार नहीं दिए गए, बल्कि गैर-सरकारी संगठनों (एन.जी.ओ.) एवं कार्यकर्ताओं ने लोगों को एकजुट किया और वे गवाहों की तलाश कर उन्हें अदालत में लेकर आए और वहाँ भी ये वे गवाह नहीं थे, जो कहते कि उन्होंने किसी को किसी की हत्या करते हुए देखा था। एन.जी.ओ. का रास्ता अच्छा है, लेकिन यह विश्वसनीय नहीं है।

एस.एस. : ऐसा लगता है कि मारवाह जाँच न्याय प्रदान करने के करीब पहुँच गई थी।

एस.डी. : अगर मारवाह जाँच पूरी होती तो यह जो सब हुआ, उसका एक रिकॉर्ड तैयार करती—सारे बयान, रिकॉर्ड, लॉगबुक। इससे दावों और रिकॉर्ड के बीच विसंगतियों का पता चलता। वाहनों की भी लॉगबुक होती है। मारवाह ने उन्हें जब्त कर तुरंत सील करवा दिया था। इससे संकेत मिल सकता था कि दावों और वास्तव में जो हुआ, उनमें क्या अंतर था और कौन, कहाँ, क्या कर रहा था। रिकॉर्ड को लेकर झूठ बोलना मुश्किल होता है; क्योंकि एक रिकॉर्ड कंट्रोल रूम में होता है, एक अलग रिकॉर्ड जिला कंट्रोल रूम में रखा जाता है और ड्राइवर का एक रिकॉर्ड होता है। यदि आप एक में बदलाव करते हैं तो आपको बाकी जगहों पर भी उन रिकॉर्ड्स में बदलाव करना होगा।

एस.एस. : मारवाह जाँच आयोग को किसी दबाव का सामना करना पड़ा था?

एस.डी. : कुछ अधिकारियों की ओर से बहुत दबाव था। दूसरे लोग इस बात पर अपमानित महसूस कर रहे थे कि हम जो कुछ कर रहे थे, वह पुलिस जाँच थी। उनका कहना था कि इसमें न्यायिक जाँच की जरूरत है। लोगों की सोच थी कि पुलिस ही पुलिस की जाँच कर रही है, यह बात कुछ हजम नहीं हो रही। उन्हें नहीं पता था कि मारवाह बहुत से लोगों को लटका देते।

•

कुछ मायनों में, जैसे कि सशस्त्र पुलिस का वह इंस्पेक्टर, जिसने लुटेरों को डराकर भगाने के लिए हवा में फायरिंग करने की गलती की थी, सहायक पुलिस आयुक्त केवल सिंह ने भी संभवत: 31 अक्तूबर की शाम को एक गलती कर दी थी। केवल सिंह उत्तरी जिले के सब्जी मंडी इलाके में सड़क पर बाहर निकल आए थे। उन्होंने वहाँ लुटेरों को रोका, कई को पकड़ा और कुछ को गिरफ्तार भी किया था।

उस शाम एक सिख पुलिस अधिकारी ने जो किया, वह बहुत ही हिम्मत का काम था। उन्होंने एक बड़ी गलती भी कर दी। उन्होंने यह अनुमति माँगने के लिए एक वायरलेस संदेश भेजा कि क्या जरूरत पड़ने पर वह लुटेरों पर गोली चला दें? उन्हें अनुमति माँगने संबंधी यह संदेश भेजने के तुरंत बाद जवाब मिल गया। उन्हें आदेश दिया गया कि वह अपना प्रभार सौंप दें।

सब्जी मंडी पुलिस स्टेशन के सिख एस.एच.ओ. गुरमेल सिंह को भी ऐसा ही आदेश मिला। वे अधिकारी लुटेरों के खिलाफ तुरंत हरकत में आ गए थे, किंतु उन्हें तुरंत एक किनारे खड़ा कर दिया गया।

मध्य जिले में आमोद कंठ ने सिख पुलिस अधिकारियों से हथियार वापस लेने और उन्हें ड्यूटी से हटाने के आदेशों का विरोध किया था। वह उन आदेशों के खिलाफ खड़े हुए थे; यहाँ उत्तरी जिले में कोई नहीं खड़ा हुआ।

पुलिस वायरलेस रिकॉर्ड उस शाम की एक छोटी सी कहानी बताता है।

रिकॉर्ड दरशाता है कि रात को 8.23 बजे केवल सिंह सब्जी मंडी इलाके के शोरा कोठी के हालात बता रहे थे। वे कह रहे थे कि हालात बहुत खराब हैं और वह देखते ही गोली मारने की अनुमति माँग रहे थे। रात 9.22 बजे, केवल सिंह के संदेश के 50 मिनट बाद, उत्तरी जिले के पुलिस उपायुक्त, एस.के. सिंह ने आदेश दिया कि सब्जी मंडी के ए.सी.पी. (केवल सिंह) के लिए आनेवाले सभी संदेश मुख्यालय में ए.सी.पी. को भेज दिए जाएँ। मुख्यालय में ए.सी.पी. जिले में तैनात केवल सिंह के रैंक के बराबर रैंक के अधिकारी थे।

अगली सुबह मुख्यालय से ए.सी.पी. केवल सिंह को पदभार से मुक्त करने के लिए खुद सब्जी मंडी पहुँच गए। जैसा कि वायरलेस संदेश दिखाते हैं, गोली चलाने की

अनुमति माँगने के लगभग तुरंत बाद ही केवल सिंह को उनके पद से हटा दिया गया। कहानी में अगला मोड़ न्यायमूर्ति रंगनाथ मिश्र आयोग के सामने आना था।

अतिरिक्त पुलिस आयुक्त हुकुम चंद जाटव, जिन्होंने पुलिस रिकॉर्ड के अनुसार केवल सिंह को उनके प्रभार से मुक्त करने के लिए कहा था, उन्होंने एक बयान सौंपा कि केवल सिंह और एस.एच.ओ. गुरमेल सिंह 'दंगों के दौरान अपनी-अपनी चौकी को छोड़कर भागने के दोषी' हैं। एक अधिकारी अपना काम कर रहा था और उसे उसका दायित्व निभाने से रोक दिया गया और बाद में उस पर अपने दायित्व को निभाने में विफल रहने का आरोप लगाया गया। मिश्र आयोग के समक्ष ये आरोप लगाए जाने से पहले ही वायरलेस रिकॉर्ड से तथ्य स्पष्ट हो चुके थे। अगर कहीं कोई ऐसा आरोप था कि केवल सिंह अपनी जिम्मेदारी छोड़कर चले गए थे तो उसके बाद उस मामले में किसी ने कुछ नहीं किया। दूसरी ओर, इस तरह का आरोप लगाने के लिए किसी ने जाटव को कभी चुनौती नहीं दी। अब वह रिटायर हो चुके हैं। मैं केवल सिंह से आखिरकार बात कर सकता हूँ। मैंने बात की। एक शाम मैंने उनके दक्षिणी दिल्ली के वसंत कुंज इलाके में उनके फ्लैट में उनसे बातचीत की।

एस.एस. : इंदिरा गांधी की हत्या के बाद आपके इलाके में क्या हुआ था?

के.एस. : 31 अक्तूबर को दिन में कुछ नहीं था। पूरा दिन कतई कुछ नहीं हुआ। जैसे-जैसे शाम होती गई, गलियों में लोगों की भीड़ जुटने लगी। वह एकदम अचानक से हुआ और उसके बाद लूटपाट शुरू हो गई।

एस.एस. : कहाँ?

के.एस. : मैंने हिंदू राव हॉस्पिटल (दिल्ली यूनिवर्सिटी कैंपस के पास) के आसपास की सड़कों-गलियों में ये देखा। लोगों ने सिखों की दुकानों और घरों को इस तरह से लूटना शुरू कर दिया, जैसे पहले ही उन्हें निशाने पर ले लिया गया हो। लोगों को अच्छी तरह पता था कि कौन सी दुकान किसकी है, कौन कहाँ रहता है।

एस.एस. : क्या आपने फायरिंग करने के बारे में सोचा?

के.एस. : ऐसे हालात में अगर फायरिंग होती है और अगर आप एक .303 राइफल से भीड़ पर गोली चलाते हैं तो एक गोली दस सीनों को चीर सकती है। ऐसी स्थिति में फायरिंग का आदेश देना मुश्किल था। इसलिए, हर कोई यह पता लगाना चाहता था कि हम गोली चलाने का आदेश दे सकते हैं? हमें इसके लिए बहुत स्पष्ट निर्देश और मार्गदर्शन की जरूरत होगी। शीर्ष पर बैठे लोगों से उम्मीद की जाती है कि वे अपने कनिष्ठ अधिकारियों का मार्गदर्शन करेंगे और कनिष्ठ अधिकारियों से उम्मीद की जाती है कि वे उस मार्गदर्शन के अनुसार क्षेत्र में काम करेंगे कि उन्हें क्या

करना चाहिए और कैसे जवाब देना चाहिए। बदकिस्मती से ऐसा कोई मार्गदर्शन नहीं मिला।

एस.एस. : क्या आपने गोली चलाने की अनुमति माँगी थी?

के.एस. : मैंने अनुमति माँगी थी, लेकिन वह कभी मिली नहीं।

एस.एस. : आपने इसके लिए कब पूछा?

के.एस. : उसी शाम को, जब स्थिति खराब होनी शुरू हो गई थी।

एस.एस. : क्या आपने वायरलेस पर पूछा था?

के.एस. : हाँ।

एस.एस. : वह संदेश किसने देखा होगा?

के.एस. : वह संदेश उत्तरी जिला कंट्रोल रूम के लिए था, जिसका मतलब है कि वह संदेश पुलिस उपायुक्त (एस.के. सिंह) और अतिरिक्त पुलिस उपायुक्त (मैक्सवेल परेरा) को गया होगा।

एस.एस. : पुलिस उपायुक्त की तरफ से कोई जवाब नहीं आया?

के.एस. : नहीं, उस दिन कोई आदेश नहीं मिला। अगले दिन एक आदेश आया कि मुझे इलाके में नहीं निकलना है और एक दूसरा अधिकारी आकर मेरी जगह लेगा।

एस.एस. : क्या बाकी लोगों ने दूसरी जगहों पर फायर किया था?

के.एस. : केवल एक थे, जिन्होंने फायरिंग का आदेश दिया था और वह थे मैक्सवेल परेरा। वह एकदम ईमानदार पुलिस अधिकारी थे, जो अपनी वरदी का सम्मान करते थे।

एस.एस. : क्या कोई नेतृत्व करने के लिए था?

के.एस. : पुलिस एक तरह से नेतृत्व-विहीन हो गई थी। कई पुलिस अधिकारियों ने भीड़ का पक्ष लेना शुरू कर दिया था या उन्होंने काररवाई करने में कोई दिलचस्पी नहीं ली। ऐसा नहीं है कि पुलिस वहाँ नहीं थी, पुलिस वहाँ थी। कई जगहों पर कई पुलिस अधिकारी भीड़ से जा मिले और कुछ नहीं किया।

एस.एस. : गोली चलाने की अनुमति नहीं मिलने पर आपने क्या किया?

के.एस. : हमने किसी तरह से भीड़ को तितर-बितर करने की कोशिशें कीं।

एस.एस. : आपने कैसे किया?

के.एस. : हम पुलिस स्टेशन से जितने लोगों को जुटा सकते थे, उन्हें साथ लेकर जो कुछ कर सकते थे, वही किया।

एस.एस. : आप कितने लोग जुटा पाए?

के.एस. : करीब 10-15 लोग, इससे ज्यादा नहीं।

एस.एस. : और आप उन्हें साथ लेकर निकल पड़े?

के.एस. : हाँ, मैंने उन्हें पुलिस स्टेशन से साथ लिया था।

एस.एस. : एक सिख अधिकारी होने के कारण क्या आपको किसी तरह का डर महसूस हुआ था?

के.एस. : भीतर एक डर था कि कहीं ये पुलिसकर्मी ही मेरा आदेश न मानें या यहाँ तक कि कहीं मुझ पर ही हमला न कर दें!

एस.एस. : आपके अपने पुलिसकर्मी?

के.एस. : मेरे अपने पुलिसकर्मी। वह वाकई में एक डर था।

एस.एस. : क्या इस बात का डर था कि आपके पुलिस स्टेशन पर हमला हो सकता है?

के.एस. : हम घंटाघर (सब्जी मंडी इलाका) के पासवाले इलाके में थे और एक आदमी दौड़ते हुए मेरी ओर आ रहा था। उसने बताया कि कुछ लोग आपके पुलिस स्टेशन को जलाने की साजिश रच रहे हैं।

इसलिए, हम वापस पुलिस स्टेशन की ओर दौड़े।

एस.एस. : क्या सच में ही पुलिस स्टेशन को जलाने की कोशिश हो रही थी?

के.एस. : नहीं।

एस.एस. : लेकिन उस शाम को जब आप सड़कों पर निकले थे। एक सिख पुलिस अधिकारी होने के कारण, क्या किसी ने आपको कुछ कहा? क्या किसी ने आप पर हमला करने की कोशिश की?

के.एस. : उस समय नहीं।

एस.एस. : तो आप सड़कों पर निकले, अपने साथ 10–15 लोगों को लेकर। आप हालात को नियंत्रित करने की कोशिश कर रहे थे और किसी ने आपको कुछ नहीं कहा?

के.एस. : किसी ने निजी रूप से मुझ पर हमला करने की कोशिश नहीं की; अगर हमला होता तो हम पलटकर जवाब देते। निशाना पुलिस नहीं थी, बल्कि निशाना जनता के बीच के सिख थे।

एस.एस. : सबसे ज्यादा खराब हालात कहाँ थे?

के.एस. : सबसे खराब हालात कबीर बस्ती में थे, जो हिंदू राव हॉस्पिटल के पास और दिल्ली यूनिवर्सिटी कैंपस के बिल्कुल पास स्थित इलाका है। कबीर बस्ती में बहुत कम आय वर्ग के लोग रहते हैं। हमें पता चला था कि लोगों को वहाँ जिंदा जला दिया गया 31 अक्तूबर की रात को। लेकिन उसका हमें बाद में पता चला।

एस.एस. : क्या लूटपाट उसी शाम शुरू हो गई थी?

के.एस. : हाँ, हमारी नजर में, इलाके में तुरंत कोई हत्या नहीं हुई थी; लेकिन काफी

लूटपाट हो रही थी। बहुत से लोग घरों को छोड़कर भाग गए और जहाँ वे शरण ले सकते थे, वहाँ जा छुपे। जो लोग कहीं शरण नहीं पा सके, उन पर हमले हुए।

एस.एस. : क्या पुलिस भीड़ को काबू करने में सफल हो पाई?

के.एस. : बहुत ज्यादा नहीं। अथाह भीड़ थी। जब अचानक कोई दंगा होता है तो वह अलग बात होती है; कोई दबंग होता है, कोई डरा हुआ होता है, अलग हालत होती है। लेकिन जब दंगाई लामबंद किए गए हों, उकसाए गए हों तो खेल कुछ दूसरा ही हो जाता है।

एस.एस. : आप कैसे कह सकते हैं कि यह सब अचानक नहीं हुआ था और यह संगठित था?

के.एस. : ऐसा है, स्थिति को समझें। यह सही है कि देश की प्रधानमंत्री को गोली मार दी गई थी; लेकिन राह चलते आदमी पर इसका तुरंत असर नहीं हुआ था। उसे इतना ज्यादा नहीं भड़काया जा सकता और वह भी हर जगह कि वह इतने हिंसक तरीके से जवाब देने पर उतर आए। और सिर्फ इस मामले में ही क्यों? महात्मा गांधी को गोली मारी गई थी। इक्का-दुक्का कोई झड़प कहीं हुई हो सकती है, लेकिन इतने बड़े पैमाने पर दंगे नहीं हुए थे; क्योंकि किसी ने उन्हें भड़काया नहीं था। उसके बाद भी, राजीव गांधी की नृशंस हत्या की गई, लेकिन उसकी (जनता) प्रतिक्रिया नियंत्रित थी, निर्देश स्पष्ट थे। नेतृत्व अपनी जगह पर था, कुछ नहीं हुआ। लेकिन इस बार (1984 में) नेतृत्व का या तो नियंत्रण नहीं था या फिर नेतृत्व ने इसे प्रायोजित किया था और इसीलिए हिंसा हुई।

एस.एस. : इंदिरा गांधी देश की प्रधानमंत्री थीं, केवल दिल्ली की नहीं। पूरे देश में लगभग कुछ नहीं हुआ और सिख पूरे देश भर में हैं। सिर्फ दिल्ली में ही क्यों?

के.एस. : बोकारो व कानपुर को छोड़कर, जहाँ कुछ छोटी-मोटी तथा इक्का-दुक्का घटनाएँ हुई थीं और एक या दो इंदौर में, बाकी कहीं कुछ नहीं हुआ। अगर यह भावनात्मक उबाल था, एक मनोवैज्ञानिक प्रतिक्रिया थी, स्वत:स्फूर्त प्रतिक्रिया थी—अगर ऐसा कुछ था तो हर जगह होना चाहिए था; लेकिन चूँकि दिल्ली कुछ खास लोगों के हाथों में थी, इसलिए यह दिल्ली में हुआ।

एस.एस. : क्या भीड़ के व्यवहार में कोई समान प्रवृत्ति थी और यह केवल व्यक्तिगत स्तर पर जाहिर गुस्सा नहीं था? दंगों की अपनी एक प्रवृत्ति होती है।

के.एस. : मूल रूप से यह दंगा नहीं था। दंगे में दो पक्ष पीड़ित महसूस करते हैं और आपस में उनका संघर्ष होता है। यहाँ यह एकपक्षीय हमला था; दूसरे पक्ष के पास जवाबी काररवाई करने के लिए समय, क्षमता या सोच नहीं थी। उनकी संपत्ति लूटी जा रही थी, बाकियों को आग में फेंक दिया गया। अगर यह दंगा होता

तो दूसरे पक्ष के भी कुछ लोगों को पीड़ा झेलनी पड़ती। परंतु गैर-सिखों को कोई नुकसान नहीं हुआ।

एस.एस. : क्या भीड़ की वास्तविक हरकतों और आचरण में कुछ ऐसा था, जो बताता हो कि वे संगठित तरीके से प्रेरित थे? अगर कुछ गुस्साए लोग सड़क पर उतरते हैं तो यह एक प्रकार का आचरण होगा। अगर वे किसी संगठित समूह का हिस्सा हैं तो यह एक अलग समीकरण होगा। क्या उनमें कोई एक खास प्रवृत्ति थी?

के.एस. : गली के स्तर पर वे स्थानीय गुंडे थे या पार्टी के कार्यकर्ता थे, जिन्होंने लोगों की कमान सँभाली और लोगों को भड़काया।

एस.एस. : स्थानीय कांग्रेस नेता?

के.एस. : मेरा कहना है कि स्थानीय नेता। उन्होंने लोगों को भड़काया। वहाँ वे लुटेरे थे और उनके पीछे उनके आका थे। एक स्थानीय गुंडे और एक स्थानीय नेता में कोई बहुत बड़ा अंतर नहीं होता है। सभी पार्टियों की यही सच्चाई है।

एस.एस. : उस शाम, उस रात क्या हुआ था?

के.एस. : हमने 30 से 40 लोगों को गिरफ्तार किया था। हमें जो लोग लूटी हुई संपत्ति ले जाते दिखे, उनसे वह संपत्ति जब्त की। हमने वह 31 अक्तूबर की शाम को ही किया था। एक मामला भी दर्ज किया गया। अपने मामूली संसाधनों से हम जो कुछ भी कर सकते थे, हमने किया।

एस.एस. : स्थानीय पुलिस ने सारी रात क्या किया?

के.एस. : कोई दिशा-निर्देश नहीं हो तो केवल आसपास घूमने के सिवाय कुछ ज्यादा नहीं किया जा सकता। हम देख रहे थे कि कौन परेशान है, किसकी हम मदद कर सकते हैं, किसे हम पकड़ सकते हैं। हम लोग पूरी रात यही करते रहे। मेरे एस.एच.ओ. और मैं ड्यूटी पर थे। हम लोगों को गिरफ्तार कर रहे थे और संपत्ति बरामद कर रहे थे।

एस.एस. : और सुबह में?

के.एस. : डी.सी.पी. उत्तरी जिले से एक आदेश आया कि श्री रघुबीर सिंह (गैर-सिख) मेरी जगह पर आ रहे हैं। वे उत्तरी जिले में, मुख्यालय में ए.सी.पी. थे और उसके बाद एस.एच.ओ. गुरमेल सिंह को भी दूसरी जगह भेज दिया गया। वायरलेस पर चार्ज सौंपने के आदेश आए थे।

एस.एस. : उसके बाद आपने क्या किया? क्या आपको कोई और चार्ज दिया गया?

के.एस. : नहीं, कई दिनों तक नहीं। शायद कई हफ्तों तक मुझे कोई चार्ज नहीं दिया गया। मुझे केवल इतना याद है कि अंततः मुझे ट्रैफिक में भेज दिया गया। कुछ

दिनों तक मैं बिना पोस्टिंग के रहा, क्योंकि औपचारिक रूप से तबादला आदेश नहीं आया था। वह आदेश मुँह-जबानी था, कागजों पर नहीं। लिखित आदेश कुछ सप्ताह बाद आया।

एस.एस. : 1 नवंबर की सुबह, जब आपको यह चार्ज सौंपने का आदेश मिल चुका था तो क्या कुछ ऐसा था, जो आप कर सकते थे?

के.एस. : मैं ज्यादा कुछ नहीं कर सकता था; लेकिन स्थानीय लोग मुझे सब्जी मंडी के ए.सी.पी. के रूप में जानते थे। प्रभावित लोगों को नहीं पता था, किसका तबादला किया गया है और किसका तबादला नहीं किया गया। इसलिए बहुत से लोग मेरे पास आए, मुझसे संपर्क किया; और उनकी मदद करना मेरी जिम्मेदारी थी। मेरी गाड़ी मेरे पास थी। मेरा ड्राइवर मेरे साथ था। मेरे साथ एक या दो कांस्टेबल भी थे। इसलिए, मैं उन्हें इन लोगों को लिवाने और सुरक्षित जगहों पर ले जाने के लिए भेज रहा था।

एस.एस. : कौन सी सुरक्षित जगहों पर?

के.एस. : बहुत से प्रभावित लोगों के लिए सब्जी मंडी पुलिस स्टेशन एक शरण-स्थली बन गया था। कुछ प्रभावित लोग तो वहाँ एक साल तक रहे; और कुछ नहीं तो मैं कम-से-कम कुछ जिंदगियों को बचा सका और उन्हें सिर छुपाने की जगह दे सका। मैंने फँसे हुए लोगों को निकालने के लिए अपनी जीप भेजी, नहीं तो लोग बाहर निकलने की हिम्मत नहीं कर पाते। अगले कुछ दिनों तक मैंने यही सब किया।

एस.एस. : आपकी जगह पर आए रघुबीर सिंह ने क्या काररवाई की?

के.एस. : मैं कह नहीं सकता। हो सकता है कि उन्होंने कुछ किया हो, लेकिन मुझे पक्का नहीं पता।

एस.एस. : और 1 नवंबर के बाद?

के.एस. : 2 नवंबर तक सेना आ चुकी थी, इसलिए वह सब 31 अक्तूबर और 1 नवंबर को हुआ।

एस.एस. : क्या सिख नेतृत्व ने बाद में किसी प्रकार की मदद की?

के.एस. : आज अकाली अपने आप को पीड़ित बताते हैं; लेकिन मेरे हिसाब से वे बराबर के दोषी हैं। आपको पता है, किसी सिख नेता को कुछ नहीं हुआ।

एस.एस. : और उन्होंने गरीब सिखों के बारे में बात तक नहीं की?

के.एस. : जो मारे गए, वे गरीब थे, जैसे कि अलवर के सिख। उनके पास छोटे-मोटे रोजगार थे—साइकिल की चाबियाँ बनाना, चारपाई बुनना और ऐसे ही सब काम। वे गरीब थे, उनका कोई माई-बाप नहीं था। अकाली उनके बारे में बातें करेंगे, लेकिन उन्होंने उन लोगों को न्याय दिलाने के लिए कुछ नहीं किया। यहाँ

तक कि उनके मुकदमे तक अकालियों ने नहीं लड़े। वे केवल जबानी जमा-खर्च करते रहे।

एस.एस. : उन लोगों के लिए आवाज किसने उठाई?

के.एस. : उन लोगों का कोई पुरसा हाल (सुध लेनेवाला) नहीं था—न पुलिस, न अकाली, न सरकार, कोई नहीं। लेकिन अगर लगभग 3,000 लोग मारे गए और उसके लिए कोई जिम्मेदार नहीं है, तो यह बड़ी अजीब बात है। हत्यारे छूट गए। पुलिस बच गई, हर कोई बचकर निकल गया।

□

III
हत्याएँ

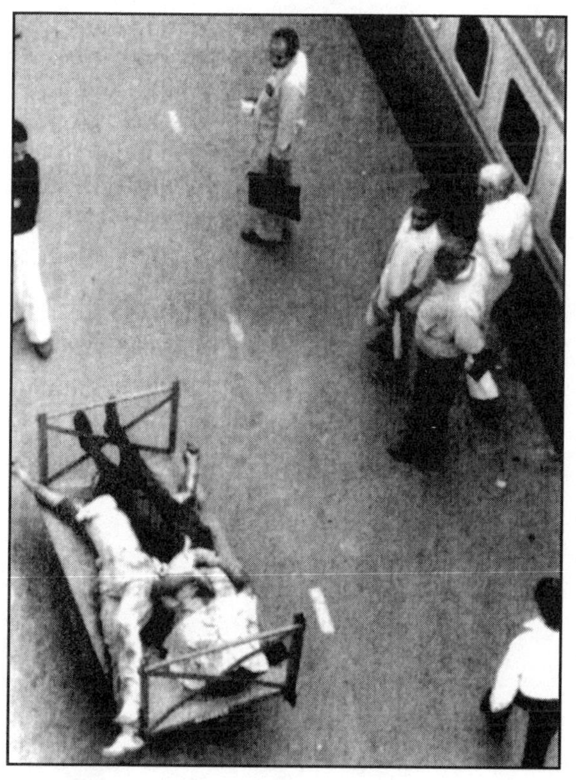

11

हत्या और उससे पहले

हमारे मालवीय नगर के साधारण से घर में डाइनिंग टेबल कोई याद रखने वाली चीज नहीं थी। वह वैसी ही डाइनिंग टेबल थी, जैसी सामान्य तौर पर होती है। वैसे भी, डाइनिंग टेबल को कौन याद रखता है! लेकिन 31 अक्तूबर की सुबह मेरे दिमाग में उस टेबल की तसवीर दीवार में कील की तरह धँस गई थी और आज भी मुझे वह तसवीर याद है।

टेबल पर प्लास्टिक शीट बिछी हुई थी और सुबह के सूरज की सुहाती-सी धूप कंक्रीट की जाली में से होकर टेबल पर छोटे-छोटे गोले-से बना रही थी। उसी समय फोन की घंटी बजी। वह मेरा एक पुलिसवाला दोस्त था।

"पता कर, इंदिरा नू गोली वज्जी ए (पता कर, इंदिरा को गोली मार दी गई है)।" उसने कहा था।

जरूर उस समय मैं उस टेबल को देख रहा होऊँगा, जब फोन आया था। जो लमहे आपको झकझोर जाते हैं, उनकी यादें दिमाग में पैबस्त हो जाती हैं, जो कभी नहीं मिटतीं। अजीब बात यह थी कि उस क्षण की जो एकदम से दिमाग में तसवीर बनी थी, वह उस टेबल की थी, जो अधूरे बने सीमेंट के फर्श पर सही संतुलन में नहीं रखी थी।

मेरे दोस्त ने बताया कि श्रीमती इंदिरा गांधी को अखिल भारतीय आयुर्विज्ञान संस्थान (AIIMS) ले जाया गया है। मैं टेबल से उठ खड़ा हुआ, जहाँ शायद हर रोज की तरह नाश्ता करने के लिए बैठा होऊँगा। मैंने अपने वेस्पा स्कूटर में किक मारी और चल दिया। मुझे इस बात की कोई उम्मीद नहीं थी कि मुझे जहाँ उन्हें ले जाया गया है, उस हॉस्पिटल के भीतर या 1 सफदरजंग रोड पर स्थित उनके घर के कहीं आसपास भी जाने का मौका मिलेगा। उस समय 1 सफदरजंग रोड ही प्रधानमंत्री का सरकारी आवास होता था। मैंने अंदाजा लगाया था कि उन्हें वहीं पर गोली मारी गई होगी।

जिस क्षण पुलिस के वायरलेस सिस्टम पर गोली चलने की पहली रिपोर्ट आई थी,

मेरे पुलिसवाले दोस्त ने मुझे उसके कुछ ही मिनट के भीतर फोन कर दिया था। मैं उसी गति से इस खबर के बारे में 'न्यूज फ्लैश' नहीं चला सकता था। यह काम यू.एन.आई. और पी.टी.आई. जैसी समाचार एजेंसियों को करना था। मैं 'दि इंडियन एक्सप्रेस' के साथ था और यह अखबार तो अगले दिन सुबह ही आना था।

इतनी सुबह फोन उठाने के लिए ऑफिस में किसी का होना मुश्किल ही था और अगर कोई फोन उठा भी लेगा तो वह संभवत: वह कुछ नहीं कर पाएगा। यू.एन.आई. या पी.टी.आई. जो भी न्यूज फ्लैश दे रही थीं, वह केवल समाचार-पत्रों के ऑफिसों में था और समाचार-पत्र केवल अगले दिन ही प्रकाशित होगा।

इंटरनेट से पहले के उस जमाने में एकमात्र टेलीविजन चैनल होता था 'दूरदर्शन', जिस पर सरकारी नियंत्रण था और एकमात्र प्रसारक सरकार नियंत्रित ऑल इंडिया रेडियो या आकाशवाणी था; और ये दोनों ही घोषणा तब करेंगे, जब सरकार द्वारा इसकी मंजूरी दी जाएगी। उन्होंने आखिरकार घोषणा की, लेकिन दिन में काफी देर बाद।

हमें अगर सबसे तेज गति से खबर देनी होती थी तो उसे 'स्पॉट न्यूज' कहा जाता था और इसके लिए अखबार का 'डाक संस्करण' होता था, जो देर दोपहर बाद दिल्ली के आसपास के शहरों में डिलीवरी के लिए प्रकाशित होता था। लेकिन उन संस्करणों को कोई गंभीरता से नहीं लेता था।

उस दिन 'दि इंडियन एक्सप्रेस' ने इस खबर को ऑफिस की इमारत के आसपास मौजूद लोगों तक पहुँचाने के लिए एक सप्लीमेंट पेपर प्रकाशित किया था।

मैंने काफी जल्दी काम शुरू कर दिया था; लेकिन मुझे समझ आ गया था कि दिन में मामला गंभीर होने वाला है। मैं 'दि इंडियन एक्सप्रेस' का क्राइम रिपोर्टर था और मुझे श्रीमती इंदिरा गांधी पर हमले की रिपोर्ट फाइल करनी थी। हत्या पर जितनी ज्यादा संभव हो सकती थी, उतनी सब जानकारी जुटाने के लिए मेरे पास करीब आधी रात तक का समय था। वह मेरे रिपोर्टिंग कॅरियर का सबसे मुश्किल दिन था और सबसे ज्यादा परेशान करनेवाला भी। रोजमर्रा की रिपोर्टिंग सामान्य कामकाज की तरह होती है; लेकिन वर्ष 1984 की घटनाओं की रिपोर्टिंग आम दिनों की रिपोर्टिंग जैसी नहीं थी, किसी के लिए भी नहीं। राजनीतिक रूप से प्रेरित एक अलग किस्म की भावना ने हम सब लोगों को जकड़ लिया था और उस दिन सुबह मुझे ऐसा लगा, जैसे कोई मेरी आँतें निकाल रहा है।

इंदिरा गांधी को गोली मारे जाने की खबर 'बहुत बड़ी' खबर थी। यह खबर अपनी विशालता के कारण बड़ी नहीं थी, बल्कि इसके मायने बहुत बड़े थे। यह बड़ी खबर के साथ ही एक बहुत बड़ा सदमा था, जिसे सुनकर आदमी निढाल हो जाता है। उसे अपना शरीर बेजान-सा महसूस होता है।

जैसा कि अंदाजा था, मैं एम्स (AIIMS) के भीतर उस जगह के आसपास भी नहीं जा सका, जहाँ इंदिरा गांधी को ले जाया गया था। जब मैं हास्पिटल पहुँचा तो देखा कि कुछ पुलिसवाले वहाँ गेट पर तैनात थे; हालाँकि, वे कोई बहुत ज्यादा नहीं थे। शायद अभी भारी संख्या में पुलिस बल तैनात करने की जरूरत नहीं रही होगी। वी.आई.पी. हॉस्पिटल में पुलिसकर्मियों की मौजूदगी कोई असामान्य बात नहीं थी और इतनी सुबह ज्यादातर लोगों को कोई भनक तक नहीं थी कि वहाँ क्या चल रहा था! हैरानी की बात यह थी कि हॉस्पिटल की ओर से एक शब्द तक नहीं कहा गया।

लेकिन वहाँ खड़े कुछ पुलिसवालों ने मुझे बताया कि इंदिरा गांधी को उनके घर पर गोली मार दी गई और उन्हें इस हॉस्पिटल में लाया गया है।

मुझे 1 सफदरजंग रोड की ओर जाने का ध्यान ही नहीं आया, जहाँ वह रहती थीं। 31 अक्तूबर के दिन इतनी सुबह हमें केवल इतना ही निश्चित रूप से पता था कि उन्हें गोली मार दी गई थी। उस रोज सुबह ही मुझे कुछ अंदेशा-सा हो गया था। मेरा मन कह रहा था कि उनकी हत्या की गई होगी। मुझे एक क्षण को भी यह खयाल नहीं आया कि मैं उस दिन इंदिरा गांधी पर जानलेवा हमले के प्रयास की खबर की रिपोर्टिंग कर रहा था, जिसमें वह जिंदा बच गईं। उस दिन सुबह में सवाल यह पता लगाना था कि वास्तव में हुआ क्या था—हत्या की परिस्थितियाँ और ब्योरा। रिपोर्ट पुलिस सूत्रों की ओर से आनी चाहिए थी, न कि मौका-ए-वारदात के दृश्य से या हॉस्पिटल से।

मैंने इसके लिए तैयारी करनी शुरू कर दी थी। मुझे यह भी 'पता' था कि वे कोई सिख या कई सिख रहे होंगे, जिन्होंने उनको मारा होगा; हालाँकि, मेरे पुलिसवाले दोस्त ने इसका कोई जिक्र नहीं किया था। इसके लिए कोई बड़ी जमा-घटा करने की जरूरत नहीं थी। जिसने भी गोली लगने के बारे में सुना होगा, वह जानता होगा कि यह किसी सिख का ही काम होगा और जल्द ही हमें इस बात की पुष्टि हो गई कि कुछ सिख पुलिसकर्मी थे, जिन्होंने उनकी हत्या की थी।

उसी साल जून में 'ऑपरेशन ब्लू स्टार' हुआ था, जिसमें सेना अमृतसर स्थित स्वर्ण मंदिर में घुसी थी। पंजाब में वर्षों की हिंसा के बाद 'ऑपरेशन ब्लू स्टार' हुआ था। भारत बिखरता-सा प्रतीत होता था और 'ब्लू स्टार' के बाद से ही हर कोई जानता था कि आज नहीं तो कल, संभवत: बहुत जल्द, कोई सिख इंदिरा गांधी तक पहुँच जाएगा। यह कोई समय पूर्व किया गया दावा नहीं है; हमेशा ऐसा लगता था कि हत्या होनी ही है। ऐसा प्रतीत होता है कि इंदिरा गांधी को भी पहले से ही इसका अहसास हो गया था। एक दिन पहले, 30 अक्तूबर को, उन्होंने दिसंबर में होनेवाले चुनावों से पूर्व भुवनेश्वर में एक भाषण दिया था। इस भाषण को यहाँ अनुवाद करके पेश किया गया है, जिसमें इधर-उधर मामूली हेर-फेर हो सकता है—

"अगर आज मेरी मृत्यु हो जाती है, मेरे रक्त का एक-एक कतरा राष्ट्र को मजबूत करेगा। मुझे अपने जीवित रहने या मरने की कोई परवाह नहीं है। मैंने एक लंबा जीवन जीया है और मुझे इस बात का गर्व है कि मैंने अपना पूरा जीवन अपने लोगों की सेवा में लगा दिया। मुझे केवल इस बात का गर्व है, और कुछ नहीं। मैं अपनी अंतिम साँस तक सेवा करती रहूँगी और जब मरूँगी तो मैं कह सकती हूँ कि मेरे रक्त की एक-एक बूँद भारत को सबल करेगी, मजबूत करेगी।"

ये उनके जनता से कहे गए आखिरी शब्दों में से थे। किंतु उनकी कही गई बात गलत साबित हुई। उनकी हत्या के बाद के दिनों में भारत मजबूत नहीं हुआ, न ही उसका संबल मजबूत हुआ। उसमें दरारें पड़ गईं और वह ढह गया। उनके रक्त की बूँदों ने ऐसे रक्तपात को भड़काया, जैसा भारत ने इससे पहले कभी नहीं देखा था। भारत के लोग भारत के संरक्षक, भारत के उस विचार पर हमला करने वाले थे, जो इंदिरा गांधी को भी प्रिय था।

जिस प्रकार से यह होना अवश्यंभावी था, उसी प्रकार से इसने हम सबको हिलाकर रख दिया। चाहे कोई किसी भी राजनीतिक पक्ष का हो, पंजाब में राजनीतिक संकट को पैदा करने में उनकी जिम्मेदारी पर चाहे किसी के कैसे भी विचार क्यों न हों, लेकिन उनकी ऐसी मौत नहीं होनी चाहिए थी—उन्हीं लोगों की गोलियों का निशाना बनना, जिन्होंने उनकी रक्षा करने की कसम उठाई थी।

हत्या को लेकर जो सदमा लगा था, उससे डर पैदा हुआ और इस डर ने पूरे भारत को अपनी गिरफ्त में ले लिया। भारत मुझे एक ऐसे इनसान की तरह महसूस हुआ था, जिसके साथ मेरा बहुत करीबी रिश्ता है और जो अब ढहने के कगार पर पहुँच गया है। सिख भारत के गौरव का प्रतीक हैं और सिखों के साथ भारत की यह भावना 'ऑपरेशन ब्लू स्टार' के बाद बदल गई थी और अब यह हत्या हमारे सिर पर थी।

उस साल भारत ने कितना सहा था? अब लगता है कि बहुत ज्यादा और यह बाद में हत्याओं का सिलसिला शुरू होने से लेकर उस पूरी रात से पहले की बात है। विचारों का यह रेला आया और चला गया; लेकिन मेरी तत्काल चिंता एक कामकाजी व्यक्ति की तरह ज्यादा थी—मैं हत्या की रिपोर्ट कैसे फाइल करूँगा? जो अभी हुआ था, उसके बारे में सूचना कहाँ से मिलेगी? आधिकारिक रूप से एक शब्द भी कहीं से पता चलने की उम्मीद नहीं थी। पुलिस मुख्यालय में एक प्रेस ऑफिस जैसी कोई चीज थी जरूर, लेकिन उसका मुख्य काम कुछ भी नहीं बताना था या न बताने के बराबर बताना। एक थका-हारा और लगभग रिटायर्ड कांस्टेबल शाम के समय एक परचा देकर भेजा जाता, जिसमें उन छोटे-मोटे अपराधों का संक्षिप्त ब्योरा होता था, जिन्हें पुलिस सुलझा चुकी होती थी।

उस परचे पर कोई ध्यान भी नहीं देता था। अगर आपको उस परचे पर भरोसा करके काम करना पड़ जाए तो आप एक दिन के लिए भी क्राइम रिपोर्टर नहीं बन सकते। उस दिन

के बारे में हमें कोई ऐसा परचा नहीं मिला, जिसमें सही-सही यह बताया जाता कि दिल्ली पुलिस के दो लोगों ने कैसे प्रधानमंत्री को गोली मार दी थी। इसके लिए हमें पुलिस के भीतर के किसी सूत्र का सहारा लेना होगा, जो गैर आधिकारिक रूप से हमें बता सके कि क्या हुआ था? हम सब क्राइम रिपोर्टरों ने इस तरीके से सूचना निकालने को अपने काम का अहम हिस्सा बना लिया था। हम लोग पुलिस मुख्यालय और जिलों में पुलिस अधिकारियों से संपर्क बनाते थे। हम उनके बीच घूमते रहते, उनसे उन सूचनाओं को छापने का एक मंच मुहैया कराते, जो उन्हें अपने अनुकूल लगती थी और उसके बाद लीक खबरों को प्रकाशित करने में उनकी गोपनीयता बनाए रखने का भी वादा करते। हम सूचनाओं को लीक करने के कारोबार में थे।

मैंने पुलिसवालों के साथ संबंध बनाने की कोशिशों में जो इतने साल लगाए थे, उसका ही नतीजा थी सुबह के समय मिली वह सूचना। लेकिन जाहिर-सी बात है कि बाकी क्राइम रिपोर्टरों के भी अच्छे संपर्क-सूत्र थे और वे भी इस न्यूज स्टोरी में ज्यादा-से-ज्यादा जानकारी डालने के लिए जी-जान लड़ाए बैठे होंगे। मामले की तह तक जाकर सारी जानकारी जुटाने के लिए हम लोगों के बीच में होड़ थी।

इसलिए, देश के बारे में जो भय मन में घर कर रहा था, उसके बावजूद मेरा मन ऐसे पुलिस अधिकारियों के बारे में सोच रहा था, जो जानते हों कि क्या हुआ था, जिससे संपर्क किया जा सके और जो सूचना साझा भी करना चाहता हो।

मैं ऑफिस गया और फोन करने लगा। मुझे अच्छी तरह पता था कि किन्हें फोन करना है और मैं जिन-जिन को भी फोन कर सकता था, उन लोगों के नंबर डॉयल करना शुरू कर दिया। मैं उन लोगों को बार-बार फोन करने के लिए भी तैयार था, क्योंकि इस मामले में दिन में हर पल नई जानकारी सामने आ सकती थी। ऐसी घटनावाले दिन कुछ भी निश्चित नहीं होता है और पुलिस में भी हर कोई इस स्थिति में नहीं होता कि उसे सब जानकारी हो। हर जानकारी वायरलेस पर भी नहीं आएगी और उस सुबह बहुत चुनिंदा पुलिसकर्मी एवं अधिकारी 1 सफदरजंग पर थे।

उन्हीं लोगों से अन्य अधिकारी जानकारी निकालेंगे कि क्या हुआ था? हम लोग इन्हीं अधिकारियों से जानकारी निकलवाने की कोशिश करने वाले थे। मुझे चिंता यह थी कि कहाँ से और कैसे खबर निकाली जा सकती है, और मेरी इस चिंता ने मूल राजनीतिक डर को पीछे धकेल दिया। एक रिपोर्टर की यही जिंदगी होती है। भारत पर जो खतरा मँडरा रहा था, वह टलनेवाला नहीं था, लेकिन काम तो करना ही था।

•

31 अक्तूबर की सुबह क्या हुआ था, यह जल्द ही पता चल गया। कुछ ब्योरा था, जो हम लोगों को मालूम नहीं हुआ और जैसा कि मैंने पाया था, वह ब्योरा आज भी हमें नहीं मालूम।

हमें यह पता था कि इंदिरा गांधी की हत्या की गई थी, लेकिन आज भी हमें पुख्ता और सटीक जानकारी नहीं है कि उनके हत्यारों बेअंत सिंह एवं सतवंत सिंह को कैसे और कब गोली मारी गई? इंदिरा गांधी को सुबह 9.20 बजे गोली मारी गई थी। वह 1 सफदरजंग रोड से सटे 1 अकबर रोड स्थित अपने कार्यालय की ओर पैदल ही जा रही थीं, जहाँ ब्रिटिश अभिनेता और फिल्म निर्माता पीटर उस्तिनोव उनका साक्षात्कार लेने वाले थे। वे एक डॉक्यूमेंट्री बना रहे थे। इंदिरा गांधी के निजी सहायक आर.के. धवन उनके साथ थे, उनके साथ ही चल रहे थे। उसी पक्के रास्ते पर एक पिकेट गेट लगा था, जहाँ सब-इंस्पेक्टर बेअंत सिंह और कांस्टेबल सतवंत सिंह आसपास खड़े थे।

जैसे ही श्रीमती इंदिरा गांधी करीब पहुँचीं, बेअंत सिंह ने अपनी पिस्तौल से उन पर तीन गोलियाँ दाग दीं। वह जमीन पर गिर गईं। सतवंत सिंह ने उसके बाद अपनी स्टेनगन से जमीन पर गिर पड़ी इंदिरा गांधी पर 30 राउंड गोलियाँ चलाईं। इसके बाद दोनों हत्यारों ने अपनी-अपनी गन जमीन पर गिरा दीं और आत्मसमर्पण कर दिया।

बेअंत सिंह ने कहा, "अस्सी जो करणा सी कर लिया ए; हुण तुस्सी जो करणा ए, करो।" (हमें जो करना था, हमने कर लिया; अब तुम्हें जो करना है, करो)।

हैरानी की बात यह है कि प्रधानमंत्री आवास के आसपास कोई एंबुलेंस नहीं थी। एक एंबेसडर कार से उन्हें करीब 4 किलोमीटर दूर एम्स (AIIMS) ले जाया गया और वह भी दिल्ली के भारी यातायात के बीच से गुजरते हुए। उस समय उनके आवास पर जो चिकित्सा सुविधा उपलब्ध थी, वह प्राथमिक चिकित्सा से अधिक नहीं थी और उसके लिए भी कोई विशेष व्यवस्था नहीं थी। इसमें संदेह है कि जिस तरीके से उन्हें गोली मारी गई थी, उसे देखते हुए यदि उसी समय उन्हें चिकित्सा सहायता उपलब्ध करा दी जाती तो शायद उन्हें बचाया जा सकता था। एक मेडिकल रिपोर्ट में बाद में इस बात की पुष्टि की गई थी कि अस्पताल लाए जाने से काफी समय पहले उनकी मौका-ए-वारदात पर ही मौत हो गई थी।

पोस्टमार्टम और फोरेंसिक रिपोर्टों से यह खुलासा हुआ था कि उन पर 33 राउंड गोलियाँ दागी गई थीं—3 बेअंत सिंह की पिस्तौल से और 30 सतवंत सिंह की स्टेनगन से। 33 गोलियों में से 30 उन्हें लगी थीं। उनमें से 23 गोलियाँ उनके शरीर को चीरते हुए निकल गई थीं और 7 गोलियाँ भीतर धँस गई थीं। इस तरह से, भारत की सर्वाधिक विवादास्पद प्रधानमंत्री के जीवन का अंत हो गया।

इंदिरा गांधी को दोपहर बाद 2.20 बजे आधिकारिक रूप से मृत घोषित कर दिया गया। हत्या की खबर हालाँकि उससे काफी पहले ही फैल चुकी थी। सरकार की ओर से इंदिरा गांधी की मौत की खबर केवल शाम के बुलेटिन में दूरदर्शन के माध्यम से प्रसारित की गई—हत्या के करीब 10 घंटे बाद।

हत्या को लेकर सवाल परेशान कर रहे थे। सुरक्षा में क्या चूक हुई थी? और खुफिया विभाग? जल्द ही यह तथ्य निकलकर सामने आया कि उस रोज सतवंत सिंह उस जगह पर बेअंत सिंह के साथ ड्यूटी लगवाने के लिए अपनी ड्यूटी बदलवाने में कामयाब हो गया था। उसने ड्यूटी बदलवाने के लिए पेट दर्द का बहाना बनाया था। कैसे उसने यह बताया होगा कि उस जगह पर ड्यूटी करने से उसका पेट-दर्द कम हो जाएगा, यह हमें आज भी नहीं पता; लेकिन यह साफ था कि बेअंत और सतवंत किसी ऐसे मौके की तलाश में थे, जहाँ केवल उन दोनों का ही इंदिरा गांधी से सामना हो—उनमें से एक, किसी दूसरे पुलिसकर्मी द्वारा हस्तक्षेप करने का जोखिम नहीं उठाना चाहता था। जिस समय इंदिरा गांधी वहाँ से गुजर रही थीं, उस जगह पर केवल वे दोनों ही अपनी गन लिये खड़े थे और इससे उन्हें बहुत आसानी हो गई। इंदिरा गांधी पर जब दोनों गोलियाँ चला चुके तो उसके बाद क्या हुआ, इसके बारे में केवल आधी-अधूरी बातें ही पता हैं। बेअंत सिंह एवं सतवंत सिंह को कैसे और किसके आदेश पर गोली मारी गई? जब उन्होंने अपने हथियार जमीन पर गिरा दिए थे तो उनसे तत्काल किसी को कोई खतरा नहीं था।

जो मामूली सी जानकारी छनकर बाहर आई थी, उसके अनुसार हत्यारों और भारत-तिब्बत सीमा पुलिस (आई.टी.बी.पी.) के कमांडोज के बीच कुछ बहस या हाथापाई हुई थी। आई.टी.बी.पी. को दिल्ली में वी.आई.पी. सुरक्षा सेवाओं के लिए तैनात किया गया था। एक ब्योरा तो यह कहता है कि बेअंत सिंह एवं सतवंत सिंह को पकड़ लिया गया और उन्हें पुलिस के कमरे में ले जाया गया तथा आई.टी.बी.पी. के कमांडोज ने उनमें से किसी एक के हथियार छीनने का प्रयास करने पर बेअंत को गोली मार दी। कहा जाता है कि बेअंत सिंह ने मरने के लिए उन्हें फायरिंग के लिए उकसाया, ताकि वह पूछताछ और प्रताड़ना से बच सके।

कुछ वरिष्ठ अधिकारियों द्वारा दी गई जानकारी के अनुसार, आई.टी.बी.पी. के कुछ गरम दिमाग कमांडोज को पता चल गया था कि क्या हुआ है और उन्होंने तुरंत दोनों सिख पुलिसकर्मियों को गोली मार दी। हम केवल इतना जानते हैं कि फायरिंग के बाद दोनों जमीन पर गिर पड़े थे। दिल्ली पुलिस के एक वरिष्ठ अधिकारी फायरिंग की आवाज सुनने पर तुरंत घटनास्थल पर पहुँचे। बेअंत सिंह मरा पड़ा था और यह मान लिया गया कि सतवंत सिंह भी मर गया है। इसके बाद अधिकारी ने सतवंत सिंह की एक उँगली में हलकी सी हरकत देखी। सतवंत को उसके बाद अस्पताल ले जाया गया। वह जिंदा बच गया था और उसे बाद में सन् 1989 में फाँसी दे दी गई।

अधिकारियों ने मुझे बताया था कि वरिष्ठ पुलिस अधिकारी आई.टी.बी.पी. के उन कमांडोज पर बेहद क्षुब्ध थे, जिन्होंने बेअंत और सतवंत को गोली मारी थी। उनसे इस बात का जवाब देने को कहा गया कि दोनों हत्यारों के आत्मसमर्पण करने के बाद भी

उन्हें गोली मारने के आदेश किसने दिए थे? आई.टी.बी.पी. के कमांडोज का कहना था कि गोली चलाने के लिए उन्हें किसी आदेश की जरूरत नहीं थी। सैनिकों और पुलिस के लिए सदियों से एक अलिखित संहिता रही है कि आप किसी भी ऐसे व्यक्ति पर गोली नहीं चलाएँगे, जो आत्मसमर्पण कर चुका हो। लेकिन नैतिक संहिता की तो बात ही छोड़ दें, भारत में पुलिस द्वारा इसका पूरी तरह से कभी भी सम्मान नहीं किया गया।

बेअंत सिंह को गोली मारा जाना पुलिस के लिए भारी गलती थी। वह दोनों पुलिसकर्मियों में वरिष्ठ था, एक सब-इंस्पेक्टर था। सतवंत सिंह केवल एक नया भरती कांस्टेबल था। बेअंत सिंह से पूछताछ के जरिए पुलिस हत्या के पीछे की साजिश का खुलासा कर सकती थी।

बेअंत सिंह इंदिरा गांधी की सुरक्षा में करीब दो साल से था और इस अवधि के दौरान वह गांधी परिवार के काफी करीब आ गया था। इंदिरा गांधी उसे निजी तौर पर जानती थीं और वह उनके बच्चों एवं पोता-पोती से भी घुला-मिला हुआ था। इन खुफिया रिपोर्टों की कभी कोई पुष्टि नहीं हुई है; लेकिन ठोस जानकारी से पता चलता है कि बेअंत सिंह के बारे में खुफिया चेतावनी थी। उसे कुछ समय के लिए उसके पद से हटा दिया गया था; लेकिन इंदिरा गांधी के जोर देने पर दोबारा तैनात कर दिया गया। बाद में, बेअंत सिंह के एक चाचा केहर सिंह को बेअंत सिंह के साथ मिलकर हत्या की साजिश रचने के लिए मौत की सजा दी गई थी।

सतवंत सिंह उस समय मात्र 21 साल का था और कुछ ही महीने पहले उसे सुरक्षा सेवा में भरती किया गया था—'ऑपरेशन ब्लू स्टार' के आसपास ही। एक समय ऐसा था, जब प्रधानमंत्री आवास पर उसे भी प्रधानमंत्री के करीब की ड्यूटी से हटा दिया गया था। लेकिन आखिरकार, उसने श्रीमती गांधी के आने-जाने के रास्ते में अपनी ड्यूटी लगवा ली और वह भी भरी हुई स्टेनगन के साथ। इसमें उसे कोई ज्यादा दिक्कत नहीं हुई और इस ड्यूटी में उसके साथ था केवल बेअंत सिंह।

कुल मिलाकर, दोनों हत्यारों के पास मकसद, इच्छा-शक्ति, हथियार और पहुँच—सब था। कोई पुलिस सुरक्षा व्यवस्था या खुफिया प्रणाली उन्हें रोक नहीं पाई।

●

इससे एक बड़ी बहस छिड़ गई, भले ही उसमें अब तत्त्व की कोई बात नहीं रह गई थी—क्या यह सुरक्षा विफलता या खुफिया विफलता से कहीं ज्यादा गहरी बात थी? हम जानते हैं कि इंदिरा गांधी ने अपनी सुरक्षा से सिख अधिकारियों को हटाने के सुझाव को नामंजूर कर दिया था और उसमें भी बेअंत सिंह खासतौर से शामिल था। लेकिन उस दिन सतवंत सिंह की ड्यूटी बदलने का फैसला किसने किया था? और वह भी दो बंदूकधारी पुलिसकर्मियों को एक ही जगह पर तैनात करने का? उनके आसपास और

कोई क्यों नहीं था? और इसके बावजूद कि खुफिया विभाग पहले ही उन्हें संदिग्धों की सूची में डाल चुका था?

न्यायाधीश ठक्कर की अगुआई में बाद में की गई जाँच में कहा गया, "हत्या में संलिप्तता के संदेह की सूई आर.के. धवन की ओर थी। मुझे यह बहुत अजीब लगा कि एक जाँच से ऐसा स्पष्ट रूप से गैर-जिम्मेदाराना निष्कर्ष निकल सकता है। 'संदेह की सूई' से पुलिस जाँच शुरू हो सकती है और यहाँ तक कि गिरफ्तारी भी हो सकती है; लेकिन यह एक जाँच आयोग का निष्कर्ष नहीं हो सकता—आरोप लगाना जाँच समिति का काम नहीं होता है। उसे कोई भी तथ्य सबूत के साथ रखना होता है। बिना सबूत के समिति यह नहीं कह सकती कि उसे कुछ पता चल गया है। अगर उसे किसी के खिलाफ सबूत नहीं मिला था तो उसने किसी का नाम क्यों लिया? हत्या के बाद उन दिनों के दौरान संदेह की सूइयाँ तो बहुत तेजी से घूम रही थीं। एक के बाद एक थ्योरीज कुकुरमुत्तों की तरह उग रही थीं, जिनका पूर्व की थ्योरी से कोई संबंध नहीं होता था। हर कोई हत्या के पीछे की तगड़ी साजिश का खुलासा करना चाहता था; यह केवल जाँच आयोग ही नहीं था, जो विफल रहा था।"

समाचार-पत्र तो पहले ही दिन से साजिश का भंडाफोड़ करने में जुटे थे। मेरे संपादक हर रोज इंतजार करते थे कि आज तो मैं जरूर ऐसी कोई खबर खोदकर लाऊँगा, जो इस हत्या के पीछे की नापाक साजिश को बेनकाब कर देगी। यह बात समझ में आने लायक थी कि हत्या को लेकर साजिश क्या हो सकती है? यह सवाल चारों ओर घूम रहा था।

यह ऐसी खबर नहीं थी कि हत्या के कुछ ही दिनों बाद मैं इसकी खोज में लग सकता था—दिल्ली में सिखों का संहार हो रहा था और मुझे सबसे पहले यही खबर रिपोर्ट करनी थी। मैं लगातार वरिष्ठ अधिकारियों के संपर्क में बना रहा, ताकि साजिश का खुलासा करनेवाली कोई ठोस जानकारी या सूत्र हाथ लग सके; लेकिन जो वे जानते ही नहीं थे, वह बात मुझे कैसे बता सकते थे और उन्हें क्या पता नहीं था। दूसरे अखबारों में मेरे कुछ साथी पत्रकारों ने तब तक नई साजिशों का खुलासा करती कुछ खबरें प्रकाशित करनी शुरू कर दी थीं—निश्चित रूप से, ऐसी सभी खबरें पहले पन्ने पर ही छपने वाली थीं; लेकिन इससे मुझे कोई मदद नहीं मिली।

मेरे संपादक जानना चाहते थे कि मेरे पास ये सब खबरें क्यों नहीं हैं, जो उन लोगों के पास थीं, जो हत्या के पीछे की साजिश को बेपरदा कर रही थीं? इस प्रकार की खबरें धड़ाधड़ छप रही थीं; लेकिन 'दि इंडियन एक्सप्रेस' में हम लोग इस मामले में पिछड़ गए थे।

मुझे ऐसी एक खबर की याद है, जिसमें कहा गया था कि सी.आई.ए. के एक

आदमी ने हत्या को अंजाम देने के बदले में बेअंत सिंह को 50,000 डॉलर से भरा ब्रीफकेस दिया था। इसे लेकर उस सुबह मुझसे फिर से जवाब–तलब किया गया। ऐसी खबर हमसे क्यों और कैसे छूट गई? इस तरह की खबरें छपती रहीं और मैं लगातार उन तक पहुँचने में विफल रहा। बाद में पता चला कि उन खबरों में कोई दम नहीं था; केहर सिंह के अलावा कभी किसी साजिश का पर्दाफाश नहीं किया जा सका। लेकिन आनेवाले कुछ सप्ताहों में एक क्राइम रिपोर्टर के रूप में मैं बुरी तरफ विफल रहा; क्योंकि जब दूसरे अखबारों के पहले पन्ने ऐसी खबरों से अँटे पड़े थे तो उस समय तक मैं साजिश के पहलू से कोई खबर खोजकर नहीं निकाल पाया था। न ही किसी ने कभी मुझसे बाद में कहा कि ऐसी गैर–साजिशवाली रिपोर्टें न देकर मैंने अच्छा ही किया था और यह भी समझ में आनेवाली बात है। अखबार की रिपोर्टिंग का धंधा इस तरह से नहीं चलता।

ऐसी कोई साजिश, जो उभरकर सामने आई थी, उसके लिए केहर सिंह को फाँसी हो गई थी; लेकिन इसमें कोई 'हाई प्रोफाइल' साजिश कभी सामने नहीं आई, न ही 'बाहर की एजेंसियों' का कोई हाथ कभी नजर आया। मैंने जो भी सुना, उसका कोई मतलब नहीं था। कुछ पुलिस अधिकारी वही कह रहे थे, जो एक खुफिया रिपोर्ट कहती कि बेअंत सिंह से संपर्क किया गया था, यही कि उसे कुछ पेशकश की गई थी, यही कि उससे कहा गया था कि वह ऐसी स्थिति में है कि वह 'ऑपरेशन ब्लू स्टार' का बदला ले सकता है, जो कि कोई और नहीं कर सकता।

लेकिन केहर सिंह से ज्यादा बड़ी किसी साजिश का पता लगाने की उम्मीद बेअंत सिंह के साथ ही खत्म हो गई थी। सतवंत सिंह तो केवल एक छोकरा था और किसी साजिश में उसकी कोई महत्त्वपूर्ण भूमिका होने की संभावना कभी नहीं थी। इस बात में कोई संदेह नहीं कि उसे भी कुछ लोगों ने उकसाया होगा और इसमें राजनीतिक रूप से शक्तिशाली लोगों का हाथ होने की संभावना भी नहीं थी। सतवंत सिंह से की गई पूछताछ से भी आनेवाले वर्षों में कुछ निकलकर सामने नहीं आया। निश्चित रूप से, इस पूछताछ में उसे यातनाएँ भी दी गई होंगी।

पुलिस ने सतवंत सिंह के मुँह से कुछ निकलवाने की हरसंभव कोशिश की थी। दिल्ली पुलिस के एक बहुत ही वरिष्ठ पुलिस अधिकारी ने मुझे बताया था कि सतवंत सिंह से पूछताछ कर रही पुलिस टीम साजिश के संबंध में कोई बात उगलवा नहीं सकी थी और इसका कारण यह था कि उन्होंने उससे सही तरीके से पूछताछ नहीं की।

"आप उससे किस तरह से पूछताछ करते?" मैंने सवाल किया था। पुलिस अधिकारी का जवाब था, "मैं उसे छत से उलटा लटका देता और पूछता, 'अब बता, किसकी साजिश थी'?"

यह इस बात का उदाहरण है कि कुछ वरिष्ठ पुलिस अधिकारी बेवजह कितने

क्रूर हो सकते हैं। इसमें कोई शक नहीं कि सतवंत सिंह से पूछताछ करनेवाले दूसरे अधिकारियों ने भी उस पर यही तरीका आजमाया था और उनके हाथ कुछ नहीं लगा।

हम सभी ने सतवंत सिंह के मामले के बारे में अकसर सुना होगा; लेकिन इस मामले में कोई और नाम उभरकर सामने नहीं आया। ऐसी बेनतीजा जाँच का नतीजा यह निकला कि पुलिस अधिकारियों ने एक-दूसरे पर उँगली उठाना और अपनी खुन्नस निकालना शुरू कर दिया था। श्रीमती गांधी के चारों ओर रहनेवाले शीर्ष सुरक्षा अधिकारियों से दूसरे लोग इसी बात से जलते थे कि वे ऐसे पद पर होने के कारण सत्ता के इतने करीब हैं और अब इन अधिकारियों को दौड़ाया जा रहा था और खुद उनसे पूछताछ की जा रही थी। जिन लोगों का श्रीमती गांधी की सुरक्षा से कोई लेना-देना था, उन्होंने खुद की सफाई देने और दूसरों पर आरोप लगाने की पूरी कोशिश की। उन सभी को सक्रिय ड्यूटी से बाहर कर दिया गया। उन्हें इस तरह से हटाया गया, जैसे दूध में से मक्खी को निकालकर फेंक दिया जाता है। लेकिन यह सब बेमतलब था। इंदिरा गांधी की हत्या हुई थी और वे लोग उसे रोकने में विफल रहे थे।

•

पंजाब समस्या का नासूर उस समय फूटने ही वाला था, जब मैंने सन् 1978 में पत्रकारिता शुरू ही की थी। पत्रकारिता से मेरा वास्ता सबसे पहले एक अखबार पढ़नेवाले युवक जितना ही था, पत्रकार के रूप में नहीं। मैंने अंग्रेजी साहित्य में एम.ए. की डिग्री ली ही थी और मेरे दिमाग में जरनैल सिंह भिंडराँवाले की जगह जॉर्ज इलियट और टी.एस. इलियट की खुमारी थी।

यह अप्रैल 1978 के दिनों की बात है।

मेरे दिमाग में अभी तक पंजाब की तसवीर ठहाकों से गूँजते, हँसते-गाते, मेहनती और मस्त लोगों की धरती के रूप में थी। मैं एम.ए. की पढ़ाई पूरी करने ही वाला था कि पंजाब को लेकर मुझे पहला झटका लगा। निरंकारी पंथ के लोगों द्वारा अमृतसर में की गई गोलीबारी में 13 सिख मारे गए थे। वे सिख एक निरंकारी सम्मेलन का विरोध करने के लिए एकत्र हुए थे। पंजाब में एक रक्तरंजित दशक की चिनगारी इन्हीं हत्याओं से भड़की थी। अखबार के एक पाठक के रूप में इस दशक के कुछ महत्त्वपूर्ण पड़ावों के बारे में मैंने पढ़ा था। लेकिन समाचार-पत्र में काम शुरू करने पर मैं इन पड़ावों के करीब-से-करीब आता गया—पहले एक डेस्क जर्नलिस्ट के रूप में, बाद में एक रिपोर्टर के तौर पर।

पंजाब में समस्या बहुत गंभीर थी और जमीनी सच्चाइयों से दूर एक अखबार के दफ्तर के भीतर बैठने भर से किसी को समस्या के बारे में अधिक सूचना या उसकी ज्यादा समझ पैदा नहीं होती है। भले ही कुछ लोग अभी भी यह कल्पना करते हैं कि

पत्रकार, किसी-न-किसी तरह से, दूसरे लोगों से अधिक जानकारी रखते हैं। लेकिन हाँ, इतना जरूर है कि एक अखबार के दफ्तर के भीतर, बाहर हो रही घटनाएँ कहीं ज्यादा पास महसूस होती हैं और शायद उन घटनाओं के भीतर की तात्कालिकता ज्यादा अनुभव होती है। तब, जाहिर-सी बात है कि पंजाब की समस्या अपने आप में एक काम बन गई थी।

मैंने बतौर उप-संपादक सन् 1978 में 'दि इंडियन एक्सप्रेस' में नौकरी शुरू की थी। पहले कुछ महीने तक मुझे मुख्य न्यूजरूम से एक मंजिल नीचे भेजा गया, ताकि मैं प्रूफ रीडर के रूप में प्रशिक्षण हासिल कर सकूँ। प्रूफ रीडिंग डेस्क भारी-भरकम विशाल मशीनों की बगल में था, जिसमें मोल्ड में पिघला हुआ सुरमा/लेड डाला जाता है, जिसे फिर छिद्रित टेक्स्ट के टाइपफेस में डाला जाता है तो एक अखबार में प्रत्येक मुद्रित पंक्ति के नीचे एक ही सुरमे/लेड का मोल्ड/साँचा होता था, करीब एक इंच गहरा। स्वाभाविक रूप से एक अखबार के पृष्ठ पर एक कॉलम चौड़ी लाइन की मोटाई व चौड़ाई होती थी। एक रिपोर्ट बनाने के लिए एक लड़का उन मोल्ड/साँचों को उठाता और उन्हें हाथ से लोहे की एक ट्रे में लगाता जाता था। वह लोहे की ट्रे एक अखबार के पन्ने के बराबर होती थी। उन्हें आप कैसे और कहाँ रखते हैं, इससे पन्ने का लेआउट तय होता था। उन असेंबली ट्रे को आखिर में मशीन में कागज के विपरीत स्याही लगाई जाती और इससे हमें अखबार के पन्ने मिलते थे। प्रूफ रीडिंग में लोहे की रेलिंग के बीच में खाँचे होते थे, जिन्हें अलग से मुद्रित करने की जरूरत थी। प्रूफ रीडिंग की एक गलती को दुरुस्त करने का मतलब था कि पहले प्रिंट आउट पर उसे चिह्नित करना और फिर एक नया साँचा तैयार करने के लिए फिर से पूरी पंक्ति को कंपोज करने की जरूरत पड़ती थी। उसे फिर ट्रे तक ले जाया जाता और पुरानी ट्रे को निकालकर उसमें नई ट्रे लगाई जाती। इस प्रकार एक रिपोर्ट को फाइल करने, उसे संपादित करने और फिर अखबार प्रकाशित करने की प्रक्रिया में घंटों का समय लगता था।

एक रिपोर्टर रेमिंग्टन टाइपराइटरों में से एक पर बैठकर अपनी रिपोर्ट टाइप करता था, उसके बाद एक उप-संपादक पन्ने पर टाइप की गई न्यूज रिपोर्ट के दोनों ओर के खाली हिस्से पर उसमें किए जानेवाले सुधार या बदलाव को लिखता। उसके बाद टाइप कॉपी और हाथ से लिखे गए सुधार या बदलावों को एक व्यक्ति द्वारा उन मशीनों पर लाइन-दर-लाइन बनाने के लिए किसी व्यक्ति द्वारा दबा-दबाकर टंकित किया जाता। उसके बाद प्रूफ रीडिंग और उसके बाद सुधारों को फिर से ढाला जाता। प्रिंटिंग के लिए पेज भेजने का एक समय तय रहता था और अकसर फाइनल प्रूफ पढ़ने का समय ही नहीं बचता था। देर रात डेडलाइन को पूरा करते हुए हम लोग सीसे के उलटे हिस्सों पर टाइप कास्ट पर झाँककर रोशनी में देखने की कोशिश करते कि सभी हिज्जे ठीक हैं या

नहीं। अगर देर रात कोई ब्रेकिंग न्यूज आ जाती तो हम जहाँ जरूरत होती, वहाँ सुरमे/लेड के नए साँचे को एकत्रित करते, प्रिंटिंग मशीन को बंद करवाते, ट्रे से पुराने साँचे को निकालकर नई खबरवाला साँचा उसमें डालते और फिर प्रिंटिंग शुरू होती।

उस जमाने में हम में से किसी को नहीं पता था कि कंप्यूटर किस चिड़िया का नाम होता है। तकनीक के नाम पर हमें केवल पिघला हुआ सुरमा/लेड ही पता था। उस पिघले हुए सुरमे से निकलनेवाला धुआँ सेहत के लिए बहुत ही खतरनाक होता था; सेहत को उससे पैदा होनेवाले खतरे से निपटने के लिए हम लोगों को दूध भत्ते के रूप में दस रुपए महीना मिलता था।

मुद्दे की बात यह है कि हम एक टीम के रूप में जो अखबार निकालते थे, वह काफी समय लगनेवाला काम था। यह सारा स्पीड का खेल था कि कितनी स्पीड से आप खबरों से निपटते हैं, कितनी स्पीड से हम इसे अपडेट करते हैं। यह उस जमाने की बात है, जब संचार की अपनी सीमाएँ थीं और जिसमें इंटरनेट केवल साइंस फिक्शन की दुनिया में ही था। ये कुछ ऐसे मूल तत्त्व थे। इन पर निर्भर करता था कि समाचार-पत्र में क्या और कैसे रिपोर्ट प्रकाशित हो सकती है।

रिपोर्टर, उप-संपादक और नीचे मशीनों पर काम करनेवाले लोग बहुत तेज गति से काम करते थे; लेकिन तब भी हम केवल 24 घंटे के चक्र के हिसाब से काम करते थे।

प्रूफ रीडिंग की पारी पूरी करने के बाद आखिरकार, मुझे ऊपर जाकर जनरल न्यूज डेस्क पर बतौर उप-संपादक काम करने का मौका मिला। उसके बाद वहाँ से होते हुए मैं सन् 1980 में एक वरिष्ठ संपादक के साथ काम करने लगा। वह अपने आप में स्वतंत्र डेस्क था, जहाँ शहर की खबरों की जिम्मेदारी सँभालनी होती थी। ये वही साल थे, जब मैंने पंजाब में उत्पन्न हुए आतंकवाद की आहट दिल्ली की सड़कों पर महसूस करनी शुरू की थी। इसका नतीजा यह हुआ कि दिल्ली में एक पत्रकार के रूप में काम करते हुए मैं जहाँ पहले दूर से उसे महसूस कर रहा था, तो अब मुझे बीच में जाकर उसे देखने-समझने का मौका मिला।

•

जिस पहले हमले ने दिल्ली को दहला दिया, वह सन् 1978 में अमृतसर में सिखों की हत्याओं का बदला लेने के लिए किया गया। इसमें निरंकारी नेता बाबा गुरबचन सिंह की हत्या कर दी गई। उन्हें अप्रैल 1980 में दिल्ली में गोली मार दी गई थी। यह अमृतसर की हत्याओं के दो साल बाद की बात है। इस मामले में जरनैल सिंह भिंडराँवाले का नाम साजिशकर्ता के तौर पर सामने आया। यह करीब-करीब वही समय था, जब आएदिन और जल्द ही लगभग हर दिन भिंडराँवाले का नाम सुर्खियों में रहने लगा था। वह इस बात के लिए सुर्खियों में था कि सरकार उसके साथ राजनीतिक सौदे का प्रयास कर रही

थी…एक के बाद एक हिंसा के मामलों में पुलिस उसका नाम जोड़ रही थी, जो दिल्ली में सरकार को चुनौती दे रहा था और जो बचकर निकल जा रहा था।

वर्ष 1981 में सितंबर के महीने में लाला जगत नारायण की हत्या हो गई, जो 'पंजाब केसरी' अखबार के संस्थापक थे।

उन्हें पंजाब में गोली मारी गई थी, लेकिन इसने हम सबको हिलाकर रख दिया। 'पंजाब केसरी' दिल्ली से भी प्रकाशित होता था। हिंसाग्रस्त उन वर्षों में 'पंजाब केसरी' के साथ काम करनेवाले सैकड़ों पत्रकारों की गोली मारकर हत्या कर दी गई। उनमें जगत नारायण के पुत्र रमेश चंद्र भी शामिल थे। हम लोग लगातार यही सुनते रहते थे कि पत्रकार आतंकवादियों की हिट लिस्ट में हैं। मेरे दोस्त और 'दि इंडियन एक्सप्रेस' में मेरे सहकर्मी संजीव गौड़ को बाद के दिनों में स्वर्ण मंदिर परिसर के भीतर चाकू घोंप दिया गया था।

लाला जगत नारायण की हत्या के मामले में भिंडराँवाले को संदिग्ध के तौर पर गिरफ्तार कर लिया गया था, किंतु उसे जल्द ही रिहा कर दिया गया। रिहाई का जश्न मनाने के लिए वह दिल्ली आ गया। हम खबरें दे रहे थे कि वह खुली जीप में आया, रास्ते भर उसके समर्थक उसे फूलों के हार पहनाते रहे। खुली जीप के पीछे-पीछे बसों में भरकर उसके समर्थक चले आ रहे थे। बहुत से समर्थक बसों की छतों पर बैठे खुलेआम स्टेन गन लहरा रहे थे, यहाँ तक कि उन्होंने हवा में गोलीबारी भी की। भिंडराँवाले का काफिला दिल्ली में सीधे संसद् भवन जा पहुँचा। पुलिस को काफिले को देखकर हाथ हिलाते और उसके लिए रास्ता साफ करते देखा गया था। इस संबंध में मिल रही खबरों को देखकर हैरानी हो रही थी।

जाहिर-सी बात है कि उसके आदमियों ने जो स्टेन गनें ले रखी थीं, वे अवैध थीं और संसद् भवन के बाहर खड़ी बसों की छतों पर बैठे समर्थक दुःसाहसिक रूप से उनका प्रदर्शन कर रहे थे।

सबकुछ गड़बड़ लगने लगा था। पंजाब वैसा नहीं दिखता था, जैसा होना चाहिए था। सरकार वैसी नहीं दिख रही थी, जैसा उसे होना चाहिए था। अखबार इस स्थिति की समीक्षा करनेवाले लेखों से भरे पड़े थे।

वह साल खत्म होते-होते दिल्ली में दिल्ली सिख गुरुद्वारा प्रबंधक समिति के शीर्ष नेता संतोख सिंह की हत्या कर दी गई। वह कांग्रेस पार्टी के आदमी थे और किसी जमाने में भिंडराँवाले के करीबी रह चुके थे।

हिंसा शुरू हो चुकी थी और दिल्ली को उसने अपनी गिरफ्त में लेना शुरू कर दिया था। अब हिंसा की रफ्तार थम नहीं रही थी। पंजाब के भविष्य का दारोमदार दिल्ली पर था। मेरे वरिष्ठ सहकर्मी, जो राजनीतिक बीट कवर करते थे, वे विश्लेषणात्मक लेख

लिख रहे थे और काफी जानकारी के साथ ताजा उथल-पुथल पर बातें कर रहे थे। मुझे कुछ समझ में नहीं आता था कि वे क्या कह रहे हैं, न ही उनका लिखा पल्ले पड़ता था; और इसमें उनकी कोई गलती नहीं थी।

यह बड़े भ्रम की स्थिति थी और इस राजनीतिक खेल में शामिल लोग खुद भी भ्रमित थे। मैं नहीं समझता कि उस समय मुझे पंजाब की राजनीति की कोई समझ थी—न ही मैं किसी ऐसे व्यक्ति को जानता था, जिसे इसका ज्ञान था। पूरे मामले में इतने झोल थे कि कुछ ठीक समझ ही नहीं आ रहा था। इंदिरा गांधी कभी भिंडराँवाले का समर्थन करतीं तो कभी विरोध; कांग्रेस अकालियों का विरोध कर रही थी और अकाली पलटकर कांग्रेस का विरोध कर रहे थे।

अकाली कभी-कभी भिंडराँवाले के साथ सौदेबाजी करते थे और फिर उससे मुकाबले में भी उतर जाते। सबकुछ जैसे किसी कोहरे में लिपटा हुआ था। लेकिन यह सब घटनाक्रम काफी अहम भी था और इस सबके बीच में थे ज्ञानी जैल सिंह, जो सन् 1980 के बाद श्रीमती गांधी के गृहमंत्री और बाद में जुलाई 1982 से देश के राष्ट्रपति बने।

अकालियों ने व्यापक विरोध-प्रदर्शन शुरू कर दिया और उसने दिल्ली आकर 1982 के एशियाई खेलों को बाधित करने की धमकी दे डाली। इसकी काट के लिए आदेश जारी कर दिए गए कि स्टेडियम के चारों ओर और खुद दिल्ली के चारों ओर एक सुरक्षा घेरा बना दिया जाए, ताकि सिखों की ओर से कोई खतरा न रहे। इससे दिल्ली आने-जानेवाले सिखों को परेशान और अपमानित किए जाने की घटनाएँ बढ़ने लगीं। उसकी चपेट में कुछ प्रतिष्ठित और ऊँचे पदों पर बैठे सिख भी आ गए।

इसका नतीजा यह हुआ कि 1983 के पूरे साल आतंकवादी सिख समूहों ने कई बार पलटकर हमले किए। मार्च 1984 में कांग्रेस के वफादार और अकाली मोर्चा के आलोचक एच.एस. मनचंदा की दिल्ली में गोली मारकर हत्या कर दी गई। हिंसा के इस दुष्चक्र की परिणति वर्ष 1984 में 'ऑपरेशन ब्लू स्टार' के रूप में हुई।

1982 का साल उतार पर था कि उसी दौरान मुझे क्राइम रिपोर्टिंग की जिम्मेदारी सौंपी गई। दिल्ली में उन दिनों एक के बाद एक आतंकवादी हमले हो रहे थे। मैं ऐसी एक खबर बनाकर दूसरी खबर का इंतजार करता था। आतंकवादी अगला निशाना किसे बनाएँगे? जो ज्ञात निशाने थे, उन्हें कमांडोज द्वारा फोन किए जाने लगे। पूरे शहर में पहली बार जगह-जगह पुलिस नाकेबंदी होने लगी।

निजी बातचीत में पुलिस अधिकारी कहते थे कि जब तक समस्या का कोई राजनीतिक समाधान नहीं निकाल लिया जाता, तब तक उनकी सारी नाकेबंदी भी हत्यारों को रोकने के लिए काफी नहीं है। नाकेबंदी और जाँच चौकियों ने समस्या को केवल और बदतर ही किया था। सबसे अधिक नुकसान 1982 के एशियाई खेलों के आसपास

हुआ। पुलिस अधिकारियों ने कई साल बाद स्वीकार किया कि उन्होंने केवल विरोध और अलगाव को ही उकसाया। इससे भड़के लोग अलग-थलग महसूस कर रहे थे और ऐसे लोग भले ही बाँहें फैलाए खड़े भिंडराँवाले के लोगों की शरण में नहीं गए, लेकिन राजनीतिक रूप से उन्होंने खुद को भिंडराँवाले के हवाले कर दिया। श्रीमती इंदिरा गांधी की हत्या से पहले जो कुछ भी हुआ, उसका सिरा बार-बार एक ही नाम से जाकर जुड़ता रहा—जरनैल सिंह भिंडराँवाले। जिस दिन आकाशवाणी से यह खबर प्रसारित हुई कि 'ऑपरेशन ब्लू स्टार' के दौरान स्वर्ण मंदिर परिसर के भीतर भिंडराँवाले का शव पाया गया था, उसी दिन मैं पंजाब में उसके घर जाने वाला था। उस वक्त मैं दिल्ली और पंजाब के बीच राजनीतिक उथल-पुथल को कवर नहीं कर रहा था, बल्कि मैं दिल्ली की सड़कों पर इसके परिणामस्वरूप हो रही घटनाओं और बाद में 'ऑपरेशन ब्लू स्टार' के दौरान पंजाब की घटनाओं को देख रहा था। देश की राजधानी पंजाब से पैदा हो रहे आतंकवाद के मानचित्र पर प्रमुखता से निशाने पर थी।

दिल्ली किसी भी लिहाज से पंजाब से कोई ज्यादा दूर नहीं थी।

पंजाब के जिन हालात की लोग बातें कर रहे थे, वही हालत दिल्ली की भी थी। एक अखबार में यदि आपके कोई राजनीतिक विचार हैं तो कोई तभी उन्हें गंभीरता से लेगा और सुनेगा, जब आप बहुत अधिक वरिष्ठ हों, उन्हें छपवाने की तो बात ही भूल जाएँ। राजनीतिक लेख लिखना अखबार में बड़े-बड़े राजनीतिक पंडितों का काम था, और ऐसे कई नाम वहाँ थे। राज्य के मामलों या किसी अन्य मामले में, निचले पायदान पर खड़े पत्रकारों के विचारों को कोई भाव नहीं देता था।

संपादकीय सहायक के.एन. पंडिता, जो प्रतिष्ठित संपादकीय पन्ने को देखते थे, वे बड़े खुश होकर हमें बताते थे, "रिपोर्टर केवल एक पोर्टर (कुली) होता है।"

मैं खबर लानेवाला पोर्टर ही सही, लेकिन खबर लाने का अपना महत्त्व था। इसलिए ऑफिस की दीवारों के भीतर सीनियर-जूनियर का हिसाब-किताब मुझे कभी समझ में नहीं आ सका। मैं अपनी रिपोर्टिंग और जिस हिंसा की रिपोर्ट मैं कर रहा था, उसके राजनीतिक स्रोत के बारे में अंतर को समझ नहीं सका। दोनों के बीच भेद करना मुश्किल था। कोई नहीं कर सकता था; वर्ष 1984 के राजनीतिक तूफान ने किसी को नहीं बख्शा था। राजनीति और हिंसा को एक-दूसरे से अलग करना संभव नहीं रह गया था; राजनीति हिंसा के बारे में थी और हिंसा राजनीति को लेकर थी। पंजाब में चल रहे राजनीतिक खेल के बारे में जागरूक हुए बिना हिंसा की रिपोर्टिंग नहीं हो सकती थी। राह चलते हर आदमी के अपने विचार थे और मेरे अपने।

मैं दिल्ली में एक के बाद एक आतंकवादी हमले की रिपोर्टिंग कर रहा था। ऐसे में, मुझे सीधी-सीधी इतनी बात समझ आ रही थी कि सरकार पंजाब से निपटने में बहुत

बड़ी गलती कर रही थी। यह साफ हो गया था, शीशे की तरह एकदम साफ कि सरकार दरअसल पंजाब संकट को सुलझाने के लिए कुछ करने के बजाय उस आग में घी डालने का काम कर रही थी। यह कोई अनोखा आकलन नहीं था और किसी भी तरह से एक रिपोर्टर के नाते मुझे कोई ऐसी अंतर्दृष्टि प्राप्त नहीं हुई, जिससे वह नतीजा निकलता, जिससे लाखों लोग सहमत थे। लगभग हर इनसान यह सोचता दिख रहा था कि सरकार गलत कर रही है, सिवाय सरकार को छोड़कर। या कम-से-कम सरकार की नीति से तो ऐसा ही लग रहा था। संभवत: सरकार के भीतर प्रबुद्ध लोगों ने इस नीति के खिलाफ आवाज उठाई थी। अगर उन्होंने आवाज उठाई थी तो उसे सुना नहीं गया। हम सभी को एक आपदा आती नजर आ रही थी। अखबार के पन्नों को देखकर समझ आता था कि विपत्ति आने वाली है। हवा में भी इसे महसूस किया जा सकता था। अपनी क्राइम बीट को लेकर भी कुछ ऐसे ही भाव मेरे मन में आ रहे थे। जिन पुलिस अधिकारियों पर बढ़ती हिंसा से निपटने की जिम्मेदारी थी, उनसे मैंने न जाने कितनी बार बातें की होंगी। किसी एक भी पुलिस अधिकारी ने अनौपचारिक बातचीत में कभी भी यह नहीं कहा कि पुलिस अपने स्तर पर इस समस्या को सुलझा सकती थी।

उनमें से हर कोई सरकार के सिर पर दोष मढ़ रहा था—मुझे याद नहीं कि एक भी बार किसी एक अधिकारी ने कहा हो कि सरकार सही कर रही है। मुझे याद है कि अधिकारी इस बात को लेकर बहुत गुस्से में थे कि भिंडराँवाले को दिल्ली में अवैध हथियारों के साथ घुसने दिया गया और उस पर भी उसके लोगों ने उन हथियारों का बेशर्मी के साथ प्रदर्शन किया। इस सब में पुलिस का गुस्सा इस बात को लेकर था कि उनसे उस मोर्चे की आवा-जाही को सुगम बनाने को कहा गया था।

मुझे याद है कि एक दिन दोपहर बाद मैं सहायक पुलिस आयुक्त के ऑफिस में बैठा हुआ था, जो कि कुछ दिन पहले हुए एक आतंकवादी हमले की जाँच कर रहे थे। उनके ऑफिस में दो-तीन लोग और थे। हम सब उनकी डेस्क के चारों ओर बैठे थे। उन्होंने अपनी कमीज की जेब से अपना पेन निकाला और अपनी टेबल के किनारे पर रख दिया। उन्होंने कहा, "यह पेन भारत है। यह एक ट्रक है, जो पीछे हट रहा है।" उन्होंने ट्रक के एक खलासी का अभिनय किया, जो ट्रक ड्राइवर को ट्रक को पीछे लेने के लिए इशारा कर रहा है। उन्होंने पेन को किनारे के करीब, और करीब सरका दिया और 'खलासी' कहे जा रहा है—'आण देयो, आण देयो।' जैसे-जैसे पेन आधा किनारे से आगे बढ़ता है तो 'खलासी' बात बदल देता है—'जाण देयो, जाण देयो।' पेन फर्श पर गिर जाता है। बड़े रूखे तरीके से दिखाया गया था कि उस समय भारत किधर जा रहा था; लेकिन उसमें गलत कुछ नहीं था। पुलिस अधिकारियों ने स्वीकार किया कि वास्तविक अभियानों के बारे में उन्हें जो खुफिया जानकारी मिल रही थी, वह बहुत कम

थी। उनमें से किसी को यह भरोसा नहीं था कि वे पंजाब पुलिस से प्राप्त होनेवाली खबरों पर भरोसा कर सकते थे। आमतौर पर, सबसे बेहतर यही तरीका था कि वे मौका-ए-वारदात पर जाँच कर हत्यारों को पकड़ सकते थे। कुछ हमलावर पकड़े गए थे। उसके बाद उनसे 'पूछताछ' की जाती, जो कि यातनाएँ देने का पुलिस का सामान्य तरीका था। इसके बाद जो भी जानकारी मिलती, वे उसे सरकार को मुहैया कराते। पूछताछ का मुख्य मकसद स्पष्ट था—सड़कों पर हमले करनेवाले लोगों के पीछे सक्रिय लोगों तक पहुँचना। साजिशों के पीछे की पड़ताल दो दिशाओं में थी—हत्यारों को किसने प्रेरित किया था और इससे भी आगे, उन्हें हथियार किसने मुहैया कराए?

आतंकवाद में भी गुस्से की अभिव्यक्ति के लिए हथियारों की जरूरत होती है। पंजाब के पास ये दोनों चीजें काफी मात्रा में थीं। ऐसे युवाओं की संख्या काफी अधिक थी, जो गुस्से के मारे सरकार से जुड़े या इंदिरा गांधी की पार्टी से जुड़े किसी भी व्यक्ति की जान लेने को तैयार थे। अब इस दायरे के भीतर लगातार मासूम लोग भी आ रहे थे। खासतौर से, बस में सवार लोगों को निशाना बनाया जा रहा था। ऐसी घटनाएँ अखबारों की सुर्खियाँ बनने लगी थीं कि पंजाब में ऐसे बस हमलों में खासतौर से हिंदुओं को चुन-चुनकर मारा जा रहा था।

सन् 1983 का पूरा साल एक के बाद एक आतंकवादी हमलों में बीत गया।

जाँच की दूसरी दिशा अधिक स्पष्ट और ठोस थी। सूचना से ज्यादा पुलिस जानना चाहती थी कि हत्यारों को बंदूकें कहाँ से मिलीं? इन जाँचों से कोई ज्यादा आगे बढ़ने में मदद नहीं मिली, कुछ इक्का-दुक्का सफलताएँ हाथ लगीं; लेकिन इससे किसी बड़ी साजिश का खुलासा नहीं हुआ।

पुलिस अधिकारियों का कहना था कि उनकी जाँच का दायरा सीमित था; क्योंकि ऐसी कोई भी जाँच होती और उससे जो भी सूचना मिलती थी, वह एक राजनीतिक मोड़ पर जाकर बंद हो जाती। अगर उनका राजनीतिक समाधान नहीं था तो भी आगे बढ़ने के लिए राजनीतिक स्वीकृति जरूरी थी। सरकार कोई राजनीतिक समाधान नहीं कर रही थी। किसी को नहीं पता था कि पुलिस की चचेरी बहन खुफिया एजेंसियाँ सरकार को क्या बता रही थीं! यह अंदाजा लगाना सही लगता था कि उन्हें ज्यादा कुछ पता नहीं था और जितना उन्हें पता था, उसकी कोई अहमियत नहीं थी; या शायद खुफिया सेवाओं में शीर्ष पर बैठे लोगों का खुद अपने हिसाब से राजनीतीकरण हो चुका था और वे नेताओं को केवल वही बता रहे थे, जो नेता सुनना चाहते थे। दिल्ली में पंजाब स्थित आतंकवादी हमले कर रहे थे और मैं उस दौरान उन हमलों के परिणामों को लेकर रिपोर्टिंग कर रहा था। इससे दो भारी सवाल मुझे सता रहे थे। इन सवालों की रिपोर्टिंग नहीं हुई और अभी तक ये सवाल अप्रासंगिक बने हुए हैं...एक रिपोर्टर के सवालों पर कौन गौर करता है,

क्योंकि एक रिपोर्टर तो रिपोर्टर होता है। ये केवल ऐसे सवाल थे, जो मैंने खुद से किए थे। हर एक हमले के बाद मैं अपने आप से सवाल करता—पहला, कांग्रेस सरकार क्यों ऐसे कदम उठा रही थी, जो सिखों को निश्चित ही पलटवार के लिए भड़कानेवाले थे? और दूसरी बात, अगर पलटवार होने ही वाला था तो सरकार उससे अलग तरीके से क्यों नहीं निपट रही थी?

गाहे-बगाहे ऐसी खबरें आने लगी थीं कि समाधान की ओर बढ़ रहे हैं; लेकिन तभी अचानक कुछ ऐसा हो जाता कि सारी मेहनत बेकार चली जाती। मैं हमेशा यही सोचता था कि कहीं जरूर कोई था—जैल सिंह। पंजाब की राजनीति पर मुझे जो भी ज्ञान प्राप्त था, वह इस एक पंक्ति में था कि जैल सिंह इसकी जड़ में थे। ऊपर से वह सरकार के साथ थे, लेकिन अंदरखाने, गोपनीय रूप से वह भिंडराँवाले के पीछे थे। यह एक गोल-मोल विचार था, जिसमें कभी कुछ निकला नहीं। मैं अब ज्यादा दृढ़ता के साथ विश्वास करता हूँ कि प्रधानमंत्री के सबसे बड़े दुश्मन को उनके राष्ट्रपति का समर्थन हासिल था। उन्होंने एक रास्ता निकाल लिया था। एक ओर वह खुद को श्रीमती इंदिरा गांधी का वफादार दिखाते थे तो दूसरी ओर भिंडराँवाले का समर्थन करते थे। उस जमाने में एक रिपोर्टर होने के नाते, राजनीतिक पांडित्य के बोझ से मैं मुक्त था और ये कुछ विचार भी ऐसे किसी ज्ञान के बोझ का परिणाम नहीं हैं। मुझे केवल अपनी न्यूज डेस्क और समस्याओं के मूल की साधारण-सी समझ थी, जिनकी मैं रिपोर्टिंग कर रहा था।

मेरा जो मौका-ए-वारदातों का नजरिया था, उसे मैं गैर-जायज तरीके से जायज नहीं ठहरा रहा हूँ; अगर आप सीधे देखें और सामान्य रूप से देखें तो यह नजरिया काफी कुछ कहता है। एक सड़क के बाद दूसरी सड़क, एक गली के बाद दूसरी गली...जहाँ भी वे आतंकवादी हमले हुए थे, वे सब एक ही कहानी बयाँ कर रहे थे; और जिस पर किसी को संदेह भी नहीं था कि ये हालात अब खत्म होने चाहिए।

हमने पंजाब में हिंसा देखी थी और दिल्ली में वह बढ़ती ही जा रही थी। हमें यह नजर आ रहा था कि भारत हिंसा के इस दुष्चक्र को अनंतकाल तक बरदाश्त नहीं कर सकता। हम में से किसी को पूरी तरह यह मालूम नहीं था कि क्या होगा, क्या मिलेगा?

•

जून 1984 के शुरुआती दिनों की बात है। सरकार ने पंजाब में कर्फ्यू घोषित कर दिया। परिवहन सेवाओं को रद्द कर दिया गया। पंजाब एक तरह से थम गया; वास्तव में ही थम गया। उसे देश के बाकी हिस्सों से काट दिया गया। लोगों ने खुद को घरों के भीतर बंद कर लिया और वे इंतजार करने लगे। हम सब कयामत के आने की उलटी गिनती शुरू कर चुके थे।

कर्फ्यू की घोषणा होते ही मुझे रिपोर्टिंग के लिए पंजाब जाना पड़ा। कर्फ्यू के चलते

चंडीगढ़ में 'दि इंडियन एक्सप्रेस' का ऑफिस पंगु हो चुका था। अब, जब दुनिया पंजाब के हालात के बारे में जानना चाहती थी, तो सरकार ने खबरों को बाहर निकलने से रोक दिया। चंडीगढ़ के हमारे साथी कुछ कर नहीं पा रहे थे, अत: मेरे संपादकों ने फैसला किया कि मुझे कर्फ्यू से होते हुए पंजाब में जाने की कोशिश करनी चाहिए।

सबसे पहले, मैंने पंजाब से होकर गुजरनेवाले ऐतिहासिक ग्रांड ट्रंक रोड (जी.टी. रोड) से होकर जाने की कोशिश की। मैंने दिल्ली से एक टैक्सी ली। हम अंबाला तक पहुँचे और उसके बाद जी.टी. रोड के साथ-साथ होते हुए पंजाब की ओर मुड़ गए। मैं हरियाणा से होते हुए सीमा पार कर पंजाब में घुस गया। मुझे थोड़ी हैरानी हुई कि राज्य की सीमा पर मैं आराम से पंजाब में प्रवेश कर गया था, क्योंकि किसी ने कोई पूछताछ नहीं की।

हम सड़क पर आगे बढ़ रहे थे। हमें सड़क के किनारे पर कुछ जगहों पर सेना के जवान खड़े नजर आए। उन्होंने मुझे रोकने की कोई कोशिश नहीं की; शायद तब तक उन्हें इस संबंध में जरूरी कड़े आदेश नहीं मिले होंगे। उनके पास ऐसे असामान्य आदेश होते कि किसी को भी पंजाब के भीतर आने-जाने की मंजूरी नहीं होगी और न ही कोई भीतर इधर-उधर आ-जा सकेगा। हो सकता है कि एक एंबेसडर कार में एक सवारी को देखकर उन्होंने मुझे कोई सरकारी अधिकारी समझ लिया हो। मुझे पता नहीं, लेकिन मुझे इतना याद है कि उस सड़क पर, जी.टी. रोड पर, हम अकेले थे और डरते हुए आगे बढ़ रहे थे। ऐसा लगता था कि चारों ओर तगड़ा कर्फ्यू लगा हुआ था; हालाँकि, मैं एक जगह तक बिना किसी रोक-टोक के पहुँच गया था। मुझे अंबाला से करीब 30 किलोमीटर आगे, पंजाब के भीतर राजपुरा में रोका गया; एक पुलिस टीम ने रोका। वहाँ से मैं वापस मुड़ गया।

अगले दिन, हमने एक दूसरे रास्ते से आगे बढ़ने की कोशिश की। इस बार हम तीन लोग थे—मेरे सहकर्मी राहुल बेदी, हमारे फोटोग्राफर आर.के. शर्मा और मैं। हम तीनों लोग एक ही टैक्सी से निकले। इस बार हम ज्यादा लंबा घूमकर जाने की कोशिश कर रहे थे। सबसे पहले हम चंडीगढ़ की ओर बढ़ चले।

रास्ते में थोड़ा हँसी-मजाक भी चलता रहा; शर्मा ने कहा कि उनकी पत्नी ने उन्हें उस सुबह इस तरह से विदा किया, जैसे कि वह किसी लड़ाई के मोर्चे पर जा रहे हों। चंडीगढ़ पहुँचने पर हमने वहीं से एक टैक्सी की। हमने सोचा कि अगर ड्राइवर कोई यहीं का ही रहनेवाला होगा तो उसे अच्छी तरह समझ आ जाएगा कि हमें कहाँ लेकर जाना है और कैसे लेकर जाना है। हम रोपड़ को पीछे छोड़ते हुए रूपनगर पहुँचे और वहाँ से सरहिंद नहर की ओर बढ़ चले; लेकिन यह कोशिश भी हमें पंजाब में ज्यादा दूर नहीं ले जा सकी और हमें वापस मुड़ना पड़ा। टैक्सी ड्राइवर ने हमें एक शुभचिंतक के नाते

चेतावनी दी, "आप यहाँ दूसरे लोगों की तसवीरें लेने आए हो, लेकिन ध्यान रखना कि कहीं दूसरे लोग ही आपकी तसवीरें लेने न आ जाएँ।" लेकिन अपने काम की उसे अच्छी समझ थी। कर्फ्यू के हालात में टैक्सी कारोबार भी अच्छा नहीं चल सकता।

कुछ ही दिनों के भीतर 'ऑपरेशन ब्लू स्टार' हो गया। दिल्ली से हम जिस मकसद को लेकर चले थे, यानी कि हमें 'ब्लू स्टार' से पहले के हालात की रिपोर्टिंग करनी थी और उसका आँखों देखा हाल कवर करना था; लेकिन इसमें हमें कोई ज्यादा सफलता नहीं मिली। चंडीगढ़ ऑफिस से मेरे सहकर्मी कँवर संधू एकमात्र ऐसे रिपोर्टर थे, जिन्हें कुछ भनक थी। मेरी जानकारी के अनुसार, उन्हें सबसे पहले 'ऑपरेशन ब्लू स्टार' काररवाई की जानकारी मिल गई थी। जनता को 'ऑपरेशन ब्लू स्टार' का नाम बहुत बाद में पता चला; लेकिन संधू को काफी पहले ही यह सूचना मिल चुकी थी कि इस अभियान का क्या नाम होगा। पंजाब के भीतर ही कँवर संधू को भीतर की सबसे बेहतर जानकारी थी, जो कि दिल्ली से आए एक रिपोर्टर के नाते मैं कभी उम्मीद नहीं कर सकता था। वह ऐसा समय था, जब आपको पंजाब के भीतर अपने खास और सटीक सूत्रों की जरूरत होती है और कँवर संधू के पास वे दोनों सूत्र थे। 'ऑपरेशन ब्लू स्टार' के जरिए अमृतसर को दहला देनेवाले अभियानों की उन्होंने जो रिपोर्टिंग की थी, वह उस समय सबसे त्वरित और सटीक रिपोर्टों में शामिल थी।

मुझे अपने उन सहकर्मियों से कोई ईर्ष्या नहीं थी, जो 'ऑपरेशन ब्लू स्टार' की रिपोर्टिंग करने का प्रयास कर रहे थे। यहाँ तक कि जो पत्रकार अमृतसर के भीतर थे, उनके लिए भी खबरें बाहर निकालकर लाना लगभग असंभव था। कोई भी व्यक्ति उस खूनी संघर्ष को लेकर चल रहे घटनाक्रमों की थाह नहीं ले सकता था, खासतौर से 5 जून की रात के दौरान, जब सेना स्वर्ण मंदिर परिसर में प्रवेश कर रही थी। पूरे अभियान की हाथोहाथ, तुरंत-के-तुरंत रिपोर्टिंग करना पूरी तरह असंभव काम था।

'एक्सप्रेस' या दूसरे अखबारों के मेरे कई साथी पत्रकारों ने खबरें निकालने के लिए अपनी पूरी जान लगा दी थी और 'ऑपरेशन ब्लू स्टार' वाले दिन तथा उसके बाद के दिनों में जिस प्रकार वे खोद-खोदकर खबरें निकालकर ला रहे थे, उसे देखकर मुझे हैरानी हो रही थी।

'ऑपरेशन ब्लू स्टार' एक डरावना सपना था और उसकी रिपोर्टिंग करना उससे भी डरावना। सेना कोई खबर बाहर नहीं आने दे रही थी; और पुलिस तो तसवीर में ही कहीं नहीं थी। ऑपरेशन के जो चश्मदीद गवाह थे, वे लगभग सभी-के-सभी परिसर के भीतर ही फँसे हुए थे और वैसे भी, हर गवाह को पूरे ऑपरेशन की तो केवल झलक भर ही पता चली होगी। उस समय निजी तौर पर या फोन के जरिए उन तक नहीं पहुँचा जा सकता था। स्वर्ण मंदिर के चारों ओर रहनेवाले लोगों ने भी इस संघर्ष की कुछ ही झलक

देखी थी। हालाँकि, उन्होंने इसके बारे में काफी कुछ सुना था, लेकिन इनमें से हर किसी के पास पूरी कहानी के केवल कुछ छोटे-छोटे टुकड़े ही थे और निश्चित ही, इनमें से किसी को खबर तक नहीं थी कि वास्तव में वहाँ क्या कुछ हुआ था।

'ऑपरेशन ब्लू स्टार' के बाद राहुल बेदी और मैं दोबारा दिल्ली से अमृतसर के लिए निकले। अमृतसर शहर चिंदी-चिंदी बिखर चुका था। स्वर्ण मंदिर के चारों ओर की गलियों से हमें साफ नजर आ रहा था कि परिसर में स्थित काफी ऊँची पानी की टंकी पर गोलाबारी हुई थी और उसका काफी हिस्सा लगभग ढह चुका था। आसपास की कुछ इमारतों से नजर आ रहा था कि अकाल तख्त तबाह हो चुका था। हरमंदिर साहिब, यानी स्वर्ण मंदिर, ज्यों-का-त्यों खड़ा था। चारों ओर फैली तबाही के बीच वह एक अछूते, पवित्र द्वीप की भाँति आभा बिखेर रहा था।

हमले के कई दिनों तक पत्रकार घटनाओं की कतरनों को एक-दूसरे से जोड़ने का प्रयास कर रहे थे। लंबे समय तक स्वर्ण मंदिर परिसर के भीतर जाने पर प्रतिबंध लगा रहा था, क्योंकि सेना ने परिसर को साफ किया और उसके साथ ही सबूत भी साफ हो गए।

परिसर के भीतर क्या कुछ हुआ था, उसकी एक तसवीर पेश करने के लिए राहुल बेदी ने अमृतसर से बहुत ही शानदार रिपोर्टें लिखी थीं। दिल्ली पुलिस में मेरे एक मित्र थे, जिन्होंने पंजाब पुलिस के एक वरिष्ठ अधिकारी के साथ मेरी जान-पहचान करवा दी थी।

हमले की काररवाई के दौरान पंजाब पुलिस को बाहर रखा गया था; लेकिन अब उसे बाद के घटनाक्रम में शामिल कर लिया गया था, जिसमें परिसर से शवों को उठाना और उनका अंतिम संस्कार करना भी शामिल था। उस अधिकारी ने मुझे बताया कि परिसर से 521 शवों को उठाया गया। उसमें काररवाई के दौरान मारे गए सेना के जवानों की संख्या शामिल नहीं थी। मैं जानता हूँ कि मारे गए लोगों की संख्या को लेकर विवाद था—उस अभियान के बारे में जिस किसी ने भी कोई संख्या बताई थी, उस पर हमेशा ही सवाल उठाया गया था। सेना के दबाव की स्थिति में होने को देखते हुए मारे गए सैनिकों की संख्या ज्यादा होनी तय थी।

'ऑपरेशन ब्लू स्टार' केवल अमृतसर में ही नहीं हुआ था। सेना ने पंजाब में उसके साथ ही करीब 30 गुरुद्वारों में ऐसे ही अभियान चलाए थे। हमने अमृतसर में सुना था कि तरन तारन और मोगा में खासतौर से गुरुद्वारों पर हिंसक हमले हुए थे। दिल्ली एक्सप्रेस टीम से राहुल बेदी ने अमृतसर सँभाला हुआ था और मैं मोगा एवं तरन तारन के लिए निकल गया। कर्फ्यू में राहत दी जा चुकी थी और पंजाब में थोड़ी-बहुत गतिविधियों को अनुमति दे दी गई थी।

मैंने पाया कि मोगा और तरन तारन में सेना के अभियानों की रिपोर्टों को बढ़ा-चढ़ाकर पेश किया गया था। सेना ने वहाँ अभियान चलाए थे; लेकिन अमृतसर में जितने

बड़े पैमाने पर कारवाई की गई थी, उसके मुकाबले यह मामूली कारवाई थी और उनमें ऐसी कोई बात नहीं थी, जैसा कि इन हमलों को लेकर अफवाहें उड़ा दी गई थीं।

जब मैं मोगा गुरुद्वारे में पहुँचा तो वहाँ सेना के जवान तेजी के साथ मरम्मत और पेंट का काम कर रहे थे। तरन तारन में मुझे किसी बड़े नुकसान का कोई संकेत नहीं मिला। मैं ऐसे अन्य अभियानों की पड़ताल कर ही रहा था कि उसी समय एक धमाकेदार राजनीतिक घटना हुई। आकाशवाणी ने 7 जून की सुबह घोषणा की कि भिंडराँवाले का शव स्वर्ण मंदिर के भीतर पाया गया है। इस प्रसारण के कुछ घंटों के भीतर ही, फरीदकोट जिले में, भिंडराँवाले के गाँव रोडे में बड़ा विद्रोह होने की अफवाहें फैलने लगीं। मैंने मोगा से दिल्ली में अपने ऑफिस को ट्रंक कॉल किया कि मैं रोडे जा रहा हूँ।

•

मोगा से रोडे का रास्ता काफी थकाऊ और लंबा होने वाला था। मुझे कोई टैक्सी नहीं मिली। बसों की आवा-जाही अभी भी सुचारु नहीं थी। मुझे एक बस मिल गई, जिसने मुझे फरीदकोट छोड़ दिया। काफी देर तक इंतजार करने के बाद मुझे एक टैंपो मिला, जो मुझे रोडे की ओर कुछ दूर तक ले गया; लेकिन वह सफर भी भिंडराँवाले के गाँव से काफी पहले ही खत्म हो गया। मुझे बताया गया कि भिंडराँवाले का गाँव अभी दूर है; हालाँकि मुझे भिंडराँवाले का अता-पता जानने में कोई दिक्कत नहीं हुई। उस इलाके में कौन ऐसा था, जो उसका नाम नहीं जानता था! लेकिन उसके बाद मुझे कोई साधन नहीं मिला, जिससे मैं वहाँ तक पहुँच पाता।

वह एक छोटा सा कस्बेनुमा गाँव था और जून की तपती दोपहर में आसपास ज्यादा लोग नहीं थे। टैंपो ने मुझे वहीं छोड़ दिया। सड़क किनारे खड़े कुछ लोग खड़े थे। मैंने भिंडराँवाले के घर का पता जानना चाहा तो उन लोगों ने एक ओर इशारा कर दिया। घर ज्यादा दूर नहीं था। मैंने चलना शुरू कर दिया।

हमेशा की तरह, इस तरह से जब लोग अंदाजा लगाकर दूरी बताते हैं तो रास्ता और लंबा निकलता है। ऐसे मौकों पर हमेशा भारतीयों की उदारता सटीकता के परे चली जाती है। मैं एक सड़क के किनारे-किनारे काफी देर तक चलता रहा। जो भी रास्ते में मिल जाता, मैं उससे फिर से पूछता, ताकि निश्चिंत हो सकूँ कि मैं सही दिशा में ही जा रहा था। शायद गरमी की वजह से ही दूरी ज्यादा लग रही थी। गरमी के कारण मेरी हालत खराब हो रही थी कि तभी रास्ते में मुझे लिफ्ट मिल गई। हालाँकि, ऐसी तपती दोपहरी में मुझे ऐसी कोई उम्मीद नहीं थी। एक सिख युवक, जिससे मैंने रास्ता पूछा, उसने कहा कि वह मुझे भिंडराँवाले के घर छोड़ देगा। उसने एक पेड़ के नीचे खड़ी अपनी साइकिल निकाली और मैं पीछे उसके कैरियर पर बैठ गया।

हमने कुछ दूरी एक खेत से गुजरते हुए पूरी की और उसके बाद एक छोटी सी सड़क

पर जा पहुँचे। मुझे कुछ समझ नहीं आ रहा था कि हम कहाँ जा रहे हैं? मैंने विनम्रता के साथ लड़के से पूछा कि क्या कुछ दूर मैं साइकिल चलाऊँ, या वह मुझे वहीं छोड़ दे, आगे मैं पैदल चला जाऊँगा। हर मिनट के साथ मेरा अपराध-बोध बढ़ रहा था कि लड़का इतनी भीषण गरमी में मुझे बैठाकर साइकिल चला रहा था और पसीने से तर-ब-तर हो रहा था।

उसने मेरे विनम्र आग्रह को अस्वीकार कर दिया। ऐसा लग रहा था कि न जाने साइकिल पर कितनी देर से बैठा हूँ। फिर मन में वही बात आ गई कि रास्ता अनुमान से कहीं ज्यादा लंबा हो रहा है। और तभी अचानक, मैंने देखा कि हम कहाँ जा रहे थे। देखने से पहले मैंने सुना। वह एक हेलीकॉप्टर की आवाज थी। कुछ दूर हेलीकॉप्टर कुछ घरों के ऊपर एक जगह पर चक्कर लगा रहा था।

वह भिंडराँवाले का घर होगा। अब मुझे और कुछ पूछने की जरूरत नहीं थी। साइकिलवाले मेरे दोस्त ने जल्द ही ब्रेक लगा दिए। मैंने हृदय से युवक का आभार जताया। उसने मेरे धन्यवाद का बड़ी रुखाई से जवाब दिया और अपनी साइकिल मोड़कर उसी दिशा में लौट गया, जहाँ से वह मुझे लेकर आया था। मैं हेलीकॉप्टर वाली जगह की ओर चल दिया। जब मैं काफी करीब पहुँच गया तो मैं देख सकता था कि घर उसी दीवार के पीछे होगा, जिसके साथ-साथ मैं चल रहा था।

अब मैं एकदम हेलीकॉप्टर के नीचे पहुँच चुका था और उसकी आवाज बहुत तेज सुनाई दे रही थी। मुझे वह क्षण याद आता है, जब दीवार खत्म होने पर मैं दाएँ मुड़ा था। भारी संख्या में सिख लोग एक मकान के चारों ओर खड़े थे, जहाँ शायद कुछ समय पहले तक निर्माण का काम चल रहा था। वह भिंडराँवाले का घर था। वहाँ खड़े लोगों ने मुझे आते देख लिया और वे एकदम बुत बन गए। उनमें से हर कोई मेरी ओर देख रहा था। उनके लिए मैं एक अजनबी और कौतूहल का विषय था। अचानक मेरी चेतना में यह विचार कौंधा कि उनमें से एक भी आदमी गैर-सिख नहीं था। आसपास हिंदू दिखनेवाला एकमात्र मैं था। उस समय पंजाब में जो घटनाएँ हो रही थीं, इस तरह की बात तुरंत हम लोगों के दिमाग में आ जाती थी।

मैं उनकी ओर बढ़ा और पास जाकर उनमें से कुछ को मैंने बताया कि मैं 'दि इंडियन एक्सप्रेस' का रिपोर्टर हूँ। उन्होंने मुझसे इंतजार करने को कहा और घर के भीतर चले गए। मैंने यही कोई एक-दो मिनट इंतजार किया होगा। मैं वहीं खड़ा हुआ था; लेकिन भीड़ में से किसी ने मुझसे कोई बात नहीं की और न ही वे एक-दूसरे से बात कर रहे थे। ऊपर आसमान से हेलीकॉप्टर की तेज आवाज आ रही थी और नीचे सब लोग एकदम शांत बुत बने खड़े थे। हेलीकॉप्टर गोल-गोल घूमता हुआ काफी नीचे आ गया था। कुछ देर बाद दो लोग, जिनसे मेरी सबसे पहले बात हुई थी, नजर आए और मुझे घर के भीतर बुलाने लगे।

मुझे एक कमरे में ले जाया गया। मुझे वहाँ रखी एक ऊँची चारपाई के सिवाय और कुछ याद नहीं है। सीमेंट से पुती दीवारों पर अभी पेंट नहीं हुआ था और सलेटी रंग की दीवारें अधबनी थीं। मैं बैठ गया तो दोनों आदमी दरवाजे पर जाकर खड़े हो गए। उनमें से एक ने मुझसे पूछा कि मैं यहाँ क्यों आया हूँ? मैंने कहा, "मैंने सुना था कि यहाँ बहुत खून-खराबा हुआ था और इसीलिए मैं एक रिपोर्टर के नाते यहाँ देखने आया हूँ।" उसने मुझे बताया कि यहाँ कोई समस्या नहीं है; और मैंने भी देखा कि वहाँ ऐसा कुछ नहीं था।

कुछ देर मैं अकेला बैठा रहा। खिड़की से मुझे नजर आ रहा था कि बाहर लोग अभी भी खामोश खड़े थे और हेलीकॉप्टर आसमान में चक्कर-पर-चक्कर काट रहा था। इसी बीच, उन्हीं दो लोगों में से एक भीतर आया, जिन्होंने मुझसे बात की थी। उसके हाथ में खाने की एक थाली थी—रोटी, दाल, अचार और सब्जी। मुझे याद है कि थाली में क्या-क्या रखा था; भिंडराँवाले के घर पर उस दिन मुझे जो भोजन खाने को दिया गया था, उसे मैं भूला नहीं। मुझे भोजन खिलानेवाला आदमी बड़े ही रहम दिलवाला था। उसने मुझसे पूछा कि क्या मैंने पूरे दिन कुछ खाया था या नहीं? मैंने बताया कि मैंने दिन भर कुछ नहीं खाया था। उसकी आवाज में चिंता की झलक थी और शायद वह जान गया था कि मैं भूखा था। उसे समझ आ गया था कि उस वक्त मुझे खबर से ज्यादा खाने की जरूरत थी; और वैसे भी, उसके पास मुझे देने के लिए कोई खबर नहीं थी। वहाँ हिंसा होने की अभी तक केवल अफवाहें ही उड़ रही थीं और उन अफवाहों का पीछा करते हुए ही मैं यहाँ तक आ पहुँचा था और मेरा अंदाजा था कि वह हेलीकॉप्टर भी इसीलिए चक्कर काट रहा था।

अफवाहें काफी तगड़ी और नाटकीय थीं। हमने तो सुना था कि किसी सशस्त्र बगावत जैसा कुछ होने वाला है। मैं खाना खा ही रहा था कि उन्हीं अफवाहों के पीछे-पीछे चंडीगढ़ से मेरे सहकर्मी कँवर संधू भी वहाँ आ पहुँचे। उन्होंने भी सुना था कि यहाँ कुछ बड़ा फसाद हो गया था और इसीलिए वह भी भिंडराँवाले के घर आ चुके थे।

ऑफिस में जब भी मैं कँवर संधू से मिला था तो हमारी अच्छी छनती थी; लेकिन आज मुलाकात बहुत असामान्य-सी जगह पर हो रही थी। इसलिए सामान्य बातों के लिए कोई जगह नहीं थी। हमने एक-दूसरे के साथ अपने नोट्स साझा किए और 'एक्सप्रेस' में दोनों की साझा बाईलाइन रिपोर्ट छपी। लेकिन वास्तव में वहाँ कोई खबर नहीं थी। आसमान में हेलीकॉप्टर चक्कर काट रहा था और इसके अलावा वहाँ कुछ नहीं था। हथियारबंद बगावत जैसी कोई बात वहाँ दूर-दूर तक नहीं थी। लेकिन अफवाहों पर विराम लगाने के लिए इस गैर-खबर को भी रिपोर्ट करना महत्त्वपूर्ण था।

निजी रूप से, मेरे लिए वहाँ एक दूसरी खबर थी और यह खबर वो नहीं थी, जो

मैंने कँवर संधू के साथ मिलकर 'एक्सप्रेस' के लिए की थी। यह खबर कम और कहानी ज्यादा थी, जो मैंने अपने आप को ही सुनाई।

कहानी यह थी कि मैं एक हिंदू अजनबी उस दिन भिंडराँवाले के घर गया था, जिस दिन यह घोषणा की गई थी कि स्वर्ण मंदिर परिसर के भीतर भिंडरावाले मारा जा चुका है। इस हिंदू अजनबी को किसी तरह की मुश्किल या दिक्कत या दुर्घटना का सामना नहीं करना पड़ा। मैं एक अनजान हिंदू था और ऐसे समय में वहाँ था, जब पंजाब में चारों ओर अजनबी हिंदुओं को संदेह की नजर से देखा जा सकता था और यह संदेह चरम पर हो सकता था। लेकिन मुझे आराम से बिठाया गया और भोजन भी कराया गया। वह भोजन मेरे अपने लिए एक बड़ी घटना थी। उस दिन···उस दिन भी भिंडराँवाले का परिवार एक अजनबी का स्वागत करने, उसकी देखभाल करने और उसे घर जैसा महसूस कराने की पंजाब की सदियों पुरानी परंपरा का पालन करना नहीं भूला था। मैंने उस दिन उस भोजन से ऐसा कोई रोमांटिक नतीजा नहीं निकाला कि नफरत की भावना कम थी या जून के उन दिनों में सिख 'ऑपरेशन ब्लू स्टार' या भिंडराँवाले की मौत की घोषणा से आहत नहीं थे।

भिंडराँवाले के घर के आसपास रहनेवाले सभी हिंदू लोग गायब हो गए थे। मुझे शक है कि वहाँ पड़ोस में कोई हिंदू रह भी रहा था या नहीं, लेकिन उस वक्त वहाँ कोई नहीं था। यह सच है कि भिंडराँवाले के वफादार लोगों ने आतंकवादी हमलों में सैकड़ों मासूम हिंदुओं को उठा लिया था और उन्हें मौत के घाट उतार दिया था; लेकिन उस शाम को जो हुआ, वह मेरा पंजाब के उन लाखों हिंदुओं के अनुभव से अलग अनुभव था, जो भिंडराँवाले के लोगों से आतंकित थे और मेरे साथ घटी एक घटना उन लाखों लोगों के कड़वे अनुभवों को अवास्तविक या झूठा साबित नहीं करती और न केवल हिंदू, बल्कि भिंडराँवाले के लोगों ने सिखों को भी निशाना बनाया था; और कुछ रिपोर्टों के अनुसार तो हिंदुओं के मुकाबले सिखों की जानें ज्यादा ली थीं। उस दिन के अपने अनुभव से मैं लेशमात्र भी कोई घोषणा नहीं कर रहा हूँ; लेकिन उस छोटे से निजी अनुभव में मैंने पाया था कि चारों तरफ फैली हिंसा के बीच कहीं मासूमियत की चाहत का अहसास था। यह पूरा सच नहीं था, लेकिन यह भी एक सच था और यह कोई छोटा सच नहीं था; क्योंकि यह अपने आप में एक सच्चाई है कि हत्यारों के छोटे गिरोहों के अलावा सिख लोगों ने कभी अपने हिंदू पड़ोसियों को पंजाब से खदेड़ने की कोई काररवाई नहीं की थी।

उस दिन भिंडराँवाले के घर में मुझे जो इनसानियत की ठंडी छाँव महसूस हुई थी, उसके अनुसार मैं कह सकता हूँ कि मेरे लिए उस समय तक भी पंजाब में काफी कुछ ठीक-ठाक था। मैं जिस अखबार के लिए काम करता था, उसमें पंजाब को लेकर जो सुर्खियाँ छपती थीं, मैंने पंजाब को उससे बेहतर पाया था। शायद पंजाब के भीतर बसी इसी गरमाहट ने इसे एकजुट और दुरुस्त बनाए रखा था। जो अच्छाई और परोपकार की

भावना उस शाम पंजाब के उस गाँव में मैंने देखी, वह केवल मेरे लिए नहीं थी। वह खाना केवल पेट भरने के लिए नहीं था, बल्कि उसमें भरोसे की, आस्था की एक भावना थी, जो उन दिनों पंजाब को राजनीतिक विवादों में घेर चुके माहौल से कहीं ऊँची थी। वर्ष 1984 के जिन अनुभवों ने मेरे मन पर अपनी छाप छोड़ी थी, उनमें दाल, रोटी, अचार और सब्जीवाली वह थाली भी थी।

मेरा मन मुझसे कह रहा था, अगर उस दिन भिंडराँवाले के घर में मेरा इस तरह से स्वागत किया गया था तो पंजाब में एक दिन सब ठीक हो जाएगा।

मैंने अखबार में छपवाने के लिए वह खबर नहीं दी; चारों ओर जिस तरह से सब अफरा-तफरी मची थी, ऐसे माहौल में उस रात के भोजन की खबर छापने के बारे में कौन सोचता! मेरे भी मन में यह बात नहीं आई थी कि यह अखबार के लिए खबर हो सकती है, शायद इसलिए कि उस जमाने में अखबार इस तरह की खबरों को कोई बहुत ज्यादा नहीं छापते थे। शायद इसके पीछे मेरी यह बचकानी सोच भी थी कि उस असाधारण वक्त में जो अपनेपन की गरमाहट थी, उसे मैं लोगों की नजरों का तमाशा बनाने के बजाय अपने दिल की गहराइयों में सँजोकर रखना चाहता था। उस अनुभव को खबर की तरह बेचने को मेरे दिल ने गवारा नहीं किया। मुझे लगा, यह उस अहसास अपमान होगा, जो मैंने उस दिन जीया था। इतना ही काफी था कि वक्त की रेत पर छूट गए उन लमहों के निशान सिर्फ मेरे दिलो-दिमाग पर नक्श हो गए थे।

और वैसे भी, सामान्य रिपोर्टिंग के रूप में कवर करने को वहाँ और भी काफी कुछ था। उस रात के खाने में एक अलग किस्म की शक्ति थी, जो सीधे मेरी आत्मा को छू गई थी और यह अहसास आनेवाले वर्ष में और गहरा होने वाला था।

भिंडराँवाले के घर में उस दिन अपनी स्थिति की तुलना मैंने दिल्ली में श्रीमती इंदिरा गांधी की हत्या के बाद के दिनों में सिखों की हालत से की थी। मैंने भिंडराँवाले को नहीं मारा था, यह बात उनके घर के चारों ओर उस दिन खड़े सिख लोगों को एकदम स्पष्ट थी। मैंने स्वर्ण मंदिर पर हमला नहीं किया था। यह और लोगों का काम था, जो दिखने में मेरे जैसे हिंदू थे। यह उतना ही सच था, जितना यह कि दिल्ली की सड़कों पर बाद के दिनों में मारे गए सिखों में से किसी ने भी इंदिरा गांधी को नहीं मारा था; केवल उन जैसी शक्ल-सूरतवाले दो लोग थे, जिन्होंने घटना को अंजाम दिया था।

लेकिन पंजाब में—और उस दिन भिंडराँवाले के घर में—इस हिंदू जैसे दिखनेवाले अजनबी को सम्मान के साथ भोजन खिलाया गया था; हालाँकि, जिन लोगों ने दरबार साहिब पर हमला किया था और भिंडराँवाले को मारा था, वे दिखने में मेरे जैसे ही हिंदू थे।

लेकिन दिल्ली में इंदिरा गांधी के सिख हत्यारों के साथ यही समानता निर्दोष मासूम सिखों के लिए काल का गाल बन गई। उनकी गरदनों में जलते टायर डालकर उन्हें जिंदा

भस्म कर दिया गया। उन दिनों दिल्ली में सिख होना ही मौत से सामना करने के लिए काफी था। कुछ ही दिनों के भीतर दिल्ली में लगभग 3,000 सिखों की हत्याएँ कर दी गईं और उन कुछ दिनों के दौरान तथा उससे पूर्व ब्लू स्टार के दौरान, पूरे पंजाब में शायद ही किसी हिंदू पर हमला किया गया।

वर्ष 1984 में पंजाब पर मुझे गौरव हुआ तो दिल्ली ने मुझे लज्जित कर दिया। □

12

हत्या और उसके बाद

हत्या के बाद की सुबह की कहानी दिल्ली के आसमान पर लिखी जा चुकी थी। मालवीय नगर में जैसे ही मैं अपने घर से निकला, मैंने देखा कि धुएँ के काले-काले बादल आसमान की ओर उठ रहे थे और एक जगह नहीं, दर्जनों जगह। उस रोज धुएँ के बादल ही मुझे रास्ता दिखा रहे थे। मैंने उस रोज पुलिस मुख्यालय में प्रेस ऑफिस को न जाने कितनी बार फोन लगाया था। जवाब मिलने की कोई उम्मीद नहीं थी और जवाब मिला भी नहीं। फोन करने का एकमात्र कारण यह था कि अगर फोन नहीं करता तो यह बड़ी बेतुकी-सी बात होती। मैंने जिस किसी भी अधिकारी से बात करनी चाही, मेरी उनमें से किसी से भी बात नहीं हो सकी। कुछ नंबरों पर कॉल करने पर फोन उठानेवाले ने जवाब दिया, "साहब मौके पर हैं।" यह टालने का सामान्य तरीका था। अगर वे लोग मौके पर मौजूद थे तो उस जमाने में उन तक पहुँचने का मेरे पास कोई उपाय नहीं था, क्योंकि उस जमाने में मोबाइल फोन नहीं होते थे।

ये सब फोन कॉल्स करते हुए मैंने अपना ब्लैक एंट व्हाइट टेलीविजन चालू कर दिया, जिस पर केवल दूरदर्शन देखा जा सकता था। टेलीविजन पर तीन मूर्ति भवन से सीधे प्रसारण में चिंताजनक माहौल नजर आ रहा था, जहाँ श्रीमती इंदिरा गांधी का पार्थिव शरीर रखा गया था। टेलीविजन स्क्रीन पर मैंने एक के बाद एक लोगों के समूह को भवन में एक ओर भेजे जाते हुए देखा। वे बस, एक ही नारा लगा रहे थे—'खून का बदला खून'। वे लोग वहाँ हाथ बाँधे शोक जताने की मुद्रा में नहीं खड़े थे; वे मुट्ठियाँ बाँधे हत्या के लिए चिल्ला रहे थे। बहुत ही डरानेवाला दृश्य था। वे लोग खून के बदले खून पाने के लिए क्या करेंगे और इस जगह से निकलने के बाद कहाँ जाएँगे? और जो लोग देश भर में इस 'खून के बदले खून' की पुकार को देख-सुन रहे हैं, वे क्या कर सकते हैं? और उन पुलिसवालों को देखो, जो यह नारा लगानेवालों को आगे जाने का निर्देश दे रहे हैं, उन्हें रोक नहीं रहे हैं और इससे भी बड़ी बात यह

थी कि 'खून के बदले खून' का यह आह्वान सरकार के आधिकारिक दूरदर्शन चैनल से किया जा रहा था।

किसी अनहोनी की आशंका से माहौल भारी हो चला था। ऐसा नहीं है कि ये विचार अभी दिमाग में आ रहे हैं। मुट्ठियाँ बाँधे, हाथों को हवा में लहराते लोगों को देखकर उसी समय एक डर भीतर समाने लगा था। कुछ बहुत ही गलत होने वाला है और जो दिख रहा था—दिखाया जा रहा था—वह सब बहुत ही गलत होने वाला था। शोक की लहर हत्या के आह्वान में बदल रही थी। आह्वान करनेवालों से पुलिस सम्मान से पेश आ रही थी और सरकार अपने चैनल से उस आह्वान को देश भर में प्रसारित कर रही थी। इस सबका क्या नतीजा होने वाला था?

मैंने अपने कुछ जाननेवाले रिपोर्टरों को फोन किया। किसी को कुछ मालूम नहीं था। सभी ने केवल इतना कहा कि कुछ-न-कुछ गड़बड़ जरूर है। हम में से किसी को नहीं पता था कि यह गड़बड़ क्या और कहाँ थी? 'दि इंडियन एक्सप्रेस' के ऑफिस में इतनी सवेरे फोन करने का कोई मतलब नहीं था, क्योंकि वहाँ कोई होगा नहीं। इसलिए मैंने अपना दिन का काम शुरू करने के लिए धुएँ के उन गुबारों से मिल रहे संकेतों की ओर बढ़ना शुरू कर दिया। धुएँ का हर गुबार बाकियों से ज्यादा घना और गहरा हो रहा था। एक गुबार आई.आई.टी., दिल्ली; मुनीरका और वसंत विहार की ओर से उठ रहा था, जो पश्चिम में बाहरी रिंग रोड पर पड़नेवाले इलाके हैं। मैंने सबसे पहले वहीं जाने का फैसला किया, अपने स्कूटर में किक मारी और उस ओर बढ़ चला। यह विचार उसी समय मेरे मन में आया था कि जहाँ सबसे ज्यादा गहरा धुआँ उठ रहा था, उसी ओर चला जाए। साथ ही, खयाल आया कि जब इनसान गुफाओं में रहता था तो ऐसे ही संकेतों से आगे बढ़ता था। गुफा का रूपक बाद के गुस्से को बरदाशत करने के लिए अधिक सहज था, क्योंकि अभी सभ्यता के ढाँचे को ध्वस्त होते देखना बाकी था।

धुएँ के संकेत मुझे रास्ता दिखा रहे थे। मेरा स्कूटर उसी के अनुसार आगे बढ़ रहा था। वे एक रिपोर्टर के लिए आसमान में उठते सूत्र बन गए थे। बाद में मुझे यह खयाल आया कि धुएँ को संकेतक मानकर चलना गुफा युग के अनुभव से भी ज्यादा बेकार था; क्योंकि मैं यह नहीं समझ पाया था कि सोच-समझकर ये संकेत भेजे जा रहे थे। ये हालात के बेकाबू होने का संकेत थे। ये इस बात का संकेत थे कि जिस शहर को मैं जानता था, वह बिखर रहा था। हम बीती शाम से ही डरे हुए थे कि ऐसा कुछ हो सकता है। मेरे सहकर्मी जोसेफ मलियाकन ने 31 अक्तूबर की शाम को एम्स (AIIMS) के बाहर तथा उसके आसपास हिंसा भड़कने की रिपोर्ट दी थी। सिखों को बसों व कारों से घसीटकर बाहर निकाला गया था और उन पर हमला किया गया था।

हमेशा इस बात की आशंका बनी हुई थी कि ऐसी घटनाएँ और होंगी। आसमान

जैसे कह रहा था कि हमारी आशंकाओं से भी बुरा होने वाला है। मैंने सोचा नहीं था कि दिन की शुरुआत ऐसी होगी! 31 अक्तूबर की देर रात श्रीमती इंदिरा गांधी की हत्या के संबंध में अपनी रिपोर्ट फाइल करने के बाद मैं उम्मीद कर रहा था और ऑफिस भी मुझसे ऐसी उम्मीद लगाए हुए था कि मैं हत्या पर एक फॉलोअप स्टोरी करूँगा। मैंने सोचा था कि ऑफिस जाऊँगा, फोन से कोशिश करूँगा कि स्टोरी के लिए किसी से बात हो जाए; लेकिन अब हत्या के बाद के इन नए हालात ने मामला ही बदल दिया था। किसी भी सूरत में स्टोरी तो फाइल करनी ही थी; लेकिन जब मैं धुएँ के गुबार को देखते हुए घर से निकला तो मेरे दिमाग में सबसे पहले यह बात नहीं आई थी।

मैं मालवीय नगर के मोड़ से आगे भी नहीं गया था कि मुझे किनारे खड़े कुछ लोगों ने रोक लिया। वे लोग इलाके के एक सिख लड़के से बात कर रहे थे। उस लड़के को मैं जानता नहीं था, लेकिन वर्षों से उसे इसी इलाके में देखता आ रहा था। वे लोग लड़के को समझा रहे थे कि वह अपने घर लौट जाए, लेकिन लड़का उनसे इसके खिलाफ बहस कर रहा था।

सैद्धांतिक रूप से मैं सिख लड़के के पक्ष में था। यह बहुत ही अपमानजनक था कि उसे केवल इसलिए अपने घर से बाहर नहीं निकलना चाहिए, क्योंकि कुछ लोगों ने इंदिरा गांधी को गोली मार दी थी और संयोग से वे लोग सिख थे।

धुएँ के गुबार उठ रहे थे, लेकिन उसके बावजूद सुबह की हवाओं में अभी मासूमियत बची थी। हाँ, बीती शाम को कुछ सिखों पर हमले हुए थे; लेकिन क्या अब सभी सिखों को कहीं छुप जाना चाहिए? कोई यह कैसे सोच सकता था कि दिल्ली की सड़कों पर कोई 'सिख नजर न आए?' उस सिख लड़के को घेरे खड़े लोगों का व्यवहार बहुत रूखा था। लेकिन आसमान में उठते काले धुएँ के बादल कहीं फुसफुसाकर कह रहे थे, कुछ अनहोनी होने वाली है! सिद्धांत की बात अपनी जगह थी, लेकिन मैं मन-ही-मन चाह रहा था कि सिख लड़के को उन लोगों की बात मानकर घर चले जाना चाहिए और भीतर ही रहना चाहिए। कुछ ऐसे ही मिले-जुले भाव थे मन में। लेकिन भाव तो भाव ही थे, जिनमें कुछ भाँप लेने की आशंका भी मिली हुई थी।

मैं यह देखने के लिए रुका नहीं कि लड़का घर गया या नहीं। पश्चिम की ओर आसमान में उठता धुआँ हर क्षण गाढ़ा हो रहा था, हर क्षण और ऊपर उठ रहा था। धुएँ के और भी गुबार इसी तरह आसमान की ओर बढ़ रहे थे। गुबारों में एक तरह की बेचैनी थी।

दिल्ली ऐसी लग रही थी, मानो आसमान से उस पर बमबारी की गई थी।

●

जल्द ही मुझे नजर आ गया कि धुएँ का गुबार वसंत विहार से उठ रहा है। रास्ते पर गाड़ियों की आवा-जाही भी कम थी। इक्का-दुक्का लोग कहीं-कहीं पर नजर आ

रहे थे। गुरुवार की सुबह जो चहल-पहल आमतौर पर होती है, वैसी नहीं थी। रास्ते में दो पेट्रोल स्टेशन पड़े, पर दोनों बंद थे।

मुझे यह सोचकर तसल्ली हुई कि मेरे वेस्पा स्कूटर की टंकी फुल थी—उस जमाने में 'दि इंडियन एक्सप्रेस' के रिपोर्टर की तनख्वाह कुछ सौ रुपए महीना होती थी और इतनी तनख्वाह में गुजारा करते हुए स्कूटर की टंकी हमेशा फुल नहीं होती थी। उस दिन पेट्रोल स्टेशन बंद थे और सरकारी बसें कहीं नजर नहीं आ रही थीं, ऐसे में पेट्रोल टंकी फुल होने से दिन के कामकाज में बहुत फर्क पड़ गया था।

मुझे वहाँ पहुँचने से एक क्षण पहले ही समझ आ गया था कि कैसी आग लगी थी। आग की लपटें लाल ईंटोंवाली गुरु हरकिशन पब्लिक स्कूल की शानदार इमारत से उठ रही थीं। स्कूल का नाम सिखों के दस गुरुओं में से सबसे छोटे गुरु के नाम पर रखा गया था, जो मात्र 7 साल की उम्र में शहीद हो गए थे। वह इसी नाम के कई स्कूलों की श्रृंखला का एक स्कूल था, जहाँ मुख्य रूप से सिख छात्र शिक्षा पाते थे; हालाँकि, अन्य समुदायों के छात्र भी वहाँ पढ़ते थे। आग स्कूल की इमारत के भीतर कई जगह लगी हुई थी। एक हिस्से में सबसे भीषण आग लगी थी।

मैंने बाहरी रिंग रोड पर नाले पर बने पुल के ऊपर अपना स्कूटर खड़ा कर दिया। एक आदमी से मैंने बात की तो उसने बताया कि आग मुख्य रूप से स्कूल की लाइब्रेरी में लगी थी। बाहरी रिंग रोड और पूर्वी मार्ग के पास करीब सौ लोगों की भीड़ आग को देख रही थी। लगता था कि यह उन्हीं का काम था। लगभग यह पक्की बात थी कि इन्हीं लोगों ने आग लगाई होगी। वे सब खड़े होकर आराम से तमाशा देख रहे थे। किसी के चेहरे पर ऐसी कोई बेचैनी नहीं थी कि उस आग को किसी तरह से बुझाया जाए।

दमकल दस्ते की जहाँ तक बात है, मुझे कोई नजर नहीं आया, न ही पुलिस। स्कूल परिसर सुनसान पड़ा था। वह ऐसी सुबह नहीं थी कि बच्चे स्कूल जाते; और सिख बच्चे तो कतई नहीं। मैं बाहरी रिंग रोड पर आगे बढ़ गया। मुझे मलाई मंदिर पर भारी भीड़ नजर आई, जो सड़क से कुछ ही मिनट की दूरी पर था। मैंने देखा कि वहाँ भीड़ हर आनेवाली बस को रुकवा रही थी। वे बसों की तलाशी ले रहे थे। जाहिर-सी बात थी कि वे सिखों को ढूँढ़ रहे थे। जब तक मैं वहाँ रहा और इस दौरान उन्होंने जितनी भी बसें रोकीं, उनमें किसी में कोई सिख व्यक्ति नजर नहीं आया।

मैं वहाँ ज्यादा देर नहीं रुका। मैं पुलिस के पास पहुँचने के लिए बेचैन हो रहा था। मैं वसंत विहार पुलिस स्टेशन की ओर बढ़ा, जो सी ब्लॉक मार्केट के पीछे, मलाई मंदिर के एकदम कोने पर ही था। पुलिसवाले पूरी फोर्स के साथ पुलिस स्टेशन परिसर में बैठे थे। दरअसल, वे पुलिस स्टेशन के आगेवाले हिस्से में अलग-अलग समूहों में बैठे हुए थे। कुछ एक इधर-उधर खड़े थे—दो-दो या तीन-तीन का झुंड बनाकर, गप्पें लगाते

हुए। उनमें से किसी को देखकर ऐसा नहीं लग रहा था कि उनके आसपास के इलाके में कहीं पुलिस की कोई जरूरत थी।

मैं एस.एच.ओ. के ऑफिस की ओर बढ़ा, जो थाने के प्रभारी रहे होंगे; लेकिन वह वहाँ नहीं थे। मैंने एक कनिष्ठ अधिकारी को बताया कि स्कूल की इमारत में आग लगी हुई है। लेकिन मेरे बताए बिना वह पुलिस स्टेशन से ही देख सकते थे कि धुआँ कहाँ उठ रहा था। पुलिस को स्कूल पर हमले के बारे में पता होना चाहिए था। मुझे याद नहीं कि उस पुलिस अधिकारी ने मुझसे क्या कहा, लेकिन वह एकदम बेपरवाह दिख रहे थे। उन्होंने अपना मुँह दूसरी ओर घुमाया और चले गए। मैं फिर से पुलिस स्टेशन के बाहरवाले हिस्से में आ गया। किसी भी पुलिसवाले ने न मुझसे बात की और न ही मेरी ओर देखा। मैंने एक और कनिष्ठ अधिकारी से बात की, जो शायद सब-इंस्पेक्टर या सहायक सब-इंस्पेक्टर रहे होंगे। मैंने स्कूल में लगी आग के बारे में बताया; उन्हें बताया कि कैसे लोग सड़क पर गाड़ियों को रोक रहे थे। मैं ऐसा कुछ नहीं कह रहा था, जो उन्हें पता नहीं था; बस, वह केवल जानना नहीं चाहते थे।

पुलिस स्टेशन में हाथ-पर-हाथ धरकर बैठने का फैसला उन कनिष्ठ अधिकारियों का नहीं था, जिनसे मैंने बात की थी। उन्हें बाहर निकलकर कोई कारवाई करने के आदेश ही नहीं मिले थे। न ही वे ऐसे चौकन्ने दिख रहे थे कि जैसे इधर आदेश आते ही, उधर वे तुरंत निकल पड़ेंगे।

1 नवंबर की सुबह पुलिसवालों का यह रवैया देखकर एक बात बहुत पहले ही पता चल गई थी कि पुलिस अपने दरवाजे बंद करके बैठ गई थी।

गिरोह-के-गिरोह सिखों और उनके संस्थानों पर हमला करने के लिए सड़कों पर निकल पड़े थे; और उन्हें पहले से यह बात पता थी कि कोई उन्हें रोकनेवाला नहीं है। वर्ष 1984 के उन हमलों में सबसे दु:खद हमला वसंत विहार का नहीं था; लेकिन यही वह जगह थी, जहाँ मैंने पाया था कि दिल्ली अब एक ऐसा शहर बन चुकी है, जहाँ पुलिस नाम की कोई चीज नहीं है। सिखों का शिकार करने निकले गुंडों के गिरोहों का शहर पर राज था और सिखों को वे खुद ही ढूँढ़ निकाल रहे थे। इसके बाद जो हुआ, वह इन गिरोहों और सिखों की किस्मत के बीच का टकराव था। बाद में, मैंने जिस पैमाने पर हत्याएँ देखीं, उनके मुकाबले तो वसंत विहार की घटना बहुत मामूली जान पड़ी थी और वह घटना अखबार की रिपोर्ट में केवल एक पैरे में थी।

लेकिन सिखों के शिकारी गिरोहों का सड़कों पर फैला आतंक यदि डरानेवाला था तो पुलिस की निष्क्रियता दहलानेवाली और भीतर गहरे तक खौफ पैदा करनेवाली थी। गुंडों के गिरोह तो आते-जाते रहते हैं और वे जब बाहर निकलते हैं तो कानून भी तोड़ते हुए चलते हैं; लेकिन पुलिस ने जिस तरह से आँखें बंद कर ली थीं, उससे यह घोषित हो

चुका था कि सरकार द्वारा ही कानून को ताक पर रख दिया गया था। उस समय दिल्ली में जंगलराज था। बाद में दोस्तों ने यह बात कही थी; लेकिन दिल्ली ने जंगल के कानून के आगे घुटने नहीं टेके, क्योंकि जंगलों के भी अपने कुछ कानून होते हैं।

इन जंगलों में रहनेवाले जीव-जंतु इतना तो जानते ही हैं कि खतरा कहाँ है। उन्हें पता होता है कि उनकी मुश्किलें क्या हैं! वे खतरों का सामना करने के लिए तैयारी में रहते हैं। वे खुद की रक्षा करने के लिए रणनीतियाँ बनाते हैं और जानते हैं कि जब खतरा आएगा तो कैसे पलटकर वार करना है।

लेकिन दिल्ली के सिख इन गुंडों के गिरोहों का सामना करने के लिए तैयार नहीं थे। इससे कहीं ज्यादा, वे इस बात के लिए तैयार नहीं थे कि कानून के रखवाले ही अचानक से शहर को आततायियों के हाथों में सौंपकर खड़े हो जाएँगे! दिल्ली जंगलराज से कहीं ज्यादा बदतर अराजकता से घिर चुकी थी। सिख अपने ही घरों की चारदीवारी के भीतर बेसहारा हो चुके थे। जो दीवारें उन्हें महफूज रखे हुए थीं, वही अब उन्हें बेगानी लग रही थीं।

•

अभी तक मैं केवल धुएँ को देखते हुए ही आगे बढ़ रहा था, बाकी शहर का मुझे कोई अंदाजा नहीं था; लेकिन साफ था कि बाकी शहर में भी हालात इसी तरह से बदतर थे।

वसंत विहार से मैं ऑफिस की ओर बढ़ चला, ताकि वहाँ फोन इस्तेमाल कर सकूँ और बाकी लोगों से बात कर सकूँ। साथ ही, मुझे याद था कि हत्या की फॉलोअप स्टोरी भी करनी है। बाकी चाहे जो मरजी हो रहा था, लेकिन वह जरूरी काम था।

ऑफिस में एक और भयानक तथा सदमा पहुँचानेवाली खबर मेरा इंतजार कर रही थी। वहाँ मोहन सिंह बैठा था। वह किसी तरह हत्यारों के चंगुल से बच निकला था, जो उस रोज तड़के ही वहाँ मार-काट मचाने पहुँच गए थे। वह किसी तरह हमारे ऑफिस पहुँच गया। राहुल बेदी और जोसेफ मलियाकन ने त्रिलोकपुरी जाने का फैसला किया। बहादुरशाह जफर मार्ग पर स्थित अपने ऑफिस से मैंने पुलिस मुख्यालय को फोन लगाया, ताकि शहर के हालात के बारे में पता लगाया जा सके। पुलिस से बात करने की इससे पहले इतनी अधिक जरूरत कभी नहीं पड़ी थी और पुलिस पहली बार ही ऐसे गायब थी।

आधिकारिक तौर पर, पुलिस की तरफ से किसी भी प्रकार की हिंसा के बारे में कोई जानकारी नहीं मिल रही थी, सिवाय इसके कि प्रेस ऑफिस में किसी ने कहा कि उन्हें हिंसा की कुछ खबरें मिली हैं—बस, केवल इतना। इसी प्रकार, आधिकारिक रूप से या गैर-आधिकारिक रूप से हत्या की जाँच में कोई सुराग हाथ लगने के बारे में भी

एक शब्द तक सुनने को नहीं मिला। संपादक चाहते थे कि इसी पर फॉलोअप किया जाए, जो कि फिर से पहले पन्ने की बड़ी खबर होगी। पहले पन्ने की वह खबर लाना मेरी जिम्मेदारी थी।

यह कोई आसान काम नहीं था, क्योंकि बाद में यह सामने आया कि किसी फॉलोअप का कोई महत्त्व नहीं था—न तो उस दिन और न ही बाद में। मैंने हर उस आदमी से बात की, जिससे मैं कर सकता था, जिसके पास कोई जानकारी होने की संभावना थी; लेकिन पहले दिन की खबर में जोड़ने के लिए मुझे कुछ ज्यादा हाथ नहीं लगा। लेकिन उस पूरे दिन जिन भी पुलिस अधिकारियों से मैंने बात की, उन सभी ने मुझे गैर-आधिकारिक रूप से बताया कि शहर भर में कई जगह बड़े पैमाने पर और गंभीर हिंसा फैल चुकी थी।

ऑफिस के भीतर रिपोर्टरों की हमारी दस लोगों की टीम थी, जिसमें से तीन लोग हिंसा की रिपोर्ट दे रहे थे—राहुल बेदी, जोसेफ मलियाकन और मैं।

कुछ ही देर बाद मैंने सुना कि संसद् भवन के एकदम बगल में स्थित रकाबगंज गुरुद्वारे पर हमला हो रहा है। मुझे बताया गया कि वहाँ कुछ लोग मारे गए थे। सिखों पर हमला हो रहा था और उन्हें जिंदा जलाया जा रहा था। अब हत्या की खबर पर फॉलोअप स्टोरी करने का वक्त नहीं रह गया था। मैं रकाबगंज साथ ले जाने के लिए फोटोग्राफर को ढूँढ़ रहा था, लेकिन मुझे कोई मिला नहीं। ऑफिस की कोई गाड़ी भी उपलब्ध नहीं थी।

मैंने एक बार फिर से अपने स्कूटर को स्टार्ट किया और गुरुद्वारे पहुँच गया। दूर से ही भीड़ नजर आ गई थी, जो केंद्रीय सचिवालय के सामने स्थित गुरुद्वारे के सामनेवाली सड़क को घेरे खड़ी थी। वह भीड़ गुरुद्वारे की ओर बढ़ रही थी।

कम-से-कम दो सिखों को जिंदा जला दिया गया था। भीड़ का रेला लगातार गुरुद्वारे की ओर बढ़ रहा था। एकाध बार कांग्रेस (आई) के सांसद कमल नाथ ने उसे रोका। सी.आर.पी.एफ. की सशस्त्र टुकड़ी अतिरिक्त पुलिस आयुक्त गौतम कौल की कमान में वहाँ खड़ी हुई यह सब देख रही थी। पुलिस ने भीड़ को रोकने या उसे भगाने की कोई कोशिश नहीं की। हालात हिंसा में कांग्रेस नेताओं और उसकी सरकार की संलिप्तता के बारे में सख्त सवाल उठा रहे थे (अध्याय 5)।

उसी दिन शाम को कुछ देर के लिए ऑफिस की गाड़ी हमें दी गई। ऑफिस से कुछ ही मिनट की दूरी पर दरियागंज और उसके आसपास के इलाकों में मैंने देखा कि झुंड-के-झुंड सिखों को ढूँढ़ते फिर रहे थे। ऐसे ही एक झुंड ने हमारी कार रुकवाई और तलाशी लेने लगे कि हमने कहीं किसी सिख को तो कार में नहीं छुपा रखा है। मैं देर तक शहर में नहीं घूम सकता था। खबर फाइल करने की डेडलाइन करीब आ रही थी और दिन भर की रिपोर्ट दाखिल करने के लिए मुझे ऑफिस लौटना पड़ा।

अगले दिन मैं सुल्तानपुरी गया, जहाँ मैंने पाया कि सैकड़ों लोग मारे गए थे (अध्याय 6)। शाम के समय मुझे अपने एक पुलिस सूत्र से खबर मिली कि प्रधानमंत्री राजीव गांधी पूर्वी दिल्ली का दौरा करेंगे। मुझे पता चला था कि राजीव गांधी दुर्गापुरी चौक गुरुद्वारे के पासवाले इलाके में जाएँगे। मैं अपने दोस्त और सहकर्मी, 'द स्टेट्समैन' के जयदीप गुप्ता के साथ गुरुद्वारे के लिए चल पड़ा। गुप्ता को भी प्रधानमंत्री के दौरे के बारे में पता था।

एक वी.वी.आई.पी. के दौरे के लिए वहाँ पहले से सामान्य तैयारियाँ की गई थीं। जिस रूट से होकर नए प्रधानमंत्री को जाना था, उस पूरे रास्ते पर पुलिसवाले खड़े थे। साफ जाहिर था कि भारी संख्या में तैनाती के लिए जिले में पुलिस बल की कमी नहीं थी और जिले से बाहर से भी हो सकता है कि और बलों को लाया गया हो।

दिल्ली पुलिस के पास वी.आई.पी. ड्यूटी या वी.वी.आई.पी. ड्यूटी के लिए पुलिस बल की कभी कमी नहीं रही और इसमें कोई संदेह नहीं होगा।

पहले श्रीमती इंदिरा गांधी की सुरक्षा के प्रभारी हरि पिल्लै को अभी हटाया नहीं गया था और वह सुरक्षा विभाग के एक अन्य अधिकारी अजय अग्रवाल के साथ व्यवस्था की निगरानी कर रहे थे। हमें वहाँ पहुँचने पर बताया गया कि राजीव गांधी के आने में कुछ समय लगेगा। जयदीप और मैंने दुर्गापुरी चौक गुरुद्वारा तक घूमकर आने का फैसला किया। पुलिस सूत्रों से हमने पहले ही इस इलाके के आसपास सिखों पर हमला किए जाने के बारे में सुना था।

खस्ताहाल सड़क के दोनों ओर छोटे-छोटे मकान थे और उन्हीं के बीच दो मंजिला ढाँचे के रूप में गुरुद्वारा खड़ा था। उस शाम गुरुद्वारा एकदम सुनसान पड़ा था। हमें वहाँ आसपास कोई नजर नहीं आया। हम गुरुद्वारे के सामनेवाले दरवाजे से होते हुए मुख्य कक्ष की ओर चले गए। मुख्य कक्ष भी खाली पड़ा था। तभी हमें एक ओर सीढ़ियों के ऊपर कुछ हलचल-सी नजर आई। कोई हमें ऊपर बुला रहा था।

हम सीढ़ियों से ऊपर चढ़ गए और वहाँ देखा तो पाया कि बड़ी संख्या में सिख पुरुष और कुछ स्त्रियाँ पीछे की ओर छुपे हुए थे। उनमें से अधिकतर लोगों ने जल्दी-जल्दी में अपनी दाढ़ी और केश काटने की थोड़ी-बहुत कोशिश की थी।

हमें वे सिख पुरुष व स्त्रियाँ अभी नजर ही आई थीं कि दो युवक, गुस्से से भरे, हमारी ओर बढ़े। एक बुजुर्ग आदमी ने सख्ती के साथ हम तक पहुँचने से पहले ही उन्हें रोक दिया। वे हम पर हमला करने वाले थे, यह मैं कह नहीं सकता; लेकिन वे हमारी तरफ लपके थे तो बुरी तरह गुस्से में थे।

जयदीप और मैंने अपना परिचय देते हुए बताया कि हम रिपोर्टर हैं। उस बुजुर्ग आदमी के साथ कुछ और लोग भी आकर हमसे बातें करने लगे। उन्होंने हमें बताया कि

गुंडों के गिरोहों ने उनके घरों पर हमला किया, लोगों को घसीटकर घरों से बाहर निकाला और उन्हें जिंदा जला दिया। ये कुछ लोग किसी तरह जान बचाकर भागे और यहाँ गुरुद्वारे में आकर शरण ली, लेकिन उनका पीछा किया गया। उन्होंने बताया कि गुरुद्वारे में भी उन पर हमला किया गया था, लेकिन वे अपनी रक्षा करने में किसी तरह सफल रहे।

लग रहा था कि यहाँ की कुछ अंदरूनी खबरें प्रधानमंत्री कार्यालय को भेजी गई थीं और इसीलिए राजीव गांधी ने यहाँ का दौरा करने का फैसला किया था। वहाँ मौजूद सिखों ने उन पर और हमले होने की आशंका जताई। इस बीच उन्हें कुछ और परेशानियों का भी सामना करना पड़ रहा था। उनमें से सबसे बुजुर्ग व्यक्ति ने हमसे हाथ जोड़कर कहा कि हम उनके लिए कुछ खाने का इंतजाम करवा दें।

उन्होंने बताया कि उनके साथ कुछ बच्चे भी थे। गुरुद्वारे में छुपे-छुपे वे लोग बदहाल हो चुके थे और भूख से बेजान थे। उन्होंने लोगों की, अपने लोगों की, अपने परिवारों की हत्याएँ होते देखी थीं। कुछ गुरुद्वारे पर हुए हमले में मारे गए थे। उन्होंने कहा कि उन्हें नहीं पता कि वे अगली सुबह तक जिंदा भी रहेंगे या नहीं।

उस जगह से बमुश्किल 50 गज की दूरी पर और गुरुद्वारे के बहुत ही करीब पूर्वी जिले के प्रभारी पुलिस उपायुक्त, सेवा दास आ पहुँचे। वह अपनी सफेद एंबेसडर कार की बगल में खड़े थे। प्रधानमंत्री द्वारा इलाके के दौरे के कारण पुलिस बल वहाँ पहुँचा हुआ था। सेवा दास को हमें वहाँ देखकर खुशी नहीं हुई, यह उनके चेहरे से दिख रहा था। हमने सेवा दास से इलाके में हिंसा के बारे में पूछा। उन्होंने हमें बताया कि हमले गुरुद्वारे से किए गए थे। उनका कहना था कि "गुरुद्वारे के भीतर मौजूद लोगों ने बाहर खड़ी निर्दोष भीड़ पर हमला किया, जिसमें एक लड़की मारी गई, अतः स्वाभाविक-सी बात थी कि भीड़ ने भी पलटवार किया।"

सेवा दास ने बताया कि गुरुद्वारे के भीतर एक सिख मारा गया। उनका कहना था कि पूरे दिन में जिले में केवल दो मौतें हुई थीं। तब तक पूर्वी दिल्ली में लगभग 1,000 लोग मारे जा चुके थे। जल्द ही सेवा दास पलटे, अपनी कार में बैठे और वहाँ से चले गए।

हम लोगों ने कुछ देर वहाँ इंतजार किया और इस बीच पुलिस बल धीरे-धीरे वहाँ से चला गया। राजीव गांधी का दौरा रद्द कर दिया गया था। शाम का समय हो चला था और काफी देर हो गई थी, अतः हम अपनी रिपोर्ट फाइल करने के लिए लौट आए। हम गुरुद्वारे के भीतर मौजूद लोगों तथा बच्चों के लिए भोजन का इंतजाम नहीं कर सके। आज भी इस बात का दर्द सालता रहता है। अब पीछे मुड़कर देखता हूँ तो आज भी समझ नहीं आता कि वैसे हालात में हम लोग कैसे उन लोगों के लिए भोजन का इंतजाम कर पाते? आसपास सबकुछ बंद था। कहीं आसपास टेलीफोन तक नहीं था। हमें नहीं पता था कि कैसे किसी को फोन करें?

उन इतने सारे दिनों में यह केवल एक और क्षण था, जब मुझे जितना करना चाहिए था या शायद जितना कर सकता था, उससे मैंने बहुत कम किया। इससे बुरा तो यह था कि हमें पक्का भरोसा नहीं था कि हमारे जाने के बाद उस गुरुद्वारे के भीतर भी सिख सुरक्षित रह सकते थे। कौन यह निश्चित तौर पर कह सकता था कि वही लोग फिर से हमला नहीं करेंगे या पुलिस गुरुद्वारे के भीतर लोगों को बचाएगी? हम केवल यह उम्मीद कर सकते थे कि प्रधानमंत्री के दौरे के बाद उस जगह पर मीडिया का ध्यान जाएगा और उससे पुलिस गुरुद्वारे तथा उसके भीतर मौजूद लोगों को बचाने के लिए सतर्क हो जाएगी।

लेकिन मैं इस बात को स्वीकार करता हूँ कि हम इनमें से किसी भी बात की तसल्ली किए बिना वहाँ से चले गए। उन दिनों में कोई भी किसी बात के लिए निश्चिंत नहीं हो सकता था। पुलिस की जो हालत थी, उससे कौन यह भरोसा कर सकता था कि पुलिस किसी की हिफाजत करेगी!

पूर्वी दिल्ली में आनेवाले दिनों में जिन सिख लोगों से मेरी मुलाकात हुई थी, उनमें से सभी ने पूर्वी दिल्ली से कांग्रेस सांसद एच.के.एल. भगत को दोषी ठहराया था। भगत को श्रीमती इंदिरा गांधी का खासतौर पर करीबी माना जाता था।

हम जानते हैं कि पूर्वी दिल्ली में सबसे भयानक कत्लेआम हुआ था। हमें यह भी पता है कि पुलिस ने पूरे जिले में अपनी आँखें बंद कर ली थीं। यह सच है कि ऐसे हालात में किसी को दोषी नहीं ठहराया जा सकता; लेकिन पूरे जिले में पीड़ितों व गवाहों ने बार-बार यही कहा था कि हमलावरों में कांग्रेस पार्टी के लोग थे और कई जगह तो कांग्रेस पार्टी के लोग ही भीड़ की अगुआई कर रहे थे।

जाँच आयोग के सामने दाखिल किए गए हलफनामों में कई स्थानीय कांग्रेस नेताओं को नामजद किया गया था; लेकिन हत्या के किसी भी मामले में भगत की संलिप्तता की बात से जज को सहमत करने के लिए अदालत में एक भी सबूत पेश नहीं किया गया। भगत के खिलाफ दाखिल किए गए एक या दो हलफनामों को बाद में वापस ले लिया गया। उन हलफनामों को वापस लेने के लिए कुछ दबाव होने के आरोप लगाए गए थे, लेकिन उन्हें कभी अदालत में साबित नहीं किया गया।

कई महीने बाद, सन् 1985 में, दीवाली के आसपास के दिनों की बात है। एक एंबेसडर कार मालवीय नगर में मेरे घर के पास आकर रुकी। किस्मत से, मैं उस समय घर पर ही था। दो लोग कार से बाहर निकले और कार में से बड़े-बड़े गिफ्ट पैकेटों के कार्टन उतारकर सामनेवाले बरामदे में रख दिए। उन्होंने कहा कि ये दीवाली के उपहार हैं, जो श्री भगत ने मेरे लिए भिजवाए हैं। मेरे जोर देने पर उन्होंने वे गिफ्ट पैकेट वापस कार में रखे और उन्हें वहाँ से लेकर चले गए। मैंने गिफ्ट पैकेट भिजवाने के लिए श्री

भगत को धन्यवाद संदेश पहुँचा दिया था और साथ ही यह भी कहा कि मैं उन्हें स्वीकार नहीं कर सकता था। मुझे नहीं पता कि उन पैकेटों के भीतर क्या था?

श्री भगत ने मुझे बाद में फोन किया। उन्होंने कहा कि उन्होंने शिष्टाचार के नाते वे उपहार भिजवाए थे; और यह भी कि उन्होंने इस बात पर गौर किया था कि मैंने उन्हें लौटा दिया था। मैंने विनम्रता के साथ गिफ्ट भिजवाने के लिए उन्हें धन्यवाद कहा था। मैं इस बात को स्वीकार करता हूँ कि मैंने इसलिए गिफ्ट पैकेट स्वीकार करने से इनकार नहीं किया था कि पूर्वी दिल्ली में हुई हत्याओं में भगत की संलिप्तता का कोई सबूत था। एक पत्रकार होने के नाते कोई भी ऐसे गिफ्ट स्वीकार नहीं करता को बस। बात इतनी-सी थी।

•

रिपोर्टरों के रूप में हम केवल रिपोर्ट कर सकते हैं, लेकिन क्या हमने ऐसा किया? हम सब पत्रकारों को इसका कोई अंदाजा भी नहीं था।

2 नवंबर की सुबह, मैंने 'एक्सप्रेस' में रिपोर्ट दी थी कि शहर भर में हुई हिंसा में सैकड़ों लोग मारे गए हैं। बाद में पता चला कि उस समय तक करीब 3,000 लोग मारे जा चुके थे। 1 नवंबर की शाम तक, जब मैंने अपनी रिपोर्ट फाइल की तो मुझे नहीं पता था कि कितने लोग मारे गए या इतने लोग मारे जा चुके थे, किसी को नहीं पता था। मुझे संदेह है कि सरकार तक को नहीं पता था। अगले दिन तक, यह स्पष्ट हो चुका था कि मारे गए लोगों की संख्या कुछ सैकड़ों से कहीं बहुत अधिक थी। कितने लोगों की हत्याएँ की गईं, मेरे पास आज भी वह आँकड़ा नहीं है। उस समय मैं अपनी रिपोर्ट में केवल इतना कह सकता था कि हत्याएँ नर-संहार में बदल गई थीं।

बाद में यह सवाल उठा कि मारे गए लोगों की सटीक संख्या रिपोर्टिंग में क्यों नहीं दी गई और किसी सामूहिक 'हम' के पीछे क्यों मुँह छुपाया गया? मैं 'एक्सप्रेस' का क्राइम रिपोर्टर था और रिपोर्टिंग की पहली जिम्मेदारी मेरी बनती थी। पत्रकार के रूप में अपने कॅरियर के दौरान और इस पेशे में इतना लंबा समय बीत चुका है, पर मैं कभी इतनी बुरी तरह से गलत साबित नहीं हुआ था। जिस समय शहर में लगभग 3,000 लोग मारे गए थे, उस समय मेरा सोचना था कि ये लगभग 300 लोग मारे गए हैं। कुछ लोगों ने तो इस आँकड़े को भी बढ़ा-चढ़ाकर बताया गया करार दिया था। सूचना का जो सामान्य रास्ता था, उसके अवरुद्ध होने के कारण यह गलती हुई थी। सूचना प्राप्त करने का सबसे पहला और महत्त्वपूर्ण रास्ता पुलिस थी और पुलिस से ही सूचना मिलनी थी; लेकिन दंगों जैसी स्थिति में कभी भी ऐसा नहीं हुआ। ऐसे हालात में पुलिस का पहला प्रयास यही रहता है कि मौतों की संख्या को कम-से-कम करके दिखाया जाए। इस बार तो हत्याओं में खुद पुलिस की मिलीभगत थी; कुछ मामलों में सक्रिय संलिप्तता थी और बाकी मामलों में आँखें मूँद लेना भी उसकी सक्रिय संलिप्तता का ही सबूत कहा जा सकता है।

ऐसे में, पुलिस अपने इस भयंकर अपराध के बारे में अद्यतन जानकारी जनता को देनेवाली नहीं थी। यह हमने सबसे पहले रिपोर्ट किया था कि सैकड़ों लोगों की हत्याएँ हुई हैं और उसके बाद वे हत्याएँ नर-संहार में बदल गईं; क्योंकि हमने सबसे बुरी तरह प्रभावित इलाकों में खुद जाकर वहाँ के हालात को देखा था। आकलन संबंधी सूचना अभी भी पुलिस द्वारा नहीं दी गई थी, अत: ऐसे में किसकी बात को 'आधिकारिक' और विश्वसनीय कहा जाता? 'हम' से मेरा तात्पर्य यहाँ 'एक्सप्रेस' के हम कुछ रिपोर्टरों और 'द स्टेट्स' के रिपोर्टर जयदीप से है। हमने यह आकलन उन इलाकों के अपने दौरों के दौरान प्राप्त तथ्यों के आधार पर निकाला था।

'एक्सप्रेस' में हमने अधिकतर अन्य अखबारों के मुकाबले बहुत जल्द इसे नर-संहार कह दिया था। पुलिस या किसी सरकारी एजेंसी ने अभी तक इसे नर-संहार स्वीकार नहीं किया था। लेकिन दिल्ली के हिंसा-प्रभावित इलाकों के हमारे दौरों की एक सीमा थी। हम गिने-चुने लोग थे और कुछ ही दिनों के भीतर हर जगह नहीं जा सकते थे। साधनों के लिहाज से भी हमारे हाथ काफी बँधे हुए थे। जैसा कि होता है, मौत के अंतिम आँकड़ों पर अभी भी विवाद है और इस पर विवाद केवल साजिश का तर्क देनेवालों के बीच ही नहीं है।

न्यायमूर्ति रंगनाथ मिश्र जाँच आयोग द्वारा गठित आहूजा समिति ने मृतकों की संख्या 2,733 तय की थी। इसे लगभग 3,000 इस आधार पर माना गया कि पुलिस अधिकारियों ने बड़ी संख्या में लावारिस शवों के मिलने की भी बात कही थी। लगभग 3,000 के अनुमान का कारण यह है कि आहूजा समिति द्वारा निर्धारित संख्या की तुलना में कुल आँकड़ा कुछ अधिक होने की संभावना है; हालाँकि, यह बहुत अधिक नहीं है।

सरकार के अपने रिकॉर्ड में अलग-अलग जगह के आँकड़ों को अलग-अलग दर्ज किया गया है और अपने स्तर पर वे सभी आधिकारिक आँकड़े हैं। इस मुश्किल की जड़ उस वक्त पुलिस की विफलता या उसकी अनिच्छा है, जिसने मौत के आँकड़ों को सटीकता के साथ दर्ज नहीं किया।

मित्तल जाँच आयोग ने पुलिस द्वारा उपलब्ध कराए गए नंबर दर्ज किए और उसके बाद खुद से यह आकलन किया कि एक थाना क्षेत्र के भीतर वास्तव में कितने लोग मारे गए होंगे। पुलिस रिकॉर्ड और मित्तल जाँच के अनुमानों में कई जगह भारी अंतर है। इससे पता चला कि 2,733 का आँकड़ा एकदम सटीक दिखता है, लेकिन संभवत: यह अंतिम आँकड़ा नहीं है। उन दिनों की रिपोर्टिंग के दौरान जिस प्रकार की सूचना पर हमने भरोसा किया था, उसे गैर-आधिकारिक माना जाएगा और सामान्य तौर पर गैर-आधिकारिक को अविश्वसनीय का पर्याय समझा जाता है।

लेकिन हमारे सारे गैर-आधिकारिक आँकड़े उन दिनों के किसी भी आधिकारिक

स्वीकारोक्ति के मुकाबले सच्चाई के कहीं अधिक करीब हैं। पुलिस मुख्यालय हमें कुछ बता नहीं सका, क्योंकि वे बताना नहीं चाहते थे; लेकिन बहुत संभव था कि उनके पास खुद भी पूरी जानकारी नहीं थी। केंद्रीय स्तर पर आँकड़े जिलों द्वारा उपलब्ध कराए जाते हैं; लेकिन जब जिला स्तर पर ही आँकड़ों को छुपाया जा रहा था तो उनके पास पुलिस मुख्यालय को भेजने और खुद अपने रिकॉर्ड में स्वीकार करने के लिए ज्यादा कुछ नहीं था।

पुलिस वायरलेस पर घटनाओं और हमलों की खबरें लगातार आ रही थीं, लेकिन इनमें हिंसा में हुई मौतों की सही संख्या नहीं बताई गई। हत्याओं को रोकने में पुलिस की विफलता और उसके परिणामस्वरूप मारे गए लोगों की संख्या को रिकॉर्ड में दर्ज करने की विफलता ने उस समय हत्याओं की सटीक रिपोर्ट करने की हमारी क्षमता को सीमित कर दिया था, क्योंकि आधिकारिक तौर पर तो वे हत्याएँ हुई ही नहीं थीं। उस समय मौतों की संख्या को सही-सही रिपोर्ट कर पाने में हमारी विफलता बहुत भयानक त्रासदी थी, जिसके चलते बाद में न्याय नहीं मिल सका। जब कोई रिकॉर्ड ही नहीं है तो कौन अधिकारी हत्या की जाँच करेगा? यह सच है कि एक रिपोर्टर इस बात की आड़ नहीं ले सकता कि उसने गलत समझा या ठीक से उसे जानकारी नहीं मिली, केवल इसलिए कि उसे कुछ पता नहीं था। एक रिपोर्टिंग टीम के नाते मैं समझता हूँ कि हालात की सही और पूरी तसवीर हासिल करने के लिए हम अपनी रिपोर्टिंग का दायरा बढ़ा सकते थे। शायद यह किया जा सकता था कि पूरी रिपोर्टिंग टीम को शहर भर में बाँट दिया जाता और वे जाकर हिंसा का पता लगाते तथा उसकी रिपोर्ट करते, जो कि शहर भर में फैल रही थी। एक या दो रिपोर्टर हर पुलिस जिले में तैनात किए जा सकते थे।

मुझे पूरे शहर से हिंसा की खबरें मिल रही थीं और हम सब आपस में पुलिस तथा जनता के सूत्रों से मिल रही जानकारी की पड़ताल कर सकते थे।

मुझे पता चला कि उत्तरी जिले में जहाँगीरपुरी इलाके के कंटोनमेंट में हत्याएँ हो रही थीं और पूर्वी दिल्ली में भी त्रिलोकपुरी के अलावा भी कई जगहों से ऐसी ही वारदातें होने का पता चल रहा था। इन सभी घटनाओं की कोई रिपोर्टिंग नहीं हुई। हम में से कोई भी उन इलाकों में नहीं जा पाया। हमारे फोटोग्राफर्स शहर में नहीं घूमे।

मुझे याद है कि राहुल बेदी न्यूजरूम में इस बात को लेकर आगबबूला हो रहे थे। वह संपादक से और ज्यादा रिपोर्टरों को भेजने के लिए कह रहे थे। एक वरिष्ठ सहयोगी ने कहा कि वह नहीं जा सकता, क्योंकि वह 'टेलीफोन' सँभाल रहा था। एक और वरिष्ठ सहयोगी ने मेरे सामने बड़ा ज्ञान बघारते हुए बताया था कि उन्हें क्या खबरें मिल रही हैं। लेकिन उन्होंने बाहर निकलकर उनकी पड़ताल करने के बारे में नहीं सोचा।

38 साल बाद, अब मैं आरोप-प्रत्यारोप के खेल में नहीं पड़ना चाहता। मैंने इन

विचारों और अनुभवों को इसलिए साझा किया है, क्योंकि एक सवाल का बहुत बोझ सीने पर है और तभी से यह बोझ रहा है—दिल्ली में इतनी हत्याएँ कैसे हो सकती हैं और कैसे संभव है कि उनकी रिपोर्टिंग नहीं हुई?

बाद में राहुल बेदी और मुझे, हम दोनों को, उन दिनों की हमारी रिपोर्टिंग के लिए दिल्ली क्राइम रिपोर्टर्स एसोसिएशन का पुरस्कार प्रदान किया गया। यह कोई ऐसा पुरस्कार नहीं था, जिस पर गर्व किया जाए; क्योंकि ये हत्याएँ पुरस्कार प्रदान करने का अवसर नहीं हो सकती थीं। एसोसिएशन ने यह फैसला किया था, लेकिन निश्चित रूप से पुरस्कार प्रदान करने के लिए कोई रस्मी समारोह आयोजित नहीं किया गया।

लेकिन इससे कहीं ज्यादा यह पुरस्कार का मौका इसलिए भी नहीं था, क्योंकि 'पुरस्कार' साथ ही यह भी याद दिला रहा था कि क्या कुछ ऐसा था, जिसकी रिपोर्टिंग नहीं हुई? मैंने और राहुल ने जितनी भी घटनाओं को कवर किया, वह हत्याओं का अंश मात्र था। हालाँकि, त्रिलोकपुरी और सुल्तानपुरी, जहाँ हम गए थे और जहाँ घटित घटनाओं की हमने रिपोर्टिंग की थी, वे पूरी तसवीर के दो सबसे बड़े हिस्से थे। सुल्तानपुरी के मुकाबले त्रिलोकपुरी इलाका बहुत अधिक प्रभावित हुआ था।

रिपोर्टर जो स्टोरी ब्रेक करते हैं, उसके बारे में वे बड़ी बेशर्मी के साथ शेखी बघारते रहते हैं, अपने मुँह मियाँ मिट्ठू बनते रहते हैं, काफी बढ़ा-चढ़ाकर दावे करते हैं कि उनकी ब्रेकिंग स्टोरी ने तो धरती फाड़कर रख दी…और यह काफी सामान्य-सी बात है। लेकिन 'एक्सप्रेस' में हम लोगों ने उन रिपोर्टों को कभी ऐसी स्टोरी के तौर पर नहीं लिया, जो 'ब्रेकिंग' थीं। हम ऐसा सोच भी नहीं सकते थे। राहुल, जोसेफ और 'द स्टेट्स' के जयदीप तथा मैं खुद—हम में से कोई भी शहर में यह सोचकर नहीं निकला था कि हमें अपनी रिपोर्टिंग का झंडा गाड़ने के लिए ऐसी बाईलाइन स्टोरी ढूँढ़नी है, जो हमारे अहं को संतुष्ट कर सके।

सामान्य समय में रिपोर्टर बाईलाइन स्टोरी का पीछा करते हैं, लेकिन वह सामान्य समय नहीं था। ऐसी खौफनाक और रूह कँपानेवाली घटनाओं से हमारा सामना हो रहा था, जिन पर यकीन करना मुश्किल था। इतना बीभत्स दौर हम लोगों ने कभी नहीं देखा था। हम उस खौफनाक मंजर की रिपोर्टिंग कर रहे थे। हम सब इतना ही कर सकते थे।

इस सबके साथ हम जहाँ भी गए, हमने वहाँ से पुलिस की नाकामियों से उपजी दहशत की भी रिपोर्टिंग की, जिसके चलते वे सब हत्याएँ संभव हुई थीं।

आज भी मन कई बार कहता है कि काश, किसी ने उन हत्याओं की रिपोर्टिंग की होती, जिनकी हम नहीं कर सके थे! 'एक्सप्रेस' में हम रिपोर्टर अपने स्तर पर यह फैसला करते हैं कि शहर में किसे कहाँ जाना है। कोई हमें जाने के लिए नहीं कहता और न ही कोई रोकता है। 'एक्सप्रेस' न्यूजरूम में इसी तरह से काम होता था—हमें काम करने की

बहुत अधिक स्वतंत्रता थी। हम ऊपर से निर्देशों का इंतजार नहीं करते थे। न्यूजरूम में हद दर्जे की आजादी थी। कंट्रोल करने की कोई संस्कृति वहाँ थी ही नहीं। हम वही कर रहे थे, जो 'एक्सप्रेस' में हमेशा होता आया था। हम वही करते थे, जो हमारे प्रधान संपादक जॉर्ज वर्गीज हमसे चाहते थे, भले ही वे सामान्य तौर पर हमें कुछ कहते नहीं थे कि हमें क्या करना है या ऐसा भी नहीं होता था कि वे सीधे हमसे न कहकर हमारे बीच के लोगों के जरिए हम तक कोई संदेश भिजवाते हों। अखबार में कामकाज की ऐसी ही संस्कृति थी।

'दि एक्सप्रेस' हमेशा एक रिपोर्टर का अखबार रहा है और यह देखकर बहुत अच्छा लगता है कि वहाँ से चले जाने के इतने वर्षों बाद भी वहाँ शेखर गुप्ता जैसे संपादकों की कमान में यही संस्कृति बरकरार है। शेखर खुद एक पक्के रिपोर्टर हैं और इसीलिए वही माहौल आज भी कायम है। यही संस्कृति है, जिसने 'एक्सप्रेस' को 'बोल्ड' अखबार बनाया है और हमें इतनी प्रतिष्ठा दिलाई है। 'एक्सप्रेस' की इसी प्रतिष्ठा को आधार बनाकर हम त्रिलोकपुरी तक जा पहुँचे थे और वहाँ की भयानक स्थितियों की रिपोर्टिंग की थी।

मोहन सिंह किसी तरह जान बचाकर त्रिलोकपुरी से भाग निकला था और वह भागते-भागते पुलिस मुख्यालय पहुँचने में कामयाब हो गया था। वह पुलिस को हत्याओं की खबर देना चाहता था, लेकिन उसे मुख्यालय के गेट से ही वापस भेज दिया गया। यमुना नदी के पार त्रिलोकपुरी और पुलिस मुख्यालय के बीच कोई ज्यादा दूरी नहीं थी। इसके बाद वह पुलिस मुख्यालय से 'दि इंडियन एक्सप्रेस' के दफ्तर पहुँचा, जो बहादुरशाह जफर मार्ग पर दूर एक छोर पर है। वह हमारे दफ्तर से पहले पड़नेवाले 'पैट्रियॉट', 'नेशनल हेरॉल्ड' और 'द टाइम्स ऑफ इंडिया' के दफ्तरों में नहीं गया। उसे भरोसा था कि 'एक्सप्रेस' में ही उसे कोई मदद मिल सकती है, और उसे मदद मिली भी।

राहुल और जोसेफ ने त्रिलोकपुरी नर-संहार की रिपोर्ट दी थी, जहाँ ब्लॉक-32 में सैकड़ों लोग मारे जा चुके थे। ये दोनों रिपोर्टर बाद में भी कई बार वहाँ गए और रिपोर्ट फाइल की। वहाँ उन्होंने जो कुछ पाया था, उसे लेकर उन्होंने पुलिस और सेना से भी बहस की। राहुल और जोसेफ ने सबसे पहले नर-संहार और उसका कारण बनी पुलिस की विफलता तथा पुलिस की संलिप्तता तक का खुलासा किया था। अगर दिल्ली को ऐसी सख्त और धारदार रिपोर्टिंग की कभी जरूरत थी तो यह वही समय था। मोहन सिंह खबर लेकर हमारे दफ्तर में आया, जिसके आधार पर आगे बढ़ते हुए हमने बाद में रिपोर्ट फाइल की; लेकिन इस सब में पुलिस अधिकारियों, कई बार तो बहुत ही कनिष्ठ अधिकारियों, ने हमें गुप्त रूप से सूचना उपलब्ध कराई, केवल इसलिए कि वे 'एक्सप्रेस' पर भरोसा करते थे।

वे इस बात को लेकर निश्चिंत हो सकते थे कि हम सबसे पहले तो उनकी

गोपनीयता का सम्मान करेंगे, लेकिन साथ ही उन्हें यह भी भरोसा रहता था कि हम उपलब्ध कराई गई सूचना की बाहर निकलकर जाँच-पड़ताल करेंगे और तथ्यात्मक रूप से सही तथा खबर लायक होने पर ही हम उसकी रिपोर्ट देंगे। उन दिनों कई अधिकारी थे, जो चाहते थे कि तथ्यों को सामने लाया जाए—और वे सिख अधिकारी नहीं थे। उन्हें घटनाक्रम को लेकर अपनी तरह से आघात लगा था। वे चाहते थे कि जो कुछ हो रहा था, उसे सामने लाया जाए, उसका पता चले। उन्हें विश्वास था कि यदि कोई यह कर सकता है तो वह 'दि इंडियन एक्सप्रेस' ही करेगा।

बड़े दुःख की बात है कि हम दिए गए ऐसे सभी सुरागों पर काम नहीं कर सके। हमारे पास लोगों की कमी थी। प्रधान संपादक, जॉर्ज वर्गीज ने लीक से हटकर हम लोगों की मदद की थी। ये वही थे, जिन्होंने हमें जून 1984 में पंजाब में रिपोर्टिंग के लिए भेजा था और अब वे श्रीमती गांधी की हत्या के बाद दिल्ली भर में हो रही हत्याओं की रिपोर्ट करने में हमारे प्रयासों को पूरी तरह समर्थन दे रहे थे। कौन रिपोर्टर क्या-क्या करेगा, वे यह निर्देश नहीं देते थे; यह उनका काम नहीं था और किसी भी सूरत में, यह कोई योजना बनाकर रिपोर्टिंग करनेवाला काम नहीं था; केवल हमें बाहर निकलने पर और ढूँढ़ने पर ही पता चलता था कि हत्याएँ कितने बड़े पैमाने पर हो रही थीं और हमने यही किया था। रिपोर्टिंग के लिहाज से वे दिन निश्चित रूप से बहुत थकानेवाले थे; उस समय हम लोगों ने इसके बारे में नहीं सोचा था, लेकिन श्री वर्गीज ने जरूर इसे महसूस किया था।

देर शाम जब मैं टाइपराइटर पर अपनी खबर लिखने बैठा तो तुरंत बाद ही वर्गीज गरमागरम खाना लेकर न्यूजरूम में आए। वह खाना बिल्डिंग के बराबर वाले हिस्से में बनाया गया था, जहाँ गेस्ट हाउस था। अखबार के मालिक रामनाथ गोयनका इसी गेस्ट हाउस में रहते थे। हम जूनियर रिपोर्टरों के मुकाबले प्रधान संपादक बहुत बड़ी हस्ती थे और रामनाथ गोयनका तो आखिर मालिक थे। पद और सम्मान में इतने ऊँचे स्थान पर बैठे इन लोगों से हमारा तो कोई मुकाबला ही नहीं था। कृतज्ञता की भावना से भर उठा था मैं। यह अपने आप में बहुत बड़ी बात थी कि अखबार के मालिक के रसोईघर में हमारे लिए खाना तैयार किया गया और खुद प्रधान संपादक हमें वह खाना परोस रहे थे। वह स्वयं खाना लेकर न्यूजरूम में हमारी डेस्क पर आए थे। मुझे अच्छी तरह याद है, मैं अपने टाइपराइटर पर काम करने में लगा हुआ था और वर्गीज साहब दाल का डोंगा लिये हुए दोबारा मुझसे पूछने आए कि चावल के लिए मुझे और दाल तो नहीं चाहिए? बाद में उन्होंने मनुहार करके एक केला खिलाया।

वर्गीज साहब दिसंबर 2014 में इस दुनिया को अलविदा कह गए। दिल्ली में लोदी रोड स्थित श्मशान घाट पर उनका अंतिम संस्कार किया गया। मैं भी वहाँ था। उधर उनका पार्थिव शरीर पंचतत्त्व में विलीन हो रहा था और इधर मेरे मन में वर्ष 1984 की

वे यादें तैर रही थीं। आँखों में एक नमी-सी उतर आई। अब वर्गीज साहब जैसे संपादक कहाँ! अब उन जैसे इनसान कहाँ! उनके चले जाने से हमने एक बहुत ही खूबसूरत, नेक दिल इनसान को खो दिया।

उस समय ए.एन. डार 'दि इंडियन एक्सप्रेस' के रेजीडेंट एडिटर हुआ करते थे, बहुत ही सज्जन इनसान और कमाल के संपादक। लेकिन उनके ऑफिस में उनके साथ एक परेशान करनेवाला मसला खड़ा हो गया था। देवसागर सिंह हमारे चीफ रिपोर्टर हुआ करते थे। मैं उनके साथ फॉलोअप स्टोरी के लिए त्रिलोकपुरी गया था। ब्लॉक-32 में लगभग एक-एक सिख का सफाया कर दिया गया था। गलियाँ वहाँ सूनी पड़ी थीं, लेकिन उन छोटे-छोटे घरों में से एक घर के सामने बरामदे में हमें एक सिख व्यक्ति चारपाई पर अकेला बैठा नजर आया। बरामदा कुछ गज भर में ही फैला हुआ था। घर के नाम पर केवल दो कमरे आगे-पीछे बने हुए थे।

हम आगे बढ़े तो एक स्त्री दरवाजे पर आई। उसने हमारी ओर देखा और अपना चेहरा झुका लिया, सिर का पल्ला ठीक किया और लौट गई। हम चारपाई पर जाकर उस सिख व्यक्ति के पास बैठ गए। वह सिख चारपाई पर किसी भूत की तरह बैठा हुआ था। उसने हमें बताया कि उस गली और आसपास के इलाके में हत्यारों ने मुश्किल से ही किसी सिख को जिंदा छोड़ा है। सबको मार दिया गया।

सिखों की हत्याओं के बारे में बात करने के बाद उसने हमें बलात्कार की घटनाओं के बारे में बताना शुरू किया। उसने अपने घर की ओर इशारा किया। उसने कहा कि लगभग 30 आदमी थे और उन सभी ने बलात्कार किया था। दूसरे घरों में हुए बलात्कारों के बारे में भी उसने बताया, जहाँ कोई जिंदा नहीं बचा था। संभवत: एक रिपोर्टर के नाते मुझे उनसे और ब्योरा माँगना चाहिए था। इस तरह के सवाल कि कितनी महिलाएँ थीं और कितने आदमी थे, कहाँ थे? लेकिन मैंने नहीं पूछा। मुझे पक्का नहीं पता था कि हमें इसकी रिपोर्ट फाइल करनी है या नहीं। देवसागर को भी नहीं मालूम था। मैं इस बात को स्वीकार करता हूँ कि मैंने उस बूढ़े आदमी से सटीक प्रश्न करते हुए ज्यादा विस्तार से जानकारी नहीं माँगी। वह अपने घर के बारे में और क्या कह सकता था! उसने अपने पड़ोसियों के घरों में जो कुछ सुना था, उसके बारे में वह कितना कह सकता था कि हम उसकी बात के आधार पर रिपोर्ट कर सकें? ऐसे समय में, उन बातों की पुष्टि कैसे की जा सकती थी, जो वह हमें बता रहा था? जाहिर सी बात है कि पुलिस से तो उसकी पुष्टि नहीं ही की जा सकती थी। वहाँ मौजूद अन्य सिखों से भी इस बारे में बात करना संभव नहीं था, क्योंकि वहाँ शायद ही कोई बचा था। हमें और कोई महिला भी नहीं मिली, जिससे बात की जा सकती; लेकिन मेरा मन कह रहा था और मुझे यकीन था कि वह बुजुर्ग आदमी सच बोल रहा था, वह कहानी नहीं बना रहा था; हालाँकि, हाथ में कोई सबूत नहीं था।

मेरे मन में विचार आया कि इस पहलू की जाँच-पड़ताल करने की जरूरत है और जाँच-पड़ताल के बाद इसकी रिपोर्ट फाइल की जा सकती है। देवसागर ने जैसी कि मुझे सलाह दी थी, मैंने ऑफिस में लौटकर डार साहब को यह जानकारी दी। वह इस बात पर दृढ़ थे कि बलात्कार की खबरों की रिपोर्ट नहीं जाएगी। उसके बाद उन्होंने बलात्कार की रिपोर्ट नहीं देने का जो कारण बताया, उसे मैं कभी नहीं भूला।

"300 मर चुके हैं, 3,000 न मारे जाएँ।" उन्होंने कहा था।

उस समय हम में से कोई नहीं जानता था कि जिस आँकड़े की वह बात कर रहे थे, असल में वही मृतकों की वास्तविक संख्या निकलेगी। हम नर-संहार बता रहे थे, लेकिन 3,000 का आँकड़ा नहीं लिख रहे थे, न ही हम में से किसी ने सोचा था कि ऐसा संभव है कि जब हम इस बारे में बात कर रहे थे तो दिल्ली में वास्तव में उस समय तक लगभग 3,000 लोग मारे जा चुके थे।

डार साहब का फैसला विवादास्पद था, इसमें कोई संदेह नहीं। मेरा मन कह रहा था कि हमें बलात्कार की खबरें देनी चाहिए; क्योंकि अगर बलात्कार हुए हैं तो हमें उसकी खबर जरूर देनी चाहिए। मैंने अपना तर्क देने की कोशिश की, लेकिन फैसला हो चुका था कि हमें बलात्कारों के संबंध में रिपोर्ट नहीं देनी चाहिए। ऐसे फैसलों में दूरदृष्टि से काम न लिया जाए तो नुकसान होता है। मैंने बेरुखी के साथ वह रिपोर्ट छोड़ दी; लेकिन उस वक्त मैंने इस बात को पहचाना कि डार साहब की बात में दम था।

निस्संदेह, उन्होंने सोचा होगा कि ऐसे खतरनाक माहौल में बलात्कारों से संबंधित खबर से माहौल बेहद भड़काऊ हो सकता है और इससे दिल्ली में हिंसा व संघर्ष की स्थिति पैदा हो सकती है तथा शायद पंजाब में भी। इसलिए हमने अपनी रिपोर्टिंग में से बलात्कारवाली खबरें पूरी तरह हटा दीं। उन दिनों में बलात्कार की घटनाएँ एक स्वतंत्र समूह की रिपोर्टों में काफी बाद में उभरकर सामने आईं।

•

उस वक्त हमें यह बात समझ नहीं आई थी, लेकिन कुछ समय बाद ही हमें 'एक्सप्रेस' में पता चला कि बाकी रिपोर्टर और अखबार हत्याओं की रिपोर्ट करने के लिए बमुश्किल ही बाहर निकले थे। यह टिप्पणी करना अच्छा नहीं लगता। अलिखित सिद्धांत कहता है कि हमें अपने काम पर ध्यान देना चाहिए और दूसरों पर उँगली नहीं उठानी चाहिए। लेकिन यहाँ जो सवाल खड़ा होता है, वह इतना छोटा नहीं है कि विनम्रता की आड़ में उसका गला घोंट दिया जाए।

दिल्ली में हजारों लोगों की हत्याएँ हुई थीं और अधिकतर अखबारों ने अपने रिपोर्टरों को यह रिपोर्ट करने के लिए नहीं भेजा कि वे हत्याएँ कहाँ हुईं? मैं 'एक्सप्रेस' में अपने खुद के बारे में कोई खास दावा करने के लिए यह सवाल नहीं उठा रहा हूँ : उस समय

यह बात नहीं थी और आज भी नहीं है। 'द स्टेट्समैन' के जयदीप गुप्ता को छोड़कर बाकी अखबारों के पत्रकार हत्याओं के इस खौफनाक मंजर से गायब थे। उदाहरण के लिए, त्रिलोकपुरी और सुल्तानपुरी के घटनाक्रमों को लेकर या जहाँगीरपुरी, कंटोनमेंट और पूर्वी दिल्ली के अन्य इलाकों में, जहाँ हम लोग नहीं जा सके थे। इसका नतीजा यह रहा था कि दूसरे अखबारों ने उन कुछ दिनों के भीतर हुई हत्याओं के बारे में घटना-स्थल पर जाकर लगभग न के बराबर रिपोर्ट फाइल की। हम सब के चारों ओर दिल्ली जल रही थी, इसके बाशिंदों की हत्याएँ हो रही थीं और शहर के ज्यादातर रिपोर्टर इसकी रिपोर्टिंग नहीं कर रहे थे। और फोटो किसने खींचे?

बहुत कम फोटोग्राफर, पूरे शहर में मुश्किल से एक-दो फोटोग्राफर, फोटो खींचने निकले थे। वर्ष 1984 की उन हत्याओं के बहुत कम फोटोग्राफ्स सामने आए थे और उनमें से कोई भी सर्वाधिक प्रभावित इलाकों से नहीं था। उन दिनों के बारे में अब पीछे पलटकर यहाँ इन पन्नों पर दूसरे लोगों के बारे में, अपने सहयोगियों के बारे में खराब टिप्पणियाँ करने का मेरा कोई इरादा नहीं है।

लेकिन उन दिनों में हुई घटनाओं से संबंधित अन्य घटनाओं की कहानी अधूरी ही रही है, क्योंकि वे कहानियाँ कभी बताई नहीं गईं। जिन लोगों पर इन कहानियों को सामने लाने का जिम्मा था, वे उन्हें सुनने और उनकी रिपोर्ट करने के लिए बाहर ही नहीं निकले।

एक ऐसा समय भी आता है, जब रिपोर्टरों को उन गैर-रिपोर्टिंग वाली घटनाओं पर भी बात करनी चाहिए। यह कोई डींग मारनेवाली बात नहीं है। जब मैं यह कहता हूँ कि अगर राहुल, जोसेफ और मैं नहीं होते तो उन बीभत्स हत्याओं संबंधी समाचारों की रिपोर्टिंग ही नहीं हो पाती।

कौन जानता है कि जिस तरह से पुलिस मामलों को दर्ज करने में नाकाम रही और जिस पैमाने पर तथा जिस गति से पुलिस सबूतों को नष्ट करने में लगी थी, उससे इतने व्यापक पैमाने पर हुई हत्याओं का किसी को पता ही नहीं चलता?

दिल्ली जब अपने इतिहास की सर्वाधिक भयानक हिंसा के दौर से गुजर रही थी, जो कि शांतिकाल में कहीं भी हुई हिंसा से सर्वाधिक भयानक थी, तो ऐसे में केवल कुछ ही रिपोर्टर क्यों बाहर निकले? ऐसा लगता है कि बाकी अखबारों ने न तब और न ही बाद में यह सवाल किया था। उनकी ओर से इस सवाल का जवाब देना या उनसे यह सवाल तक करना मेरा काम नहीं है; लेकिन मैं खुद से यह सवाल किए बिना नहीं रह पाता हूँ। एक न्यूजरूम से लेकर दूसरे न्यूजरूम तक के बीच इस रिपोर्टिंग न करने के पीछे कई संभावनाएँ हो सकती हैं। शायद रिपोर्टर पुलिस मुख्यालय से जानकारी मिलने का इंतजार कर रहे होंगे; वह तरीका अपनाया गया होता तो उन्हें शहर भर में हुई हत्याओं के विशाल आँकड़े के बारे में कभी अहसास तक नहीं हो पाता—ठीक उसी तरह से, जैसे हम

'एक्सप्रेस' दफ्तर के भीतर बैठे हुए शुरुआत में मामले की पूरी तसवीर भाँप नहीं पाए थे; लेकिन जब हम लोगों ने हत्याओं के बारे में सुना तो हम उस जगह गए, जहाँ सर्वाधिक भीषण हिंसा हो रही थी। अगर दूसरों ने भी ऐसी खबरें सुनीं तो वे वहाँ नहीं गए। हम ये तो नहीं जान सकते थे कि दूसरे अखबारों के न्यूजरूम में क्या चल रहा था; हमने केवल यह देखा कि उन्होंने ऐसी कोई खबर प्रकाशित नहीं की। उन्होंने उन दिनों की रिपोर्ट क्यों नहीं दी? मेरा मानना है कि यह केवल मेरे लिए सवाल नहीं है।

वे कुछ दिन ऐसे दिन थे, जब शहर में सर्वाधिक घटनाएँ आकार ले रही थीं, लेकिन उनकी उतनी ही अ-गंभीरता के साथ कोई रिपोर्टिंग नहीं की गई और आधुनिक समय में भी उन दिनों को याद रखा गया है। जाहिर-सी बात है कि हमें पूछना चाहिए कि क्यों? इस तरह के किसी प्रयास के खिलाफ जो भी तर्क है, वह प्रयास के जितना ही अपर्याप्त है। अगर उस समय ऐसे महत्त्वपूर्ण समय पर रिपोर्टिंग नहीं हुई तो इस विफलता को लेकर अब क्यों बात की जाए? इस तर्क को विस्तार देकर इस सवाल में बदला जा सकता है—

उन हत्याओं पर अब बात ही क्यों की जाए, क्योंकि उन्हें काफी समय पहले ही भुला दिया जा चुका है? वर्ष 1984 की हत्याओं को लेकर अकसर यह बात कही जाती है और अंततः यह बात एक व्यापक प्रश्न के साथ गड्ड-मड्ड होने लगती है—क्या जो बीत चुका है, वह कोई मायने रखता है? क्या इतिहास कोई मायने रखता है? हाँ, यह मायने रखता है और यह कहना उतना ही सच है, जितना यह इस कहावत में उद्घाटित होता है कि इतिहास अनेक रूपों में वर्तमान को आकार देता है। लेकिन वर्ष 1984 को लेकर यह कई तात्कालिक रूपों में मायने रखता है। जो हुआ था, वह अभी पूरी तरह इतिहास में नहीं समाया है। उस अन्याय के जख्मों को लेकर लोग अभी भी जिंदा लाशों की तरह भटक रहे हैं; हत्यारे, जिन्होंने आराम से शानदार जिंदगी बिताई, वे आज भी उस आजादी की हवा में साँस ले रहे हैं, जो कानून ने उन्हें उस समय बख्शी थी।

यह अन्याय उन सवालों से अलग नहीं है, जो मीडिया से पूछे जाने की जरूरत है। मीडिया की खामोशी घातक साबित हुई थी—बहुत संभावना है कि इसकी खामोशी ने हत्याओं का मार्ग प्रशस्त किया। तेजी के साथ और समग्रता में अगर रिपोर्टिंग की गई होती तो जिंदगियों को बचाया जा सकता था। ऐसे माहौल में जहाँ पुलिस नदारद थी और जब लगभग हर किसी ने अपनी आँखों पर पट्टी बाँध ली थी, ऐसे में कुछ ही अखबारों में ऐसी रिपोर्टें प्रकाशित हुई थीं, जो गलियों में दफनाए जा रहे सच को जनता के सामने लेकर आई थीं। रूह को कँपा देनेवाला एक खौफनाक मंजर परत-दर-परत खुल रहा था; और ये रिपोर्टें एकमात्र ऐसी खिड़की थीं, जिनसे लोग इस खूनी खेल की एक झलक देख पाए थे।

केवल 4 के बजाय अगर 40 पत्रकार शहर में हो रही हिंसा से जुड़ी खबरों का

पीछा करते तो पुलिस की आँखों पर बँधी पट्टी को खींचकर उतारा जा सकता था। अगर गलियों में हो रहे रक्तपात की तेजी के साथ और गहन रिपोर्टिंग की जाती तो पुलिस इतनी आसानी से हाथ-पर-हाथ धरकर बैठी नहीं रह सकती थी। पुलिस इसलिए चैन की वंशी बजाती रही, क्योंकि उन पर उँगली उठानेवाले बहुत कम लोग थे और उनकी इस नजर फेरनेवाली हरकत की रिपोर्टिंग व्यापक पैमाने पर नहीं हो रही थी।

दु:खद यह है कि इन सब बातों का वजन अब हलका पड़ गया है; लेकिन अगर तुरंत और सघन रिपोर्टिंग होती तो कंटोनमेंट और त्रिलोकपुरी के अलावा पूर्वी दिल्ली के बाकी इलाकों में नर-संहार कभी भी ज्यादा देर नहीं टिक सकता था। सभी अखबारों के पहले पन्ने अगर इन हत्याओं की खबरों और लहू जमानेवाले फोटो से पटे पड़े होते तो पुलिस पर इससे बहुत बड़ा दबाव पड़ता, इतना बड़ा कि वह नींद से जागने पर मजबूर हो जाती। इससे एक व्यथित करनेवाला सवाल पैदा होता है कि जिस तरह पुलिस की हत्यारों के साथ एक अनकही मिलीभगत थी, तो क्या अधिकांश मीडिया की भी पुलिस के साथ अनकही साँठ-गाँठ थी?

अखबारों का जिस तरह का ढाँचा है, उसमें फैसला लेने की प्रक्रिया में तीन चरणों को शामिल किया जाता है—रिपोर्टर, चीफ रिपोर्टर और शीर्ष संपादक। मुझे पक्का नहीं पता कि क्या संपादकों को शहर में हो रही हिंसा को लेकर ऐसे कोई विशेष दिशा-निर्देश दिए गए थे कि उनकी रिपोर्टिंग नहीं की जानी है?

लेकिन जहाँ तक हम अखबारों के जरिए देख सकते थे कि उन्होंने ऐसे वास्तव में कोई दिशा-निर्देश भी नहीं दिए थे कि शहर में हो रही हिंसा की हर हालत में रिपोर्ट प्रकाशित करनी है और वह भी पूरी तरह। इस तरह के दिशा-निर्देश अगर अखबारों के सर्वेसर्वाओं ने दिए होते तो उन अखबारों के पन्नों पर छपी इबारत कुछ अलग ही होती।

इस खामोशी के पीछे खड़े रहे प्रमुख लोगों में चीफ रिपोर्टर रहे होंगे। बाद में 'दि इंडियन एक्सप्रेस' का चीफ रिपोर्टर होने के नाते मुझे यह पूरी तरह पता है कि ऐसे किसी फैसले को आकार देने में चीफ रिपोर्टरों की कितनी महत्त्वपूर्ण भूमिका होती है।

अपने न्यूजरूम में बैठे हुए उन्हें पता रहा होगा कि शहर भर में कत्लेआम हो रहा था। कभी कोई ऐसा संकेत नहीं मिल सका कि उन्होंने अपने रिपोर्टरों को इसकी खबर लेने के लिए बाहर भेजा हो। सभी अखबारों में यह रोजमर्रा के सामान्य कामकाज का हिस्सा था कि रिपोर्टर अपने चीफ रिपोर्टर से रोज के असाइनमेंट लेते थे।

'एक्सप्रेस' में, न्यूजरूम में चीफ रिपोर्टर की डेस्क पर एक रजिस्टर रखा रहता था, जिसमें वह रोजाना के असाइनमेंट लिख देते थे। दूसरे अखबारों में भी यही चलन था। चीफ रिपोर्टर, रिपोर्टर्स और शीर्ष संपादकों के बीच में सूत्रधार होता था; वह संपादक द्वारा बुलाई जानेवाली नियमित बैठक में भाग लेता था और संपादक एवं वरिष्ठ संपादकों को

जानकारी देता था कि शहर की रिपोर्टिंग को लेकर उस दिन कौन-कौन सी खबरों की योजना बनाई गई है। काश, मुझे इस बात का अंदाजा होता कि उन दिनों उन संपादकीय बैठकों में किसने क्या कहा?

लेकिन तथ्यों और उन पन्नों को देखते हुए, जिनमें सबसे भयानक बात यह थी कि उन अखबारों के पन्ने उन खबरों से खाली थे, ये इस बात का पर्याप्त संकेत थे कि उनके चीफ रिपोर्टरों को संपादकों से कोई निर्देश नहीं मिले और इसी क्रम को आगे बढ़ाते हुए उन्होंने अपने रिपोर्टरों को कोई निर्देश नहीं दिए। एक बड़े ही अजीब तरीके से इसने खामोशी और पुलिस के भीतर की निष्क्रियता को एक समानांतर व्यवस्था का रूप दे दिया। एक ओर पुलिस थी, जिसे ऊपर से कोई ठोस आदेश नहीं मिला और इसलिए पुलिस बल एक किनारे खड़ा रहा। उसने उस समय हाथ खड़े कर दिए, जब दिल्ली को पुलिस की सबसे अधिक जरूरत थी। पुलिस को हमलों की जानकारी थी और उसने उन्हें नहीं रोका; जबकि केवल वही थी, जो दंगों को, कत्लेआम को रोक सकती थी और जो उन्हें रोकने के लिए कानून के तहत कर्तव्यबद्ध थी। इस तरह, पुलिस इन हत्याओं में सहभागी हो गई।

इसी के समानांतर हत्याओं की रिपोर्ट न करके मीडिया के हाथों पर भी इन हत्याओं का खून लग गया, जिस पर हिंसा की खबरों को सामने लाने की जिम्मेदारी थी। 'निष्क्रियता' से पुलिस की भूमिका घातक हो गई और 'रिपोर्ट नहीं करने' से अधिकांश मीडिया का चरित्र भी लगभग घातक रूप ले गया। निश्चित रूप से, उन दिनों के दौरान सिखों की हत्या की गई; लेकिन उन दिनों में सूचना की भी हत्या हुई—उस सूचना की, जो सिखों की जान बचा सकती थी।

भारत में मीडिया के किसी भी इतिहास में उन दिनों प्रकाशित हुए अखबारों के पन्ने शायद सर्वाधिक शर्मनाक कहानी समेटे हुए हैं। वर्ष 1975-77 के दौरान देश में आपातकाल लगा था। न्यायविद् सोली सोराबजी ने मीडिया को लेकर एक टिप्पणी की थी, जो बहुत प्रसिद्ध है। उन्होंने कहा था, 'मीडिया को झुकने के लिए कहा गया था और वह तो घुटनों के बल रेंगने लगा।' नवंबर 1984 में मीडिया दबी जबान में ही सही, कुछ तो कहता, लेकिन उसने अपने मुँह पर पट्टी बाँध ली थी।

आपातकाल के दौरान मीडिया ने अभिव्यक्ति की आजादी के सिद्धांतों की कीमत पर चुप्पी साधी; वर्ष 1984 में उसने सड़कों पर हो रही हत्याओं को लेकर अपनी आँखों पर पट्टी बाँध ली। अगर वह अपनी आँखें खुली रखता तो वह कत्लेआम उसे नजर आ सकता था।

•

दिल्ली में सिखों पर हमलों की कहानी उनकी हत्याओं के साथ ही खत्म नहीं

हुई, बल्कि यह कहानी जिंदा बच गए लोगों के साथ जारी रही। लाखों बेघर हो गए। त्रिलोकपुरी या सुल्तानपुरी या ऐसे ही अन्य इलाकों से अगर कोई जिंदा बच भी निकला था तो वह कभी लौटने की सोच तक नहीं पाया। दिल्ली एक बार फिर से शरणार्थियों का शहर बन गई, ठीक सन् 1947 के बँटवारे की तरह।

देश भर के सिख दिल्ली में अपने प्रियजनों की खैर-खबर को लेकर चिंतित रहे। दंगों के शिकार हुए ज्यादातर लोग गरीब थे। उन तक पहुँचा नहीं जा सका, क्योंकि उनके पास टेलीफोन नहीं थे, बाकी अपने घरों को छोड़कर जान बचाने के लिए पड़ोसियों तथा दोस्तों के यहाँ चले गए; और ऐसे लोगों की संख्या बहुत ज्यादा थी। सिख अपनों की खोज-खबर लेने के लिए बाहर तक नहीं निकल सके। वे अपने हालात के कैदी बनकर वहीं बैठे रह गए, जहाँ भी उन्हें शरण मिल सकी; इंतजार करते रहे, चिंता में घुलते रहे।

हत्याओं का सिलसिला अभी-अभी खत्म ही हुआ था। मेरा एक सिख दोस्त था। हम दोनों एक साथ कॉलेज गए थे। उसे फरीदाबाद में अपनी बहन के परिवार का कुछ अता-पता नहीं चल रहा था। फरीदाबाद तथा दक्षिणी दिल्ली के तुगलकाबाद के आसपास के इलाकों में भी सिख मारे गए थे। परिवार से फोन से भी संपर्क नहीं हो पा रहा था। देर रात मैं काम खत्म करके उनका पता लगाने के लिए निकला। यह आसान नहीं था, क्योंकि हत्याओं को रोकने के मकसद से भीड़ को इकट्ठा होने से रोकने के लिए रात का कर्फ्यू लगा हुआ था। कर्फ्यू सबसे आखिर में लगाया गया था। हो सकता है कि इससे हत्याएँ रुक गई हों, लेकिन लगता था कि काफी देर हो चुकी थी।

मैंने एक कार माँगी और अपने अखबार के पहचान-पत्र का इस्तेमाल करते हुए रास्ते की सुरक्षा चौकियों से निकलता चला गया। फरीदाबाद पहुँचने के बाद मैं रास्ता भूल गया। मेरे पास पता था और कुछ थोड़ा-बहुत मुझे इलाके के बारे में बताया गया था; लेकिन उस इलाके के बारे में मुझे निजी तौर पर कुछ नहीं पता था। मैं काफी दूर तक गाड़ी चलाता रहा; लेकिन वहाँ न बंदा, न बंदे की जात, जिससे कि मैं कुछ पूछ सकता। आखिरकार, मुझे उसी सुनसान रोड पर एक स्थानीय पुलिसवाला नजर आया। उसने एक खुले मैदान में कुछ घरों की ओर इशारा किया। मैं जहाँ खड़ा था, वहाँ से मुझे उन घरों तक जाने का कोई रास्ता नहीं दिख रहा था। जहाँ मैं था, वह रास्ता दूसरी ओर मुड़ रहा था।

मैंने हिसाब लगाया कि मैं उस मैदान के बीचोबीच से होते हुए उन मकानों तक पहुँच सकता हूँ। मैंने गाड़ी आगे बढ़ाई और एक गड्ढे में जा फँसा। किस्मत अच्छी थी कि गाड़ी गड्ढे से बाहर निकल गई और गाड़ी को खरोंच तक नहीं लगी। वहाँ पहुँचने के बाद मैंने कुछ पड़ोसियों के घरों पर दस्तक दी तो किसी एक ने बताया कि वह परिवार एक दूसरे घर में चला गया है। परमात्मा का शुक्र है कि मुझे अपने दोस्त का परिवार उस घर में मिल गया। सब लोग सही-सलामत थे।

दिल्ली में लोगों ने बेघर लोगों को शरण देने के लिए हर तरह की जगह दी थी। हजारों लोग तो रातोरात अपने परिजनों के पास पंजाब चले गए, लेकिन उनमें से बहुत से गरीब सिखों का पंजाब में कोई नहीं था। उनके सामने सर्दी का लंबा मौसम भी एक सवाल बन गया था। पूरी दिल्ली में स्कूल की इमारतें, गुरुद्वारे और यहाँ तक कि पुलिस स्टेशन शरणार्थी केंद्रों में तब्दील हो गए थे।

एक बार जब हिंसा का दौर कुछ धीमा पड़ने लगा तो बहुत से खौफजदा शरणार्थी अपनी जान बचाने के लिए पुलिस से ही शरण माँगने लगे; जबकि इसी पुलिस की शह पर हिंसा भड़की थी। पुलिस स्टेशन लोगों को शरण दे रहे थे। उनका अवकाश काल बीत चुका था। अंत में, उन्हें शांति और सुरक्षा सुनिश्चित करने के लिए सख्त आदेश दे दिए गए।

बाद के इस संकट से मैं काफी करीब से जुड़ा हुआ था—मुख्य रूप से एक रिपोर्टर के नाते नहीं, बल्कि अपनी पत्नी की वजह से। उस समय वह गर्भवती थीं और उनकी कई दोस्त मिलकर कुछ शरणार्थियों की जी-जान से मदद करने में जुटी थीं। सिख समूह हत्याओं के बाद उन दिनों में खुलकर सामने नहीं आ सकते थे। हिंसा खत्म होने के बावजूद सिखों के मन में काफी लंबे समय तक डर बैठा रहा; मेरे हिसाब से, सालोंसाल वे इस दहशत में जीते रहे। मेरी पत्नी दक्षिणी दिल्ली में मालवीय नगर से रोजाना, कई बसें बदलकर, इतनी दूर पूर्वी दिल्ली के सीमापुरी इलाके में जाती थीं। अपनी बाकी दोस्तों की तरह लौटते हुए उन्हें भी काफी देर हो जाती। किसी दिन किस्मत अच्छी होती तो कोई कार से ले आता था और मैं केवल उन्हीं लोगों को जानता था, वैसे शहर भर में लोग मदद का हाथ बढ़ा रहे थे।

बेघर सिखों को मदद की सख्त जरूरत थी और इस मदद के पीछे उन्हें इनसानियत का चेहरा भी नजर आ रहा था, जो उनके लिए ज्यादा मायने रखता था। मदद के तौर पर कई चीजों की बहुत जरूरत थी। हर रोज का खाना, कपड़े और बढ़ती सर्दी के बीच गरम कपड़ों व बिस्तरों की कमी थी; साथ ही इस्तेमाल के लिए थोड़ा-बहुत पैसा, चिकित्सा देखभाल और बच्चों को तो खास देखभाल चाहिए थी। उन लोगों को हर समय किसी की मदद की जरूरत थी, जिनसे वे अपनी जरूरतों के बारे में बात कर सकें; जिनसे बात कर सकें कि अब जिंदा रहने की कौन सी आस वे पाल सकते हैं, या अब वे यहाँ से कहाँ जाएँगे ? शरणार्थियों के पास अपने उन सगे-संबंधियों के बारे में पूछने के लिए ढेरों सवाल थे, जिन्हें अब वे और नहीं तलाश पा रहे थे। स्वयंसेवकों के पास इन सवालों के कोई जवाब नहीं थे—पुलिस लापता लोगों के बारे में सुनना नहीं चाहती थी और उनके पास बताने के लिए भी कुछ नहीं था। उन दिनों में शरणार्थियों के पास आसपास जुटे हुए केवल उन लोगों का ही एकमात्र सहारा था।

गुरुद्वारों द्वारा आसरा दिए जाने की परंपरा को धक्का लगा था। बहुत से गुरुद्वारे तो खुद हमलों और आगजनी से लगे आघात के बाद अपने आप को नए सिरे से खड़ा करने के लिए संघर्ष कर रहे थे। लेकिन इसके बावजूद कई गुरुद्वारों ने अभी भी शरणार्थी शिविरों के लिए लंगर (प्रसाद के रूप में दिया जानेवाला भोजन) तैयार करने के वास्ते और जरूरत का अन्य सामान मुहैया कराने के लिए स्वयंसेवक तैयार कर लिये थे।

ऐसा प्रतीत होता है कि इन शरणार्थी केंद्रों में जिंदगी की लड़ाई लड़ रहे सिखों की मदद के मुकाबले गुरुद्वारों की मरम्मत और उनके पुनर्निर्माण के लिए सिख दानदाताओं की ओर से ज्यादा धन दिया गया। शरणार्थी केंद्रों की अपनी जरूरतें थीं; लेकिन उनका अपना आक्रोश भी था, अन्यथा यह कैसे होता! हम में से बहुत से लोग क्षुब्ध थे; जो कुछ हुआ था, उसे लेकर बहुत ज्यादा क्षोभ में थे और निश्चित रूप से, मैं जिस भी सिख से मिला, वह भी उसी तरह से क्षोभ में था।

मुझे याद है कि हत्याओं के कुछ सप्ताह बाद 'एक्सप्रेस' ऑफिस के पास एक टैक्सी स्टैंड के सिख लोग काफी समय तक छुपे रहने के बाद लौट आए थे। इससे हमने राहत की साँस ली थी। हम लोग उस खाली टैक्सी स्टैंड की ओर देखते थे और उन लोगों की चिंता करते रहते थे। एक सुबह हमारे फोटोग्राफर आर.एल. चोपड़ा और मैंने किसी असाइनमेंट के लिए उनके स्टैंड से एक टैक्सी किराए पर ली। हमने अपने सिख ड्राइवर को पहचान लिया। जब हम रवाना हुए तो उसने केवल एक ही बात कही कि वह किसी से बदला लेना चाहता है (उसने इसके लिए पंजाबी शब्द 'वड' का इस्तेमाल किया था)। चोपड़ा ने कहा कि वह जिससे चाहे बदला ले सकता है, बस, हम लोगों से 'वड' न ले। ड्राइवर ने कुछ नहीं कहा।

कुछ देर सड़क पर चलने के बाद एक जगह पर टैक्सी रुक गई। ड्राइवर हमसे बात करने के लिए पीछे मुड़ा, "मैं आप लोगों से कभी बदला कैसे ले सकता हूँ!" उसने कहा।

इस बात में कोई शक नहीं है कि एक चरमपंथी समूह ने गुस्से में बदला लेने के लिए हमले किए थे। 1985 में कांग्रेस सांसद ललित माकन की हत्या कर दी गई। कुछ समय बाद गांधी परिवार के करीबी कांग्रेस पार्टी के पार्षद अर्जन दास को गोली मार दी गई। उसी साल शहर भर में ट्रांजिस्टर रेडियो बम लगाए गए और उन विस्फोटों से दिल्ली दहल उठी। ये हमले कुछ चरमपंथियों की ओर से किए गए। सिख लोगों के भीतर का आक्रोश वास्तविक था; लेकिन यह आक्रोश कभी गैर-सिखों पर नहीं फूटा। सिखों ने दिल्ली के हत्यारों को दिल्ली की जनता से अलग कर दिया था।

अच्छाई व बुराई के बीच एक बहुत ही पतली रेखा थी और यह रेखा दिल्ली के उन शरणार्थी शिविरों में साफ नजर आ रही थी, जहाँ बेहिसाब लोग पीड़ित सिखों की

मदद के लिए आ जुटे थे। वे उनके जख्मों पर मरहम लगा रहे थे। उनके इस मरहम ने राजनीतिक जख्मों को भी भर दिया था।

वर्ष 1985 के शुरुआती दिनों की बात है, मैं दिल्ली यूनिवर्सिटी कैंपस में एक हॉल में एक बैठक में शामिल हुआ था। उस बैठक को अकाली दल के नेता हरचरण सिंह लोंगोवाल ने संबोधित किया था। लोंगोवाल ने कभी इंदिरा गांधी की सरकार से टकराने के लिए भिंडराँवाले से दुश्मनी मोल ले ली थी।

उसके बाद उन्होंने सरकार के खिलाफ लंबी मोर्चाबंदी कर ली और इस मोर्चे की कमान उनके ही हाथों में थी। यूनिवर्सिटी कैंपस में उस बैठक में उनके पास तत्कालीन कांग्रेस सरकार के खिलाफ आक्रोश में बोलने के बहुत उचित कारण रहे होंगे; लेकिन वह मंच पर हम लोगों के सामने हाथ जोड़े हुए आए। उन्होंने शहर में सिखों के साथ खड़े होने के लिए हॉल में बैठे हर व्यक्ति का धन्यवाद किया और उन्हें 'सोणे सज्जनों' (प्यारे लोगों) कहकर संबोधित किया।

जख्मों पर जो मरहम लगाया गया था, उसने गुस्से के खिलाफ एक भावनात्मक सहारे का काम किया। मैंने शरणार्थियों को लेकर बहुत ज्यादा खबरें नहीं की थीं; लेकिन मैं अपने दोस्तों के साथ ऐसे कई केंद्रों पर गया था, जहाँ वे लोग मददगार के रूप में काम कर रहे थे। टूटी हुई जिंदगियों के टुकड़ों को इकट्ठा करना और फिर से जिंदगी को सँभालने की कोशिश करना 'कोई खबर नहीं थी।' मुझ पर श्रीमती इंदिरा गांधी की हत्या के पीछे की किसी साजिश को सामने लानेवाली रिपोर्ट फाइल करने का दबाव था और फिर उसी समय मध्य दिसंबर में चुनाव आ रहे थे, जिन्हें कवर करने की जिम्मेदारी भी मुझ पर थी। चुनाव खबर बन गए थे। हर कोई हत्याओं और जिंदा बचे लोगों को भूल जाना चाहता था।

□

13

भूल-चूक

सन् 1985 में न्यायमूर्ति रंगनाथ मिश्र की अध्यक्षता में एक जाँच आयोग का गठन किया गया। मैं जो कुछ देख चुका था, उसके आधार पर मैंने आयोग को हलफनामा दाखिल करने का फैसला किया। मैंने सोचा था कि मेरे हलफनामे बहुत महत्त्वपूर्ण होंगे, क्योंकि वे संसद् के दो सदस्यों से ताल्लुक रखते थे, जिनसे हिंसा के दौरान मेरा सामना हुआ था, मैंने खुद देखा था कि किस तरह से वे पुलिसिया भूमिका में थे। सोचा था कि मैं एक निष्पक्ष चश्मदीद गवाह के तौर पर लेखा-जोखा पेश कर सकता था। ऐसे बहुत कम लोग थे, जिन्होंने हिंसा देखी थी और जो अपने निष्पक्ष चश्मदीद होने का दावा कर सकते थे और जो कुछ उन्होंने देखा था, उसकी गवाही दे सकते थे। बाकी तो हलफनामों का खेल हत्यारों और पीड़ितों के बीच तक ही सीमित था। बताने की जरूरत नहीं कि हत्यारे अब ईमानदारी के साथ गवाही देंगे। कई जिंदा बचे पीड़ितों ने ईमानदारी से गवाही दी भी। विडंबना ही कहिए कि इन गवाहियों को संदेह के दायरे में रखते हुए दाखिल किया गया कि यह 'रोचक' ब्योरा था और इसलिए यह 'निष्पक्ष या विषयनिष्ठ' नहीं था। जिंदा बचे रह गए लोगों से ज्यादा करीब से किसी ने इस खौफनाक मंजर को नहीं देखा था और न ही किसी ने इसे इतने दुःखद रूप में करीब से देखा था।

लेकिन वास्तविक हत्या के गवाहों की गवाही, जिन्होंने हत्यारों को देखा था और जो उनकी शिनाख्त कर सकते थे, उसे खारिज कर दिया गया। उनके ब्योरे की कोई कीमत नहीं थी। या उन्हें डर और धमकियों ने खामोश कर दिया था।

सामान्य परिस्थितियों में पुलिस के ब्योरे को एक हद तक आधिकारिक माना जाएगा; लेकिन वे वर्ष 1984 की हत्याओं को लेकर आधिकारिक नहीं हो सकते थे। पुलिस लीपा-पोती करनेवाला एजेंट बन चुकी थी। उसका आचरण इन उम्मीदों के खिलाफ था कि वह तथ्यों से परदा उठाएगी। उनसे उम्मीद नहीं की जा सकती थी कि वे जाँच के जरिए किन्हीं स्वतंत्र गवाहों के बयान पेश कर पाएँगे या अपने स्तर पर कुछ

भरोसे लायक बात कह सकेंगे। मैंने इनमें से कुछ घटनाओं को सबसे आगे रहते हुए देखा था और इस तथ्य के मद्देनजर मुझे हलफनामे दाखिल करने ही थे, क्योंकि भले ही उनका कोई महत्त्व था या नहीं, यह न्याय की प्रक्रिया में शामिल होने का, जो मैंने देखा था, उसे बताने का एक अवसर था।

यह सब बहुत आसान और सीधा नजर आ रहा था; लेकिन कुछ समझदार और भली नीयतवाले वकीलों ने मुझे सुझाव दिया कि मुझे उनमें से किसी एक से बात कर लेनी चाहिए, ताकि मैं संभावित स्थिति के लिए तैयार हो सकूँ। मैं इससे पहले कभी किसी जज के सामने पेश नहीं हुआ था। न्यायमूर्ति रंगनाथ मिश्र के समक्ष पेश होने से कुछ ही दिन पहले मैंने नंदिता हक्सर से मुलाकात की, जो सामाजिक हितों से जुड़े मुद्दों को सक्रियता के साथ उठाने के लिए जानी जाती हैं। उन्होंने मुझे समझाया कि मिश्र आयोग के सामने मुझे किस तरह से अपने सबूत पेश करने चाहिए। सही-सही मुझे याद नहीं है कि उन्होंने मुझे क्या करने और क्या नहीं करने का सुझाव दिया था, लेकिन मुझे इतना अच्छी तरह साफ-साफ याद है कि उनकी सलाह ने मुझे हैरान-परेशान कर दिया। मैंने तो यही सोचा था कि यह एकदम सीधा और साफ मामला होगा—मैंने जो देखा था, वही रिपोर्ट किया था और अब मैं आयोग को वही बताऊँगा, जो मैंने देखा था और जो रिपोर्ट किया था, बस।

लेकिन बाद में पता चला कि यह सब इतनी सी बात नहीं थी। मुझे समझ में आया कि क्यों नंदिता ने सोचा था कि मुझे खुद को तैयार करने की जरूरत थी।

•

न्यायमूर्ति मिश्र के सामने पेश होने के बारे में जैसा मैंने सोचा था, वह ठीक वैसा ही था। जज सधे हुए, किसी तपस्वी की तरह एक ऊँचे मंच पर आसीन थे, जैसे कि सुप्रीम कोर्ट में होता है और वह वहाँ ऐसे ही बैठते होंगे। किसी वकील या अदालत के किसी अधिकारी या ऐसे ही किसी व्यक्ति, जो मेरे ही समान स्तर पर खड़े थे, ने मुझे निर्देश दिया कि मैं उन परिस्थितियों का ब्योरा दूँ, जिनके चलते मैंने हलफनामे दाखिल किए थे। मैंने बताया कि 'एक्सप्रेस' के रिपोर्टर के रूप में अपनी जिम्मेदारी का पालन करते हुए मैंने क्या-क्या देखा और क्या रिपोर्ट फाइल की। मैंने बताया कि उन सब बातों को मैंने आयोग के समक्ष रखे गए हलफनामों में समेट दिया था। इसके बाद दो वकीलों ने मुझसे जिरह की, जिनमें से एक केंद्र सरकार का और दूसरे दिल्ली पुलिस का प्रतिनिधित्व कर रहे थे। अब मुझे याद नहीं पड़ता कि किसमें से कौन किसकी ओर से था और वैसे भी, इससे कोई फर्क नहीं पड़ता। वे एक जैसी ही भाषा बोल रहे थे।

उन दोनों में से एक ने मुझसे पूछा कि क्या मैं ऐसे चशमदीद गवाह पेश कर सकता हूँ, जो इस बात की गवाही दे सकें कि जिन जगहों से मैंने रिपोर्ट दी थी, मैं वहाँ वास्तव में

मौजूद था? तुरंत मैं समझ नहीं पाया कि वह क्या कह रहा था, लेकिन उसकी यह माँग तुरंत स्पष्ट हो गई। मुझसे कहा जा रहा था कि मैं ऐसे स्वतंत्र चश्मदीद गवाह पेश करूँ, जो इस बात की गवाही दे सकें कि मैं खुद एक चश्मदीद के तौर पर वहाँ मौजूद था। मुझे यकीन नहीं हो रहा था कि मुझसे इस तरह की माँग की जा रही थी। मैंने जानना चाहा कि वे मुझसे चश्मदीद गवाह पेश करने की माँग क्यों कर रहे थे और वे ऐसा क्यों सोच रहे थे कि मैं वहाँ मौजूद नहीं था और यही कि मैं यह सब कहानी बना रहा था? मुझे वकील की सलाह अच्छी तरह याद है। 'उत्तेजित न हों।' मुझे याद आता है कि वकील ने मुझे समझाते हुए कहा था, 'आपको किसी भी हालत में उत्तेजित नहीं होना है।'

न्यायमूर्ति मिश्र ने सहमति में सिर हिलाते हुए कहा था कि सबूत पेश करते समय मुझे उत्तेजित नहीं होना चाहिए।

नहीं, मैं इस बात की गवाही देने के लिए कोई चश्मदीद गवाह पेश नहीं कर सका कि मैं कभी रकाबगंज और अन्य उन जगहों पर गया था, जिनके बारे में मैंने अपनी खबरों में जिक्र किया था। मेरे पास कोई ऐसा गवाह नहीं था, जो आकर यह कहता कि मैंने जो कुछ देखा था, वह मैंने वास्तव में देखा था, या कोई आकर यह कह पाता कि उन्होंने मुझे यह सब देखते हुए देखा था। ऐसा सबूत ले जाना जरूरी था, जिन्होंने मुझे देखते हुए देखा होगा और खुद भी देखा होगा कि मैं क्या देख रहा था।

इस माँग को पूरा करना किस कदर असंभव था, यह मुझे तुरंत समझ में आ गया था। ठीक उसी समय मेरे दिमाग में यह बात भी आई कि अगर मैं अपने साथ एक चश्मदीद गवाह ले भी जाता, तो भी उसे स्वतंत्र गवाह नहीं माना जा सकता था। यह साफ था और उसी समय साफ था कि एक चश्मदीद गवाह का चश्मदीद गवाह ढूँढ़ने का यह खेल अनंत काल तक चल सकता था।

दूसरे वकील ने मुझे दूसरा मौका दिया। उसने मुझसे आराम से बात की, शायद मुझे शांत कराने के लिए। मुझसे पूछा गया कि चलिए, कोई बात नहीं, चश्मदीद गवाह न सही! क्या मैं 'दि इंडियन एक्सप्रेस' की ऐसी कोई लॉगबुक पेश कर सकता हूँ, जिसमें एकदम सही-सही लिखा हो कि मैं किस समय शहर में कहाँ पर था और क्या ऐसी लॉगबुक इस बात की पुष्टि कर सकती थी कि जिन आँखों-देखे हाल का मैंने ब्योरा दिया था, क्या मैं वास्तव में उन जगहों पर गया था?

मैंने उन्हें बताया कि किसी भी अखबार में ऐसी कोई लॉगबुक नहीं होती और न ही सिटी रिपोर्टर इस तरीके से काम करते हैं। बस, इतनी सी बात कि सबूत खारिज कर दिया गया। मैं यह गवाही देने के लिए कोई चश्मदीद गवाह पेश नहीं कर सका कि मैं एक चश्मदीद गवाह था और न ही मेरे अखबार के दफ्तर की कोई लॉगबुक दिखा सका, जिसमें मेरी दिन भर की आवा-जाही का रिकॉर्ड दर्ज हो।

इसलिए, मेरी कही बात पर भरोसा नहीं किया जा सकता था। आखिर में, किसी बात पर भरोसा नहीं किया गया। मैं उस सुनवाई से लुटा-पिटा बाहर आया और मुझे कानूनी मामलों के बारे में जानकारी ही क्या थी। मैं समझ सकता था कि पुलिस का वकील पुलिस की पैरवी करेगा और इसीलिए उसने पुलिस के खिलाफ खड़े गवाह पर हमला बोला। मुझे पक्का नहीं पता था कि केंद्र सरकार के वकील ने ऐसा रुख क्यों अपनाया? चाहे मुझे नौसिखिया कहिए, लेकिन मुझे समझ नहीं आया कि सरकार का प्रतिनिधि पीड़ितों की ओर से कहे गए हर शब्द का इस कदर गला क्यों घोंटना चाहता था? निश्चित रूप से, यह उन लोगों की सरकार थी और निश्चित रूप से, यह न्याय की माँग उन लोगों के लिए थी, जिनके बारे में हम बात कर रहे थे। क्या यह जितनी और लोगों की सरकार थी, उतनी ही पीड़ितों की नहीं थी? सरकार उनके पक्ष में क्यों नहीं खड़े होना चाहती थी? क्या खुद सरकार और दोषी अधिकारियों के बीच कोई अंतर था? ऐसी जरूरत ही क्यों पड़ी कि इस मामले में दो पक्ष थे—एक सरकार एवं पुलिस की पैरवी कर रहा था और दूसरा पीड़ितों की?

सरकार ने न्याय के लोगों के अधिकार की रक्षा करने के बजाय नाकाम पुलिस अधिकारियों और संदिग्ध नेताओं को बचाने का रास्ता क्यों चुना? केंद्र सरकार पुलिस के समान इकाई नहीं थी; तो क्यों सरकार ने कानूनी काररवाई में उसके साथ स्वाभाविक साझीदार की तरह हाथ मिलाया? सरकार को क्यों वे अधिकारी और वे राजनीतिक नेता अपने ज्यादा सगे जान पड़ रहे थे, जिनकी हरकतों या निष्क्रियता के कारण लोग मारे गए और जो बचे रह गए, उन्हें उसका दर्द झेलना पड़ा? सरकार से बेलाग सहानुभूति की उम्मीद करना या तथ्यों से परे जाकर कोई फैसला करने की उम्मीद करना सही नहीं होगा। लेकिन सुनवाई के दौरान सरकार की स्थिति अपने लोगों को न्याय दिलाने के लिए तथ्यों का पता लगाने की नहीं थी। उसकी स्थिति किसी भी ऐसे सुझाव को नकारने की थी, जो यह कहता हो कि सरकार या पुलिस की ओर से कुछ गलत हुआ था। और निश्चित रूप से, लोगों की रक्षा करने के लिए पुलिस सरकार की एक एजेंसी होती है। सरकार स्वत: ही उनके पक्ष में क्यों खड़ी थी, जिन्होंने लोगों को पीड़ा पहुँचाई थी? यह कोई मुकदमे की सुनवाई नहीं थी। यह सच्चाई का पता लगाने की कवायद थी।

न्यायमूर्ति मिश्र आयोग की सुनवाई का बुनियादी ढाँचा ही सब गलत लग रहा था। सरकार-पुलिस टीम और उनकी जो टीम थी, वह इसी बात से इनकार किए जा रही थी कि मैं रकाबगंज गुरुद्वारे पर मौजूद था। जैसे ही मैंने कहा कि मैं वहाँ था और जब गुरुद्वारे पर हमला हो रहा था तो मैंने वहाँ कांग्रेस सांसद कमल नाथ को देखा था, उन्होंने वहीं से मेरी गवाही को नकारना शुरू कर दिया था।

दूसरा हलफनामा, जहाँ मैंने गवाही दी थी कि मैंने कांग्रेस सांसद धरम दास शास्त्री

को पुलिस पर यह दबाव डालते हुए देखा और सुना था कि गिरफ्तार किए गए कांग्रेस कार्यकर्ताओं को रिहा कर दिया जाए। वकीलों ने मेरी वहाँ मौजूदगी से इनकार करने की जरूरत ही नहीं समझी। उन्होंने तो उन बातों में से किसी बात का संज्ञान ही नहीं लिया, जो मैंने हलफनामे में कही थीं। उस हलफनामे को चुनौती नहीं दी गई। उसे अनदेखा कर दिया गया।

एक और हलफनामे को पुलिस के वकील ने खारिज कर दिया, जिसमें कहा गया था कि मैंने दुर्गापुरी चौक गुरुद्वारे के समीप लाशें देखी थीं, जहाँ मैं 'द स्टेट्समैन' के रिपोर्टर जयदीप गुप्ता के साथ गया था। वकील ने बस, इतना कहा कि मैंने लाशें देखी ही नहीं थीं; ठीक उसी तरह, जैसे कि दिल्ली पुलिस के उपायुक्त सेवा दास ने कहा था, जब मैं गुरुद्वारे के बाहर उनसे टकराया था।

•

इनसाफ की देहरी से ठुकराए गए लोगों की कतार अब इतिहास में बहुत लंबी हो चुकी है। इस कतार में ऐसे बहुत से लोग शामिल हैं, जिनका मामला सही था और जिन्हें इनसाफ नहीं मिला। वर्ष 1984 के उन तीन दिनों ने शायद आजाद भारत में इनसाफ चाहनेवाले लोगों की सबसे लंबी कतार लगा दी थी। मैं इस कतार में अपने लिए जगह नहीं माँग रहा हूँ। शायद मेरे जैसे अज्ञानी और कानून की कतई कोई समझ नहीं रखनेवाले व्यक्ति के हलफनामों को जब सुप्रीम कोर्ट के न्यायाधीश ने एक किनारे सरका दिया था तो कानून की गहन समझ रखने के हिसाब से उन्होंने वह ठीक ही किया होगा।

मेरी मुख्य लड़ाई यह नहीं है कि जज ने यह पाया था कि सभी बातों के मद्देनजर मेरे हलफनामों में कोई दम नहीं था। यह अलग बात है कि उन जज को कांग्रेस पार्टी की ओर से संसद् का सदस्य नियुक्त कर दिया गया। मेरी लड़ाई एक खामोश लड़ाई है और इतने वर्षों से मेरा यह संघर्ष खामोश ही रहा है। मेरी लड़ाई इस बात के लिए है कि किसी भी बात पर विचार नहीं किया गया, मेरी कही गई किसी भी बात पर नहीं। बदकिस्मती से यह ऐसा लगता है कि यह मेरी कोई निजी शिकायत है। मुझे दुःख इस बात का नहीं है कि मेरे हलफनामों पर विचार नहीं किया गया। चिंता न्यायिक प्रक्रिया को लेकर है कि उसने उन बातों पर कोई गौर नहीं किया, जो मेरे लिए न्यायोचित थीं। मैंने कहीं अधिक गंभीर मामले उठाए थे और उन्हें अनसुना कर दिया गया। मैं यहाँ उन हलफनामों की बात कर रहा हूँ, जो मैंने दाखिल किए थे; क्योंकि वे हलफनामे उन हालात का नतीजा थे, जो मैंने देखे थे। वे चश्मदीद हलफनामे, जो मैंने दाखिल किए, वे कुछ सवाल उठा रहे थे। न्यायमूर्ति रंगनाथ मिश्र ने खास कारणों से सवालों को खारिज करने के लिए उन पर गौर ही नहीं किया। जो रिपोर्ट उन्होंने सौंपी थी, उसे देखते हुए उन्होंने सवालों पर एक नजर तक नहीं डाली।

मैं कोई वकील नहीं हूँ, निश्चित रूप से जज तो बिल्कुल ही नहीं हूँ। लेकिन मैंने इतने वर्षों में सैकड़ों मामलों की रिपोर्ट अपनी खबरों के जरिए बनाई थी। मैंने जो देखा, उसके हिसाब से गवाही को खारिज करना कोई असामान्य बात नहीं होगी; लेकिन उसके कुछ घोषित कारण तो हों। मेरी गवाही को इसलिए खारिज किया गया, क्योंकि मैं जज की उम्मीदों के अनुरूप यह साबित नहीं कर सका था कि मैं पूरी तरह वहाँ मौजूद था, जबकि मैं खुद ऐसा कह रहा था।

रकाबगंज गुरुद्वारे पर अपनी मौजूदगी को साबित करने के लिए मेरे पास वास्तव में दो गवाह थे—सांसद कमल नाथ, जिनसे मेरी वहाँ मुलाकात हुई थी, बात हुई थी और गौतम कौल, अतिरिक्त पुलिस आयुक्त, जिनसे मेरी मुलाकात और बात दोनों हुई थीं। मेरे हलफनामों में उतना ही कहा गया था। जाहिर-सी बात है कि तत्कालीन सरकार के पास यह कहने का कोई आधार नहीं था कि मैं वहाँ नहीं था, जबकि मैंने कहा था कि मैं वहाँ था। अगर मेरी मौजूदगी पर ही सवाल होता तो निश्चित रूप से, माननीय न्यायाधीश यह सुझाव देना आवश्यक समझ सकते थे कि हम ये कमल नाथ और गौतम कौल के सामने रखते हैं। इसलिए, यह सवाल केवल इतना था कि मैं वहाँ किस समय था? घड़ी के हिसाब से एकदम सही समय?

वे दृश्य मुझे एकदम साफ-साफ याद हैं, लेकिन मैंने मिनट-दर-मिनट इस बात का हिसाब नहीं रखा था कि ठीक कितने बजे मैंने वहाँ यह सब देखा और ठीक किस समय मैंने किससे बात की? मुझे तो नहीं लगता कि उस समय मैंने अपनी घड़ी की ओर देखा भी होगा; लेकिन न्यायाधीश कम-से-कम यह तो मान सकते थे कि जब कमल नाथ और गौतम कौल वहाँ थे, तब मैं भी वहाँ था। 1 नवंबर को जब वे दोपहर बाद उस सड़क पर थे तो उन दोनों ने इस संबंध में समय को लेकर बहुत कम अंतर बताया था, जो कि शाम को करीब 4 बजे के आसपास की बात थी। उसी समय मैं भी वहाँ पर था और वे दोनों इसके गवाह थे। उनकी मौजूदगी के संबंध में मेरे हलफनामों से जो सवाल पैदा होते हैं, वे वैसे ही सवाल हैं कि क्या यह 3 बजे शाम की बात है या 4 बजे शाम की।

उन दो गवाहों के संबंध में, जो कि इस मामले में दो मजबूत गवाह हैं—दूसरी माँग के रूप में मेरे ऑफिस की लॉगबुक की माँग करना बेमानी हो जाता है, जिससे यह साबित किया जा सके कि मैं किस समय और कहाँ पर था। वकीलों और न्यायमूर्ति मिश्र को यह बात पता रही होगी कि एक अखबार का हेड ऑफिस फील्ड में अपने रिपोर्टरों की आवा-जाही के संबंध में लॉगबुक नहीं रखता है। यह कोई कारोबारी राज की बात नहीं है।

लेकिन वास्तव में, यह पूरा तर्क ध्यान भटकाने के लिए था—कुछ चीजें, बहुत सी बातों से ध्यान भटकाना, जिन्हें मिश्र आयोग जानना ही नहीं चाहता था और वे सब

महत्त्वपूर्ण चीजें थीं। कमल नाथ वहाँ क्या कर रहे थे? उन्होंने खुद यह कहते हुए हलफनामा दाखिल किया था कि वह किसी प्रकार की हिंसा के लिए भीड़ की अगुआई नहीं कर रहे थे, उलटा वह तो हालात को नियंत्रित करने की हरसंभव कोशिश में लगे थे।

मेरे अपने हलफनामे में भी यह नहीं कहा गया था कि कमल नाथ पूरी सक्रियता के साथ हिंसा में शामिल भीड़ की कमान सँभाले हुए थे। मैंने कहा था कि भीड़ पर उनका नियंत्रण था। उनका एक इशारा मिलते ही गुरुद्वारे की ओर बढ़ती भीड़ रुक जाती। उनके और भीड़ के बीच ऐसा क्या संबंध था, जिससे ऐसी जिम्मेदार प्रतिक्रिया संभव थी? आयोग ने मेरे इस सवाल की पड़ताल नहीं की, जो मेरे हलफनामे से उभर रहा था।

रकाबगंज गुरुद्वारे से संबंधित मेरे हलफनामे में भी कहा गया था कि सी.आर. पी.एफ. के सशस्त्र जवानों की एक प्लाटून उस समय वहाँ खड़ी थी, जब भीड़ बार-बार गुरुद्वारे की ओर बढ़ रही थी। उन्होंने भीड़ को रोकने, उन्हें पीछे धकेलने या वहाँ से खदेड़ने के लिए कोई प्रयास नहीं किए। एक समय तो ऐसा आया था, जब भीड़ को तितर-बितर करने के लिए पुलिस की अगुआई करने के बजाय गौतम कौल छुप गए थे। इसलिए यहाँ एक अपरिहार्य सवाल पूछना जरूरी हो जाता है कि वहाँ पुलिस कोई कारवाई क्यों नहीं कर रही थी? गौतम कौल ने भी अपना हलफनामा पेश किया था, जिसमें मजबूत और प्रभावी कारवाई करने का दावा किया गया था। स्वाभाविक-सी बात है कि उन्होंने इस बात से इनकार किया कि वह कभी किसी मौके पर छुप गए थे।

मुझसे कभी उनके इनकार के खिलाफ अपने ब्योरे को साबित करने के लिए नहीं कहा गया। उस जाँच आयोग को खुद यह पता नहीं था कि कौन सही है और कौन गलत। लेकिन यह बात तो साफ थी कि हम दोनों सही नहीं हो सकते थे। यह पता लगाने के लिए कोई सवाल-जवाब नहीं हुआ कि मेरा बयान सही हो सकता है या नहीं? मेरे ब्योरे ने गंभीर सवाल खड़ा कर दिया था कि अगर एक शीर्ष पुलिस अधिकारी ने कारवाई नहीं करने का रास्ता चुना और वह भी सड़क पर साफ नजर आ रही हिंसक स्थिति में, इससे पुलिस के बारे में क्या पता चल रहा था और शीर्ष स्तर से बाकी पुलिसकर्मियों को क्या संदेश जा रहा था?

उन परिस्थितियों में गौतम कौल और कमल नाथ—दोनों की मौजूदगी अजीब सवाल खड़े कर रही थी—

क्या कांग्रेस पार्टी के एक सांसद की हिंसक भीड़ के साथ किसी प्रकार की कोई साँठ-गाँठ थी? संभव है कि उनकी ऐसी कोई मिलीभगत नहीं रही हो; लेकिन जाँच आयोग किसी प्रकार के ठोस सवाल-जवाब या जिरह करने के बाद इस नतीजे पर नहीं पहुँचा था।

हिंसक भीड़ के सामने पुलिस मूकदर्शक बनकर क्यों खड़ी थी? क्या कोई कारवाई

नहीं करने के लिए पुलिस के पास कोई बेहतर कारण थे? उनकी इस अनुशासनात्मक पंगुता, जिसे मैंने देखा था, को लेकर मुझसे कोई जिरह नहीं की गई।

उस समय आगे बढ़ रही भीड़, गुरुद्वारे के भीतर मौजूद सिखों, पुलिस और कांग्रेस नेता को छोड़कर मैं एक अकेला स्वतंत्र गवाह था, जो मौके पर मौजूद था और फिर, करोल बाग पुलिस स्टेशन में। एक चश्मदीद गवाह बता रहा था कि कांग्रेस (आई) सांसद पुलिस को धमका रहा था। करोल बाग पुलिस स्टेशन के भीतर वह अपनी पार्टी के उन लोगों को रिहा करने की माँग कर रहा था, जिन्हें लूटपाट के मामले में गिरफ्तार किया गया था। लुटेरों एवं कांग्रेस नेताओं के बीच संबंध के इससे स्पष्ट सबूत और क्या हो सकते थे? यहाँ भी कांग्रेस (आई) और पुलिस के अलावा मैं ही एकमात्र स्वतंत्र चश्मदीद गवाह था।

किसी भी चरण में मुझसे एक गवाह के तौर पर सबूत पेश करने को नहीं कहा गया। सरकारी वकीलों ने मुझसे दुर्गापुरी चौक गुरुद्वारे को लेकर मेरे हलफनामे के बारे में पूछा। सरकार के वकीलों में से एक वकील ने तो ऐलान ही कर दिया था कि मैंने कोई लाशें नहीं देखीं। यह एक दर्ज किया हुआ तथ्य था कि दुर्गापुरी चौक गुरुद्वारे और उसके आसपास हत्याएँ हुई थीं। मुझे यह साफ पता था कि राजीव गांधी के प्रस्तावित दौरे के लिए वहाँ तेजी से साफ-सफाई की गई थी; लेकिन सबकुछ साफ नहीं हुआ था। फिर से मुझसे इस बारे में कोई जिरह नहीं की गई। मेरे बयान को सिरे से खारिज कर दिया गया।

जाँच आयोग के साथ समस्या यह नहीं थी कि निर्धारित प्रक्रिया के बाद उसे क्या मिला, बल्कि समस्या यह थी कि उसने निर्धारित प्रक्रिया का पालन नहीं किया।

उसने पता नहीं लगाया। उसने पता लगाने का दिखावा तक नहीं किया। उसने केवल खारिज कर दिया, या स्वीकार कर लिया। मेरी बात को दबाए जाने पर मुझमें जो क्षोभ था, वह उन जीवित बचे लोगों के दुःख के सामने कुछ भी नहीं था, जो अपने ही जख्मों के चश्मदीद गवाह थे। उनमें से बहुतों ने, हजारों ने, अपनी आँखों के सामने अपने दिल के टुकड़ों को, अपने घरवालों को जिंदा भस्म होते देखा था। उन्होंने देखा था कि किसने हत्या की और बाद में कइयों ने कहा था कि किसने मारा था; और इसके बावजूद उनकी कोई सुनवाई नहीं हुई। उन्होंने जिन हत्यारों को देखा था, उन्हें कोई सजा नहीं मिली। उन्होंने जो कुछ देखा था, वह असहनीय रूप से पीड़ादायी था। मैंने जो देखा था, जो मैंने सोचा था, मैं बता रहा था। न्यायमूर्ति मिश्र ऐसा नहीं सोचते थे।

●

जब मिश्र आयोग की रिपोर्ट आई तो उसमें उसकी अपनी ही कहानी थी—रिपोर्ट वैसी नहीं थी, जिसके लिए आयोग का गठन किया गया था। लेकिन उस जाँच आयोग के साथ मेरी छोटी सी मुलाकात मेरे लिए काफी सार्थक रही थी। लेकिन व्यापक संदर्भों

में देखा जाए तो यह अप्रासंगिक थी। मेरा अनुभव जो भी रहा हो, जाँच रिपोर्ट वैसी ही थी, जैसी वह बनाई गई थी।

मिश्र आयोग को 'सिटिजन जस्टिस कमेटी' (सी.जे.सी.) का समर्थन मिल रहा था, जो वर्ष 1984 के पीड़ितों के लिए न्याय सुनिश्चित करने के लिए सामने आए मानवाधिकार समूहों का एक शीर्ष संगठन था। सी.जे.सी. की कमान बॉम्बे हाई कोर्ट के पूर्व न्यायाधीश वी.एम. तारकुंडे कर रहे थे, जो मानवाधिकारों के व्यापक रूप से सम्मानित पैरोकार थे। एच.एस. फुल्का उसके कानूनी सलाहकार थे। यह उनके लिए एक लंबा, बेहद लंबा संघर्ष साबित होने वाला था।

मिश्र आयोग का गठन मई 1985 में किया गया था। उसके बाद कुछ समय तक कुछ नहीं हुआ। लगभग कोई उसके सामने पेश नहीं हुआ। ऐसा लग रहा था कि आयोग की काररवाई आगे ही नहीं बढ़ रही है। सी.जे.सी. ने जीवित बचे लोगों एवं गवाहों से हलफनामे और सबूत एकत्रित करना शुरू कर दिया, ताकि उन्हें आयोग के समक्ष पेश किया जा सके और उसके बाद कहीं जाकर काररवाई शुरू हुई।

लेकिन सी.जे.सी. जल्द ही खुलेपन के सवालों को लेकर न्यायमूर्ति मिश्र के साथ उलझ गया। सी.जे.सी. ने मिश्र द्वारा काररवाई में बरती जा रही गोपनीयता का विरोध किया। दूसरा मतभेद मौतों के आँकड़ों को लेकर पैदा हो गया। आखिरकार, सी.जे.सी. ने इस बात पर जोर दिया कि वह वरिष्ठ अधिकारियों से जिरह करना चाहता है, जिसकी न्यायमूर्ति मिश्र ने अनुमति नहीं दी।

मार्च 1986 में सी.जे.सी. मिश्र आयोग से अलग हो गया। न्यायमूर्ति मिश्र ने अपनी जाँच रिपोर्ट में घोषित कर दिया कि जाँच से अलग हो जाने के कमेटी के फैसले से "आयोग को अपने कामकाज में शर्मिंदगी का सामना करना पड़ा।"

वह 'शर्मिंदगी' कुछ मीडिया रिपोर्टों को लेकर पैदा हुई थी—मिश्र दरअसल चाहते ही नहीं थे कि मीडिया उनकी जाँच के कहीं आसपास भी फटके। एक बार सी.जे.सी. के हटने के बाद मिश्र इस बात से नाखुश थे कि आयोग के सदस्यों ने पीछे हटने के अपने फैसले के बारे में मीडिया से बात की। मिश्र ने मीडिया को आयोग की सुनवाई की रिपोर्टिंग करने से प्रतिबंधित कर रखा था।

मिश्र ने कहा था, "काररवाई से अलग होने के बाद कमेटी को प्रेस में बहस को बढ़ावा देने में मदद नहीं करनी चाहिए थी।"

सी.जे.सी. के सदस्य अब काररवाई का हिस्सा नहीं रह गए थे और मीडिया तो शुरुआत से ही इससे बाहर था। न्यायाधीश चाहते थे कि बातचीत 'इन कैमरा' हो।

सी.जे.सी. जब रंगनाथ मिश्र के साथ काम कर रही थी तो जिन मुद्दों को लेकर मतभेद उभरे थे, उनमें एक सवाल यह भी था कि श्रीमती इंदिरा गांधी की हत्या के बाद

दिल्ली में कितने सिख मारे गए थे? उस समय दिल्ली प्रशासन के साथ बतौर गृह सचिव कार्यरत आर.के. आहूजा को मिश्र आयोग से मिले निर्देशों के अनुसार मृतकों की संख्या तय करनी थी। उन्होंने सन् 1987 में बताया था कि दिल्ली में 2,733 लोग मारे गए थे। यह सरकारी आखिरी आँकड़ा क्या मृतकों की संख्या को लेकर निर्णायक संख्या थी, यह कहना बहुत मुश्किल है। किसी संख्या तक पहुँचने का रास्ता बहुत ही पीड़ादायी और यातनापूर्ण रहा था। मिश्र आयोग के सामने हर तरह के आँकड़े रखे गए थे। आयोग के सामने बड़ा ही दुरूह सवाल था। मिश्र ने इस बात का संज्ञान लिया था कि संसद् में सरकार ने 2,146 लोगों के मारे जाने की बात कही थी। इसके बाद उन्होंने नोट किया था कि दिल्ली प्रशासन ने 2,307 लोगों की मौतें दर्ज की थीं। पुलिस की प्रथम सूचना रिपोर्ट (एफ.आई.आर.) ने यह संख्या 1,419 बताई थी—बाद में आधिकारिक रूप से स्वीकृत संख्या से लगभग आधी।

अतः इस प्रकार, आधिकारिक रूप से भी देखा जाए तो दिल्ली पुलिस ने बाद में स्थापित सभी हत्याओं में से आधी हत्याओं को रिकॉर्ड में दर्ज ही नहीं किया था।

और भी कई कारक थे, जो कह रहे थे कि हत्याओं का आँकड़ा सरकारी आँकड़ों से कहीं ज्यादा था। न्यायमूर्ति रंगनाथ मिश्र ने स्वीकार किया था कि बहुत सी जली हुई लाशें पाई गई थीं, जिनका पोस्टमार्टम नहीं किया गया और मृतकों में दिल्ली में आने-जानेवालों की 'घटती-बढ़ती आबादी' के लोग भी शामिल रहे होंगे। मृतकों की संख्या को लेकर ऐसी अनिश्चितता के बीच सी.जे.सी. ने अपनी खुद की जाँच की और एक अलग ही आकलन पर पहुँची, जिसे उसने उस समय न्यायमूर्ति मिश्र के समक्ष पेश किया था।

न्यायमूर्ति मिश्र ने अपनी रिपोर्ट में कहा था कि सी.जे.सी. ने पहले 3,949 का 'विशाल आँकड़ा' फाइल किया था, जिसमें से उसने बाद में कई नामों को जोड़ने में हुए दोहराव के आधार पर इसे घटाकर 149 कर दिया, जबकि 70 नाम और जोड़े गए। मिश्र ने इस बात का जिक्र किया कि सी.जे.सी. ने उस समय आखिर में 3,870 का निर्णायक आँकड़ा दिया था।

साफ जाहिर था कि न्यायमूर्ति मिश्र इस बात से नाराज थे कि सी.जे.सी. उनकी जाँच से अलग हो गई थी और वह 'संख्या के कुल योग में गणितीय गलती' से तैश में आ गए थे। उन्होंने कहा था कि सी.जे.सी. की जमा-घटा को देखते हुए उसके (सी. जे.सी. के) हिसाब से यह आँकड़ा 3,874 होना चाहिए, न कि 3,870, जैसा कि कमेटी ने अपने बयान में लिखा था। मिश्र ने यह 4 अंकों की गलती पकड़ ली थी और वह अपनी जीत से झूम रहे थे।

अगर गिनती में ही उनको महारत हासिल थी तो मिश्र कहीं अधिक दलदली जमीन पर खड़े थे और बहुत अधिक गंभीर रूप से। यह बताकर कि आँकड़ा 3,874 नहीं 3,870

था, मिश्र ने दिखा दिया था कि जब बात महत्त्व की आती है तो वह 5 और 6 के बीच का अंतर नहीं बता सके थे।

दिल्ली में जिस माहौल में हिंसा भड़की थी, उसका सर्वेक्षण करते हुए मिश्र राजधानी में पुलिस व्यवस्था की व्याख्या कर रहे थे। उन्होंने कहा था, "वर्ष 1984 तक केंद्र-शासित प्रदेश पाँच पुलिस जिलों में विभाजित रहा था और प्रत्येक जिले को एक रेंज कहा जाता था, जिसका प्रभारी पुलिस उप-महानिरीक्षक (बाद में अतिरिक्त पुलिस आयुक्त) था।"

इस एक ही वाक्य में तीन गंभीर गलतियाँ थीं—पहली, दिल्ली पाँच पुलिस जिलों में नहीं, बल्कि छह पुलिस जिलों में बँटी थी (उत्तरी, मध्य, पूर्वी, नई दिल्ली, दक्षिणी और पश्चिमी)। दूसरे, हर जिले को रेंज नहीं कहा जाता था। केवल दो रेंज थीं—दिल्ली और नई दिल्ली, प्रत्येक तीन पुलिस जिलों में बँटी थी। तीसरी गलती, इन जिलों के प्रभारी अधिकारी उसी समय अतिरिक्त पुलिस आयुक्त थे, न कि बाद में यह व्यवस्था की गई। वर्ष 1984 में दिल्ली में कोई भी पुलिस उप-महानिरीक्षक नहीं था।

यह केवल नामकरण का मामला नहीं था, इसके बहुत गहरे मायने थे। कमिश्नर सिस्टम के तहत पुलिस के पास अलग प्रकार की शक्तियाँ होती थीं। दिल्ली में कानून-व्यवस्था ध्वस्त होने के मामले की जाँच कर रहे सर्वोच्च न्यायालय (सुप्रीम कोर्ट) के न्यायाधीश ने यह दरशाया था कि उन्हें इस बात की कोई समझ नहीं थी कि दिल्ली में पुलिस व्यवस्था क्या थी—ऐसा उन्होंने एक लंबी जाँच के बाद, एक सुविचारित रिपोर्ट में स्वयं प्रदर्शित किया था।

न्यायमूर्ति मिश्र के तथ्य गलत थे और कुछ लोग सोचते थे कि वह सही नतीजे पर पहुँचे थे। उन्होंने अपनी रिपोर्ट में घोषणा की थी कि दंगे कांग्रेस पार्टी द्वारा संयोजित नहीं थे। प्रसन्नचित्त कांग्रेस सरकार ने बाद में उन्हें सर्वोच्च न्यायालय का मुख्य न्यायाधीश, उसके बाद राष्ट्रीय मानवाधिकार आयोग का अध्यक्ष और आखिर में कांग्रेस पार्टी की ओर से राज्यसभा का सदस्य नामित कर दिया।

कांग्रेस को क्लीन चिट देने के अपने फैसले के पीछे रंगनाथ मिश्र ने कई कारण बताए थे। उन्होंने लिखा था कि 31 अक्तूबर की शाम को 13 गुरुद्वारों पर हमले किए गए।

"31 अक्तूबर, 1984 की ये घटनाएँ हत्यारों के प्रति दुःख की गहरी अनुभूति, आक्रोश और घृणा की अनैच्छिक प्रतिक्रिया के रूप में की गई प्रतीत होती है। इस पर बहस करने की कोई गुंजाइश नहीं है और स्वीकार करने की तो कतई नहीं कि 31 अक्तूबर, 1984 के शुरुआती चरण में जो हिंसा हुई, वह संयोजित हिंसा थी।"

न्यायाधीश ने यहाँ इस बात का संज्ञान नहीं लिया कि उन 13 गुरुद्वारों में से 10

गुरुद्वारे अखिल भारतीय आयुर्विज्ञान संस्थान (AIIMS) के चारों ओर स्थित थे, जहाँ बड़ी संख्या में लोग दिन भर जमा रहे थे और जहाँ से पहली बार 'खून के बदले खून' का नारा दिया गया था। इसी जगह से वे लोग गुरुद्वारों पर हमला करने के लिए निकले थे। अकेले इससे स्वीकार करने की नहीं तो कम-से-कम कुछ बहस की गुंजाइश तो हो ही सकती है कि वहाँ से जो हमलावर चले, वे संभवतः संगठित थे। बड़ी संख्या में कांग्रेस पार्टी के लोग एम्स (AIIMS) के बाहर जमा थे। खूनी बदले की गूँज पहले यहीं सुनाई दी थी और यहीं से हिंसा फैली थी।

क्षण भर के लिए भी यह दिमाग में नहीं आया कि यह एक सबूत है या कम-से-कम इस बात का संकेत कि उस शाम हुए हमले कांग्रेस पार्टी की अगुआई में किए गए हमले थे। लेकिन यहाँ बेगुनाही साबित नहीं होती, भले ही न्यायमूर्ति रंगनाथ मिश्र केवल इस आधार पर फैसला सुना रहे थे।

मिश्र ने और भी तर्क देते हुए कहा कि कांग्रेस पार्टी के लोग इसमें शामिल नहीं हो सकते, क्योंकि "जो गम का माहौल फैला हुआ था और जिससे कांग्रेसी लोग विशेष रूप से प्रभावित हुए थे, वह उन्हें इस तरह से लामबंदी की अनुमति नहीं देगा।" इस तर्क को देखा जाए तो उस शाम एम्स (AIIMS) से निकलकर जो लोग हिंसा फैला रहे थे, जो लोग खून के बदले खून माँग रहे थे, वे निश्चित रूप से कांग्रेस पार्टी के नहीं थे; क्योंकि पार्टी के लोग इतने गमजदा थे कि उन्हें लकवा मार गया था। वे दुःख में इतने डूबे हुए थे कि किसी पर हमला नहीं कर सकते थे। इस तर्क के आधार पर न्यायाधीश महोदय 'निर्दोष' होने की घोषणा कर रहे थे।

लेकिन अगले दिन वह एक बदलाव देखते हैं। वह कहते हैं, "1 नवंबर को दंगाई भीड़ ने हर जगह लगभग एक समान तरीके से काम किया।" वह अपनी बात को यह कहकर समेट देते हैं कि लोग कैसे मारे गए—

"दंगाई भीड़ ने उन सभी सिखों को जलाने की शैली अपनाई, जो या तो मारे गए थे या घातक हमलों और बुरी तरह घायल होने के कारण दम तोड़ रहे थे।"

उन्होंने पाया कि "स्पष्ट सबूत हैं कि भारी भीड़ द्वारा एक साझा शैली अपनाई गई।"

एक साझा शैली या चलन निश्चित रूप से किसी-न-किसी प्रकार के संयोजन/संगठन का इशारा कर रहा था, जैसा कि न्यायमूर्ति मिश्र कहते हैं, रात-रात में कुछ बदल गया था। क्या बदल गया था?

मिश्र का जवाब : 'स्वतःस्फूर्त प्रतिक्रिया का संगठित दंगों में बदल जाने का पैटर्न हालात पर असामाजिक तत्त्वों के कब्जा करने का परिणाम था।'

वे असामाजिक तत्त्व कौन थे और कैसे उन्होंने हालात को अपने कब्जे में कर लिया था?

मिश्र का जवाब : 'कहा जाता है कि शैतान का भी एक तरीका होता है और शैतानी गतिविधियों को अंजाम देते समय असामाजिक तत्त्वों ने अपने संगठित तरीके को अपना लिया था। इस तरह से और इस हिसाब से—दिल्ली में हिंसा वास्तव में संगठित हिंसा थी; लेकिन ऐसा संगठन किसी राजनीतिक पार्टी या लोगों के एक तय समूह का नहीं था, बल्कि यह समाज-विरोधी तत्त्वों द्वारा किया गया था।'

भारत के सर्वोच्च न्यायालय के एक वर्तमान न्यायाधीश को हत्याओं में शैतान का हाथ नजर आया था। शैतान, जिसे अनैतिकता के बीज बोने के लिए जाना जाता है, उसका इस बात के लिए कोई ज्ञात रिकॉर्ड नहीं था कि उसने उस समय उस भीड़ को लामबंद किया था और भीड़ को अनैतिक कार्यों के लिए प्रेरित करने के वास्ते वह शैतान भीड़ के सिर पर सवार हो गया था। वह उस शैतानी भीड़ द्वारा फैलाई गई हिंसा थी, जिसके बारे में न्यायाधीश महोदय ने पाया था कि वह भीड़ शैतान द्वारा संगठित की गई थी।

न्यायमूर्ति मिश्र इस बारे में कोई विचार प्रस्तुत नहीं करते कि वह शैतान कहाँ से आया था; लेकिन वह इस बात की व्याख्या करते हैं कि शैतान किन लोगों में प्रवेश कर गया था। वे निचले तबके के लोग थे।

न्यायमूर्ति मिश्र अपनी रिपोर्ट में कहते हैं—"बहुमंजिला आधुनिक फैशनेबल इमारतें, जिनमें समाज का संपन्न वर्ग रहता है, उनके एकदम करीब झुग्गियों की बसाहट, जिनमें गरीब और भूखे लोग रहते हैं, इससे अकसर विचित्र किस्म की समस्याएँ पैदा हो जाती हैं। दो वर्गों के लोगों के बीच रहन-सहन की प्रक्रिया में यह असमानता गरीब वर्ग में एक प्रकार की हताशा की भावना पैदा करती है और साथ ही, इससे संपन्न वर्ग के लोगों की संपत्ति को पाने की लालसा और घृणा की भावना भी जन्म लेती है। हालिया वर्षों में मानवीय जीवन के प्रति सम्मान तेजी से समाप्त होता रहा है। साथ ही, कानून का डर और उसके प्रति सम्मान भी कम हुआ है। नैतिक प्रतिबद्धताएँ समाप्त हो गई हैं। इसलिए झुग्गी-बस्तियों में रहनेवाले लोग धनी-मानी लोगों को समाप्त करने के हर अवसर को लपक लेना चाहते हैं और इसके लिए उनके अंदर एक प्रकार की बेचैनी है।"

मिश्र एक वर्ग सिद्धांत पेश करते हैं; लेकिन यह थ्योरी, जैसा कि वह है, उसका उन दिनों के तथ्यों के संबंध में बहुत कम वास्ता नजर आता है। इस बात में संदेह नहीं कि लूटपाट को वर्ग-प्रेरित के रूप में देखा जा सकता है और ये वे सिख थे, जिन्हें उन गिरोहों ने लूटा, क्योंकि वे उससे बचकर निकल सकते थे। लेकिन लूटपाट के लिए निकले उन गिरोहों में से किसी भी गिरोह में लोगों की संख्या सौ से ज्यादा नहीं थी। लाखों लोगों के शहर में इससे वर्ग-विद्रोह पैदा नहीं होगा। किसी भी सूरत में लूटपाट एक अलग बात है और हत्या एकदम अलग बात है।

असली रइसों को न तो लूटा गया और न ही मारा गया था। हमें ऐसा वर्ग-विद्रोह

नहीं मिला, जिसके कारण दिल्ली के कुछ पुलिस जिलों में 'स्वाभाविक रूप से' हत्याएँ हुईं। आपराधिकता वर्ग–आक्रोश के समान नहीं है। इस प्रकार का जो आक्रोश फूट पड़ा था, उसके निशाने पर कभी भी अमीर लोग नहीं थे। अधिकांशतः हमलावरों ने अमीर लोगों को नहीं लूटा था, क्योंकि वहाँ पुलिस सतर्क थी। 1 नवंबर की सुबह दक्षिणी दिल्ली के पॉश इलाके फ्रैंड्स कॉलोनी में भीड़ घुस गई थी। अतिरिक्त पुलिस आयुक्त गौतम कौल खुद पुलिस बल लेकर उस भीड़ को भगाने के लिए वहाँ गए थे।

सुल्तानपुरी और त्रिलोकपुरी में मारे गए सिख किसी भी तरह से संपन्न लोग नहीं थे। न ही दिल्ली कंटोनमेंट इलाके में सागरपुर में या उत्तरी दिल्ली के जहाँगीरपुरी में या पश्चिमी दिल्ली के मंगोलपुरी में या पूर्व में सीमापुरी व नंद नगरी में हत्यारों की मार–काट का शिकार हुए सिख धनी लोग थे। यही वे इलाके थे, जहाँ सबसे ज्यादा हत्याएँ हुई थीं। अधिक समृद्ध इलाकों में से कुछ में लूटपाट की कोशिशें हुई थीं और लूटपाट भी हुई थी। वहाँ न्यायमूर्ति रंगनाथ मिश्र की वर्ग थ्योरी में सच्चाई का कुछ अंश हो सकता है। अगर थ्योरी की इतनी सीमित परिभाषा है तो यह कहीं से भी थ्योरी नहीं कही जा सकती; लेकिन इतने सीमित दायरे के भीतर भी मिश्र की रिपोर्ट दिल्ली के बारे में गंभीर अज्ञानता को दरशाती है और उस विशेष हिंसा के बारे में, जो दिल्ली में उन तीन दिनों में हुई थी और जिसकी वह जाँच कर रहे थे तथा उस पर अपना फैसला सुना रहे थे। ऐसा प्रतीत होता है कि 'बहुमंजिला आधुनिक फैशनेबल इमारतों' के बारे में भी उन्हें गलत तथ्य मिले थे। दिल्ली में उस समय मारे गए लोगों में से संभवतः एक भी बहुमंजिला आधुनिक फैशनेबल इमारतों में नहीं रह रहा था। उस समय जो सिख इस प्रकार की इमारतों में रह रहे थे, दिल्ली में वे लगभग पूरी तरह से सुरक्षित थे।

दिल्ली ने वंचित इलाकों के भीतर छोटी–मोटी चोरी और लूटपाट की घटनाएँ देखी थीं, जहाँ हत्याएँ हुई थीं। ऐसा नहीं हुआ था कि भीड़ उन इलाकों से निकलकर सीधे संपन्न इलाकों को निशाना बनाने चली गई थी; हालाँकि, ऐसा भी हुआ था। छोटे समूहों द्वारा दिल्ली के पूँजीपति वर्ग को निशाना बनाकर की गई उस तरह की हिंसा वर्ग–आक्रोश के बजाय आपराधिक काररवाई अधिक थी या दिल्ली में धनी–मानी सिखों तक। यदि आप इसकी अनुमति देते हैं तो इस वर्ग–आक्रोश की मुक्त अभिव्यक्ति की अनुमति तभी तक थी, जब तक कि यह धनी सिखों के खिलाफ थी। कुछ सैकड़ों लोगों या इतने ही कुछ लोगों या यहाँ तक कि सौ लोगों के समूह द्वारा शुरू किए गए वर्ग–आक्रोश ने अमीर वर्ग को नहीं छुआ था और न ही उसमें संपन्न लोगों की संपत्ति को हथियाने की लालसा थी। यह कुछ चुनिंदा इलाकों में, चुनिंदा लोगों तक ही थी। ये सब बातें यह बताने के लिए की गईं कि दिल्ली में एक प्रकार की लाल क्रांति हुई कि लोग 'अमीरों को मटियामेट' करने के लिए झुग्गियों से उठ खड़े हुए थे।

शैतान के बारे में न्यायमूर्ति मिश्र के विचार जिस दार्शनिक तरीके से व्यक्त किए गए थे, वे शायद उनकी मार्क्सवादी थ्योरी के मुकाबले सत्य के कहीं ज्यादा करीब, शायद एक छोटा कदम ही सही, लेकिन एक कदम करीब थे। मानवीय जीवन के प्रति सम्मान समाप्त हो रहा था; सच है, नैतिक प्रतिबद्धताएँ पतन की ओर जा रही थीं; कानून के प्रति सम्मान कम हो चला था और ये उपर्युक्त सारे 'गैर-सामाजिक' व्यवहार के वाहक थे, जिनके बारे में मिश्र कहते हैं कि इनसे दंगे संयोजित हुए थे। इस थ्योरी के साथ मुश्किल यह है कि गैर-सामाजिक में समानता हो सकती है, लेकिन इससे वे संगठित नहीं हो जाते हैं।

न्यायमूर्ति मिश्र ने 1 नवंबर से हिंसा में एक संगठित पैटर्न देखा था। उन्होंने यह भी कहा था कि गैर-सामाजिक लोगों ने हिंसा को संगठित होकर अंजाम दिया। फिर वास्तव में किसने उन 'गैर-सामाजिक' लोगों को संगठित किया और कैसे किया? इस बिंदु पर आकर रंगनाथ मिश्र रिपोर्ट खामोश हो जाती है। कांग्रेस पार्टी के बचाव में मिश्र का आखिरी बचाव का तर्क यह था कि यदि कांग्रेस नेतृत्व ने हत्याओं को संयोजित किया होता तो बहुत ज्यादा लोग मारे गए होते। इस तार्किक सुझाव में कोई संदेह नहीं है कि कांग्रेस यदि सही मायने में इस काररवाई में शामिल होती तो वे और बहुत ज्यादा लोगों की जानें ले सकते थे।

"यदि सत्तासीन पार्टी या एक मंत्री अथवा उच्च पदस्थ किसी व्यक्ति ने दंगों की साजिश रची होती या उन्हें संगठित किया होता तो स्थिति कहीं अधिक भयानक हो सकती थी। आयोग के समक्ष सभी पार्टियों का यही कहना है कि कुछ इलाकों में किसी भी प्रकार की समस्या देखने में नहीं आई और ऐसी स्थिति के लिए दो कारण बताए गए—(i) स्थानीय पुलिस की प्रभावशीलता और (ii) स्थानीय निवासियों द्वारा संयुक्त बचाव करना। यदि कांग्रेस पार्टी या पार्टी में किसी शक्तिशाली ताकत ने कोई भूमिका निभाई होती तो इन दो उपर्युक्त तत्त्वों में से कोई उस तरीके से काम नहीं कर सकता था, जैसा कि बताया गया है।"

उन्होंने आगे और कारण गिनाते हुए कहा कि अगर कांग्रेस इसमें शामिल रही होती तो कांग्रेस पार्टी के सिख सदस्यों को बख्श दिया जाता। उन्होंने पाया कि "आयोग के समक्ष एक भी ऐसा उदाहरण प्रस्तुत नहीं किया गया, जहाँ किसी सिख ने यह अपील की हो कि वह कांग्रेस पार्टी से ताल्लुक रखता है और इसीलिए दंगाइयों ने उसे छोड़ दिया हो।"

मिश्र ने कहा था कि दिल्ली सिख गुरुद्वारा प्रबंधक समिति द्वारा दी गई गवाही से उनकी जाँच को इस नतीजे पर पहुँचने में मदद मिली कि "कांग्रेस पार्टी के कुछ लोग अपने स्तर पर इस उथल-पुथल में शामिल हुए थे और उन्होंने ऐसा पूरी तरह अपने आप किया था।"

आखिर में, वह इस बात को रेखांकित करते हैं कि कांग्रेस पार्टी ने शांति और समरसता का आह्वान करते हुए 1 नवंबर को एक प्रस्ताव पारित किया था।

इन प्रस्तावों को देखते हुए—

"दिल्ली में सिख समुदाय के सदस्यों पर इतनी नृशंस हिंसा के पीछे पार्टी का अप्रत्यक्ष हाथ होने का आरोप लगाना वास्तव में मुश्किल है। ऐसा कहीं नजर नहीं आता।"

उन्होंने इस बात पर भी गौर किया कि गृह मंत्रालय ने भी एक सर्कुलर जारी करके शांति और सद्भाव बनाए रखने के लिए चौकसी बरतने को कहा था। न्यायमूर्ति मिश्र ने कहा, "और इसलिए सरकारी प्रशासन को जिम्मेदार नहीं ठहराया जा सकता।" राजीव गांधी ने भी स्वयं शांति बनाए रखने की अपील की थी, इसलिए उन्हें भी जिम्मेदार नहीं ठहराया जा सकता। उसके बाद यह अंतिम तर्क था—

"कांग्रेस पार्टी ने प्रस्ताव पारित किया, सरकार ने आदेश जारी किया, राजीव गांधी ने शांति बनाए रखने की अपील की और इसलिए इनमें से कोई इसमें शामिल नहीं था।" यह कहना शर्मिंदगी की हद तक नीचे जा सकता है कि न्यायमूर्ति मिश्र ने बयान और काररवाई के बीच अंतराल के लिए कोई जगह नहीं छोड़ी। मंशा संबंधी बयान बेगुनाही साबित करने के लिए कभी पर्याप्त नहीं होते, अधिकतर न्यायाधीश जानते होंगे। लेकिन न्यायमूर्ति मिश्र यह सुझाव देते हुए सही जान पड़ते हैं कि यदि राजीव गांधी ने अपने पार्टी कैडरों को जाने और हत्याएँ करने का आदेश जारी किया होता तो और बहुत से लोग मारे गए होते। लेकिन एक गिरते पेड़ के नीचे काँपती धरती की तसवीर के पीछे (राजीव गांधी द्वारा हत्या के परिणामस्वरूप लोगों की हत्याओं को अपरिहार्य बताने का तरीका और जिसका न्यायमूर्ति मिश्र ने कोई जिक्र नहीं किया था) कुछ परेशान करनेवाले सवाल समाए हुए थे, जिन्हें न्यायमूर्ति मिश्र ने कतई कहीं शामिल नहीं किया था। क्या कांग्रेस सरकार ने बढ़ती हिंसा को रोकने के लिए तेजी से, प्रभावी और पर्याप्त काररवाई की? क्या पार्टी के उन नेताओं को रोकने के लिए कोई प्रयास किया गया, जो हिंसक भीड़ के साथ नजर आ रहे थे? क्या कांग्रेस सरकार ने दोषियों पर मुकदमे चलाने और पुलिस के खिलाफ अनुशासनात्मक काररवाई शुरू की? या इस दिशा में उठाए गए कदमों को रोक दिया गया? वह कांग्रेस सरकार नहीं तो किसका हाथ था, जिसने वेद मारवाह को अपनी जाँच पूरी करने से रोक दिया था?

न्यायमूर्ति मिश्र की तरह यह मुझे भी स्पष्ट हो रहा था कि राजीव गांधी ने देश भर में तबाही का कोई आदेश नहीं दिया था; लेकिन सही बात कहते हुए भी मुझे यह स्पष्ट था और उन सभी लोगों को भी, जिनसे मैंने बात की थी कि जहाँ भी हत्याएँ हुई थीं, वहाँ सरकार ने उन हत्याओं को रोकने के लिए कोई ठोस कदम नहीं उठाया। यह बात सही है

कि उसने कुछ पुलिस अधिकारियों को सही काम करने से नहीं रोका, लेकिन उसने यह सुनिश्चित करने के लिए भी कोई प्रयास नहीं किया कि बाकी पुलिस अधिकारी भी सही काम करते। अगर सारे नहीं तो कुछ पार्टी नेताओं ने धरती को हिलाने में अपना छोटा-मोटा योगदान दिया ही होगा, जो कि कांग्रेस नेतृत्व को सही प्रतीत हुआ था।

न्यायमूर्ति मिश्र एक समानांतर रेखा खींचते हैं। उन्होंने कहा कि "सिखों की यह बात सही है कि दो हत्यारों की कारवाई के लिए उन सभी को दोषी नहीं ठहराया जाना चाहिए।" वह तर्क देते हैं कि "इसी प्रकार, अगर कांग्रेस पार्टी के कुछ जूनियर लोग शामिल भी रहे थे तो पूरी पार्टी के सिर पर इसका दोष नहीं मढ़ा जाना चाहिए। यह कोई तार्किक समानता नहीं है। दो हत्यारों के लिए सभी सिखों पर आरोप नहीं लगाया जाना चाहिए, यह एक बात है; यह कहना कि एक संगठन के भीतर कुछ लोगों की कारवाई के लिए पूरे संगठन के लोगों को जिम्मेदार ठहराना दूसरी बात है। संगठन समाज के समानांतर नहीं है। संगठन एक करीबी ताने-बाने में समाया हुआ होता है, जहाँ आपस में जुड़े लोग एक एकल लक्ष्य की दिशा में काम करते हैं।

एक संगठन इतनी आसानी से अपने सदस्यों और शीर्ष सदस्यों की कारवाई से दूरी नहीं बना सकता और इस समानता में संवेदनशीलता नहीं थी—'सिटीजन जस्टिस कमेटी' ने मिश्र रिपोर्ट की सोच और भाषा को 'आश्चर्यजनक रूप से अशिष्ट' करार दिया था।

•

'दि इंडियन एक्सप्रेस' में चीफ रिपोर्टर की जिम्मेदारी सँभालने के बाद मैंने पूर्णकालिक रूप से क्राइम रिपोर्टिंग छोड़ दी और उसके बाद सन् 1988 में जब मैं कुछ समय के लिए पॉलिटिकल रिपोर्टिंग ब्यूरो में रहा तो सिटी रिपोर्टिंग की सभी जिम्मेदारियों से अलग हट गया। इसके साथ ही, उन हत्याओं के संबंध में किसी भी प्रकार से मेरा सक्रिय रिपोर्टिंग से नाता खत्म हो गया।

सन् 1984 के बाद सिटी रिपोर्टिंग के वर्षों में 1984 की घटनाओं से जुड़ी रिपोर्टिंग से मेरा सीधा संबंध सीमित हो गया था और वह भी कभी-कभार का, क्योंकि सच कहूँ तो कुछ हो ही नहीं रहा था। एक शख्स, जो जिंदा बचे लोगों की आवाज उठाने और मारे गए लोगों के लिए न्याय के अपने संघर्ष से कभी पीछे नहीं हटा—वह हैं श्री एच.एस. फुल्का। दोषियों को न्याय के कठघरे में लाने के लिए, वह शुरू से लेकर अभी तक संघर्ष कर रहे हैं।

हम में से कुछ लोगों ने उन दिनों की रिपोर्टिंग की थी और जब हमने भी अपना काम समेट लिया तो मनोज मिट्टा ने रिपोर्टिंग के जरिए वह जिम्मेदारी सँभाल ली। उन्होंने बड़ी गहराई से वर्ष 1984 के पीड़ितों की भविष्य संबंधी खबरों की रिपोर्टिंग की। उन्होंने दबी हुई रिपोर्टों को खोदकर निकाला—ऐसी रिपोर्टें, जो सरकार एवं राजनीतिक नेताओं

को सवालों के कठघरे में खड़ा करनेवाली थीं और उन रिपोर्टों के साथ उन्होंने कम-से-कम न्याय पाने की दिशा में कुछ कदम तो बढ़ाए।

वर्ष 1984 के पीड़ितों के साथ अन्याय की कहानियों को यदि लोगों के जेहन से मिटने नहीं दिया गया तो इसका श्रेय प्रमुख रूप से एच.एस. फुल्का और मनोज मिट्टा को जाता है। मैंने इन पन्नों में अपने जो विचार व्यक्त किए हैं, वे इन दोनों के प्रयासों का कोई विकल्प नहीं हो सकते। जो पसीना उन लोगों ने बहाया है, वह काबिले तारीफ है। इसका प्रमाण इनके प्रयासों के साथ ही उन दोनों द्वारा लिखी गई पुस्तक 'व्हेन ए ट्री शूक डेल्ही : द 1984 कार्नेज एंड इट्स आफ्टरमैथ' है।

सन् 2007 में उस पुस्तक के प्रकाशन के बाद भी उन्होंने उस नर-संहार से जुड़े घटनाक्रम पर नजर रखना जारी रखा है।

जब मैं मिश्र आयोग के समक्ष पेश हुआ था तो मुझे उन परिस्थितियों के बारे में पूरी वैधानिक जानकारी नहीं थी, जिनके चलते इस आयोग का गठन किया गया था। इसका तो मुझे बाद में एच.एस. फुल्का से निजी रूप से और उनकी पुस्तक के माध्यम से पता चला। अगर शालीनता से कहा जाए तो केवल तब जाकर मुझे सुप्रीम कोर्ट के जज की अध्यक्षता में बने इस आयोग की समस्याओं की जानकारी हुई।

अपनी पुस्तक के अध्याय 'ए फार्स ऑफ एन इंक्वायरी' में श्री फुल्का ने विस्तार से बताया है कि कैसे आयोग के गठन के बाद जब उसने हलफनामे स्वीकार करने शुरू किए तो एक महीने के बाद केवल एक हलफनामा इसके पास आया था— लगता था कि किसी को उस आयोग पर भरोसा नहीं था। मिश्र ने उसके बाद सी.जे.सी. से मदद माँगी, फुल्का जिसके सदस्य थे। सी.जे.सी. वह समूह था, जिसने यह सुनिश्चित किया कि आयोग के समक्ष हलफनामे दाखिल किए जाएँ। न्यायमूर्ति मिश्र ने काफी पहले ही किसी भी मीडिया को सुनवाई की रिपोर्टिंग करने से प्रतिबंधित कर दिया था। इसी पर फुल्का ने लिखा है—'हमें पहले ही समझ जाना चाहिए था कि दाल में कुछ काला है, क्योंकि वह 'निष्पक्ष सुनवाई के लिए वैश्विक रूप से स्वीकृत व्यवस्था का उल्लंघन कर रहे थे।' इसके बावजूद सी.जे.सी. जाँच में सहयोग करता रहा। अंतत: श्री फुल्का कहते हैं कि '2,905 हलफनामे प्राप्त हुए, जिनमें से दो-तिहाई पीड़ितों के खिलाफ थे और पढ़ने में लगभग एक जैसे थे। 'उन हलफनामों में कमोबेश एक ही भाषा में उन्हीं बयानों को दोहराया गया था।' उनमें निजी अनुभवों का ब्योरा नहीं दिया गया था। उनमें केवल विचार व्यक्त किए गए थे कि हत्याएँ संयोजित या संगठित नहीं थीं। बाकी 550 श्री फुल्का ने दाखिल किए थे, जिन्हें न्यायमूर्ति मिश्र द्वारा 'पीड़ितों के पक्ष में' वर्गीकृत किया गया था।

इस तरह हलफनामों के ढेर को बाँटा गया। मिश्र के अपने वर्गीकरण के हिसाब से बहुत कम ऐसे हलफनामे थे, जिन्हें स्वतंत्र और इन श्रेणियों के बाहर रखा गया था।

मेरे हलफनामे उन कुछ हलफनामों में शामिल रहे होंगे। यह वर्गीकरण ही अपने आप में अजीब था, जो यह बताता था कि 'पीड़ितों के पक्ष में' दाखिल हलफनामे और बाकी हलफनामे अलग-अलग मायने रखते थे। मैंने सोचा कि इस प्रकार से हलफनामों को दो पक्षों में विभाजित करने से प्रत्येक हलफनामे की वैधता कमजोर पड़ जाएगी। मिश्र न्यायमूर्ति ने बड़ी संख्या में ऐसे हलफनामों का संज्ञान लिया, जिन्हें इस आधार पर अस्वीकार्य घोषित कर दिया जाना चाहिए था कि उन सभी में एक ही विचार व्यक्त किया गया था कि हत्याएँ संयोजित नहीं थीं। संख्या बल के हिसाब से 'पीड़ित-रोधी' हलफनामों की संख्या पीड़ित-समर्थक हलफनामों के मुकाबले ज्यादा थी।

लेकिन पूर्वग्रह के और संकेत अभी सतह पर आने बाकी थे। एच.एस. फुल्का ने अपनी पुस्तक में ब्योरा दिया है कि किस प्रकार कांग्रेस का बचाव करनेवाले हलफनामे सुनवाई के पहले दिन से ही बिखरने लगे थे। उनमें से कई में जालसाजी और हेरा-फेरी सामने आने लगी थी। इस बारे में कुछ खबरें शुरुआत में मीडिया में आईं भी, जिन पर बाद में रोक लगा दी गई।

भारत के पूर्व प्रधान न्यायाधीश एस.एम. सीकरी, जो सी.जे.सी. के साथ काम कर रहे थे, ने घोषणा कर दी कि 'आयोग ने जो असामान्य प्रक्रिया अपनाई थी, वह दोषियों को बचाने और सच्चाई को दबाने में रुचि रखनेवाले लोगों के उद्‌देश्य की पूर्ति में सहायक हो रही है।'

कमेटी अक्तूबर-नवंबर 1984 में वरिष्ठ अधिकारियों और पुलिस आयुक्त सुभाष टंडन से जिरह करना चाहती थी। मिश्र ने इनकार कर दिया। मार्च 1986 के अंत में कमेटी ने मिश्र आयोग की काररवाइयों से खुद को अलग कर लिया। न्यायमूर्ति मिश्र बिना सी.जे. सी. के ही आगे बढ़ गए। उन्होंने फैसला सुना दिया कि कोई कांग्रेस नेता शामिल नहीं था। उन्होंने पुलिस में खामियाँ पाईं, लेकिन कानून के तहत किसी भी अधिकारी को दोषी नहीं ठहराया गया।

श्री फुल्का का जो ब्योरा मैंने बाद में पढ़ा, वह न्यायमूर्ति मिश्र के सामने मेरे अपने अनुभव के समान ही था। उनके शीर्ष आसन के सामने खड़े होकर मुझे इस बात की एक झलक मिल गई थी कि मेरे हलफनामों के साथ क्या बरताव किया गया, और श्री फुल्का ने यह पीड़ा लंबी सही थी।

कांग्रेस सरकार द्वारा मिश्र आयोग का गठन केवल इस बात की याद दिला रहा था कि पहले सिखों की रक्षा करने से इनकार करने के बाद सरकार अब किस प्रकार उन्हें न्याय देने में विफल साबित हो रही थी। इससे पता चलता था कि सरकार लगातार अपराधियों को बचाने में जुटी थी। उन तीन दिनों को लेकर पहले चरण में सरकार को हो रहे अपराधों की जानकारी होना और उसके ऊपर से उन अपराधों को रोकने में सरकार

की अक्षमता के बारे में तर्क दिया जा सकता कि यह एक साजिश थी, जहाँ नेताओं और सरकार के अधिकारियों ने अपराधियों एवं हत्यारों को समर्थन देने के लिए जान-बूझकर हाथ मिलाया था। बाद में जो लीपा-पोती की गई, उसने हत्याओं पर परदा डालने का ही काम किया।

व्यक्तिगत स्तर पर यह कानून के तहत अपराध है और यदि अपराधियों को बचाने की यह काररवाई सरकार द्वारा ढाँचागत एवं संस्थागत तरीके से की जाती है तो सरकार अपराधी बन जाती है। ऐसे परिदृश्य में कानून को सीधे-सीधे लागू करना अस्पष्ट नजर आता है, तो इसका कारण यह है कि व्यक्तियों का संस्थानों में विलय हो जाता है। आप एक संस्थान पर मुकदमा कैसे चलाएँगे? निश्चित रूप से, यह संभव है; लेकिन इसके लिए सरकार के पास मजबूत इच्छा-शक्ति की जरूरत होगी। इस बात के संकेत कहाँ थे? मिश्र आयोग ने जो कहा था, उसमें तो ऐसा कोई संकेत था ही नहीं; वह जाँच केवल यही स्थापित कर रही थी कि सरकार एक के बाद एक विफलता को छुपा रही थी।

हत्याओं के कई सप्ताह और महीने बीत जाने के बाद भी राजीव गांधी सरकार ने जाँच आयोग गठित करने की सभी माँगों का विरोध किया। राजीव गांधी ने तो ऐलान कर दिया था कि इससे केवल 'पुराने घाव ही हरे होंगे।' हत्या के सभी मामलों की सुनवाई में ऐसा होता है, लेकिन किसी ने जिम्मेदारी के साथ यह नहीं कहा था कि केवल इसी वजह से सुनवाई नहीं होनी चाहिए।

मिश्र आयोग का गठन अकाली नेता हरचरण सिंह लोंगोवाल की माँग पर रियायत के रूप में किया गया था। लोंगोवाल इसके लिए जज का चुनाव नहीं कर सके; सरकार ने यह चुनाव किया।

सरकार सच का गला क्यों घोंटना चाहती थी? उस समय सत्तारूढ़ पार्टी के नेताओं और सरकारी अधिकारियों—दोनों से ही ये सवाल किए जा रहे थे—दिल्ली की हकीकत दोनों के बीच उतना स्पष्ट विभाजन नहीं करती, जितना कि भारत का संविधान करता है।

चारों ओर से आरोप लग रहे थे और इसके कारण थे कि सरकारी 'नेतृत्व' या उसके नेतृत्व की कमी के कारण हत्याएँ संभव हुई थीं। एक क्षण के लिए न्यायमूर्ति मिश्र की शैली में अनुमान के आधार पर यह तर्क मान लें कि अगर छुपाने के लिए कुछ नहीं था तो सरकार अपराधियों को क्यों बचाना चाहेगी? वह ऐसी जाँच गठित करने का दिखावा क्यों करेगी, जो किसी भी सही जाँच के रास्ते में रोड़े अटकाए? क्या सच में कोई दिखावा करने की जरूरत थी, संलिप्तता का दिखावा? इस दिखावे की परछाइयाँ काफी लंबी थीं। मिश्र आयोग के गठन के बाद पुलिस रिकॉर्डों तक पुलिस की ही पहुँच पर रोक लगा दी गई। आयोग को सौंपे गए वे सारे रिकॉर्ड्स अब कहाँ हैं?

केंद्र में सत्ता में आई नई भाजपा सरकार ने सन् 2000 में एक नए जाँच आयोग

का गठन किया, जिसकी अध्यक्षता की जिम्मेदारी सुप्रीम कोर्ट के सेवानिवृत्त न्यायाधीश जी.टी. नानावती कर रहे थे। उन्हें दंगों की जाँच की जिम्मेदारी सौंपी गई थी। नानावती आयोग ने वह रिकॉर्ड माँगा, जो मिश्र आयोग के पास था, लेकिन नानावती आयोग को वह रिकॉर्ड नहीं मिला।

•

न्यायमूर्ति नानावती के सामने गवाही देने के लिए मैं सन् 2001 में लंदन से भारत आया। मुझे विश्वास था, हालाँकि बहुत थोड़ा सा कि अंततः नानावती आयोग हो सकता है कि इसमें सफल हो जाए, क्योंकि वह संभवतः ऐसा चाहता था। कानून अभी भी लागू है; तथ्य जुटाए जा सकते हैं, रिकॉर्ड मँगाया जा सकता है। मैंने सोचा कि कई हत्यारे और उनके संरक्षक अभी भी जीवित थे। यदि अभियोजन चाहता तो उन पर मुकदमा चलाया जा सकता था। नानावती आयोग भाजपा सरकार ने गठित किया था।

उसे अपनी रिपोर्ट दाखिल करने में 5 साल का समय लगा। जब रिपोर्ट दाखिल की गई तो यह वर्ष 2005 के शुरुआती महीनों की बात है। उसके तुरंत बाद कांग्रेस सत्ता में लौट आई। जब मैं इस दूसरे आयोग के समक्ष पेश हुआ तो मैंने अंदाजा नहीं लगाया था कि आयोग को अपनी रिपोर्ट सौंपने में इतना समय लगेगा।

मैं सबूत देने के लिए विज्ञान भवन एनेक्सी में नानावती आयोग के दफ्तर में गया, जिसका अर्थ था कि मैं वही कहने वाला था, जो मैं याद रख पाया था और जो पहले कह चुका था। उसी के अनुसार मैं न्यायमूर्ति नानावती के सामने पेश हुआ। उन्होंने मुझसे रकाबगंज गुरुद्वारे के बारे में पूछा, जहाँ मैंने कमल नाथ और गौतम कौल को देखा था। मैं वहाँ कब गया और मैंने क्या देखा, इसे लेकर मुझसे सवाल–जवाब किए गए। एक सरकारी वकील ने मुझसे एकदम यही सवाल किया कि मैं वहाँ कब गया था और मुझे याद था कि यह दोपहर बाद करीब 4 बजे के आसपास का समय था।

जिरह के दौरान मुझे न्यायमूर्ति नानावती की यह बात सुनकर कुछ राहत मिली कि 17 साल बाद मुझसे यह उम्मीद नहीं की जा सकती कि मुझे एकदम सही समय याद होगा।

याददाश्त चुनाव करने और उस चुनाव को सहेजकर रखने के अपने रास्ते तलाश लेती है। अब न्यायमूर्ति नानावती के सामने गवाही देने के 13 साल बाद उस गवाही की कुछ बातें स्मृति में एकदम तरोताजा हैं। बाकी के बारे में मेरे पास कहने के लिए कुछ नया नहीं है। किसी के पास पूछने के लिए भी कुछ नया नहीं था। मैंने राजीव गांधी का नाम लेकर कुछ असहजता पैदा कर दी थी और उसी से संबंधित बातचीत स्मृति में ताजा रही, बाकी सब तो दोहराव था।

मैं अमेठी में उनके साथ हुई अपनी एक छोटी सी मुलाकात के बारे में बता रहा था, जब वह दिसंबर 1984 में चुनाव–प्रचार के लिए वहाँ गए थे। जो कुछ मैं कह रहा

था, क्लर्क उसे लिख रहा था; लेकिन जिस क्षण मैंने राजीव गांधी का जिक्र किया, उसने लिखना बंद कर दिया। मार्गदर्शन के लिए उसने न्यायमूर्ति नानावती की ओर देखा। मैं जो कह रहा था, न्यायाधीश महोदय ने उस पर खारिज करने के अंदाज में कुछ संदेह-सा जाहिर किया। वह राजीव गांधी का जिक्र करने को लेकर हतोत्साहित-सा करते नजर आए। हालाँकि, उन्होंने मुझे बोलने से नहीं रोका, लेकिन मुझे जो कहना था, मैं कह रहा था और आखिरकार, राजीव गांधी के संबंध में कुछ संदर्भों को शामिल किया गया। क्या लिखा गया था, यह मुझे याद नहीं। उस तरह की गवाही का तरीका मुझे वैसे बहुत साधारण-सा जान पड़ा था।

मैंने बयान तो दिया, लेकिन मैं पूरी तरह से अपनी बात उस तरह नहीं रख पाया, जैसा कि मैं चाहता था। इस तरह के बयान के लिए व्यवस्था ही ऐसी बनाई गई है। मैंने जो कुछ कहा, एक आदमी बैठकर उसे संक्षेप में लिख रहा था। यह ठीक वैसा ही था, जैसे अखबार में किसी भाषण की रिपोर्ट होती है। उसके बाद मुझे उसे पढ़ने और उस पर हस्ताक्षर करने को कहा गया, जो कि मैंने कर दिया। संक्षेप में जो लिखा गया था, मैंने वही सब कहा था। उस कागज पर जो कुछ लिखा गया था, उसकी भावना मेरे कहे हुए से अलग नहीं थी; लेकिन यह कुल मिलाकर वह नहीं था, जो मैं चाहता था।

राजीव गांधी का पूरा जिक्र करने के बजाय केवल बहुत मामूली जिक्र किया गया था। यह बात सही है कि मैं जो कुछ कह रहा था, उसे पूरा-का-पूरा रिकॉर्ड करने पर जोर दे सकता था; लेकिन संक्षिप्त प्रतिवेदन की ऐसी ही परंपरा नजर आ रही थी। खैर, वे मेरे साथ वह काम नहीं कर रहे थे, जो बतौर रिपोर्टर अपने काम को करते हुए मैंने दूसरों के साथ नहीं किया था।

किसी भी स्थिति में, मेरा यह मानना था कि अंत में इस संदर्भ में से कोई नोट नहीं लिया जाएगा। उस संदर्भ की विषय-वस्तु में नाटकीय कहने लायक कुछ नहीं था। जिस बात ने मुझे चौंकाया था, वह थी न्यायमूर्ति नानावती का कठोर रुख। वह राजीव गांधी का नाम सुनना ही नहीं चाहते थे। यह उनके भीतर कहाँ से आया था, मुझे नहीं पता और न ही मैं अंदाजा लगाना चाहता हूँ। इस बात में कोई संदेह नहीं कि इस प्रकार की काररवाइयाँ तथ्यों के आधार पर संचालित होती हैं और उन तथ्यों में आगे जाकर कुछ मिलने का संकेत नहीं होता; लेकिन ऐसा लग रहा था कि वह केवल प्रक्रिया पूरी करने मात्र जैसा था, जिससे कोई नतीजा नहीं निकलेगा।

मुझे वकीलों में ऐसी कोई उत्सुकता या भूख नजर नहीं आई कि वे मुझसे कुछ सुनना चाहते थे, या वे मेरे द्वारा रखे गए तथ्यों से कुछ सार्थक निकालने का प्रयास कर रहे थे। सुनवाई में दिलचस्पी की कमी का कारण मेरे हलफनामे हो सकते थे, जिसमें उन्हें वह सबकुछ नजर आ गया था, जो वे देखना चाहते थे।

•

नानावती आयोग के गठन का आदेश भाजपा सरकार द्वारा मई 2000 में दिया गया था और उसने फरवरी 2005 में अपनी रिपोर्ट सौंपी। मिश्र आयोग ने जहाँ काम छोड़ा था, यह आयोग उससे कुछ कदम आगे बढ़ा था। इस बात के मद्देनजर कि मिश्र ने अपनी जाँच कहाँ तक की, उस पर कुछ ज्यादा कहने की जरूरत नहीं है। उन तथ्यों तक पहुँचनेवाले सम्मानित न्यायाधीशों को चुनौती देने की मुझमें बमुश्किल ही कोई कूव्वत है; लेकिन सच्चाई यह है और मेरा यकीन है कि इस विषय में नानावती रिपोर्ट अंतिम वाक्य नहीं है।

सबसे पहले, मिश्र आयोग की रिपोर्ट का असर दूसरी जाँच पर बहुत भारी पड़ रहा था। न्यायमूर्ति नानावती ने अपनी अंतिम रिपोर्ट में कहा था कि 'न्यायमूर्ति मिश्र आयोग का पूरा रिकॉर्ड आयोग को उपलब्ध नहीं हुआ था।' उन्होंने अपने अधिकारियों के माध्यम से रिकॉर्ड जुटाने के प्रयास किए; लेकिन उनका कहना था कि आयोग के समक्ष दाखिल किए गए हलफनामों से यह स्पष्ट हो गया था कि 'उनके प्रयासों के बावजूद शेष रिकॉर्ड का पता नहीं लगाया जा सका।' नानावती आयोग ने अपनी जाँच जब शुरू की तो उन्हें शुरू से ही बाधा का सामना करना पड़ा। वर्ष 1984 के संवेदनशील पुलिस रिकॉर्ड को वेद मारवाह की टीम अपनी जाँच के मकसद से अपने कब्जे में ले चुकी थी।

उसके बाद उस रिकॉर्ड को न्यायमूर्ति मिश्र आयोग के हवाले कर दिया गया। उस आयोग ने कांग्रेस नेतृत्व को निर्दोष घोषित कर दिया और उसके सामने पेश किए गए हर तरह के सबूत को अनदेखा कर दिया। उसके बाद रिकॉर्ड को कहीं और भेज दिया गया तथा नानावती उस रिकॉर्ड को हासिल नहीं कर सके। सवाल यही है कि जो रिकॉर्ड नानावती को उपलब्ध नहीं कराया गया, उस रिकॉर्ड में क्या था?

नानावती की जाँच से हमें अंततः जो 185 पन्नों की भारी-भरकम रिपोर्ट मिली, उसमें तारीखवार और जिलावार हमलों तथा घटनाओं को फिर से दोहराया गया था। मिश्र आयोग की कुछ बातों को केवल नानावती आयोग द्वारा दोहरा दिया गया था; हालाँकि, न्यायमूर्ति नानावती ने दिल्ली में कुल पुलिस जिलों की संख्या को ठीक करके पाँच से छह कर दिया था। न्यायमूर्ति मिश्र के विपरीत न्यायमूर्ति नानावती ने मेरे हलफनामों का कुछ संज्ञान लिया था।

रकाबगंज घटना को लेकर मेरे तथा कुछ अन्य लोगों के हलफनामों से उन्होंने पाया था कि 'आयोग को ऐसा प्रतीत होता है कि भले ही वहाँ पुलिसकर्मी तैनात थे, लेकिन उन्होंने गुरुद्वारे के आसपास जमा भीड़ को गुरुद्वारे पर हमला करने से रोकने या उसे तितर-बितर करने के लिए कुछ नहीं किया।'

इसके बाद उन्होंने एक सीमा तक कमल नाथ को लेकर पैदा हुए विवाद पर गौर

किया। नानावती ने इस बात का संज्ञान लिया था कि कमल नाथ ने रकाबगंज गुरुद्वारे के बाहर अपनी मौजूदगी की वजह बताते हुए एक हलफनामा दाखिल किया था, जिसमें कहा गया था कि हिंसा फैलने की खबर सुनने के बाद वह 'कांग्रेस पार्टी के एक वरिष्ठ और जिम्मेदार नेता होने के नाते वहाँ गए थे।'

कमल नाथ के हलफनामे के अनुसार, पुलिस आयुक्त के गुरुद्वारे पहुँचने के बाद वह वहाँ से निकल गए थे; क्योंकि तब वह इस बात के लिए आश्वस्त हो सकते थे कि पुलिस आयुक्त हालात को सँभाल लेंगे। कमल नाथ ने कहा कि इस बीच वह भीड़ को वहाँ से हटाने की कोशिश में लगे थे। उन्होंने भीड़ की अगुआई करने या उस पर किसी प्रकार का नियंत्रण होने से इनकार किया था।

न्यायमूर्ति नानावती ने अपनी रिपोर्ट में रेखांकित किया था—'कमल नाथ द्वारा दाखिल जवाब अस्पष्ट है। उन्होंने स्पष्ट रूप से यह नहीं बताया है कि किस समय वह वहाँ गए और वहाँ कितनी देर तक रहे।'

न्यायमूर्ति नानावती ने कमल नाथ के हलफनामे का आलोचनात्मक आकलन किया था—'सबूत खुलासा करते हैं कि कमल नाथ को दोपहर बाद करीब 2 बजे भीड़ में देखा गया था। पुलिस आयुक्त उस जगह पर करीब 3.30 बजे पहुँचे थे। इस प्रकार, वह काफी देर तक वहाँ थे। उन्होंने यह नहीं बताया है कि क्या वह गुरुद्वारे अकेले गए थे या कुछ अन्य लोगों को साथ लेकर और वे वहाँ कैसे गए थे। उन्होंने यह नहीं कहा है कि वह पुलिस का इंतजार कर रहे थे या उन्होंने यह सुनिश्चित करने के लिए कि हालात काबू में रहें, उन्होंने वहाँ तैनात पुलिसकर्मियों से संपर्क करने की कोशिश की। पुलिस आयुक्त के पहुँचने के बाद वह उस जगह से चले गए।

'उन्होंने यह नहीं कहा है कि उन्होंने पुलिस आयुक्त से मुलाकात की। वह एक वरिष्ठ नेता थे और कानून व व्यवस्था की उन्हें चिंता थी। इसीलिए वह गुरुद्वारे गए थे और इसलिए यह बहुत ही आश्चर्यजनक प्रतीत होता है कि वह वहाँ पहुँचे पुलिस अधिकारियों से मिले बिना अचानक वहाँ से चले गए!'

न्यायमूर्ति नानावती ने इतनी छूट दे दी कि कमल नाथ ने घटना के 20 साल बाद सबूत दिए थे और 'संभवत: इसी कारण वह वहाँ कब और कैसे पहुँचे तथा वहाँ उन्होंने क्या किया, इस बारे में वह ज्यादा ब्योरा देने में सक्षम नहीं थे।'

कमल नाथ कैसे भीड़ को नियंत्रित करने आए थे या भीड़ पर जब उनका कोई नियंत्रण नहीं था तो उन्होंने कैसे उसे वहाँ से खदेड़ने की कोशिश की, इस पर खुद उन्होंने कुछ नहीं कहा था और लगता है कि नानावती ने भी उनसे नहीं पूछा।

न्यायमूर्ति नानावती ने मेरे हलफनामे में एक 'कमी' पर गौर किया था।

'उनके (मेरे) हलफनामे और आयोग के समक्ष पेश सबूत में एक जो खामी नजर

आती है, वह यह है कि जहाँ उन्होंने पहले कहा था कि वे शाम 4 बजे गुरुद्वारे पहुँचे थे, वहीं अब उनका आयोग के सामने कहना है कि वे वहाँ शाम को 2 से 4 बजे के बीच में पहुँचे थे।'

मैंने न्यायमूर्ति नानावती को घटना के 17 साल बाद सबूत दिया था; जाहिर-सी बात है कि कमल नाथ ने मुझसे तीन साल बाद अपना सबूत दिया था। मैं इस बात को स्वीकार करता हूँ कि 17 साल बाद हो सकता है कि मुझे एकदम सही समय याद नहीं रहा हो कि उस समय मैंने क्या देखा था। इससे यह बात कैसे बदल जाती है, जो मैंने देखी थी अथवा कमल नाथ या गौतम कौल के साथ मेरी मुलाकात की बात कैसे बदल सकती है, यह मुझे अभी भी समझ नहीं आता।

न्यायमूर्ति नानावती ने निष्कर्ष में कहा था—

"इस नतीजे पर पहुँचना उचित नहीं होगा कि श्री कमल नाथ ने किसी भी तरीके से भीड़ को उकसाया था।"

मैंने अपने हलफनामे में यह नहीं कहा था कि कमल नाथ ने वास्तव में गुरुद्वारे पर हुए हमले के लिए भीड़ की अगुआई की या उसे भड़काया था। मेरा कहना था कि एक समय वह भीड़ को नियंत्रित करने में सक्षम लग रहे थे और मैंने कहा था कि ऐसा लग रहा था कि भीड़ पर उनका नियंत्रण था। मैंने जो देखा था, उसके निहित संदेश पर न्यायमूर्ति नानावती ने विचार नहीं किया कि मुझे कांग्रेस सांसद और उस भीड़ के बीच संबंध नजर आया था। (अध्याय 5)

न्यायमूर्ति नानावती को अतिरिक्त पुलिस आयुक्त गौतम कौल द्वारा दाखिल हलफनामे में भी कुछ विसंगतियाँ मिली थीं। गौतम कौल ने रकाबगंज गुरुद्वारे के बाहर अपनी स्थिति का बचाव किया था। उन्होंने कहा था कि उन्होंने दृढ़ता के साथ काररवाई की और गुरुद्वारे पर हमला होने की स्थिति में वह कमर पर हाथ धरे नहीं खड़े थे, या भीड़ के सामने आने पर वह एक ओर छुपकर नहीं बैठ गए थे, जैसा कि मैंने अपने हलफनामे में ब्योरा दिया था। न्यायमूर्ति नानावती की रिपोर्ट कहती है कि 'उन्होंने (गौतम कौल ने) जो कहा है, वह अन्य सबूत से मेल नहीं खाता।'

हालाँकि, नानावती रिपोर्ट में एक बार फिर से समय का मुद्दा उठाया गया—

'अतिरिक्त पुलिस आयुक्त गौतम कौल के खिलाफ कुछ भी झूठ कहने का श्री संजय सूरी के लिए कोई कारण नजर नहीं आता है; लेकिन फिर भी, उनके वहाँ पहुँचने के समय के संबंध में उनके सबूत में जो खामी है, उसके मद्देनजर आयोग उनके (गौतम कौल के) खिलाफ यह तथ्य रिकॉर्ड करने का इच्छुक नहीं है कि वह अपने कर्तव्य का पालन करने में विफल रहे, जैसा कि उनके खिलाफ आरोप लगाया गया है।'

मैं एक बार फिर हैरान था कि यह कैसे संभव है कि एक घंटे के अंतर से वे तथ्य

बदल जाएँगे, जो मैंने देखे थे। 20 साल के लंबे अंतराल के बाद कमल नाथ एकदम सटीक ब्योरा देने में नाकाम रहे थे और न्यायमूर्ति नानावती ने इसके लिए उन्हें छूट दे दी थी। काश, सन् 1984 के 17 साल बाद एकदम सही-सही समय याद नहीं रख पाने के लिए न्यायमूर्ति नानावती ने मुझे भी कुछ ऐसी छूट दी होती!

न्यायमूर्ति नानावती ने करोल बाग के मेरे हलफनामे का भी संज्ञान लिया था। उन्होंने इस बात की पुष्टि की कि 'द इंडियन एक्सप्रेस' में उस समय छपी मेरी रिपोर्ट और जो हलफनामा मैंने दाखिल किया था, वह करोल बाग के एस.एच.ओ. रणबीर सिंह द्वारा दाखिल हलफनामे से मेल खाता था। यह उस समय तत्कालीन अतिरिक्त पुलिस आयुक्त हुकुम चंद जाटव द्वारा किए गए दावे से अलग था कि मैंने जो देखा था, वह मैंने नहीं देखा था; जाटव के अपने एस.एच.ओ. ने सच के साथ खड़े होने की हिम्मत दिखाई दी। इससे न्यायमूर्ति मिश्र द्वारा पहले की गई एक और माँग में भी बदलाव आया था, जिन्होंने कहा था कि मेरा हलफनामा इसलिए अस्वीकार्य है, क्योंकि मैं कोई ऐसा गवाह नहीं पेश कर सकता था कि मैं वहाँ था।

आयोग ने इस बात के 'ठोस सबूत' पाए थे कि सांसद धरम दास शास्त्री ने सिखों पर हमलों को भड़काया था। न्यायमूर्ति नानावती ने इस मामले में आगे जाँच का आदेश दिया, जो कभी नहीं हुई। नानावती आयोग रिपोर्ट में इस बात पर भी जोर दिया गया था कि सिखों पर हमले संगठित हमले थे; लेकिन उसका यह कहना न्यायमूर्ति मिश्र द्वारा इन्हें संगठित पाए जाने से बहुत अधिक अलग नहीं था। 31 अक्तूबर को हुए हमले मामूली तथा इक्का-दुक्का और स्वत:स्फूर्त थे। वे गंभीर किस्म के नहीं थे। इसके साथ नानावती रिपोर्ट कहती है—

'1 नवंबर, 1984 की सुबह से हमलों की प्रकृति और तीव्रता बदल गई।' उसके बाद से उन्होंने भी हिंसा में 'एक समान पैटर्न' देखा था। 'इस प्रकार जो शुरुआत में एक आक्रोश का फूटना था, वह एक संगठित नर-संहार में बदल गया।' वह कहते हैं कि 1 नवंबर से जनता के आक्रोश का लाभ उठाकर 'अन्य ताकतें हालात का फायदा उठाने के लिए उसमें शामिल हो गईं।'

वे अन्य ताकतें कौन थीं, इसके संबंध में रिपोर्ट कहती है—'बड़ी संख्या में हलफनामे इस बात का संकेत हैं कि स्थानीय कांग्रेस नेताओं और कार्यकर्ताओं ने भीड़ को सिखों पर हमले करने के लिए या तो भड़काया या उसकी मदद की।'

इसमें आगे और कहा गया है—'लेकिन प्रभावशाली और साधन-संपन्न लोगों के समर्थन एवं मदद के बिना इतनी तेजी से और बड़ी संख्या में सिखों की हत्या नहीं हो सकती थी।'

रिपोर्ट कहती है कि हत्यारे कुछ ऐसे लोग नहीं हो सकते थे, जो अपने बल पर सब

काम कर रहे थे। 'आम जनता में से किन्हीं साधारण लोगों द्वारा इतनी बड़ी संख्या में बाहरी लोगों को नहीं लाया जा सकता था। उन्हें बाहर से लाने के लिए संगठित प्रयास की जरूरत थी। उन्हें हथियार एवं ज्वलनशील सामग्री उपलब्ध कराने के लिए भी संगठित प्रयास चाहिए थे। इस बात के यहाँ सबूत हैं, जो दरशाते हैं कि बाहरी लोगों को सिखों के घर बताए गए थे।' रिपोर्ट घोषणा करती है, 'जाहिर सी बात है कि बाहरी लोगों के लिए सिखों के घरों व दुकानों का इतनी जल्दी और इतनी आसानी से पता लगाना मुश्किल होता।' स्थानीय नेताओं ने 'लोगों को अपना महत्त्व, लोकप्रियता और जनता पर अपनी पकड़ दिखाने के साथ ही अपने राजनीतिक और निजी फायदे के लिए' हालात का लाभ उठाया।

और उसके बाद अंत में—

'जो भी किया गया, वह स्थानीय कांग्रेस नेताओं एवं कार्यकर्ताओं ने किया और ऐसा लगता है कि उन्होंने ऐसा अपने निजी राजनीतिक कारणों से किया।' इस तरह, दूसरे न्यायाधीश को इसमें कांग्रेस का हाथ दिखा था। वे लोग—(क) स्थानीय थे और (ख) उन्होंने 'निजी राजनीतिक' कारणों से ऐसा किया, उनका जो भी अर्थ हो।

क्या वे स्थानीय नेता इतने 'प्रभावशाली और साधन-संपन्न' थे कि वे शहर भर में एक ही तरीके से हमलों को संगठित कर सकते थे? क्या स्थानीय निचले स्तर के लोग, जो एक-दूसरे के संपर्क में नहीं थे और शहर में इधर-उधर फैले हुए थे, वे हिंसा को फैलाने के साधन जुटा सकते थे? वह हिंसा, जिसे स्वयं न्यायमूर्ति नानावती ने 'संगठित हिंसा' बताया था। रिपोर्ट इस सवाल तक पहुँचती है और उससे एकदम ठीक पहले रुक जाती है।

रिपोर्ट इस बात पर गौर करती है कि राजीव गांधी ने सभी ठीक बातें प्रसारित कीं; लेकिन रिपोर्ट राजीव गांधी के संबंध में मुश्किल सवाल नहीं उठाती। कुछ कड़े सवाल पूछे जाने की जरूरत थी। क्या राजीव गांधी ने बतौर प्रधानमंत्री संदिग्धों के खिलाफ मामलों को आगे बढ़ाने का आदेश दिया? क्या प्रधानमंत्री चाहते थे कि उनके राजधानी शहर में हुई लगभग 3,000 हत्याओं की जाँच हो या नहीं? क्या राजीव गांधी ने ऐसी किसी जाँच का आदेश दिया? अपने सरकारी प्रशासन की भारी और साबित करने योग्य आपराधिक विफलता के मद्देनजर क्या उन्होंने सरकार के भीतर किसी के खिलाफ मुकदमा चलाने का आदेश दिया? या अपने किसी सांसद के खिलाफ मुकदमा चलाने का आदेश दिया, जिसके बारे में उन्होंने खुद उसकी संलिप्तता को स्वीकार किया था? हत्याओं को कौन रोक सकता था या कम-से-कम उनमें कमी ला सकता था? पुलिस की निष्क्रियता या संलिप्तता के पीछे कौन सी कमान थी? ये कुछ संदिग्ध क्षेत्र थे, जिनकी आयोग ने जाँच नहीं की। सच इन्हीं संदिग्ध क्षेत्रों में ही था और आयोग उस ओर गया ही नहीं।

और आखिरकार, कौन वेद मारवाह जाँच पर कुठाराघात करने का आदेश दे सकता था? अगर वह प्रधानमंत्री नहीं थे तो किसने यह बात कही थी कि एक पेड़ गिरने पर धरती का काँपना स्वाभाविक है? ऐसी तसवीर पेश करने के क्या प्रभाव हुए थे?

न्यायमूर्ति नानावती ने इस बात पर गौर किया था कि हिंसा संगठित थी, लेकिन इसकी जाँच नहीं की और न ही यह कहा कि किसने उसे संगठित किया था? सवाल उन्हीं संदिग्ध क्षेत्रों में भरे पड़े हैं। किसी जाँच में ये सवाल नहीं किए गए।

•

न्यायमूर्ति मिश्र जाँच का एक फायदा यह हुआ कि उनकी वजह से कुछ और जाँचें भी शुरू हो गईं, जिनमें कुसुम लता मित्तल द्वारा की गई पुलिस विफलता की जाँच भी शामिल थी। यह कपूर-मित्तल आयोग होना था, जहाँ उत्तर प्रदेश सरकार की पूर्व अधिकारी कुसुम लता मित्तल को न्यायमूर्ति दलीप कपूर के साथ मिलकर जाँच करनी थी। कुछ शुरुआती विवादों को लेकर मित्तल खुद से ही आगे बढ़ गईं और उन्होंने रिपोर्ट में पुलिस रिकॉर्ड पर आधारित घटनाओं को पुनः निर्मित कर पेश किया। मित्तल की उस रिपोर्ट से तीन चौंकानेवाले तथ्य सामने आते हैं, जिसमें पुलिस रिकॉर्ड और उसमें व्याप्त विसंगतियों का अध्ययन किया गया था। इससे वह इस बात पर गौर करने में सक्षम हुआ कि पुलिस क्या जानती थी और उन्होंने क्या किया और क्या नहीं किया।

सबसे पहले तो यह स्पष्ट हो गया कि दिल्ली में गुरुद्वारों पर ज्यादातर हमले 1 नवंबर को कुछ घंटों के भीतर हुए थे। हिंसा की 72 घंटे से अधिक की अवधि में गुरुद्वारों पर हमले ज्यादातर श्रीमती इंदिरा गांधी की हत्या के एक दिन बाद, 1 नवंबर की सुबह और दोपहर से पहले किए गए। यह ठीक उसके बाद का समय था, जब बसों में भरकर लोग इंदिरा गांधी को श्रद्धांजलि देने के लिए तीन मूर्ति भवन गए थे। वहाँ से वह भीड़ वापस चली गई या वापस ले जाई गई। शोक जताने आए लोगों को दूरदर्शन पर यह नारे लगाते हुए सीधा दिखाया जा रहा था, 'खून का बदला खून'। और उसके बाद हमले हुए।

दूसरी बात, हमलों के पैटर्न का दस्तावेजीकरण दिखाता है कि कई गुरुद्वारों पर एक ही समूह द्वारा क्रम से हमला किया गया; और यह कि वह निरपवाद रूप से एक अपेक्षाकृत छोटा समूह था। उन लोगों ने एक गुरुद्वारे को निशाना बनाया, उसके बाद दूसरे और उसके बाद तीसरे गुरुद्वारे पर हमला करने के लिए आगे बढ़ते चले गए। उन गुरुद्वारों में जहाँ भीतर मौजूद सिखों ने अपने बचाव की कोशिश की, तो वहाँ पुलिस गुरुद्वारों पर हमला करने में भीड़ के साथ शामिल नजर आई। उन गुरुद्वारों की पुलिस सुरक्षा की बात करें तो शीशगंज को छोड़कर कहीं कोई सुरक्षा नहीं थी।

तीसरी बात, दस्तावेजी पैटर्न से यह स्पष्ट है कि सिखों की अधिकतर हत्याएँ 1 नवंबर को हुई थीं। 31 अक्तूबर की शाम को कुछ इक्का-दुक्का हमले हुए थे, लेकिन

घातक हमले बाद में हुए। यह पैटर्न नयायमूर्ति मिश्र और न्यायमूर्ति नानावती दोनों आयोगों ने पाया था। हत्या का पैटर्न लगभग एक जैसा था—सिखों को जिंदा जलाना। स्पष्ट था कि शहर भर में पूरी रात गिरोहों को ईंधन, टायर तथा अन्य हथियारों से लैस किया गया था। मारे गए लगभग 3,000 सिखों में से लगभग सारे 1 नवंबर की रात में मारे जा चुके थे। 2 नवंबर को भी कुछ हमले हुए और 3 नवंबर को भी कुछ ऐसी वारदातें हुईं तथा अगले कुछ दिनों तक कहीं-कहीं यह सिलसिला जारी रहा। रिकॉर्ड दरशाता है कि 2 नवंबर की शाम के बाद 50 से कम सिख मारे गए थे; बाकी सब उससे पहले मारे जा चुके थे।

2 नवंबर की शाम को एक ऐतिहासिक राजनीतिक मोड़ आया। सरकारी रिकॉर्ड के अनुसार, शाम करीब 5.30 बजे प्रधानमंत्री राजीव गांधी ने दिल्ली के उपराज्यपाल (एल.जी.) पी.जी. गवई को तलब किया। राजीव गांधी ने श्री गवई को कड़ा आदेश जारी किया। उन्होंने कहा कि सभी हत्याएँ 15 मिनट के भीतर बंद हो जानी चाहिए। सच्चाई यह है कि यह 15 मिनटवाला अल्टीमेटम जारी होने से 15 घंटे पहले हत्याएँ खत्म हो चुकी थीं। एल.जी. ने गवाही दी थी कि उसी रात 10 बजे उन्हें फिर से प्रधानमंत्री आवास पर बुलाया गया। इस बार टेलीफोन विभाग के महाप्रबंधक को भी तलब किया गया था, क्योंकि ऐसी शिकायतें थीं कि लोग पुलिस का इमरजेंसी नंबर 100 नहीं मिला पा रहे थे।

कई दिनों और कई रातों तक लोग पागलों की तरह पुलिस से मदद के लिए 100 नंबर डायल करते रहे थे, लेकिन फोन नहीं मिला; और अब 2 नवंबर की रात को यह फैसला किया जा रहा था कि टेलीफोन विभाग को इस बारे में कुछ करना चाहिए! तब तक हत्याओं का दौर खत्म हो चुका था। यह सच है कि राजीव गांधी पहले जनता से शांति की अपील कर चुके थे; लेकिन बतौर प्रधानमंत्री उन्होंने जो यह इतना कड़ा कार्यकारी आदेश जारी किया गया था, वह धरती का काँपना लगभग थम चुकने के बाद आया था।

जानकारी के अनुसार, वे रिकॉर्ड्स, जिस पर मित्तल रिपोर्ट आधारित थी, वह उस समय दिल्ली में कहाँ और क्या हुआ, इसकी काफी पूरी तसवीर पेश करते हैं। मिश्र और न्यायमूर्ति नानावती ने हत्याओं में एक जैसा पैटर्न देखा था : मित्तल रिपोर्ट उस पैटर्न की पुनः एक तसवीर पेश करती है। इन घटनाओं का वर्णन पढ़ते हुए ऐसा महसूस होता है, जैसे कोई हलक में हाथ डालकर आँतें खींच रहा है।

●

इसमें उन हमलों को दर्ज किया गया है, जो 31 अक्तूबर को शुरू हुए थे, जिसमें दक्षिणी दिल्ली में गुरुद्वारों पर हुए कई हमले भी शामिल थे; जैसे कि आर.के. पुरम, जो कि कनिष्ठ अधिकारियों का सरकारी आवासीय इलाका है। यह चाणक्यपुरी के आसपास रिंग रोड और मुनीरका से गुजरते बाहरी रिंग रोड के बीच फैला हुआ इलाका है।

अखिल भारतीय आयुर्विज्ञान संस्थान (AIIMS) के बाहर भीड़ के इकट्ठा होने और उसके बाद उस भीड़ के इधर-उधर फैल जाने के बाद हिंसा शुरू हुई थी। एम्स में श्रीमती गांधी को भरती कराया गया था। रिपोर्ट में उस शाम दिल्ली में अन्य जगहों पर हुई घटनाओं पर भी गौर किया गया था। यह हिंसा जन-संहार से कुछ ही कम कही जा सकती है। उसकी अगली सुबह गुरुद्वारों पर हमले हुए। स्पष्ट था कि ये हमले किसी वर्ग संघर्ष से प्रेरित बगावत की त्वरित अभिव्यक्ति नहीं थे, जैसा कि न्यायमूर्ति मिश्र ने कहा था; एक साथ गिरोहों ने गुरुद्वारों पर हमला किया और उनका इसमें कोई निजी लाभ नहीं था। जिन गरीब इलाकों में वे गुरुद्वारे स्थित थे, वहाँ उन छोटे-छोटे गुरुद्वारों में न तो कोई सोना रखा था, न ही नकदी के ढेर लगे थे, कि हमलावरों को कोई लालच होता।

शाहदरा की ओर जाते हुए यमुना के पूर्व की ओर सीलमपुर में, मौजपुर गुरुद्वारे का ही मामला ले लें। वहाँ हमलावरों को कोई धन नहीं मिलनेवाला था; लुटेरों ने ऐसी कल्पना नहीं की थी कि वे किसी बैंक या किसी तिजोरी को लूटने जा रहे हैं। वसंत विहार में गुरु हरकिशन पब्लिक स्कूल की तरह ही वहाँ भी तक्षशिला गुरु हरकिशन पब्लिक स्कूल को आग लगा दी गई। इन स्कूलों पर रुपए या नकदी के लिए हमला नहीं किया गया था। प्रीत विहार गुरुद्वारे को जलाकर राख कर दिया गया। बाद में वहाँ से कई लाशें बरामद की गईं। लोग हत्याओं के लिए वहाँ घुसे थे, लूटने के लिए। उसी के पड़ोस में, शाहदरा के उत्तर-पूर्व की ओर तथा हिंडन में भारतीय वायुसेना बेस की तरफ जाते हुए नंद नगरी इलाके में उस सुबह कई अन्य गुरुद्वारों में आग लगा दी गई।

दिल्ली के उस पार पश्चिम में यही पैटर्न साफ नजर आ रहा था। मित्तल रिपोर्ट कहती है कि कांग्रेस पार्टी के सांसद सज्जन कुमार ने उसी सुबह सुल्तानपुरी में एक बैठक को संबोधित किया था। वह दो कमरों के घरोंवाली पीतमपुरा और रोहिणी के बीच में पड़नेवाली 'पुनर्वास' कॉलोनी है। उस बैठक के खत्म होने के बाद सबसे पहला हमला सुल्तानपुरी के 'सी' ब्लॉक के गुरुद्वारे पर और उसके बाद थोड़ा उत्तर की ओर बुद्ध विहार के गुरुद्वारे पर हुआ। रिपोर्ट में लिखा गया है कि वे लोगों के छोटे-छोटे गिरोह थे, जो जहाँ भी गए, वहाँ लोगों को मौत के घाट उतार दिया गया। रिपोर्ट में चश्मदीदों के हवाले से बताया गया है कि पंजाबी बाग में गुरुद्वारा टिकाना साहिब के पास गाड़ियों का काफिला घूम रहा था, जो पीछे गुरुद्वारों पर हमला करके आए थे।

एक जगह तो वे कुछ ही लोग थे, जो एक सफेद रंग की एंबेसडर कार में तथा कुछ और लोग एक मोटरसाइकिल पर सवार थे। सुबह करीब 11 बजे पश्चिमी दिल्ली के उस इलाके में गुरुद्वारों को आग के हवाले करने के बाद उस भीड़ ने गुरु नानक पब्लिक स्कूल को आग लगा दी। इसके 20 मिनट बाद, पंजाबी बाग के पास भगवान दास नगर में गुरु सिंह सभा में आग लगा दी गई। गुरुद्वारों पर वे सारे हमले लगभग साथ-साथ ही

हुए; हमलावर संगठित और साजो–सामान से लैस थे, जो गिरोह एक के बाद एक और एक साथ मिलकर उन हमलों को अंजाम दे रहे थे। उन्हें इतनी आसानी से 'असामाजिक तत्त्वों' का नाम देने की बात गले उतरना मुश्किल जान पड़ती है। दिल्ली में उस समय कोई ऐसा संगठन नहीं था, जिसे असामाजिक कहा जा सकता और जिसके सदस्यों ने एक साझा मकसद से एक–दूसरे के साथ संपर्क किया हो। गुरुद्वारों पर हुए हमलों में चोरी–चकारी भी हुई। हमलावरों को जो भी हाथ लगा, वे उठा ले गए। लेकिन ऐसा प्रतीत होता है कि यह हमलों का मुख्य मकसद न होकर केवल हमलों का एक संयोगवश परिणाम था। वे संगठित चोरी की घटनाएँ नहीं थीं। वे लोग गुरुद्वारों को जलाने और लोगों की जानें लेने के लिए वहाँ घुसे थे। सिखों को ढूँढ़कर निकालने और फिर उनकी हत्या करने के लिए गुरुद्वारे सबसे जानी–मानी जगह थे। वे नष्ट करने के लिए सिखों की सबसे महत्त्वपूर्ण और आसान पहचान थे।

लेकिन मित्तल रिपोर्ट में ये बातें दर्ज की गई थीं कि सड़कों और लोगों के घरों के भीतर हत्याओं के एक पैटर्न को अपनाया गया। जैसा कि रिपोर्ट कहती है, पूर्वी दिल्ली की तरह पश्चिमी दिल्ली में पुलिस ने सिखों को अपने घरों में रहने का आदेश दिया और उसके बाद गिरोहों ने 'पुलिस की पूरी मिलीभगत के साथ' हमले किए तथा उन्हें मार डाला। रिपोर्ट कहती है कि उसके बाद पुलिस ने सड़कों गलियों से घसीटकर लाशों को हटाया और उन्हें जला दिया। 'यह दरशाने के लिए पर्याप्त सबूत हैं कि लाशों को जलाया जा रहा था, या हत्याओं के तुरंत बाद उन्हें व्यवस्थित तरीके से हटाया गया।'

पश्चिमी दिल्ली में उन हमलों के लिए एक आदमी को भी गिरफ्तार नहीं किया गया। रिपोर्ट में कहा गया है, 'यह बहुत स्वाभाविक था; क्योंकि सबूत ये बताते हैं कि पुलिस पूरी तरह भीड़ के साथ मिली हुई थी।'

अकेले पश्चिमी दिल्ली के सुल्तानपुरी इलाके में सैकड़ों लोगों की हत्याएँ हुई थीं। हत्याएँ केवल आक्रोश की अभिव्यक्ति की सीमाओं को लाँघते हुए एक सोचे–समझे तथा बर्बर शिकार में बदल गई थीं, जिनमें पश्चात्ताप नाम की कोई चीज नहीं थी। पश्चिमी दिल्ली में ही समीप के नांगलोई इलाके, जो कि एक बहुत ही निम्न आय वर्ग के लोगों का रिहायशी इलाका है, के बारे में मित्तल रिपोर्ट में लिखा गया था कि 31 अक्तूबर को कोई हमला नहीं हुआ; जो कुछ हुआ, वह केवल स्थानीय नेताओं की बैठक थी। हमले अगले दिन हुए। रिपोर्ट में ऐसे ही एक हमले का ब्योरा दिया गया है। गुरदीप कौर के परिवार को आगाह कर दिया गया था कि भीड़ बढ़ी चली आ रही है।

रिपोर्ट बताती है, परिवार के नौ सदस्य एक ट्यूबवेल के भीतर जाकर छुप गए, लेकिन भीड़ में शामिल लोगों ने उन्हें ढूँढ़ निकाला। उस परिवार के सभी लोगों को घसीटते हुए बाहर निकाला गया और जिंदा जला दिया गया। दो लड़कियाँ भी जिंदा जला

दी गईं। जब तक भीड़ ने रुकने के लिए दम लिया, नांगलोई में कम-से-कम 100 सिखों की लाशें बिछ चुकी थीं। केवल एक मामला दर्ज किया गया, पर किसी की गिरफ्तारी नहीं हुई। हत्या के उभरते पैटर्न के बारे में सिखों के बीच बहुत तेजी से बात फैल गई। पश्चिमी दिल्ली के तिलक नगर से सटे फतेह नगर और शिव नगर में हिंदुओं व सिखों ने संयुक्त प्रतिरोध समूहों का गठन कर लिया। 1 और 2 नवंबर को उन्होंने इस तरह एकजुट होकर इलाके में हर किसी की जान बचाई। उसके बाद पुलिस अधिकारी आए और उन्होंने सिखों को अपने घरों के भीतर जाने का आदेश दिया, लेकिन सिखों ने इनकार कर दिया। तब तक उन्हें पता चल गया था कि एक बार घरों के भीतर जाने का क्या मतलब होगा! मित्तल रिपोर्ट में पूरे शहर में पुलिस की इस मिलीभगत की घटनाओं का ब्योरा दर्ज है। उस इलाके के एक सेवानिवृत्त मेजर ने बताया था कि पुलिस ने उनकी लाइसेंसी बंदूक छीन ली और उन्हें पुलिस स्टेशन ले जाया गया। जब उन्होंने रसीद माँगी तो उन्हें पीटा गया। हमले का शिकार हो रहे सिखों की मदद करने की उनकी गुहार को अनसुना कर दिया गया। एक केस दर्ज किया गया, उनके ही खिलाफ। उस इलाके में 1, 2 एवं 3 नवंबर को तीन मामले दर्ज किए गए थे और वे सभी सिखों के खिलाफ थे। पुलिस का कहना था कि उस इलाके में कोई मौत नहीं हुई; पर दिल्ली प्रशासन ने बाद में गिनती करके बताया था कि वहाँ 63 लोग मारे गए थे।

पश्चिमी दिल्ली में नजफगढ़ में मित्तल रिपोर्ट में हत्यारों के एक गिरोह का पता लगाया गया। विभिन्न जगहों पर और अलग-अलग समय पर हत्या, आगजनी और लूटपाट की घटनाएँ हुईं; लेकिन वे सब एक ही गिरोह की करतूत थीं, जो एक जगह से दूसरी जगह घटनाओं को अंजाम देता घूम रहा था। वह गिरोह गौशाला रोड से आगे बढ़ा और रास्ते में आगजनी व लूटपाट करते हुए छावला स्टैंड से रोशनआरा, ढाँसा स्टैंड, धर्मपुरा और दिचाऊ गाँव तक गया। इसके बाद वे लोग सिखों पर हमला करने के लिए एक स्थानीय अस्पताल में घुस गए, जहाँ पहले से घायल सिख मौजूद थे। पुलिस ने अपने रिकॉर्ड में दर्ज किया था कि इलाज का इंतजार कर रहे 8 सिखों की हत्या कर दी गई। 5 जिंदा बचे। उसके बाद उन्हें एक निजी ट्रक में बैठाकर डॉ. राम मनोहर लोहिया अस्पताल भेजा गया। क्या यह एक प्रिय नेता की मौत के ऊपर दु:ख की स्वत:स्फूर्त अभिव्यक्ति थी ? या केवल आक्रोश की ? इनसे ऐसा लगता है कि हत्यारों को एक मिशन के लिए संगठित किया गया था।

बाद में एक स्थानीय पुलिस यूनिट ने तर्क दिया था कि वे इसलिए काररवाई नहीं कर सके, क्योंकि पुलिस के पास पर्याप्त हथियार नहीं थे; जबकि पहले यह घोषित किया गया था कि इलाके के पुलिस बल के पास 3 सेमी ऑटोमैटिक राइफलें, 1 स्टेनगन, 36 राइफलें और 17 रिवॉल्वर या पिस्तौलें थीं।

मित्तल रिपोर्ट सवाल करती है—'क्या ये नाकाफी थे?' किसी भी सूरत में, इनमें से एक का भी इस्तेमाल नहीं किया गया। तुगलकाबाद में ट्रेनों को रुकवाकर, सिख यात्रियों को खींचकर निकाला गया और ऐसा करनेवाला कोई गिरोह नहीं, बल्कि मुट्ठी भर लोग थे। क्या उन्होंने शोक में डूबे होने के कारण यह कदम उठाया, या इसके पीछे कोई लालच था? शोक मनाने का यह तरीका समझ से बाहर था; और वे कोई लुटेरे नहीं थे, जिनकी नजर सिखों के माल-असबाब पर लगी थी। वे लोग खून के प्यासे थे और हत्याएँ करने के लिए निकले थे।

1 नवंबर को सुबह 10.25 बजे पुलिस कंट्रोल रूम को सूचना मिली कि सिखों को तलाश रहे लोगों के एक समूह ने तुगलकाबाद में फ्रंटियर मेल को रुकवा लिया है। वह ट्रेन मुंबई से अमृतसर के बीच चलती है और यह बात तय थी कि इसमें बहुत से सिख यात्री सवार रहे होंगे। मित्तल रिपोर्ट कहती है कि कंट्रोल रूम ने सुबह 10.54 बजे सभी पुलिस अधिकारियों को यह कहते हुए एक सामूहिक सिग्नल भेजा कि तुगलकाबाद में फ्रंटियर मेल से सिख यात्रियों को नीचे उतारा गया और हमला किया गया। उसके बाद तुगलकाबाद में पूरे दिन अन्य ट्रेनों को रोका गया, सिख यात्रियों को घसीटकर नीचे उतारा गया और उन्हें मौत के घाट उतार दिया गया।

भीड़ ने शाम 4 बजे के आसपास स्टार्टर सिग्नल को क्षतिग्रस्त कर दिया। इसका मतलब था कि मेल ट्रेनें, जो आमतौर पर तुगलकाबाद में नहीं रुकती थीं, उन्हें भी वहाँ रुकना पड़ा। तुगलकाबाद में 74 सिख यात्रियों के मारे जाने की बात स्वीकार करने के बाद रेलवे प्रशासन ने बाकी ट्रेनों को रद्द कर दिया।

एक यात्री की कहानी ट्रेनों, यात्रियों और पुलिस की कहानी बताती है। वे कोई साधारण यात्री नहीं थे। यह यात्री थे—पूर्व रेल मंत्री मधु दंडवते, जो संयोगवश उस सुबह तुगलकाबाद से होकर गुजर रही एक ट्रेन में सवार थे, ने बताया था कि "तुगलकाबाद में मैंने देखा कि दो सिखों को मारकर प्लेटफॉर्म पर फेंक दिया गया और फिर प्लेटफॉर्म पर उनकी लाशों को आग लगा दी गई। प्लेटफॉर्म पर खड़ी पुलिस ने न तो सिखों की हत्याओं को और न ही उनके शवों को जलाने से रोकने की कोई कोशिश की।"

जब उनकी ट्रेन उत्तर प्रदेश राज्य के मथुरा में रुकी तो एक अलग कहानी थी। "मथुरा में जब ट्रेन रुकी तो कमांडोज और पुलिस पार्टी प्लेटफॉर्म पर पहले ही काररवाई करने के लिए तैयार खड़ी थी। इसलिए, ट्रेन में ज्यादा लोग नहीं चढ़े।"

दिल्ली पुलिस ने तुगलकाबाद स्टेशन की घटनाओं के संबंध में रिपोर्ट में से मधु दंडवते को हटा दिया। मित्तल रिपोर्ट में कहा गया, "प्रो. मधु दंडवते, सांसद और पूर्व रेल मंत्री की मौजूदगी दिल्ली पुलिस के लिए शायद बहुत अधिक परेशान करनेवाली थी।"

एक और पूर्व मंत्री ने पुलिस के तौर-तरीकों पर आपत्ति जताई थी। पूर्व केंद्रीय

स्वास्थ्य मंत्री डॉ. सुशीला नायर ने 6 नवंबर को तत्कालीन केंद्रीय गृह मंत्री पी.वी. नरसिम्हा राव को एक चिट्ठी भेजी थी। मित्तल रिपोर्ट में उनकी चिट्ठी के एक अंश को उद्धृत करते हुए कहा गया—

"मैं बहुत भारी मन से आपको यह लिख रही हूँ। मेरे चचेरे भाई श्री देव प्रकाश नायर, जो कुछ समय पहले योजना आयोग में शिक्षा सलाहकार के पद से सेवानिवृत्त हुए थे, वह सर्वोदय एनक्लेव (दिल्ली), सी-145 में रहते हैं। उनके एक सिख पड़ोसी हैं। 1 नवंबर को एक भीड़ उन सरदारजी के घर को आग लगाने के लिए घुस आई। श्री देव प्रकाश के बेटे ने पुलिस को टेलीफोन किया। पुलिस ने पूछा, 'किसका घर जल रहा है? वह सिख का है या हिंदू का?' उसने जवाब दिया, 'यह एक सिख का घर है।' दूसरी ओर से जवाब आया, 'तो फिर जलने दो'।"

पुलिस के भीतर यह जहर हमारे देश के लिए खतरनाक है। नई दिल्ली जिले में सांसद रामविलास पासवान ने जान बचाकर भाग रहे एक सिख को अपने घर में शरण दी थी, लेकिन इसके बावजूद उसे बचा नहीं सके। जिस गैराज में बूढ़े सिख ने शरण ले रखी थी, उसे भीड़ ने जला दिया। ऐसी भयानक हत्याएँ हुईं और आँकड़ा 3,000 या उसके आसपास तक पहुँच गया। एक भी हमलावर गिरफ्तार नहीं किया गया; जब सिखों ने कुछ विरोध किया और जिंदा बच गए—ज्यादातर तो नहीं बच पाए—तो उन्हें गिरफ्तार कर लिया गया। सिखों ने गुरुद्वारों में मुकाबला किया; लेकिन पूरे साजो-सामान और समर्थन से लैस हमलों के आगे उनका प्रतिरोध अधिकतर जगह बेकार गया। बहुत से सिख अपने गुरुद्वारों को बचाने के प्रयास में मारे गए। सेना बहुत देर से आई; प्रभावी काररवाई करने के लिए उसका पुलिस के साथ तालमेल होना जरूरी था। पुलिस अगर प्रभावी काररवाई करना चाहती तो उसकी अपनी फोर्स ही काफी थी। पुलिस इसलिए विफल नहीं हुई कि उसके पास पुलिस बल कम था, बल्कि इसलिए विफल हुई, क्योंकि उसके पास इच्छा-शक्ति की कमी थी।

मित्तल रिपोर्ट से पता चलता है कि सेना के कमांडर खुद स्थिति के प्रति तेजी से सतर्क हो गए थे और तैनाती के इच्छुक थे। 31 अक्तूबर की सुबह श्रीमती इंदिरा गांधी की हत्या के एक-दो घंटे के भीतर ही दिल्ली क्षेत्र की सेना के जनरल ऑफिसर कमांडिंग (जी.ओ.सी.) ए.एस. वैद्य ने पुलिस आयुक्त को फोन मिलाया, लेकिन बात नहीं हो सकी। वह पूरा दिन पुलिस आयुक्त से संपर्क करने की कोशिश में लगे रहे, लेकिन सफलता नहीं मिली। अंतत: 31 अक्तूबर को देर रात 11.30 बजे उनकी बात हुई और उन्होंने सेना की मदद की पेशकश की। इस बीच, जनरल वैद्य ने 31 अक्तूबर को रात 10.30 बजे एक ब्रिगेड को मेरठ से दिल्ली पहुँचने का आदेश दे दिया था। ब्रिगेड 31 अक्तूबर को आधी रात तक दिल्ली पहुँच गई।

उसने एक इंजीनियरिंग रेजीमेंट और तोपखाने की दो रेजीमेंटों के साथ ब्रिगेड रेजीमेंट सेंटर को मजबूत किया, जिसमें लगभग 6,000 पुरुष शामिल थे। सिविल नौकरशाही भी काफी तेजी के साथ हरकत में आ गई थी। गृह मंत्रालय ने अन्य जगहों से अर्धसैनिक बलों की कई कंपनियों को हवाई मार्ग से बुलवा भेजा था। इसका नतीजा यह हुआ कि 1 नवंबर की सुबह तक अर्धसैनिक बलों की कुल 61 कंपनियाँ तैयार खड़ी थीं। सेना एवं अर्धसैनिक बलों की कंपनियाँ उपलब्ध हो चुकी थीं और समय से काफी पहले ही। उन्हें तैनात नहीं किया गया। कोई हैरानी की बात नहीं, क्योंकि खुद दिल्ली पुलिस को कोई दृढ़ आदेश नहीं मिला था।

1 नवंबर को सुबह 7 बजे दिल्ली के उप-राज्यपाल ने पुलिस आयुक्त को सुझाव दिया कि उन्हें सेना को बुला लेना चाहिए। पुलिस प्रमुख ने इसके जवाब में कहा कि वह पहले शहर का एक चक्कर लगाना चाहेंगे। आखिरकार, वह सुबह 10 बजे के आसपास सेना को बुलाने पर राजी हो गए। मित्तल रिपोर्ट कहती है कि सेना ने ठीक 24 घंटे पहले अपनी तैनाती की पेशकश कर दी थी, लेकिन उसे 24 घंटे बाद बुलाया गया। वे 24 घंटे बहुत ही घातक साबित होने वाले थे। 1 व 2 नवंबर को सेना की यूनिटों की तैनाती काफी बाद में हुई और प्रभावी तैनाती तो और भी बाद में हुई या हुई ही नहीं।

मित्तल रिपोर्ट ने इस बात को रेखांकित किया है कि जब 1 नवंबर को आखिरकार सेना को बुलाया गया तो 'सेना के साथ तालमेल को लेकर काफी भ्रम की स्थिति थी।' सेना को उम्मीद थी कि उसे मजिस्ट्रेट के साथ मिलकर काम करना पड़ेगा, न कि पुलिस के साथ सीधे तौर पर। 2 नवंबर तक सेना को कई उपद्रव-ग्रस्त इलाकों में तैनात कर दिया गया था। वास्तव में, उन्होंने कुछ बहुत ज्यादा नहीं किया, उन्हें कुछ करना भी नहीं था। आखिर में, केवल सेना का दिखना ही काफी था। इससे सरकार की इस मंशा का संकेत मिलता था कि वह हिंसा को खत्म करना चाहती है। सरकार से एक सिग्नल मिलना ही वास्तव में जरूरी था।

□

14

अब

मोहन सिंह उन हजारों सिखों में से एक था, जो कभी अपने घर नहीं लौट सका। कई हजार दूसरे सिखों की तरह उसे भी तिलक विहार में छोटे-छोटे दो कमरों का एक घर दे दिया गया। तिलक विहार पश्चिमी दिल्ली के धनी-मानी लोगों के इलाके तिलक नगर के समीप स्थित कॉलोनी है, जिसे दिल्ली के विस्थापित सिखों को बसाने के लिए बनाया गया था। हर परिवार को वह जो छोटे-छोटे दो कमरों का घर दिया गया था, वह ठीक वैसा ही था, जैसा वे लोग सुल्तानपुरी और त्रिलोकपुरी की अपनी कॉलोनियों में छोड़कर आए थे। वे भी पुनर्वास कॉलोनियाँ थीं। नई कॉलोनी में केवल एक बात अलग थी—वह उनकी दूसरी पुनर्वास कॉलोनी थी।

वर्ष 2014 की गरमियों में मैं मोहन सिंह से मिलने तिलक विहार उसके घर गया था, कहने को वह वहाँ फिर से बस चुका था, लेकिन उसे देखकर मुझे महसूस हुआ कि वह और ज्यादा उजड़ गया था। मोहन सिंह अपने बिस्तर पर बैठा था। अब भी वह वैसा ही लंबा दिखता था, जैसा मैंने उसे उस दिन 30 साल पहले देखा था, जब वह त्रिलोकपुरी में हो रहे नर-संहार से जान बचाकर भागते हुए हमारे पास आया था। उसने 'दि इंडियन एक्सप्रेस' के ऑफिस में पहुँचकर हम लोगों को बताया था कि उसके मोहल्ले में कैसे गलियों में सैकड़ों सिखों का कत्लेआम किया गया था।

मैं उसे देखते ही पहचान गया। वह ज्यादा उम्र का और थोड़ा भारी शरीर का हो गया था; लेकिन अभी भी वह वही मोहन सिंह था, जिससे मैं पहले मिला था। वह मुझे पहचान नहीं सका। हम वर्षों से एक-दूसरे से नहीं मिले थे। उस रोज सुबह जब वह 'एक्सप्रेस' के ऑफिस में मुझसे मिला था तो उसकी वह छवि मैं आज तक नहीं भूल पाया था। लेकिन उसके लिए मैं केवल एक रिपोर्टर था, जो उस दिन उससे मिला था—दूसरे और रिपोर्टरों की ही तरह, जो बाद में उससे मिले थे और उसके बाद गायब

हो गए। उसे मेरा नाम याद था, लेकिन शक्ल से वह मुझे पहचान नहीं सका था। उम्र अलग-अलग तरह से हम दोनों से होकर गुजरी थी।

मैं बड़े बेवक्त उसके घर पहुँचा। बाहरवाले कमरे में वह टूटे-से बेड पर सोया हुआ था। बगल में उसकी पत्नी सो रही थी। यह सोचना ही बेमानी था कि तिलक विहार कॉलोनी के उस दो कमरे के घर में बेडरूम नाम की कोई जगह भी होगी। घर के नाम पर वहाँ सामने एक कमरा था, जिसमें केवल एक बेड आने जितनी जगह भर थी, उतना-सा ही एक और कमरा उसके पीछे था। बस, कहने को यही घर था।

बाहरवाले कमरे में एक बेड के अलावा एक-दो कुरसियाँ भी पड़ी थीं। उनमें से एक कुरसी पर एक युवक और दूसरी पर एक महिला बैठी थी। बाद में पता चला कि महिला उनकी पड़ोसी थी। युवक ने मेरे लिए कुरसी छोड़ दी। मैं बैठ गया और अपना परिचय दिया। मोहन सिंह ने मेरी बात पर यकीन कर लिया; हालाँकि, अभी भी वह मुझे पहचान नहीं पा रहा था। मैंने उसका हाल-चाल पूछा। उसने बताया कि वह कोई खास काम-धंधा नहीं कर रहा था, क्योंकि उससे ज्यादा चला-फिरा नहीं जाता था। उसके पैरों में दिक्कत थी और बरसों से वह इस परेशानी को झेल रहा था। इतने बरसों में पैरों के कारण वह बेकार हो चुका था। उसके बच्चे अब बड़े हो चुके थे; उनका संयुक्त परिवार था।

पड़ोसन कुरसी पर बैठी रही। मोहन सिंह के पास अपनी बीमारी और बेकारी की हालत पर कहने के लिए ज्यादा कुछ नहीं था। हम दोनों का रिश्ता यादों की डोर में बँधा हुआ पीछे को पलटने लगा, जब अचानक भड़की हिंसा ने उसकी जिंदगी पूरी तरह बदल दी थी और एक तरह से खत्म ही कर दी थी। लेकिन अब उसने मुझसे केवल यही बातें कीं कि इतने साल बीतने के बावजूद उसे न्याय कभी नहीं मिला। न उसे न्याय मिला, न उसके आसपास अब रह रहे किसी पड़ोसी को न्याय मिला, जिनके अपने उस आग में झोंक दिए गए थे।

न्याय की तलाश और इनकार की लड़ाई उस समय शुरू हुई थी, जब मोहन सिंह 1 नवंबर को तड़के त्रिलोकपुरी से अपनी जान बचाकर भागा था। उस दिन की एक-एक बात उसे आज भी याद थी, जब उसने सबसे पहले यमुना पार में बसे त्रिलोकपुरी से भागकर पुलिस मुख्यालय पहुँचने की कोशिश की थी। स्थानीय पुलिस से उसे कोई उम्मीद नहीं थी, क्योंकि वह हत्यारों का साथ दे रही थी।

"उन्होंने मुझे अंदर ही नहीं जाने दिया। मैं किसको रिपोर्ट करता, किससे शिकायत करता? उन्होंने मुझे गेट से ही लौटा दिया। मैं भीतर जाकर उन्हें बताना चाहता था कि हमारे लोगों को मारा जा रहा है, हमारे घरों को नष्ट किया जा रहा है। उसने मुझे भीतर ही नहीं जाने दिया।

"मुझे पता नहीं था कि पुलिस हेडक्वार्टर के बाद अब मैं कहाँ जाऊँ? मैं लौट नहीं सकता था, क्योंकि अगर मैं वापस जाता तो वे मुझे मार डालते या कोई रास्ते में ही मुझे मार देता। इसलिए मैं 'दि इंडियन एक्सप्रेस' और 'जनसत्ता' के दफ्तर में चला गया। बरसों से उन पर मुझे भरोसा था। उन दिनों मैं ऑटोरिक्शा चलाया करता था। मैं वहाँ गया और आप सब लोगों को हालात बताए; और परमात्मा का शुक्र है कि आप लोगों ने मदद की।"

मोहन सिंह कभी लौटकर त्रिलोकपुरी नहीं गया; उस नर-संहार से बचा कोई भी लौटकर वहाँ नहीं गया।

उसने बताया, "हम फर्श बाजार पुलिस स्टेशन के शरणार्थी शिविर में चले गए, जो शाहदरा में झिलमिल कॉलोनी के पास था।

"1985 में तिलक विहार में हमें यह जगह मिलने तक हम वहीं रहे और उसके बाद से मैं यहीं पर हूँ।"

उस रोज सुबह मोहन सिंह को पुलिस हेडक्वार्टर से लौटा दिया गया था उसके बाद से उसने जिस भी दरवाजे पर इनसाफ पाने के लिए दस्तक दी, हर दरवाजे से उसे ऐसे ही लौटा दिया गया—पुलिस द्वारा, एक के बाद एक जाँच आयोग द्वारा, स्थानीय प्रशासन द्वारा, नेताओं द्वारा। अन्याय सहते हुए जीना आसान नहीं था।

मोहन सिंह : सुप्रीम कोर्ट ने दो जाँचें करवाईं तथा और भी जाँचें हुईं। क्यों? कुछ नहीं किया गया। किसी हत्यारे को सजा नहीं हुई। जो पुलिसवाले हमारे लोगों की जानें बचाने में नाकाम रहे, उनके खिलाफ कोई काररवाई नहीं की गई। मैंने जाँच आयोग (मिश्र) के सामने सबूत दिया; जो कुछ मैंने देखा था, सब उन्हें बताया, लेकिन उसके बाद कुछ नहीं हुआ। मैंने लोगों की हत्याएँ होते देखी थीं। मैंने देखा था कि किसने हत्या की। मैंने देखा था कि एस.एच.ओ. और एक पुलिस हवलदार के मौजूद रहते हत्याएँ हुईं, लेकिन किसी को सजा नहीं हुई (एस.एच.ओ. को बाद में बस, थोड़े समय के लिए निलंबित किया गया था)। मैंने यही सब बातें नानावती आयोग के सामने भी बताईं और उसके बाद भी कुछ नहीं हुआ।

एस.एस. : और हत्यारे कौन थे?

मोहन सिंह : स्थानीय नेता थे, कांग्रेस पार्टी के लोग थे। हमने उनके नाम बताए थे। (उसने फिर से नाम बताए, उसे आज भी नाम याद थे।)

एस.एस. : और तुमने लिखित में सबूत दिया था?

मोहन सिंह : जी, लेकिन हलफनामों के बाद कुछ नहीं हुआ, मामलों के बाद कुछ नहीं हुआ। वह पुलिस इंस्पेक्टर वहाँ खड़ा था और उसने हत्या का आदेश दिया, लेकिन आखिर में किसी को सजा नहीं हुई।

एस.एस. : अब तुम क्या करते हो?

मोहन सिंह : मुझे ऑटोरिक्शा चलाना छोड़ना पड़ा। मेरे घुटने अब काम नहीं करते। मैं बेरोजगार हूँ। मैं बस, यहाँ बैठा रहता हूँ। बस, यही सब है।

एस.एस. : कुछ हाथ नहीं आया, इनसाफ नहीं मिला, इस पर क्या सोचते हो?

मोहन सिंह : मुझे गुस्सा आता है। मुझे गुस्सा क्यों नहीं आएगा? अगर आपने इनसाफ की लड़ाई लड़ी, अगर 30 साल बीत गए और आपको कोई इनसाफ नहीं मिला तो आपको कैसे गुस्सा नहीं आएगा? मामले-पर-मामले चले जा रहे हैं। हमारे लोग मारे गए, हमारे घरों को लूट लिया गया, हम बेघर हो गए। सबकुछ लुट गया। अब हमारी हालत सड़क के किनारे पड़े लोगों जैसी है।

एस.एस. : इन दो कमरों में तुम कैसे गुजारा करते हो?

मोहन सिंह : जब मैं यहाँ आया तो सिर्फ पत्नी और बच्चे थे। अब वे बड़े हो गए हैं और मैं पोते-पोतियोंवाला हो गया हूँ। इनमें से कई घरों में चार-चार परिवार एक साथ रह रहे हैं। हाँ, दो कमरों में चार परिवार! आप यह जगह देखो! आप सोच सकते हो, ये क्या हालत है? यह मुश्किल है, बहुत ही मुश्किल है। हम में से किसी के पास इतना पैसा नहीं है कि कोई और जगह खरीद लें, कहीं और किराए पर रह लें।

एस.एस. : सिख नेताओं ने कोई मदद की?

मोहन सिंह : वे सब चुनाव के वक्त बोलते हैं; न उससे पहले, न उसके बाद।

एस.एस. : और अकाली?

मोहन सिंह : वे हमारे वकीलों की फीस नहीं दे रहे, हमारे मुकदमे नहीं लड़ रहे और आप, प्रेस में हो, आप क्या कह सकते हो? आप कितना कह सकते हो? और कौन सुन रहा है? इतने बरसों तक आप कहाँ थे?

एस.एस. : मैं बाहर था।

मैं केवल इतना ही कह सकता हूँ। हाँ, मैंने उन लोगों की कहानियों को बीच में छोड़ दिया था। मैं इस सब से अलग हो गया था। मैं खबरों की दुनिया में था और आगे बढ़ गया। लेकिन वर्ष 1984 किसी अन्य खबर की तरह नहीं था। वह यादों में गहरे घर करके बैठ गया था। इसने मुझे बदल दिया और जो भी इससे गुजरे थे, उन सबको बदल दिया था। उन खौफनाक लमहों ने हम लोगों के बीच एक खामोश रिश्ता बना दिया था और मैं चला आया।

अब, अगर मैं कहीं खुद को अपराधी महसूस कर भी रहा था तो उसका कोई मतलब नहीं था; लेकिन मोहन सिंह हमेशा मेरी यादों में बना रहा। इतने वर्षों तक; उसी मोहन सिंह में मुझे हर किसी की कहानी नजर आती रही थी। अब उसी के चेहरे में मुझे

हर किसी के साथ हुई नाइनसाफी नजर आ रही थी, जो अब भी जारी थी। मेरे लिए यह उसकी कहानी थी, जो हर किसी की कहानी कहती थी—तब भी और अब भी।

•

हजारों लोग एक साथ थे। वे इसलिए साथ थे, क्योंकि उन सभी ने अपने-अपने करीबियों की हत्या होते देखी थी। वे इसलिए साथ थे, क्योंकि इनसाफ की तलाश में एक साथ भटक रहे थे और इसी भटकाव का नाम है तिलक विहार, अपनों की मौत के मातम का नाम है—तिलक विहार''। यह अब 'नाइनसाफ नगर' है। यहाँ के बाशिंदों की जीत इस बात में है कि वे वर्ष 1984 को पीछे छोड़कर आए हैं कि उन्हें उस समय सिर छुपाने के लिए जगह मिल गई, कि उनमें से हर एक को मुआवजे के तौर पर कुछ लाख रुपए मिल गए। और वे क्या माँग सकते थे?

'तिलक विहार' में 'विहार' शब्द गलत लगा हुआ है। एक दिल्ली में वसंत विहार है, जो राजधानी के सबसे पॉश इलाकों में से एक है और एक तिलक विहार का 'विहार' है। वसंत विहार के विपरीत, तिलक विहार एक झुग्गी बस्ती इलाके जैसा है, जहाँ समय बीतने के साथ-साथ हालात और बदतर हुए हैं, क्योंकि सन् 1985 के अंतिम दिनों में जो दो कमरों के मकान उन लोगों को दिए गए थे, अब उन लोगों के परिवार में सदस्यों की संख्या बढ़ चुकी है। तिलक विहार में घुसते ही एक झोंपड़ी-सी बनी है, जिसके फर्श पर दरियाँ बिछी हैं। जिस दिन दोपहर को मैं मोहन सिंह से मिलने गया था, मैंने देखा कि बहुत ही बुजुर्ग करीब 20 लोग आसपास बैठे हुए थे, कुछ लेटे हुए थे। उन्हें देखकर लगता कि लंबे समय से उनके पास करने के लिए कुछ नहीं था। मई की उस दोपहरी में वे सब एक टेबल फैन के सामने बैठे थे। यह झोंपड़ी जैसी जगह बुजुर्गों के बैठने के लिए बनाई गई थी, क्योंकि घरों में उनके लिए कोई कमरा नहीं है। जीवित बचे रहने पर यह उनके हिस्से में आया है। हजारों मारे गए; बाकी हजारों भी अब एक उम्रकैद-सी काट रहे हैं। इसी झोंपड़ी के पास उन लोगों ने इशारा करके मुझे मोहन सिंह का घर बताया था।

तिलक विहार में हर कोई हर किसी का पता जानता है—कौन कहाँ रहता है, वर्ष 1984 में किसके कितने लोग मारे गए और कैसे मारे गए! उन यादों को फिर से दोहराने के लिए तिलक विहार में से एक बार गुजर जाना ही काफी है। लेकिन यहाँ से गुजरने की सबसे बड़ी तकलीफ यह है कि आप किसी भी घर के बाहर ठहर जाएँ और उनकी बातें सुनेंगे तो आपको हर किसी की एक ही कहानी सुनाई देगी और इसलिए, हम किसी घर के भीतर नहीं देखते। यदि आप कभी तिलक विहार जाएँ तो आपको लगेगा कि आप-हम पहले भी यह सुन चुके हैं। हमें पता है और अब हम क्या कर सकते हैं? जहाँ तक किसी को पता होने या परवाह करने की बात है, तो उन तीन दिनों की सिर्फ दो ही कहानियाँ हैं, 3,000 नहीं—एक उनकी कहानी, जो मारे गए और एक उनकी, जो जिंदा रह गए;

और हम दोनों के बारे में भी काफी कुछ सुन चुके हैं। अब और किसी को परवाह नहीं है। एक बरसी या दूसरी बरसी पर एकाध क्षण के लिए जेहन में बात आती है और फिर लोग अपने-अपने काम में लग जाते हैं।

अब यह एक अलग समस्या बन चुकी थी। अब बाहर के लोगों के लिए मोहन सिंह की दर्दनाक कहानी, उसके पड़ोसियों के जख्मों का कोई बहुत ज्यादा मतलब नहीं रह गया है। हर कोई यह फैसला कर चुका था कि मोहन सिंह और उसके जैसे बाकी लोग एक ऐसे अतीत से ताल्लुक रखते हैं, जिसे भुला दिया गया है।

क्या कोई शीला कौर के बारे में सुनना चाहता है? उनके पति तो नहीं, लेकिन वह जीवित बच गई थीं। उनसे मिलने से पहले ही मैं उनकी कहानी जानता था। मोहन सिंह से उनकी कहानी सिर्फ ब्योरे में अलग है। उनका परिवार त्रिलोकपुरी में नहीं, सुल्तानपुरी में मारा गया था। लेकिन इससे कहानी में कोई ज्यादा फर्क नहीं पड़ता; न फर्क तब पड़ा था और न अब, जब वह इतने वर्षों से इस दर्द के साथ जी रही हैं।

बाकी जिंदा बचे लोगों की तरह, वह भी अपनी कहानी बताने के लिए जीवित थीं और बहुत जल्द ही सुननेवाले कम पड़ने लगे। कौन एक ही कहानी को 3,000 बार सुनना चाहेगा और वह भी अब 30 साल बाद? लेकिन उन अधूरी कहानियों से नजरें फेरकर हम उस न्याय से मुकर गए, जो कहानियों को किसी अंजाम के करीब ला सकता था, रिसते जख्म को कुछ तो भर सकता था। कोई भी जब मरता है तो एक इनसान के रूप में मरता है; लेकिन सामूहिक हत्याएँ एक व्यक्ति की मौत में होनेवाली दिलचस्पी को खत्म कर देती हैं। और किसी एक ने भी वही खोया है, जो बाकी दूसरों ने खोया है, यह कहने से अपने किसी एक को खोने का दर्द कम नहीं हो जाता, और जब लोग समूहों में मारे जाते हैं तो ये कहानियाँ अपनी ही कहानी के नीचे दबकर रह जाती हैं। हम उन पर 'नर-संहार' या 'कत्लेआम' का पुरजा लगाकर देखते हैं या फिर उन मरनेवालों को आँकड़ों के ढेर में छोड़ देते हैं।

कुछ इसी तरह 9/11 के हमलों के समय भी हुआ था, जिनकी मैंने न्यूयॉर्क और वाशिंगटन से रिपोर्टिंग की थी। लोग ऐसी निष्ठुरता से कहते थे कि उन हमलों में कैसे लगभग 3,000 लोग मारे गए? और इतना कहते ही आँकड़ा हवा में गायब हो जाता। आपने सुना होगा कि कैसे गगनचुंबी इमारत भरभराकर गिरी थी और लोग सड़क पर अपनी जान बचाने के लिए भाग रहे थे—ढहती इमारतों से मलबा ऐसे गिर रहा था, जैसे कोई दानव जमीन पर लोगों को निगलने के लिए उतर रहा हो। जब शोर ज्यादा हो तो भाव पीछे छूट जाते हैं। कौन उन सब 3,000 कहानियों को सुनना चाहता था या किसके जेहन में वे सब कहानियाँ समा सकती थीं?

उस गगनचुंबी ढहती इमारत से एक जोड़ा एक-दूसरे का हाथ थामे जान बचाकर

भाग रहा था। मेरे दिमाग में दहशत उस जोड़े की तसवीर के साथ दर्ज हो गई थी; ठीक उसी तरह, जैसे मोहन सिंह मेरे लिए दिल्ली में हुई हत्याओं का प्रतीक बनकर मेरे भीतर समा गया था। इन त्रासदियों को बयाँ करने की बात जब आती है तो मेरे शब्द उस जोड़े की तसवीर और मोहन सिंह के चेहरे पर आकर खत्म हो जाते हैं। दहशत और विनाश के उस पैमाने को मापने के लिए ये दो चहरे ही काफी हैं। इससे आगे मैं नहीं जा पाता। मैं आँकड़े तो गिन सकता हूँ, लेकिन आँकड़ों के बढ़ने से दर्द की गहराई महसूस होना कम हो जाती है।

दो त्रासदियाँ—एक नई दिल्ली में, एक न्यूयॉर्क में; एक में लगभग 3,000 लोग मारे गए, दूसरी में लगभग 3,000 लोग मारे गए; लेकिन इन हत्याओं के बाद जो पीछे छूट गए, उनके लिए इसमें फर्क क्या है?

न्यूयॉर्क में सरकार हमलावरों के पीछे पड़ गई। दिल्ली में सरकार और उसकी पुलिस ने पहले यह सुनिश्चित किया कि हमले न रुकें और उसके बाद सरकार हत्यारों के पीछे नहीं गई। यह भी फर्क पड़ा कि न्यूयॉर्क में स्पष्ट रूप से अजनबियों द्वारा हमला किया गया था; दिल्ली में अजनबी पीड़ितों के बीच से ही उठकर खड़े हुए थे। अमेरिका ने आखिरकार, कुछ न्याय हासिल करते हुए ओसामा बिन लादेन को दबोच लिया था; लेकिन दिल्ली में मारे गए लोगों को कभी न्याय नहीं मिला। तो मोहन सिंह आज भी जिस तरह से अपने दर्द को पीठ पर लादे जी रहा है, वैसा 9/11 के हमलों में जीवित बचे या किसी मारे गए व्यक्ति के प्रियजन को नहीं जीना पड़ा।

न्यूयॉर्क में मैं उन हत्याओं का गवाह नहीं रहा था, लेकिन दिल्ली का नर-संहार मेरी आँखों ने देखा था। उन कहानियों में जो दहशत थी, मैं उसे शब्दों में कभी पूरी तरह बयाँ नहीं कर पाया। उन मौतों के सदमे को मैं महसूस कर सकूँ, कभी मेरे मन ने मुझे इतनी इजाजत नहीं दी और लोगों की तरह ही मैं भी उन मौतों से मुँह फेरकर आगे बढ़ गया था। कुछ महसूस भी हुआ तो केवल कुछ क्षणों के लिए और उन कुछ क्षणों में भी मैंने दूर से उस दर्द को महसूस किया था। ऐसा नहीं था कि वक्त बीतने के कारण ऐसा हुआ था, ये अहसास उस समय भी यही थे। जो लोग मारे गए थे, उनके आखिरी क्षणों के दर्द को समझना शुरू कर सकूँ, इसके लिए मैं उन सिखों की लाशों की ओर देख भी नहीं सका था। जलते हुए टायर से मौत के घाट उतारे गए आदमी का दर्द कोई कैसे महसूस कर सकता है! वक्त बीतने के साथ वह खौफनाक मंजर एक आँकड़े में बदल गया और 3,000 का वह आँकड़ा अपने आप में जम गया था—लाशों की तरह एक ठंडा आँकड़ा! लोगों की भयावह मौत में जो क्रूरता थी, उसे जलती आग में चिल्लाते, चीखते और दम तोड़ते सिखों के दर्द के मुकाबिल नहीं रखा जा सकता और जल्द ही दर्द, पीड़ा एवं रुदन अपने पीछे केवल आँकड़े छोड़ गया तथा विवादों व मौतों से इनकार ने मौत

से भी उसका सम्मान छीन लिया। नेताओं और अधिकारियों ने तथ्यों पर परदा डालने के लिए शब्दों के मायाजाल बुने, सच को झुठलाने के लिए तर्क गढ़े। मुझे यकीन नहीं होता कि जो लोग इनकार की भाषा बोल रहे थे, उन्हें सच में यह पता था कि वे क्या बोल रहे थे! पहले से गढ़ी गई स्थिति की इस भाषा ने केवल हत्यारों और उनके संरक्षकों के लिए ही ढाल का काम किया था

मोहन सिंह और उसके पड़ोसियों की अब एक ऐसी साझा कहानी है, जो अब और नहीं सुनी जाती। उनकी कहानियाँ एक-दूसरे में गुँथ गई हैं; लेकिन सब अपने दर्द का अपना-अपना सलीब उठाए चलने को मजबूर हैं। अन्याय खत्म नहीं हुआ है तो अन्याय की कहानियाँ भी खत्म नहीं हो सकी हैं। अगर इनके साथ न्याय होता तो वर्ष 1984 की त्रासदी की इन जिंदा लाशों के जख्मों पर मरहम लग जाता और कहानियाँ खत्म हो जातीं। अन्याय का एक और चेहरा भी था—वह था इनकी सच्चाइयों को नकार देना—उन तीन दिनों के दौरान करीब 3,000 लोगों की मौतों की सच्चाई।

•

मैं आज भी शीला कौर की कहानी सुनना चाहता हूँ, सिर्फ इसलिए कि मेरी शालीनता पर कुछ धिक्कार हो सके। एक-दूसरे के बहुत करीब आने पर त्रासदियाँ एक-दूसरे में गड्ड-मड्ड हो जाती हैं। लेकिन तिलक विहार में एक घर में फैला हुआ दु:ख और मातम इसलिए हलका नहीं हो जाता कि पड़ोसी के दु:ख की परछाईं भी उतनी ही लंबी थी, जितनी उसके अपने दु:ख की या जो हजारों लोग बच गए थे और अपनी जिंदा लाशों का बोझ अपने ही कंधों पर उठाए पंजाब भाग गए थे या जो कहीं किसी नई शुरुआत की जद्दोजहद में इधर-उधर आश्रय लिये हुए पाए गए थे—आँकड़ों में सिमट जाने के बावजूद अपना दु:ख सबका अपना था।

शीला कौर की कहानी मोहन सिंह के परिवार जैसी ही है; लेकिन जाहिर-सी बात है कि उनका संघर्ष अलग है। मोहन सिंह की तरह ही उनके घर भी मैं बेवक्त पहुँचा। वह अपने बेड पर अपने कई बच्चों के साथ लेटी हुई थीं। दीवार पर एक तसवीर लगी थी, जो उनके परिवार की थी—परिवार, जो कभी परिवार हुआ करता था। अब परिवार की तसवीर में केवल याद भर बाकी रह गई थी।

तसवीर में दो पुरुष थे—एक उनका पति और दूसरा उनका देवर। दोनों मारे गए थे। वह पंजाबी नहीं, हिंदी बोल रही थीं—वे लोग राजस्थान के सिख थे, जो सुल्तानपुरी में आ बसे थे। उनसे सुनिए—

> शादी होके मैं सुल्तानपुरी में अपने पति के घर आई थी। हमारी जिंदगी काफी अच्छी चल रही थी और फिर वह दिन आ गया। वे लाठियों और चाकुओं के साथ आए, केरोसिन की केनें साथ लाए। जब उन्होंने हमला किया तो घर में तीन आदमी थे। एक-

एक करके तीनों को मार दिया। पहले वे उन्हें लाठियों से मारते रहे। खून के फव्वारे फूट पड़े। वे तब तक मारते रहे, जब तक कि तीनों बेहोश नहीं हो गए। उसके बाद उन्होंने तीनों को आग लगा दी—मेरे पति, मेरा देवर और मेरे ससुर। तीनों हमारी आँखों के आगे मारे गए। वे हर जगह लोगों को मार रहे थे। तीन दिन तक वे हत्याएँ करते रहे। 1 नवंबर को उन्होंने लोगों की हत्याएँ शुरू कीं और 3 नवंबर तक करते रहे।

वे पड़ोसी नहीं थे, कहीं बाहर से आए थे। हमारे पड़ोसियों ने हमें बचाया। पड़ोसी जितने लोगों को बचा सकते थे, उन्होंने सबको बचाया। इसके बाद उन लोगों ने पड़ोसियों को धमकी दी कि अगर उन्होंने एक भी सिख को बचाया तो वे उन सबको मार डालेंगे। कुछ लोग एक मुसलमान पड़ोसी के घर में जाकर छुप गए। उन हत्यारों को पता चला तो उन्होंने मुसलिम परिवार को धमकाया। वह परिवार डर गया और वहाँ छुपे लोगों से बाहर निकल जाने को कहा। उसके बाद हत्यारों ने उन सिखों की हत्या कर दी। मैं किसी तरह कत्लेआम से बच गई। हत्या के बाद मैं वहाँ ज्यादा देर नहीं रुक सकी। एक साल तक हम लोगों को किसी कैंप में रखा गया। उसके बाद हम लोग यहाँ आए। अब मैं तिलक नगर में घरों में साफ-सफाई और बरतन माँजने जाती हूँ। मैं घर में छोटा-मोटा काम करती हूँ। एक भी हत्यारा पकड़ा नहीं गया, न किसी को सजा हुई। मैं इसी बारे में सोचती रहती हूँ और जब भी सोचती हूँ तो गुस्सा आता है। 30 सालों से हम इंतजार कर रहे हैं कि किसी एक को तो सजा मिले। समझ नहीं आता, हम क्यों इंतजार करते हैं? हर घर की यही कहानी है। किसी घर में उन्होंने 3 मारे, किसी में 5 मारे। हमें सब पता है कि किस घर के कितने लोग मारे गए। उन्होंने जो किया, वो मैं बता नहीं सकती। हम गरीब लोग थे। मैं सुबह जाती थी, घरों में खाना पकाती और अपने घर आ जाती थी। क्या हमने इंदिरा को मारा था? और आपको पता है, अब हम अपने बच्चों को भी खो बैठे। उन्हें नशे की लत लग गई है और यहाँ हर घर में यही हालत है। हमारे आदमियों को मार डाला और उसके बाद हमारे बच्चों को देखने-सुननेवाला कौन बचा था! मैं उन्हें नहीं सँभाल सकती थी, माँएँ नहीं सँभाल सकतीं। बच्चे अब नशेड़ी हो गए हैं और हमारे पास उनके लिए कोई उम्मीद भी नहीं बची है। उन्हें नौकरी नहीं मिल सकती, क्योंकि वे कभी स्कूल नहीं गए; उन्होंने कभी पढ़ाई-लिखाई नहीं की। यहाँ कुछ बच्चे हैं, जो कुछ काम-धाम से लग गए और वे ठीक-ठाक रह गए; लेकिन ज्यादातर तो गलत रास्ते पर चले गए।

कुछ घरों में बच्चे को नशे की लत ने लील लिया। इन 30 बरसों में मैं आपको बता नहीं सकती कि कितने सारे बच्चों को नशा खा गया। अब ये नन्हे-नन्हे पोता-पोती बचे हैं। हमने इनको कुछ नहीं बताया। कौन जाने, वे क्या सोचेंगे, उन पर क्या असर पड़ेगा, वे क्या करेंगे? इसलिए, हम उनको कुछ नहीं बताते। हमारे कुछ बच्चे उस समय बहुत

छोटे-छोटे थे। मेरी बेटी सिर्फ एक साल की थी। उन्हें पता ही नहीं था कि क्या हो रहा था। उन्हें बाद में पता चला और उनके भीतर गुस्सा है कि उनका बाप इस तरीके से मारा गया; लेकिन वे कर क्या सकते हैं? हमारे कुछ बच्चे कहते थे कि जब हम बड़े हो जाएँगे तो उन लोगों को मारेंगे। मैंने एक बार सबूत दिए थे और उसके बाद कुछ नहीं हुआ। जब भी हमें मौका मिला, हम बताते रहे कि क्या हुआ था; लेकिन बात कहीं तक नहीं पहुँची। हम सबूत देने के लिए कुछ अदालतों में भी गए। मुझे समझ नहीं आता कि मैंने वह सब क्यों किया? आप समझ नहीं पाओगे, कैसी दिल में होल (दर्द का गुबार) उठती है! लगता है, भीतर कोई आग सुलग रहीं है। 30 साल तक उम्मीद लगाए बैठी रही। अब थक गई हूँ। यहाँ बड़ी बुरी गत है इन दो कमरों में। मेरे बच्चे हैं, बहू है और पोता-पोती हैं। बाहर की ओर हमने एक जगह को कवर करके तीसरे कमरे जैसा बना लिया है। यहाँ हम चार परिवार रह रहे हैं। इस कमरे में रात को हम दो और बेड फिट करते हैं। एक बेड पर तीन जने सोते हैं। कई बार कोई मेहमान आ जाता है ठहरने के लिए। इसी जगह में किसी तरह गुजारा करना पड़ता है।

मैं कभी लौटकर सुल्तानपुरी नहीं गई। हम जो लोग भी जिंदा बचे, सब वहाँ से छोड़कर आ गए। कुछ यहाँ आ बसे, कुछ अलवर, कुछ जयपुर लौट गए। कुछ लोगों ने आकर हमारे घरों पर कब्जा कर लिया। हमें बताया गया कि उन्होंने वहाँ रहना शुरू कर दिया है।

•

अब मोहन सिंह और शीला कौर के पास क्या बचा है? कानून के सिवाय कुछ नहीं। न्याय के लिए कभी इस आयोग की जरूरत नहीं थी। आयोग तो केवल कानून को टालने और उससे इनकार करने के लिए था। न्याय को केवल एक सरकार की जरूरत थी, जो प्रमाणित तथ्यों को लिखित कानून के साथ रखता, और केवल यही चाहिए था।

भारतीय दंड संहिता (आई.पी.सी.) के भीतर 119 के आँकड़े को पुलिस सबसे कम पसंद करती है। आई.पी.सी. की धारा 119 में प्रावधान है कि एक ऐसे पुलिसकर्मी या पुलिस अधिकारी को जेल भेजा जा सकता है, यदि वह किसी अपराध को करने की साजिश को गलत तरीके से बताता है या गलत तरीके से प्रस्तुत करता है।

'एक लोक सेवक होने के नाते कोई भी जानते-समझते हुए किसी अपराध को अंजाम देने में मदद करता है, जिसे कि लोक सेवक होने के नाते रोकना उसकी जिम्मेदारी है, या जान-बूझकर ऐसे किसी अपराध को अपनी किसी काररवाई से या गैर-कानूनी रूप से छुपाता है अथवा ऐसे अपराध को अंजाम देने के लिए रची गई साजिश के बारे में पता चलने के बाद भी उसे गोपनीय रखता है और साजिश को जानते हुए भी उसके संबंध में गलत तथ्य पेश करता है,' तो उसे उस अपराध की कुल सजा में से आधी सजा की अवधि तक के लिए जेल भेजा जा सकता है।

इसी तरह से, यदि एक हत्या के लिए 20 साल की सजा का प्रावधान है तो एक पुलिस अधिकारी, जो जानता है कि हत्या हो सकती है—इतना ही नहीं, अगर उसे पता है कि हत्या को अंजाम दिया जा सकता है, वह गैर-कानूनी तरीके से ऐसी साजिश को छुपाता है तो अगर हत्या वास्तव में हो जाती है तो उसे 10 साल तक की सजा हो सकती है; और अगर वह चोरी का मामला है, जिसमें 2 साल की सजा का प्रावधान है तो संबंधित पुलिस अधिकारी को इसी प्रकार 1 साल के लिए जेल भेजा जा सकता है।

मैंने वर्ष 1984 में उन तीन दिनों के दौरान पुलिस की ऐसी आपराधिक संलिप्तता पूरी तरह देखी थी। जहाँ भी मैं गया था, वहाँ मुझे यह साफ नजर आई थी—दिल्ली में अधिकतर लोग इसके गवाह थे। पुलिस को यह पता था कि बाहर भीड़ थी और वह भीड़ हत्या करने निकली थी। पुलिस ने उस भीड़ को नहीं रोका, उसे रोकने के लिए कोई कदम नहीं उठाया; यह बात कि यह भीड़ जलाने, लूटने और हत्या करने के लिए निकली है, उन्होंने व्यक्तिगत रूप से छुपाई, संस्थागत रूप से छुपाई। काररवाई न करनी पड़े, इसलिए उन्होंने ये बातें बातचीत के दायरे से ही बाहर रखीं, बदलते घटनाक्रम को गलत तरीके से पेश किया। ये सब बातें मित्तल रिपोर्ट में साफ-साफ दर्ज की गई हैं। यही सब मैंने भी देखा था। 1 नवंबर को वसंत विहार में उस रोज सुबह जिन पुलिसकर्मियों से मेरी मुलाकात हुई थी, उनका ही मामला ले लें। यही वह इलाका था, जहाँ गुरु हरकिशन पब्लिक स्कूल को जला दिया गया था। वे पुलिसकर्मी लोक सेवक थे, जो जानते थे कि उस स्कूल में अपराध को पहले ही अंजाम दिया जा चुका था। अगर मुझे मालवीय नगर से स्कूल की उस इमारत से उठते धुएँ के बादल नजर आ सकते थे तो निश्चित रूप से उन्हें वसंत विहार से भी वह सब दिख गया होगा। उन्हें और भी बहुत कुछ पता होगा और पहले से ही। इसके बावजूद, वहाँ मौजूद पुलिस फोर्स में से किसी को भी आगजनी को रोकने के लिए काररवाई करने का आदेश नहीं दिया गया। वहाँ रहनेवाले लोगों ने पुलिस को जो फोन किए, उन पर कोई ध्यान नहीं दिया गया।

पुलिस किसी अपराध को होते हुए देखने के लिए नहीं होती है। उसे राज्य के अपराध को रोकने और अगर अपराध हो जाता है तो उसकी जाँच करने तथा दोषियों को सजा देने के लिए नियुक्त किया जाता है। वसंत विहार पुलिस ने अपराध को बड़े प्रभावी तरीके से खुद से ही छुपाया। यह आपराधिक विफलता थी।

धारा 119 एक कानूनी दृष्टांत पेश करती है कि कानून कैसे काम करेगा। यह दृष्टांत कानून का हिस्सा है। दृष्टांत इस प्रकार है—'क, पुलिस का एक अधिकारी कोई डकैती डाले जाने संबंधी सभी साजिशों के बारे में सूचना देने के लिए कानूनी रूप से बाध्य है, अगर ऐसी कोई जानकारी उसके संज्ञान में आती है और डकैती डाले जाने की उस साजिश के बारे में जानते हुए 'ब', अपराध को अंजाम देने में मदद करने के

लिए ऐसी सूचना नहीं देता है। यहाँ 'क' ने 'ब' की साजिश के होने संबंधी सूचना गैर-कानूनी रूप से छुपाई और ऐसे में वह इस धारा के प्रावधान के अनुसार सजा पाने का अधिकारी है।

केवल डकैती के अपराध पर कायम रहते हुए (इस दृष्टांत में केवल यही उदाहरण दिया गया है) कौन नहीं जानता था कि भीड़ वहाँ और क्या करने के लिए गई थी? और उसके बाद भीड़ ने यही किया था। यहाँ 'क', यानी कि पुलिस जानती थी कि 'ख', यानी कि भीड़ लूटपाट करने के लिए निकली थी। कितने 'ए', यानी कि कितने पुलिसकर्मियों ने काररवाई करने के लिहाज से यह सूचना अपने साथी पुलिसकर्मियों तक पहुँचाई?

महत्त्वपूर्ण बात यह है कि कितने पुलिसकर्मियों को यह बात पता थी और वे इस जानकारी के आधार पर काररवाई का आदेश देने में विफल रहे? इस सूचना को छुपाकर उन्होंने अपराध को होने देने में मदद की। वे पुलिस अधिकारी इस धारा के तहत आज भी सजा पाने के लिए बाध्य हैं। उन तीन दिनों के दौरान पुलिस की विफलता जान-बूझकर की गई लापरवाही थी। पुलिस की ओर से इस प्रकार की लापरवाही न केवल निंदनीय है, बल्कि दंडनीय भी है; यह सिर्फ आपत्तिजनक नहीं है, यह एक अपराध है।

कानून एक ज्ञात संभावना को मानता है कि एक अपराध किया जा सकता है; इस हिसाब से आगजनी कितनी भयानक थी, यह वसंत विहार के आसमान में उठते धुएँ के गुबार से साफ जाहिर था। कोई भी यह सोच सकता था। यह एक ज्ञात संभावना थी कि ऐसे और अपराध घटित हो सकते हैं। वसंत विहार में पुलिस (इस हिसाब से ड्यूटी पर कि इस काम के लिए उन्हें वेतन दिया जा रहा था, इन अर्थों में नहीं कि वे इसे कर रहे थे) को यह बात पता थी कि मुख्य बाहरी रिंग रोड पर, जहाँ वे बैठे हुए थे, वहाँ से कुछ ही कदम की दूरी पर सैकड़ों लोगों ने कारों और बसों को रोक दिया था, क्योंकि वे हमला करने के लिए उनमें सिखों को ढूँढ़ रहे थे। उन लोगों की मंशा अपराध को अंजाम देने की थी, पुलिस को यह बात पता रही होगी। ऐसा कैसे हो सकता है कि उसे पता न रही हो? वायरलेस रिकॉर्ड साबित करता है कि उन्हें यह पता था।

वे यह भी साबित कर रहे थे, जो मैंने देखा था कि उस समय पुलिस ने उस अपराध को घटित होने से रोकने के लिए कोई काररवाई नहीं की, जिसके घटित होने की उसे जानकारी थी या उन्होंने ऐसा कुछ नहीं किया, जिसे करने के लिए वे कानून द्वारा बाध्य थे—उन अपराधों को रोकने के लिए, जिनके बारे में पता था कि ये अपराध होने हैं।

अपराध को अंजाम देने के लिए साजिश की मौजूदगी किसी व्याख्या की मोहताज नहीं है। यह ठीक वहाँ पुलिस की आँखों के सामने सड़कों पर मौजूद थी। पुलिस का अपराध साबित करने के लिए दो स्तर पर रिकॉर्ड्स उपलब्ध हैं—वायरलेस संदेश, जो अपराध उनके संज्ञान में होने की पुष्टि करते हैं। साथ ही, उनकी अपनी लॉगबुक, जो

बताती है कि अपराध का संज्ञान होने के बावजूद उसके जवाब में कोई कारवाई नहीं की गई या बहुत नाम मात्र की गई। दोनों रिकॉर्ड्स पर संयुक्त रूप से विचार किया जाए तो पुलिस का अपराध साबित होता है। दोनों रिकॉर्ड्स को मिला लें तो पुलिसकर्मियों की गिरफ्तारी का साफ मामला बनता है। रिकॉर्ड्स अपराध की जानकारी होने की पुष्टि करते हैं और पुलिस स्टेशन के रोजनामचे अपराध को अंजाम देने की नीयत साबित करते हैं।

एक पुलिस स्टेशन का रिकॉर्ड आनेवाली सूचनाओं, जैसा कि वायरलेस रिकॉर्ड में साबित हुआ है और ऐसी सूचनाओं के आधार पर अधिकतर मामलों में कारवाई नहीं किया जाना रोजनामचे से साबित हुआ है। आज हम जिन बातों को जानते हैं, पुलिस को वे बातें उस वक्त पता थीं; लेकिन उन्हें दर्ज नहीं किया गया। यह चूक अपने आप में एक और अपराध है।

अपराध प्रक्रिया संहिता, सी.पी.सी. की धारा 172 कहती है—"जाँच करनेवाला हर पुलिस अधिकारी···अपनी रोजाना की जाँच की कारवाइयों को एक डायरी में दर्ज करेगा, समय दर्ज करेगा कि सूचना किस समय उसके पास पहुँची, किस समय उसने जाँच शुरू की और किस समय बंद की, वह किस जगह या जगहों पर गया और उसकी जाँच के माध्यम से प्राप्त परिस्थितियों के संबंध में एक बयान।"

किसी उभरती स्थिति के बारे में जहाँ तक संभव हो सके, उसके बारे में पूरी जानकारी को प्रस्तुत करने में किसी भी प्रकार की विफलता एक संबंधित अपराध की श्रेणी में आती है। कम-से-कम वसंत विहार में आगजनी और हमले का अपराध पुलिस की जानकारी में घटित हुआ और पुलिस ने जानकारी के बावजूद इन हमलों को रोकने या जिम्मेदार अपराधियों को पकड़ने की कोई कोशिश नहीं की।

अकेले गुरु हरकिशन पब्लिक स्कूल में आगजनी के मामले में वसंत विहार के हर पुलिसकर्मी को बरसों की जेल हो सकती थी और ऐसा कानून को तटस्थ रूप से लागू करते हुए होना चाहिए था, जैसा कि कानून कहता है। बाहरी रिंग रोड पर जमा लोगों की मंशा अपराध को अंजाम देने की थी—हत्या—वे सिखों को ढूँढ़ रहे थे। ऐसा प्रतीत नहीं होता कि उस सुबह उस जगह किसी सिख की हत्या हुई थी; लेकिन धारा 119 के तहत भले ही अपराध घटित नहीं हुआ, लेकिन ऐसे अपराध को अंजाम देने की मंशा ज्ञात थी और उससे इनकार नहीं किया जा सकता। यह तथ्य अपने आप में वसंत विहार में ड्यूटी पर तैनात हर पुलिसकर्मी या कम-से-कम प्रभारी अधिकारी को उस सजा के एक-चौथाई सजा का भागीदार बनानेवाला होना चाहिए, जो हत्या की मंशा से हमला करनेवाले किसी दोषी की सजा कोई मजिस्ट्रेट तय कर सकता है।

दिल्ली में 3,000 से ज्यादा लोग मारे गए थे। ऐसी हत्याओं की परिस्थितियों को देखते हुए हजारों पुलिसवालों को इस कानून के तहत 10 साल तक की जेल की सजा

हो सकती थी। सैकड़ों पर तो अभी भी मुकदमा चलाया जा सकता है। कानून द्वारा स्पष्ट रूप से इसकी व्यवस्था की गई है। वर्ष 1984 के बाद से इतने सालों में कानून को लागू करना सरकार के हाथ में रहा है। धारा 119 उस समय पुलिस के अपराध की सीमा और उसके परिणामस्वरूप पुलिस को दंडित करने के लिए कानूनी कदम उठाने में विफल होने के अपराध की याद दिलाती है।

पुलिस क्या जानती थी और उसने क्या काररवाई नहीं की, इसके सबूतों के आधार पर अगर सरकार चाहे तो अभी भी उनके खिलाफ काररवाई कर सकती है—राजनीतिक सौदेबाजी के जरिए नहीं, बल्कि राजनीति की जगह कानून को लाकर। इतने वर्षों से हमने केवल इस बारे में बातें सुनी हैं कि पुलिस कैसे तमाशबीन बनी रही, इस बारे में बातें कि पुलिस ने अनदेखी की और सरकार ने खारिज कर दिया; लेकिन कानून के तहत यह संभव है कि बातों के बजाय गिरफ्तारियाँ की जाएँ।

पुलिस धारा 119 के बारे में ज्यादा बातें नहीं करती या अन्य संबंधित धाराओं के बारे में, जो पुलिस को पुलिस बने रहने के लिए बाध्य करती हैं। पुलिसवालों को आई.पी. सी. की धारा 353 बहुत अच्छी लगती है। यह ड्यूटी पर तैनात किसी लोक सेवक पर हमला करनेवाले को 2 साल के लिए जेल भेजने का अधिकार देती है। अधिकतर पुलिसकर्मियों ने वास्तव में हत्याएँ नहीं की थीं। उनका दोष था काररवाई नहीं करना। लेकिन वह निष्क्रियता आपराधिक थी। पुलिस की निष्क्रियता केवल कुछ नैतिक रूप से घोषित तरीके से 'आपराधिक' नहीं थी। यह निश्चित रूप से तब होगा, जब रक्षक रक्षा करने में विफल हो जाते हैं और अपराधियों को रोकने में नाकाम रहते हैं; लेकिन पुलिस की निष्क्रियता और मूकदर्शक बने रहना आई.पी.सी. एवं सी.आर.पी.सी. के तहत पूरी तरह अपराध था। पुलिस को यह बात पता थी, लेकिन वह उनके अपराधों पर आपराधिक चुप्पी साधे बैठी रही।

पुलिस का अपराध केवल एक नहीं, बल्कि कई मामलों में साबित होता है और उसकी यह आपराधिकता आज भी स्थापित है—तथ्य रिकॉर्ड में दर्ज हैं, कानून अपनी जगह पर है। कोई भी कानून नहीं कहता कि समय बीत जाने के बाद एक हत्यारा अपने आप ही निर्दोष बन जाता है। वक्त रास्ते में खड़ा है, लेकिन अभी भी वक्त है, कम-से-कम कुछ मामलों में मुकदमे चलाने के लिए तो वक्त है ही। इससे उन सिखों के घावों पर कुछ मरहम लगाने में मदद मिल सकती है, जो अपने परिजनों की हत्याओं के साथ ही लगातार अन्याय झेल रहे हैं।

कानून राजनीतिक माहौल के हिसाब से नहीं चलता, लेकिन इस कानून को राजनीतिक माहौल के हिसाब से लागू किया जाता है। सन् 1984 की राजनीति ने खुद कानून को मिटा दिया। बड़ा बेतुका सच है—लेकिन बेतुका केवल इसलिए, क्योंकि

हमने इसे कानून और पुलिस की साझा उम्मीदों के खिलाफ खड़ा कर दिया है। यह सच यही है कि कानून को बस, लागू करना था और 1984 के दिल्ली पुलिस बल के हजारों पुलिसकर्मियों को गिरफ्तार किया जा सकता था। हाँ, हजारों और हाँ, गिरफ्तारी।

•

पुलिस में किसके खिलाफ मुकदमा चलाया जा सकता है? कांस्टेबल? हेड कांस्टेबल? या उसके ऊपर सहायक सब-इंस्पेक्टर, सब-इंस्पेक्टर? इंस्पेक्टर, सहायक पुलिस आयुक्त, पुलिस उपायुक्त, अतिरिक्त पुलिस आयुक्त, पुलिस आयुक्त? सख्त कानूनी तर्क की बात करें तो सारे पुलिसकर्मी, जो काररवाई करने में विफल रहे, जो कि लगभग सारे ही पुलिसकर्मी थे, वे सभी दोषी होंगे; लेकिन यह सच है कि अधिकतर पुलिसकर्मी केवल आदेशों का पालन कर रहे थे, जिसमें स्वतंत्र रूप से कोई हस्तक्षेप करने की संभावना बहुत सीमित थी। कमांड की लंबी सूची के हिसाब से विफलता की सबसे महत्त्वपूर्ण जिम्मेदारी कुछ ही स्तरों पर थी। सबसे पहले स्टेशन हाउस ऑफिसर, यानी कि एस.एच.ओ., जो इंस्पेक्टर रैंक का अधिकारी होता है और काररवाई के लिए हमेशा सबसे पहली जिम्मेदारी उसी पर होती है। पुलिस महकमे में एक कहावत है कि देश में नाम के लिए चाहे किसी का भी राज चलता हो, लेकिन वास्तव में राज थानेदार का ही चलता है।

एक थानेदार ही होता है, जो अपने इलाके को, उसमें रहनेवाले लोगों को सबसे करीब से जानता है। उसे सब पता रहता है कि कौन क्या है और कौन सी गली में रहता है और जब लोग कोई बखेड़ा खड़ा करने के लिए जुटते हैं तो थानेदार को मालूम रहता है कि ये कौन लोग हैं। ऐसा शायद कभी नहीं होता कि एक पुलिस स्टेशन के इलाके में कोई भीड़ जमा हो जाए और एस.एच.ओ. को पता न हो कि यह भीड़ कहाँ से आई है और इसे वहाँ कौन लेकर आया है! हर एस.एच.ओ. के पास मुखबिरों की अपनी एक अनौपचारिक फौज होती है। सभी पुलिस स्टेशनों में मुखबिरों का बहुत तगड़ा नेटवर्क होता है—मुखबिरों की यह फौज खुफिया ब्यूरो (आई.बी.) के साथ मिलकर काम करती है।

मुखबिरों के इस नेटवर्क में अकसर आपराधिक पृष्ठभूमि के लोग या अपराधियों से किसी-न-किसी तरह का संबंध रखनेवाले लोग शामिल होते हैं। प्रभावी तरीके से पुलिस व्यवस्था चलाने के लिए मुखबिरों को रखना पड़ता है। पुलिस में कहा जाता है, 'चोर को पकड़ने के लिए उसके पीछे चोर को लगा दो।' एक जिले की कमान सँभालनेवाला कोई भी पुलिस अधिकारी कभी भी नहीं चाहता कि किसी पुलिस स्कूल के अव्वल नंबरोंवाला साफ-सुथरी छवि का एस.एच.ओ. तैनात किया जाए। प्रभावी तरीके से पुलिस विभाग चलाना है तो आप मासूम बच्चों पर भरोसा नहीं कर सकते। एक दमदार एस.एच.ओ.

जानता है कि अपराधियों के नेटवर्क से कौन खबर निकालकर ला सकता है। अंडरवर्ल्ड को खुद अंडरवर्ल्ड से बेहतर कौन जान सकता है!

और इसे जानने के लिए पुलिस को इसके भीतर ही कुछ लोगों पर हाथ रखना पड़ता है। स्थानीय पुलिस अगर वास्तव में अपनी ड्यूटी निभाना चाहती है तो चाहे, अनचाहे उसे अंडरवर्ल्ड के भीतर तक पैठ बनानी ही पड़ती है।

इलाके के एस.एच.ओ. को निश्चित रूप से यह भी पता होता है कि उसके इलाके में राजनीतिक रसूखवाले लोग कौन-कौन हैं। जब किसी इलाके में लुटेरे और हत्यारे सड़कों पर निकलते हैं तो इस बात की बहुत अधिक संभावना होती है कि एस.एच.ओ. के मुखबिर नेटवर्क ने उसे ऐसी सभी जरूरी खबरें दे दी होंगी कि उन लोगों को कौन लेकर आया, कितने लोग थे।

उन तीन दिनों के दौरान बहुत से हमलावर गुट उन इलाकों में बाहर से आए थे, जिन्हें निशाना बनाया गया था; लेकिन वे लोग अपने-अपने इलाकों से इतनी दूर से भी नहीं आए थे कि उन्हें पूरी तरह बाहरी कहा जा सकता। अगर वे एक स्थानीय पुलिस स्टेशन की सीमा से बाहर के इलाके से भी आए होंगे, तो भी मुखबिर नेटवर्क ने पुलिस को ठीक-ठाक जानकारी दी होगी कि वे कहाँ से आए—दूसरे एस.एच.ओ. और उनके अपने मुखबिर नेटवर्क के जरिए भी इस प्रकार की जानकारी अवश्य मिली होगी। तुरंत हर किसी का नाम नहीं पता चला होगा, लेकिन कम-से-कम कुछ नाम तो पता ही रहे होंगे, जिनके सहारे आगे बढ़ा जा सकता था। जाहिर-सी बात है कि एस.एच.ओ. किसी और के मुकाबले अपने मुखबिरों के नेटवर्क पर अधिक भरोसा करेगा।

हर पुलिस स्टेशन में कई उप-स्टेशन शामिल होते हैं। उनकी कमान आमतौर पर उस समय एक सब-इंस्पेक्टर और उससे निचले स्तर पर कांस्टेबलों द्वारा सँभाली जाती थी। किसी इलाके के लोगों से सबसे अधिक संपर्क स्ट्रीट ड्यूटी पर तैनात कांस्टेबल का होता है। ये गली-मोहल्ले के स्तर का पुलिस नेटवर्क पुलिस के अग्रिम मोर्चे की आँख व कान का काम करता है और यह स्वाभाविक भी है, क्योंकि जनता से पहला संवाद कांस्टेबल का होता है। यह बताने के लिए पर्याप्त मात्रा में रिकॉर्ड उपलब्ध हुआ कि इस गली-मोहल्ले की पुलिस फोर्स ने अपने ऊपर के अधिकारियों को पल-पल की सारी खबरें दी थीं। कोई यह उम्मीद नहीं करता कि उन तीन दिनों में हुई हत्याओं के बाद आधे पुलिस बल को, वास्तव में बाकी आधे पुलिस बल को, या कुछ पुलिसवालों को बाकी सारे पुलिसवालों को गिरफ्तार कर लेना चाहिए था। लेकिन पुलिस लॉगबुक उन पुलिस अधिकारियों के खिलाफ काररवाई के लिए मजबूत मामला बनाता है, जो संचार और काररवाई के क्रम में मुख्य जिम्मेदारियाँ सँभाल रहे थे।

एस.एच.ओ. के ऊपर महत्त्वपूर्ण जिम्मेदार पद डी.सी.पी. का, जिले के पुलिस

उपायुक्त का था। किसी जिला विशेष का डी.सी.पी. सभी एस.एच.ओ. से सीधे बात करेगा, वह अपने से ऊपर के अधिकारियों के साथ तुरंत बात कर सकता है, जो कि दिल्ली रेंज एवं नई दिल्ली रेंज के दो अतिरिक्त पुलिस आयुक्त होंगे और उनके ऊपर आता है पुलिस आयुक्त का पद। अपने जिले की पुलिस व्यवस्था में डी.सी.पी. की सबसे महत्त्वपूर्ण भूमिका होती है। जहाँ कोई जिला विफल होता है तो इसकी मुख्य जिम्मेदारी डी.सी.पी. की होती है और सबसे पहले उसे ही मुकदमे का सामना करना चाहिए।

डी.सी.पी. को अपने एस.एच.ओ. और जिला स्तर पर उनके लगातार चालू वायरलेस नेटवर्क के जरिए यह पता होना चाहिए कि कहाँ और क्या हो रहा है?

Buzz it would, if only as a result of the overriding culture in the police force of transferring responsibility higher up and to create a record that would keep yourself in the clear should an inquiry follow.

'बाद में' में की यह भावना हर पुलिसवाले के दिमाग में है—कह सकते हैं कि जिस स्थिति से उसे तत्काल निपटना है, उससे निपटने के बजाय उसके दिमाग में उसके बाद के परिणाम कहीं अधिक हावी रहते हैं। ये सवाल कि यहाँ और इसी वक्त क्या करना है या नहीं करना है, इसके पीछे यह 'बाद में' की भावना पुलिस के वरिष्ठता क्रम में इस बात का फैसला करने में मुख्य भूमिका अदा करती है कि क्या हुआ और क्या नहीं हुआ; क्योंकि यहाँ एक दोतरफा सवाल पैदा होता है कि क्या एक पुलिसवाले को इस बात का अधिक डर होना चाहिए कि अगर वह अपनी आँखों के सामने होते अपराध को रोकने में विफल रहा तो उसे क्या परिणाम भुगतने होंगे या मौजूदा माहौल और राजनीतिक हवा में सिखों की रक्षा करने के परिणामों से उसे डरना चाहिए, जिसके लिए वह बाद में पछताए, जैसा कि सशस्त्र पुलिस के इंस्पेक्टर के साथ हुआ था, जिसने गोली चलाई और बाद में कहा कि उसने गोली नहीं चलाई थी? एक रास्ता पुलिस आचरण के खिलाफ जाता है और दूसरा राजनीति से प्रेरित कॅरियर-घाती हो सकता है।

क्या केवल दो सिखों ने प्रधानमंत्री की हत्या नहीं की थी? और क्या लोगों का आक्रोश सही नहीं था? और अगर वे सड़कों पर उतर आए थे तो क्या बिना किसी उचित आदेश के आपको उन्हें रोकना चाहिए? पुलिस ने लगभग हर जगह दूसरा रास्ता अपनाया, लेकिन कुछ जगहों पर काररवाई भी की। कुछ करते हुए दिखाने के लिए वास्तव में कुछ नहीं करना। यह आधी-अधूरी चतुराई पुलिस के चरित्र में स्वाभाविक रूप से है (और केवल पुलिस के ही नहीं)। दिल्ली में उन तीन दिनों के दौरान इस किस्म की चतुराई के घातक परिणाम हुए थे। जब आदेश ऊपर से नीचे तक जाते हैं तो अधिकारी लहजे को पढ़ना सीख जाते हैं। वे अनुभव से सीख चुके होते हैं कि ऊपर बैठा अधिकारी

वास्तव में कारवाई चाहता है या केवल रिकॉर्ड में दर्ज करने के लिए कारवाई करने को कह रहा है। एक पुलिसकर्मी बड़ी आसानी से दोनों के बीच का भेद बता सकता है—कारवाई का आदेश है या केवल रिकॉर्ड में दर्ज करने के लिए आदेश दिया जा रहा है। यह सोची-समझी चतुराई थी, लेकिन ऐसा नहीं होता कि यह हमेशा काम कर जाती है। इस लीपा-पोती के खेल में बीच में जो शून्य थे और चुप्पियाँ थीं, एक जाँच अधिकारी के लिए उन्हें ताड़ लेना कोई मुश्किल काम नहीं था और वह भी ऐसा अधिकारी, रिकॉर्ड जिसकी पहुँच में था, जैसे कि वेद मारवाह ने उनकी जाँच को अचानक बीच में बंद किए जाने से पहले के समय में किया था।

पुलिस अधिकारी न केवल उसके लिए जवाबदेह हैं कि उन्होंने क्या कहा या क्या नहीं कहा, बल्कि वे इसके लिए भी जिम्मेदार हैं कि उन्होंने क्या किया और क्या नहीं किया। पुलिस आयुक्त सुभाष टंडन ने काफी कुछ कहा है, लेकिन इसके बावजूद कुछ यक्ष प्रश्न अभी भी बने हुए हैं—

(क) उन्होंने तुरंत कारवाई करते हुए क्या सूचना माँगी और आखिर में उन्हें क्या सूचना दी गई?

(ख) ऐसी विशिष्ट सूचना पर उनकी वास्तविक प्रतिक्रिया क्या थी और उन्होंने क्या निर्देश दिए या नहीं दिए?

(ग) उस समय शहर में उनकी अपनी क्या गतिविधियाँ थीं?

रिकॉर्ड यह दरशाता है कि जिन इलाकों में सर्वाधिक भयानक घटनाएँ हुईं, टंडन उसके कहीं आसपास भी नहीं थे; लेकिन वह उन जगहों पर देखे गए थे, जहाँ कुछ सिखों ने आत्मरक्षा में गोलियाँ चलाई थीं। इस मामले में रिकॉर्ड पूरी तरह साफ है।

कुसुम लता मित्तल रिपोर्ट में पुलिस आयुक्त सुभाष टंडन, दिल्ली रेंज के अतिरिक्त पुलिस आयुक्त हुकुम चंद जाटव और नई दिल्ली रेंज के अतिरिक्त पुलिस आयुक्त गौतम कौल का ब्योरा दर्ज है। यदि सरकार उन पर कारवाई करना चाहे तो उनकी गवाही देता रिकॉर्ड सरकार के लिए उपलब्ध होगा। मुकदमा चलाने की संभावनाओं पर बहुत लंबी-चौड़ी बहसें हुई हैं और ये सभी बहसें एक अंधे कुएँ में जाकर गिरती हैं। इनमें से कोई बहस कानून लागू करने के मार्ग की ओर नहीं जाती। इनमें सबसे ज्यादा हंगामा सेना को बुलाने के बारे में हुआ था। न्यायमूर्ति रंगनाथ मिश्र का कहना था कि अगर सरकार सेना को पहले बुला लेती तो हजारों जिंदगियों को बचाया जा सकता था। शायद ऐसा होता, क्योंकि सेना का दिखाई भर देना अपने आप में रोक का काम करता है। यह सरकार की ओर से बहुत बड़ा संकेत होता है। इन अटकलों में कुछ हद तक तार्किक संभावना है। लेकिन पुलिस? हजारों-हजार पुलिसकर्मी मौजूद थे, लेकिन उन्हें तैनात नहीं किया गया। दिल्ली पुलिस के सशस्त्र पुलिसकर्मियों की पूरी यूनिटें तैयार खड़ी थीं, लेकिन उन्हें

कभी नहीं बुलाया गया; और सेना को किस बात से निपटने के लिए बुलाया गया था? केवल कुछ सैकड़ों लोगों का समूह था। उनमें से कोई समूह ऐसी बड़ी जिम्मेदारी उठाने के लिए नहीं था, वह काम तो कुछ पुलिसवाले आसानी से कर सकते थे। नौ महीने की एक गर्भवती महिला पुलिस अधिकारी भी हमलावरों को ललकारकर उन्हें भगा सकती थी। जहाँ कहीं भी पुलिस ने इस प्रकार की मजबूती दिखाई, वहाँ भीड़ गायब हो गई। दिल्ली को सेना की नहीं, इच्छा-शक्ति की जरूरत थी। अगर पुलिस की कमान मजबूती से सँभाली जाती तो उन्हें कभी पुलिस की जरूरत नहीं पड़ी होती और अगर पुलिस सेना को बुलाने की स्थिति में नहीं है और केंद्र सरकार से कोई आदेश नहीं है तो क्या होता?

सी.आर.पी.सी. की धारा 131 जो कहती है, वह इस प्रकार है—

"जब ऐसे किसी जमावड़े से जनता की सुरक्षा को स्पष्ट रूप से खतरा है और किसी कार्यकारी मजिस्ट्रेट से संपर्क नहीं हो पा रहा है तो सशस्त्र बलों का कोई भी कमीशन प्राप्त या राजपत्रित अधिकारी अपनी कमान के तहत तैनात सशस्त्र बलों की मदद से ऐसी भीड़ को तितर-बितर कर सकता है और उस भीड़ को खदेड़ने के लिए उसमें शामिल किसी भी व्यक्ति को गिरफ्तार कर सकता है, हिरासत में ले सकता है या उन्हें कानून के अनुसार दंडित किया जा सकता है।"

इसलिए कड़े शब्दों में साफ-साफ कहूँ तो सेना अधिकारी अपने आप यूनिटों की तैनाती कर सकते थे। यह काररवाई करने के बाद वे बाद में पुलिस के साथ आगे चर्चा कर सकते थे। "यदि वह (सेना अधिकारी) इस धारा के अधीन कार्य कर रहा हो तो उसके लिए एक कार्यकारी मजिस्ट्रेट (या पुलिस आयुक्त प्रणाली के तहत समकक्ष) के साथ संवाद करना व्यावहारिक हो जाता है। वह ऐसा करेगा और उसके बाद से काररवाई को जारी रखने या नहीं रखने के बारे में मजिस्ट्रेट के निर्देशों का पालन करेगा।"

इस प्रकार, यदि इस प्रकार की अशांति सेना की आँखों के सामने घटित हो रही थी तो उन्हें मूकदर्शक बने रहने की जरूरत नहीं थी। अधिकारी अपने आप आगे बढ़कर जिम्मेदारी सँभाल सकते थे। यह एक अभूतपूर्व काररवाई होती। लेकिन वे परिस्थितियाँ भी तो अभूतपूर्व थीं और ऐसी अभूतपूर्व परिस्थितियों के लिए कानून है। लेकिन वास्तव में, पुलिस जिस काम को करने में विफल रही थी, उसके लिए सेना के एक अधिकारी को कौन दोषी ठहराएगा—कमांड की श्रृंखला में महत्त्वपूर्ण स्तरों पर : एस.एच.ओ., डी.सी.पी. और पुलिस आयुक्त? इस अंतिम चरण में भी उस विफलता के लिए पुलिस को कठघरे में खड़ा करने से जीवित बचे सिखों के साथ कुछ तो रत्ती भर न्याय होगा; न केवल सिखों के साथ, बल्कि खुद पुलिस की भी इसमें काफी कुछ भलाई है।

इन सब बातों के बारे में सोचना व्यर्थ की सोच में समय की बरबादी नहीं है कि क्या हो सकता था, बल्कि अभी भी क्या हो सकता है!

•

पुलिस को पकड़ना आसान होना चाहिए, बजाय इसके कि पुलिस खुद ही अपने आप को पकड़े। आज भी पुलिसवालों पर मुकदमा चलाना लगभग असंभव है। लेकिन सरकार क्या कर रही है ? इस बात में कोई संदेह नहीं कि गली-मोहल्ले के स्तर पर पुलिस खुद सरकार का चेहरा होती है। राजनीतिक सरकार अदृश्य रूप से, लेकिन निश्चित तौर पर पुलिस को नियंत्रित करती है; लेकिन सरकार का यह कमान सँभालनेवाला हाथ तो स्पष्ट नजर आ रहा था। वास्तविकता तो यह है कि सरकार का हाथ होने की बात इससे अधिक स्पष्ट नहीं हो सकती थी—खुद सरकार के जरिए—उसके स्वामित्व और नियंत्रणवाले दूरदर्शन के माध्यम से।

दो तथ्यों पर विचार करें, जिनसे कोई इनकार नहीं कर सकता, यहाँ तक कि सरकार भी नहीं।

सबसे पहले, 1 नवंबर की सुबह दूरदर्शन ने तीन मूर्ति भवन पर तथाकथित शोक-संतप्त लोगों द्वारा बार-बार किए गए हत्या के आह्वान का सीधा प्रसारण किया। तीन मूर्ति भवन में ही इंदिरा गांधी का पार्थिव शरीर अंतिम दर्शनों के लिए रखा गया था। उन लोगों ने नारा लगाया—'खून का बदला खून'।

लाखों लोगों ने इस कवरेज को दूरदर्शन पर देखा और कोई इस बात से इनकार नहीं कर सकता और निश्चित रूप से दूरदर्शन इनकार नहीं कर सकता और न ही करता है कि सरकारी चैनल ने हत्या के आह्वान का सीधा प्रसारण किया था। न्यायमूर्ति रंगनाथ मिश्र, जिन्होंने स्पष्ट रूप से लोगों को क्लीनचिट बाँटी, उन्होंने इस मामले में भी सरकार को कलीनचिट दे दी। इस प्रसारण को लेकर न्यायमूर्ति मिश्र कहते हैं—"भारत संघ किसी भी ऐसे कार्यक्रम को शुरू करने से इनकार करता है, जिसमें दूरदर्शन ने ऐसा कोई नारा लगाने की अनुमति दी थी—'खून का बदला खून'।"

ऐसा प्रतीत होता है कि 1 नवंबर को पार्थिव शरीर को तीन मूर्ति भवन ले जाए जाने के बाद वहाँ रखे गए पार्थिव शरीर और वहाँ कमरे में, इमारत के बाहरी गलियारे में, आसपास, अपनी नेता को अंतिम श्रद्धांजलि देने आ रहे लोगों को कवर करने के लिए सीधे प्रसारण की व्यवस्था इसलिए की गई थी, ताकि जो लोग दिल्ली नहीं पहुँच सके थे और देश के दूर-दराज के इलाकों में थे, वे भी सीधे प्रसारण के जरिए अंतिम दर्शन कर सकें और तीन मूर्ति भवन में जो चल रहा था, उससे स्वयं को जोड़ सकें।

1 नवंबर की सुबह गलियारे से गुजरते हुए लोगों के एक समूह ने नारा लगाया, 'खून का बदला खून'। चूँकि उस समय सीधे प्रसारण की व्यवस्था जारी थी, भीड़ अपने इस नारे के साथ टेलीविजन पर नजर आई और उनका नारा भी सुनाई दिया।

आयोग द्वारा निर्देश मिलने पर दूरदर्शन के महानिदेशक आयोग के समक्ष पेश हुए

और उस स्थिति का स्पष्टीकरण दिया, जिसमें प्रोग्राम का यह हिस्सा कवर किया गया था और अपने इस स्पष्टीकरण को पुष्ट करने के लिए उन्होंने कैसेट का वह हिस्सा दिखाया, जहाँ चिल्लाती भीड़ नजर आई थी और उनका नारा रिकॉर्ड हो गया था। महानिदेशक ने स्पष्टीकरण दिया कि दूरदर्शन के अधिकारियों को ऐसा कोई संदेह तक नहीं हुआ था कि दिवंगत नेता को श्रद्धांजलि देने के लिए आए लोग इस प्रकार का नारा लगाएँगे, जो कि कार्यक्रम का सीधा प्रसारण होने के कारण देश भर में प्रसारित हो गया। जिस क्षण इस बात का अहसास हुआ, सीधा प्रसारण बंद कर दिया गया। जब कैसेट चलाई गई तो आयोग ने पाया कि नारे को 37 सेकंड से ज्यादा की अवधि में 18 बार दिखाया गया। नारा अचानक से बहुत ऊँची आवाज में आया, जो दूरदर्शन के इस स्पष्टीकरण के लिए काफी था कि दूरदर्शन के लोग उसे पकड़ नहीं सकते थे। पुलिस ने जब भीड़ को आगे की ओर भेजा तो नारे का शोर धीमा पड़ता चला गया।

ओरिजिनल कैसेट से आयोग ने एक कॉपी बनाई थी; हालाँकि, ऐसे आरोप लगे थे कि यह प्रसारण सोच-समझकर किया गया था। लेकिन आयोग का कहना है कि इस मामले में न तो प्रधानमंत्री और न ही सरकार में से किसी की कोई भूमिका थी और दूरदर्शन प्राधिकारियों ने जान-बूझकर ऐसा नहीं किया था।

अंततः न्यायमूर्ति मिश्रा ने घोषणा कर दी—"आपत्तिजनक सामग्री का प्रसारण और उसे बंद किए जाने के बीच समय का अंतर भी अनुचित रूप से ज्यादा नहीं है, जैसा कि आरोप लगाया गया है कि दूरदर्शन इसे जारी रखना चाहता था। दूरदर्शन के महानिदेशक ने भी आयोग को बताया कि उसके बाद से इस बात का ध्यान रखा गया कि सीधे प्रसारण में किसी भी प्रकार की आपत्तिजनक सामग्री को शामिल न किया जाए।"

एक बार फिर से न्यायमूर्ति मिश्र रिपोर्ट में व्याकरण की समस्या तो है ही। (जैसे कि अंग्रेजी के शब्दों fly past की जगह पर उनका मतलब file past और apprehended की जगह anticipated होना चाहिए था) लेकिन क्या यहाँ तथ्यात्मक गलतियाँ भी हैं? क्या यह नारा 'खून का बदला खून' उस सुबह 37 सेकंड में केवल 18 बार दोहराया गया? न्यायाधीश महोदय ने 37 सेकंड की गणना कैसे की? एक बार मात्र 37 सेकंड का समय, जिसमें एक नारा 18 बार लगाया गया? या नारे को 18 बार दोहराया गया और हर बार उस नारे का समय मिलकर कुल 37 सेकंड हुआ? न्यायमूर्ति मिश्र रिपोर्ट कुछ नहीं कहती। दूरदर्शन शायद ही यह दावा कर सकता था कि यह प्रसारण 37 सेकंड की एक अवधि में लगातार लगाए गए 18 नारे हैं। क्या न्यायमूर्ति मिश्र ने यह योग सही किया था? गणित के हिसाब से बहुत विचित्र है। यह 18 बार और 37 सेकंड का आँकड़ा कहाँ से आया? यह दूरदर्शन से आया। दूरदर्शन ने मिश्र आयोग को 'कैसेट का वह हिस्सा दिखाया था, जहाँ नारे लगाती भीड़ दिख रही थी और उनका नारा रिकॉर्ड हो गया था।'

न्यायमूर्ति मिश्र यह नहीं कहते कि उन्होंने देखा था या उन्होंने उस सुबह के पूरे प्रसारण का रिकॉर्ड देखने को कहा था, जिस दौरान उन्होंने और उनके स्टाफ ने उस नारे को 37 सेकंड में 18 बार सुना, जबकि आप उन 37 सेकंड का संज्ञान ले रहे हैं। मिश्र ने दूरदर्शन द्वारा उपलब्ध कराई गई उस रिकॉर्डिंग के आधार पर अपनी क्लीनचिट जारी कर दी, जिसके बारे में वह यह स्वीकार करते प्रतीत नहीं होते कि उन्हें वह रिकॉर्डिंग सौंपी गई थी। उन्होंने उनको सौंपी गई एक कैसेट के आधार पर क्लीनचिट दे दी।

शहर भर में धुएँ के काले बादल उठ रहे थे और उस दिन 1 नवंबर की सुबह घर से निकलकर मैं उन बादलों के पीछे चल पड़ा था। लेकिन उससे पहले मैंने दूरदर्शन पर वह सीधा प्रसारण देखा था और मैंने वह प्रसारण 37 सेकंड से ज्यादा समय तक देखा। उससे भी कहीं ज्यादा। मैंने जिस किसी से भी बात की, लगभग हर कोई उस प्रसारण को देख चुका था। क्या हम सभी ने केवल 37 सेकंड तक ही इसे देखा था? अगर ऐसा था तो क्या हम सभी को 37 सेकंड का ही याद था? मान लो कि यह 37 सेकंड ही था तो हम सभी को बाकी हिस्से के मुकाबले वह ज्यादा याद रहता, लेकिन वह किसी भी तरह से 37 सेकंड नहीं था। मुझे याद नहीं है कि उस प्रसारण में कुछ नारे कुल एक मिनट के बहुत मामूली से सेकंड के लिए लगाए गए थे; जिन लोगों से बात हुई थी, उन्हें भी याद नहीं है कि अचानक प्रसारण में आए इस हिस्से को तुरंत हटा लिया गया था।

केवल दूरदर्शन द्वारा अपने हिसाब से सौंपी गई एक कैसेट पर भरोसा करने के बजाय सच्चाई का पता लगाने का तरीका यह होना चाहिए था कि उस सुबह के पूरे प्रसारण की जाँच की जाती। दूरदर्शन द्वारा सौंपी गई कैसेट की लंबाई संदिग्ध थी, जिसके बारे में दूरदर्शन का दावा था कि जो कैसेट सौंपी गई है, वह उतनी ही थी, जितना उस रोज सुबह प्रसारण हुआ था। हम जबकि पूर्ण प्रसारण की प्रतियों का इंतजार कर रहे हैं (अनिश्चित काल से), ऐसे में यह एक अकाट्य तथ्य है कि जितनी देर प्रसारण करने की बात दूरदर्शन ने स्वीकार की थी, ऐसा करके दूरदर्शन ने कानून तोड़ा था। उसने एक अपराध किया था। उसकी अपनी स्वीकारोक्ति कहती है कि न सिर्फ एक बार, दो बार, बल्कि 18 बार। आई.पी.सी. (धारा 153-A) किसी भी कारण से वैमनस्य या शत्रुता की भावनाओं को बढ़ावा देने के लिए या एक ऐसे कार्य के लिए 3 साल तक के कारावास का प्रावधान करती है, जो सद्भाव कायम रखने के लिए प्रतिकूल हो सकता है और एक धार्मिक समूह के बीच असुरक्षा की भावना पैदा कर सकता है।

दूरदर्शन के अधिकारियों ने स्वयं हत्या का आह्वान नहीं किया था, बल्कि वे उस आह्वान का व्यापक स्तर पर प्रसारण करने के लिए जिम्मेदार थे। उकसाने और साजिश को बढ़ावा देने का कानून किसी भी अपराध पर लागू होता है। ऐसे में, दूरदर्शन पर मुकदमा चलाए जाने का मामला स्पष्ट है। यह समझने के लिए कानून की पुस्तकें

पढ़ने की जरूरत नहीं है कि एक समूह के लोगों के दूसरे धर्म के सदस्यों की हत्या के आह्वान का प्रसारण, कानून के अनुसार, वैमनस्य को बढ़ावा देना है और कुछ नहीं तो कम-से-कम इससे लोक-समरसता बिगड़ने की आशंका तो होती ही है। आई.पी.सी. की धारा 153-A के तहत दूरदर्शन पर मामला दर्ज करने के लिए इतना काफी है, जैसा कि वकील कहना पसंद करते हैं, इसे उकसाने और साजिश के कानून के प्रावधानों के साथ पढ़ा जाए। क्या लाखों लोगों के सामने हत्या की ललकार को बार-बार दोहराना समरसता को बनाए रखने के प्रतिकूल नहीं है और क्या इससे सामाजिक शांति भंग होने की आशंका नहीं है ?

इस ललकार को प्रसारित करने के लिए भीड़ को मेगाफोन थमाकर दूरदर्शन ने खुद को इस अपराध में शामिल कर लिया था। कानून के अनुसार, उस सुबह की पूरी फुटेज की कॉपियाँ न्यायमूर्ति रंगनाथ मिश्र आयोग के सामने आने से काफी पहले ही पुलिस को उपलब्ध कराना दूरदर्शन की जिम्मेदारी बनती थी। उसके बाद पुलिस उस फुटेज को खँगालती, हत्या का आह्वान करनेवालों की पहचान करती, उस आह्वान के बाद हुए अपराधों के मुकाबले उन लोगों की शिनाख्त करती। संभव है कि इससे रकाबगंज हत्याओं के और अन्य ऐसे मामले सुलझ पाते। पुलिस हत्या का आह्वान करनेवाले लोगों को गिरफ्तार कर सकती थी। जाँच कर रहे सर्वोच्च नयायालय के न्यायाधीश को भी यह नहीं सूझा कि कानून के तहत पुलिस की कारवाई का यही तरीका होगा। उसका ध्यान इन बातों पर नहीं गया कि दूरदर्शन ने ऐसी कोई पेशकश अपने से नहीं की कि सरकार ने दूरदर्शन से पुलिस को वह सबूत सौंपने को नहीं कहा कि पुलिस ने कभी इसकी माँग नहीं की···अपराध में सरकार की संलिप्तता की ओर इशारा करते हुए यह एक के बाद एक सवालों का अंबार है। कानून की भाषा और प्रसारण की व्याख्या को लेकर वकील निश्चित रूप से मामले को लंबा खींच सकते थे और इसमें फायदे-नुकसान का हिसाब-किताब लगाया जा सकता था; लेकिन पुलिस, सरकार—इनके पास मामला शुरू करने, गिरफ्तारियाँ करने और मुकदमा चलाने के लिए स्पष्ट आधार थे और उसके बाद बाकी फैसला जज पर छोड़ देते।

सही बात है कि दूरदर्शन के भीतर बैठी नौकरशाही केवल आदेशों का पालन कर रही थी; लेकिन अगर तत्काल गिरफ्तारी करनी है और साफ पता है कि संदिग्ध कौन है और वह पहुँच में भी है, तो अपराध-बोध नहीं मिटता। संस्थागत अपराध-बोध स्पष्ट था और यह दूरदर्शन तथा सरकार को फैसला करना होगा कि उसे इसका कैसे जवाब देना चाहिए !

पुलिस का जहाँ तक संबंध है, एक संस्थान के भीतर व्यक्तियों द्वारा अपराध किया गया था और वे मामला दर्ज करने के लिए बाध्य थे, बाध्य हैं। यह अजीब नहीं

है कि उन्हें अब ऐसा करना चाहिए; जो अजीब है और आपराधिक रूप से अजीब है, वह यह है कि उन्होंने अभी तक ऐसा नहीं किया। शायद यह कभी संभव नहीं होगा कि दूरदर्शन के जो कुछ रिटायर्ड अधिकारी जिंदा हैं, उन्हें ढूँढ़कर उन पर अब मुकदमा चलाया जाएगा; लेकिन अगर पुलिस अभी भी मामला दर्ज करती है तो आखिर में कुछ तो यह अहसास होगा कि उन्होंने अपराध होने की बात को स्वीकार किया है, जिसे उन्होंने अभी तक माना ही नहीं था। यह केस पुलिस द्वारा इस बात को स्वीकार किए जाने का एक आधिकारिक रिकॉर्ड होगा कि सन् 1984 में सरकार की ओर से अपराध हुआ—एक ऐसी आपराधिकता, जिसे तत्कालीन सत्तासीन सरकार लगातार इनकार करती रही थी। कांग्रेस पार्टी के आका अभी भी इस प्रकार की आपराधिकता से इनकार करेंगे; लेकिन मामले की विषय-वस्तु जनता के सामने होगी और वह स्वयं सब देखेगी तथा न्याय करेगी।

केस दर्ज होने से जनता कम-से-कम यह देखेगी कि कानून लागू किया गया। दूरदर्शन के प्रसारण में एक परोक्ष बिंदु है, जिससे सरकार की आपराधिकता के लिए उस पर शिकंजा कसा जा सकता है; हालाँकि, यह इतना परोक्ष भी नहीं है। अपराध के लिए उकसाने का कानून (आई.पी.सी. की धारा 107) किन्हीं भी तीन प्रकार की काररवाइयों को कवर करता है, जिन्हें उकसाना कहा जा सकता है—पहला, भड़काना; दूसरा, साजिश में शामिल होना, अगर उस साजिश को आगे बढ़ाने के लिए कोई काररवाई या गैर-कानूनी चूक होती है; तीसरा, किसी भी काररवाई या गैर-कानूनी भूल-चूक से उस साजिश को अंजाम देने के लिए 'मंशागत मदद'।

क्या दूरदर्शन ने सिखों की हत्या के आह्वान को प्रसारित कर सिखों के खिलाफ हमलों को भड़काया? क्या उसने इस आह्वान को मेगाफोन थमाकर हत्या की साजिश में साथ दिया? क्या ऐसी ललकार के प्रसारण को रोकने में विफल रहकर उसने कोई अवैध चूक की थी? इसका फैसला अदालत को करने दें। लेकिन यहाँ कम-से-कम एक मामला तो बनता है, जिस पर फैसला अदालत करे। पुलिस के लिए, और खासतौर से दिल्ली पुलिस के लिए, यह सामान्य चलन है कि वे जब कोई एफ.आई.आर. दर्ज करते हैं तो उसमें सारी धाराएँ और सारे आरोप लगा देते हैं। अभियोजक उसके बाद उनमें से खँगालता रहता है कि वह अदालत में किन धाराओं के तहत मामले पर आगे बढ़ेगा, ताकि अगर सजा कोई बनती है तो जज उसकी अवधि का आकलन कर सके। भारतीय दंड संहिता की कई धाराओं में पुलिस को दूरदर्शन के खिलाफ मामला दर्ज करने की आवश्यकता है। यहाँ सरकार का अपराध-बोध ज्ञात है, लेकिन वह पकड़ी नहीं गई है; यह एक चीज है, जहाँ उसे पकड़ा जा सकता है।

इतने वर्षों बाद और इतना मामूली सा!…अगर थोड़ा-बहुत भी न्याय होता है तो

वह न्याय से लगातार वंचित किए जाने से तो बेहतर ही है। वे अभी भी मारे गए लोगों के परिवारों के घावों पर कुछ मरहम लगा सकता है। ये जख्म अभी भी रिस रहे हैं, उन जख्मों में अभी भी टीस है। यह थोड़ा सा चुटकी भर न्याय ही मोहन सिंह और शीला कौर के लिए, उनके कई पड़ोसियों के लिए, उनके संबंधियों के लिए बहुत बड़ी राहत हो सकता है। वे भारतीय नागरिक हैं और यह कानून उनका भी कानून है।

□□□

अनुवादिका-परिचय

नरेश कौशिक पिछले 30 साल से पत्रकारिता के क्षेत्र में सक्रिय और भारतीय संसद् के निचले सदन लोकसभा की रिपोर्टिंग का दो दशक से अधिक समय का अनुभव। लघु फिल्मों में संवाद लेखन। 'हंस', 'इंद्रप्रस्थ भारती', 'कथादेश', 'वागर्थ', 'परिकथा', 'पाखी' और हरियाणा साहित्य अकादमी की पत्रिका 'हरिगंधा' आदि प्रतिष्ठित साहित्यिक पत्रिकाओं तथा 'जानकीपुल' एवं 'प्रतिलिपि' ऑनलाइन हिंदी साहित्यिक पत्रिकाओं में रचनाओं का प्रकाशन। प्रतिष्ठित प्रकाशकों के लिए 20 से अधिक पुस्तकों का अनुवाद। एक कहानी-संग्रह शीघ्र प्रकाश्य; एक कहानी 'मोलकी' का नाट्य रूपांतरण अनेक संस्थानों में मंचित। दक्षिण एशिया की प्रतिष्ठित समाचार एजेंसी 'भाषा' में पिछले 24 साल से कार्यरत।

AF552957

सी.वी. रमन

कुछ प्रमुख जीवनियाँ

ईश्वरचंद्र विद्यासागर
नेपोलियन बोनापार्ट
चंद्रशेखर आजाद
लाला हरदयाल
राजा राममोहन राय
आनंदमूर्ति
बेंजामिन फ्रैंकलिन की आत्मकथा
जगदीशचंद्र बसु
लोकमाता अहिल्याबाई
बाल गंगाधर तिलक
लियोनार्दो द विंची
शिखर भारतीय महिलाएँ
भीखाजी कामा
प्रथम अंतरिक्ष यात्री
यूरी गागरिन
लियो टॉलस्टॉय
आचार्य विनोबा भावे
स्वामी रामदेव
आर्यभट
अन्ना हजारे
नेल्सन मंडेला
महर्षि अरविंद घोष
कस्तूरबा गांधी
कर्नल जिम कॉर्बेट
मौलाना अबुल कलाम आज़ाद
होमी जहांगीर भाभा
नेताजी सुभाषचंद्र बोस
भगिनी निवेदिता
भारत कोकिला सरोजिनी नायडू
स्टीफन हॉकिंग
गोपाल कृष्ण गोखले
गुरुदेव रवींद्रनाथ टैगोर
स्वामी दयानंद सरस्वती
बिपिनचंद्र पाल
निकोलस कॉपरनिकस

सी.वी. रमन

तेजेन कुमार बसु

विद्या विहार, नई दिल्ली

प्रकाशक : विद्या विहार,
19, संत विहार (पहली मंजिल) गली नं. 2, अंसारी रोड, नई दिल्ली–110002
 / संस्करण : 2024 / मूल्य : तीन सौ पचास रुपए
मुद्रक : प्रिंट मीडिया, नई दिल्ली ISBN 978-93-80186-40-5

C.V. RAMAN *(biography)* by Shri Tejen Kumar Basu ₹ 350.00
Published by **VIDYA VIHAR**
19, Sant Vihar (First Floor), Street No.2, Ansari Road, New Delhi-110002

वैज्ञानिक पत्रिका का प्रकाशन शुरू किया, जिससे शोध कार्यों की जानकारी सबको मिल सके। भारतीय विज्ञान संस्थान, बैंगलौर के वे प्रथम भारतीय निदेशक थे। उन्होंने 'रमन अनुसंधान केंद्र' का निर्माण किया, जिसके वे प्रथम निदेशक बने एवं आजीवन बने रहे। उनके कई शिष्यों ने विज्ञान के क्षेत्र में महत्त्वपूर्ण कार्य किया।

रमन ने भारत में वैज्ञानिक अध्ययन एवं अनुसंधान हेतु सदैव कार्य किया। इस पुस्तक में लेखक ने सर सी.वी. रमन के जीवन एवं कृतित्व के बारे में अत्यंत ही सरल भाषा में वर्णन किया है, जो पाठकों को प्रेरणा देगा, ऐसी मेरी आशा है। साधारणतः हिंदी भाषा में उपलब्ध पुस्तकों में वैज्ञानिकों के शोध कार्यों के बारे में विस्तृत जानकारी कम ही मिलती है, परंतु इस पुस्तक में रमन के कार्यों के उल्लेख के साथ उनका विवरण भी दिया गया है, जो सभी वर्गों के लोगों में विज्ञान के प्रति उत्सुकता जगाने में सफल होगी।

—प्रद्युम्न काव

निदेशक

प्लाज्मा अनुसंधान संस्थान,

(गुजरात)

प्राक्कथन

सी. वी. रमन विज्ञान की दुनिया में एक ऐसा नाम है जि
केवल भारत में बल्कि समूचे विश्व में एक विशिष्ट
है। वे ही एकमात्र भारतीय वैज्ञानिक हैं जिन्हें देश में किए गए आ
के लिए विश्व के सर्वोच्च सम्मान नोबेल पुरस्कार से विभूषित
गया था। यह पुरस्कार उन्हें प्रकाश प्रकीर्णन पर की उनकी म
खोज के लिए सन् 1930 में प्रदान किया गया था। 'रमन प्रभा
आधारित शोध आज भी जारी है तथा विज्ञान के हर क्षेत्र में
उपयोग हो रहा है।

रमन का जीवन संघर्षपूर्ण था। उन्होंने 19 वर्ष की अल्प
आजीविका के लिए कलकत्ता में अर्थ विभाग में सहायक संचाल
पर कार्य करना शुरू किया; परंतु उनकी रुचि सदैव विज्ञान में थी
विज्ञान के क्षेत्र में काम करने का अवसर जल्द ही मिल गया, ज
अचानक कलकत्ता के एक वैज्ञानिक संस्थान इंडियन एसोसिएशन
दि कल्टिवेशन ऑफ साइंस के संपर्क में आए। नौकरी के साथ-स
संस्थान की प्रयोगशाला में नियमित तौर पर शोध कार्य करने लगे।
मौलिक कार्य की वजह से शीघ्र ही उनकी ख्याति देश-विदेश में
गई, जिसके फलस्वरूप कलकत्ता विश्वविद्यालय ने उन्हें सीधे प्राध्य
पद पर नियुक्त कर लिया। उस समय वे केवल 29 वर्ष के थे। उ

प्रस्तावना

चंद्रशेखर वेंकट रमन या सर सी.वी. रमन विश्व के महानतम वैज्ञानिकों में से एक हैं। उनका नाम याद आते ही सबसे पहले नोबेल पुरस्कार का ध्यान आता है, क्योंकि वे ऐसे अकेले भारतीय वैज्ञानिक हैं जिन्हें देश में किए गए आविष्कार पर विश्व का सर्वश्रेष्ठ पुरस्कार दिया गया था। उन्हें यह पुरस्कार पदार्थों से प्रकाश के प्रकीर्णन पर मूल शोध करने तथा प्रकीर्णित प्रकाश में आपाती प्रकाश के अलावा अन्य रंगों की उपस्थिति का पता लगाने के लिए मिला था, जिसे 'रमन प्रभाव' के नाम से जाना जाता है। रमन को भारत सरकार ने देश के सर्वोत्तम नागरिक सम्मान 'भारतरत्न' से विभूषित किया था। रमन को आज से अस्सी वर्ष पहले नोबेल पुरस्कार मिला था, जब अनुसंधान क्षेत्र में इतनी सुविधाएँ नहीं थीं। अपनी लगन और निष्ठा के बल पर उन्होंने 'रमन प्रभाव' की खोज की, जिसके नए उपयोग आज भी इजाद हो रहे हैं। तकनीकी विकास के साथ रमन वर्णक्रममापी उपकरणों की संवेदनशीलता व आकार में भारी परिवर्तन हुआ है। विज्ञान का शायद ही कोई ऐसा क्षेत्र बचा हो जहाँ 'रमन प्रभाव' का इस्तेमाल नहीं हो रहा है। यहाँ तक कि ब्रह्मांड के किसी अन्य ग्रहों में जीवन की संभावना का पता लगाने के लिए भी अंतरिक्ष यानों में 'रमन स्पेक्ट्रोमीटर' का इस्तेमाल किया जा रहा है। 'रमन प्रभाव' पर

आधारित नए यंत्रों का विकास आज भी जारी है।

रमन ने ध्वनिक, पराध्वनिक, प्रकाशिकी, चुंबकत्व, स्फटिक भौतिकी आदि कई क्षेत्रों में मौलिक अनुसंधान किए। भारतीय वाद्ययंत्रों पर रमन ने गहन अध्ययन किया। इन यंत्रों की बनावट मधुर आवाज उत्पन्न करने में कैसे सहायक होती है, इसका विस्तृत विवरण उन्होंने दिया। रमन एक प्रख्यात वैज्ञानिक ही नहीं बल्कि स्वप्नदृष्टा भी थे। विज्ञान से वे सचमुच प्यार करते थे। रमन के दफ्तर का दरवाजा हमेशा खुला रहता था, जिससे कोई भी आकर उनसे मिल सके। उन्होंने विज्ञान के माध्यम से देश की प्रगति का सपना देखा था।

रमन का जीवन संघर्ष और सफलता का एक ज्वलंत उदाहरण है। अपने जीवनकाल में उन्हें काफी अपमान सहने पड़े थे। परंतु इन सबके बावजूद उन्होंने कभी विज्ञान का साथ नहीं छोड़ा। जीवन की साँझबेला में भी वे शोधकार्य से जुड़े रहे। उन्होंने 'रमन अनुसंधान केंद्र' का निर्माण किया था तथा 'विज्ञान अकादमी' की स्थापना की थी। अकादमी ने सन् 1935 से शोधपत्रों के प्रकाशन के लिए 'प्रोसिडिंग्स ऑफ इंडियन एकेडमी ऑफ साइंस।' नामक पत्रिका का प्रकाशन शुरू किया था। वे स्पष्ट वक्ता थे तथा अपनी बात कहने में बिलकुल भी नहीं झिझकते थे, चाहे वह दूसरों को कितनी भी कड़वी क्यों न लगे।

आम जनता में विज्ञान के प्रति जागरूकता पैदा करने के लिए वे अकसर सभाओं का आयोजन करते थे, जिसमें वह विज्ञान के क्षेत्र में हुए शोध के बारे में विस्तार से बताते थे। व्याख्यान के दौरान विषय को सरलता से समझाने के लिए वह कुछ प्रक्रियाओं का प्रदर्शन भी दिखाते थे। लोगों की रुचि विज्ञान में बनी रहे, इसके लिए रमन ने सन् 1959 में गांधी जयंती के दिन व्याख्यान श्रृंखला की शुरुआत की थी, जो आज भी जारी है। वे बड़े ही अच्छे वक्ता थे।

आज के युवा वर्ग में धैर्य की कमी है तथा वे जल्द ही सबकुछ हासिल करना चाहते हैं। उनके लिए रमन की जीवनी एक प्रेरणा स्रोत है, जिन्होंने

कठिन परिस्थितियों में भी हौसला बुलंद रखते हुए अपने इरादे को पाया।

इस पुस्तक में वर्णित सामाग्री एवं तथ्यों का संकलन करने में जिन पुस्तकों एवं पत्र–पत्रिकाओं से सहायता ली गई है, उनके प्रति मैं अपना आभार व्यक्त करता हूँ। परमाणु ऊर्जा विभाग, भारत सरकार की ओर से मुझे राजा रामन्ना अध्येता वृत्ति मिली, जिसकी वजह से मैं इस पुस्तक को लिखने का साहस जुटा पाया, इसके लिए मैं उसका विशेष तौर पर आभारी हूँ। अंत में मैं अपनी पत्नी मिताली एवं पुत्री मिष्टुन को इस कार्य में भरपूर सहयोग देने के लिए धन्यवाद देता हूँ।

—तेजेन कुमार बसु

अनुक्रमणिका

प्राक्कथन *5*

प्रस्तावना *7*

1. संक्षिप्त जीवनी 13
2. कलकत्ता प्रवास 38
3. रमन प्रभाव को नोबेल पुरस्कार 61
4. बैंगलौर में रमन 83
5. रमन स्पेक्ट्रमिकी एवं इसकी उपयोगिता 94
6. रमन अनुसंधान संस्थान में आगमन 105

1

संक्षिप्त जीवनी

रमन का जन्म 7 नवंबर सन् 1888 को दक्षिण भारत के कावेरी नदी के किनारे बसे तंजावुर जिले के तिरुचिरापल्ली शहर के पास थिरुवानैक्कावाल गाँव में एक अय्यर ब्राह्मण परिवार में हुआ था। उनकी माता का नाम पार्वती अम्मल तथा पिता का नाम चंद्रशेखरन था। पार्वती अम्मल व चंद्रशेखरन के पाँच बेटे तथा तीन बेटियाँ थीं, जिनमें रमन द्वितीय पुत्र थे। यद्यपि उनके पूर्वजों का पारंपरिक व्यवसाय खेतीबारी व जमींदारी था, परंतु चंद्रशेखरन इसे न अपनाकर प्रारंभिक शिक्षा पूरी करके एक स्थानीय विद्यालय में अध्यापक की नौकरी करने लगे। बाद में वे सन् 1891 में भौतिक विज्ञान विषय में स्नातक की परीक्षा उत्तीर्ण करके कॉलेज में नौकरी करने लगे। रमन के दादा एवं नाना दोनों ही महान् पंडित व विद्वान् थे। रमन के बड़े भाई सुब्रमण्यम के बेटे एस. चंद्रशेखर विश्वविख्यात खगोलशास्त्री थे, जिन्हें सन् 1983 में भौतिकी क्षेत्र में नोबेल पुरस्कार मिला था।

प्रारंभिक जीवन

रमन जब चार वर्ष के थे, उस समय उनके पिता प्राध्यापक की नौकरी लेकर सपरिवार विशाखापत्तनम चले गए। उनके पिता की रुचि विज्ञान व गणित के अलावा खेल-कूद व संगीत में भी थी। वे वायलिन

वादन और संगीत का अच्छा ज्ञान रखते थे। उन्हें पुस्तक पढ़ने का बेहद शौक था तथा उनके पास पुस्तकों का अच्छा संग्रह था। अतः बचपन में रमन को इन सब पुस्तकों को पढ़ने का सुअवसर प्राप्त हुआ, विशेषकर प्रसिद्ध जर्मन वैज्ञानिक हेल्महोल्ज (1821–1891) और ब्रिटिश वैज्ञानिक लॉर्ड रैले (1842–1919) की ध्वनि से संबंधित पुस्तकों से उनका जीवन काफी प्रभावित हुआ। शुरू से ही रमन विज्ञान की ओर आकर्षित थे। स्वभाव से ही उनमें काम करने का जोश तथा अपने आस-पास की चीजों के बारे में जानने की प्रबल इच्छा थी। प्रकृति ने भी उन्हें एकाग्रता की शक्ति तथा कुशाग्र बुद्धि दी थी।

युवावस्था में अपने पिता की तरह रमन बलवान नहीं थे। उनका शरीर दुबला-पतला था तथा उनका स्वास्थ्य भी बहुत अच्छा नहीं रहता था। वे शारीरिक तौर पर कमजोर जरूर थे परंतु उनकी दिमागी काबिलियत बहुत अधिक थी। वे पढ़ाई में काफी होशियार थे तथा शुरू से ही इसके आसार नजर आने लगे थे जब उन्हें पुरस्कार एवं छात्रवृत्तियाँ मिलने लगी थीं। स्कूल के समय से ही उनका रुझान भौतिक विज्ञान की ओर होने लगा था। उस समय उन्होंने खुद एक डायनामो बनाया था।

रमन ने माध्यमिक परीक्षा यानी दसवीं कक्षा सिर्फ ग्यारह वर्ष की अल्पायु में उत्तीर्ण की, जिसमें वे अव्वल आए। उच्च माध्यमिक शिक्षा के लिए उन्होंने कॉलेज में दाखिला लिया, जहाँ फिर से उनका बेहतरीन नतीजा रहा। अब स्नातक की पढ़ाई करने के लिए छात्रवृत्ति प्राप्त कर सन् 1903 में मद्रास रवाना हुए, जहाँ वे प्रेसिडेंसी कॉलेज में भरती हुए। उस समय वहाँ के सभी प्राध्यापक विदेशी थे। रमन यहाँ आकर भौतिकी के साथ-साथ अंग्रेजी साहित्य में भी रुचि लेने लगे। स्नातक की परीक्षा में वे प्रथम आए तथा भौतिकी एवं अंग्रेजी विषय में स्वर्ण पदक प्राप्त किया।

स्नातक की परीक्षा उत्तीर्ण करने के बाद रमन के प्राध्यापकों ने उन्हें उच्च शिक्षा के लिए इंग्लैंड जाने की सलाह दी। परंतु मद्रास के

सिविल अस्पताल के चिकित्सक ने इसकी इजाजत नहीं दी, क्योंकि छोटे तथा कमजोर रमन के लिए इंग्लैंड की कठोर जलवायु को सह पाना मुश्किल होता, जिसका अर्थ जीवन को जोखिम में डालना था। अत: उन्होंने भौतिकी में स्नातकोत्तर (एम.ए.) की पढ़ाई करने के लिए फिर से प्रेसिडेंसी कॉलेज में दाखिला ले लिया।

उस समय भौतिकी के प्राध्यापक आर. लेवलीन जोंस थे। उन्होंने रमन की योग्यता के कारण उन्हें काफी छूट दे रखी थी, जिससे उन्हें कक्षा में नियमित उपस्थित रहने की आवश्यकता नहीं थी। रमन ने इसका भरपूर फायदा उठाया तथा ज्यादातर समय कॉलेज के प्रयोगशाला में विभिन्न प्रयोग करने में बिताने लगे। यहीं उन्होंने एक नया प्रयोग किया। उन्हें इस बात का ज्ञान तो था कि जब प्रकाश की किरणें सीधी रखी धातु की प्लेट में बनी एक पतली दरार से होकर गुजरती हैं तब आवर्तित प्रकाश एक पैटर्ण का निर्माण करती है। रमन के दिमाग में इस बात का खयाल आया कि यदि प्लेट को सीधी न रखकर तिरछी रखें तो पैटर्ण में क्या परिवर्तन होगा? इसका अध्ययन करने के लिए उन्होंने एक सामान्य उपकरण बनाकर प्रयोग किए। इस शोध पर उन्होंने एक लेख तैयार किया, जिसे लंदन की सुप्रसिद्ध पत्रिका फिलॉसाफिकल मैगजीन में प्रकाशनार्थ भेज दिया। यह लेख सन् 1906 के नवंबर अंक में प्रकाशित हुआ, जिसका शीर्षक था—'अनसिमेट्रिकल डिफ्रेक्शन बैंड्स ड्यू टू ए रेक्टेंगुलर ऐपरचर'। उस समय रमन की आयु मात्र अठारह वर्ष ही थी तथा वे एम.ए. की पढ़ाई कर रहे थे। इसके कुछ महीने बाद उनका दूसरा लेख 'द कर्वेचर मेथड ऑफ डेटरमाइनिंग दि सर्फेस टेन्शन ऑफ लिक्विड्स' भी फिलॉसाफिकल मैगजीन में प्रकाशित हुआ, जो तरल पदार्थ के सतही खिंचाव के मापन से संबंधित था। खुद के नाम से लिखे इन दोनों शोधपत्रों में रमन ने किसी का भी आभार व्यक्त नहीं किया था, क्योंकि इन्हें करने में उन्होंने किसी की भी मदद नहीं ली थी। रमन के इस लेख ने लॉर्ड रैले का ध्यान आकर्षित किया तथा दोनों में

कुछ पत्राचार भी हुए। पत्र में रैले ने रमन को 'प्रोफेसर' नाम से संबोधित किया था। उन्हें क्या पता था कि इस लेख के रचयिता एक विद्यार्थी हो सकता है। ताज्जुब की बात तो यह है कि रमन को लंदन से प्रकाशित होनेवाली इस पत्रिका के बारे में मालूम कैसे हुआ, क्योंकि उस समय न तो प्रेसिडेंसी कॉलेज और न ही मद्रास विश्वविद्यालय में यह पत्रिका उपलब्ध थी। निश्चित ही रमन विज्ञान के क्षेत्र में तात्कालीन गतिविधियों से वाकिफ रहने के लिए अतिरिक्त प्रयत्न करते थे।

रमन ने ज़नवरी 1907 में एम.ए. की परीक्षा सर्वप्रथम स्थान प्राप्त कर और गौरवपूर्ण ढंग से उत्तीर्ण की। उन्होंने सभी पुरस्कार जीते। यद्यपि उनकी इच्छा अनुसंधान करने की थी, परंतु उस समय भारतीयों के लिए इस क्षेत्र में प्रवेश मिलना आसान नहीं था। स्वास्थ्य अच्छा न रहने की वजह से लंदन जाकर उच्च शिक्षा पाना भी संभव नहीं था। सरकारी नौकरी करना ही उनके लिए एकमात्र विकल्प रह गया था, जो उन्हें इज्जत एवं सुरक्षित जीविका दे सकती थी। लेकिन रमन की विलक्षण प्रतिभा किसी उच्च पद के योग्य थी, जिसके लिए प्रतियोगी परीक्षा पास करना जरूरी था। सबसे उच्च राजकीय पद आई.सी.एस. के लिए लंदन में जाकर पढ़ाई करके वहीं परीक्षा देनी पड़ती थी जो रमन के लिए संभव नहीं था। परंतु वित्त विभाग के लिए परीक्षा (एफ.सी.एस.) का आयोजन भारत में ही होता था, जिसमें बैठने से पहले सरकार द्वारा गठित समिति के सदस्यों के सामने साक्षात्कार देना आवश्यक था। इसके लिए रमन को साहित्य, इतिहास और राजनीति शास्त्र जैसे नए विषयों का अध्ययन करना पड़ा। रमन में आत्मविश्वास कूट-कूटकर भरा था। उन्होंने परीक्षा में बैठने के पहले ही कह दिया था कि वे ही सर्वप्रथम आएँगे, और ऐसा ही हुआ, रमन ने अपने स्तर को बनाए रखते हुए इस परीक्षा में भी सर्वाधिक अंक प्राप्त किए।

प्रथम नौकरी

उन्नीस वर्ष की उम्र में सन् 1907 में रमन ने वित्त विभाग की परीक्षा पास करके अपनी नियुक्ति की प्रतिक्षा कर रहे थे। इसी बीच 6 मई 1907 को उनका विवाह मदुरै की तेरह वर्षीया सुशील कन्या लोकसुंदरी के साथ हुई। उस समय शादी माता-पिता तय किया करते थे तथा वर-वधु की जन्मकुंडली का मेल खाना भी जरूरी होता था। परंतु रमन ने अपनी पसंद की लड़की से शादी की। यद्यपि लोकसुंदरी ब्राह्मण परिवार से थीं, परंतु उनका गोत्र रमन के गोत्र से भिन्न था। अतः परिवारवालों को यह रिश्ता मंजूर नहीं था। परंतु रमन के पिता स्वतंत्र विचारों के थे, जिन्हें इस शादी से कोई एतराज नहीं था, यद्यपि उनकी माता को सख्त आपत्ति थी। रमन ने अपनी शादी में दहेज लेने से भी इनकार किया था। लोकसुंदरी सही अर्थों में रमन की अर्धांगिनी थी, जिन्होंने हर वक्त उनका साथ दिया। रमन के आखिरी दम तक वे उनकी सेवा करती रहीं।

चित्र : 1.1 कलकत्ता में रमन व उनकी धर्मपत्नी लोकसुंदरी

चित्र : 1.2 कलकत्ता में सहायक अकाउंटेंट जनरल रमन

शादी के कुछ ही समय बाद रमन की नियुक्ति कलकत्ता में हो गई, जहाँ वे वित्त विभाग के सहायक अकाउंटेंट जनरल पद पर जून 1907 से काम करने लगे। यहाँ उनका वेतन 400 रुपए प्रतिमाह था, जिसमें 150 रुपए शादी भत्ते के रुप में मिलता था। उस जमाने में यह रकम काफी अधिक थी। लेडी रमन अकसर मजाक में कहा करती थीं कि रमन ने जल्दी शादी इसलिए की ताकि वे इस भत्ते को पा सकें।

इस प्रकार रमन पश्चिम की ओर जाने के बजाय पूरब की ओर गए। ब्रिटिश साम्राज्य की राजधानी लंदन जाने के बजाय वे ब्रिटिश इंडिया की राजधानी कलकत्ता गए। विज्ञान क्षेत्र में प्रवेश करने के वजाए रमन सरकारी मुलाजिम बन गए। यानी अँधेरे में उनके लुप्त हो जाने के सभी आसार नजर आ रहे थे, परंतु रमन ने ऐसा नहीं होने दिया। उन्होंने दिखा दिया कि यदि लगन सच्ची हो तो कोई कार्य असंभव नहीं होता।

'भारतीय विज्ञान प्रगति संस्थान' से नाता

कलकत्ता में रमन ट्रॉम से दफ्तर आया-जाया करते थे। ट्रॉम बो बाजार स्ट्रीट से होकर गुजरती थी। कलकत्ता पहुँचने के एक सप्ताह के अंदर ही दफ्तर जाते समय एक दिन रमन की नजर बाहर लगे एक साइनबोर्ड पर पड़ी, जिसमें लिखा था—इंडियन एसोशिएशन फॉर दि कल्टिवेशन ऑफ साइंस, 210, बो बाजार स्ट्रीट। बस फिर क्या था! उनके मन में जिज्ञासा उत्पन्न हुई और उसी दिन घर वापस लौटते समय

रमन वहाँ उतर गए और एसोसिएशन के दरवाजे पर जाकर दस्तक दी। दरवाजा एक नौजवान ने खोला, जिसका नाम था आशुतोष दा। रमन ने अंदर प्रवेश कर चारों ओर दृष्टि दौड़ाई। उन्हें वह जगह विरान सी लगी, जैसे लंबे समय से वहाँ कोई आया ही न हो। उन्होंने आशुबाबू से उस संस्था में होने वाले विज्ञान संबंधी गति-विधियों के बारे में जानना चाहा तो वे बिना कुछ बोले उन्हें सचिव श्री अमृतलाल सरकार से मिलवाने ले गए। रमन ने उनसे पुनः वही पूछा परंतु उत्तर देने के बजाय अमृतलाल ने पलटकर रमन से उनकी दिलचस्पी का कारण जानना चाहा। रमन ने अपना परिचय देते हुए कहा कि वे सरकारी नौकरी करते हैं तथा खाली समय का इस्तेमाल विज्ञान के क्षेत्र में करना चाहते हैं, क्योंकि उन्हें शोध कार्य में काफी दिलचस्पी है। इस बात के प्रमाणस्वरूप उन्होंने प्रेसिडेंसी कॉलेज में प्रकाशित अपने लेखों का उल्लेख किया। अमृतलाल को मानो साँप सूँघ गया हो। एक पल के लिए उन्हें विश्वास ही नहीं हुआ कि यह उच्चपदस्थ व्यक्ति इस जगह काम करना चाहता है और वह भी बिना किसी वेतन या मानदेय के। उनके चाचा स्वर्गीय महेंद्रलाल सरकार की दूरदृष्टि का परिणाम था कि सन् 1876 में यह संस्थान (भारतीय विज्ञान प्रगति संस्थान) ब्रिटिश एसोसिएशन तथा रॉयल इंस्टीट्यूट ऑफ लंदन की तर्ज पर स्थापित किया गया, जिसके विस्तार के लिए सन् 1891 में विजयानगरम के महाराजा ने एक बड़ी रकम दान में दी थी। भारत की यह पहली विज्ञान संस्थान था, जिसका निर्माण मूल अनुसंधान करने के लिए किया गया था। यद्यपि महेंद्रलाल एक चिकित्सक थे, परंतु उनका मानना था देश के विकास के लिए विज्ञान में मौलिक अनुसंधान करना जरूरी है, जो अपनों द्वारा संचालित खुद के संस्थान में होना चाहिए। अपने जीवनकाल में महेंद्रलाल कोशिश करते रहे कि कोई यहाँ आकर उपलब्ध सुविधाओं का इस्तेमाल करके विज्ञान के क्षेत्र में प्रयोगात्मक शोध कार्य की शुरुआत करें, परंतु वे इस काम में नाकाम

रहे। सन् 1904 में अपने अधूरे स्वप्नों के साथ उदास महेंद्रलाल स्वर्ग सिधार गए एवं तब से यह संस्थान और भी उपेक्षा का शिकार होता चला गया।

महेंद्रलाल की मृत्यु के तीन वर्ष बाद अनजाने ही रमन उस दरवाजे पर आ खड़े हुए थे जिसे उन्हीं की प्रतीक्षा थी। रमन की मंशा सुनकर अमृतलाल भाव-विभोर हो गए और रमन को बाँहों में भरकर रुँधे कंठ से कहा—'अब तक हम तुम्हारे जैसे व्यक्ति की प्रतीक्षा कर रहे थे। आज से यह संस्थान तुम्हारे हवाले है'। आशूबाबु की मदद से रमन तुरंत काम में जुट गए। उन्होंने पूरे हॉल की सफाई करवाई और फिर प्रयोगशाला के यंत्रों को साफ कर उन्हें ढंग से लगवाया। इसके बाद वे घर लौटे, जो संस्थान के निकट स्कॉट लेन में ही था। रमन जब तक कलकत्ता में रहे, इस संस्थान से जुड़े रहे एवं आशूबाबू उनके विश्वस्त सहायक के तौर पर काम करते रहे।

कलकत्ता में अब रमन काफी व्यस्त जीवन बिता रहे थे परंतु वे खुश थे। उनकी पत्नी के अनुसार रमन की दिनचर्या इस प्रकार थी—सुबह साढ़े पाँच बजे संस्थान जाना, पौने दस बजे घर लौटकर जल्दी से नहाकर दो मिनट में खाना खाकर टैक्सी से कार्यालय जाना, जिससे वहाँ पहुँचने में देर न हो। उसके बाद कार्यालय में काम करके शाम को पाँच बजे सीधे संस्थान जाना, और फिर वहाँ से रात दस बजे घर लौटना। रविवार को भी वे संस्थान जाते थे। निश्चय ही एक नई दुलहन के लिए यह कोई रोमांचक जीवन नहीं था। परंतु लोकसुंदरी ने कभी शिकायत नहीं की। वह उद्यमी थी, अतः समय का सदुपयोग कर अंग्रेजी बोलना व लिखना सीख लिया। यह कोई छोटी बात नहीं थी कि क्योंकि उन दिनों लड़कियाँ स्कूली शिक्षा से बंचित रहती थीं और लोकसुंदरी के साथ भी ऐसा हुआ था।

अपने कठोर परिश्रम से रमन ने संस्थान में कई महत्वपूर्ण शोध कार्य किए, जिनका प्रकाशन प्रसिद्ध वैज्ञानिक पत्रिकाओं जैसे 'नेचर',

'द फिलोसॉफिकल मैगजीन' (लंदन से प्रकाशित) तथा 'फिजिकल रिव्यू' (अमेरिका से प्रकाशित) में होने लगा। इससे उनकी कीर्ति यूरोप व अमेरिका में फैलने लगी, जबकि अबतक उन्होंने देश के बाहर कदम भी नहीं रखा था। कलकत्ता में भी लोग रमन को जानने लगे थे, क्योंकि वे अकसर आम जनता के लिए विज्ञान संबंधित लोकप्रिय व्याख्यान दिया करते थे। रमन एक बहुत ही अच्छे वक्ता थे तथा व्याख्यान के दौरान प्रयोगों का प्रदर्शन करके विषय को सरल व सरस बना देते थे। उस समय लंदन में लोकप्रिय वार्ता के दौरान प्रयोग करके दिखाने का प्रचलन आम था जिसे रमन ने अपनाया था।

सन् 1909 में रमन का तबादला रंगून हो गया जहाँ उन्हें करेंसी अधिकारी के पद पर भेजा गया। परंतु रमन ने विज्ञान से नाता नहीं छोड़ा। रंगून में गए कुछ ही महीने हुए थे कि पिता के गंभीर रूप से बीमार पड़ने की खबर मिली। रमन छुट्टी लेकर उनसे मिलने आए। इस दौरान रमन ने समय निकालकर मद्रास के प्रेसिडेंसी कॉलेज में जाकर कुछ प्रयोग भी किए। कुछ दिनों बाद पिता का देहांत हो गया। उनके क्रिया-कर्म करने के बाद रमन काम में लौट गए, परंतु फिर से उनका स्थानांतरण नागपुर हो कर गया। नागपुर में उन्हें ज्यादा समय नहीं बिताना पड़ा, क्योंकि सन् 1911 में अकाउंटेंट जनरल के पद पर वे कलकत्ता वापस आ गए।

कलकत्ता लौटते ही रमन ने दुबारा विज्ञान संस्थान की प्रयोगशाला में काम करना आरंभ कर दिया। इस बार उन्होंने मकान संस्थान के एकदम निकट लिया था, जिससे वहाँ ज्यादा समय गुजार सकें। अपने मकान और संस्थान के बीच उन्होंने एक दरवाजा भी बनवा लिया था, जिससे वे प्रयोगशाला में इच्छानुसार आ जा सकें। रमन के सहायक के तौर पर आशू बाबू हर समय मौजूद रहते थे। रमन ने अपने कई शोधपत्र उनके साथ लिखा था।

रमन का झुकाव विज्ञान की ओर था, परंतु वे अपने नौकरी के प्रति कर्तव्यशील भी थे। उन्होंने इन दोनों के बीच अद्‌भुत सामंजस्य बनाए रखा। वाइसराय सभासद के वित्त विभाग के सदस्य ने उनके बारे में लिखा था—'इस विभाग में वेंकटरमन सबसे उपयोगी कार्यकर्ता हैं, वास्तव में वे हमारे सबसे अच्छे अधिकारियों में से एक हैं।' विभाग को उनसे काफी उम्मीदें थी, परंतु रमन के जीवन में भारी बदलाव आने वाला था। इस दौरान यानी सन् 1907 से 1917 के दशक में जब रमन सरकारी पदाधिकारी थे, अकेले 27 शोधपत्र लिखे तथा उन्हें कर्जन अनुसंधान पुरस्कार (1912) एवं वुडबर्न शोधपदक (1913) प्राप्त हुआ। उनका ज्यादातर काम ध्वनि विज्ञान व प्रकाश विज्ञान के क्षेत्र में था। उन्होंने वाद्ययंत्रों जैसे वायलिन, वीणा, तबला, मृदंगम आदि सुरीले आवाज पैदा करनेवाले यंत्रों का गहन अध्ययन किया, जिससे वे इस विषय के विशेषज्ञ माने जाने लगे।

विज्ञान जगत् में औपचारिक रूप से आगमन

सन् 1916 में प्रसिद्ध वकील सर आशुतोष मुखर्जी कलकत्ता विश्वविद्यालय के उपकुलपति नियुक्त हुए। वे विज्ञान शिक्षा के क्षेत्र में कुछ खास करना चाहते थे। सरकारी मदद के बिना ही उन्होंने कई लाख रुपए की धनराशि इकट्ठा करके 'विज्ञान विश्वविद्यालय' की स्थापना की। जिन लोगों ने अधिक आर्थिक सहायता दी थी, उनके नाम से आचार्य पदों का निर्माण किया गया था, जैसे सर तारकनाथ पालित चेयर एवं सर रासबिहारी घोष चेयर। आशुतोष इन पदों में केवल उच्च काबिलियतवालों को ही रखना चाहते थे और वे रमन के काम से वाकिफ थे। उनकी दिली इच्छा थी कि भौतिकी विषय में पालित चेयर का पद रमन जैसे प्रतिष्ठित भौतिकविद् सँभालें परंतु उनके मन में शंका थी कि रमन उच्च पदस्थ एवं अधिक वेतनवाली सरकारी नौकरी छोड़कर उनका प्रस्ताव स्वीकार करेंगे या नहीं। यहाँ वेतन सिर्फ 600 रुपए

प्रतिमाह था, जबकि रमन को उस समय 1100 रुपए मिल रहा था। फिर भी उपकुलपति ने औपचारिक तौर पर रमन को अपना प्रस्ताव भेजा। रमन ने तुरंत अपनी सहमति दे दी, परंतु वित्त विभाग उनके इस निर्णय से खुश नहीं था। वे एक कर्मठ पदाधिकारी खोना नहीं चाहते थे। उन्होंने रमन को आगाह किया कि वाइसराय के सभासद में उनका चयन वित्त विभाग के सदस्य के तौर पर होने की प्रबल संभावना है (जो वर्तमान वित्त मंत्री के पद जैसा है), परंतु रमन ने इन सबकी परवाह नहीं की। ऐसी उम्मीद थी कि रमन कुछ समय के लिए छुट्टी लेकर आचार्य पद पर कार्य करके उसे परखने के बाद ही नौकरी से इस्तीफा देंगे, परंतु सर हारकोर्ट बटलर, जो उस समय शिक्षा विभाग के सदस्य थे, यह राहत देने से इनकार कर दिया। विज्ञान के प्रति सच्चे प्रेम की वजह से रमन ने नौकरी छोड़कर आचार्य पद स्वीकार कर लिया। परंतु एक अड़चन और था—इस पद के लिए विदेश में शिक्षित होना आवश्यक था; अतः रमन को लंदन जाने को कहा गया। रमन ने ऐसा करने से साफ इनकार कर दिया, क्योंकि वे भारतीय की प्रतिभा को मनवाने के लिए विदेशी प्रमाणपत्र की आवश्यकता को नकारते थे। सर आशुतोष की मध्यस्थता के बाद उन्हें इस शर्त से छूट दी गई। इस प्रकार सन् 1917 में रमन का विज्ञान जगत् में औपचारिक आगमन हुआ। सरकारी नौकरी से सीधे प्राध्यापक पद पर नियुक्ति केवल उनकी योग्यता पर मिली थी और वह भी सिर्फ 29 वर्ष की अल्पायु में।

पालित प्रोफेसर का दायित्व अध्यापन कार्य करने का नहीं था; उनका काम अपने विषय में शोध करना, शोधकर्ताओं का मार्गदर्शन करना और विज्ञान की प्रयोगशालाओं का निरीक्षण करना था। फिर भी रमन एम.ए. व एम.एससी. के विद्यार्थियों को नियमित रूप से पढ़ाने लगे। वे कहा करते थे कि किसी भी विषय को ठीक से समझने का सबसे आसान उपाय उस विषय पर वार्ता देना होता है। रमन को व्याख्यान देना इतना अच्छा लगता था कि वे लगातार दो-तीन घंटे बिना

रुके बोलते रहते थे तथा विद्यार्थी मंत्रमुग्ध होकर सुनते थे। रमन ने विज्ञान संस्थान से भी अपना नाता बनाए रखा, विश्वविद्यालय में विद्यार्थी एवं शोधकर्ताओं से निपटने के बाद वे संस्थान में प्रयोगात्मक काम करने जाया करते थे। यह आश्चर्य की बात है कि रमन खुद डॉक्टरेट की उपाधि प्राप्त नहीं थे, परंतु उनके पर्यवेक्षण में कई शोधकर्ता इस उपाधि को प्राप्त करने के लिए काम कर रहे थे। आखिरकार सन् 1921 में कलकत्ता विश्वविद्यालय ने उन्हें सम्मानिक डॉक्टरेट की उपाधि प्रदान की।

सन् 1919 में अमृतलाल के देहांत के बाद रमन को संस्थान का सचिव नियुक्त किया गया, जिससे उनकी जिम्मेदारी व व्यस्तता और भी बढ़ गई। पंद्रह वर्षों तक वे कलकत्ता विश्वविद्यालय में पालित प्रोफेसर के पद पर रहे एवं इस दौरान प्रकाश विज्ञान तथा प्रकाश के प्रकीर्णन पर मौलिक कार्य किया, जिससे उनकी ख्याति विश्वभर में फैल गई। रमन पहली बार सन् 1921 में विदेश की यात्रा की, जब वे लंदन में हो रहे ब्रिटिश साम्राज्य विश्वविद्यालयों के सम्मेलन में कलकत्ता व बनारस विश्वविद्यालय के प्राध्यापकों के प्रतिनिधि के रूप में गए। वहाँ उनकी भेंट कई विख्यात वैज्ञानिकों जैसे जे.जे. थॉमसन, ब्रैग व रदरफोर्ड से हुई। लंदन में पहली बार रमन जब रॉयल इंस्टीट्यूट में रदरफोर्ड की वार्त्ता सुनने गए, वे चुपचाप पीछे की पंक्ति में जाकर बैठ गए। इसके पहले उनकी आपसी मुलाकात नहीं हुई थी। हमेशा मद्रासी पगड़ी पहननेवाले रमन पर जब रदरफोर्ड की नजर पड़ी, उन्होंने तुरंत पगड़ी की वजह से रमन को पहचान लिया और उन्हें आगे की पंक्ति में आकर बैठने का इशारा किया, जहाँ जानी-मानी हस्तियाँ बैठी थीं। लंदन में भी उन्होंने कुछ प्रयोगात्मक अध्ययन किए। सितंबर 1921 में लंदन से समुद्री जहाज एस.एस. नारकुंडा द्वारा वापस लौटते वक्त रमन का ध्यान भूमध्यसागर की गहरी नील जल ने आकर्षित किया और वे 15 दिनों के यात्रा के दौरान जहाज में ही कई प्रयोग किए तथा उस पर

टिप्पणी लिखकर 'नेचर पत्रिका' में प्रकाशन के लिए भेज दिया। उनका मानना था कि समुद्री जल इसलिए नीले रंग का दिखता है क्योंकि प्रकाश की किरणें जल के अणुओं से प्रकीर्णन करती हैं, ठीक वैसे ही जैसे वायुमंडल में व्याप्त गैस के अणुओं के द्वारा प्रकाश के प्रकीर्णन होने से आसमान का रंग नीला दिखता है। आसमान के नीले रंग की यह व्याख्या लॉर्ड रैले ने दी थी एवं उनका मानना था कि समुद्री जल का नीलापन केवल आकाश का प्रतिबिंब मात्र है। रमन की पैनी नजर ने देखा कि आकाश के बादलों से घिरे रहने के बावजूद समुद्र का पानी नीला ही दिखता है। बस, फिर क्या था, कलकत्ता लौटते ही उन्होंने प्रायोगिक प्रमाण जुटाने के लिए ढेर सारे प्रयोग शुरू कर दिए, परंतु सबूत उन्हें सात साल बाद मिला।

सन् 1924 में ब्रिटिश विज्ञान प्रगति संस्थान के आमंत्रण पर रमन कनाडा गए जहाँ टोरेंटो में प्रकाश विकीर्णन संगोष्ठी की अध्यक्षता की। कनाडा से वे अमेरिका गए जहाँ फ्रैंकलीन संस्थान के शताब्दी समारोह में भारत का प्रतिनिधित्व किया। उसके बाद वे रॉबर्ट मिल्लीकन के आमंत्रण पर चार महीने कैलिफोर्निया प्रोद्योगिकी संस्थान (कैलटेक) में अतिथि प्राध्यापक रहे, जो काफी प्रतिष्ठित पद माना जाता है। रमन से पहले इस पद पर सोम्मरफेल्ड, लॉरेंज तथा आईनस्टाइन जैसे महान वैज्ञानिकों को आमंत्रित किया गया था। अमेरिका-प्रवास के दौरान रमन वहाँ के कई वैज्ञानिक संस्थानों में गए जहाँ कॉम्प्टन, लैंगमूर, कुलीज. जैसे कई विशिष्ट वैज्ञानिकों से उनकी मुलाकात हुई। अमेरिका से वापस लौटते समय वे यूरोप के कई जगहों पर रूके एवं वहाँ के वैज्ञानिकों से मिले। मार्च 1925 में वे भारत लौट आए। इसके बाद अगस्त में रमन लेनिनग्राद विज्ञान अकादमी की शताब्दी समारोह में भाग लेने सोवियत संघ गए। वहाँ से वे बर्लिन, पेरिस, जिनेवा एवं रोम होते हुए लौटे। ऐसा सोचना गलत होगा कि रमन अब केवल विदेश यात्रा ही कर रहे थे। अगले तीन-चार वर्षों तक वे विदेश नहीं गए एवं इसी दौरान 'रमन

प्रभाव' की खोज हुई। परंतु विदेश दौरे के बाद रमन के काम करने के तरीके पर जरूर परिवर्तन आया। जहाँ पहले वे काम करते वक्त समय का बिलकुल खयाल न रखकर खाना-पीना तथा आराम करना भी नजरअंदाज. करते थे, वहीं अब उनकी दिनचर्या में नियमितता आई। लेडी रमन को इससे जरूर राहत महसूस हुई होगी।

'रमन प्रभाव' का आविष्कार

रमन के साथ अब कई शोधकर्ताओं के होने से उनकी देख-रेख में कई क्षेत्रों में काम होने लगा। परंतु रमन खुद प्रकाश प्रकीर्णन के काम को ज्यादा गुरुत्व देने लगे। सन् 1923 में उनके छात्र रामनाथन ने एक प्रयोग करते समय पानी द्वारा विवर्तित प्रकाश में कुछ अलग रंग के किरणों को देखा था, जिसे वे क्षीण प्रतिदिप्त समझ रहे थे। उसके दो साल बाद रमन के दूसरे शिष्य कृष्णन ने भी ऐसा ही कुछ देखा। सन् 1927 के आखिर में एक और छात्र वेंकटेश्वरन अपने अन्वेषण में फिर से विवर्तित प्रकाश में आवर्तित प्रकाश के रंग से अलग रंग की कुछ किरणें दिखाई दीं। रमन अब विश्वास करने लगे थे कि यह रहस्यमयी प्रकाश प्रतिदिप्त की वजह नहीं हो सकता। तो यह क्या था? क्या यह 'कॉम्टन प्रभाव' जैसा ही कुछ था जो द्रव्य प्रकाश से उत्पन्न हो रहा था? रमन अब अपने सबसे अच्छे शिष्य कृष्णन, जो उस समय चुंबकीय प्रभाव पर शोध कर रहे थे, के साथ इस विषय में गहरी तहकीकात करने जुट गए। उन्होंने एक सरल उपकरण का निर्माण किया जिसमें विवर्तित प्रकाश को आँख से देखना पड़ता था। चूँकि यह प्रकाश अत्यंत धुँधला था, अत: उसे अच्छी तरह देखने के लिए चारों तरफ से बंद एक बक्से का निर्माण किया गया, जिससे बक्से के अंदर बाहरी प्रकाश न जा सके। बक्से के भीतर प्रेक्षक खड़े होकर एक छिद्र से विवर्तित किरणों को देख सकता था। कई महीनों के अथक परिश्रम के बाद 28 फरवरी सन् 1928 में रमन ने निश्चित तौर पर यह प्रमाणित किया कि क्षीण

प्रकाश की किरणें एक प्रकार का प्रकीर्णन हैं, जिसे रूपांतरित विकिरण कहा गया। इसके दूसरे ही दिन रमन की इस ऐतिहासिक खोज के बारे में सारी दुनिया को पता चल गया। 'रमन प्रभाव' का आविष्कार हो चुका था। इस विधि से किसी भी पदार्थ की आणविक संरचना के बारे में जानकारी प्राप्त होती है। इस खोज के बारे में विस्तृत जानकारी अन्य अध्याय में दी गई है।

ब्रिटिश सरकार ने पहले ही रमन के कार्यों की मान्यतास्वरूप उन्हें सन् 1924 में एफ.आर.एस. तथा सन् 1929 में 'सर' के खिताब से नवाजा था। इसके बाद सन् 1930 में उन्हें भौतिक विज्ञान के क्षेत्र में नोबेल पुरस्कार देकर सम्मानित किया गया। वे पहले एशियाई थे जिन्हें विज्ञान हेतु यह पुरस्कार मिला था। उन्हें देश-विदेशों से अनेक पुरस्कार एवं उपाधियाँ मिलीं। कलकत्ता आने के 23 वर्ष बाद उन्होंने एक इतिहास रच डाला था। जिस समय उन्हें यह पुरस्कार मिला, उनकी उम्र केवल 42 वर्ष थी। नोबेल पुरस्कार के इतिहास में आविष्कार के इतने कम समय के अंदर यह पुरस्कार बहुत कम लोगों को मिला है। आमतौर पर किसी भी खोज के बाद उसकी उपयोगिता के बारे में पता लगते लगते कम-से-कम दस वर्ष तो बीत ही जाते हैं, तब जाकर नोबेल पुरस्कार दिया जाता है। रमन ने श्रॉडिंगर, डिराक व हाइजेनबर्ग के मुकाबले यह पुरस्कार जीता था जिन्हें उसी वर्ष नामांकित किया गया था। इन विभूतियों को बाद में नोबेल पुरस्कार मिला। रमन की खोज बीसवीं सदी के आरंभ में हुए श्रेष्ठ प्रायोगिक खोजों में गिनी जाती है जिससे क्वांटम सैद्धांतिकी की पुष्टि होती है। अस्सी वर्ष बीत गए हैं परंतु रमन अब भी प्रथम भारतीय हैं जिन्हें अपने देश में किए गए कार्य के लिए विश्व का सर्वश्रेष्ठ पुरस्कार मिला।

लगभग दो दशकों (1918 से 1938) तक यूरोप के अलावा भारत में कलकत्ता ही एक ऐसा शहर था जहाँ भौतिक विज्ञान के क्षेत्र में मौलिक अनुसंधान का कार्य जोरों से चल रहा था और इन सबके केंद्रबिंदु

थे सर रमन। यही नहीं, उस समय कलकत्ता में हो रहे शोध कार्य अमेरिका के प्रसिद्ध विश्वविद्यालयों, जैसे एम.आई.टी., हार्वर्ड, प्रिंसटन में हो रहे शोध कार्यों से भी श्रेष्ठ था। रमन ने 1926 में 'इंडियन जर्नल ऑफ फिजिक्स' का प्रकाशन शुरू किया, जिससे शोध-कार्यों को जल्द-से-जल्द प्रकाशित किया जा सके। इससे पहले सन् 1913 में इंडियन साइंस कांग्रेस की शुरुआत हुई थी, जिसका उद्देश्य था वर्ष में एक बार विज्ञान के क्षेत्र से जुड़े सभी शोधकर्ताओं को एक जगह इकट्ठा करना, जिससे वे आपस में विचार- विनिमय कर सकें। रमन कई वर्षों तक इस संस्था के सचिव रहे। यह दुर्भाग्य की बात है कि उस दो दशक के स्तर को कायम नहीं रखा जा सका। विज्ञान में उत्कृष्टता बनाए रखने के लिए मुख्यत: तीन बातों को ध्यान में रखने की आवश्यकता होती है— शोधकार्य में आत्मविश्वास, विज्ञान की शिक्षा देने के लिए महान् गुरु तथा अच्छे विश्वविद्यालयों का निर्माण, जिसमें नई पीढ़ी के लिए शिक्षक तैयार किए जा सकें। रमन ने इस बात का ध्यान रखा कि उनके शिष्य प्रशिक्षण पाकर देशहित के लिए दूसरे जगहों में जाकर काम करे, न कि उसी संस्थान में स्थायी रूप से रह जाएँ। यही कारण है कि रमन के कई शिष्यों ने विभिन्न क्षेत्रों मे प्रसिद्धता हासिल की।

कलकत्ता से विदाई

जिस कलकत्ता ने रमन की प्रतिभा को पहचाना एवं उसे पनपने का मौका दिया, अब उनकी असाधारण सफलता को मानो बर्दाश्त नहीं कर पा रहा था। सफलता हमेशा ईर्ष्या को जन्म देती है एवं रमन के साथ भी कुछ ऐसा ही हुआ। रमन भी स्पष्टवादी व खुद्दार व्यक्ति थे, जिससे उनके हितैशियों की संख्या में कमी आ रही थी। रमन पर यह गलत इलजाम लगाया गया कि वे केवल दक्षिण भारतीयों को प्राधन्यता देते हैं। इससे उनके अहंकार को गहरी ठेस पहुँची। यह सच है कि कुछ छात्रों के लिए, जो सुदूर मद्रास से कलकत्ता सिर्फ उनके साथ काम

करने के उद्देश्य से आए थे, आरंभ में रमन ने उनके आवास आदि का बंदोबस्त किया था, परंतु वे बंगाली विरोधी कतई नहीं थे। कुछ लोग तो यह भी कहने लगे थे कि यह आविष्कार रमन नहीं बल्कि उनके छात्र कृष्णन ने किया था। घटनाचक्र ने कुछ ऐसा मोड़ लिया कि रमन के खिलाफ साजिश करके उन्हें 'भारतीय विज्ञान प्रगति संस्थान' के सचिव पद से हटाया गया। रमन भी ऐसी हालत में कलकत्ता छोड़ना चाहते थे। इसी दौरान 'भारतीय विज्ञान संस्थान', बैंगलौर के निदेशक पद के लिए योग्य व्यक्ति की तलाश हो रही थी। इसके लिए समिति लंदन से किसी को लाना चाहती थी जैसाकि उस समय रिवाज था। जब लॉर्ड रदरफोर्ड से इस बारे में सलाह माँगी गई तो उन्होंने रमन का नाम सुझाते हुए कहा कि 'जब प्रार्थी आपके देश में मौजूद है तो बाहर क्यों ढूँढ़ रहे हैं? रमन जैसा योग्य व्यक्ति आपको नहीं मिलेगा।' अतः रमन का चयन हो गया एवं स्वीकृति के लिए उनके पास प्रस्ताव भेजा गया। रमन इस शर्त पर बैंगलौर जाने के लिए तैयार हुए कि वहाँ जाकर वे भौतिक विज्ञान के क्षेत्र में एक नए विभाग का गठन करेंगे। उनकी इस माँग को भी मंजूरी मिल गई।

बैंगलौर में आगमन

अप्रैल 1933 में रमन ने बैंगलौर में 'भारतीय विज्ञान संस्थान' के निदेशक का पदभार ग्रहण किया। वे इस संस्थान के प्रथम भारतीय निदेशक थे। उनसे पहले सभी निदेशक विदेशी थे। इस संस्थान की स्थापना सर जमशेदजी टाटा ने सन् 1911 में की थी। आरंभ में यहाँ केवल तीन क्षेत्रों में काम शुरू हुआ था—सामान्य व अनुप्रयुक्त रासायनिकी, कार्बनिक रासायनिकी तथा विद्युत् प्रौद्योगिकी। रमन के आने से पहले जीव रासायनिकी विभाग में भी काम आरंभ हो गया था। संस्थान में ज्यादातर काम व्यावहारिक क्षेत्र में होता था तथा मौलिक अनुसंधान की तरफ कम ध्यान दिया जाता था। रमन ने आते ही नए भौतिक विज्ञान विभाग का

गठन किया, जिसकी अनुमति उन्हें पहले ही मिल चुकी थी, तथा कुछ विभागों में प्रशासनिक दृष्टिकोण से फेरबदल किया। उन्होंने कार्यशाला को उपयोगी बनाने के लिए उसमें भी कुछ परिवर्तन किए, जिससे अनुसंधान के लिए आवश्यक उपकरणों का निर्माण वहीं किया जा सके। रमन का मानना था कि उत्कृष्ट काम करने के लिए संस्थान में श्रेष्ठ व योग्य लोगों को लाने की जरूरत है, अतः उन्होंने जर्मनी के कुछ प्रसिद्ध वैज्ञानिकों से संपर्क किया, जो उस समय हिटलर के डर से देश छोड़कर भाग रहे थे। यद्यपि रमन के विचार में संस्थान की उन्नति के लिए यह सब करना अत्यंत आवश्यक था परंतु संस्थान के पुराने लोगों को यह सब अच्छा नहीं लगा। कुछ वरिष्ठ प्राध्यापक, जो खुद निदेशक बनने की तमन्ना रखते थे, रमन के कार्य करने के ढंग की आलोचना करने में जुट गए तथा उनके विरुद्ध षड्यंत्र रचने लगे। ऐसा कहा गया कि उनमें प्रशासनिक दक्षता नहीं है। उनपर केवल भौतिकी विषय को बढ़ावा देने का आरोप लगाया गया। रमन भी कहाँ हार माननेवाले थे। वे खुद को औरों से श्रेष्ठ मानते थे तथा उन्हें इस बात का गर्व था। अतः आपसी समझौता होने के बजाए तनाव बढ़ता गया। बात इतनी बढ़ गई कि रमन की कार्यप्रणाली की समीक्षा करने के लिए जनवरी सन् 1936 में एक समिति गठित की गई जिसने रमन के खिलाफ रिपोर्ट दी। रमन एकदम अकेले पड़ गए थे। उनके पास निदेशक पद से इस्तीफा देने के सिवा और कोई उपाय नहीं बचा था। अंततः सन् 1938 में वे निदेशक पद से हट गए, लेकिन प्राध्यापक पद पर बने रहे। यद्यपि रमन में मनोबल की कमी नहीं थी, लेकिन कलकत्ता तथा बैंगलौर के हादसों ने उन्हें झकझोरकर रख दिया। परंतु उनकी वैज्ञानिक गतिविधियों में कोई कमी नहीं आई। उनका शोधकार्य जारी रहा। उन्होंने 'भारतीय विज्ञान अकादमी' की स्थापना की तथा विज्ञान पत्रिका प्रोसिडिंगस ऑफ दि एकेडेमी का प्रकाशन शुरू किया। यहाँ इस बात का जिक्र करना उचित होगा कि रमन की यह सोच थी कि देश में विज्ञान की जड़ मजबूत करने व इसकी प्रगति के लिए

प्रसिद्ध विदेशी वैज्ञानिकों को भारत में आमंत्रित करना जरूरी है, परंतु उनके इस प्रयास को सफल नहीं होने दिया गया; जबकि इसी विचारधारा को अपनाकर अमेरिका आज विश्व में महाशक्ति के रूप में उभरा है।

उस समय विश्व के कई देशों में नाभिकीय भौतिकी पर जोरों से काम चल रहा था। रमन भी बैंगलौर में इस विषय पर अनुसंधान कार्य शुरू करना चाहते थे, परंतु उसके लिए आवश्यक धनराशि उपलब्ध न होने की वजह से वे ऐसा नहीं कर सके। नवंबर 1948 में साठ वर्ष के रमन 'भारतीय विज्ञान संस्थान' से सेवा-निवृत्त हुए, परंतु उनका शोधकार्य जारी रहा। भारत सरकार द्वारा देश के उपराष्ट्रपति पद ग्रहण करने के प्रस्ताव को उन्होंने ठुकरा दिया था। उन्हें किसी भी पद का लालच नहीं था, इसलिए सेवानिवृत्त होने के बाद वे किसी भी संस्था से जुड़े नहीं रहे।

सेवानिवृत्त होने के पहले ही रमन बैंगलौर में एक 'विज्ञान अनुसंधान केंद्र' के निर्माण की योजना बना चुके थे एवं उसके लिए भवन का निर्माण भी हो चुका था। इसे बनाने के लिए उन्होंने स्वयं धन इकट्ठा किया था। उन्होंने सरकार से कोई सहायता नहीं ली थी। अवकाश प्राप्त करने के तुरंत बाद उन्होंने उस केंद्र में अनुसंधान कार्य शुरू कर दिया, जिसके परिसर में ही उनका निवास स्थान था। इस केंद्र का नाम 'रमन अनुसंधान संस्थान' रखा गया, जिसके वे प्रथम निदेशक बने तथा आजीवन इस पद पर बने रहे। उनका ध्यान अब भी विज्ञान के प्रति रुचि जगाने तथा वैज्ञानिक प्रतिभाओं की खोज में लगा था। भारत सरकार ने उन्हे पहला राष्ट्रीय प्राध्यापक पद से गौरवांवित किया। सन् 1954 में भारत सरकार ने देश के सुप्रसिद्ध नागरिकों के सम्मानार्थ 'राष्ट्रीय गौरव पुरस्कार' देने का निर्णय लिया। रमन उन व्यक्तियों में से थे जिन्हें सर्वप्रथम भारत के सर्वोच्च सम्मान 'भारतरत्न' के लिए चुना गया। उस समय रमन विदेश में अपने किसी शिष्य के शोधकार्य की समीक्षा करने गए थे। भारत के प्रथम राष्ट्रपति डॉ. राजेंद्र प्रसाद ने रमन को इस बारे में सूचित

करते हुए उन्हें देश में आकर पारितोषिक ग्रहण करने का आमंत्रण दिया। रमन अपने काम के प्रति इतने लगनशील थे कि उन्होंने राष्ट्रपति को धन्यवाद देते हुए समारोह में उपस्थित न रह पाने की असमर्थता जाहिर की, क्योंकि उसी समय उनका एक शिष्य शोध-प्रबंध पूरा करने के काम में जुटा था, जिसके निरीक्षण के लिए उनका वहाँ रहना जरूरी था। भारतरत्न उन्हें उनकी अनुपस्थिति में दिया गया। ऐसी थी काम के प्रति उनकी प्रतिबद्धता!

समय गुजरता गया और रमन अकादमी के कार्य करने के साथ साथ नित्य नए प्रयोग भी करते रहे। अब वे प्राकृतिक वस्तुओं—जैसे फूल, पत्थर, पक्षी, तितली, पतंगों आदि के मनमोहक रंगों के विश्लेषण में रुचि लेने लगे। विज्ञान के प्रति उनका प्रेम अटूट था और वे खाली बैठना नहीं चाहते थे। जीवन में उतार-चढ़ाव तो आते रहते हैं और रमन भी इससे अछूते नहीं रहे। उनके करीबी सभी लोग एक-एक करके उनका साथ छोड़ दिया। समय के साथ भौतिक विज्ञान में भी नए क्षेत्रों में शोध हो रहे थे, अतः नई पीढ़ी के युवा इन विषयों की ओर अधिक आकर्षित हो रहे थे। देश स्वतंत्र होने के बाद विज्ञान व प्रौद्योगिकी के विकास के लिए जिस रास्ते को अपनाया जा रहा था, विशेषकर आयात का मार्ग, उससे रमन बेहद खफा थे एवं इसके लिए वे अकसर सरकार की कड़ी आलोचना किया करते थे। उनका कहना था कि विज्ञान की तरक्की के लिए धन की आवश्यकता अवश्य होती है, परंतु विज्ञान में बेहतर शोध करने के लिए इससे भी अधिक जरूरत है उद्‌दमी एवं योग्य व्यक्तियों की। वे सीधी बात कहने से नहीं डरते थे, जो कुछ लोगों को पसंद नहीं आया। इस वजह से लोगों से उनकी दूरी बढ़ती गई। उदासीपन ने उन्हें जकड़ लिया। अब वे अकेलापन महसूस करने लगे। वे भी किसी से मिलना नहीं चाहते थे। अतः अपने संस्थान के सामने उन्होंने एक बोर्ड टँगवा दिया जिसमें लिखा था 'आगंतुकों का अंदर

आना मना है।' यही नहीं, संस्थान की चाहरदीवारी की ऊँचाई भी बढ़ा दी। परंतु कुछ समय बाद सबकुछ भुलाकर रमन फिर से जीवन में उत्साह लेने लगे। 'रमन अनुसंधान संस्थान' में उन्होंने सुंदर बगीचे बनवाए थे, जिसमें विभिन्न प्रकार के गुलाब व अन्य फूलों का समावेश था। इन फूलों से अर्क निकालकर उनपर शोध करना, पंखुड़ियों से प्रकाश के प्रकीर्णन पर प्रयोग करना आदि उनका शौक बन गया। इसके अतिरिक्त वे नियमित रूप से छोटे स्कूली बच्चों को अपने संस्थान में बुलाते तथा उनके साथ घुल-मिल कर बातें करते। उन्हें विज्ञान संबंधी कहानियाँ सुनाते, उनके अंदर प्रकृति से प्रेम करने की लालसा पैदा करते, उनकी जिज्ञासाओं का समाधान करते, उन्हें संस्थान के संग्रहालय में ले जाकर वहाँ रखे विभिन्न किस्म के मणि व खनिज पदार्थों के बारे में बताते। इस तरह उन्हें बढ़ती उम्र में उन्हें जीने का सहारा मिल गया था। बच्चों की किलकारियों से संस्थान गूँजने लगा था। ये बच्चे रमन के पीछे एक जगह से दूसरी जगह भागते नजर आते।

अंतिम घड़ी

रमन ने अपनी अंतिम लोकप्रिय वार्त्ता 2 अक्तूबर सन् 1970 को 'गांधी स्मरण व्याख्यान शृंखला' के अंतर्गत दी थी। उसी महीने के अंत में अपनी प्रयोगशाला में काम करते वक्त अचानक वे बेहोश हो गए। परीक्षण करने पर पता चला कि उनके हृदय के वॉल्व खराब हो चुके थे। डॉक्टरों के अनुसार वे चंद घंटों के मेहमान थे, परंतु वे जीवित रहे। स्वास्थ्य में थोड़ा सुधार होने पर वे अस्पताल में और नहीं रहना चाहते थे, अतः वे संस्थान लौट आए। जब उन्हें पता चला कि भविष्य में सामान्य तौर पर जीवन व्यतीत करना उनके लिए असंभव-सा है और बाकी जिंदगी बिस्तर पर लेटकर बितानी पड़ेगी तो उन्होंने दवाइयाँ लेना बंद कर दिया। उन्होंने कहा कि ऐसी जिंदगी जीने से तो मरना बेहतर है। 19 नवंबर को वे अपने एक पुराने शिष्य, जो वहाँ मौजूद थे, उन्हें

पास बुलाकर कहा कि अकादमी से प्रकाशित हो रही पत्रिका को बंद नहीं होने देना, क्योंकि इसके माध्यम से लोगों को देश में हो रही विज्ञान की गतिविधियों का पता चलता है। उसके बाद संस्थान के भविष्य के बारे में अपनी राय देते हुए उन्होंने कहा—'सन् 1948 में इस संस्थान का निर्माण मैंने मूल शोध करने के उद्देश्य से किया था तथा मैं चाहता था कि देश में एक उच्चकोटि की विज्ञान संस्था हो। उसी को ध्यान में रखते हुए इसकी प्रशासन व्यवस्था मैने अपने ढंग से की है। यहाँ का वातावरण दूसरे संस्थानों से भिन्न है, जो मूल शोध करने की प्रेरणा देता है। विज्ञान का अनुशीलन मेरे लिए सुरुचिपूर्ण एवं आनंददायक अनुभव रहा है। यह संस्थान मेरा आश्रयस्थल रहा है मैं जहाँ अपनी रुचि के मुताबिक अनुसंधान किए हैं। जाहिर है, मेरे जाने के बाद इसकी कार्यपद्धति में बदलाव आएगा। मैं चाहता हूँ कि यह संस्थान ज्ञान अर्जन करने का एक विशाल केंद्र बनकर उभरे, जिससे देश व विदेश के वैज्ञानिक इसकी ओर आकर्षित हों। इसके सुंदर बाग-बगीचे, बड़ा पुस्तकालय, विशाल संग्रहालय आदि उच्च शिक्षा प्राप्त करने के केंद्र बनने में मददगार होंगे। विज्ञान तभी पनप सकता है जब इस क्षेत्र में काम करने की आंतरिक इच्छा हो। बाहरी दबाव से इसका विकास संभव नहीं है। विज्ञान में मौलिक अनुसंधान किसी के निर्देश व जोर-जबरदस्ती से नहीं हो सकता। यही कारण है कि मैंने तय किया था कि जहाँ तक संभव हो, सरकार से किसी प्रकार की सहायता न लेने का। मैंने अपनी सारी संपत्ति संस्थान के नाम कर दी है। परंतु शायद यह पर्याप्त नहीं होगा जिससे संस्थान को ज्ञान उपार्जन करने के केंद्र के रूप में विकसित किया जा सके। अत: सरकारी सहायता न लेने की शर्त पर कायम न रहकर अब संस्थान को उन सभी से मदद लेनी होगी, जो बिना किसी शर्त के सहायता करने को तैयार हैं।' इसके दो दिन बाद, 21 नवंबर, 1970 के तड़के 82 वर्ष की उम्र में शांतचित्त रमन ने सदा के लिए अपनी आँखें बंद कर लीं। उनके इच्छानुसार संस्थान में ही उन्हें दफनाया

गया, जिसके चारों ओर फैले परिवेश में वे हमेशा खुश रहते थे तथा इससे उनका गहरा लगाव भी था। कोई धार्मिक अनुष्ठान भी नहीं किया गया। उस जगह एक पौधा लगाया गया था, जो आज पेड़ बनकर फलने-फूलने लगा है। वहाँ कोई स्मारक चिन्ह नहीं है।

रमन के शोधकार्य क्षेत्र व सम्मान—एक झलक

भारत में रमन प्रभाव के आविष्कार का दिन 28 फरवरी 'राष्ट्रीय विज्ञान दिवस' के रूप में मनाया जाता है। अपने लंबे जीवन में रमन ने विभिन्न विषयों पर कार्य किया। अपने 66 वर्ष के वैज्ञानिक जीवनकाल में उन्होंने 450 से भी अधिक मूल शोधपत्र व निबंध लिखे। इसके अलावा उनके शिष्यों द्वारा प्रकाशित शोधपत्रों की संख्या इससे तीन गुणा है। आज भी 'रमन प्रभाव' पर आधारित शोधपत्र छपते हैं। यदि उनके कार्यकाल को छह दशकों में बाँटा जाए तो हम पाते हैं कि उनकी रुचि में लगातार परिवर्तन होता गया, जैसाकि नीचे वर्णित है—

सन् 1910 से 1920—ध्वनिकी

सन् 1920 से 1930—दृष्टि विद्या एवं प्रकाश का बिखरना

सन् 1930 से 1940—पराश्रव्य विवर्तन, तरल पदार्थ में ब्रीलोईन प्रकीर्णन की उपयोगिता तथा स्फटिकों से रमन प्रकीर्णन।

सन् 1940 से 1950—हीरा तथा स्फटिक लैटीसों में कंपन

सन् 1950 से 1960—खनिज पदार्थों की प्रकाशिकी

सन् 1960 से1970—रंगो का बोध

रमन के इन क्षेत्रों में शोधों का विस्तृत विवरण अगले अध्यायों में दिया गया है।

अपने कार्यकाल में रमन को अनेक सम्मान मिले, जिनकी सूची नीचे दी गई है—

1912 कर्जन अनुसंधान पुरस्कार

1913 वुडबर्न अनुसंधान पदक

1924 रॉयल सोसाइटी लंदन की सदस्यता

1928 मैट्टेउच्ची पदक, रोम

1929 सर का खिताब

1930 ह्यूग्स पदक, रॉयल सोसाइटी, लंदन

1930 नोबेल पुरस्कार

1935 राज सभा भूषण, मैसूर के महाराजा द्वारा सम्मान

1941 फ्रैंकलीन पदक, फ्रैंकलीन संस्थान, फिलाडेल्फिया

1948 राष्ट्रीय प्राध्यापक नियुक्त

1954 भारतरत्न से विभूषित

1957 लेनीन शांति पुरस्कार, सोवियत महासंघ

निम्नलिखित विश्वविद्यालयों ने उन्हें मानद डॉक्टर की उपाधि से सम्मानित किया —

इलाहाबाद, बनारस, मुंबई, कलकत्ता, ढाका, देहली, कानपुर, लखनउ , मद्रास, मैसूर, पटना, उसमानिया, हैदराबाद, श्रीवेंकटेश्वर, तिरुपति, फ्रायबुर्ग, ग्लासगो, पेरिस।

निम्न संस्थानों ने उन्हें सम्मानित सदस्यता प्रदान की थी—

दॉयचे अकादमी, म्युनिख
हंगरीयन विज्ञान अकादमी
भारतीय विज्ञान कांग्रेस प्रतिष्ठान तथा भारत के
अनेका विज्ञान संस्थान
रॉयल आइरीश अकादमी
रॉयल फिलोसोफिकल सोसाइटी, ग्लासगो
जूरीख फिजिकल सोसाइटी
रोमानिया समाजवादी गणतंत्र अकादमी
कैटगुट अकाऊस्टिक सोसाइटी

निम्न संस्थाओं के रत्न-सदस्य मनोनीत हुए थे—

ऑप्टिकल सोसाइटी, अमेरिका
मिनरलॉजिकल सोसाइटी, अमेरिका
विज्ञान अकादमी, सोवियत संघ
विज्ञान अकादमी, पेरिस

सन् 1929 में भारतीय विज्ञान कांग्रेस के महाअध्यक्ष तथा 1934 से 1970 तक भारतीय विज्ञान अकादमी के अध्यक्ष पद पर रहे।

रमन के समकालीन ऐसे कई वैज्ञानिक थे, जिन्होंने देश में किए गए अपने अनुसंधान से प्रसिद्धी प्राप्त की थी। इनमें कुछ प्रमुख नाम है—सर जगदीश चंद्र बोस (1858-1937), आचार्य सर प्रफुल्ल चंद्र रे (1861-1944), श्रीनिवास रामानुजनम (1887-1920), मेघनाद साहा (1893-1956), प्रशांत चंद्र महालानोवीस (1893-1972), सत्येंद्र नाथ बोस (1894-1974), शांतिस्वरूप भटनागर (1894-1955), के.आर. रामनाथन (1893-1985), के.एस. कृष्णन (1898-1961), होमी जहाँगीर भाभा (1909-1966), विक्रम साराभाई (1919-1973)। यह सोचने की बात है कि आजादी के बाद अच्छी सुविधाओं के उपलब्ध होने के बावजूद विज्ञान में शायद ही कोई ऐसा मौलिक अनुसंधान हुआ है जो उल्लेखनीय हो।

□

2

कलकत्ता-प्रवास

कलकत्ता में रमन सरकारी नौकरी करने सन् 1907 में पहुँचे एवं वहाँ सन् 1933 तक रहे। इस अवधि को दो भागों में बाँटा जा सकता है—1907 से 1917 तक, जब रमन सरकारी नौकरी करने के साथ खाली समय में शोधकार्य करते थे; एवं 1917 से 1933 तक, जब वे कलकत्ता विश्वविद्यालय में प्राध्यापक थे। रमन के जीवन का यह स्वर्णिमकाल था। यहीं रहकर उन्होंने वह ऐतिहासिक प्रयोग किए, जिससे उन्हें 1930 में विज्ञान के क्षेत्र में विश्व का सर्वश्रेष्ठ सम्मान नोबेल पुरस्कार मिला। यद्यपि रमन उच्चपद पर कार्यरत थे तथा उनका वेतन 400 रुपए प्रतिमाह था, जो उस जमाने में काफी अधिक था; परंतु इससे उनके अंदर का वैज्ञानिक संतुष्ट नहीं था। शुरू से ही वे विज्ञान के प्रति आकर्षित थे, अत: उसी क्षेत्र में शोध करना चाहते थे। जल्द ही उन्हें ऐसा अवसर भी मिल गया, जिसे उन्होंने हाथ से न जाने दिया। कलकत्ता पहुँचने के एक सप्ताह के अंदर ही उन्हें विज्ञान संस्थान 'इंडियन एसोशिएशन फॉर दि कल्टिवेशन ऑफ साइंस' का पता चला, जिसके साथ उनका गहरा नाता बन गया तथा उनके कैरियर को एक नई दिशा मिली। वे इस संस्थान के प्रयोगशाला में भौतिक विज्ञान के क्षेत्र में कई मौलिक अनुसंधान किए, जिससे देश व विदेशों में विख्यात हो गए।

उनके साथ साथ संस्थान का नाम भी सर्वत्र फैलने लगा। इससे नई प्रतिभाएँ संस्थान की ओर आकर्षित होने लगी। जब तक रमन कलकत्ता में रहे, उन्होंने संस्थान का साथ नहीं छोड़ा। यह एक विडंबना है कि जिस व्यक्ति (विज्ञान संस्थान के संस्थापक डॉ. महेंद्र लाल सरकार) की वजह से रमन इतना कुछ हासिल कर सके, उनसे वे नहीं मिल पाए, क्योंकि रमन के कलकत्ता पहुँचने के तीन वर्ष पूर्व उनका निधन हो गया था। रमन के जीवन से गहरा संबंध रखनेवाले एक और व्यक्ति थे—सर आशुतोष मुखर्जी जो रमन के बहुत बड़े हितैशी थे।

'इंडियन एसोसिएशन फॉर दि कल्टिवेशन ऑफ साइंस' में रमन

महेंद्र लाल सरकार का जन्म सन् 1833 में हुआ था। प्रारंभिक शिक्षा समाप्त करके कलकत्ता आयुर्विज्ञान महाविद्यालय से चिकित्साशास्त्र में एम.डी. की परीक्षा में उन्होंने प्रथम स्थान प्राप्त किया था। वे सच्चे देशभक्त थे तथा उनकी दिलचस्पी केवल चिकित्सा संबंधी बातों तक सीमित न रहकर विभिन्न क्षेत्रों में थी। उस समय की शिक्षा व्यवस्था से वे संतुष्ट नहीं थे, क्योंकि विज्ञान विषय को उतनी प्राधन्यता नहीं दी जाती थी, जितनी की कला को। इसके अतिरिक्त भारतीयों के लिए विज्ञान में उच्च शिक्षा पाने व शोध करने के अवसर भी नगणय थे। जो थोड़े-बहुत सरकारी वैज्ञानिक संस्थान थे, उनमें सिर्फ विदेश से शिक्षा प्राप्त करके आए छात्रों को ही प्रवेश मिलता था। महेंद्र लालजी का मानना था कि विज्ञान के क्षेत्र में पीछे रह जाने की वजह से हमारा देश भी पिछड़ा है। इससे उभरने के लिए तथा देश के विकास के लिए विज्ञान में मौलिक अनुसंधान करना जरूरी है, जो हमारे खुद के द्वारा संचालित संस्थानों में किए जाएँ। महेंद्रलाल सरकार के प्रयास से सन् 1876 में ब्रिटिश एसोसिएशन तथा रॉयल इंस्टीट्यूट ऑफ लंदन (सन् 1799 में स्थापित) की तर्ज पर 'भारतीय विज्ञान प्रगति संस्थान' की

चित्र : 2.1 भारतीय विज्ञान प्रगति संस्थान

(A) वो बाजार का पुराना भवन

(B) जाधवपुर का नया भवन

स्थापना हुई। इसके लिए बंगाल सरकार ने 210, बो बाजार स्ट्रीट में अवस्थित एक इमारत संस्थान को दे दी। इस संस्थान में अध्यापन का कार्य शुरू किया गया। इसके विस्तार के लिए सन् 1891 में विजयानगरम के महाराजा ने एक बड़ी रकम दान में दीया जिससे कई प्रयोगशालाओं

का निर्माण किया गया। भारत की यह पहला विज्ञान संस्थान था, जिसका निर्माण मूल अनुसंधान करने के लिए किया गया था। अपने जीवनकाल में महेंद्रलाल कोशिश करते रहे कि कोई यहाँ पर उपलब्ध सुविधाओं का इस्तेमाल कर विज्ञान के क्षेत्र में प्रयोगात्मक शोधकार्य शुरू करे, परंतु वे इस काम में नाकाम रहे। सन् 1904 में अपने अधूरे स्वप्नों के साथ उदास महेंद्रलाल स्वर्ग सिधार गए एवं तब से यह संस्थान और भी उपेक्षा का शिकार होता चला गया।

(A) तंबूरा

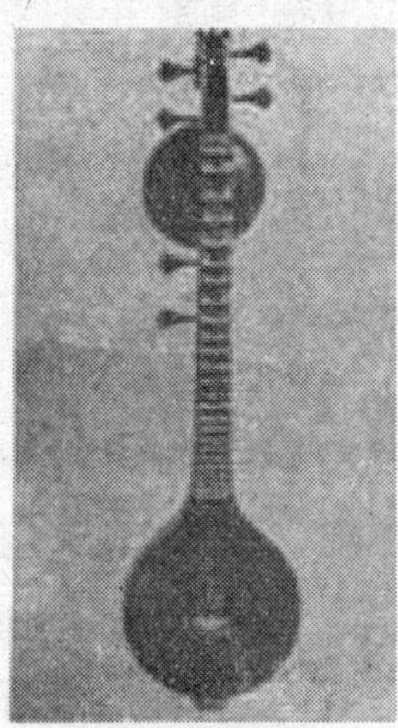

(B) वीणा

चित्र : 2.2 भारतीय वाद्ययंत्र

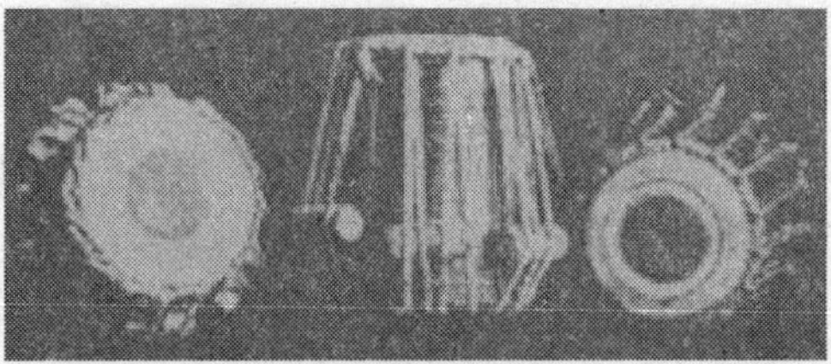

(C) तबला बाजार

(D) मृदंगम

महेंद्रलाल की मृत्यु के तीन वर्ष बाद अनजाने ही रमन एक दिन भारतीय विज्ञान प्रगति संस्थान के दरवाजे पर आकर दस्तक दी। वहाँ के प्रभारी आशुतोष दा ने दरवाजा खोलकर रमन के आने का

कारण पूछा। रमन ने अपना परिचय देते हुए विज्ञान के क्षेत्र में शोध करने की इच्छा जताई। रमन की मंशा सुनकर उस समय के सचिव अमृतलाल सरकार, जो महेंद्रलाल के पुत्र थे, भाव-विभोर हो गए और रमन को बाँहों में भरकर रुँधे कंठ से कहा—'अब तक हम तुम्हारे जैसे व्यक्ति की प्रतीक्षा कर रहे थे। आज से यह संस्थान तुम्हारे हवाले'। आशूबाबू की मदद से रमन तुरंत काम में जुट गए। उन्होंने पूरे हॉल की सफाई करवाई और फिर प्रयोगशाला के यंत्रों को साफ कर उन्हें ढंग से लगवाया। दूसरे दिन से वे शोधकार्य में जुट गए। रमन जब तक कलकत्ता में रहे, इस संस्थान से जूड़े रहे एवं आशूबाबू उनके विश्वस्त सहायक के तौर पर काम करते रहे।

अपने कठोर परिश्रम से रमन ने संस्थान में कई महत्त्वपूर्ण शोधकार्य किए, जिनका प्रकाशन प्रसिद्ध वैज्ञानिक पत्रिकाओं जैसे 'नेचर', 'द फिलोसॉफिकल मैगजीन' (लंदन से प्रकाशित) तथा फिजिकल रिव्यू (अमेरिका से प्रकाशित) में होने लगा। इससे उनकी कीर्ति यूरोप व अमेरिका में फैलने लगी, जबकि वे तब तक देश के बाहर कदम भी नहीं रखा था। कलकत्ता में भी लोग रमन को जानने लगे थे, क्योंकि वे अकसर आम जनता के लिए विज्ञान संबंधित विषय पर लोकप्रिय व्याख्यान दिया करते थे। रमन एक बहुत ही अच्छे वक्ता थे तथा व्याख्यान के दौरान प्रयोगों का प्रदर्शन करके विषय को सरल व सरस बना देते थे। रमन का झुकाव विज्ञान की ओर था, परंतु वे अपने नौकरी के प्रति कर्तव्यशील भी थे। उन्होंने इन दोनों के बीच अद्‌भुत सामंजस्य बनाए रखा। इस दौरान यानी सन् 1907 से 1917 के दशक में जब रमन सरकारी पदाधिकारी थे, अकेले 27 शोधपत्र लिखे तथा उन्हें कर्जन अनुसंधान पुरस्कार (1912) एवं वुडबर्न शोध पदक (1913) प्राप्त हुआ। उनका ज्यादातर काम कंपन या तरंग तथा ध्वनि विज्ञान के क्षेत्र में था। उन्होंने वाद्ययंत्रों, जैसे एकतारा, वायलिन, वीणा, तबला, मृदंग

आदि सुरीले आवाज पैदा करनेवाले यंत्रों का गहन अध्ययन किया। सन् 1919 में अमृतलाल के निधन के बाद रमन को भारतीय विज्ञान प्रगति संस्थान का सचिव नियुक्त किया गया, जिस पद पर वे 1933 तक बने रहे। बाद में मेघनाद साहा इस संस्थान के सचिव बने, जिनके पहल करने पर संस्थान का स्थानांतरण बो बाजार से जाधवपुर में बने नए भवन में हुआ।

स्पंदन व ध्वनिकी

सन् 1907 से 1917 की अवधि में रमन ने स्पंदन तथा ध्वनि से संबंधित शोध किए। उनका प्रिय विषय था संगीत वाद्ययंत्रों द्वारा ध्वनि के उत्पन्न होने का अध्ययन। इस विषय में उनकी रूचि हेलम्होल्ज की प्रसिद्ध पुस्तक 'द् सेंसेशंस ऑफ टोन' पढ़ने से हुई थी। इसके अलावा बचपन में अपने पिता के वायलिन बजाना सुनकर भी उनके मन में इस वाद्ययंत्र के बारे में जानने की उत्सुकता पैदा हुई थी। स्पंदन और ध्वनि विज्ञान का आपस में गहरा संबंध है क्योंकि किसी भी वस्तु से आवाज उत्पन्न तभी होती है, जब वह वस्तु अपने स्थिर स्थान से आगे-पीछे होती रहती है, यानी उस वस्तु में स्पंदन होता है। संगीतमय आवाज के स्पंदन में एक आवर्तिता होती है, जिसे सुनकर मन आनंदमय हो उठता है। ध्वनि का अनुभव हमें कानों से सुनकर होता है। ध्वनिकी विज्ञान की वह शाखा है जिसमें आवाज के बारे में अध्ययन किया जाता है। स्पंदन की उत्पत्ति से लेकर उसकी गति, संरचना, ध्वनि तरंग की गुणवत्ता आदि इसके अंतर्गत आते हैं। रमन ने इन सभी क्षेत्रों में काम किया। स्पंदन या कंपन को पैदा करने एवं जारी रखने के लिए कंपित वस्तु में एक बाह्य शक्ति या बल लगाना जरूरी होता है। अब प्रश्न उठता है कि क्या स्पंदन के सभी रूपों को जारी रखा जा सकता है या केवल कुछ को ही। रमन ने इसे समझने के लिए भारतीय वाद्ययंत्रों का गहन अध्ययन किया विशेषकर तार वाले यंत्रों का जैसे एकतारा, वायलिन, तानपूरा,

वीणा, सितार आदि। इन सभी यंत्रों में तारों को तनी अवस्था में रखने के लिए इनके दोनों सिरों को स्थिर रखते हैं। तनी हुई तार में ही कंपन पैदा किया जा सकता है। तार की लंबाई, मोटाई आदि पर कंपनआवृत्ति का मान निर्भर करता है। इसका अध्ययन करने के लिए उन्होंने कार्बन आर्क लैंप, दर्पण, स्वरित्र द्विभुज (ट्यूनिंग फॉर्क) तथा फोटो प्लेटों का इस्तेमाल करके तार में उत्पन्न कंपन का चित्र लिया। यह एक मौलिक उपकरण था, जिससे रमन ने कई नए तथ्यों का पता लगाया। वाद्ययंत्रों में अनुनादी बक्से की भूमिका की वैज्ञानिक व्याख्या दी।

रमन ने वायलिन पर विस्तृत अध्ययन किया। इसके लिए उन्होंने एक यांत्रिक वायलिन की संरचना की, जिसका निर्माण प्रयोगशाला में पड़े कबाड़ की वस्तुओं से की। सिर्फ कुछ ही सामान साइकिल की दुकान से खरीदी। इस यंत्र में धनुष स्थिर था, जबकि वायलिन गतिशील। असल में वायलिन बजाते वक्त वादक वायलिन को स्थिर रखता है तथा धनुष को आगे-पीछे चलाता रहता है। वायलिन से सुरीली आवाज पैदा करने के लिए वादक को कई चीजों का ध्यान रखना पड़ता है, जैसे तार की किस जगह धनुष को रखें, उसे कितना दबाएँ, धनुष की गति एवं दूरी आदि। इन सब बातों पर सही नियंत्रण रखने से ही वायोलिन से मधुर स्वर निकलता है। रमन ने अपने यांत्रिक वायलिन से इन प्राचलों के स्वर की ध्वनि गुणता के प्रभाव पर शोध किया। रमन ने पहली बार ऐसा यंत्र बनाया था। अब भी वायलिन पर शोध हो रहा है, परंतु यंत्रवत् वायलिन में कुछ तबदिली की गई है।

हथेली की ठोक या डंके की चोट से बजाए जानेवाले भारतीय वाद्ययंत्रों जैसे तबला, मृदंगम आदि के मधुर आवाज से भी रमन काफी प्रभावित थे। हमारे पूर्वजों ने अपने अंतरज्ञान से ही इन यंत्रों को बनाया था। वहीं पश्चिमी ड्रमों से पैदा होने वाली आवाज बेसूरी होती है। किसी तनी हुई झिल्ली को ठोकने से विभिन्न विधाओं (मोड) के स्वर पैदा

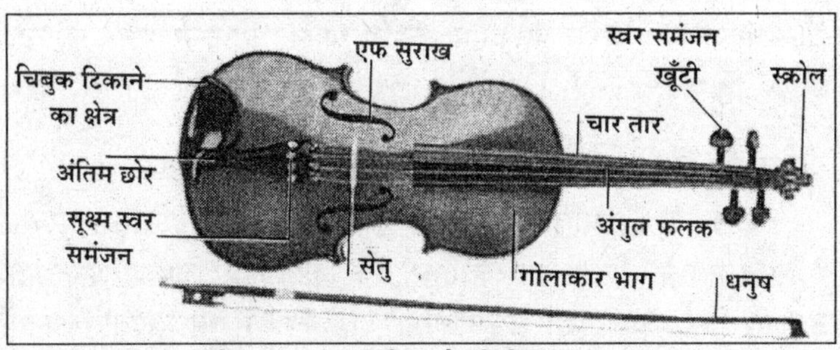

चित्र : 2.3 वायलिन के विभिन्न अंग

होते हैं, जो समस्वर (हारमोनिक) के नहीं होते। भारतीय ड्रमों में झिल्ली की बनावट विशेष ढंग की होती है जिसमें झिल्ली की मोटाई मध्य भाग में अधिक तथा बाहरी भागों में कम होती है। रमन ने विश्लेषण करके दिखाया कि इस प्रकार की झिल्ली में कंपन की उच्च विधाएँ समस्वर के हो जाते हैं, जैसाकि तार वाले वाद्ययंत्रों में होता है। यही कारण है कि हमारे झिल्ली वाले वाद्ययंत्र भी संगीतमय आवाज पैदा करते हैं, जिसे सुनना अच्छा लगता है।

रमन ने अन्य कई वाद्ययंत्रों की ध्वनिकी पर शोध किया, जैसे पियानो, जलतरंग आदि। वे इस विषय के विशेषज्ञ बन गए। जर्मनी से प्रकाशित भौतिकी विश्वकोश 'हैंडबुक डेर फीजिक' में इस विषय पर उनका एक समीक्षा लेख छपा था, जिसे लिखने के लिए उनसे विशेष अनुरोध किया गया था। यह एक विशेष सम्मान था, क्योंकि इस पुस्तक के सभी सहयोगी लेखक जर्मन थे। इस लेख को रमन ने अंग्रेजी भाषा में लिखी थी, जिसका अनुवाद प्रकाशक ने खुद जर्मन भाषा में करवाया था। इसमें सभी प्रकार के संगीत वाद्यों की कार्यपद्धतिओं पर विस्तृत चर्चा की गई है; चर्च के घंटों से लेकर बाँसुरी, शहनाई, तुरही, पीतल के यंत्रों आदि का भी उल्लेख है। रमन ने सन् 1920 के बाद इस विषय में काम करना बंद कर दिया, क्योंकि उन्हें एक नया विषय मिल गया

था—प्रकाशिकी, जिस पर काम उन्होंने पालित प्रोफेसर बनने के बाद आरंभ किया।

कलकत्ता विश्वविद्यालय में पालित प्राध्यापक रमन

कलकत्ता विश्वविद्यालय की स्थापना सन् 1857 में ब्रिटिश सरकार ने भारत में उच्च शिक्षा उपलब्ध कराने के लिए लंदन विश्वविद्यालय के तर्ज पर किया था। उसी समय चेन्नई एवं मुंबई में भी विश्वविद्यालयों का निर्माण किया गया था। सन् 1916 में प्रसिद्ध वकील व कलकत्ता उच्च न्यायालय के न्यायाधीश सर आशुतोष मुखर्जी कलकत्ता विश्वविद्यालय के उपकुलपति नियुक्त हुए। उनकी रुचि विज्ञान में थी एवं उन्होंने महेंद्रलाल सरकार को 'भारतीय विज्ञान प्रगति संस्थान' की स्थापना करने में सहयोग दिया था। रमन के विज्ञान प्रेम से वे वाकिफ थे तथा जिस प्रकार रमन ने एक सुप्त संस्थान को विज्ञान के अंतरराष्ट्रीय नक्शे पर ला खड़ा किया था, उसके प्रशंसक थे। वे स्वयं विज्ञान शिक्षा के क्षेत्र में कुछ खास करना चाहते थे। कलकत्ता विश्वविद्यालय के उपकुलपति बनने के बाद उन्हें यह मौका मिला। सरकारी मदद के बिना ही उन्होंने कई लाख रुपए की धनराशि इकट्ठा करके कलकत्ता विश्वविद्यालय के अंतर्गत विज्ञान महाविद्यालय (साइंस कॉलेज) की स्थापना की। जिन लोगों ने अधिक आर्थिक सहायता दी थी, उनके नाम पर आचार्य पदों का प्रतिष्ठान किया गया था, जैसे सर तारकनाथ पालित चेयर एवं सर रासबिहारी घोष चेयर। आशुतोष इन पदों में केवल उच्च काबिलियतवालों को ही नियुक्त करना चाहते थे। उनकी दिली इच्छा थी कि भौतिकी विषय में पालित चेयर का पद रमन जैसे प्रतिष्ठित भौतिकविद् सँभालें, परंतु उनके मन में शंका थी कि रमन उच्च पदस्थ एवं अधिक वेतनवाली सरकारी नौकरी छोड़कर उनका प्रस्ताव स्वीकार करेंगे या नहीं। यहाँ प्रतिमाह वेतन सिर्फ 600 रुपए था, जबकि रमन को उस समय 1100 रुपए मिल रहा था। फिर भी उपकुलपति ने औपचारिक

तौर पर रमन को अपना प्रस्ताव भेजा। रमन ने तुरंत अपनी सहमति दे दी। विज्ञान के प्रति प्रेम की वजह से रमन ने सरकारी नौकरी छोड़कर आचार्य पद स्वीकार कर लिया। परंतु एक अड़चन और थी—इस पद के लिए विदेश में शिक्षित होना आवश्यक था; अत: रमन को लंदन जाने को कहा गया। रमन ने साफ इनकार कर दिया, क्योंकि वे भारतीय की प्रतिभा को मनवाने के लिए विदेशी प्रमाणपत्र की आवश्यकता का समर्थन नहीं करते थे। सर आशुतोष की मध्यस्थता के बाद उन्हें इस शर्त से छूट दी गई। इस प्रकार सन् 1917 में रमन का विज्ञान जगत् में औपचारिक आगमन हुआ। सरकारी नौकरी से सीधे प्राध्यापक पद पर नियुक्ति केवल उनकी योग्यता पर मिली थी और वह भी सिर्फ 29 वर्ष की अल्पायु में। सन् 1924 में सर आशुतोष के निधन से रमन को गहरी चोट पहुँची, क्योंकि वे अपने एक बड़े हितैषी खो चुके थे।

पालित प्रोफेसर के लिए अध्यापन कार्य का दायित्व नहीं था; उनका काम अपने विषय में शोध करना, शोधकर्ताओं का मार्गदर्शन करना और विज्ञान की प्रयोगशालाओं का निरीक्षण करना था। फिर भी रमन एम.ए. व एम.एससी. के विद्यार्थियों को नियमित रूप से पढ़ाने लगे। वे कहा करते थे, यदि किसी विषय को ठीक से समझना हो तो उस विषय पर वारता देने से काम आसान हो जाता है। रमन को व्याख्यान देना इतना पसंद था कि वे लगातार दो तीन घंटे बिना रुके बोलते थे तथा विद्यार्थी मंत्रमुग्ध होकर सुनते थे। रमन ने विज्ञान संस्थान से भी अपना नाता बनाए रखा। विश्वविद्यालय में विद्यार्थी एवं शोधकर्ताओं से निपटने के बाद वे संस्थान में प्रयोगात्मक काम करने जाया करते थे। यह आश्चर्य की बात है कि रमन खुद डॉक्टरेट की उपाधि प्राप्त नहीं थे, परंतु उनके पर्यवेक्षण में कई शोधकर्ता इस उपाधि को प्राप्त करने के लिए काम कर रहे थे। आखिरकार सन् 1921 में कलकत्ता विश्वविद्यालय ने उन्हें मानद डॉक्टरेट की उपाधि प्रदान की।

सी.वी. रमन

सन् 1921 में आयोजित ब्रिटिश विश्वविद्यालयों के सम्मेलन में भाग लेने के लिए रमन ऑक्सफोर्ड गए, जहाँ वे छह सप्ताह रहे। वे कलकत्ता व बनारस विश्वविद्यालय के प्रतिनिधि के तौर पर वहाँ गए थे। यह उनकी पहली विदेश यात्रा थी। इस दौरान उनकी मुलाकात कई प्रतिष्ठित भौतिकविदों जैसे सर जे.जे. थामसन, सर लॉरेंज. ब्रैग व लॉर्ड अर्नेस्ट रदरफोर्ड से हुई। इंग्लैंड में उन्होंने सेंट पॉल्स कैथिड्रल के मर्मरश्रावी गलियारा (ह्विस्परिंग गैलरी) पर कुछ प्रयोग किए। रमन सन् 1924 में 'ब्रिटिश विज्ञान प्रगति संघ' के आमंत्रण पर कनाडा गए। वहाँ उन्होंने टोरोंटो में आयोजित प्रकाश प्रकीर्णन विषय पर एक चर्चा का उद्घाटन किया। कनाडा से वे अमेरिका गए, जहाँ उन्होंने फ्रैंकलीन संस्थान के शताब्दी महोत्सव में भारत का प्रतिनिधित्व किया। इसके बाद रॉबर्ट मिलिकन के आमंत्रण पर उन्होंने अतिथि प्राध्यापक के तौर पर कैलिफोर्निया प्रौद्योगिक संस्थान (कैलटेक) में चार महीने बिताए। वहाँ उन्होंने विभिन्न विषयों पर व्याख्यान दिया और साथ ही गैसों के प्रतिचुंबकीय अभिलक्षण पर प्रायोगिक अध्ययन किया। रमन ने अमेरिका में कई वैज्ञानिक संस्थानों का दौरा किया। जहाँ उन्होंने कई प्रसिद्ध वैज्ञानिकों जैसे कॉम्पटन, लैंगमूर, कूलीड्ज आदि से मुलाकात की। अमेरिका से स्वदेश वापस लौटते वक्त वे यूरोप में कई जगहों पर गए। छह महीने बाद वे पुनः सोवियत संघ के दौरे पर गए, जहाँ उन्होंने लेनीनग्राद विज्ञान अकादमी के शतवर्ष पूर्ति समारोह में भाग लिया। आठ महीने बाद बर्लिन, पेरिस, जेनेवा व रोम होते हुए वे कलकत्ता लौट आए। इसके बाद कई वर्षों तक रमन विदेश नहीं गए। वे शोधकार्य में जुट गए एवं इसी दौरान 'रमन प्रभाव' की खोज की।

कलकत्ता विश्वविद्यालय में पालित प्रोफेसर बनने के बाद अनेक शोधकर्ता रमन के साथ काम करने लगे। अब वे अकेले नहीं थे, अतः काम में तेजी आई। नए क्षेत्रों में काम शुरू किए गए, जैसे स्फटिक के लचीलेपन एवं प्रकाशिकी गुणवत्ता, कलिल पदार्थों की भौतिकी, एक्स-

रे विवर्तन आदि। विज्ञान महाविद्यालय में अध्ययन का काम होता था, जबकि भारतीय विज्ञान प्रगति संस्थान में प्रायोगिक कार्य। रमन एवं उनके शिष्यों का इन दोनों जगहों में आना-जाना लगा रहता था। संस्थान अब कलकत्ता विश्वविद्यालय की एक इकाई जैसा बन गया था।

रमन जब कॉलेज में पढ़ाई कर रहे थे, तभी से वे प्रकाशिकी विषय में दिलचस्पी लेने लगे थे। दरअसल उनका पहला शोधपत्र इसी विषय पर छपा था। अब उन्होंने इस क्षेत्र में अपने शिष्यों के साथ अनेक पहलुओं पर अनुसंधान कार्य शुरू कर दिया।

प्रकाश की किरणें या प्रकाश तरंगें जब किसी माध्यम या वस्तु से होकर गुजरती हैं, तब उसमें होने वाले परिवर्तन का अध्ययन प्रकाश विज्ञान के अंतर्गत आता है। प्रकाश की किरणें वस्तुओं से टकराकर परावर्तित हो सकती हैं, वस्तु के किनारे से टकराकर विवर्तित हो सकती हैं, या वस्तु में बने दरारों (स्लिट) के बीच से गुजरकर आपसी मुठभेड़ से झालर सदृश्य छाया पैदा कर सकती हैं। विवर्तन व अणुओं द्वारा प्रकाश के बिखरने या विकीर्णन प्रक्रिया के अंतर को समझने के लिए रमन ने पदार्थ की तीनों अवस्थाओं यानी ठोस, द्रव्य तथा गैस माध्यम के जरिए प्रकाश को गुजारकर कई प्रयोग किए। वे इस निष्कर्ष पर पहुँचे कि जिस प्रकार वायुमंडल में स्थित अणुओं से प्रकाश का विकीर्णन होता है, वैसे ही पानी के अणुओं से प्रकाश की किरणें विकर्णित होती हैं।

प्रकाश का आणविक प्रकीर्णन

सन् 1919 में रमन ने प्रकाश के आणविक प्रकीर्णन पर काम शुरू किया। इसके पहले सन् 1914 में कीन और पोर्टर ने एक आश्चर्यजनक प्रयोग किया था, जिसमें श्वेत प्रकाश किरणपूंज को एक विलयन माध्यम से गुजारा गया था। इस विलयन में कुछ रसायनिक घोल डाला गया जिससे, साफ द्रव्य धीरे-धीरे धूसर होता गया, क्योंकि इसमें कुछ कण बनने लगे थे। जाहिर है कि विलयन के दूसरी ओर से प्रसारित होने

वाले प्रकाश की तीव्रता में कमी आती गई, जो एक समय बिलकुल रुक गया। परंतु थोड़े समय के बाद प्रकाश फिर से दिखने लगा, जिसका रंग बैंगनी से शुरू होकर नीला, हरा, पीला तथा अंत में श्वेत हो गया। प्रकाश की तीव्रता में कमी होने का कारण तो स्पष्ट था परंतु दोबारा इसके प्रकट होने की व्याख्या कीन व पोर्टर नहीं दे सके। इसकी व्याख्या बाद में रमन ने दी। पहले तो कणों के अवरोध से प्रकाश की तीव्रता में कमी आती है। परंतु बाद में कणों द्वारा विवर्तित प्रकाश के अंतरक्षेप से प्रकाश दिखने लगता है। इस प्रयोग ने रमन को सोचने के लिए मजबूर कर दिया कि प्रकाश का विवर्तन कणों की अपेक्षा विलयन के अणुओं से होने पर क्या होगा?

सितंबर 1921 में यूरोप से लौटते समय एस.एस. नारकुंडा नामक जहाज में उन्हें पंद्रह दिन बिताने थे। इस दौरान समुद्र की गहरी नीलिमा ने उन्हें आकृष्ट किया। वे अपने साथ एक छोटी निकेल प्रिज्म, छोटी दुरबीन, ध्रुवक विश्लेषक, विवर्तन जाली आदि सामान लेकर गए थे, अतः समुद्र के पानी के प्रकीर्णन पर काम करने लगे। जहाज में सवारी के दौरान उन्होंने अपने शोध पर दो लेख भी प्रकाशन के लिए भेजे। उन्होंने इस बात की पुष्टि की थी कि समुद्र का गहरा नीलापन उसके जल की वजह से है, न कि आसमान के प्रतिबिंब के कारण, जैसा कि रैले ने कहा था। रमन को दृढ़ विश्वास हो चला था कि वायु के अणुओं की तरह प्रकाश का प्रकीर्णन जल के अणुओं से भी होता है एवं समुद्र का नीला दिखना इसी का परिणाम है, जैसाकि आसमान के नीला दिखने का कारण वायु अणुओं द्वारा प्रकाश का प्रकीर्णन है। सूर्य की रोशनी में सभी रंगों का समावेश है, अतः वह श्वेत रंग का दिखता है। अलग-अलग रंग की प्रकाश के प्रकीर्णन की मात्रा उसकी आवृत्ति (ν) के चार घात (यानी (ν^4) के समानुपाति होती है, यानी अधिक आवृत्ति के प्रकाश का प्रकीर्णन भी अधिक होगा। नीले रंग के प्रकाश की आवृत्ति लाल रंग की आवृत्ति से काफी ज्यादा होता है, अतः नीली रोशनी का

प्रकीर्णन वायु कणों द्वारा ज्यादा होने से वह आँखों से टकराती है एवं आकाश हमें नीला दिखता है। यही कारण है कि यातायात संकेत बत्ती में गाड़ी को रोकने के लिए लाल रंग का उपयोग करते हैं, न कि नीले रंग, क्योंकि लाल रंग वायुमंडल से कम टकराने के कारण दूर से भी दिखाई देती है, जबकि नीला रंग ज्यादा टकराकर आस-पास बिखर जाता है एवं बहुत दूर से नजर नहीं आती।

यदि यह मान भी लिया जाए कि समुद्र का नीला रंग उसके जल के अणुओं द्वारा प्रकाश के प्रकीर्णन के कारण होता है। इसके लिए कोई सैद्धांतिक परिकल्पना का होना जरूरी है। उस समय उपलब्ध रैले प्रकीर्णन सिद्धांत 'सिर्फ गैसों के लिए मान्य था। गैस में निकटवर्ती अणुओं के बीच की दूरी काफी अधिक होती है' जब कि द्रव्य में वे काफी करीब होते हैं। उदाहरण के लिए वाष्प के एक ग्राम अणु का आयतन जल के उतने ही मात्रा के आयतन का 1600 गुणा होता है। परंतु इससे यह निष्कर्ष नहीं निकलता कि जल में प्रकाश का प्रकीर्णन वाष्प की तुलना में उतने गुणा ज्यादा होगा। अब प्रश्न उठता है कि गैस की तुलना से यह कितना अधिक होगा ? इसका हल रमन ने आइंसटाइन और स्मौलुचौवस्की समीकरण से दिया जो प्रकाश प्रकीर्णन पर घनत्व में स्थानीय विचलन के प्रभाव की व्याख्या करता है। परंतु इसे साबित करने के लिए रमन ने सुनियोजित ढंग से कई वर्षों तक प्रयोगात्मक अध्ययन किए, तब जाकर सफलता उनके हाथ लगी।

कलकत्ता प्रवास का स्वर्णिमकाल—'रमन प्रभाव' का आविष्कार

एक पूर्णतः समांगी (होमोजिनियस) माध्यम से प्रकाश का प्रकीर्णन नहीं होता, परंतु कोई भी माध्यम पूर्णतः समांगी नहीं होता। अतः सभी वस्तुओं से कुछ-न-कुछ प्रकाश का प्रकीर्णन अवश्य होता है। जिस प्रकार किसी वस्तु से टकराकर प्रकाश का प्रकीर्णन होता है, वैसे ही यह अणुओं के साथ से भी होता है। उस समय, यानी सन् 1922 तक प्रकाश

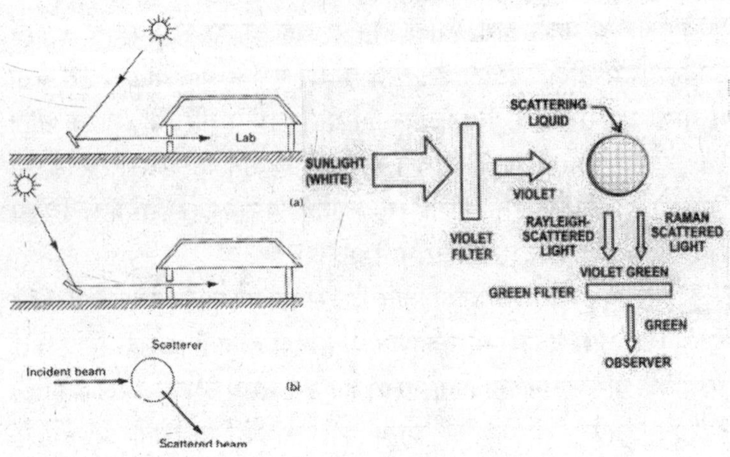

प्रकीर्णन की व्याख्या करने के लिए चिरसम्मत 'प्रकाश तरंग सिद्धांत' का ही उपयोग होता था। उसी दौरान प्रकाश के कणों जैसा व्यवहार करने के सिद्धांत यानी 'क्वांटम सिद्धांत' की सत्यता के प्रमाण मिलने लगे थे, परंतु इसपर किसी का विश्वास नहीं था। प्रकाश के कणों का अणुओं द्वारा प्रकीर्णन होने पर क्या हो सकता है, क्या कोई नए तथ्य की खोज 'क्वांटम सिद्धांत' से निकल सकती है ? इन सब प्रश्नों को उस समय रमन ने उठाया था।

यद्यपि सन् 1905 से ही आइंस्टाइन इस बात का जिक्र कर रहे थे कि विकिरण ऊर्जा कणों जैसा व्यवहार करता है, परंतु इस बात पर लोगों को यकीन सन् 1923 में 'कॉम्पटन प्रभाव' के आविष्कार के बाद ही हुआ। कॉम्पटन ने एक्स किरणों द्वारा अणुओं के प्रकीर्णन की व्याख्या 'क्वांटम सिद्धांत' से सफलतापूर्वक की थी। एक्स किरणों की आवृत्ति प्रकाश की किरणों से काफी अधिक होती है, अतः 'कॉम्पटन प्रभाव' के परिपेक्ष्य में कम आवृत्ति वाले इन विद्युत्-चुंबकीय किरणों के प्रकीर्णन होने पर क्या होगा, इसपर रमन ने शोध शुरू कर दिया।

सी.वी. रमन

प्रकाश का जब किसी वस्तु से प्रकीर्णन होता है तब उसके आवृत्ति एवं ध्रुवण में बदलाव आ सकता है। चिरसम्मत सिद्धांत आवृत्ति में बदलाव की इजाजत नहीं देता, परंतु प्रकीर्णन से ध्रुवण में बदलाव संभव है। यदि आवृत्ति में भी बदलाव होता है तो प्रयोगात्मक तरीके से उसे कैसे देखा जा सकता है?

इसके लिए प्रकाश के तीव्र स्रोत तथा वर्णक्रममापी की जरूरत पड़ती है। उस जमाने में तीव्र प्रकाश स्रोत उपलब्ध नहीं था, और यदि था भी तो काफी महँगा जो रमन की संस्थान के बजट के बाहर था। परंतु रमन इस बात से तनिक भी विचलित नहीं हुए तथा सूर्य के प्रकाश को स्रोत के रूप में इस्तेमाल करने की ठानी। उन्होंने एक दर्पण को उपयोग में लाया, जिससे सूर्य की किरणों को प्रयोगशाला के अंदर ले जा सके। परंतु समय के साथ सूर्य की दिशा परिवर्तन होने के कारण दर्पण की स्थिति में भी उपयुक्त समायोजन करना जरूरी था, जिससे सूर्य की किरणें प्रयोगशाला के अंदर हमेशा बनी रहें। रमन ने इसके लिए यांत्रिक प्रचालित दर्पण को उपयोग में लाया, जो उस समय उपलब्ध था।

सूर्य की किरणों में तो कई रंगों का समावेश होता है, अतः सिर्फ एक रंग की रोशनी प्राप्त करने के लिए किरणों को एक फिल्टर पट्टिका, जैसे बैंगनी रंग की पट्टिका से गुजारा गया, जिससे केवल बैंगनी रंग की रोशनी प्राप्त हुई। अब इस बैंगनी रंग की रोशनी को एक पात्र में रखे तरल पदार्थ पर पड़ने दिया गया, जिससे प्रकीर्णित होकर प्रकाश सभी दिशाओं में फैल गया। इस प्रकीर्णित प्रकाश में केवल बैंगनी रंग की किरण है अथवा दूसरे रंग की भी किरण है, इसे जानने के लिए रमन ने विभिन्न रंगों की पट्टिकाओं का इस्तेमाल किया। परंतु प्रकीर्णित प्रकाश, जिसकी तीव्रता काफी कम थी, उसे रमन अपनी आँखों से देखना चाहते थे, क्योंकि उस समय वर्णक्रमदर्शी उपलब्ध नहीं था। इसके लिए उन्होंने चारों ओर से बंद एक लकड़ी का बक्सा बनवाया, जिसमें प्रकीर्णित प्रकाश को देखने के लिए एक छेद था तथा जिसके अंदर मुश्किल से एक व्यक्ति समा सकता था।

कलकत्ता में किए गए सभी प्रयोग, जिसमें अलग अलग द्रव्यों का इस्तेमाल किया गया था, इस बात का सबूत दे रहे थे कि प्रकीर्णित प्रकाश में आपतित रंग के प्रकाश के साथ अन्य रंग की किरण भी मौजूद है, यानी आवृत्ति में परिवर्तन हो रहा था। इस प्रभाव को सबसे पहले रमन के छात्र रामनाथन ने सन् 1923 में देखा था। अब सवाल यह था कि इसकी व्याख्या कैसे करें ? क्योंकि उस समय केवल रैले प्रकीर्णन के बारे में लोगों को पता था, जिसमें प्रकीर्णित होने पर प्रकाश की किरण आपतित किरण के रंग जैसा ही रहता है। अतः इसे नया प्रकीर्णन कहने से पहले यह सुनिश्चत करना आवश्यक था कि यह कोई दूसरी प्रक्रिया की वजह से तो नहीं हो रहा था। प्रतिदीप्ति (फ्लोरोसेंस) एक ऐसी प्रक्रिया है जिसमें आपतित किरण कुछ विशेष वस्तुओं द्वारा अवशोषित होकर दूसरे रंग की किरणें पैदा करती है। अतः शुरू में इसे प्रतिदीप्ति मान लिया गया। परंतु प्रतिदीप्ति के लिए द्रव्य में कुछ अन्य वस्तुओं (गंदगी) का होना आवश्यक है, जो प्रतिदीप्ति पैदा कर सके। इस संशय को दूर करने के लिए प्रयोग में जिन द्रव्यों का इस्तेमाल हो रहा था, उन्हें कई बार शुद्ध किया गया, परंतु फिर भी प्रकीर्णित प्रकाश में आपतित रंग के प्रकाश के साथ अन्य रंग की किरणों की मौजूदगी बरकरार रही। इससे इस बात की पुष्टि तो हो गई कि द्रव्य में अशुद्धि इसकी वजह नहीं थी, परंतु ऐसा क्यों हो रहा था, इसकी उचित व्याख्या कोई भी न दे सका। इसलिए इसे 'क्षीण प्रतिदीप्ति' कहा गया।

सन् 1923 से 1925 के बीच किए गए सभी प्रकीर्णन प्रयोगों में क्षीण प्रतिदीप्ति के संकेत मिलते रहे। रमन के छात्र कृष्णन ने पचास से भी अधिक द्रव्यों में इसे देखा। यद्यपि कोई भी इसे प्रतिदीप्ति प्रक्रिया मानने को तैयार नहीं था, परंतु इसके लिए कोई दूसरा नाम भी नहीं सूझ रहा था। इस तीन वर्षों के दौरान रमन इसके बारे में गहरी चिंता करते रहे। वे सोचने लगे कि कहीं इसका संबंध प्रकाश के क्वांटम सिद्धांत से तो नहीं है! कॉम्पटन के प्रयोग ने फोटॉन, यानी विद्युत्-चुंबकीय किरण के कणों

NEW THEORY OF RADIATION

PROF. RAMAN'S DISCOVERY

(ASSOCIATED PRESS OF INDIA.)

CALCUTTA, Feb. 29.

Prof. C. V. Raman, F. R. S., of the Calcutta University, has made a discovery which promises to be of fundamental significance to physics. It will be remembered that Prof. A. H. Compton of the Chicago University was recently awarded the Nobel Prize for his discovery of the remarkable transformation which X-rays undergo when they are scattered by atoms. Shortly after the publication of Prof. Compton's discovery, other experimenters sought to find out whether a similiar transformation occurs also when ordinary light is scattered by matter and reported definitely negative results. Prof. Raman with his research associates took up this question afresh, and his experiments have disclosed a new kind of radiation from atoms excited by light.

The new phenomenon exhibits features even more startling than those discovered by Prof. Compton with X-rays. The principal feature observed is that when matter is excited by light of one colour, the atoms contained in it emit light of two colours, one of which is different from the exciting colour and is lower down the spectrum. The astonishing thing is that the altered colour is [illegible] independent of the nature of the substance used. It changes however with the colour of the exciting radiation, and if the latter gives a sharp line in the spectrum, the second colour also appears as a second sharp line. There is in addition a diffuse radiation spread over a considerable range of the spectrum. He will deliver a lecture demonstrating these phenomena first at Bangalore on the 16th March.

First newspaper announcement of the Discovery of the Raman Effect made on 28th Feb. 1928

प्रकाश का नया सिद्धांत

प्रोफेसर रमन की खोज

(एसोशिएटेड प्रेस ऑफ इंडिया)

कलकत्ता, फरवरी २९। कलकत्ता विश्वविद्यालय के प्रो. सी.वी. रमन, एफ.आर.एस. ने भौतिकी में एक अत्यंत महत्त्वपूर्ण मौलिक अनुसंधान की है। याद कीजिए, हाल ही में सिकागो विश्वविद्यालय के प्रो. ए.एच. कॉम्पटन को परमाणु द्वारा प्रकीर्णित होने पर एक्स-किरणों में आए आसाधारण बदलाव की खोज करने के लिए नोबेल पुरस्कार से सम्मानित किया गया था। प्रो. कॉम्पटन की खोज के प्रकाशन के तुरंत बाद कई प्रयोगकर्ताओं ने यह जानने की कोशिश की क्या प्रकाश की किरणों में भी किसी पदार्थ से प्रकीर्णित होने पर वैसा ही परिवर्तन होता है, परंतु वे सभी स्पष्टतः नकारात्मक नतीजे पर पहुँचे। प्रो. रमन अपने शोधकर्ताओं के साथ इस विषय पर नये सिरे से कार्य शुरू किया तथा उनके प्रयोगों से स्पष्ट हो गया है कि प्रकाश द्वारा उत्तेजित होकर परमाणु एक नई किरण का उत्सर्जन करती है।

प्रो. कॉम्पटन की एक्स-किरणों से की गयी खोज की तुलना में यह नई खोज विशेष महत्त्व रखती है। इसमें प्रमुख तौर पर देखा गया है कि जब एकरंगी प्रकाश से कोई वस्तु उत्तेजित होती है, तब उसमें स्थित परमाणुओं से दो अलग रंगों के प्रकाश का उत्सर्जन होता है, जिसमें से एक रंग उत्तेजित करने वाले प्रकाश के रंग से भिन्न व वर्णक्रम के निचली ओर होता है। ताज्जुब की बात है कि बदला हुआ रंग वस्तु विशेष पर निर्भर नहीं करता। लेकिन उत्तेजित करने वाले प्रकाश के रंग के बदलाव से इसके रंग में परिवर्तन होता है तथा यदि वर्णक्रम में उत्तेजक प्रकाश की किरण एक तीक्ष रेखा जैसी दिखती है तो यह दूसरा रंग भी दूसरी तीक्ष रेखा के रूप में दिखाई देती है। इसके अलावा वर्णक्रम का काफी बड़ा क्षेत्र बिखरे हुए प्रकाश से भरा होता है। वे सबसे पहले बैंगलौर में 16 मार्च को प्रदर्शन के साथ इस प्रक्रिया पर व्याख्यान देंगे।

अखबार में छपी 28 फरवरी, 1928 में हुई 'रमन प्रभाव' के आविष्कार की सबसे पहली विज्ञप्ति।

के अस्तित्व की पुष्टि कर दी थी, जिसके लिए उन्हें सन् 1927 में नोबेल पुरस्कार मिला था। अब रमन और अधिक लगन से प्रयोगात्मक कार्य में जुट गए। वे इस बात का पता लगाना चाहते थे कि क्या यह भी कॉम्पटन जैसा ही प्रभाव है, जिसमें फोटॉन की ऊर्जा एक्स किरणों के बजाय दृश्य प्रकाश के संगत है ? अब इस बात का भी पता चल चुका था कि तरल पदार्थ से प्रकीर्णित किरणें ध्रुवित है, अत: प्रतिदीप्ति प्रक्रिया इसका कारण नहीं हो सकता क्योंकि प्रतिदीप्ति प्रक्रिया से निकलने वाली किरणें ध्रुवित नहीं होती। 28 फरवरी 1928 को रमन और कृष्णन ने एक प्रयोग किया जिसमें कई फिल्टरों की मदद से आपतित किरणों को एकवर्णी किरण जैसा बनाया गया तथा प्रकीर्णित किरणों को आँख द्वारा ठीक से देख पाने के लिए वर्णक्रमदर्शी का इस्तेमाल किया। उन्हें स्पष्ट तौर पर दो अलग वर्णक्रम (रंग) दिखाई दिया—एक तो आपतित किरणों का था (रैले प्रकीर्णन) तथा दूसरा उससे अलग रंग का, यानी आपतित किरणों की आवृत्ति से भिन्न। बस फिर क्या था, एक बड़ी खोज हो चुकी थी। रमन ने इसे परिवर्तित प्रकीर्णन कहा था, जो आगे चलकर 'रमन प्रभाव' के नाम से जाना गया।

विश्व को इस मूल शोध के बारे में जानकारी 'नेचर' पत्रिका के 31 मार्च, 1928 अंक में प्रकाशित रमन व के.एस. कृष्णन के लेख से मिला। बाद में रमन ने 'नेचर' पत्रिका के 21 अप्रैल, 1928 अंक में इस विषय पर विस्तार से लिखा। इसके अलावा रमन के कई शोधपत्र 'इंडियन जर्नल ऑफ फिजिक्स' में भी छपे, जिसका प्रकाशन रमन ने शुरू किया था। रमन में एक खासियत थी कि वे अपने शोधकार्य के प्रकाशन में बिलकुल देर नहीं करते थे।

आविष्कार के दो वर्ष बाद ही सन् 1930 में भौतिक विज्ञान का नोबेल पुरस्कार रमन को दिया गया, क्योंकि समाज के लिए 'रमन प्रभाव' की उपयोगिता प्रमाणित हो चुकी थी। इसकी पुष्टि इस बात से हो जाती है कि आविष्कार के डेढ़ वर्ष के अंदर ही अगस्त 1929 तक रमन प्रभाव से

संबंधित 150 से भी अधिक लेखों का प्रकाशन विश्व के कई प्रतिष्ठित पत्रिकाओं में हो गया था, जबकि नोबेल पुरस्कार के लिए नामांकन की आखिरी तारिख यानी 31 जनवरी, 1930 तक यह संख्या बढ़कर 225 हो चुकी थी। नोबेल पुरस्कार के इतिहास में शायद यह एक मिशाल है जब आविष्कार होने के इतने कम समय के अंदर किसी को यह पुरस्कार मिला हो। यह पुरस्कार तभी दिया जाता है जब मूल शोध का व्यावहारिक उपयोग साबित हो जाए।

'चिरसम्मत सिद्धांत' के आधार पर 'रमन प्रभाव' की व्याख्या

चिरसम्मत सिद्धांत के अनुसार प्रकाश को विद्युत्-चुंबकीय तरंग माना जाता है तथा अणुओं को छोटे-छोटे गोलक जो एक दूसरे से कमानी (स्प्रिंग) द्वारा जुड़े होते हैं। अणु की ऊर्जा सरल आवर्ती दोलक (हार्मोनिक ऑस्सीलेटर) के समानुपाती होता है। इस प्रकार जुड़े अणुओं में तनन (स्ट्रेचिंग) या बंकन (बेंडिग) होता है, जो प्रकाश की किरणों से प्रभावित होती है (अणु के द्विध्रुव-आघूर्ण यानी डाईपोल मोमेंट में परिवर्तन)। अणु अपनी प्रारंभिक अवस्था में आने के लिए किरणों का उत्सर्जन करती हैं, जिसे 'प्रकीर्णन' कहा जाता है। प्रकाश किरणों से प्रेरित होकर अणु के द्विध्रुव-आघूर्ण के दोलन में परिवर्तन होता है। यदि द्विध्रुव-आघूर्ण दोलन

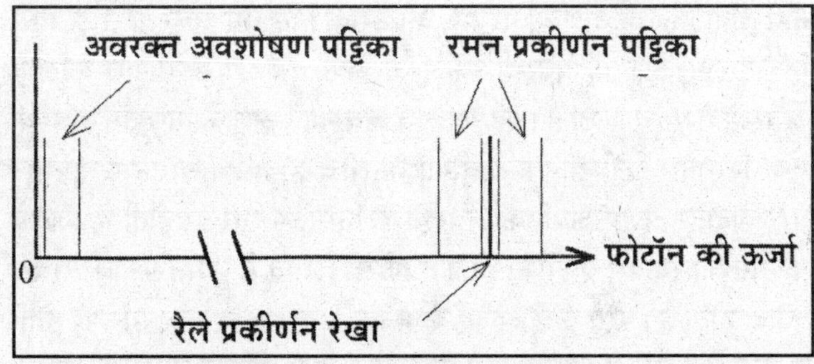

चित्र : 2.5 चिरसम्मत सिद्धांत के अनुसार अवशोषण व उत्सर्जन स्थानांतरण

की आवृत्ति अणु के कंपन आवृत्ति के बराबर होती है तो अणु उस किरण का अवशोषण करती है (अवरक्त अवशोषण)। यदि द्विध्रुव–आघूर्ण दोलन की आवृत्ति आपाती किरण की आवृत्ति के समान होती है तो उसी किरण का उत्सर्जन होता है, जिसे 'रैले प्रकीर्णन' कहते हैं। प्रकाश की किरण से अणु के द्विध्रुव–आघूर्ण में परिवर्तन ध्रुवणीयता की वजह से होता है, जो खुद आणविक कंपन से बदलता है। इस दशा में बदलाव के जोड़ व अंतर की आवृत्ति के प्रकाश का उत्सर्जन होता है। जिसे 'रमन प्रकीर्णन' कहते हैं। इनमें कम आवृत्ति की किरण को स्टोक्स प्रकीर्णन तथा अधिक आवृत्ति के किरण को 'ऐंटीस्टोक्स प्रकीर्णन' कहते हैं। चित्र 5.2 में इन स्थानांतरणों को दरशाया गया है।

'क्वांटम सिद्धांत' के आधार पर 'रमन प्रभाव' की व्याख्या

रमन प्रकीर्णन में देखा गया है कि आपाती किरण से कम आवृत्ति वाले यानी स्टोक्स प्रकीर्णन की तीव्रता अधिक आवृत्ति वाले एंटीस्टोक्स प्रकीर्णन की तीव्रता से कम होती है, जबकि चिरसम्मत सिद्धांत के अनुसार इन दोनों की तीव्रता समान होनी चाहिए। क्वांटम सिद्धांत के आधार पर इसकी व्याख्या समस्या को सुलझा देती है। इसके अनुसार अणु के कंपन की क्वांटित अवस्थाएँ होती हैं। जब आपाती फोटॉन की ऊर्जा इतनी अधिक नहीं होती कि वह अणु या परमाणु को उसके निम्नतम अवस्था से उठाकर निम्नतम इलेक्ट्रॉनिक अवस्था तक पहुँचा सके, तब अणु किसी एक कल्पित अवस्था में पहुँच जाती है। यह कल्पित अवस्थाएँ अणु के निम्नतम अवस्था तथा निम्नतम इलेक्ट्रॉनिक अवस्था के बीच होती हैं। साधारण तापमान पर ज्यादातर अणुएँ कंपनिक अवस्था के निम्नतम स्तर पर होती हैं, जिनसे फोटॉन का स्टोक्स प्रकीर्णन होता है। ऐसी स्थिति में 'रमन प्रभाव' सबसे ज्यादा होता है। परंतु कुछ अणुएँ कंपनिक अवस्था के उच्च स्तर पर होती हैं, जिनसे फोटॉन का ऐंटिस्टोक्स प्रकीर्णन होता है। फोटॉन की ऊर्जा अधिक होने पर अणु उच्च इलेक्ट्रॉनिक अवस्था में पहुँच जाता है, जिससे कुछ

पदार्थों से प्रतिदीप्ति स्पेक्ट्रम निकलता है, जो रमन स्पेक्ट्रम से काफी भिन्न होता है। आरंभ में रमन एवं उनके सहयोगियों ने खोज के दौरान नए प्रकीर्णित विकिरण को प्रतिदीप्ति ही समझा था, जिसे सुलझाने में उन्हें कई वर्ष लग गए। कुछ वस्तुओं मे अनुनादी रमन प्रकीर्णन संभव है, जिसमें अणुएँ इलेक्ट्रॉनिक अवस्था में पहुँच जाती हैं। इस प्रक्रिया का अणुप्रस्थ परिच्छेद साधारण 'रमन प्रकीर्णन' से काफी अधिक होती है।

रमन का नोबेल पुरस्कार एक वितर्क का विषय बन गया था—मुख्यतः दो कारणों की वजह से। एक तो यह कि क्या रमन ने ही सर्वप्रथम प्रकाश के प्रकीर्णन में आपाती किरण के अलावा अन्य रंग की किरणें देखी थी, और दूसरा यह पुरस्कार उन्हें अकेले क्यों मिला—अन्य सहयोगी इसके सहभागी क्यों नहीं बने। निस्संदेह रमन ही उस वर्ष नोबेल पुरस्कार पाने के योग्य थे, उनका नामांकन तो इसके एक वर्ष पहले भी हुआ था। ऐसी आलोचना से रमन बेहद दुःखी थे। उस समय प्रकाश के प्रकीर्णन पर केवल कलकत्ता में ही नहीं बल्कि कई अन्य देशों में भी शोधकार्य हो रहा था। इनमें विशेष उल्लेखनीय है सोवियत महासंघ में लेंडस्बर्ग व मैंडेलश्ताम का काम, जो क्वार्टज क्रिस्टल से प्रकाश के प्रकीर्णन पर काम कर रहे थे। लगभग रमन के आविष्कार के साथ ही इन्होंने भी प्रकीर्णित किरण में अन्य रंग के किरणों की उपस्थिति का पता लगाया था। परंतु विश्व को इस बात का पता 13 जुलाई, 1930 को चला, जब इसपर एक लेख 'नेचरवाइजेनशाफेन' पत्रिका में छपा, यानी रमन के प्रकाशन के चार महीने बाद। अतः यह जरूरी है कि शोध करने के बाद उसका प्रकाशन जल्द-से-जल्द किया जाए।

यह सच है कि रमन के कहने पर उनके छात्र के.एस. कृष्णन ने कुछ प्रयोग अवश्य किए थे, परंतु प्रयोग की परियोजना एवं प्रकाश के प्रकीर्णन की व्याख्या रमन ने ही दी थी। कृष्णन की डायरी से इस बात की पुष्टि होती है। इसके अलावा रमन के चाहते हुए भी इस पुरस्कार को

वे किसी दूसरे के साथ बाँट नहीं सकते थे, क्योंकि इसके लिए मनोनयन की जरूरत होती है, जो आविष्कारक खुद नहीं कर सकता।

कलकत्ता से प्रस्थान

जिस कलकत्ता ने रमन की प्रतिभा को पहचाना एवं उसे पनपने का मौका दिया, अब उनकी असाधारण सफलता को मानो बर्दाश्त नहीं कर पा रहा था। सफलता हमेशा ईर्ष्या को जन्म देती है एवं रमन के साथ कुछ ऐसा ही हुआ। रमन भी स्पष्टवादी व खुद्दार थे, जिससे उनके हितैशियों की संख्या में कमी आ रही थी। रमन पर यह गलत इलजाम लगाया गया कि वे केवल दक्षिण भारतीयों को प्राधन्यता देते हैं। इससे उनके अहंकार को गहरी ठेस पहुँची। यह सच है कि कुछ छात्रों को, जो सुदूर मद्रास से कलकत्ता में सिर्फ उनके साथ काम करने के उद्देश्य से आए थे, आरंभ में रमन ने उनके आवास आदि का बन्दोबस्त किया था, परंतु वे कतई बंगाली विरोधी नहीं थे। घटनाक्रम ने कुछ ऐसा मोड़ लिया कि रमन के खिलाफ साजिश करके उन्हें भारतीय विज्ञान प्रगति संस्थान के सचिव पद से हटाया गया। रमन भी ऐसी हालत में कलकत्ता छोड़ना चाहते थे। इसी दौरान भारतीय विज्ञान संस्थान, बैंगलौर के निदेशक पद के लिए योग्य व्यक्ति की तलाश हो रही थी। इसके लिए समिति लंदन से किसी को लाना चाहते थे, जैसाकि उस समय रिवाज था। जब लॉर्ड रदरफोर्ड से इस बारे में सलाह माँगी गई तो उन्होंने रमन का नाम सुझाते हुए कहा क्रि जब प्रार्थी आपके देश में मौजूद है तो बाहर क्यों ढूढ़ रहे हैं ? रमन जैसा योग्य व्यक्ति आपको नहीं मिलेगा। अत: रमन का इस पद के लिए चयन हो गया एवं उनके पास इसे स्वीकारने का प्रस्ताव भेजा गया। बैंगलौर में जाकर भौतिक विज्ञान के क्षेत्र में एक नए विभाग बनाने की रमन की माँग को भी मंजूरी मिल गई थी।

□

3

रमन प्रभाव को नोबेल पुरस्कार

रमन प्रभाव क्या है ? जब प्रकाश की किरण किसी तरल पदार्थ (या किसी भी ठोस या गैस वस्तु) पर पड़ती है तो उस पदार्थ के अणुओं द्वारा या तो उसका अवशोषण होता है अथवा प्रकीर्णन। प्रकीर्णन प्रक्रिया से किरण की आवृत्ति में बदलाव हो भी सकता है या नहीं। जब प्रकीर्णित किरण की आवृत्ति तथा आपतित किरण की आवृत्ति एकसमान रहती है, तो उसे 'रैले प्रकीर्णन' कहते हैं, जिसमें प्रकाश के रंग में कोई परिवर्तन नहीं होता। लेकिन जब प्रकीर्णित किरण की आवृत्ति में फर्क दिखाई देता है, यानी उसका रंग आपतित प्रकाश किरण के रंग से भिन्न हो जाता है, ऐसे प्रकीर्णन को 'रमन प्रकीर्णन' कहते हैं तथा इस प्रभाव को 'रमन प्रभाव' के नाम से जाना जाता है। यद्यपि सुनने में यह काफी सहज लगता है परंतु इसे पाने के लिए काफी समय लग गया। इस क्षेत्र में अनेक शोधकर्ता कई वर्षों से विभिन्न देशों में काम कर रहे थे लेकिन, सफलता रमन के हाथ लगी।

नोबेल पुरस्कार

नोबेल पुरस्कारों की घोषणा नवंबर महीने के द्वितीय या तृतीय सप्ताह में की जाती है। इसके चयन के लिए गठित नोबेल समिति की बैठक में काफी गोपनीयता बरती जाती है। घोषणा के लगभग एक

महीने बाद दिसंबर के मध्य में पुरस्कार वितरण समारोह होता है। रमन इस बात से वाकिफ थे कि घोषणा होने तक इंतजार करने से पुरस्कार लेने के लिए स्टॉकहोम जाने का टिकट मिलना मुश्किल होगा, अतः रमन ने जुलाई में ही अपने तथा अपनी पत्नी के लिए जहाज के दो टिकट खरीद लिये थे, जिससे दिसंबर के आरंभ में वे वहाँ पहुँच सकें। उनको पूरा यकीन था कि उस वर्ष का नोबेल पुरस्कार उन्हें ही मिलेगा। ऐसा था उनका अपने पर अटूट विश्वास! इससे पहले सन् 1929 में भी रमन को नोबेल पुरस्कार के लिए मनोनीत किया गया था, परंतु उस वर्ष एल.डी ब्रॉग्ली को यह पुरस्कार दिया गया था।

सन् 1930 के नोबेल पुरस्कार के लिए 21 वैज्ञानिकों को मनोनीत किया गया था, जिनमें एम. बॉर्न, ए. सोम्मरफिल्ड, ई. श्रॉडिंगर, डब्ल्यू. हाईजेऩबर्ग, एच.एफ. ऑसबर्न तथा मेघनाद साहा का नाम शामिल था। लेकिन चयन समिति ने इस पुरस्कार के लिए रमन को सबसे योग्य समझा, जिनका मनोनयन दस वैज्ञानिकों ने किया था—

ई. ब्लॉख (पेरिस)	डब्ल्यू.आर. वूड एवं सी.वी. रमन
नील्स बोह्र (कोपेनहेगन)	डब्ल्यू. आर. वूड अथवा वूड एवं रमन
ओ. चाल्सन (लेनिनग्राद)	रमन एवं लैंड्सबर्ग व मैंडेलस्टाम
जे. पेरे (पेरिस)	रमन अथवा रमन एवं डब्ल्यू. हाईजेऩबर्ग
एफ.आई. डी ब्रॉग्ली (पेरिस)	रमन
एच.एम. डी ब्रॉग्ली (पेरिस)	रमन
आर. फिर्फर (ब्रेसलाव)	रमन
जे. स्टार्क (ग्रॉसहेसहोए)	रमन
ई. रदरफोर्ड (कैंब्रिज)	रमन
सी.टी.आर. विल्सन (कैंब्रिज)	रमन

विल्सन और रदरफोर्ड ने अपने मनोनयन पत्र में लिखा था 'इसमें कोई संदेह नहीं है कि तरल एवं ठोस पदार्थों से होकर प्रकाश के गुजरने से आवृत्ति में जो परिवर्तन आता है उससे पदार्थ की प्राकृतिक आवृत्तियों

के बारे में अमूल्य जानकारी मिलती है, जो किसी और विधि से मिलना दुर्लभ है और भविष्य में इसका उपयोग हमारे ज्ञानवर्धन में काफी सहायक सिद्ध होगी। हम दोनों मानते हैं कि रमन एक असाधारण प्रतिभासंपन्न भौतिकविद् हैं, जो अपने ही देश में रहकर कठिन परिस्थितियों के बीच एक सफल शोधकेंद्र का निर्माण किया है, जहाँ उच्च कोटि के शोध हो रहे हैं। रमन एक ऐसे व्यक्ति हैं, जो सैद्धांतिक एवं प्रायोगिक दोनों ही क्षेत्रों में दक्ष हैं, जो उनके प्रकाशित शोधपत्रों में स्पष्ट झलकता है। हमारी राय में उनका कार्य नोबेल सम्मान पाने के उपयुक्त उच्चकोटि का है।

स्टार्क ने चयन समिति को लिखा था—आपकी माँग पर 1930 का भौतिकी क्षेत्र में नोबेल पुरस्कार के लिए मैं अपना प्रस्ताव भेज रहा हूँ, जो मेरी राय में कलकत्ता के प्रोफेसर सी.वी. रमन को उनके आविष्कार प्रकाश प्रकीर्णन से आवृत्ति में परिवर्तन के लिए दिया जाए, जिस प्रभाव को उनके नाम से जाना जाता है। इस खोज से भौतिकी के सिद्धांत की अस्थायित्वता का पता चला है 'जो एक वास्तविकता है।'

फिर्फर का मनोनयन इस प्रकार था—इस वर्ष के भौतिक विज्ञान में नोबेल पुरस्कार के लिए मैं कलकत्ता विश्वविद्यालय में भौतिकी के प्रोफेसर वेंकट रमन (एफ.आर.एस.) का नाम प्रस्ताव करता हूँ। पिछले कई दशकों से प्रोफेसर रमन अत्यंत महत्वपूर्ण शोध कार्यों में जुटे हैं, जिनमें से मैं केवल उनके कुछ कार्यों का उल्लेख करूँगा, जैसे भारतीय वाद्ययंत्रों के ध्वनिकी का विस्तृत अध्ययन तथा अणुओं द्वारा प्रकाश का विवर्तन। प्रकाश विवर्तन पर शोध करते हुए उन्होंने एक महान् खोज की, यानी उस प्रभाव की, जिसे उनके नाम से जाना जाता है (रमन प्रभाव)। इसके फलस्वरूप रमन उन वैज्ञानिकों की श्रेणी में अग्रणी हो गए, जो आधुनिक अणु भौतिकी समस्याओं पर शोध कर रहे हैं।

'रमन प्रभाव' से अणुओं के अभिलाक्षणिक आवृत्तियों के बारे में जानकारी मिलती है, यानी अणुओं के अनवेषण के लिए यह काफी उपयोगी है। इसकी विशेषता है कि इस विधि से वर्णक्रम के अवरक्त क्षेत्र में स्थित आवृत्तियों का मापन किया जा सकता है, जो स्पेक्ट्रमदर्शीय विधि से संभव नहीं है। अतः अवरक्त क्षेत्र में शोध तथा 'रमन प्रभाव' का आपस में गहरा संबंध है जिसकी वजह से नित्य नए प्रमाण मिल रहे हैं। संक्षेप में कहें तो यह मेरा दृढ़ विश्वास है कि रमन प्रभाव पिछले वर्षों का सबसे महत्वपूर्ण एवं उपयोगी आविष्कार है।'

नील्स बोह्र ने लिखा था—'यह घटना (रमन प्रभाव) जिसकी व्याख्या सैद्धांतिक क्वांटम विचार से काफी मिलती है, भविष्य में पदार्थों के अणुओं की अवस्थांतर के दौरान उत्सर्जित विशिष्ट वर्णक्रम के बारे में जानकारी प्राप्त करने का अत्यंत महत्त्वपूर्ण तरीका साबित होगा।'

सन् 1930 के 10 दिसंबर में स्वीडेन की राजधानी स्टॉकहोम में आयोजित एक भव्य समारोह में रमन को भौतिकी विषय में नोबेल पुरस्कार दिया गया। पुरस्कार में उन्हें एक सनद (डिप्लोमा), 23 कैरेट सोने का एक पदक (200 ग्राम वजन) तथा एक लाख तिहत्तर हजार स्वीडीश क्रोनर की धनराशि मिली थी जिसे उन्होंने अनुसंधान कार्य में लगा दिया। सन् 2001 से पुरस्कार की धनराशि बढ़ाकर एक करोड़ स्विडीश क्रोनर (लगभग दस लाख अमेरिकी डॉलर) कर दी गई है।

नोबेल पुरस्कार से सम्मानित होते समय रमन के कार्य का उल्लेख

आदरणीय महामहिम नरेश, शाही परिवार के सदस्यगण, देवियो और सज्जनो,

विज्ञान अकादमी का यह निर्णय है कि सन् 1930 का नोबेल पुरस्कार विज्ञान के क्षेत्र में सर वेंकट रमन को प्रकाश के प्रकीर्णन पर

सी.वी. रमन

किए उनके कार्य तथा उनके नाम से प्रचलित प्रभाव के लिए दिया जाए।

प्रकाश का विसरण एक प्रकाशीय घटना है, जिसके बारे में लोग वर्षों से जानते हैं। रोशनी की एक किरण का बोध तब तक नहीं होता, जब तक कि वह आँख से नहीं टकराती। परंतु जब प्रकाश का एक पुंज किसी माध्यम से होकर गुजरता है, जिसमें धूल के कुछ महीन कण भी होते हैं, तब किरणें कणों से प्रकीर्णित होकर दूसरी दिशाओं की ओर जाती हैं एवं प्रकाश का पथ अन्य दिशाओं से भी देखा जा सकता है। इसकी व्याख्या इस प्रकार दी जा सकती है—प्रकाश की किरण के वैद्युतिक क्षेत्र से धूल के कण डोलने लगते हैं, जिससे टकराकर प्रकाश सभी दिशाओं में बिखरने लगता है। इस बिखरे प्रकाश का तरंगदैर्ध्य या दोलन संख्या प्रति सेकेंड वही होती है, जो टकराने वाले प्रकाश का होता है। परंतु इस प्रभाव की मात्रा प्रकाश के तरंगदैर्ध्य के मान पर निर्भर करता है। कम तरंगदैर्ध्य वाले प्रकाश पर यह प्रभाव ज्यादा होता है, जबकि अधिक तरंगदैर्ध्य वाले प्रकाश पर कम। यही कारण है कि वर्णक्रम के नीले रंग पर यह प्रभाव लाल रंग की तुलना में ज्यादा होता है। अतः जब प्रकाश पुंज, जिसमें सभी तरंगदैर्ध्य की किरणें उपस्थित होती हैं, किसी माध्यम से होकर गुजरती है, तब पीले एवं लाल रंग की किरणें कम प्रकीर्णित होकर माध्यम के दूसरी ओर

से निकल जाती है जबकि नीले रंग की किरण ज्यादा प्रकीर्णित होकर आस–पास बिखर जाती हैं, इस प्रभाव को 'टींडल प्रभाव' के नाम से जाना जाता है।

लार्ड रैले ने 'टींडल प्रभाव' पर शोध किए थे एवं उन्होंने आसमान के नीले रंग व सूर्योदय एवं सूर्यास्त के समय रक्ताभ रंग दिखने के कारण की व्याख्या दी थी। सूर्य की किरण वायुमंडल में विद्यमान धूल की कणों या जल कणों द्वारा विसरित होने के कारण आसमान का रंग ऐसा दिखता है। बाद में सन् 1899 में रैले ने अपने वक्तव्य में सुधार करके बताया कि वायु के अणुओं से ही प्रकाश का प्रकीर्णन होता है, जिससे आसमान का रंग नीला / रक्ताभ दिखता है।

सन् 1914 में कवांस ऐसे प्रयोग करने में सफल हुए, जिससे सिद्ध हो गया कि शुद्ध तथा धूल रहित गैस से भी प्रकाश का प्रकीर्णन होता है।

विभिन्न पदार्थों जैसे ठोस, द्रव्य तथा गैसों में प्रकाश के प्रकीर्णन की प्रक्रिया पर विस्तार से अध्ययन करने पर पाया गया कि प्रकीर्णित प्रकाश पूरी तरह से 'टींडल प्रभाव' के सिद्धांत के अनुरूप नहीं है। 'टींडल प्रभाव' के सिद्धांत के अनुसार प्रकीर्णन से बगल में फैला प्रकाश ध्रुवित होना चाहिए, जबकि ऐसा नहीं पाया गया। इस विचलन ने वैज्ञानिकों का ध्यान आकर्षित किया तथा वे प्रकीर्णित प्रकाश के बारे में और अधिक जानकारी पाने के लिए शोध कार्य में जुट गए, जिसमें रमन ने सक्रिय भूमिका निभाई। वे अणुओं में पाए जानेवाले असम्मति के कारण का पता लगाने में जुट गए। प्रकाश प्रकीर्णन पर कार्य करते हुए सन् 1928 में रमन ने अप्रत्याशित एवं अत्यंत आश्चर्यजनक आविष्कार किया। उन्होंने पाया कि प्रकीर्णित प्रकाश में आरंभिक किरणों के अलावा कुछ अन्य तरंगदैर्ध्य वाले किरणें भी शामिल हैं, जो आरंभिक किरणों में नहीं थी।

इस नई किरण के बारे में स्तार से जानने के लिए आरंभिक

प्रकाश, जो शक्तिशाली पारद लैंप से उत्पन्न की जा रही थी, उसे फिल्टर करके एकक तरंगदैर्ध्य वाले किरण में परिवर्तित किया गया। इस प्रकाश को एक माध्यम से गुजारा गया तथा प्रकीर्णित प्रकाश को एक स्पेक्ट्रमलेखी द्वारा परखा गया, जिसमें हरेक तरंगदैर्ध्य या आवृत्ति की किरण अपनी एक रेखा बनाती है। रमन ने देखा कि स्पेक्ट्रम चित्र में फिल्टर किए गए आरंभिक पारद किरण रेखा के अलावा उसके दोनों ओर नई आवृत्ति की तेज रेखाएँ नजर आ रही थीं। पारद लैंप से फिल्टर करके दूसरी आवृत्ति की किरणों से भी ऐसा ही नतीजा निकला। इस प्रकार आरंभिक प्रकाश की आवृत्ति को बदलने से अलग अलग प्रकीर्णित प्रकाश नजर आए जिनमें आरंभिक आवृत्ति व नई आवृत्ति रेखाओं के बीच की दूरी हमेशा समान पाया गया।

रमन ने विभिन्न प्रकार के अनेक पदार्थों में प्रकीर्णन प्रयोग किए तथा हरेक में समान प्रभाव पाया, जिससे इसके सर्वव्यापी होने का प्रमाण मिला।

प्रकीर्णन की इस परिघटना के आविष्कारक के नाम से प्रचलित 'रमन प्रभाव' की व्याख्या उन्होंने स्वयं दी है, जो प्रकाश की आधुनिक संकल्पना पर आधारित है। इस परिकल्पना के अनुसार पदार्थ से प्रकाश का उत्सर्जन या अवशोषण किसी भी ऊर्जा की मात्रा में नहीं हो सकता, बल्कि एक विशिष्ट मान की ऊर्जा में ही होता है, जिसे 'प्रकाश क्वांटा' कहते हैं। अतः प्रकाश की ऊर्जा एक प्रकार से अणुओं जैसा व्यवहार करता है। प्रकाश क्वांटा का परिमाण किरण की आवृत्ति के अनुपाती होता है, अतः आवृत्ति के दूगने होने पर प्रकाश क्वांटा का मान भी दोगुणा हो जाएगा।

किन परिस्थितियों में एक परमाणु ऊर्जा का उत्सर्जन करता है या अवशोषण, इसे समझने के लिए बोह्र परमाणु की संरचना पर गौर करेंगे, जिसमें एक धनावेशित नाभिक के चारों ओर कई गणावेशित इलेक्ट्रॉन विभिन्न दूरियों पर गोलाकार पथ में चक्कर लगाते हैं। प्रत्येक

इलेक्ट्रॉन पथ की एक निर्दिष्ट ऊर्जा होती है, जिसका मान केंद्र में स्थित नाभिक से इस पथ की दूरी के अनुसार भिन्न होता है। केवल कुछ ही पथ स्थायी होते हैं जिनपर इलेक्ट्रॉन के घूमने से ऊर्जा का उत्सर्जन नहीं होता। परंतु जब इलेक्ट्रॉन अधिक ऊर्जा वाले कक्ष से कम ऊर्जा वाले कक्ष में आता है, यानी बाहरी कक्ष से भीतरी कक्ष में गिरता है तब प्रकाश पैदा होता है, जिसकी आवृति इन दोनों पथों की विशेषताओं पर निर्भर करता है तथा जिसकी ऊर्जा एक 'प्रकाश क्वांटा' के बराबर होता है। अतः परमाणु से उतने आवृत्तियों के प्रकाश उत्पन्न हो सकते हैं, जितने कि स्थायी कक्षों के बीच संभव है। इस प्रकार वर्णक्रम में हर आवृत्ति की अपनी विशिष्ट रेखा दिखाई देती है।

प्रकाश की किरण के किसी परमाणु से टकराने पर उसका अवशोषण संभव नहीं है, यदि उसके क्वांटा का मान उस परमाणु से निकलने वाले किसी भी संभावित प्रकाश क्वांटा के बराबर न हो। लेकिन 'रमन प्रभाव' इस नियम का उलंघन करती है। वर्णक्रम में दिखने वाली रमन रेखाएँ उस परमाणु के आवृत्तियों से मेल नहीं खातीं बल्कि वे आरंभिक प्रकाश किरण की आवृत्ति के अनुरूप बदलती है। रमन ने इस प्रभेद की व्याख्या दी है, जिसके अनुसार आरंभिक प्रकाश एवं परमाणु से निकलने वाले संभावित प्रकाश के आपसी मेल से नई 'रमन रेखाएँ' पैदा होती है। जब एक परमाणु से किसी भी परिमाण की ऊर्जा वाले प्रकाश किरण के टकराने से एक भिन्न प्रकाश क्वांटा वाले किरण का उत्सर्जन होता है, जिसमें इन दोनों क्वांटाओं का अंतर परमाणु के किसी भी आवृत्ति के बराबर होता है तो ऐसी परिस्थिति में आरंभिक प्रकाश का अवशोषण होता है। इस अवशोषण से परमाणु एक अतिरिक्त प्रकाश का उत्सर्जन करता है, जिसका मान आरंभिक आवृत्ति व परमाणु के आवृत्ति के जोड़ अथवा अंतर के बराबर होता है। यह नई आवृत्ति की किरणें आरंभिक आवृत्ति किरण के दोनों ओर फैले नजर आते हैं। आरंभिक आवृत्ति तथा उसके सबसे करीब बनी

'रमन रेखा' के बीच की दूरी परमाणु की न्यूनतम आवृत्ति यानी अवरक्त वर्णक्रम होता है। यह सारी चीजें जो परमाणु में घटती हैं, अणुओं मे भी दिखाई देती हैं।

इस प्रकार विस्थापित अवरक्त वर्णक्रम आरंभिक प्रकाश की आवृत्ति के नजदीक देखी जा सकती है। अणुओं की संरचना जानने के लिए 'रमन रेखाओं' का आविष्कार हमारे लिए अत्यंत ही उपयोगी सिद्ध हुआ है।

अब तक अवरक्त वर्णक्रम अवृत्ति के प्रकाश का अध्ययन करना दुर्गम्य था क्योंकि इसकी स्थिति फोटोग्राफी प्लेट के संवेदनशील हिस्से से काफी दूर पर होती है। अब रमन के आविष्कार से यह सब कठिनाईयाँ दूर हो गई है तथा अणुओं के नाभिक दोलन की तहकीकात करने के नए द्वार खुल गए हैं। इसके लिए आरंभिक किरण की आवृत्ति इस प्रकार चुनी जाती है, जो फोटोग्राफी प्लेट के संवेदनशील क्षेत्र में पड़ती हो। इससे 'रमन रेखा' के रूप में अवरक्त वर्णक्रम का स्थानांतरण उस जगह हो जाता है, जहाँ आसानी से यथार्थपूर्वक इनका मापन किया जा सकता है।

इसी विधि से वर्णक्रम की दूसरी छोर पर स्थित पराबैंगनी वर्णक्रम का अध्ययन भी 'रमन प्रभाव' की सहायता से की जा सकती है। अतः अणुओं के दोलन की पूरी जानकारी सही एवं सरल तरीके से प्राप्त करने का उपाय हमें मिल गया है।

स्वयं रमन एवं उनके सहयोगियों ने इस आविष्कार के बाद से अब तक गुजरे समय के दौरान अनेक पदार्थों के ठोस, द्रव्य एवं गैस अवस्थाओं से उत्सर्जित आवृत्तियों का अध्ययन किया है। इसके अलावा कई और विषयों पर अध्ययन किया गया है, जैसे भिन्न परिस्थिति में परमाणु एवं अणुओं से उत्सर्जित आवृत्ति में कोई परिवर्तन होता है या नहीं, विद्युत्-अपघटनी वियोजन में आणविक अवस्था तथा क्रिस्टलों का अवरक्त अवशोषण वर्णक्रम।

'रमन प्रभाव' से पदार्थों की रसायनिक संरचना के बारे में काफी महत्त्वपूर्ण नतीजें मिल रहे हैं तथा निकट भविष्य में पदार्थों की संरचना पर गहन अध्ययन करने के लिए एक अत्यंत ही मूल्यवान साधन 'रमन प्रभाव' हमारे हाथ लगा है।

सर वेंकट रमन जी, राजकीय विज्ञान अकादमी ने आपको, गैस के विसरण पर की गई उत्कृष्ट शोध तथा उस प्रभाव के आविष्कार के लिए, जो आपके नाम से जाना जाता है, विज्ञान में नोबेल पुरस्कार देकर सम्मानित किया है। पदार्थों की संरचना के बारे में जानने के लिए 'रमन प्रभाव' एक नई राह है तथा इसके इस्तेमाल से कई महत्त्वपूर्ण नतीजे भी मिल चुके हैं।

अब मैं आपको महामहिम नरेश के कर कमलों से यह पुरस्कार लेने के लिए आमंत्रित करता हूँ।

रमन ने तालिओं की गरगराहट के बीच राजा गुस्टाफ के हाथों पुरस्कार ग्रहण किया। उन्होंने उपस्थित लोगों के सामने अलकोहल से प्रकाश का प्रकीर्णन करके 'रमन प्रभाव' का प्रदर्शन किया। अलकोहल पर 'रमन प्रभाव' देखकर अब लोग रमन पर अलकोहल का प्रभाव देखने के लिए उत्सुक थे, परंतु उन्हें निराश होना पड़ा, क्योंकि रमन शराब नहीं पीते थे। नोबेल पुरस्कार विश्व का सर्वश्रेष्ठ पुरस्कार है तथा रमन भारत के पहले वैज्ञानिक बने, जिन्हें इस पुरस्कार से सम्मानित किया गया।

रमन का नोबेल पुरस्कार व्याख्यान

नोबेल पुरस्कार प्राप्त करने के अगले दिन यानी 11 दिसंबर, 1930 को रमन ने अपने अनुसंधान पर व्याख्यान दिया। जिसका शीर्षक था—'प्रकाश का आणविक प्रकीर्णन।' अपनी वार्ता में उन्होंने इस बात का जिक्र किया कि समुद्र के जल की नीलिमा देखकर उनके मन में जिज्ञासा जागी, जो उनके शोध की प्रेरणा बनी। इस रहस्य की खोज

के लिए उन्होंने प्रकाश के प्रकीर्णन पर विस्तारित अध्ययन किया जिससे 'रमन प्रभाव' का आविष्कार हुआ। अपनी वार्त्ता में उन्होंने अपने सहकर्मियों के योगदान का भी उल्लेख किया। उनके व्याख्यान का विवरण नीचे दिया गया है।

समुद्र के जल का रंग

विज्ञान प्रगति के इतिहास में ऐसा अकसर देखा गया है कि हमारे आस-पास की प्राकृतिक घटनाओं के अध्ययन से प्रेरित होकर ज्ञान के नए क्षेत्रों के विकास की शुरुआत हुई है। उदाहरण के तौर पर आसमान के रंग को देखकर उत्पन्न जिज्ञासा प्रकाशिकी क्षेत्र में अनेकों अनवेषण का कारण बनी है। हमारे इस वार्त्ता के विषय पर शोध आसमान के नीले रंग की व्याख्या के बाद शुरू हुई, जिसे स्वर्गीय लॉर्ड रैले ने दी थी एवं जिसकी प्रामाणिक पुष्टि बाद में हुई। समुद्र के जल के नीले रंग का रहस्य जानने की उत्सुकता भी इस क्षेत्र में शोध करने का कारण है। सन् 1921 में गरमी के मौसम में समुद्री यात्रा से यूरोप जाते समय मैंने पहली बार भूमध्यसागर के जल में अद्भुत नीलापन देखा। जल के नीला दिखने का कारण जल के अणुओं द्वारा सूर्य के प्रकाश का प्रकीर्णन हो सकता है। परंतु इस बात की पुष्टि करने के लिए यह जरूरी था कि तरल पदार्थ में प्रकाश के विसरण के नियमों को सुनिश्चित किया जाए। अतः कलकत्ता लौटते ही सितंबर 1921 में मैंने इस बारे में प्रयोग शुरू कर दिया। जल्द ही यह स्पष्ट हो गया कि इस विषय का महत्व केवल समुद्री जल के नीलेपन की व्याख्या से संबंधित नहीं है, बल्कि इस क्षेत्र में व्यापक अनुसंधान हो सकता है। ऐसा लगा कि प्रकाश प्रकीर्णन के अध्ययन से भौतिकी एवं रासायनिकी क्षेत्र में गहन समस्याओं का समाधान मिल सकेगा। इसी विश्वास के साथ हमने कलकत्ता में प्रकाश का अणुओं द्वारा प्रकीर्णन पर शोध प्रमुख कार्यक्रम बनाया।

अस्थिरता सिद्धांत

काम शुरू होने के कुछ ही महीने में यह स्पष्ट हो गया था कि प्रकाश का अणुओं द्वारा प्रकीर्णन एक सामान्य प्रक्रिया है, जो न केवल गैस एवं वाष्प कणों के माध्यम में होता है बल्कि द्रव्यों तथा क्रिस्टलीय व अक्रिस्टलीय ठोस पदार्थों में भी होता है। यह प्रक्रिया मूलत: माध्यम में व्याप्त आणविक क्रमभंग की वजह से होता है, जो प्रकाशिकी घनत्व में स्थानीय परिवर्तन पैदा करता है। अक्रिस्टलीय ठोस पदार्थों को छोड़कर ऐसे आणविक क्रमभंग का कारण तापीय उत्तेजना है, जिसके प्रायोगिक प्रमाण मिले हैं। द्रव्यों में स्थित अणु प्रकाश के लिए असमानुवर्ती होते हैं तथा उनमें दिशा परिवर्तन करने की क्षमता होती है, जिसकी वजह से इनमें एक अतिरिक्त व भिन्न प्रकीर्णन होता है। यह प्रकीर्णन ध्रुवीत नहीं होता, जबकि घनत्व में स्थानीय परिवर्तन की वजह से उत्पन्न प्रकीर्णन अनुप्रस्थ दिशा में संपूर्ण ध्रुवीत होता है। इस विषय में एक विस्तृत लेख कलकत्ता विश्वविद्यालय मुद्रणालय से फरवरी 1922 में प्रकाशित हुई थी, जिसमें उस समय तक प्राप्त सभी नतीजों का समावेश था।

इस लेख में जिक्र किए गए अनेक समस्याओं की छानबीन हमारे कई योग्य सहयोगियों के साथ मिलकर किया गया था। यहाँ सिर्फ कुछ ही अन्वेषणों के बारे में बताना संभव है, जिन्हें कलकत्ता में छह वर्षों के दौरान यानी सन् 1922 से 1927 के बीच किया गया। रामनाथन ने द्रव्यों में प्रकाश के आणविक प्रकीर्णन का अध्ययन दाब एवं ताप में विस्तृत परिवर्तन करके किया, जिससे अस्थिरता सिद्धांत को कुछ हद तक समर्थन मिला। उनके शोध से यह भी पता चला कि तापमान के परिवर्तन से द्रव्य एवं वाष्प द्वारा प्रकीर्णित किरणों में ध्रुवीत किरणों की तीव्रता की मात्रा में परिवर्तन होता है। कमलेश्वर राव ने द्रव्यों के मिश्रण पर शोध किया, जिससे इस बात का पता चला कि ऐसे भी

मिश्रण होते हैं जिनमें एक साथ घनत्व, संयोजन तथा आणविक दिक् विन्यास में अस्थिरता पाया जाता है। श्रीवास्तव ने स्फटिक (क्रिस्टलीय) पदार्थों पर काम किया तथा घनत्व में अस्थिरता व तापमान में वृद्धि होने से प्रकाश प्रकीर्णन पर पड़ने वाले प्रभाव का अध्ययन किया। तरल पदार्थों की सतह से प्रकाश प्रकीर्णन एवं तापमान की वजह से इसपर पड़ने वाले प्रभाव का अध्ययन रामदास ने किया, जिन्होंने तल तनाव व लचीलेपन के आपसी संबंध के बारे में जानकारी हासिल की। उन्होंने यह भी पता किया कि एक क्रांतिक तापमान पर तल लचीलेपन का परिवर्तन आयतनिक लचीलेपन में हो जाता है। सोगानी ने एक्स किरणों का द्रव्यों से प्रकीर्णन पर काम किया, जिससे इसके और प्रकाशिकी प्रकीर्णन के बीच समानताओं को समझा जा सके तथा एक्स किरणों के लिए अस्थिरता सिद्धांत के उपयोग की पुष्टि की जा सके।

अणुओं की विषम दैशिकता

जैसा कि पहले बताया गया है, द्रव्यों से प्रकीर्णित प्रकाश में ध्रुवीत प्रकाश की मात्रा अणुओं की विषमदैशिकता पर निर्भर करता है। कलकत्ता में सन् 1922 से 1927 के बीच किए गए प्रयोगों का उद्देश्य इसी गुणवत्ता से संबंधित आँकड़े इकट्ठे करने का था, जिससे विभिन्न प्रकाशिकी घटनाओं और प्रकीर्णन के बीच के संबंध को समझा जा सके। कृष्णन ने अनेक द्रव्यों की जाँच करने के बाद यह स्पष्ट कर दिया कि अणुओं की प्रकाशिकी विषम दैशिकता उसके रासायनिक संगठन पर निर्भर करता है। रामकृष्ण राव ने अनेक प्रकार के गैस एवं वाष्पों से प्रकीर्णित प्रकाश के अध्रुवीकरण का अध्ययन किया, जिसके नतीजे इस विषय के विकास के लिए काफी महत्त्वपूर्ण साबित हुए। वेंकटेश्वरन ने जलीय विलयनों के विद्युत् अपघटन से वियोजन पर प्रकाश के प्रकीर्णन प्रभाव का पता लगाया। रामचंद्र राव ने विभिन्न तापमानों पर कुछ अति दीर्घित अणुओं वाले द्रव्य तथा अति

ध्रुवीत पदार्थों से होने वाले प्रकाश प्रकीर्णन पर शोध किया तथा अणुओं के आकार व अणु संगुणन का प्रकीर्णित प्रकाश में अध्रुवीकरण की जाँच की।

तरल पदार्थों पर किए गए प्रयोगों के नतीजों की व्याख्या करने के लिए जरूरी सघन द्रव्य माध्यम में प्रकाश प्रकीर्णन के आणविक सिद्धांत के विकास करने का कार्य मैंने रामनाथन तथा कृष्णन के साथ की थी। हमने घनत्व में स्थानीय विचलन पर एक संशोधित सूत्र का अवकलन किया, जो आइन्साइन के सूत्र से भिन्न था परंतु जिसके नतीजे प्रायोगिक नतीजों के काफी करीब था। कृष्णन और मैंने शृंखलाबद्ध ढंग से इन खोजों पर कई लेख भी प्रकाशित किए, जिसमें यह दिखाया गया था कि प्रकाश प्रकीर्णन से अनुमानित अणुओं की प्रकाशिकी विषम दैशिकता का उपयोग द्रव्य के प्रकाशीय व परावैद्युतिक गुणों की जानकारी प्राप्त करने में की जा सकती है। इन अध्ययनों से यह निष्कर्ष निकला कि द्रव्यों में अवलोकित आणविक विषम दैशिकता तथा क्रिस्टलीय पदार्थों के प्रकाशिकी, वैद्युतिकी व चुंबकीय विषम दैशिकता के बीच आपसी संबंध हो सकता है।

एक नई घटना

अब तक उल्लिखित अन्वेषण मुख्य तौर पर प्रकाश के चिरसम्मत विद्युत-चुंबकीय सिद्धांत पर आधारित था, प्रकाश प्रकीर्णन को समझने के लिए जिसका उपयोग करने में प्रधानतया रैले एवं आइंस्टाइन का नाम लिया जाता है। हालाँकि प्रकीर्णन प्रक्रिया में 'कणिका सिद्धांत' के सबूत मिलने की संभावना को अनदेखा नहीं किया गया था, बल्कि इस बारे में विस्तृत चर्चा फरवरी 1922 के मेरे लेख में की गई थी, जिसका प्रकाशन कॉम्पटन के सुप्रसिद्ध एक्स किरण प्रकीर्णन खोज के कम-से-कम एक वर्ष पूर्व हुई थी। यद्यपि हमारे प्रयोगात्मक अध्ययन विशेषकर प्रकाश के विद्युत-चुंबकीय सिद्धांत का प्रतिपादन कर रहे थे,

परंतु शोध के प्रारंभिक चरण में ही ऐसी प्रक्रिया की उपस्थिति के संकेत मिलने लगे थे, जो चिरसम्मत विचार के परे था। पारदर्शी द्रव्य से प्रकाश का प्रकीर्णन काफी क्षीण होता है, दरअसल इसकी तीव्रता गंदे माध्यम से होने वाले प्रकीर्णन, जिसे 'टींडल प्रभाव' कहते हैं, से भी कम होता है। प्रयोगात्मक अध्ययन से यह पता चला था कि रैले-आइन्स्टाइन आणविक प्रकीर्णन में एक और क्षीणतम किरण भी मौजूद है, जिसकी तीव्रता चिरसम्मत प्रकीर्णित किरण की तुलना में सैंकड़ों गुणा कम है तथा जिसका तरंग-दैर्ध्य आपतित किरण के समान नहीं है। सबसे पहले रामनाथन ने अप्रैल 1923 में कलकत्ता में इस तथ्य का पता लगाया, जो इस बात की व्याख्या करने की कोशिश कर रहे थे कि क्यों कुछ तरल पदार्थों (जैसे पानी, ईथर, मीथाईल व इथाईल अलकोहल) से प्रकीर्णित हुए किरणों में अध्रुवीत किरण की मात्रा आपतित किरण के तरंग-दैर्ध्य पर निर्भर करती है। रामनाथन ने पाया कि द्रव्य के व्यापक रासायनिक शुद्धिकरण व बार-बार निर्वात में धीमे आसवन करने के बाद भी प्रकीर्णित किरण में इस नई किरण की तीव्रता पहले जैसी बरकरार रही, जो यह दरशाती है कि यहे प्रक्रिया द्रव्य विशेष की अपनी पहचान है, न कि प्रतिदीप्त अशुद्धता के कारण। सन् 1924 में कृष्णन ने यही प्रक्रिया कई और द्रव्यों में देखी। मैंने यह प्रक्रिया बर्फ तथा प्रकाशीय काँच मे स्पष्ट देखा था।

कॉम्पटन प्रभाव का प्रकाशीय अनुरूप

इस पेचींदा प्रक्रिया का मूल कारण स्वाभवतः हमारे अंदर दिलचस्पी पैदा किया तथा सन् 1925 में ग्रीष्मकाल के दौरान वेंकटेश्वरन ने सूर्य के प्रकाश को रंगीन पर्दों से गुजारकर द्रव्यों से टकराने के बाद प्रकीर्णित हुए वर्णक्रम का चित्र लेकर इस पर कार्य किया; परंतु इससे कोई निर्णायक नतीजा नहीं निकला। रामकृष्ण राव ने ऐसी ही प्रक्रिया को देखने के लिए गैस व वाष्प में अध्रुवीत प्रकीर्णित किरणों की जाँच-

पड़ताल 1926–1927 के दौरान किया, परंतु उन्हें भी सफलता नही मिली। सन् 1927 के आखिर में कृष्णन ने इस समस्या पर अध्ययन शुरू किया। उनका काम जारी ही था कि अन्य एक प्रयोग में इसी तरह के प्रभाव पहली बार दिखे। उस दौरान हम काँचीय द्रव्य सदृश्य अति गाढ़े कार्बनिक द्रव्य से प्रकाश के प्रकीर्णन पर शोध कर रहे थे जिसपर काम करने की जिम्मेदारी वेंकटेश्वरन की थी। वे इस दिलचस्प नतीजे पर पहुँचे कि अति शुद्ध ग्लिसरीन से सूर्य का प्रकाश प्रकीर्णित होकर चमकीले हरे रंग का दिखता है, न कि सामान्य नीले रंग का। इस खोज में एवं रामनाथन द्वारा पानी व अलकोहल से प्राप्त नई किरण की खोज में काफी समानता थी, परंतु यह प्रकाश अत्यंत तीव्र था, जिसका अध्ययन करना काफी आसान था। हमने बिलकुल समय बर्बाद न करके इस विषय में परीक्षण जारी रखा। सूर्य की किरण के मार्ग में विभिन्न फिल्टरों को रखकर अलग अलग आपतीत संकीर्ण वर्णक्रम प्राप्त करके द्रव्य से प्रकीर्णित हुए किरण को देखने पर पता चला कि उसका रंग आपतीत किरण के रंग से भिन्न था तथा वर्णक्रम के लाल रंग की तरफ विस्थापित था। यह प्रकीर्णित किरणें अति ध्रुवीत भी था। इससे स्पष्ट संकेत मिल रहे थे कि यह प्रक्रिया 'कॉम्पटन प्रभाव' के सदृश्य है। कॉम्पटन के काम से यह तो ज्ञात हो चुका था कि प्रकीर्णन प्रक्रिया में किरण का तरंग दैर्ध्य कम हो सकता है तथा ग्लिसरीन से प्राप्त नतीजे को देखकर लगा कि जो बात हमें सन् 1923 से हैरान कर रहा था, वह वास्तव में 'कॉम्पटन प्रभाव' का ही प्रकाशीय अनुरूप है। इस विचार ने हमें दूसरे पदार्थों पर शोध करने के लिए प्रेरित किया।

इस नई खोज के गहन अध्ययन करने में जो मुख्य अड़चन आड़े आ रहा था, वह था प्रकीर्णित किरण में इसकी अत्यंत मंद तीव्रता। इस समस्या का समाधान करने के लिए एक 7 इंच अपवर्तक दूरबीन व कम केंद्रबिंदु वाले लैंस का एक साथ उपयोग करके सूर्य के किरण

को काफी संकरा बनाया गया, जिससे इसकी तीव्रता में अत्यधिक बढ़ोतरी हुई। इसके अतिरिक्त आपतीत व प्रकीर्णित किरणों के मार्ग में फिल्टरों को रखा गया, जैसाकि रामनाथन ने सन् 1923 में किया था, जिससे रूपांतरित किरण को दूसरे किरणों से पृथक् किया जा सके। उपकरणों की इस व्यवस्था से अनेकों द्रव्य में रूपांतरित किरण स्पष्ट तौर पर देखा गया तथा कुछ स्थितियों में वे ध्रुवीत थे। कृष्णन, जो उन दिनों इन खोजों में मेरी सहायता कर रहे थे, कई कार्बनिक पदार्थ के वाष्पों में भी इस प्रभाव को देखा तथा उनके रूपांतरित किरण में ध्रुवीकरण अवस्था का निर्धारण किया। संपीडित गैस जैसे कार्बन मोनोऑक्साईड व नाइट्रस ऑक्साईड तथा क्रिस्टलीय बर्फ एवं प्रकाशीय काँचों से भी प्रकीर्णित हुए किरण में रूपांतरित किरण दिखाई दिए। इन सब निरीक्षणों को देखकर निस्संदेह कहा जा सकता था कि यह प्रकाशीय प्रकीर्णन कॉम्पटन प्रभाव के समरूप है।

इस नए प्रभाव की वर्णक्रमीय विशेषताएँ

सन् 1925 में इस नए प्रभाव के वर्णक्रमीय जाँच करते समय कोई सुनिश्चित परिणाम न मिलने के कारण इस विषय पर शोध करना बंद कर दिया गया था जो अब 7 इंच अपवर्तक दूरबीन के इस्तेमाल से प्राप्त शक्तिशाली चमकीला आपाती किरण की वजह से करना संभव लग रहा था। मुझे आपतीत किरणों और कार्बनिक द्रव्यों के बीच जाईश कोबाल्ट-ग्लास का फिल्टर रखने पर प्रकीर्णित किरणों के वर्णक्रम में नीले-पीले रंग के क्षेत्र में एक पट्टा (बैंड) दिखाई दिया, जो फिल्टर से पारगत हुए आपाती जामुनी-बैंगनी रंग से अलग था तथा इन दोनों रंगों के बीच इन्हें अलग करता हुआ एक काला क्षेत्र था। वर्णक्रम के इन दोनों रंगों के क्षेत्र काफी तीक्ष्ण नजर आए, जब पारगत किरण को और भी संकुचित करने के लिए आपतीत किरण के पथ पर एक अतिरिक्त फिल्टर लगाया गया। इस निरीक्षण से यह स्पष्ट था कि सूर्य

की किरणों के वजाए मर्करी आर्क लैंप के साथ एक चौड़े द्वारक (ऐपर्चर) वाला संग्राही लैंस व कोबाल्ट-ग्लास फिल्टर का इस्तेमाल करना अधिक उपयुक्त होगा, जो एकवर्णी प्रकाश देता है। इन उपकरणों की सहायता से विभिन्न द्रव्यों तथा ठोस पदार्थों से प्रकीर्णित हुए किरणों का वर्णक्रम आँखों से देखा गया तथा एक आश्चर्यजनक तथ्य का पता चला कि इस वर्णक्रम में विसरित पृष्ठभूमि के साथ कई रेखाएँ या पट्टा मौजूद थे जोकि मर्करी आर्क लैंप के प्रकाश में नहीं थे।

क्वार्टज मर्करी लैंप इतना शक्तिशाली एवं सुविधा जनक एकवर्णी तीव्र प्रकाश स्त्रोत था कि तरल व ठोस पदार्थों के लिए प्रकीर्णित किरणों के वर्णक्रम का चित्रण करने में कोई विशेष कठिनाई नहीं हुई। आरंभ में वर्णक्रम का चित्र लेने के लिए एक बहुत ही छोटा क्वार्टज स्पेक्ट्रोग्राम का इस्तेमाल किया गया था, जिसे हिल्जऱ कंपनी ने बनाया था। इसी प्रकार का एक बड़े आकार के स्पेक्ट्रोग्राम से कृष्णन ने द्रव्य व क्रिस्टलीय पदार्थों के प्रकीर्णित वर्णक्रम का चित्र लिया, जो काफी संतोषजनक था तथा जिससे पहली बार बैंगनी रंग की ओर विस्थापित हुए वर्णक्रमी रेखाओं की उपस्थिति का पता चला। स्पष्टतः गैस व वाष्पों के अध्ययन के लिए काफी प्रयोगात्मक कठिनाइयाँ आड़े आ रही थीं, जो उच्च्व दाब पर प्रयोग करने से कुछ हद तक कम होती थी। एक उन्नत चौड़े द्वारक (*/1.8), वाले उपकरण के उपयोग से रामदास ने पहली बार वायुमंडलीय दाब पर गैसीय पदार्थ (ईथर वाष्प) के वर्णक्रम का चित्रण किया।

इस जाँची परखी प्रक्रिया की व्याख्या करने के लिए इसके समरूप 'कॉम्पटन प्रभाव' का सहारा लिया गया था। कॉम्पटन के कार्य को आम स्वीकृति मिल चुकी थी जिसके अनुसार किरणों का प्रकीर्णन एक ऐसी प्रक्रिया है, जिसमें अविनाशिता सिद्धांत का पालन होता है। इसके अनुसार कण और क्वांटा में टकराव के बाद यदि प्रकीर्णित हुए कण

की ऊर्जा में वृद्धि होती है तब क्वांटा की ऊर्जा में उतनी ही कमी आती है, जिससे प्रकीर्णन के बाद किरण की आवृत्ति कम हो जाती है। ऊष्मागतिक सिद्धांत के आधार पर इसके विपरीत प्रक्रिया का होना भी संभव है। इन सब विचारों पर गौर करके प्रायोगिक नतीजों की व्याख्या की जा सकती है, तथा विस्थापित वर्णक्रम रेखाओं व अणुओं के अवरक्त आवृत्तियों के बीच प्राप्त समानता से यह जाहिर है कि इस नई विधि ने पदार्थ की संरचना पर प्रयोगात्मक अनुसंधान करने के असीमित राह खोल दिए हैं।

प्रभाव का विवरण

यहाँ यह स्पष्ट कर देना उचित होगा कि यद्यपि कॉम्पटन का अविनाशिता सिद्धांत प्रयोग से प्राप्त प्रभाव की व्याख्या करने में सहायक है, परंतु यह खुद प्रभाव के बारे में जानकारी देने के लिए पर्याप्त नहीं है। आणविक वर्णक्रम के अध्ययन से यह ज्ञात है कि गैस के अणु में चार प्रकार की ऊर्जा—जैसे स्थानांतरीय गति, घूर्णन, कंपन और इलेक्ट्रॉनीय उत्तेजना की वजह से होती है। इनमें से प्रथम ऊर्जा को छोड़कर शेष तीनों प्रकार की ऊर्जा को पूर्णांक क्वांटम संख्याओं द्वारा दरशा सकते हैं। अतः अणु की कुल ऊर्जा का मान अनेकों संभावित ऊर्जाओं में से एक हो सकता है। यदि हम यह मान लें कि अणु और प्रकाश क्वांटा के बीच संघात से ऊर्जा का विनिमय होता है तथा संघात के बाद अणु की ऊर्जा आपाती क्वांटा की ऊर्जा से कम हो जाती है तो यह निष्कर्ष निकलता है कि प्रकीर्णित किरण के वर्णक्रम में अनेकों नई रेखाएँ उपस्थित होनी चाहिए, जिससे यह वर्णक्रम उत्सर्जन या अवशोषण वर्णक्रम (स्पेक्ट्रम) की तुलना में बहुत जटिल दिखेगी, परंतु प्रयोग से एक विशिष्ट तथ्य सामने आया कि जटिल बहुपरमाणुक अणुओं के प्रकीर्णित वर्णक्रम भी अति सरल थे, जबकि इनके उत्सर्जन या अवशोषण वर्णक्रम अत्यंत पेचीदे। वर्णक्रम की यही सादगी प्रकाश

प्रकीर्णन के अध्ययन को विशेष महत्त्व एवं मान्यता देती है। अब यह स्पष्ट है कि जो प्रभाव प्रयोग द्वारा देखा गया था, उसकी भविष्यवाणी अविनाशिता सिद्धांत से करना संभव नहीं था।

नील्स बोह्र के 'क्वांटम एवं चिरसम्मत सिद्धांत' के बीच 'संगति नियम' (कॅरोस्पंडेन्स प्रिंसीपल) के आधार पर इस प्रक्रिया की परख की जा सकती है। चिरसम्मत सिद्धांत के अनुसार, यदि एक अणु, जो गतिशील, घूर्णित या कंपित अवस्था में है, प्रकाश का प्रकीर्णन करता है तो प्रकीर्णित किरण में कुछ ऐसे प्रकाश हो सकते हैं जिनकी आवृत्ति आपतीत किरण से भिन्न हो। आश्चर्य की बात तो यह है कि चिरसम्मत सिद्धांत की इस व्याख्या से प्रयोग से प्राप्त नतीजे काफी मिलते हैं। इससे पता चलता है कि क्यों आवृत्ति में विस्थापन तीन वर्गों—यथा स्थानांतरीय गति, घूर्णन तथा कंपन की वजह से विभिन्न परिमाणों में होता है। यह वरण नियम (सिलेक्शन रूल) की व्याख्या करता है। उदाहरण के लिए क्यों अणु के कंपन से पैदा होने वाली आवृत्तियों में से केवल प्रमुख आवृत्ति ही प्रकिर्णित किरण में पाई जाती है, न कि उसके अधिस्वरक व संयोजक आवृत्तिआँ, जो उत्सर्जन या अवशोषण वर्णक्रम में प्रमुख तौर पर। चिरसम्मत सिद्धांत के उपयोग से और भी बहुत कुछ जाना जा सकता है, जैसे परिवर्तित आवृत्ति के प्रकाश की तीव्रता व ध्रुवण का अनुमानित परिमाण। हालाँकि प्रयोग से प्राप्त तथ्यों का गुणात्मक विवरण देने के लिए चिरसम्मत सिद्धांत में फेरबदल करने की आवश्यकता है और इसके लिए क्वांटम सिद्धांत के उपयोग की जरूरत पड़ेगी। प्रायोगिक नतीजे को समझने के लिए क्रैमर्स और हाईजनबर्ग के कार्य तथा क्वांटम यांत्रिकी में हुए हाल के विकास, जो बोह्र संगति नियम पर आधारित है, आशाजनक प्रतीत हो रहे हैं। परंतु जब तक अणुओं की संरचना के बारे में हम और अधिक नहीं जान जाते एवं पर्याप्त मात्रा में प्रायोगिक तथ्य इकट्ठा नहीं कर लेते, यह

मान लेना जल्दबाजी होगी कि क्वांटम यांत्रिकी इसकी पूरी व्याख्या कर पाएगी।

प्रभाव का महत्त्व

इस प्रक्रिया की व्यापकता, प्रायोगिक सुविधा एवं प्राप्त वर्णक्रम की सादगी के लिए यह प्रभाव भौतिकी एवं रसायनीकी क्षेत्र के अनेकों समस्याओं का समाधान करने में उपयोगी होगी। वास्तव में इस प्रभाव का प्रमुख महत्व इसी गुण की वजह से है। प्रयोग से प्राप्त वर्णक्रम में आवृत्ति फर्क, स्पेक्ट्रमी रेखाओं की चौड़ाई, प्रकीर्णित किरण की तीव्रता व ध्रुवण अवस्था से प्रकीर्णी पदार्थ की परम संरचना के बारे में हमें जानकारी मिलती है। प्रयोग करके पता चला है कि वर्णक्रम की ये विशेषताएँ भौतिक अवस्थाओं—जैसे तापमान व समुच्चयन, भौतिक-रसायनिक अवस्थाओं—जैसे मिश्रण, विलयन, आणविक संगुणन व बहुलीकरण, तथा विशेषकर रासायनिक रचना से काफी प्रभावित होती हैं। स्पेक्ट्रम विज्ञान का यह नया क्षेत्र पदार्थ की संरचना संबंधित समस्याओं के अध्ययन का असीमित अवसर प्रदान करेगा।

कुछ अंतिम बातें

सरलतम अणुओं में भी की गई इस प्रभाव के मात्रात्मक अध्ययन से मौलिक अनुसंधान क्षेत्र में विशाल प्रगति होने की आशा है। इस क्षेत्र में मैकलेलान द्वारा द्रवित गैस पर किए गए शोध एवं आर.डब्ल्यू. वुड तथा रासेट्टी के निरिक्षण अग्रगामी हैं, जिनकी काफी सराहना हुई है। सरल रासायनिक रचनावाले क्रिस्टलीय पदार्थ में इस प्रभाव का मात्रात्मक अध्ययन निश्चित रूप से काफी महत्त्वपूर्ण है। क्रिस्टलीय पदार्थ हीरा पर शोधकार्य विशेष उल्लेखनीय हैं, जो रामस्वामी, रॉबर्टसन, फॉक्स और विस्तार से भगवंतम ने किया था। इस पदार्थ से काफी आश्चर्यजनक नतीजे मिले हैं, जो क्रिस्टलीय अवस्था के लक्षण की

पूरी जानकारी प्राप्त करने में मुख्य भूमिका निभाएँगे। मैं कृष्णमूर्ति के उस कार्य का भी जिक्र करना चाहूँगा जिसमें उन्होंने प्रकीर्णित वर्णक्रम रेखाओं की तीव्रता और रासायनिको आबंध (केमिकल बांड) के बीच संबंध का पता लगाया है तथा रासायनिक संयोग में समध्रुवी से विषमध्रुवी स्थानांतरण का अध्ययन किया है। कृष्णमूर्ति की यह खोज कि क्रिस्टलों के अणु चुंबकत्व से वर्णक्रम की विस्थापित रेखाओं की तीव्रता प्रभावित होती है, शोध के इस नए क्षेत्र में असाधारण उपलब्धि थी। □

4

बैंगलौर में रमन

कलकत्ता के कड़वा अनुभव के बाद रमन बैंगलौर चले गए, परंतु वहाँ भी वे चैन से न रह सके। अप्रैल 1933 में उन्होंने भारतीय विज्ञान संस्थान के निदेशक का पदभार ग्रहण किया, जिसकी नियुक्ति चयन समिति ने की थी। इस पद पर पाँच वर्ष रहने के बाद परिस्थिति का शिकार होकर उन्हें इस्तीफा देना पड़ा, परंतु सेवानिवृत्त होने तक वे विज्ञान विभाग के अध्यक्ष बने रहे। यह रमन की खासियत थी कि इतने विपत्तियों के बावजूद वे अपना शोधकार्य करते रहे।

भारतीय विज्ञान संस्थान में रमन

बैंगलौर में स्थित भारतीय विज्ञान संस्थान देश के उत्तम शैक्षणिक संस्थानों में से एक है। इसकी स्थापना सर जमशेदजी टाटा ने सन् 1911 में की थी। उन दिनों संस्थान के निदेशक अंग्रेज ही हुआ करते थे, जिन्हें अप्रत्याशित 3000 रुपए प्रति माह वेतन मिलता था तथा रहने के लिए एक बड़ा बंगला। संस्थान का प्रचालन एक परिषद् करती थी, जिसमें रमन भी एक सदस्य थे। रमन से पहले यहाँ के निदेशक डॉ. मार्टिन फॉर्सटर थे, जो सन् 1933 में सेवानिवृत्त होने वाले थे। उनके उत्तराधिकारी के चयन के लिए गठित समिति इग्लैंड में योग्य व्यक्ति की तलाश कर रहे थे, जैसाकि उस समय नियम था। इस दौरन लॉर्ड रदरफोर्ड से भी

चित्र : 4.1 भारतीय विज्ञान संस्थान के निदेशक रमन

सलाह ली गई, जिन्होंने रमन के नाम का प्रस्ताव दिया। अंततः इस गौरवशाली पद के लिए रमन को चुना गया, जिन्होंने इसे स्वीकार कर लिया। इस प्रकार रमन 'भारतीय विज्ञान संस्थान' के प्रथम भारतीय निदेशक बने।

आरंभ में यहाँ केवल तीन क्षेत्रों में काम शुरू हुआ था—सामान्य व अनुप्रयुक्त रासायनिकी, कार्बनिक रासायनिकी तथा विद्युत् प्रद्यौगिकी। बाद में जीव रासायनिकी विभाग में भी काम आरंभ हो गया था।

रमन के आने से पहले संस्थान में ज्यादातर काम व्यावहारिक क्षेत्र में होता था तथा मौलिक अनुसंधान की तरफ कम ध्यान दिया जाता था। इस नामी संस्थान की पहचान तब तक उसके काम से नहीं हुई थी। रमन को यहाँ का वातावरण काफी सुस्त लगा। रमन ने आते ही नए भौतिक विज्ञान विभाग का गठन किया, जिसकी अनुमति उन्हें पहले ही मिल चुकी थी। तथा कुछ विभागों में प्रशासनिक दृष्टिकोण से फेरबदल किया। उन्होंने कार्यशाला को उपयोगी बनाने के लिए उसमें भी कुछ परिवर्तन किए, जिससे अनुसंधान के लिए आवश्यक उपकरणों का निर्माण वहीं किया जा सके। रमन का मानना था कि उत्कृष्ट काम करने के लिए संस्थान में श्रेष्ठ व योग्य लोगों की जरूरत है। वे वहाँ चल रहे

काम से बेहद नाखुश थे। अतः वे जर्मनी के कुछ प्रसिद्ध वैज्ञानिकों से संपर्क किया, जो उस समय हिटलर के डर से देश छोड़कर भाग रहे थे। यद्यपि रमन के विचार में संस्थान की उन्नति के लिए यह सब करना अत्यंत आवश्यक था, परंतु संस्थान के पुराने लोगों को यह सब अच्छा नहीं लगा। कुछ वरिष्ठ प्राध्यापक, जो खुद निदेशक बनने की तमन्ना रखते थे, रमन के कार्य करने के ढंग की आलोचना करने में जुट गए तथा उनके विरुद्ध षड्यंत्र रचने लगे। ऐसा कहा गया कि उनमें प्रशासनिक दक्षता नहीं है। उनपर केवल भौतिकी विषय को बढ़ावा देने का आरोप लगाया गया। रमन भी कहाँ हार माननेवाले थे! वे खुद को औरों से श्रेष्ठ समझते थे तथा उन्हें इस बात का गर्व था। अतः आपसी समझौता होने के बजाए तनाव बढ़ता गया। उन्होंने सैद्धांतिक भौतिकी के प्रसिद्ध जर्मन वैज्ञानिक मैक्स बॉर्न को बैंगलौर बुलाया तथा उनके कार्य से प्रभावित होकर उन्हें प्राध्यापक पद पर नियुक्त करने की सिफारिश की। इस विषय को लेकर बात इतनी बढ़ गई कि लोग मैक्स बॉर्न के बारे में उल्टा-सीधा बोलने लगे। बॉर्न अत्यंत व्यथित होकर वापस लौट गए। रमन के कार्य-प्रणाली की समीक्षा करने के लिए जनवरी सन् 1936 में एक समिति गठित की गई, जिसने रमन के खिलाफ रिपोर्ट दी। रमन एकदम अकेले पड़ गए थे। उनके पास निदेशक पद से इस्तीफा देने के सिवा और कोई दूसरा उपाय नहीं बचा था। अंततः सन् 1938 में वे निदेशक पद से हट गए, लेकिन प्राध्यापक पद पर बने रहे। उनके वेतन में भी कटौती हुई। यद्यपि रमन में मनोबल की कमी नहीं थी, लेकिन फिर भी कलकत्ता तथा बैंगलौर के हादसों ने उन्हें झकझोर कर रख दिया। परंतु उनके वैज्ञानिक गतिविधियों में कोई कमी नहीं आई। उनका शोध-कार्य जारी रहा।

होमी भाभा इग्लैंड से लौटने के बाद सन् 1940 में 'भारतीय विज्ञान संस्थान' के भौतिकी विभाग में रीडर के पद पर काम करने का निर्णय लिया क्योंकि वहाँ रमन विभाग के अध्यक्ष थे, यद्यपि उन्हें देश के कई

जगहों से नियुक्ति के लिए आमंत्रित किया गया था। बैंगलौर में भाभा छह वर्ष रहे जहाँ उन्होंने ब्रह्मांड किरणों पर प्रायोगिक कार्य किया। बैंगलौर का यह प्रवास न केवल उनके जीवन में बल्कि देश में भी एक नया मोड़ लाया। यहीं आकर भाभा ने देश की प्रगति के लिए बड़े सपने देखे जिन्हें साकार करने के लिए बैंगलौर का संस्थान छोटा लगने लगा। दोराब टाटा न्यास से प्राप्त वित्तीय सहायता से उन्होंने टाटा मूलभूत अनुसंधान संस्थान (टी.आई.एफ.आर.) का निर्माण किया जिसका मुख्य उद्‌देश्य विज्ञान में मूलभूत शोध करना था। बाद में उन्होंने भारत में नाभिकीय ऊर्जा कार्यक्रम की शुरुआत की। विक्रम साराभाई भी कुछ वर्ष रमन के साथ भारतीय विज्ञान संस्थान के भौतिकी विभाग में कार्य किया था। साराभाई विज्ञान में उच्च्च शिक्षा प्राप्त करने के लिए इग्लैंड गए थे परंतु द्वितीय विश्व युद्ध छिड़ जाने से उन्हें देश वापस आना पड़ा। तब विक्रम के पिता अम्बालाल के अनुरोध पर रमन ने विक्रम को संस्थान में नियुक्ति दी एवं वे भाभा के साथ ब्रह्मांड किरणों पर काम करने लगे। युद्ध की समाप्ति के बाद साराभाई इंग्लैंड जाकर पीएच.डी. की उपाधि हासिल कर वापस देश लौट आए। यहाँ आकर उन्होंने अहमदाबाद में सन् 1947 में 'भौतिक अनुसंधान प्रयोगशाला' (पी.आर.एल.) की स्थापना की, जिसके प्रथम निदेशक रमन के छात्र के.आर. रामनाथन बने। भारत में अंतरिक्ष विज्ञान व प्रद्योगीकी के संस्थापक साराभाई थे। शायद देश में रहकर कुछ करने की प्रेरणा भाभा एवं साराभाई को रमन से ही मिली थी। रमन का दृढ़ विश्वास था कि देश में विज्ञान की जड़ मजबूत करने व इसकी प्रगति के लिए प्रसिद्ध विदेशी वैज्ञानिकों को भारत में लाना जरूरी है। परंतु उनके इस प्रयास को सफल नहीं होने दिया गया। यहाँ इस बात का जिक्र करना उचित होगा कि इसी विचारधारा को अमेरिका ने अपनाया, जो आज विश्व में महाशक्ति के रूप में उभरा है।

संस्थान में रमन के दफ्तर का दरवाजा हमेशा खुला रहता था,

जिससे कोई भी आकर उनसे मिल सके। पाँच वर्षों तक वे निदेशक रहे, जब उन्हें प्रशासन का काम भी देखना पड़ता था। वे तड़के छह बजे शिष्यों से उनके काम के बारे में विचार-विमर्श करने संस्थान चले जाते थे। नौ बजे वापस घर आकर, जो संस्थान के परिसर में ही था, नहा धोकर नाश्ता करके पुनः दस बजे दफ्तर पहुँच जाते थे, जहाँ शाम तक प्रशासनिक कार्यों में व्यस्त रहते थे। उसके बाद फिर अपने शोधकार्य में या शिष्यों के साथ उनकी समस्याओं पर चर्चा करने के लिए रात नौ बजे तक संस्थान में ही रहते थे। यह था उनका दैनंदिन कार्यक्रम!

बैंगलौर में भौतिकी

जब रमन बैंगलौर आए, तब विश्व के कई देशों में नाभिकीय भौतिकी पर जोरों से काम चल रहा था। रमन भी इस विषय पर अनुसंधान कार्य शुरू करना चाहते थे, परंतु उसके लिए आवश्यक

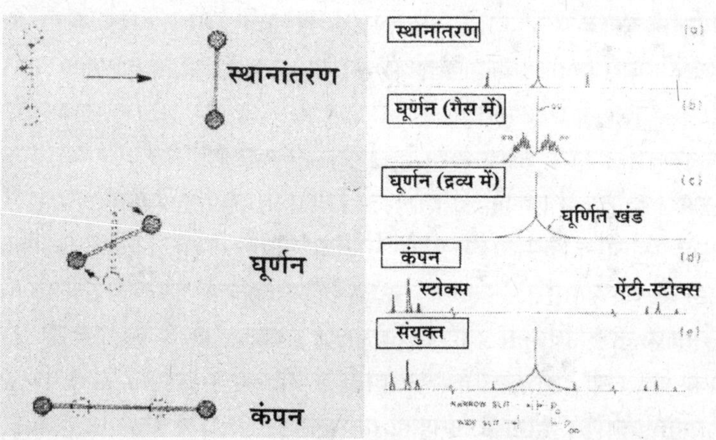

चित्र : 4.2 किसी पदार्थ के अणुओं में तीन प्रकार की गति हो सकती है— स्थानांतरण, घूर्णन व कंपन।

चित्र : 4.3 किसी माध्यम से प्रकीर्णित प्रकाश का वर्णक्रम। आवृत्ति में परिवर्तन अणुओं के स्थानांतरण, घूर्णन व कंपन की वजह से होता है

धनराशि व समर्थन के अभाव के कारण वे ऐसा नहीं कर सके। बैंगलौर में भी रमन अपने पुराने विषय प्रकाश भौतिकी व ध्वनिकी पर शोधकार्य जारी रखा, जिससे कुछ रोचक तथ्य सामने आए। यहाँ मुख्यत: उनके शिष्यों ने दो प्रमुख विषयों पर काम किया—एक, विभिन्न क्रिस्टलों द्वारा रमन प्रकीर्णन तथा दूसरा, विशेषतया द्रव्यों द्वारा होने वाले ब्रिलुवाँ व उस जैसा प्रकीर्णन।

किसी माध्यम द्वारा प्रकाश के प्रकीर्णन होने पर उसकी आवृत्ति में बदलाव माध्यम के अणुओं में लगातार होने वाली हलचल से पैदा होता है। यह हलचल या गति तीन तरह की होती है, जो अणुओं के स्थानांतरण, घूर्णन व कंपन की वजह से होता है। रमन ने जिस प्रकीर्णन को पहली बार देखा था, वह अणुओं के कंपन से पैदा होती है। इसमें आपाती किरण के दोनों ओर कुछ दूरी पर खिसकी हुई रेखाओं के रूप में दिखाई देती है। रमन की खोज के तुरंत बाद घूर्णन से पैदा होने वाले प्रकीर्णन की भी खोज हुई। इसके स्पेक्ट्रम में आपाती किरण (क्यू-क्यू) के काफी करीब दोनों ओर रेखाओं की पट्टी (पी-पी तथा आर-आर) दिखाई देती है। अणुओं के स्थानांतरण होते रहने के कारण माध्यम के घनत्व में उताव-चढ़ाव होता है, जिससे केवल रैले प्रकीर्णन का होना संभव है, यानी प्रकाश की आवृत्ति में कोई बदलाव नहीं होना चाहिए। परंतु ब्रिलुवाँ ने दिखाया कि घनत्व में उतार-चढ़ाव के फलस्वरूप प्रकीर्णित प्रकाश की आवृत्ति में बदलाव आता है, जो डॉप्लर प्रभाव की वजह से होता है। इसे 'ब्रिलुवाँ प्रकीर्णन' कहते हैं। सारांश यह है कि जब प्रकाश किरणें किसी द्रव्य से प्रकीर्णित होती हैं तो उसके अणुओं के कंपन से 'रमन प्रकीर्णन' होता है, अणुओं के घूर्णन से भी रमन प्रकीर्णन होता है, अणुओं के स्थानांतरण से 'ब्रिलुवाँ प्रकीर्णन' होता है तथा शेष 'रैले प्रकीर्णन' होता है। इन सब विभिन्न प्रकीर्णनों के बारे में विस्तारित जानकारी रमन ने दी।

'रमन प्रभाव' की खोज के बाद से ही वे हीरे की ओर आकृष्ट हुए थे। उनके पास विभिन्न प्रकार के हीरों का संकलन था, जो उन्होंने अपने पैसों से खरीदा था। हीरों की गुणवत्ता का अध्ययन करना एक गंभीर विषय बन गया। एक समय ऐसा था जब रमन के हर छात्र हीरे के किसी-न-किसी पहलू पर काम कर रहे थे। हीरे की संरचना के बारे में जानकारी हासिल करना भी एक मुख्य कार्य था। यद्यपि ज्यादातर हीरे अवरक्त (तरंगदैर्ध्य = 8 माईक्रॉन) किरणों का अवशोषण करते हैं, परंतु कुछ हीरे ऐसे भी होते हैं जो इनका अवशोषण नहीं करते।

अब हम रमन के एक और उत्कृष्ट कार्य के बारे में चर्चा करेंगे। रमन को तो तरंगों से प्यार था ही, अतः जब प्रकाश व ध्वनि दोनों तरंगें साथ हों तो क्या कहना! हम रमन और नगेंद्र नाथ के शोध पर बात कर रहे हैं, जो काफी उच्चकोटि का था। यह पराध्वनिक तरंग (अल्ट्रासोनिक) द्वारा प्रकाश के प्रकीर्णन से संबंधित है। इसे समझने के लिए ब्रिलुवाँ प्रकीर्णन के बारे में जानना होगा। किसी भी पदार्थ में चाहे वह ठोस या द्रव्य हो, उसके अणु हमेशा गतिशील रहते हैं। यद्यपि इनकी गति काफी जटिल होती है, परंतु उन्हें गणितीय विधि द्वारा समझा जा सकता है। उनकी इस अस्त-व्यस्त गति को कई भिन्न आवृत्तिवाले सुव्यवस्थित तरंगों के जोड़ के बराबर माना जा सकता है। यह तरंगें अणुओं के हिलने-डुलने से पैदा होती हैं। माध्यम का तापमान बढ़ने से इन तरंगों की संख्या में भी वृद्धि होती है। इनमें वे तरंग जिनका तरंगदैर्ध्य सबसे लंबा होता है, ध्वनि तरंग जैसे होते हैं। ध्वनि तरंग क्या होता है ? यह दरअसल संपीडन (कम्प्रेशन) व विरलन (रेरीफेक्शन) क्षेत्र का बना होता है। जब ध्वनि तरंग किसी माध्यम से होकर गुजरती है तो यह उस माध्यम के घनत्व में आवर्ती (पीरिऑडिक) परिवर्तन करता है, यानी कुछ जगहों पर घनत्व ज्यादा हो जाता है एवं कुछ जगहों पर कम। ब्रिलुवाँ के अनुसार, घनत्व का यह आवर्ती परिवर्तन वैसा ही है, जैसे मानो माध्यम में एक विवर्तन ग्रेटिंग रखा

है। अतः माध्यम पर पड़ने से आपाती प्रकाश किरणों का विवर्तन होता है। प्रयोगात्मक अध्ययन करने के लिए तरल माध्यम में एक ध्वनि तरंग जनित्र लगाया गया, जिससे तरल पदार्थ के घनत्व में आवर्ती-परिवर्तन पैदा हो सके। इस द्रव्य में प्रकाश की किरणें फेंकी गई, जो विवर्तित होकर विवर्तन बैंड बनाया, यानी ऐसा चित्र जहाँ प्रकाश की तीव्रता कहीं ज्यादा थी तो कहीं कम। आवृत्ति में बदलाव किए बिना ध्वनि तरंग के आयाम (ऐम्प्लिज्यूड) में परिवर्तन करने पर पाया गया कि बैंड की कई रेखाएँ ज्यादा तीव्र हो गई तो कईयों की तीव्रता में कमी आई। यह ब्रिलुवाँ सिद्धांत के प्रतिकूल था, क्योंकि इसके अनुसार सभी रेखाओं की तीव्रता में समान परिवर्तन होना चाहिए था। रमन ने इसका कारण भिन्न क्षेत्रों में प्रकाश की गति में परिवर्तन होने की वजह बताया। जब प्रकाश की किरणें संपीडित क्षेत्र से गुजरती है तो उसकी गति कम हो जाती है एवं विरलित क्षेत्र से

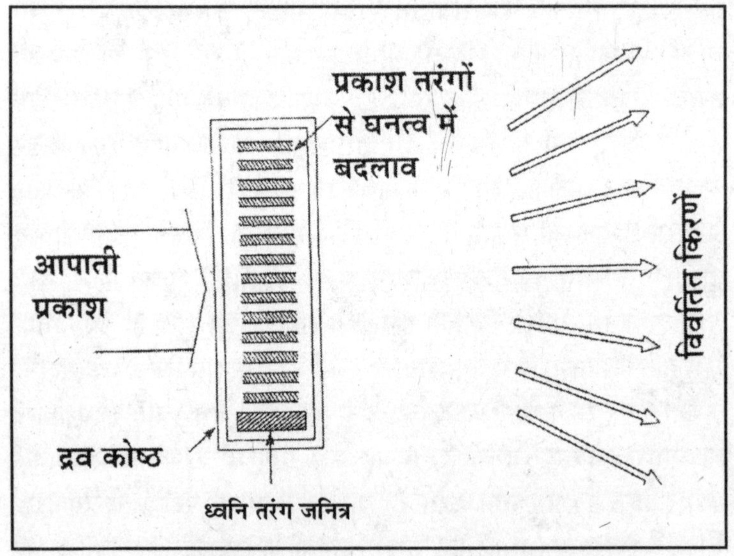

चित्र : 4.4 ध्वनि तरंगों से द्रव के घनत्व में आवधिक बदलाव होने पर प्रकाश के विवर्तन पट्टिका का बनना

गुजरते समय गति में वृद्धि होती है। परंतु प्रकाश की गति तो स्थिर होती है, लेकिन यह केवल निर्वात (वेक्यूम) में लागू होती है। जब प्रकाश किसी माध्यम से गुजरती है तो इसका वेग उस माध्यम के अपबर्तनांक (रिफ्रैक्टिव इन्डेक्स) मान के अनुसार बदलता है। यह मान माध्यम के घनत्व पर भी निर्भरशील होता है। अत: जब ध्वनि तरंगों की वजह से माध्यम के अलग अलग क्षेत्रों के घनत्व में बदलाव होता है तो उसका असर माध्यम से गुजरते हुए प्रकाश में देखा जा सकता। प्रकाश की प्रावस्था (फेज.) सभी जगह समान नहीं होती, बल्कि बारी-बारी से घटती बढ़ती रहती है। इस प्रकार लहरदार (कॅरोगेटेड) तरंग-अग्र (वेवफ्रंट) पैदा होती है। इसी विचार का गणितीय व्याख्या रमन और नाथ ने मिलकर दिया, जिसे 'रमन-नाथ' सिद्धांत के नाम से जाना जाता है।

रमन-नाथ सिद्धांत का व्यावहारिक उपयोग क्या है? प्रकाश द्वारा सूचना प्रसारण में इसका व्यापक उपयोग होता है। तंतु-प्रकाशिकी संचार (फाइबर ऑप्टिक कम्यूनिकेशन) के क्षेत्र में इसका योगदान अतुलनीय है। लेजर के आविष्कार के बाद तो इसकी उपयोगिता और भी बढ़ गई है।

रेगिस्तान में दूर स्थित कोई वस्तु जैसे पेड़ की परछाँई ऐसी दिखती है मानो उस जगह पानी है, परंतु वास्तव में ऐसा नहीं होता। इसे मरीचिका (मिराज) कहते हैं। सूर्य की किरणों से जब धरती अत्यधिक गर्म हो जाती है तो धरती के करीब वायु का तापमान बढ़ जाता है, जबकि ऊपर के वायु का तापमान अपेक्षाकृत कम रहता है। इसके फलस्वरूप जमीन से ऊ पर की ओर वायु के घनत्व में कमी होने के बजाए वृद्धि होती रहती है। ऐसी स्थिति में दूर की वस्तु से प्रकाश सीधे आने के साथ-साथ वक्र पथ द्वारा भी आता है, जिससे देखनेवाले को परावर्तन की भ्रांति होती है। इस विवरण में कुछ गलतियाँ हैं, क्योंकि किरणें नीचे की ओर आकर ऊपर नहीं उठ सकती। रमन ने इसका स्पष्टीकरण 'तरंग सिद्धांत' के आधार पर दिया एवं इसे साबित करने के लिए उन्होंने कुछ प्रयोग भी किए।

अकादमी की स्थापना

वर्ष 1934 व 1935 भारतीय इतिहास के लिए अत्यंत महत्त्वपूर्ण माना जा सकता है, क्योंकि इन दिनों रमन ने भारतीय विज्ञान अकादमी की स्थापना की तथा विज्ञान पत्रिका 'प्रोसिडिंग्स ऑफ दि इंडियन अएकेडेमी ऑफ साइंस का प्रकाशन शुरू किया। यद्यपि विज्ञान संबंधी विषयों पर चर्चा करने के लिए इससे पहले भारतीय विज्ञान कांग्रेस की स्थापना सन् 1914 में हुई थी, परंतु इसका अधिवेशन वर्ष में केवल एक बार ही होता है। अत: यह सोचा गया कि देश में एक राष्ट्रीय विज्ञान अकादमी का निर्माण हो, जहाँ विभिन्न वैज्ञानिक संस्थानों में हो रहे शोधकार्यों की समीक्षा व चर्चा करने के लिए नियमित रूप से बैठक बुलाई जा सके। इसके लिए एक समिति गठित की गई, परंतु सदस्यों के एकमत न होने के कारण दो अकादमी बनाने का निर्णय लिया गया। बैंगलौर में रमन की अध्यक्षता में भारतीय विज्ञान अकादमी (इंडियन अकेडेमी ऑफ साइंसेस) की स्थापना 27 अप्रैल, 1934 में हुई, जबकि कलकत्ता में 'राष्ट्रीय विज्ञान संस्था' (नेशनल इंस्टिट्यूट ऑफ साइंसेस) की स्थापना 3 जनवरी, 1935 में हुई। सन् 1946 में 'राष्ट्रीय विज्ञान संस्था' का कार्यालय दिल्ली में स्थानांतरित हो गया एवं सन् 1970 से इसे 'भारतीय राष्ट्रीय विज्ञान अकादमी' (इंडियन नेशनल साइंस एकेडेमी) कहा जाने लगा।

चित्र : 4.5 अध्ययन में मग्न रमन

भारतीय विज्ञान अकादमी का मुख्य उद्देश्य शोधकार्य के नतीजों की चर्चा करने

के लिए बैठकों का आयोजन करना, खास विषयों पर संगोष्ठी करवाना एवं शोधपत्रों का प्रकाशन करना था। रमन जब तक जीवित रहे, अकादमी के अध्यक्ष पद पर चुने जाते रहे। अकादमी की बैठकों के आयोजन अकसर कॉलेज या विश्वविद्यालयों में किए जाते थे, जिससे विद्यार्थियों को विज्ञान के क्षेत्र में हो रही गतिविधियों की जानकारी मिल सके। इससे काफी युवा विज्ञान के प्रति आसक्त हुए। अकादमी से 'विज्ञान' पत्रिका का प्रकाशन नियत समय पर होता था। रमन का मानना था कि ऊँचे दर्जे की पत्रिका का नियमित प्रकाशित होना अत्यंत आवश्यक है। समय के साथ पत्रिका में प्रकाशन के लिए काफी शोधपत्र आने लगे। अत: सन् 1977 से पत्रिका का प्रकाशन विषयवस्तु के आधार पर छह भागों में बाँट दिया गया—रसायनिक विज्ञान, भूमंडलीय विज्ञान, गणितीय विज्ञान, जैविक विज्ञान, वनस्पति विज्ञान तथा अभियंत्रिकी विज्ञान। भौतिक विज्ञान संबंधी शोधपत्रों का प्रकाशन 'प्रमाण' नामक पत्रिका में छपता है। अब तो अकादमी का काम काफी बढ़ गया है। गौरवमय रमन प्रोफेसर पद की स्थापना की गई है, जिसे प्रतिष्ठित वैज्ञानिकों को सेवानिवृत्त होने के बाद शोधकार्य जारी रखने के उद्‌देश्य से प्रदान की जाती है। कई उत्कृष्ट युवा वैज्ञानिकों को कुछ वर्षों के लिए अकादमी का सदस्य मनोनित किया जाता है। भारतीय विज्ञान अकादमी का सदस्य मनोनीत होना आज भारतीय वैज्ञानिकों के लिए गर्व की बात है।

साठ वर्ष की उम्र के बाद नवंबर 1948 में रमन 'भारतीय विज्ञान संस्थान' से सेवानिवृत्त हुए, परंतु विज्ञान से नहीं। उनका शोधकार्य जीवन के अंतिम क्षण तक जारी रहा।

□

5

रमन स्पेक्ट्रमिकी एवं इसकी उपयोगिता

जब प्रकाश की किरणें किसी पारदर्शी माध्यम, ठोस, द्रव अथवा गैस से होकर गुजरती है तब उसका कुछ अंश प्रकिर्णित होकर चारों ओर बिखर जाता है। इस प्रक्रिया को 'टींडल प्रभाव' के नाम से जाना जाता है। यदि आपाती किरण एकवर्णी है तो रैले सिद्धांत के अनुसार प्रकीर्णित किरण भी उसी रंग का होता है। परंतु रमन ने यह साबित किया कि एकवर्णी किरण से होने वाले प्रकीर्णित किरण में आपाती किरण (रैले प्रकीर्णन) के साथ कुछ अन्य रंग की किरणें भी होती हैं (रमन प्रकीर्णन)। रमन प्रकीर्णन की मात्रा रैले प्रकीर्णन का केवल एक करोड़वाँ भाग (10-7) ही होता है। इस क्षीण प्रकाश की प्रायोगिक पहचान पहली बार रमन ने किया, जिसके लिए उन्हें नोबेल पुरस्कार दिया गया।

दरअसल प्रकाश किरण या फोटॉन जब किसी पदार्थ के अणु या परमाणु से टकराता है तो उनके बीच निम्न प्रक्रियाएँ होती हैं जिसे चित्र 5.1 में ऊर्जा अवस्था के आधार पर दिखाया गया है—

(i) अवशोषण/प्रतिदीप्ति प्रक्रिया—आपाती फोटॉन की ऊर्जा इतनी हो कि वह अणु को इलेक्ट्रॉनिक न्यूनतम अवस्था की स्थिति से

उठाकर उत्तेजित अवस्था में ले जा सके। कभी-कभी इस उत्तेजित अवस्था से वापस न्यूनतम अवस्था में आते समय फोटॉन का उत्सर्जन होता है, जिसकी ऊर्जा आपाती फोटॉन की ऊर्जा से कम होती है। इसे 'प्रतिदीप्ति प्रक्रिया' कहते हैं। अवशोषण प्रक्रिया में फोटॉन नहीं निकलता, बल्कि वह ताप में परिवर्तित हो जाता है।

(ii) प्रकीर्णन प्रक्रिया—यदि आपाती फोटॉन की ऊर्जा इतनी अधिक नहीं है कि वह अणु को न्यूनतम अवस्था से उठाकर उत्तेजित अवस्था तक ले जा सके तो फोटॉन का प्रकीर्णन होता है। इसमें फोटॉन आरंभिक कंपन अवस्था से कल्पित अवस्था में स्थानांतरित होकर उसी कंपन अवस्था में वापस आ जाता है। इसमें प्रकिर्णित फोटॉन की ऊर्जा आपाती फोटॉन की ऊर्जा के समान रहती है। इसे 'रैले प्रकीर्णन' कहते हैं।

'रमन प्रकीर्णन'—इसमें आपाती फोटॉन आरंभिक कंपन अवस्था से कल्पित अवस्था में स्थानांतरित होकर दूसरे कंपन अवस्था में वापस

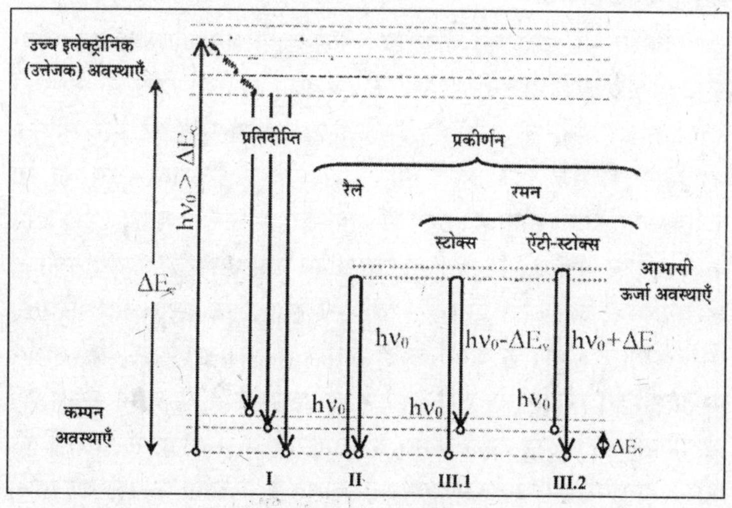

चित्र 5.1 : फोटॉन का पदार्थ के साथ पारस्परिक क्रिया से होनेवाली मुख्य प्रक्रियाएँ

आता है। इस दूसरे कंपन अवस्था की ऊर्जा आरंभिक कंपन अवस्था से अधिक या कम हो सकती है। यदि प्रकिर्णित फोटॉन की ऊर्जा आपाती फोटॉन की ऊर्जा से कम होती है तो इसे स्टोक्स कहते हैं (iii-1) जबकि प्रकिर्णित फोटॉन की ऊर्जा आपाती फोटॉन की ऊर्जा से अधिक होने पर उसे ऐंटीस्टोक्स कहते हैं (iii-2)। इस प्रकीर्णन प्रक्रिया में फोटॉन की ऊर्जा में कमी या वृद्धि अणु के आरंभिक व अंतिम कंपन अवस्था की ऊर्जा का अंतर होता है, जो उस अणु की विशेषता होती है।

प्रकीर्णन प्रक्रिया में ज्यादातर प्रत्यास्थ प्रकीर्णन (एलास्टिक स्कैट्रिंग) होता है, जिसमें फोटॉन की ऊर्जा में कोई कमी नहीं आती। परंतु कुछ फोटॉनों का अप्रत्यास्थ प्रकीर्णन (इनएलास्टिक स्कैट्रिंग) होता है, जिससे फोटॉन की ऊर्जा (तरंगदैर्ध्य) में बदलाव आ जाता है, यानी उसकी ऊर्जा में कमी व वृद्धि होती है।

रमन स्पेक्ट्रमिकी

किसी भी वस्तु की कंपनिक अवस्था, घूर्णन अवस्था एवं अन्य कम आवृत्ति वाले दोलन अवस्था के अध्ययन के लिए रमन स्पेक्ट्रमिकी तकनीक का इस्तेमाल करते हैं। इसके लिए प्रकाश स्रोत की आवश्यकता पड़ती है, जिसके क्षेत्र का फैलाव दृश्य प्रकाश, करीबी-अवरक्त या करीबी-पराबैंगनी होता है। अणु से अप्रत्यास्थ प्रकीर्णन करने पर फोटॉन के तरंगदैर्ध्य में हुए परिवर्तन या विस्थापन उस अणु की रसायनिकी व संरचनात्मक जानकारी देती है। विभिन्न पदार्थों के लिए यह परिवर्तन भिन्न होती है। अणु के कंपनिक अवस्था (वाईब्रेशनल स्टेट) के आधार पर प्रकीर्णित फोटॉन के तरंगदैर्ध्य में वृद्धि होती है या कमी आती है। प्रकीर्णित फोटॉन की ऊर्जा कम (यानी तरंगदैर्ध्य में वृद्धि, लाल वर्ण की ओर) होने पर इसे 'स्टोक्स प्रकीर्णन' कहते हैं, जबकि फोटॉन की ऊर्जा बढ़ने पर (यानी तरंगदैर्ध्य में कमी, नीले वर्ण की ओर) इसे 'एंटिस्टोक्स' प्रकीर्णन कहते हैं जैसा कि पहले बताया गया है। अत: स्टोक्स एवं

'एंटिस्टोक्स' में हुए रमन विस्थापन की माप अणु की कंपन-ऊर्जा की जानकारी देता है।

'रमन प्रभाव' के आविष्कार के तुरंत बाद विश्व के अनेक देशों में इस विषय पर गहराई से शोध कार्य होने लगा। पदार्थों की संरचना के बारे में जानकारी पाने के लिए यह अत्यंत उपयोगी विधि थी, जिससे विभिन्न पदार्थों की पहचान की जा सकती थी। इसमें केवल दो चीजों की जरूरत होती है—एकवर्णी प्रकाश स्रोत तथा स्पेक्ट्रममापी। जाँच की जा रही वस्तु को एकवर्णी प्रकाश व स्पेक्ट्रममापी के बीच रखा जाता है। वस्तु से प्रकीर्णित हुए किरणों में ज्यादातर रैले किरणें होती हैं, अत: 'रमन किरणों' को देखने के लिए इसे अलग करना जरूरी होता है। पहले रैले किरणों को अलग करने के लिए होलोग्राम विवर्तन ग्रेटिंग का इस्तेमाल किया जाता था, जबकि अब खाँच (नॉच) फिल्टर का उपयोग होता है। 'रमण किरणों' को स्पेक्ट्रममापी से देखा जाता है, जो विभिन्न वस्तुओं के लिए अलग अलग होती है। इस पूरे औजार को 'रमन स्पेक्ट्रमिकी' कहते हैं।

वर्णक्रम को दो अलग विधियों से एकत्रित किया जाता है, एक ग्रेटिंग विधि से तथा दूसरा फूरिये रूपांतरण द्वारा। ग्रेटिंग विधि में एकवर्णित्र (मोनोक्रोमेटर) का इस्तेमाल करते हैं, जो प्रकाश स्रोत के केवल एक चुने हुए संकीर्ण बैंड को ही गुजरने देता है, जिसे संसूचक, जैसे प्रकाश-इलेक्ट्रॉन संवर्धक (फोटोमल्टीप्लायर ट्यूब) में देखा जाता है। एकवर्णित्र में दरअसल दो रेखाछिद्र (स्लिट) होते हैं, एक आगमन के लिए तथा दूसरा निर्गमन के लिए। इनके छिद्र की चौड़ाई घटाई या बढ़ाई जा सकती है। किस आवृत्ति की किरण निर्गमन रेखाछिद्र से गुजर कर संसूचक में रिकॉर्ड होगा, यह रेखाछिद्रों के बीच के कोण पर निर्भर करता है। अत: विभिन्न कोणों पर रेखाछिद्र को रखकर अलग-अलग आवृत्ति की किरणों की तीव्रता मापी जाती है। दूगुनी एवं तीगुनी एकवर्णित्र

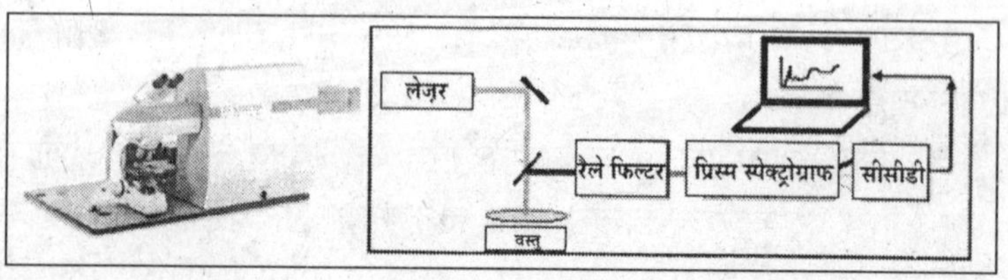

के इस्तेमाल से अवांछित रोशनी को संसूचक में प्रवेश करने से रोका जा सकता है।

फूरिए रूपांतरण में माइकलसन व्यतिकरणमापी (इंटरफेरोमीटर) मुख्य उपकरण होता है। इसमें दो दर्पण एक-दूसरे के लंबवत् दिशा में रखे होते हैं जिनमें एक स्थिर तथा दूसरा गतिशील होता है। इसके अलावा एक किरणपुंज विपाटक (स्प्लिटर) तथा एक प्रतिकारी (कंपेन्सेटिंग) प्लेट होता है। जब प्रकाश की किरणें विपाटक से टकराती हैं तो यह दो हिस्सों में बँटकर दर्पणों से परावर्तित होकर पुनः विपाटक पर आ जाती है, जहाँ इन दोनों किरणों का व्यतिकरण होता है। एक

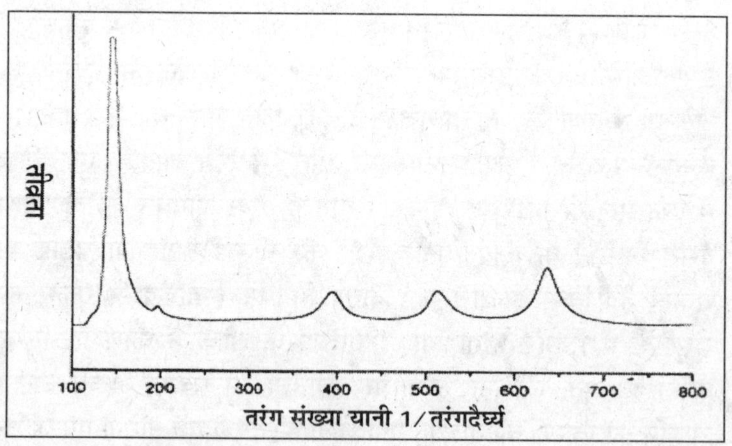

किरण विपाटक से गुजरकर दर्पण से टकराती है तो दूसरी किरण प्रतिकारी प्लेट से गुजरकर लंबवत दिशा में रखे दर्पण से टकराती है। दोनों प्लेटें एक ही वस्तु से बनी होती है, ताकि आपाती किरण से विभक्त हुए दोनों किरणों में इनकी वजह से एक जैसा प्रभाव हो। इन दोनों किरणों द्वारा तय की गई दूरी के अंतर के अनुसार रचनात्मक या विनाशात्मक व्यतिकरण होता है। इस अंतर का नियंत्रण गतिशील दर्पण की स्थिति बदल कर किया जाता है। सारी प्रक्रिया को दूर रखे संसूचक से देखा जा सकता है जिसमें प्रकाश किरणों की तीव्रता दर्पणों की विभिन्न दूरियों के अनुसार बदलती रहती है। इस प्रकार पैदा हुए पैटर्ण को व्यतिकरण चित्र कहते हैं। यदि प्रकाश स्रोत एकवर्णी है तो 'व्यतिकरण चित्र' कहते हैं। यदि प्रकाश स्रोत एकवर्णी है तो व्यतिकरण चित्र का पैटर्ण साइन तरंग जैसा होगा। इस पैटर्ण का फूरिये रूपांतरण करने पर प्रकाश स्रोत के तरंगदैर्ध्य (या आवृत्ति) के मान का पता चलता है।

तकनीकी विकास के साथ, विशेषतय सन् 1960 में लेजर के आविष्कार के बाद फूरिए रूपांतरण रमन स्पेक्ट्रमिकी का उपयोग पदार्थों के विश्लेषणात्मक अध्ययन के क्षेत्र में काफी फैल गया। लेजर वस्तुतः उच्च तीव्रता का एकवर्णी प्रकाश स्रोत है, जो अत्यंत संबद्ध (कोहरेंट) होता है। उन्नत व्यतिकरणमापी के बनने से कई नई तकनीकों का विकास हुआ। अब संसूचक के तौर पर आवेश-युग्मित कैमरा (सीसीडी) के इस्तेमाल से इस तकनीक की दक्षता काफी बढ़ गई है, जिससे काफी कम तीव्रता वाले 'रमन प्रकीर्णन' को भी देखा जा सकता है।

वर्तमान रमन स्पेक्ट्रममापी में मुख्यतः चार उपकरण होते हैं, प्रकाशीय सूक्ष्मदर्शी (ऑप्टिकल माइक्रोस्कोप), उत्तेजन लेजर, एकवर्णित्र तथा एक दक्ष संसूचक जैसे सीसीडी। रमन स्पेक्ट्रम को ठीक से देखने के लिए सही तरंगदैर्ध्य वाले लेजर का चयन करना अति आवश्यक है।

आधुनिक रमन उपकरण में विभिन्न तरंगदैर्ध्य वाले लेजरों से प्रयोग करके उपयुक्त तरंगदैर्ध्य वाले लेजऱ का चयन किया जाता है, जिससे

रमन किरणों को स्पष्ट देखा जा सके। उदाहरण के लिए ऐसी कई वस्तुएँ होती हैं, जिनसे प्रतिदीप्ति विकिरण निकलती हैं। इन वस्तुओं पर हरे रंग की किरणें (तरंगदैर्ध्य 532 नैनोमीटर) पड़ने पर प्रतिदीप्ति विकिरण की मात्रा इतनी ज्यादा निकलती है कि रमन किरणें दिखाई नहीं देती। ऐसी स्थिति में कम ऊर्जावाले जैसे लाल (तरंगदैर्ध्य 633 नैनोमीटर) या अवरक्त (तरंगदैर्ध्य 785 नैनोमीटर) किरणों का इस्तेमाल करना उचित होगा, जिससे प्रतिदिप्ति विकिरण पैदा ही न हों और 'रमन विकिरण' अच्छी तरह देखी जा सके। यहाँ इस बात का जिक्र करना उचित होगा कि प्रतिदीप्ति प्रक्रिया का अणुप्रस्थ परिच्छेद (क्रॉस-सेक्शन) का मान 10^{-16}/सेमी^{2} प्रति अणु है, जबकि रमन प्रकीर्णन के लिए यह मान सिर्फ $10^{-31}-10^{-26}$ /सेमी^{2} है।

रमन विकिरण की तीव्रता व रमन विस्थापन (तरंग संख्या यानी 1/तरंगदैर्ध्य) के आलेख (प्लॉट) को 'रमन स्पेक्ट्रम' कहते हैं, जैसाकि चित्र 5.3 में दिखाया गया है। 'रमन स्पेक्ट्रमिकी' से प्राप्त पदार्थ के वर्णक्रम में कई शिखर (पीक) दिखाई देती है, जो उस पदार्थ में उपस्थित अलग अलग घटकों को दर्शाती है। विभिन्न शिखरों की तीव्रताओं का अनुपात घटकों की मात्रा बतलाती है। शिखर चौड़ाई से उस पदार्थ की उत्कृष्टता के बारे में पता चलता है।

रमन स्पेक्ट्रमिकी के कई प्रगत किस्मों का विकास हुआ है, जैसे अनुनाद (रेजोनेंस) रमन, सतह संवृद्धि (सर्फेस एनाहंस्ड, एसईआरएस) रमन, ध्रुवित (पोलराईज्ड) रमन, उद्दीपित (स्टीमुलेटेड) रमन तथा पारगमन (ट्रांसमिशन) रमन। इसमें दक्षता 1014-1015 गुणा बढ़ जाती है जिससे अब केवल एक अणु से प्रकीर्णित रमण किरण को भी देखा जा सकता है। 'रमन प्रभाव' के आविष्कार के अस्सी वर्ष बाद आज भी तकनीकी विकास के साथ नए क्षेत्रों में इसके उपयोग की खोज जारी है।

रमन स्पेक्ट्रोमापी का उपयोग

रमन स्पेक्ट्रमिकी तकनीक का क्षेत्र अब काफी विस्तृत हो गया है। यद्यपि मूलतः विधि वही है, जो रमन ने अपने प्रयोग में इस्तेमाल किया था, परंतु आवश्यकतानुसार इसके कई परिवर्तित रूप उभरकर आए हैं। समय के साथ इसके नए उपयोगों की सूची में भी वृद्धि हो रही है। 'रमन स्पेक्ट्रमिकी' का उपयोग न केवल शैक्षणिक क्षेत्र में सीमित है बल्कि उद्योग जगत् में भी यह काफी उपयोगी है। 'रमन स्पेक्ट्रमिकी' का उपयोग अब विज्ञान के हर क्षेत्र में हो रहा है। इससे खनिज पदार्थों की विशेषताएँ, कार्बनिक पदार्थों की उपस्थिति की जानकारी तथा जैविक तत्त्वों, जैसे प्रोटीन, डीएनए, अमीनो एसिड व वनस्पति वर्णक की पहचान आसानी से की जा सकती है। चिकित्सा विज्ञान के क्षेत्र में इस विधि से जीन के विश्लेषण से लेकर रोगाणुओं की पहचान की जाती है। अंतरिक्ष में उपस्थित पदार्थों का पता लगाने के लिए 'रमन स्पेक्ट्रोस्कोप' विशेष तौर पर उपयोगी है। पॉलिमरों के अध्ययन में इसका काफी उपयोग हो रहा है। इसके अलावा पर्यावरण (भौमजल में अन्य तत्त्वों की उपस्थिति), रंग उद्योग (बहुलकीकरण प्रक्रिया पर निगरानी), विधि रसायन (अवैध नशीली पदार्थों की पहचान), पेट्रोलियम (खनिज तेल में संघटकों की पहचान) आदि अनेक क्षेत्र हैं, जिनमें 'रमन स्पेक्ट्रमिकी' का इस्तेमाल हो रहा है।

रमन की खोज आज एक महत्वपूर्ण तकनीक बन चुकी है, जिसका उपयोग कई क्षेत्रों में व्यावहारिक तौर पर हो रहा है। कम वजनवाले इतने छोटे परीक्षण यंत्र (स्कैनर) बनाए गए हैं, जिन्हें हाथ से पकड़कर आसानी से इस्तेमाल किया जाता है। नशीली दवाएँ, ड्रग, विस्फोटक पदार्थ, खतरनाक रसायन व गैस आदि की शनाक्त करने के लिए हवाई अड्डों में इनका उपयोग किया जा रहा है। फॉरेंसिक कामों के लिए पुलिस विभाग इनका प्रयोग करते हैं।

इन परीक्षण यंत्रों से परीक्षित वस्तुओं की आण्विक संरचना का पता लगाया जाता है। हरेक अणु का रमन स्पेक्ट्रम (जो उसकी आणविक संरचना का प्रतिबिंब होता है) विशिष्ट होता है, यानी 'रमन वर्णक्रम' को उस पदार्थ का 'फिंगरप्रिंट' कहा जा सकता है। जिस प्रकार लोगों की पहचान उनके फिंगरप्रिंट से की जाती है (सबके फिंगरप्रिंट अलग होते हैं), उसी प्रकार किसी भी वस्तु के प्रकीर्णित विकिरण से उसकी पहचान की जाती है।

आमतौर पर किसी पदार्थ की रसायनिक संरचना के बारे में जानकारी पाने के लिए उसकी रासायनिक व भौतिकी परीक्षण करना पड़ता है, जिसे करने में काफी समय लग जाता है। यही नहीं, इसके लिए उस पदार्थ में से काटकर छोटा सैंपल लेना पड़ता है, जो परीक्षण के दौरान नष्ट हो जाता है, यानी यह 'भंजक विधि' है। परंतु यही जानकारी रमन विधि (स्कैन) द्वारा केवल चंद सेकेडों में प्राप्त की जा सकती है, जिसमें न तो पदार्थ को काटने की जरूरत पड़ती है और न ही परीक्षण के दौरान यह नष्ट होता है।

अंतरिक्ष, दूरसंचार जैसे विज्ञान के कई नए क्षेत्रों में 'रमन प्रभाव' के भावी उपयोगों की खोज की जा रही है। इसके लिए क्षीण रमन प्रक्रिया को देखने के लिए नए तरीकों का प्रयोग किया जा रहा है। अब तो लेश मात्रा में उपस्थित वस्तुओं (सौ करोड़ में एक) की पहचान 'रमन स्कैनर' से की जा सकती है। ऐसे स्कैनरों से जीवाणु (बैक्टीरिया), प्रदूषक (पलूटंट) तथा कम मात्रा में छुपाए गए विसफोटक पदार्थों की शिनाख्त की जाती है।

स्टैनफोर्ड विश्वविद्यालय में 'रमन स्कैनर' का प्रयोग कैंसर के निदान के लिए किया जा रहा है। शायद वर्तमान में चिकित्सा के लिए किए जानेवाले 'रक्त परीक्षण' की जगह भविष्य में 'रमन स्कैनर' द्वारा ही रक्त में ग्लूकोज, कोलेस्टेरल, यूरिक एसिड तथा अन्य वस्तुओं की मात्रा का पता लगाया जा सकेगा। एलर्जी से पीड़ित व्यक्ति वायु में

उपिस्थित पराग (पोलेन) की जानकारी तुरंत पा सकेंगे जिससे वे उचित सावधानी बरत सकेंगे।

औषध विज्ञान—'रमन स्पेक्ट्रमिकी' से औषधि बनाने की विधि के विभिन्न स्तरों पर विश्लेषण करके उस पर निगरानी एवं नियंत्रण रखा जाता है।

कार्बन तथा हीरा उद्योग—कार्बन उद्योग में रमन स्पेक्ट्रमिकी एक आवश्यक औजार है, जिससे हीरे जैसी विलेपन (कोटिंग) की गुणता नियंत्रण, कार्बन नैनोट्यूब के अभिलक्षण आदि की जाँच की जाती है।

पदार्थ विज्ञान—विभिन्न किस्म के पदार्थ जैसे संघटक (कम्पोजिट), पौलिमर्स, उत्प्रेरक (कैटालिस्ट) आदि के विश्लेषण में 'रमन स्पेक्ट्रमिकी' का उपयोग होता है।

'रमन प्रभाव' के व्यापक उपयोग

'रमन पद्धति' से किसी भी वस्तु की गुणात्मक या मात्रात्मक विश्लेषण बड़े ही आसानी से एवं कम समय में की जा सकती है। उसके रासायनिक संघटन व संरचना की विस्तृत जानकारी पाने के लिए यह विधि अत्यंत कार्यकारी है। वस्तु के स्थानगत या प्रसारित क्षेत्र की जानकारी सूक्ष्मदर्शी की सहायता से माइक्रो रमन द्वारा की जाती है। आजकल तो अति सूक्ष्म वस्तुओं को देखने के लिए 'नैनो रमन' का भी इस्तेमाल हो रहा है। 'रमन स्पेक्ट्रमिकी' अविनाशी परिक्षण है, जिससे पदार्थ नष्ट नहीं होता। परीक्षण के लिए वस्तु की बहुत ही कम मात्रा (मिलीग्राम या उससे भी कम) की आवश्यकता होती है।

रमन स्पेक्ट्रमिकी अर्ध-चुंबकीय पदार्थों के प्रचक्रण तरंग (मैगनॉन या स्पिन वेव) की भी पहचान कर सकता है। 'रमन स्पेक्ट्रमिकी' से पदार्थ की विभिन्न गुणवत्ताओं का पता चलता है, जैसे—

उसकी रासायनिक संरचना व संघटकों की पहचान,

आण्विक संरचना अभिलक्षण,

प्रावस्था संक्रमण (फेज.ट्रांजिशन) का मॉनीटरन,

माइक्रॉन एवं उससे भी छोटे आकार के घटकों की पहचान,

अभिक्रियाओं की निगरानी आदि।

आमतौर पर मापन सामान्य तापमान पर ही किया जाता है, परंतु जरूरत पड़ने पर पदार्थ को गरम या ठंडा करके भी मापन किया जा सकता है। भूविज्ञान के क्षेत्र में अध्ययन करने के लिए पदार्थ को उच्च दाब पर रखकर भी प्रयोग किए जाते है।

रमन स्पेक्ट्रमिकी का उपयोग शोध एवं उद्योग जगत् के विभिन्न क्षेत्रों में हो रहा है, जैसे—

औषध उद्योग,

शैल रसायन, औद्योगीक रसायन, पॉलीमर,

पदार्थ विज्ञान,

अर्धचालक, प्रकाश वोल्टीय पदार्थ,

जीव विज्ञान,

भूविज्ञान व खनिज विज्ञान, मणि विज्ञान,

नाभिकीय विज्ञान

विधि रसायन विज्ञान (फॉरेन्सिकस)

चित्रकला, पुरातत्त्व, रंग, रंगद्रव्य (पिग्मेंट) आदि।

□

6

रमन अनुसंधान संस्थान में आगमन

सन् 1948 में 'भारतीय विज्ञान संस्थान' से सेवानिवृत्त होने के बाद रमन अपने जीवन के एक नए पड़ाव में प्रवेश किया, जब उन्होंने बैंगलौर में स्थित 'रमन अनुसंधान संस्थान' के निदेशक का पद सँभाला। इस संस्थान का निर्माण कार्य उन्होंने भारतीय वैज्ञानिक संस्थान में अपने कार्यकाल के दौरान ही शुरू कर दिया था, जिससे बिना वक्त गँवाए सेवानिवृत्त होने के बाद वे अपना शोध जारी रख सकें। उनका निवास स्थान संस्थान के परिसर के अंदर ही था। उन्होंने परिसर को सुंदर बगीचों व नीलगिरी (यूकेलिप्टस) के पेड़ों से सजाया था। वे कहा करते थे—'हिंदू धर्म के अनुसार वृद्धावस्था में मनुष्य को वन में जाकर रहना चाहिए' (वनप्रस्थ) परंतु मैंने वन को ही अपने पास बुला लिया है। यहाँ आकर उन्होंने राहत की साँस ली, क्योंकि अब वे सारा वक्त अपने मनपसंद कार्य में लगा सकते थे। उनके शोध का क्षेत्र काफी व्यापक था, जैसे भौतिक विज्ञान, भूविज्ञान, जीव विज्ञान, शरीर विज्ञान आदि। इन सबमें, विशेषतया ध्वनि तथा रंगों से उनका ज्यादा लगाव था। यद्यपि उनके छात्रों की संख्या में भारी कमी आई थी, परंतु वे अपने काम से संतुष्ट थे। भारत सरकार ने उन्हें 'राष्ट्रीय प्रोफेसर' के खिताब से नवाजा था, जिससे उन्हें जो तनख्वाह मिलती थी, उससे

चित्र : 6.1 रमन अनुसंधान संस्थान

उनका गुजारा तो हो जाता था, परंतु संस्थान को चलाने में आवश्यक रकम की कमी हमेशा रहती थी। इसे पूरा करने के लिए उन्होंने जो रासायनिक उद्योग की स्थापना की थी, उससे प्राप्त धनराशि को भी संस्थान के दैनंदिन कामों में खर्च कर देते थे। इससे समझा जा सकता है विज्ञान से उनका लगाव व प्यार! चित्र-6.1 में 'रमन अनुसंधान संस्थान' की इमारत दरशाई गई है।

रमन का यह अंतिम काल तीन भिन्न चरणों में देखा जा सकता है। आरंभ में संस्थान में प्रवेश करने के बाद वे उसे बनाने व संगठित करने में लगे रहे, क्योंकि उस समय संस्थान पूरी तरह तैयार नहीं हुआ था। तब वे काफी उत्साहित एवं प्रफुल्ल रहते थे। उन्होंने संस्थान के निर्माण में अपने खुद का धन भी लगाया था। उसके बाद परिस्थिति ने ऐसा मोड़ लिया कि वे लंबे अरसे तक निराशा के अंधकार में डूब गए एवं एकांतवासी हो गए। यहाँ तक कि संस्थान के फाटक के सामने

उन्होंने एक सूचनापट्ट लगवा दिया था, जिसमें लिखा था—'यहाँ आगंतुकों का प्रवेश वर्जित है' आखिरकार अंत में रमन बीती बातों को भूलाकर पुनः प्रसन्नचित दिखने लगे एवं लोगों से मिलने लगे। यद्यपि उनकी मनोदशा में कई उतार-चढ़ाव आए, परंतु अनुसंधान से उन्होंने कभी नाता नहीं तोड़ा। अपनी ढलती उम्र के दिन उन्होंने प्रकृति की सुंदरता की जाँच-पड़ताल करने में व्यतीत किए। ऐसी क्या वजह थी जिससे इतने बड़े जाने माने वैज्ञानिक को यह सब सहना पड़ा?

एकांतवास

सन् 1947 में आजादी के बाद नेहरूजी के कुशल व विलक्षण नेतृत्व में देश प्रगति के रास्ते पर चल पड़ा। सदीयों के पिछड़ेपन से छुटकारा पाने के लिए विज्ञान पर ही सबका भरोसा था। 'विज्ञान से प्रगति' एक मूल मंत्र बन गया। नेहरूजी का दृढ़ विश्वास था कि विज्ञान व प्रौद्योगिकी के माध्यम से ही आधुनिक समाज का निर्माण संभव है। यही धारणा रमन की भी थी, जिन्होंने कहा था—'देश की अर्थव्यवस्था को सुधारने का केवल एक ही उपाय है, और वह है विज्ञान, सिर्फ विज्ञान'। शांतिस्वरूप भटनागर की अध्यक्षता में वैज्ञानिक व प्रौद्योगिकी परिषद् (सी.एस.आइ.आर.) की स्थापना हुई तथा भाभा ने देश में परमाणु ऊर्जा कार्यक्रम की शुरुआत की। इन दोनों को नेहरू का पूर्ण समर्थन प्राप्त था। विज्ञान से संबंधित गतिविधियों में द्रुत प्रगति लाने के लिए उपकरणों का आयात किया जाने लगा जो शायद रमन को नहीं भाया। वे शुरू से ही आत्मनिर्भरता पर विश्वास करते थे। उनका मत था कि बढ़िया विज्ञान की खोज दिमाग से की जाती है, न कि कीमती उपकरणों से। इसके पक्ष में वे अकसर कलकत्ता में किए गए अपने नोबेल पुरस्कार वाले प्रयोग का जिक्र किया करते थे, जो एक अति साधारण उपकरण से किया गया था एवं जिसे बनाने में 300 रुपए से भी कम खर्च हुआ था। जिस तरह देश की प्रगति की

दुहाई देकर विज्ञान का इस्तेमाल हो रहा था, उसमें न तो वैज्ञानिक उत्कृष्टता और न ही इसका उद्देश्य पनप सकता था। चापलूसी का बोलबाला था, जिससे उच्च पद पर ऐसे लोग नियुक्त होने लगे, जिसके लिए वे योग्य नहीं थे। अपने चारों ओर यह सब होते देख रमन व्यथित थे। वे इन सबके विरोध में अपने विचार खुलकर व्यक्त करने लगे। ऐसा नहीं था कि केवल रमन ही सरकार की इस नीति की आलोचना कर रहे थे, परंतु वे कूटनीतिज्ञ नहीं थे। उनका मानना था कि कोई संवेदनशील व भावुक व्यक्ति यदि अपनी अनुभूति को मुक्त कंठ से व्यक्त नहीं करता तो वह भी विवश एवं लाचार हो जाता है। यदि वह अपनी नापसंदवाली बात को अपने पसंद की बात बतलाने के लिए अपने आपको मजबूर करता है तथा जिसमें उसका विश्वास नहीं है, उसमें विश्वास व्यक्त करता है तो ऐसा करने के लिए उसे एक बड़ी रकम चुकानी पड़ती है, जो उसकी स्वाभाविक व सृजनात्मक क्षमता को खत्म कर देती है। यानी उनका मानना था कि अंतरात्मा की आवाज ही सर्वोपरि है।

इसके अलावा कुछ लोग उनकी वैज्ञानिक क्षमता पर भी अंकुश लगा रहे थे। ऐसे दूषित वातावरण से रमन अपने आपको दूर रखने लगे। उनके कई छात्र शोध कार्य छोड़कर या तो सरकारी नौकरी करने लगे अथवा विदेश चले गए। रमन को भारत सरकार ने देश का उपराष्ट्रपति बनने का आग्रह किया था, जिसे उन्होंने स्वीकार नहीं किया। वे चाहते तो सेवानिवृत्त होने के बाद कोई उच्च सरकारी पद पा सकते थे, परंतु उनकी खुद्दारी आड़े आई। एक बार उन्होंने दुःखी मन से कहा था—मेरा जीवन अत्यंत विफल रहा है। मैंने सोचा था कि देश में सच्चा वैज्ञानिक वातावरण बनाऊँगा। परंतु अब तो विज्ञान में उन्हीं लोगों की भीड़ है जो पश्चिमी देशों की नकल करते हैं।'

अनुसंधान कार्य

रमन के अनुसंधान का क्षेत्र समय के साथ बदलता रहा। अपने संस्थान में आकर उन्होंने प्राकृतिक वस्तुओं जैसे खनिज पदार्थ, कीमती

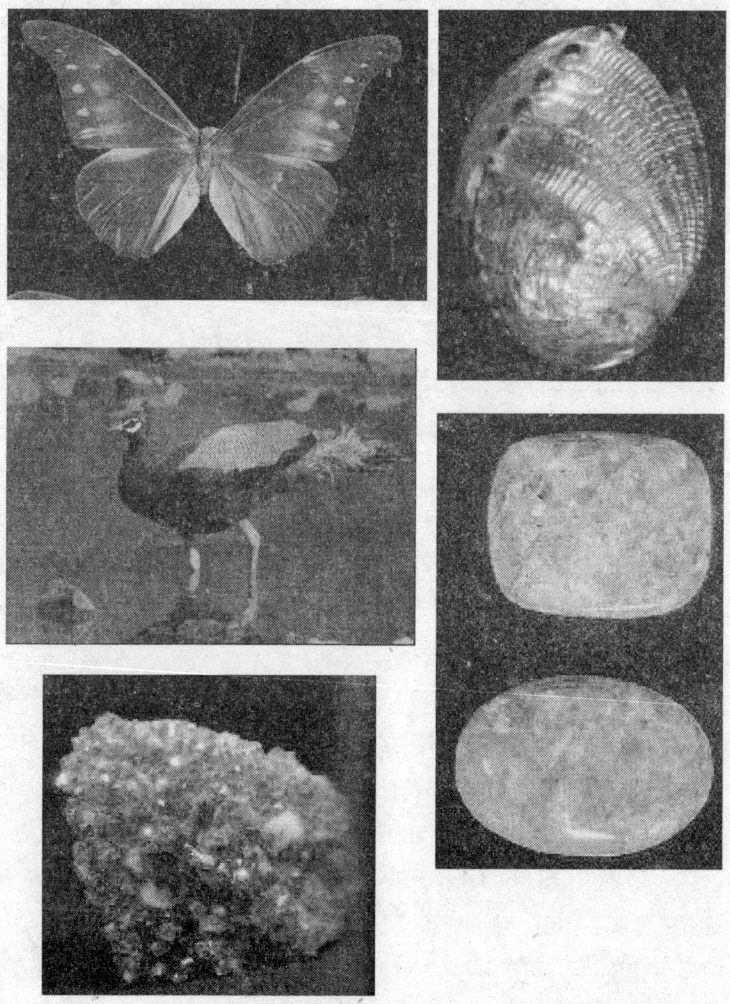

चित्र : 6.2 'रमन अनुसंधान संस्थान' के संग्रहालय में रखी कुछ वस्तुएँ।

सी.वी. रमन

चित्र : 6.3 रमन अनुसंधान संस्थान के परिसर में बच्चों के साथ रमन

पत्थर, पक्षियों, तितलियों व फूलों के रंगों पर अध्ययन शुरू किया। उन्होंने आँखों से रंगों का बोध कैसे होता है, इस पर गहन अध्ययन किया। उनके संग्रहालय में रखी कुछ वस्तुओं की तसवीर चित्र में दिखाई गई है—

'रमन अनुसंधान संस्थान' के बगीचों में विभिन्न प्रकार के गुलाब व अन्य फूलों का समावेश था। फूलों के रंगों का अध्ययन, उससे अर्क निकालकर उन पर शोध करना, पंखुड़ियों से प्रकाश के प्रकीर्णन पर प्रयोग करना आदि उनका शौक बन गया।

आकाशगंगा को बिना किसी बाहरी उपकरण के केवल आँखों से किस प्रकार देखा जा सकता है, इसकी व्याख्या देने के लिए रमन ने कई प्रयोग किए और मनुष्य की दृष्टि के कई विचित्र लक्षणों को सामने लाए। प्रकृति के कण-कण में व्याप्त सौंदर्य को निहारना उन्हें बहुत

अच्छा लगता था। जीवन की संध्या में बच्चों के प्रति उनका प्यार उमड़ पड़ा था। वे स्कूल के बच्चों को अपने संस्थान में आमंत्रित करते और उन्हें फूलों पर हो रहे शोधकार्य दिखाते। बच्चे भी उनके साथ घुल-मिलकर खुश रहते थे। रमन संस्थान बच्चों की किलकारियों से गूँजने लगा (चित्र-6.3)।

रमन ने सन् 1935 में भारतीय विज्ञान अकादमी की स्थापना की थी। अकादमी के वार्षिक सम्मेलन में वे अपने नए खोजों के बारे में घोषणा किया करते थे। जैसे सन् 1967 के सम्मेलन में उन्होंने पृथ्वी के घूमने से इसके चारों ओर फैली गैसों पर पड़ने वाले प्रभाव की चर्चा की थी। उसके अगले वर्ष आँखों से किसी वस्तु को देखने की

चित्र : 6.4 सन् 1954 में रमन को मिला 'भारत रत्न' सम्मान

व्याख्या दी थी। उनके सेवानिवृत होने के बाद भी देश-विदेश के कई संस्थान उन्हें विभिन्न उपाधियों एवं पुरस्कारों से सम्मानित करते रहे। भारत सरकार ने देश के सर्वोच्च नागरिक सम्मान 'भारतरत्न' से उन्हें सन् 1954 में अलंकृत किया था (चित्र—6.4)। उसी वर्ष से इन पुरस्कारों की शुरुआत हुई थी।

रमन को संगीत से बेहद लगाव था। वे कहा करते थे—मुझे अनेक वर्षों तक जीना है, क्योंकि अभी मैंने वे सब संगीत नहीं सुने हैं, जिन्हें मैं सुनना चाहता हूँ। वे अकसर वाद्ययंत्र की दुकानों में जाया करते थे एवं विभिन्न प्रकार के वाद्ययंत्रों को खरीदकर अपने संग्रहालय में रखते थे। अमेरिका के कैटगुट ध्वनिकी समिति (ऐकाउस्टिकल सोसाइटी) ने उन्हें सम्माननीय सदस्य मनोनित किया था।

रमन ने जब भौतिकी क्षेत्र में अनुसंधान कार्य की शुरुआत की थी, उस समय आधुनिक विज्ञान अपने शैशव में था। परंतु समय के साथ विकसित होकर इसकी कई शाखाएँ बन गईं। शोधकर्ता प्रयोगात्मक अध्ययन करने के लिए आधुनिक उपकरणों का इस्तेमाल करने लगे, जो साठ साल पहले उपलब्ध नहीं थे। इसके फलस्वरूप वैज्ञानिक केवल एक सीमित क्षेत्र में ही अपना शोध करके उसके विशेषज्ञ बन गए। परंतु रमन के शोध का क्षेत्र काफी व्यापक था एवं अंत तक उनकी रुचि वैसी ही बनी रही। उन्होंने कभी एक संकीर्ण दायरे में अपने को सीमित नहीं रखा। बैंगलौर में एक बार चिकित्सकों के सम्मेलन का उद्‌घाटन करते समय रमन ने मजाक में कहा था—'जिस प्रकार एक सामान्य चिकित्सक सभी प्रकार के रोगों का इलाज करता है' उसी प्रकार मैं विज्ञान का सामान्य चिकित्सक हूँ, कोई विशेषज्ञ नहीं। 'उन्हें हर प्रकार की वैज्ञानिक समस्याओं में दिलचस्पी थी' चाहे वह आसान हो या कठिन। उनका हल ढूँढ़ने से ही उन्हें संतुष्टि मिलती थी। सन् 1969 में उन्होंने भूकंप व पृथ्वी की आकार के बीच संबंध पर शोध

करने की बात कही थी। रमन उन व्यक्तियों में नहीं थे, जो अपनी पिछली उपलब्धियों से संतुष्ट रहे। वे हमेशा नए तथा चुनौतीपूर्ण समस्याओं का अध्ययन करना चाहते थे। उनका कहना था कि समुद्र के पानी का रंग उन्हें ज्यादा आकर्षित करता है, न कि उसमें रहनेवाली मछली को। वे विज्ञान के क्षेत्र में हो रहे तात्कालिक शोधों के बारे में पूरी जानकारी रखते थे। अपने जीवन के अंत तक वे अनेक वैज्ञानिकों से संपर्क बनाए रखा। विभिन्न वैज्ञानिक संस्थाओं से प्रकाशित होने वाले शोधग्रंथों एवं पुस्तकों को वे पढ़ा करते थे। इस प्रकार जीवन के अंत तक उनकी ज्ञान पिपासा बरकरार रही। उनका दृढ़ विश्वास था कि शोधकर्ता तभी अपने कार्य में सफल हो सकता है यदि वह उस कार्य को करने की प्रेरणा अपने आप से प्राप्त करे। केवल पैसे खर्च करने से सफलता हासिल नहीं होता।

रमन बड़े अच्छे वक्ता थे। उनके व्याख्यान में वास्तविक तथ्यों के साथ दिल्लगी का भी समावेश रहता था, जिसे श्रोता मंत्रमुग्ध होकर

चित्र : 6.5 भाषण देते हुए रमन

सुनते थे। 2 अक्तूबर सन् 1959 को गांधी जयंती के दिन रमन ने आम जनता के लिए लोकप्रिय विज्ञान वार्त्ता देना प्रारंभ किया जिसे वे हर वर्ष देते रहे। उनकी पहली वार्त्ता का विषय था—'प्रकाश, रंग और दृष्टि।' सन् 1970 में उन्होंने कान के परदे तथा सुनने की क्रिया के बारे में नए सिद्धांतों की जानकारी दी थी। यही उनका अंतिम व्याख्यान भी था।

अपने 82 वर्षगाँठ के कुछ समय पूर्व रमन ने अकादमी के सदस्यों के लिए सितंबर 1970 में एक सप्ताहव्यापी संगोष्ठी का आयोजन किया था, जिसमें उन्होंने विशेषकर युवा वैज्ञानिकों को उनके शोधकार्यों का

चित्र : 6.6 रमन वृद्धावस्था में

ब्योरा प्रस्तुत करने के लिए आमंत्रित किया था। विज्ञान के विभिन्न क्षेत्रों में हो रही प्रगति के बारे में चर्चा हुई थी जैसे नाभिकीय भौतिकी, रेडियो खगोलिकी, मौसम विज्ञान, भूकंप विज्ञान, क्रिस्टल विज्ञान, आनुवंशिकी, कृषि विज्ञान तथा तंत्रिकार्यिकी (न्यूरोफिजियोलॉजी)। यद्यपि उस समय रमन अस्वस्थ्य थे, फिर भी उन्होंने सभी सत्रों में उपस्थित रहकर युवा वैज्ञानिकों का उत्साह बढ़ाया।

अंतिम घड़ी

अपने जन्मदिन से कुछ दिन पहले रमन अपनी प्रयोगशाला में काम करते हुए अचानक गिर पड़े। उनकी शारीरिक अवस्था इतनी खराब हो गई थी कि उन्हें अस्पताल ले जाना पड़ा। उन्होंने चिकित्सकों से कहा—'यदि मैं संपूर्ण रूप से स्वस्थ्य नहीं हो सकता तो मैं जीना नहीं चाहता।' कुछ दिन इलाज के बाद हालत में थोड़ी सुधार होते ही उनके इच्छानुसार संस्थान में अपने निवास स्थान पर वापस लौट आए। परंतु बिस्तर से उठकर संस्थान के परिसर पर टहलना उनके लिए संभव नहीं था। उन्होंने अपनी मजबूरी जाहिर करते हुए कहा कि 'यदि मुझे पहले से पता होता कि मेरी मृत्यु यहीं होनी है तो मैं इस कमरे की खिड़कियों को थोड़ा नीचे बनवाता' यानी वे बिस्तर में लेटे ही संस्थान के परिसर में बने सुंदर बगीचों को निहार पाते। जल्द ही उनके बिस्तर का स्तर ऊँचा किया गया, जिससे वे लेटे-लेटे ही बगीचों को देख सकें। रमन की अंतिम तसवीर चित्र-6.6 में दिखाई गई है।

रमन को शायद इस बात का अहसास हो गया था कि अंतिम घड़ी निकट आ रही है। अब तक वे अकेले ही संस्थान एवं अकादमी का कार्यभार सँभाल रहे थे। उन्होंने बिस्तर में लेटे-लेटे ही अपने घनिष्ठ मित्रों से भविष्य की योजना के बारे में परामर्श किया। 'रमन अनुसंधान संस्थान' के बारे में उन्होंने अपने विचार लिखवाए—

'सन् 1948 में इस संस्थान का निर्माण मैंने मूल शोध करने के

चित्र : 6.7 वह पौधा जिस जगह रमन को दफनाया गया था

उद्देश्य से किया था तथा मैं चाहता था कि देश में एक उच्चकोटि की विज्ञान संस्था हो। उसी को ध्यान में रखते हुए इसकी प्रशासन व्यवस्था मैंने अपने ढंग से की है। यहाँ का वातावरण दूसरे संस्थानों से भिन्न है, जो मूल शोध करने की प्रेरणा देता है। विज्ञान का अनुशीलन मेरे लिए सुरुचिपूर्ण एवं आनंददायक अनुभव रहा है। यह संस्थान मेरा आश्रयस्थल रहा है, जहाँ मैंने अपनी रुचि के मुताबिक अनुसंधान किए हैं। जाहिर है, मेरे जाने के बाद इसकी कार्य-पद्धति में बदलाव आएगा। मैं चाहता हूँ कि यह संस्थान ज्ञान अर्जन करने का एक विशाल केंद्र बनकर उभरे जिससे देश-विदेश के वैज्ञानिक इसकी ओर आकर्षित हों। इसके सुंदर बाग-बगीचे, बड़ा पुस्तकालय, विशाल संग्रहालय आदि उच्च शिक्षा प्राप्त करने का केंद्र बनने में मददगार होंगे। विज्ञान तभी पनप सकता है जब इस क्षेत्र में काम करने की आंतरिक इच्छा हो। बाहरी दबाव से इसका विकास संभव नहीं है। विज्ञान में मौलिक अनुसंधान किसी के निर्देश व जोर-जबरदस्ती से नहीं हो सकता। यही कारण है कि मैंने तय किया था

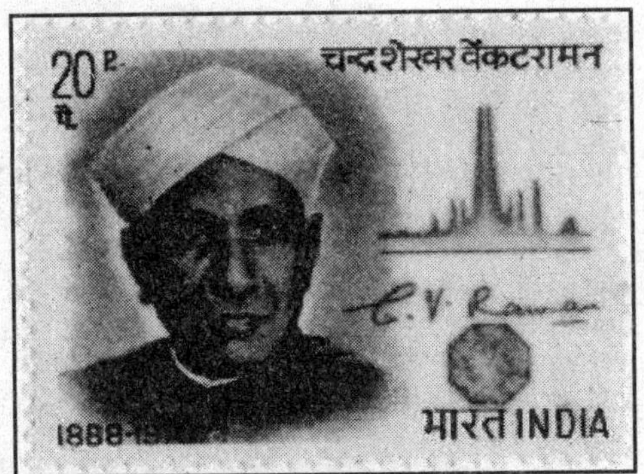

चित्र : 6.8 रमन के सम्मान में डाक टिकट

जहाँ तक संभव हो, सरकार से किसी प्रकार की सहायता न लेने का। मैंने अपनी सारी संपत्ति संस्थान के नाम कर दी है। परंतु शायद यह पर्याप्त नहीं होगा, जिससे संस्थान को ज्ञान उपार्जन करने के केंद्र के रूप में विकसित किया जा सके। अतः सरकारी सहायता न लेने की शर्त पर कायम न रहकर अब संस्थान को उन सभी से मदद लेनी होगी, जो बिना किसी शर्त के सहायता करने को तैयार हैं।'

इसके दो दिन बाद, 21 नवंबर, 1970 के तड़के 82 वर्ष की उम्र में शांतचित्त रमन ने सदा के लिए अपनी आँखें बंद कर लीं। उनके इच्छानुसार संस्थान में ही उन्हें दफनाया गया, जिसके चारों ओर फैले परिवेश में वे हमेशा खुश रहते थे तथा इससे उनका गहरा लगाव भी था। कोई धार्मिक अनुष्ठान भी नहीं किया गया। उस जगह एक पौधा लगाया गया था (चित्र-6.7)। वहाँ कोई स्मारक चिन्ह नहीं है। भारत सरकार ने उनके सम्मान में एक डाक टिकट जारी किया (चित्र-6.8)।

रमन ने विज्ञान के क्षेत्र में बिना किसी प्रलोभन के प्रवेश किया था, क्योंकि उन्हें इससे काफी लगाव था। रमन को प्रकृति की हर चीजों के बारे में जानने की अभिलाषा थी। आरंभ में ध्वनि एवं प्रकाश के रहस्य से आकर्षित होकर वे विज्ञान की दुनिया में तेजी से अग्रसर हुए। अपनी उपलब्धियों एवं आत्मसम्मान के बल पर उन्होंने विज्ञान जगत् में भारत का नाम रोशन किया। वैज्ञानिक संस्थानों का निर्माण,

वैज्ञानिक पत्रिकाओं का प्रकाशन तथा युवा-वर्ग को विज्ञान में कार्य करने के लिए प्रेरित करके उन्होंने देश में आधुनिक विज्ञान परंपरा की स्थापना की। उनका कहना था—'प्राचीन काल में हमारा देश विद्वता, दर्शनशास्त्र व विज्ञान के क्षेत्र में अपनी महिमा दिखा चुका है, परंतु अब ज्ञान प्राप्त करने के लिए निराशाजनक ढंग से हम पश्चिमी देशों पर निर्भरशील हैं। भारत को पिछलग्गू न बनकर विज्ञान के क्षेत्र में अग्रज होना चाहिए। हमें अपनी समस्याओं को चिन्हित कर उनका हल खुद ढूँढ़ना चाहिए।' एक बार छात्रों को संबोधित करते हुए रमन ने कहा था—'मेरे सामने बैठे हुए युवक एवं युवतियों को मैं कहना चाहता हूँ कि वे कभी आशा व हौंसला न छोड़े। सफलता तभी मिल सकती है, जब काम को साहस एवं निष्ठापूर्वक किया जाए। मैं यह बात दृढ़ता के साथ कह सकता हूँ कि भारतीयों का दिमाग उत्कृष्टता की दृष्टिकोण से किसी से कम नहीं है। शायद हममें हिम्मत की कमी है, उस प्रेरक बल की कमी है, जो हमें कोई भी काम करने के लिए उत्साह देती है। मेरे विचार से हम हीनभावना से ग्रस्त हैं। आज देश में फैली इस पराजयवादी भावना को नष्ट करने की जरूरत है। हमें जीत के जोश को जाग्रत् करना होगा, जो हमें हमारी असली पहचान वापस दिला सके।'

रमन मानते थे कि किसी भी देश का भविष्य उसके ज्ञान भंडार तथा युवा पीढ़ी पर निर्भर करता है। उनका कहना था—'देश का सबसे बड़ा उद्योग ज्ञान का उत्पादन व उसका वितरण है। किसी भी संस्थान व मनुष्य का सर्वश्रेष्ठ कार्य वहाँ की युवा पीढ़ी को तंदुरुस्त व मजबूत करना है, जिन पर देश का भविष्य निर्भर है।' रमन महिलाओं के कार्य के समर्थक थे। एक बार उन्होंने कहा था—'मैं समझता हूँ कि यदि भारतीय महिलाएँ विज्ञान के क्षेत्र में आएँ तथा इसके विकास व प्रगति में दिलचस्पी लें तो वे वह हासिल कर पाएँगी, जो पुरुषों ने भी हासिल

नहीं किया है। नारी में एक स्वाभाविक गुण है और वह है निष्ठा। विज्ञान में सफल होने के लिए इस गुण का होना अत्यंत आवश्यक है। अत: यह सोचना गलत होगा कि विज्ञान में काम करने का हक केवल पुरुषों को ही है।'

रमन में जिस प्रकार बालसुलभ कौतूहल था, उसी प्रकार प्रकृति के गूढ़ रहस्यों को समझने की अनुभूति भी थी। वे सच्चे अर्थों में एक महान् वैज्ञानिक थे। उनके शोध कार्य को आरंभ से छह दशकों में विभाजित किया जा सकता है, जैसे ध्वनि विज्ञान (1910-1920), प्रकाश प्रकीर्णन (1920-1930), द्रवों व मणियों में प्रकाश का बिखराव (1930-1940), हीरे व मोती पर अध्ययन (1940-1950), खनिज पदार्थ (1950-1960) तथा रंग बोध (1960-1970)। अपने जीवनकाल में उन्होंने 475 से भी अधिक शोधपत्र लिखे तथा छह शोधग्रंथों की रचना की।